ハヤカワ文庫 JA
〈JA1289〉

日本ＳＦ傑作選１　筒井康隆

マグロマル／トラブル

日下三蔵編

目次

日本SF傑作選1　筒井康隆

マグロマル／トラブル

お紺昇天

新製品『翻訳タイプ』の広告文案を、その翻訳タイプで九カ国語にコピーした。

それで一日の仕事は終りだ。

発送を卓上のトランジスタ秘書に命じて私は事務所を出、反重力シャフトで三百二十三階を一気に下降する。

赤、グリーン、黄、ブルー、紫、色とりどりの車がビルの前に並んでいる。お紺はダークグリーンのヘリ・カーと、純白の高級大型車にはさまれて、窮屈そうだった。彼女は一人乗りの最小型車だ。コバルトブルーだからお紺という。

手をあげると、彼女は車の群を離れて、すっと歩道ぎわに寄り、音もなくドアを開いた。

シートに乗りこみながら、私はいった。

「やあ、ご苦労さん」

「お疲れね。今日は少し暑いからシートを冷やしといたわ」

「なるほど……やあ、こいつはいいや」

ゆっくりスタートしながら、彼女はさりげない調子で訊ねる。

「これから、ご予定は？」

「どうするかな。やっぱり、ちょっと『核触媒』へ寄って行こう」

『核触媒』は私の行きつけのバーである。

「あら、じゃあ、お仕事、うまく片づいたのね？」

「そう、万事ＯＫだ」

お紺は『核触媒』のある通りへ折れ、次第にスピードをあげる。

「やっぱり例の、新製品のお仕事でしたの？」

「うん」

「評判よかったらしいわね。立体テレビ中継の発表会では」

「あいつは売れるぜ。社長も自信満々だ」

お紺はもの憶えがいいから、私が忘れてしまったようなことでも、ちゃんと知っている。私が同じことを二度喋ってもはじめて聞いたようにちゃんとあいづちをうってくれるし、また、いったん私の仕事の話になると、私以上に熱心なのじゃないかと思うほど、深くつっこんできたりする。

最上の話し相手だ。

「君といっしょに飲めないのは、残念だな」

これはもう、何度も彼女にいったせりふだ。お紺はクスクス笑う。

「だって車はバーへ入れないわ」

「でも、ロボットは入ってる」

「あれは便宜上よ。そりゃ私だって、人工頭脳があるんだから、ロボットの一種でしょうけど、ヒューマノイドじゃないもの」

「いっとくけど、僕にとって、君はすでにロボットなんかじゃない。君はもう僕の友人だ。君は、僕にとっては、人間以上に人間らしい。親友だよ」

「あら、またお世辞ね」

「そうじゃないさ。じっさい、人間の女なんてものは、君と違って……」

「もう、およしなさい。奥さんにいいつけるわよ」

「それで僕をおどかしてるつもりかい？　君はちょいちょいそんなことをいうけど、絶対にいいやしないよ。君はそんな女《ひと》じゃない」

「また、女《ひと》だなんて……」

私はちょっと黙った。これ以上いうと彼女は怒る。――いや、怒ったふりをして見せる。『核触媒』の少し手前で、彼女は歩道ぎわにより、珍しく急停車した。そして、しばらくためらうような様子だったが、やがてドアを開いた。

「ねえ、ターター」ターターは彼女がつけた、私の呼び名である。「悪いけど、ここで降りて、『核触媒』まで、歩いてくださらない？」

「ああ、いいよ。だけど、君、様子が変だな……。どうかしたの？」

「ええ、ちょっとね……」彼女はいい澱んだ。どんな話題にしろ、お紺が口ごもったなんてことは、はじめてだ。「そして……そしてお帰りの時は、私の製造会社の代理店から来る臨時の車に乗ってくださいね。電話しときますから。でも……バーに、どの位いらっしゃるおつもり？」

私は不吉な胸さわぎがして、あわてて訊ねた。「おい、お紺、君、何のつもりだ？」どこかへ行くんだろうか？「どこへ行っちまうんだ？」

お紺は、しばらくためらっているようだった。

「いいたく、なかったんだけど……」

私は思わず叫んだ。

「おい、何をいいたくなかったんだ！僕が何か悪いことをしたか？何か君の気にさわるようなことをいったか？もし、そうだったら、あやまる。どうしたんだ？本当のことをいってくれ！」

「そんなのじゃ、ないのよ」

彼女の声には元気がなかった。

「じゃあなんだ？とにかく、ドアを閉めろよ」

彼女はふたたびドアを閉めた。

「さあ、いってくれ。僕はわけのわからないままに、君と別れたくはないんだ」

「わたし、ご臨終なのよ」

わざと軽く、ふざけた調子でいうものだから、私はしばらく、その意味がわからなかった。

それから、ソファの上でとびあがった。

「何だって？　そんな馬鹿な！　君のボディはまだこんなに艶があってピカピカで、部品もしっかりしてるし、頭脳もたしかだし、どこも悪いとこなんか、ないじゃないか！」

お紺は悲しそうに答えた。「熱交換装置《ベッチンガー》にガタがきてるのよ」

私は少し安心した。「それだけ？」

「そうよ。でも、熱交換装置が悪いと、乗る人の生命の安全率は低下するわ」

「なんだ」私はわざと、軽い調子でいった。「じゃあ、取り替えればいい」

「駄目よ！」お紺はあわてていった。「契約違反になるわ。あなた、私を買ったとき、契約書読んだ筈じゃないの。部品は買えないのよ。古い車が使えなくなったら、必ず新しい車を私の製造会社から買わないといけないのよ。それに車は、少しでも悪い部分があったら、もう、乗っている人の安全性を保証できなくなるんだから、すぐに人をおろさなきゃいけないの」

「しかし、それは不合理だ。君は、部品を取り替えさえすれば、新車同様の……」

「ターター。わかってよ。駄目なのそれは……」お紺は吐息と共に、駄々っ子をなだめるように私にいった。「新車を買った方が、安くつくのよ。だいいち、持ち主にそんなことをしてもらうと、私は違反することになるのよ。車の規則で……」

「そうとも、君の持ち主は僕だ！」私は叫んだ。「君はもう君の会社のものじゃない。僕のもんだ。僕が君を買いとったんだ。部品の方が高くつこうが、熱交換装置が何万円しようが、問題じゃない。僕には君が必要なんだ。わかるかい、お紺、君が必要なんだ」

「だから私、いいたくなかったの」彼女の声は、おろおろしていた。「あなたがそういうだろうと思って、心配だった。でも、そんなことすると、あなたは罰せられるのよ。法に触れるのよ。契約違反で」

「くそ、あの会社め……」私は呻いた。「新車ばかり次から次と作りやがって、あの業《ごう》つくばりめ……」

「でも、私もうあなたに買われてから、四年にもなるのよ。オールド・ファッションよ。型が古くなりすぎてるわ。他の人たちは、一年足らずでモダンなものに買い替えてるのに……」

「他の奴なんかくそくらえ。新しい車なんかくそくらえ」私は彼女の苦しんでいない様子に腹を立てた。こんなことが、しごく当然と思っている様子にも腹を立てた。いくらロボットが人間に奉仕するために作られたものであるとはいえ、これでは、あまりにもひどい。可哀そうだ。「君は、もう僕とつきあうのが面倒くさくなったのか？」

「そんなこと、ないわ」

「僕が、もう嫌いか？」

「どうして、そんなことというの？」泣きそうになって、彼女はいった。「私だってつらいわ」

「だったら、僕から去らないでくれ」私は懇願した。「べつに、僕を乗せて走らなくてもいいんだ。ガレージで休んでりゃいいんだ。そうだ、余生をゆっくりと休養しろ。僕の話し相手にさえ、なってくれてりゃいい。何年でも、いや何十年でも、ずっと面倒見てやるからさ。ああ、面倒見てやるよ。面倒見させてくれ」

「奥さんが怒るわ」

「怒らせとけ」

「そんな……」

「君はひとつの人格を持っている。個性を持っている。ゆたかな感性、それに人間以上の理性を持っている。それなのにどうして、会社の利益のために抹殺されなけりゃならないんだ？」

「会社の利益じゃないわ。人びと全体の利益になるのよ。今の社会機構を狂わせるようなことをしちゃ、いけないわ。文明人なら」

「文明人くそくらえ」私はまた叫んだ。「君みたいな女《ひと》の人格を抹殺するなんて、そんな残酷な文明はほろびてしまえ」

「でも、私のボディは解体されて、また生まれかわるのよ、新しい車に」

「でも、それは君じゃない」私はソファシートの上で身もだえた。「お紺じゃないいんだ」

「そんなに苦しまないで…。お願いよ」

「君を離すものか」私は俯伏せて、シートにかじりついた。

「ぜったい、離さないぞ」

「ああ」お紺は嘆息した。「私みたいなお古の、どこがいいの？　もっと新しくて、ピチピチした大型車がいくらでもあるのに……」

「グラマーは大きらいだ」私はいった。「ガランとしていて乗っていても何かしら寒ざむしい」

「私なんかより、ずっと頑丈よ。それに三人以上乗れるわ。ほら、あなたは私に、二人以上のお友達が乗せられなくて、困ったことが、何度かあるじゃないの」

「その宣伝も、会社からの命令か？」私はわざと意地悪く訊ねた。「滅私奉公ってやつだな？」

「いや」彼女の声は今までにない悲しげなものだった。「そんないい方、しないで」

私はしばらく黙った。彼女も黙っていたが車内の空気は少しずつ湿っぽくなった。お紺は泣いているのだ。

私はゆっくりと身体を起した。のろのろと煙草を取出すと天井からお紺のしなやかなマジック・ハンドがのびてきて火をつけた。

しばらくして、私はいった。

「どうしても、行くのか？」

「行かなくちゃ、ならないわ」

「どこへ？」

「もちろん、スクラップ場よ」

「おお……」私は額を押さえて呻いた。お紺がスクラップにされる。巨大なクレーンで宙吊りにされ、馬鹿でかい万力が両側からガチン、ペシャリ、グシャリ。「そんな残酷な！　残酷だ。すごく残酷だ」

行かないでくれと、もう一度頼もうとした。だが、頼んでも無駄なことは、わかっていた。それに、お紺も苦しんでいるのだ。これ以上、彼女を苦しめたくはない。

「あきらめよう」私はかすれた声でいった。ふいに涙があふれた。「だが、ひとつだけ無理をきいてくれ。僕を、そのスクラップ場まで乗せて行ってくれ。このまま別れるなんて、いやだ。せめて、見送らせてくれ」

「人間は行けないのよ」彼女は悲しそうにいった。「スクラップ場のあるところは、誰も知らないの」

「車の墓場か……」私は呟いた。それからシートにそり返り腕組みして大声を出した。「君が何て言おうと、僕は乗って行く！　君の最後を見とどけるんだ。でなきゃ、僕は自分を納得させることができない！　もう何をいっても無駄だよ」

「でも、帰りはどうするの？　遠いのよ」

「平気だ。歩いて帰る」

私がテコでも動きそうにないとわかったらしく、お紺はゆっくり吐息をついた。「しかたがないわね……」

そして、のろのろと走り出した。どうやら墓場までつれて行ってくれるらしい。私は安心して、手足の力を抜いた。

「熱交換装置が悪いって、いったな」

「そうよ。でも、もう、そんなことは考えないで。どうせ考えるだけ無駄よ」

「いやいや、そういう意味で、いったんじゃない」

私は突然、二年前のある出来ごとを思い出したのだ。

「女房の、お産の時のこと、憶えてるか？」

「ええ、憶えてるわ」

「あのとき、僕は事務所にいた。そしたら、健保センターからヴィジフォーンで、難産だといってきた」

「そうだったわね。わたし、あなたを乗せて、すごいスピードで健保センターまで走ったわ。あんなにすごい早さで走ったの、あの時だけよ。雨が降っていたわ」

「そうだ。雨が降っていた。それも只の雨じゃない、大雨だった。あとで聞いたら、農園地区では洪水が起ったという話だった」

「ねえターター、あなたいったい何をいいたいの？」

「君はすごい早さで、水のあふれた道路を走ってくれたな。ところが僕は、もっと早く走れと君に命じた。これ以上走れないのか、のろまといって、君を怒鳴りつけたな」

「いいのよ」お紺はクスクスと笑った。「血のかよった人間なら、誰だってあんな場合、イライラして怒鳴るんじゃなくて？」

「健保センターへのインターチェンジは、地面が低いため、水びたしになっていて、川みたいに水が流れていた。そうそう、その流れの手前で、車が何台も立ち往生していた。水の中にも、腹まで浸ってしまって、動けなくなった車が、二、三台いたけど、あれはきっと、無理にあそこを渡ろうとしたからだろうな」

「ねえ、ターター、いったいどうしたの？　今ごろ、あんなに以前のことを思い出したりして」

「何故動けなくなったかというと、水のために熱交換装置が冷えたからだ」私はおかまいなしに続けた。全部喋ってしまわなければ、気がすまなかった。「車体の低い車ほど、熱交換装置が水に濡れやすい。でも、君は小型車のくせに、どんどんその水の中へ入っていった」

「濡れないコツがあるのよ」お紺は弁解するような口調でいった。「波を立てないようにすればいいの。少しでもしぶきがかかったら、フードが乾くまで、ちょっとの間じっとしてればエンコしなくてすむのよ」

「そうだ。あのとき君が、ゆっくりと水の中へ進んで行くのを見てうしろで立ち往生している大型車たちが、びっくりしていたじゃないか。グレイのライトバンが、横にいるエンジ色のトラックに『おッ！　見ろよ。あの小さいの、行くつもりだぜ』といっていた」

　お紺もクスクス笑った。「そうね。エンジ色のトラックも『うわあ、本当だ。行くじゃねえか』といって、驚いていたわ」

「僕は、水の中を走るコツがあるなんてこと、知らないもんだから、もっと早く走れ、どうしたんだ、ポンコツめ……今から考えると、あのとき、ずいぶんひどいことばかり、わめき散らしたな」

「いいのよ、そんなこと。わたし、気にしてないわ。あらあら、なあに、それをあやまるために、わざわざ昔のことを思い出したの？」

「そうじゃない。結局君は、あのときに熱交換装置を痛めてしまったんだ。だから君の寿命を早めた責任の半分は僕にあるんだ」

「そうじゃないわ！」

「まあ聞けよ。そりゃ君は、僕がどういったところで、そうじゃないというだろうさ。でも普通、車の寿命は十年くらいの筈なんだ。君がたった四年で具合が悪くなった、その原因は、あのとき以外には考えられないし、その責任は僕以外には考えられない……」

「ターター、ご自分を苦しめるのは、およしなさい。今となっては、もう、どうでもいいことじゃないの」

私は顔を両手で覆った。「お紺、許してくれるか？」

「馬鹿ねえ、ターター」

「ひとこと言ってくれ。許すといってくれ。頼む」

「そんなこと、言えないわ。わたしがあなたを許すんですって？　言えないわ！」

フロントガラスが、お紺の涙で曇りはじめた。彼女はあわててワイパーを使った。

「もう……もうやめて頂戴、わたしを泣かせるのは。悪いひと！」

私はしばらく黙った。両手を顔から離すと、眼の前に、ハンカチをつまんだお紺のマジック・ハンドがあった。私はそれで涙を拭った。

「あのとき、エンジ色のトラックが、エンコした君を引っぱってくれたな」

「そうだったわね。でも、あれは私、エンコしたんじゃないわ。しぶきがかかったから、それ以上装置が冷えないようにわざと停ってフードを乾かしていたのよ」

「じゃあ、あのトラックは君がエンコしたと勘違いしたんだな」

「きっとそうね。わざわざ傍までやってきて、ぎくしゃくした武骨なマジック・ハンドで、バンパーにロープをつないでくれたわ」

「照れたような恰好をしてな」私はクスクス笑った。

お紺もちょっと笑った。

「看板を積んでいたな」

「看板を積んでいたわね」

「吸入式便器の看板だった」私はゲラゲラ笑った。

お紺も、プッと吹き出して、しばらく笑い続けた。

「あの車は、いい奴だったな」

「そうだったわね」

いつかお紺は、私の知らない通りを走っていた。緑地帯が多いので、郊外に近いことがわかった。

「あのトラックには、あれから二、三度会ったわ」

「教えてくれりゃ、よかったのに……。あのときは、あわてていたから、ろくに礼もいってないんだ。で、君は何か話したのか？」

「いいえ何も。だって、照れくさそうにして、知らん顔をするんですもの。それにわたし、あなたと話していたし……」

「話しかけてやれば、よかったのに……」

「ええ、そうね」

「話したかったんじゃ、ないのか？」

お紺はしばらく黙ってからいった。「あなたっておかしな人ね」

郊外に出た。農園地区の白い国道だ。左右は見渡すかぎりの小麦畑だ。自然の空気を、私は胸いっぱいに吸い込んだ。

「あなた、この道を、歩いて帰らなくちゃならないのよ」

「平気だ」

「遠いのよ。私たちは違反してるんだから、迎えの車を呼んであげられないわ」

「いいんだ。いいんだよ」

しばらくしてから、お紺がいった。「ねえ、ターター」

「なんだい、お紺」

「天国へ行っても、ロボットと人間は、区別されるの？」

「魂だけなら、ロボットも人間も同じことさ」

「安心したわ」

しばらく行くと、道の片側に、真紅の小型車が、うずくまるような恰好で停っていた。お紺はその横に停って訊ねた。

「故障？」

「そうなのよ」赤い車が答えた。「あたい、ここまで別の車に引っぱってきてもらったんだけどさ、その車ったら、ロープの切れたのに気がつかないで、そのまま行っちまったの」

なるほど、彼女のバンパーには、短いロープの切れ端がついていた。

「じゃあ、あたしが引っぱったげるわ」

「ありがと。助かったわ」

お紺はマジック・ハンドで、トランクからロープを出し始めた。

「あなたどこが悪くなったの？　まだ新しいんでしょ？」

「そうさ。でも、あたいのボスが無茶をやるんだもん。たった一年で、受光装置のエネルギー吸収量は半分になっちまうし、核融合装置はガタガタしはじめるし、おまけに反動消去装置がぜんぜんきかなくなっちゃったの。町から抜け出すのがやっとだったわ。町を出たところで、やっぱりスクラップ場行きの親切なエンジ色のトラックに会って、その車にここまで引っぱってきてもらったのよ」

お紺は自分のロープを、赤い車のバンパーに結びつけた。

「あなた、名前何ていうの?」

「お豆」

「いい名前ね」

「そうかしら」お豆はちょっと考えてからいった。「でも、あたいのボス、冗談半分でそんな名前つけたんじゃないかと思うの。あんた、そう思わない?」

「あなたのボスって、どんな人だったの?」

「ううん、どういったらいいのかなあ。ひと口でいえないなあ。とにかく、陽気ででたらめでたくましくて乱暴で、お酒飲みよ。あたい、蹴とばされたこと何度もあるわ。でも、いい人だったわ」

私たちは連なって出発した。振り返るとお豆は、反動消去ができないで、ガタガタととびあがりながら、ついてきていた。

「も、も、もうちょっと、ゆ、ゆっくり走ってよ」

「あっ、ごめんなさい」お紺はスピードを落した。

「あ、あのト、トラック、エンジ色をしたトラック、今ごろス、スクラップ場で私を落してきたのに、き、気がついて、びっくりしてるわ」

「そうね。引き返してくるかもしれないわね」

「あのトラックは、レーダーも故障してたのよ、きっと。だって、ロープが切れたのに、気、気がつかないなんて」

「そのトラック、屋根に、平らな受光装置のある式の車だった？」

「そうよ、あら、知、知ってるの？」

「知ってるかもしれないわ」

「スクラップ場へ行けば会えるわ。受光装置っていえばさ、うちのボスは、よくあたいの受光装置を、な、なぐりつけて、こ、この馬鹿たれって怒鳴ったわ。でもさ、あ、あたいに馬鹿っていったって、しかたないんじゃない？　だ、だいたい車のイ、インテレジェンスての は、持ち主のイ、インテレジェンスに、あるていど、ふ、ふさわしくなくちゃ、いけないんでしょ？」

「さあ……どうかしら？」

「ううん、うちのボスが馬、馬鹿だっていうんじゃないけどさ、でも、だいたいボスがあたいを買うとき、あまり利口でない方がいいって注文したのよ。あ、あたいの具合が悪くなり始めてから、ボスが新しく買った車なんか、す、すごいグラマーだけど、あ、あたい以上のズベ公だって話よ」

「そういうお好みなんでしょ。じゃあ、あんたのボスは、お金持ちなのね？」

「ううん、最近になって、急にお金まわりがよくなったの。だから、あ、あたいに飽きちゃったんでしょ」

お紺が声を低くして、私に話しかけてきた。

「ねえ、タータ―。あなた本当に歩いて帰るつもり！　とっても遠いわよ。わたしも、こんなに遠いとは、思ってなかったわ」

うしろからお豆が声をかけた。「あらッ！　誰か乗ってるの？」

「とめてくれないか」私はお紺にいった。「ここから歩いて帰る」

お紺は停車し、ドアをあけた。私はシートを二、三度軽く叩いてから、道に降り立った。

お紺はドアを閉めた。

しばらく、私たちは無言だった。

うしろから、お豆がいった。「あたい、何か、悪いこと、いったのかしら？」

私はお豆にいった。

「そうじゃない。気にしないでいいよ」それからお紺のボディを撫でた。

お紺はいった。

「さようなら、タータ―」

私もいった。

「さようなら、お紺」

お豆がいった。

「さようなら」

私もいった。

「さようなら、お豆」

彼女たちは出発した。その姿が見えなくなるまで、私は見送っていた。それから、やってきた道を、ゆっくりと逆戻りしはじめた。

しばらく行ってから、私は内ポケットに、お紺を呼ぶ為の携帯テレベビーを持っているのに気がついた。とり出してスイッチを入れてみると、かすかにお豆の声が聞こえてきた。

「あんたのボスって、すごくやさしい人だったのね」

お紺が答えていた。「わたしって、とてもしあわせだったわ」それからあとは、ひとりごとのように呟いた。「何てしあわせだったんでしょう」

やがてスクラップ場に到着したらしく、お紺は高だかとクラクションを鳴らした。お豆のクラクションがそれに続いた。

私はスイッチを切り、テレベビーを小麦畑の中へ放り投げた。そして歩きながら呟いてみた。

「何て、すばらしい車だったんだろう」

東海道戦争

スポット

裏の家のラジオの大きな音で、いつもよりは、だいぶ早く眼が醒めた。おれの場合、原稿は夜でないと書けないから、早起きは三文以上の損になる。こんなに早く起きても何もすることがないもう一度寝よう寝ようとひとりごとをいって寝ようとしたが寝られない。そのうちに、放送局へ行けば原稿料をくれることを思い出して、のろのろと起きあがった。

裏の家のラジオは、真空管が古いらしく、雑音がひどい。男アナがニュースらしいものをわめきちらしているが、何をいっているのかよくわからない。音楽ならともかく、ニュースをあんなにボリュームをあげて聞いたって、しかたないのにと思った。

「東京市ヶ谷の……内の統合図上作戦本部……は会議……陸海空の三幕僚監部は……在日米軍事援助顧問団の勧告は、一応無視して……」

家にはもう、誰もいなかった。これはよくあることで、弟たちは会社、母は恐らく買物だろう。台所へ行き、コーヒーを沸かして二杯飲んだ。

イントロ

爆音が、しばらく前から続いていた。山ひとつ裏が、伊丹《いたみ》の大阪国際空港なのだ。いやに飛行機の発着のはげしい日だなと思いながら、縁側へ出て空を見あげた。ヘロン改修機が東へ向かって飛んで行った。つい先ごろエンジンを換装したばかりの、たしかDH114・TAWとかいう奴だ。まだ四機しか造られていない筈なのに、その四機が次つぎと京都方面へ向かっていた。何を運んでいるのか、想像もつかなかった。その後から飛んで行く六台のヘリコプターを見て、おれは驚いた。その中の二台は、S・61Cという二十五人乗りのヘリコプターだった。写真では見たことはあったが、実物を見たのは初めてだ。あとの四台にしても多座ヘリS・55Cとかいう奴なのだ。これはどこかで演習があるに違いないと思った。

家を出て初めて、様子がおかしいのに気がついた。

駅へ出るまでの道の両側の商店には、人があまりいなかった。通行人もまばらだった。たまに見かける人間はたいてい走っていた。電気器具商の店さきでは、人が十人足らず集まってテレビを見ていた。そのアナウンスが聞こえた。

「……といった、非常事態であるにもかかわらず、日本のすべての武装力、警察力が日本政府の指揮下からはなれ、もちろんハワイの太平洋方面三軍司令官の指揮も、在日米軍の指揮も受けていないのであります。陸上自衛隊の、機甲第7師団を含む13個師団は、統幕会議はもとより、陸幕長の指揮下からもはなれ、各師団長、連隊長が、違った意図のもとに統率している有様です。このうち、北海道の北部方面隊、つまり第2、第5、第7、第11師団は、人員の約三分の一が九州出身者であるため、内紛を恐れて、この騒ぎを静観し続ける模様であります。また、北部航空方面隊も同じ理由で……」

何が起ったのだろう？　戦争だ。そうに決まっている。海外出兵か？　国連軍として、南ベトナムへ派兵されるのか？

いやいや、それならこんなに、世間の様子がガラリと変わってしまう筈がない。じゃ、攻撃を受けたのか？　どこから？

このあいだアメリカの第七艦隊が北ベトナムを攻撃したから、第七艦隊の基地のある横須賀に報復攻撃が行なわれたか？　理屈では、自衛権行使の拡張解釈で納得できるが、実際には起りそうもないことだ。

じゃあ何だろう？　内紛だろうか？

自衛隊の敵は何だ？　総評、日教組、共産党——まだまだありそうだ。だけど数にすりゃ、しれている。だいいち、そんなものなら、今耳にはさんだような、全国的な紛争になる筈がないじゃないか。まてよ、全学連が加わったとしたら——いや、駄目だ駄目だ。安保闘争のときで一万二千人、三池闘争で一万五千人の警官隊だけで片がついている。どちらにしろ、自衛隊の飛行機が飛び出すほどの騒ぎになんか、なるわけがない。

すると何だろう？　青年将校のクーデターか？　正式の軍隊になれない不満が、文民である首相や防衛庁長官に向けて爆発したのだろうか？　いや、それも無理な想像だ。もちろん、仮に日本に危機的な治安状態が発生するとすれば、左からではなく右からのものだろうし、それも単なる職業的右翼の蠢動《しゅんどう》なんかじゃなくって、自衛隊の一部勢力と右翼が結びつき、それをある種の政治的黒幕が背後から操縦するという形で起るだろうことも確かだ。だが、そうなるためには、保守政権が失脚するか、あるいは弱体化して、革新政権がもっと強力になっていなければならない筈だ。そうでもなければ、やはり、こんな全国的な騒ぎになる筈がない。

いったい、原因は何だ。どことどこの戦争だ。敵は何だ。味方は何だ。何もわからない。おれはいらいらした。

18機編成のＦ104Ｊが一編隊、アナウンスをかき消す爆音を立てて飛んで行った。彼らが五〇〇キロ爆弾を積んでいることを、おれはもはや疑わなかった。

宙に浮いているような気がした。二重スパイをしているような、何も信じられない不安な気持だ。新聞を買おうとしたが、駅前の売店はシャッターをおろしてしまっていた。改札口で定期券を出そうとしたら、駅員がいなかった。プラットホームには、おれ同様、何が何だかわけがわからないという顔をした奴が二人いた。話しかける気にもならなかった。

それでも、電車だけはやってきた。四、五人しか乗っていなかった。電車が名神高速道路の下をくぐるとき、すごいエンジンの唸りが窓ガラスを響かせた。

阪急千里山線は吹田市役所の附近をしばらく、西国街道に続く車道と平行して走る。その舗装道路を、自衛隊のトラックと、自衛隊に徴発されたらしい日本通運の大型トラックが、土嚢を満載して走って行った。それが十二、三台。続いて警察の常設機動隊、方面警察隊、府警本部員や近畿管区警察学校の生徒たちをぎっしり乗せたトラックが七、八台走っていった。

ものものしい恰好をした男たちを乗せ、『日本郷友連盟』と墨書した白布をなびかせて、トラック三台がそれに続いていた。各車には、至誠会分隊、桜星会分隊、軍友会分隊と、以前の名称を分隊名にした幟《のぼり》が立てられていた。男たちは日本刀、猟銃、空気銃などを、紐で背にくくりつけたり手に持ったりしていた。ドライヴ・イットなどを持っている奴もいた。無所属の市民軍らしいオート三輪もいた。どの車も、大阪行の、おれの乗った電車とは逆の方向に、制限速度も信号も無視してつっ走っていた。

市民軍まで組織されているとなると大変だ。おれはとうとうたまりかねて、電車が淡路駅を出てから、運転台へ行った。運転手は定年間近らしい老人だった。おれは訊ねた。

「いったい、何ごとですか？」

「戦争ですわ」

「内乱ですか？」

「そうでんなあ。そうですやろ、おそらく」

おれはいらいらして、どことどこの戦争だ、はっきりいえと怒鳴りつけた。運転手は泣き出した。

「もう何も、聞かんとくなはれ、あんた。わし、何も知らんがな。戦争には、関係しとうないんや。私鉄五社の労組が参加せいいうて引っぱりに来よったけど、わし、やっとこさ逃げたんや。知りまへん。わし、何も知りまへんで！」

南方駅《みなみかた》で、旅支度をした人間たちが数人乗りこんできた。皆、心配そうな顔をしていた。眼鏡をかけたニキビの女と、眼鏡もニキビもない女の二人づれに、どうしたのだと訊ねると、東海道新幹線が不通になったので、新大阪駅から引き返してきたのだと答えた。東京へ帰れないと困るわスパイだと思われて殺されるのはイヤだわといって泣き始めた。

十三駅《じゆうそう》まで来ると、こちらの電車はガラガラに空いているのに、京都行特急はすごく混んでいた。四条大宮まではノン・ストップの筈なのに、駅員が、これは高槻より向うへは行きません折り返し運転ですと怒鳴っていた。

十三大橋では、車が約二、〇〇〇メートル停滞していた。新淀川上空を、陸上自衛隊航空隊所属のベルH・13型ヘリコプターが六機、北へ飛んで行った。

千里山から梅田まで出るのに、いつもなら二十五分のところを一時間かかった。

マエコマ

大阪駅の構内には、第3師団の司令部が出張してきていた。大阪駅前は大へんな騒ぎだった。九州地方から今到着したばかりというナイキ第2大隊の射撃中隊をはじめとして、大勢の自衛隊員や警察機動隊が陣地作りに大わらわだ。交叉点上に架けられた陸橋の上は、見物人で鈴なりになっていた。陸上自衛隊の戦車、新鋭の国産中戦車、装甲輸送車、装甲人員運搬車、特殊運搬車、普通の大型トラックが次つぎと到着し、隊員をはじめ重無線機、二〇〇ミリ榴弾砲、一〇六ミリ自走無反動砲、対戦車ミサイル、機関銃などをおろしていた。その中を自衛隊員、武装警官、マスコミ関係者や民間人が、あわただしく右往左往していた。テレビ・カーがあちこちに見え、スピーカーが呼び出しや連絡や注意事項をが鳴り立てていた。皆、憑《つ》かれたような眼つきで、相手のいるいないに構わず、大声で喋り散らしていた。上から見ると、派手な色彩が渦を巻いていた。

おれは阪神ビルの前で、コンクリート・ブロックの上に桜の花を乗せたような、三佐の階級章をつけた、わりあい暇そうに見える若い将校に、それとなく訊ねた。

「どちらから、来られたんですか？」

「芦屋基地から、二中隊つれてきました」

「ご苦労さまです」

「どうも」

昔の軍隊の将校なら、うるさい引っこんでろと怒鳴り散らすところだが、さすが『愛される自衛隊』の将校だけあって、一般人にはていねいだ。彼は入れかわり立ちかわりやってくる二尉と三尉の連絡将校に、それぞれてきぱきと指示をあたえながら、おれの質問に、ていねいに答えてくれた。

「自衛隊は全部出動したのですか？」

「よそはどうか知りませんが、西部方面隊はほとんど来る筈です。次つぎに到着しているでしょう」

「どんな部隊が来るんですか？」

「ナイキに関していえば、築城基地の一中隊が、今、国道一号線を枚方《ひらかた》の陣地に向かっている筈です。応援です。それから高良台演習場の一中隊が、関西本線に沿った国道百六十三号線を、やはり応援で伊賀上野に向かう予定です。まだ来ていませんが、芦屋基地の整備補給隊もやってきます。もちろん春日基地の第2高射群本部は、大阪国際空港に移動しました。あそこの方面総監部の中には、府中の航空総隊やCOCも、一部移っています」

「そうですか」

おれは安心した表情を見せた。だが、どことどこが戦争しているのか、まだわからない。どういって訊ねたらいいのか、それさえわからなかった。とにかく、こんなに大きな軍事力を見たのは、東宝の怪獣映画を除けば初めてだ。やってくるのはゴジラですかアンギラスですかと訊ねて見ようかと思ったが、殴られそうだからやめた。

「運がよかったですよ」三佐は話し好きらしく、あるいは自分を安心させたいためか、おれに喋り続けた。「つい最近まで伊丹の空港は、国際空港なんて名ばかりの、貧弱な飛行場だったんですがね。それでも、オリンピックだとか、日航のジェット乗り入れなどで拡張されて、すごく広くなった。時代の波が、この戦争には都合よく押しよせてくれたといえるでしような」

「そうですね。よかったですね」自分でも、何がよかったのかちっともわからない。「用地の買収が終わったというのは聞きました。じゃ、新しい滑走路は、もう出来てるんですか？」

「できてますとも。三、〇〇〇メートル級の、すばらしい滑走路ですよ。今は西部方面航空隊の航空機やヘリが続々と到着しています」彼はちょっとあきれたような顔をして、おれを見た。「あなた大阪の人でしょう？　知りませんでしたか？」

「エア・ラインをあまり利用しないものでね」軍人を相手に、墜落がこわいとはいえなかった。「ところで、敵はどこから来るんですか？」

「わかりません」彼は眉をひそめ、首を振った。「とにかくもう、名古屋まで来ていることは確かです。二十分前に、小牧《こまき》の空港と航空自衛隊の基地を占領したという情報が入ったばかりです。だから問題は、敵の、小銃編成部隊や戦車・装甲車部隊などの陸上主力部隊が、大垣、米原、草津という新幹線沿いのコースを取るか、あるいは国道一号線を四日市から鈴鹿峠を越えて草津へ出る東海道コースを取るか……」

「その場合なら、どちらにしろ、京都へ来ますね」

「そうです。そこまではいいんです。だから、それから後、奴ら、大阪街道を来るか西国街道を来るか、あるいはふた手に別れるか、それがわからない。でも、どちらにしろ、枚方と高槻に主力部隊を分けていますから、まず大丈夫です。喰い止めている間に、Ｆ一〇四や八六で爆撃してしまいますからね」

「でも、伊賀街道をやって来ればどうします？　四日市から津へ迂回して……」

「そいつが困るんだがな。そうなると困る」

彼はまるで作戦司令官のように顔をしかめ、地面へしゃがみ込んで、薄く砂に覆われた舗道に指さきで地図を書いた。

「四日市から一号線を通り、この関という小さな町から伊賀上野へ来る可能性もある」

「だけどその道は、舗装されていない筈です」

「ほう、じゃ戦車は通れないか？」

「よく知りません」

「いずれにせよ、この方面から来れば、伊賀上野を通る。ところが、そっちへ行く筈の中隊が、まだ到着してないんだ。奈良には航空自衛隊の基地があるけど、これだけじゃあとても……」

「そりゃ、いかんなあ」

おれも何となく胸がドキドキして来た。だが肝心の敵が何物なのか、まだ知らないのだ。早く知りたかったので、カマをかけて見ることにした。

「ところで、今度のこの戦争のことを、防衛庁では、どう呼称していますか？」

防衛庁ときいて、彼は冷笑を浮かべた。

「防衛庁というものは、だから、もうありません。だいたい防衛庁長官なんて武官じゃなく、政治家としても腰ぬけの文民じゃないですか。だから、今は自衛隊の各方面隊、あるいは師団が、個々に活動しているわけでね。われわれの間では、この戦争のことを、東海道戦争といっていますが」

「東海道戦争？」

「ええ、東京と大阪の戦争だから、そう呼ぶのがいちばん適当でしょう」

「何ですって？　じゃあ、さっきから敵だ敵だといってたのは、東京のことなんですか？」

「そうですよ」彼は疑わしげな眼つきでおれを見た。「あんた今まで、敵が何物だか知らなかったのか？」

「いや、そんなことはないんですが、しかし……」おれはちょっと、うろたえた。「しかし、原因は何ですか？　この戦争の原因は……」

三佐は、おれを東京方の陸幕第二部情報隊員かＳ２とでも思ったらしく、警戒して急に無口になった。

「さあ、そんなことまでは知らんね」

あまりしつこく訊ねて、スパイ容疑で逮捕されてもつまらない。頭の上から疑問符を三つ四つとび出させながらおれはその場を離れた。

桜橋へ出ようとしたが、大阪駅前は大混雑で通り抜けられなかった。しかたなく、梅田新道へ迂回することにした。

曽根崎警察署から、武装警官が二十人ばかり走り出てきて、パトカーや白バイに乗って長柄橋の方角へ去った。

梅田新道の交叉点では、組織されていないままの市民軍が、車道に土嚢を積みあげていた。ワイシャツの袖をまくりあげた、銀行マンらしい青年たちが、パチンコ屋の制服を着た若者たちといっしょに、セメントの袋を運んでいた。建築会社の技師や大工が、黄色いヘルメットを被《かぶ》りドリルやリベットを持ち、装甲車に改造するのだといって市バスと格闘していた。隊友会の会員章をつけた建築技師がそれを指揮していた。どうやらこの男は、以前自衛隊の建設部隊にいたらしい。建設部隊の隊員は、高度成長、設備投資の時代だから、建設会社によく引き抜かれる。それはそうだろう。陸上自衛隊の建設部隊は技術は高級、その上ブルドーザ、エアコンプレッサー、ワゴンドリル、ジャックハンマー、発電機、木工具など一流土木会社なみの近代装備を持っている。ある部隊など、中隊長以下全員退職して建築会社へ行き、一中隊全滅という事実があると聞いた。

教師に引率された小・中学校の生徒たちが、モッコに砂を入れて運んでいた。郷友連と書いた鉢巻きをしめ、三十人ほどの中年の男たちが車道で竹槍の練習をしていた。第二次大戦の時に少尉で、今は偕行会の会員だという、小企業の社長らしい五十男が日本刀を振りまわし、ここから絶対に一歩も入れるなとわめいていた。号令をかけるのだが、誰も相手にしないのでカンカンになって怒っていた。

大学の射撃部員がライフル片手に整列してOBの指示を受けていた。手まわしのいいことに、赤十字病院から自衛隊救護班として編成された看護婦たちが、すでに出頭してきていて、もはや歩道にテントを張っていた。これなど、平時から自衛隊補助員に救護教育を受けていたとしか思えない。喫茶店の前に並べられた仮台では、自衛隊父兄会の指図で、ウェイトレスやバーのホステスらしい女までが、にぎり飯の炊出しをやっていた。マイ・カー族やマッハ族が、それを最前線に運ぶのだといって、車に積んでいた。皆、はりきっていた。

撃ちてしやまん打倒東京と書いた幟を立て、警察署長が演説をしていた。マイクで変質された声が、きれぎれに聞こえた。

「マスコミに毒された……中央意識……地方人共通の敵であり……日本の……対外的威信ひいては国家的信頼感を失墜……」

抽象的なことばかり言ってるところをみると、彼にもどうやら戦争の原因がよくわかっていないらしかった。

梅田新道を右折し、さらに五分ほど歩いて放送局についた。だがここも、たいへんな騒ぎになっていた。

スタッフ

テレビ中継車や乗用車のごった返す間をぬって玄関にたどりつき、ロビーに入ると、ヘルメットを被った取材班が、出発の準備をしていた。関西でちょっとばかり顔の売れた時事評論家が、二、三社の広告代理店の男たちに取り囲まれ、臨時の報道番組にニュース解説者として出てくれと頼まれていたが、自分は戦争には参加しないといっていた。この評論家は以前も、オリンピックの時に、おれはオリンピックには興味ないのだということを、そして、何故興味がないかということを、あちこちのテレビやラジオで喋り、新聞雑誌に書きまくることによって、結局オリンピックに参加していた。

コマーシャル・ガールや、ジャリ・タレントやその父兄などはパーラーの片隅に小さくなっていて、警察の広報課員、自衛隊のPR担当将校が部屋の中央にのさばっていた。教育テレビの防衛講座や、防衛庁がスポンサーの社会教養番組は、すべて戦争の実況中継になるという話をしていた。滑稽にも、将校のひとりは、『昭和三九年度防衛庁広報実施要綱』を参考にして話を進めていた。

営業部を通り抜けようとして室内に入ると、ひっきりなしの電話のベルが、部屋中の空気を顫わせていた。飛行機や拳銃などのプラモデルを売っている商会の男が、自分の会社がスポンサーになっている放送局の自主企画番組を、実況中継に変えてくれと部長に頼んでいた。

報道部はてんやわんやの騒ぎだったが、芸能課や音楽課はひっそりしていた。皆、報道部へ応援に出かけたらしく、書きかけの絵コンテ、原稿、編集しかけのテープなどが机の上にひっくり返っていた。どうやら、ギャラは貰えそうになかった。

友人のアナウンサーが、電話で喋っていたので、その傍へ行った。

「そうです。ですからもう、拳銃不法所持で逮捕されるなんてことも、ないわけです。……え？　何ですか？　さあ、どこに売ってるか知りませんね……。作家か俳優に聞いてごらんなさい」

彼は受話器を乱暴に置き、横にいるおれに喋りはじめた。

「ほんとは友人に拳銃気違いがひとりいるんだけど、戦争が始まる前に逮捕されてしまったから、家に帰ってるかどうかわからん。そいつんとこへ、警官が家宅捜査に行ったら、押入れから迫撃砲が出てきたらしい。ベトコンの真似をして、水道管だかガス管で作ったそうだ。だけど皆がそれをやり始めたら、水道ガス屋全部取り締まらなきゃいけない。そんなことできないものな。できるか？　できないだろう？　そんなことしたら水道料やガス代がまた値あがりして、プロパンガスは暴騰するし……」

「そんなことはどうでもいい」おれはいらいらして、両手を振り、彼のおしゃべりを中断させた。「なあ山口、とにかく事情を教えてくれ。いったい、何がどうなっているのか、ぜんぜんわからん。東京と大阪が戦争になったっていうのは本当か？」

「今ごろ、何をいってるんだ？」彼はあきれて、ふたたびおれの顔を見た。「お前今まで、どこで、何をしていたんだ?」

「とにかく、今起きたばかりなんだ」

「昨夜《ゆうべ》は何時に寝た?」

「昨夜? 寝たのは昨日の昼過ぎだ。だって一昨夜《おととい》は締切に追われて徹夜で原稿を書き、朝から酒を飲んだ。それから寝ようとしたが、疲れ過ぎていて眠れないので催眠剤を八錠のんだ」

「じゃあ、無理ないな。東京が大阪へ進撃を開始したという情報が最初に入ったのが、ちょうどお前の寝た頃だ。昨日の一時だ。自衛隊や警察には、もっと早くから秘密情報が入っていたらしい。市ヶ谷の陸幕G2分室にいる、中野学校卒業の大阪生れの隊員が、無電で方面総監部へ知らせたそうだ」

おれは椅子を引っぱってきて、彼の横に腰を据えた。「何故東京は、大阪を攻撃するんだ?」

「大阪が東京を攻撃する準備をしているというニュースが伝わったからだ」

「じゃあ、何故大阪が東京を攻撃するんだ?」そう訊ねてから、おれはあわてていった。

「東京が大阪を攻撃するからだなんて、いわないでくれよ」

「だけど、その通りなんだ」彼はいった。「そうとも。どうどうめぐりだ」

「なぜだ! なぜだ!」

「怒鳴るなよ。つまり、そういう期待があったからだ。戦争という事件への期待、そして、そういう事件を起すことのできる、自分たちの能力についての期待だ」

「自分たちというのは誰だ？」

「大衆だ。あるいは事件を望む人間のすべてだ」

Aロール

おれは少し混乱した。だが、混乱するのはおれが馬鹿だからではなく、彼の言葉があまりにもあいまいだからだということにすぐ気がついた。「あいまいだ」

「そうとも。事件に関する興味は、あいまいさに由来する。だから事件は、新しい重要性を持ってくるんだ。あいまいさのない戦争なんて、第三者にとっては面白くないからな」

「戦争が面白いだと？　何てことをいう」

「ほう？　すると君は、面白くないのか？」

おれはしばらく、自分の気持をほじくり返した。「そりゃ、少しは面白い」

「それ見ろ。面白いから報道の価値もあるわけだ。でなければ、こんな大騒ぎになるわけがない」

「おいおい」おれは彼のひとり合点について行けず、まごついた。「まるでマス・コミが楽しむために戦争を起したみたいだぜ」

「それは少し違う」皮肉が通じなかったのか、彼はあい変らずの調子で続けた。「戦争を起したのも、それを楽しむのも大衆だ。マス・メディアは、戦争を大衆に楽しませるためにあるんだ。もっとも、この戦争が、報道あるいは再現メディアにつごうのいいように仕組まれ、準備され、そして発生したことも確かだがね」

「君のいうことは本末顚倒してるぞ」おれはあわてていった。「第一に、大衆は楽しむどころか、戦争に参加してる。だから報道は意味がない。第二に、戦争が起ったから情報が発生するので、報道され再現される目的のために戦争が発生したんじゃない」

「どうして、そんなことがいえる？」お前こそ、ひとり合点だという眼つきで、彼はおれを見た。「第一に、市民軍となって参加しているのは、全日本人口の何百万分の一かだ。第二に、この戦争はあきらかに、贋造《がんぞう》の出来事だ。マスコミの世界では、贋造の出来事が本物の出来事を追いやってしまう。グレシャムの法則だ。だからこの戦争は、取材されるための戦争だ。製造されたニュースだ」

「我田引水だ」おれは叫ぶようにいった。「君はマスコミ関係者だ。だから君がマスコミのことを喋っている時は我田引水だ」

「君だって、マスコミ関係者だろう？」彼は苦笑していった。「だったら戦争が、どれほど劇的で、サスペンスに満ち、いきいきとしているか、つまり、いかに報道価値のあるものか、わかる筈だ。しかも、この戦争は、各人の戦争に関するステロタイプを、ある程度満足させることのできる戦争だ。それに、情報社会で起る戦争は、たいていマスコミに関係してるってことは、君にだってわかるだろう？」

　その時、芸能課長がデスクから彼を招いた。山口は立ちあがり、課長の傍に立った。課長は気乗りしない様子で、彼にふた言み言指示をあたえた。

「これから、A号地点へ取材に行く」彼は戻ってきて、おれにいった。「君も行かないか？」

「よし、行こう」

「待ってろ。ヘルメットを借りてきてやる」

　彼が去ったので、おれは友達の邦子の家に電話してみた。彼女の母親が出た。邦子はいなかった。大学の山岳部員といっしょに、レインジャー部隊に参加するといって、朝からテロをつれて出かけましたと、母親が教えてくれた。テロというのは彼女の飼っているダルマシアン犬だ。どの方面へ出かけたのかは、わからなかった。

　山口が黄色いヘルメットをふたつ持って戻ってきた。おれたちはその紐を顎で結びながら、局の裏口から出、駐車場の、社旗を立てたトヨペット・クラウン・デラックスに乗りこんだ。彼が運転席、おれが助手席に腰をおろしたとき、芸能課長が走ってきた。

「山口君。自衛隊の人を乗せてやってくれ。西部方面隊の警務中隊の人だ」

「いやだなあ」山口は顔をしかめた。「憲兵でしょう？」

「そうだ。だけど心配しなくていい。映画専門の、エキストラ部隊の隊長だ」

　おれたちと同年輩の二等陸尉がやってきて、後部座席に乗りこんだ。

「すみませんね。お願いしますよ」

山口はぶっきらぼうにいった。「自衛隊には、車はないのか」

「いやあ」二尉は苦笑して頭を掻いた。「そんなことといわないで、頼みますよ」彼は身をのり出していった。「そのかわり、私が乗っていりゃ、交通違反してもいいし、どこへでも入って行けますよ」

山口は乱暴に車をスタートさせた。

「A号地点って、どこだい？」おれは訊ねた。

「国道百七十一号線の高槻だ」山口は答えた。「吹田《すいた》のあたりで、ごった返してるらしいから、豊中のインターチェンジへ出て、名神高速道路を通り、茨木まで行こう」

市内の大通りは、必ずどこかに土嚢でバリケードが築かれていたので、おれたちは小路を抜けたり、引き返したり、どうどうめぐりをしたりして、やっと新淀川を越えて塚本へ来た。

「爆撃を受けるおそれはないか？」

おれが訊ねると、二尉が答えた。

「レーダーサイトが監視しているから大丈夫でしょう。とにかく、こちらには府中を中心に嶺岡山、笠取山の間に完成した高性能マイクロウェーヴがある。バッジ・システムの中枢ですからね。低空用のホークもあれば、高空用のナイキだってある。いざとなりゃあ、遠距離用のボマークBだってある。心配ないですよ」

「さっぱりわからない」おれはいった。「何のための戦争だ。何が起っているんだ？　本当のことは何もわからない。しかも戦争は目の前で起っていて、見ることができる。なのに原因がわからない。認識の混乱だ」

「そうとも誰だってそうさ」山口がいった。「安保闘争の時など、テレビ・カメラが持ち込まれただけで混乱を引き起した。デモ参加者は、テレビにうつしてもらおうと思って騒ぎのある場所へ行き、帰ってきてから夜のニュースで自分の出ている場面を見ようとした」彼はちらとおれを見た。「こんな時、何が原因か判るか？　事件の当事者だって、誰が行動の主体で、命令系統がどうなっているかわからない時、市民が現実を正しく評価するのは不可能に近いんだ。どれもこれもみんな仕組まれた騒動だ。疑似イベントだ」

「つまりお前は」おれがいった。「大衆がニュースに餓えていて、マスコミがその需要に応えて、この戦争をでっちあげたというのか？」

「その通りだ」彼は答えた。「大衆にとって、ニュースは、面白いか面白くないかのどちらかだ。面白くないニュースは、出来ごとが面白くないからニュースも面白くないんじゃない。面白く作られていないから面白くないんだ。面白い記事がないから、突拍子もない出来事が載っていないから、その新聞は駄目だということになるんだ。出来事のない時に出来事を作り出し、英雄のいない時に英雄を作り出すのが、現在のマスコミだ」

「なるほど」次第に彼の理屈がわかってきた。「そういえばオリンピック以後たいした出来事はなかったからなあ」

「あれほどの出来事は、自然発生的にできるものじゃないからな」彼はうなずいた。「そしてここ当分、あれだけの出来事はありそうにない。万国博があるだろうが、まだだいぶ先の話だ。それじゃ大衆は承知しない。貪欲だから、とほうもないことをひっきりなしに期待する」

「だからといって、何も戦争を起すほどのことはなかっただろうに」おれはいった。「この戦争が、彼らの要求にぴったりというわけでもあるまいし」

「いや、ぴったりのものしか起さないだろうよ。こいつは期待にぴったりだ。オリンピックは、ごく一部の人間しか参加できなかった。だが、この戦争は、参加しようと思えば誰だって参加できる。疑似イベントが増大すれば、客体と主体の間――つまり役者と観客に区別がなくなるんだ。オリンピックでは、限られた人間しか英雄になれなかった。だが戦争では、なろうと思えば誰だって英雄になれる。参加者全員が英雄ともいえる。現代の英雄なんて、特に人間的に偉大である必要はないんだからね。平凡であればあるほどいいんだ。平均人の見本ならいいんだ。英雄なんて、われわれ自身の無目的性の容器なんだ。タレントにしろスポーツマンにしろ、拡大鏡を通して見たわれわれ自身だ。大石内蔵助よりは長谷川一夫の方が偉いんだ。舟木一夫によって矢頭右衛門七はどうにか有名になれた。人間的疑似イベントだ。有名人という奴が、英雄を圧倒してしまっている。局に来ていたジャリ・タレントが、この戦争を、どうせ起るならもっと早く起ればよかったのにといっていた」

「どうして？」

「ヴィク・モローが来日していたからだ。彼がいれば、もっと面白くなっただろうにというんだ。子供のいったことだと馬鹿にしちゃいけない。大人だって考えることはたいして違わない。『コンバット』を見てる奴なら、その真似をして戦うだろうよ」

車は豊中のインターチェンジに着いた。料金係がいないのでたいして混雑もなく、車はすいすいと高速道路へ出入りしていた。大型トラックが無茶なスピードを出すので、ハイウェイ全体が震動していた。上空には絶え間なく航空機が飛び交っていた。

「右翼団体だな」

二尉がいった。振り返ると、青年行動隊らしい連中を載せたトラックが、あとを追ってきていた。

「戦後の右翼には、明確な指導理念もなければ、反体制的な変革の志向もない」山口が、後部座席の二尉を気にする様子もなくいった。「政党の院外団的存在で、資金提供者への追従があるだけだ。自分たちが何をしていいのかわからないから、誰にでもわかるような行動をとろうとする。大衆にアッピールするような行動だ。大衆もそれを喜ぶ。兇暴な愚連隊的行動なら、誰にだって批判できるものな。しかも、それは簡単に話しあうことのできる政治活動なのだ。自分たちにも理解できる政治問題があるということは実に楽しい。テレビの党首会談を見て、話の内容はわからなくても、誰の男っぷりがいいか、誰が陽気で、誰が優勢かはわかる。大衆の、そんな批判の方法が、すぐ再現メディアに影響する。そこで現実が誇張される。あるいは簡単に改造され、誰にでもわかるように換骨奪胎される。政治問題だけじゃなく、あらゆることがだ。わかり易いに越したことはない。『時の踊り』よりは『レモンのキッス』の方が、ベートーベンの『エリーゼ』よりは『情熱の花』のほうが聞いていて楽しいし、よくわかる。第一、自分たちの知っているタレントが歌っている。『ピグマリオン』よりは『マイ・フェア・レディ』の方がわかり易いし、第一楽しんで見られる。テレビの連続ドラマが面白くなくなるからといって、原作を読まない奴なんか、ざらにいる」

「そうだ」話がおれの仕事に関係してきたので、おれはいった。「映像化できないものが小説の中にはあるってことが忘れられている。すぐれた小説ほど、そうだともいえるな。作家まで、それを忘れているんじゃないか。おれを含めての話だが、プロ・ライターの職業病で作家眼震症というのがあって、ほとんどこいつにかかっている。つまり一方の眼を出版社に、他方の眼をテレビに向けて仕事をするためだ。そうしなけりゃ、食えないからだ」

「そして有名にもなれないからだ」山口が間髪を入れずにいった。

岸部のあたりで、大阪から高槻に通じている舗装道路が見おろせた。対戦車ミサイルを中心にした対戦車隊の行進がひときわ目立っていた。オネスト・ジョンに似た三〇型ロケットや地対地ミサイルも運ばれていた。トラックには、ラクロスも積まれていた。このラクロスはトラックからそのまま発射できるらしい。この行進にくっついて、中継車が、テレビ中継をしながら走っていた。

「なるほど、情報戦争だ」おれはいった。「むしろ、テレビで見た方が迫力があるだろうな」

「そりゃそうだ」山口はうなずいた。「パレードにしろオリンピックにしろ、テレビで見た方がいいにきまっている。群衆にまじって現場で見ようとしたって、ほとんど見られない。

聖火が眼の前を通過するのは、ほんの一瞬だものな。それも、見えたらまだいい方で、たいていは前の人間の頭に隠れて見えなかったり、足を踏まれて怒っている間に行き過ぎたりしてしまう。ところがテレビは現場の様子を、まったく作り変えてしまう。同じものをテレビで見ると、まったく別の感動がある。何しろテレビ・カメラって奴は各所に分散しているし、劇的部分だけを強調できるんだからな。テレビで見てると、オリンピックの観客は始めから終りまで熱狂し続けている。もちろんカメラは動きのある部分だけを追っているわけだ。何しろオリンピックなんだから、皆が歓呼し続けていないことには視聴者が承知しない。だけどあの群衆の喝采や身振りは、本当は選手に対するというよりは、テレビ・カメラに対する反応だった。おれ自身東京へ行ってマラソンの見物人になったけれど、長い時間待たされて足は痛むし、退屈この上もなかったよ。アベベが走ってくると、周囲の奴はみんな歓声をあげたけど、あれはむしろテレビや映画の画面に入りたい気持があったからだ。おれの周囲にいた二、三人は足を踏まれたりして罵っていたけど、それだって歓声に作り変えられて報道されたんだ。あれ以来おれは、尚さらテレビの眼を信じなくなった。だって、本当じゃないんだからな。ところが本当でない方が皆は喜ぶんだ。オリンピック映画の評判が悪かったのは、本当の部分を整理しなかったからだ。安っぽい感動を創作しなかったからだ。そこにあったこと、起ったことを、そのまま並べて見せたからだ。感嘆詞だらけのアナウンスを、たくさん入れなかったからだ。競技場の全貌をあまり入れず、観客が神様の視点から眺められるような配慮を怠ったからだ。実際以上に日の丸がたくさん掲《あ》がったように見せなかったからだ。掲がった本数だけ日の丸を出してりゃあ、アメリカやソ連の旗はもっと掲がったんだから、全篇旗ばかりの映画になっちまう。マラソンの場面で、横から警官が出てきて邪魔だったなどという投書まである。馬鹿な、それが本当だったんだ。まるでみんな、もっとおれたちをだましてくれ、何故もっとだましてくれなかったといって駄々をこね、わめき散らしているみたいなもんだ。ところがだよ、それほど反感を買ったあの映画にしたって、やっぱり疑似イベントなんだ。こしらえ物であることに違いはないわけだ。だってあのオリンピック自体が、そもそも報道のためのオリンピックだったんだからな。何てったって、実際の観衆よりは、テレビや映画の観客の方が多いんだ。あれはシンコム3号を中継に使うためのオリンピックであり、映画にするためのオリンピックであり、各国の報道班が入り乱れてどんちゃん騒ぎをするためのオリンピックだった。日本最大の疑似イベントだったわけだ。だけど、それ以前の問題としてだ……」

彼はおれの顔に眼を据えた。彼の眼は異様な光りかたをしていた。

「それ以前に、あれは本当にオリンピックだったのだろうか？　われわれがオリンピックと信じて、十五日間テレビに眼を釘づけされていたあの出来事は、確かにオリンピックに違いなかったのかね。あれがマスコミのでっちあげた幻想ではないと、誰に言いきれるんだ？　国民的自己催眠ではなかったと、誰に言える？　君はSF作家だろ？　多元宇宙の考え方からいえば、あれが必ずしもオリンピックでなくてもよかったということになりはしないか？」

「うん、本当のオリンピックは、次元の違う世界で行なわれたのかもしれないな。それがこの世界に投影されただけの、まったくの幻影だったのかも……」

「そうだ、それだ」彼はうなずいた。「おれもそう思う。あれは大いなる幻影だった。ほんとは、オリンピックなんて、なかったのだ。われわれができるだけオリンピックらしくあってくれと念じながら、一人ひとりの心の中に築きあげた幻像だったのだ。より大きな期待に苦しめられ、自ら幻影を作り出し、それを追い求め、自分で創っておきながらそれを事実だと信じようとしている——。それが情報社会の中の人間だ。おそらく今、この戦争のありさまをテレビで夢中になって見ている何百万人かの人間は、それが自分たちの期待によって作り出された幻影だとは思ってもいないだろうがね。宗教と同じだ。疑似イベントは神だ。マスコミは新しい宗教だ。われわれの知っている世界は、疑似イベントの世界ばかりだ」

ナカコマ

茨木のインターチェンジから、国道百七十一号線へ出た。ここからはもう、車はのろのろと進むことしかできなかった。引き返す車がほとんどないため、最前線まで、軍用車と民間車が道路をぎっしり埋めているのだ。

「最後には、二、三キロ歩かなくちゃなりますまいね」二尉がいった。

「まあ、行けるところまで行こう」

二尉は窓から首を出し、ひっきりなしに怒鳴った。「そこの子供さん、どいて下さい。危いですよ。お嬢さん、車をわきへどけてくれませんか。おい、通してくれ。最前線へ至急連絡だ。何？　トラックに重無線機がある？　そうか。いや駄目だ。極秘連絡事項だ。おおい、そこの人、その警察犬を追っぱらってくれ。こら、その兵隊、どかんか……いけねえ、あいつ憲兵だ」

「あんただって憲兵だろ？」

「ああ、そうでしたな」

「ねえ将校さん、こんな状態で、物資の補給はどうするの？」

「なあに、ヘリや練習機があります。YS11で落下傘投下だってできるし」

「でも、大砲などは？」

「心配いりません。最前線にはすでに、りゅう弾砲だとか、NATO制式弾を使う新機関銃、それに90ミリカノン砲を載せた六一式戦車がズラリです。大丈夫です」

「それで、追っ払えるのか？」

「全滅させてやります。いざとなりゃ、大阪湾には、徳島や江田島や鹿屋から甲型護衛艦が来て控えています。戦闘機や爆撃機が来れば、ターターでやっつけられます。おまけにこっちには、呉に潜水艦隊があるけど、東京にはありません。横須賀から艦隊がやって来たって、魚雷をくらわせてやればいい」二尉は喋りながら次第に興奮してきて、おれの首筋に唾をとばし始めた。「北部方面隊と、北部航空方面隊が静観してるんだから、西の方が強いのに決まってます。だってね、隊員の出身地は陸上だと九州七県が三五％、東北六県が一六％なんです。青森の第九師団は北部だから加わらない。わかりますか？　つまり自衛隊員で現在戦闘に加わっているのは、ほとんど九州出身者なんですよ！」

「勝てるのかなあ」

「まだそんなことをいってる。勝ちますよ。きまってるじゃないですか」

二尉は少し膨《ふく》れた。山口は苦笑して、いった。

「治安行動草案で池田さんが、同胞相撃つ悲劇はさけたいといっていたが、結局国内戦になってしまったな」

「あれは違う」二尉はあわてていった。「あれはデモ鎮圧のことでしょう？」

「ところで君は」山口がおれに訊ねた。「非常事態に際しては、日本のすべての武装力、警察力は、日本政府の指揮からはなれて、米軍司令官の指揮命令をうけることになるのを知っているか？」

「何だそれは！」おれは驚いた。「ちっとも知らなかった。それじゃまるで、日本の軍隊と警察は、米軍予備隊じゃないか？　そんな法律が、本当にあるのか？」

「認識不足だな」山口がいった。「あるんだ。ずっと以前からある。秘密了解事項として公表されていないが確かにある。旧行政協定をめぐる日米交渉の際に、アメリカから出された草案の第二四条だ」

二尉が詳しく説明した。「非常事態に際して日本の自衛隊は、在日米軍と米軍事顧問団を通じ、ハワイにある太平洋方面三軍司令官の直接指揮下に入るんです」

おれは身顫いした。三矢研究どころの騒ぎじゃ、ないじゃないか！

これが国内戦で、ほんとによかった——おれはそうも思った。

「駄目だ。ここからもう、歩かなくちゃあ」

山口がいった。おれたちは車を捨てた。

人間たちは皆、道路にぎっしりと詰って停車した車の間を身体を細くして通り抜けていた。道路横の商店や民家には各隊の本部や、野外用無線通信機、一般通信機が設置され、器材補充班、修理班などが陣どり、弾薬の梱包《こんぽう》をほどいたりしていた。商店街を出はずれた畠へは、輸送機やヘリが上空から補給物資を投下していた。製菓会社や化粧品会社の工場の広い前庭には、機甲部隊の予備軍が整列していた。

ひとつの目的を把握した上での、気持のいい混乱が、そこにはあった。あきらかにここでは、労働が楽しまれ、命令することとされることが喜ばれ、事態の切迫が面白がられていた。市民も軍人も、すべてが英雄気どりであった。ある者はヴィク・モローだし、ある者はスティーヴ・マックィーンだし、ある者はジャン・ポール・ベルモンドだし、ある者はジョン・ウェインだった。整然たるべく訓練された部隊でさえ、ある種の混乱が意識的に創り出されていた。その混乱により、戦意は、いやが上にも盛りあがり、浮わついた自己顕示欲はますます眼に見え始め、スクリーンでおなじみの戦場気分が、より判然と装われて行くのだった。

そしてこの混乱は、おれたちが最前線に近づくほど増した。

二尉は、いつの間にかいなくなり、おれはデンスケを持った山口と二人、埃と喧騒の中を東へ歩いた。

Bロール

前線の最右翼は、名神高速道路の彼方《かなた》、金竜寺の辺りから始まっていた。そこから東へ、高速道路がトンネルへ入る附近を横ぎり、東海道線、阪急京都線、東海道新幹線等の鉄道路を横断し、おれたちのいる国道を越えて畠の中を抜け、淀川べりまで布陣されていた。

最前線は馬鹿騒ぎのまっ最中だった。正気の沙汰じゃない――おれはそう思った。みんな、気が違っている！

ラッパを吹く奴、鉄兜《てつかぶと》をかぶった奴、かぶらない奴、ためしに撃ってみる奴、オートバイに乗った奴、土嚢の上に登る奴、わめきちらす奴、馬に乗った奴、刀を振りまわす奴、自動車に乗った奴、たくらむ奴、号令をかける奴、戦車に乗った奴、空を飛ぶ奴、犬をつれた奴、食べる奴、飲む奴、地面を掘る奴、木に登る奴、電話する奴、道の上をちょろちょろする奴、考える奴、花火をしかける奴、鉄砲を探す奴、報告する奴、テントを張る奴、陰にかくれる奴、取り引きする奴、靴のない奴、撮影する奴、電線を引く奴、地雷をしかける奴、レールをはずす奴、スピーカーを使う奴、怒る奴、双眼鏡で見る奴、寝る奴、本当に気の狂った奴、牛を追う奴、頼む奴、セックスに童貞があるみたいに、戦争にも童貞があって、こいつらはみんな童貞で、戦争と聞いただけで興奮して泡を吹いているのだ——おれはそう思った。見渡す限り、戦争の色彩が渦を巻いていた。いり混り、離れ、溶けあい、固まり、流れ、濁り、漂っていた。その配色は、そんなものがあるとすれば、あきらかに局地戦の色調だった。レインジャー部隊がやってきた。鉄兜のかわりに暗緑色の略帽、同色の戦闘服、ズボンは衣ずれがしないようにひもでまきつけ、足にはゴム底の山靴、ライフルをロープで肩からつるし、腰には海賊の持つような大型ナイフ、背中にはリュックサックを背負っていた。彼らはバリケードを越え、さらに東へ向かって行った。その後に、山岳部員などの学生たちが、できるだけ彼らに似せた恰好をして、続いて行った。おれはその中に、邦子の姿を見つけて声をかけた。

「おい、邦ちゃん」

「あら」彼女は隊列を離れ、おれの前に立った。「何やのその恰好？　あんた、戦争する気あるの？」背広姿のおれをじろじろ見た。

テロがおれの足もとに、もつれてきて鼻を鳴らした。邦子は海賊縞のグリーンのセーターに、赤茶色のスラックスをはいていた。背には、どこで見つけてきたのか、空気銃をくくりつけていた。

「どこへ行く？」

「ゲリラの掃討と、爆破工作」

おれは彼女の銃を指していった。「雀でも打つ気か？」

彼女はたちまち、むかっ腹をたてて顔色を変えた。「人間は撃たれへん言うの？　よし！」銃を肩からはずし、おれに銃口を向けた。「撃ったろか」

隣にいた山口が、泡を食ってとんで逃げた。口だけは達者だが、臆病なのだ。

「よせよ」彼女も戦争に関して処女だ。こわいもの知らずだ。無知で、ヒステリーだ。昂奮している。おれは怖くなった。「撃たないでくれ」

わざと手足を顫わせてみせると、彼女は満足して銃を引っこめた。軽蔑の色が眼に浮かんだ。

「あんた、家へ帰って原稿でも書いてたらどうやの？　あんたにできること、ここには何もないで。あんたここへ、何しに来たん？　無細工なとこ、他人《ひと》に見られるだけやで」

一昨日までは、こんなことをいう女じゃなかった。眼つきまで違ってしまっていた。

「君こそ家へ帰れ。女の来るところじゃないといったら、また怒るだろうから言わない。だから帰って勉強しろ、また落第するぞ」

彼女はキイといって右腕を振った。「そら、あんたは偉いやろ。本もようけ読んでるやろし、色んなこと、知ってるやろ、何し小説家やさかいな。そやけどあんた、ロープ使うて山登りできるか？　地図の見方知ってるか？　二〇メートルのダイビングできるか？」

おれは逆に、彼女に出来そうもないことを並べ立てた。

「じゃあ君は七十八時間の絶食ができるか？　立ち小便ができるか？　蛇や蛙をつかまえて生きのびることができるか？　身体を餌に男が釣れるか？」

言ってるうちにも、また彼女の顔色が変わってきたので、あわてて彼女の注意を他に向けることにした。

「見ろよ。君は部隊から遅れちゃったぜ」

彼女はびっくりして、土嚢をよじ登った。下から見あげると、膨らんだヒップがグロテスクにグリグリ揺れていた。テロはキャンキャン鳴きながら、身をくねらせて彼女の後を追って登った。

「行っちゃいかん」

土嚢の頂上で、彼女は警官に停められた。

「うち、レインジャー部隊よ」

「女子供は駄目だ。さっきも忍者部隊月光の恰好をした子供たちを追い返した。ここから先は男しか行けん」

彼女はまたキイといって、早口に喋り始めた。自分が大学の山岳部長であること、山登りでは男も及ばないこと、テロが優秀な猟犬であること、自分は女として美人ではあるが自分ではそれを意識していないこと、それはあまり関係のないこと、自分が行かないと先へ行った男子部員たちの統率ができないこと、等々である。警官は首を左右に振り続けた。

彼女はぷりぷり怒って土嚢から降り、その場に腰をおろした。おれはその横に尻を据えた。

彼女はいった。「煙草ある？」

煙草をやると彼女はやけたように煙を吸い込み、吐き出した。

　中継車がやってきて、武器の手入れをしている男たちに、テレビ・カメラを向けた。男たちは、掃除したばかりの銃を、もういちど磨きはじめた。

「ええ、ちょっと何か、うかがって見ましょう」

　アナウンサーがマイク片手に、男たちに近づき、二十五、六歳の若者に話しかけた。

「恐ろしくは、ありませんか？」

「平気だよ」彼は短い煙草を横っちょにくわえたまま、小銃を磨き続けた。

「なかなか勇気のある方です。――ええ、あなた、この戦争をどう思います？」

「戦争は嫌いだけど」彼はわざと、ぶっきらぼうに答えた。「でも、誰かがやらなくちゃね」アクション俳優の誰かの真似をして、煙草をプッと吹いて捨てた。

「ところで、ヤママルのハイピッチをご存じですか？」

「ああ、あれはおいしいね」彼は意気ごんで答えた。「いつも、飲んでます」

　アナウンサーはちょっと困って、いった。

「ハイピッチというのは、ガソリンなんですが……」

「そうでしたか」彼はうろたえて、小銃を撫でまわした。そのとき、いきなり暴発した。弾丸はアナウンサーの頬をかすめた。

「ヒャ、ア、ア、ア……」

　アナウンサーはその場にヘタヘタとすわりこんだ。若者は、銃を投げ捨て、自分の左の掌を調べた。小指が吹きとばされていた。

「指がない」彼は泣きだした。「指がなくなっちゃった」

中継車の中では、憲兵が、別のアナウンサーに命令していた。

「自衛意識を濃く、危機感を盛りあげなさい。戦争責任を追及する表現を禁止します。偏向団体からは取材しないこと。それから、使ってはいけない言葉は、体制、反体制、ブルジョア、プロレタリア、帝国主義、階級、侵略、破防法、労組……」

山口がおれの横に腰をおろし、土嚢にもたれていった。

「敵は国道八号線を草津までやってきたそうだ。小休止をしている」

「じゃあ、もうすぐやってくるな」

「いや、まだしばらくは来ないだろう。やっこさん達は疲れている。東京から殆んど休みなしの進軍だからな。G2の連絡によると、敵は、抵抗なしに楽々とやって来れたので意外がっているそうだ」

「そうだろうな。でもこっちは、どうして出かけて行ってやっつけないんだ？」

「できるだけ敵を引きつけておいて、一挙にやっつけるという作戦じゃないか？　詳しいことは知らないが……」

山口は背のびをし、大あくびをした。それを見て邦子もあくびをした。彼女の隣のテロまでがあくびをした。

日暮れが迫って夕映えが畠を染め、風がうすら寒くなった。おれは背広の衿を立てた。邦子はテロを抱いて、無邪気におれの傍でクークー眠っていた。

出雲屋から鰻弁当の折詰めが届き、高槻婦人会の連中が配給して歩いていた。臨時の工兵隊の若者が、こんな旨いものが食えるなら毎日戦争があってもいいと喜んでいた。彼に聞いたところでは、昼の弁当は幕の内だったそうだ。熱い味噌汁や茶まで配られたのには驚いた。水筒に入れてきた酒を飲んで、浮かれ騒ぎ始める奴までいて、ますます何が何だかわからなくなってきた。

暗くなり、投光器が皓々《こうこう》と国道を照らし、毛布が一枚ずつ配られ、ざわめきがやや静まった。憲兵が、ひとりひとりの住所氏名と所属を訊ね廻っていた。おれの前にも立った。おれは名前を告げ、所属はないと答えた。

「職業はあるんだろ?」

「作家です。でも私の所属しているクラブは、ふたつとも東京なんです」

「じゃあ、しかたがないな」

憲兵が去ってから、おれは山口に訊ねた。

「おい、さっきから何だか気になってたんだが、何が気になってるのかわからなかった。今思い出したんだが、原爆攻撃を受けたらどうなるんだ?」

山口は苦笑した。「まず、そんなことはあるまいよ。軍隊じゃあ念のためにメルンやロイケニン酸や携帯用検知器などを持ってきてるけど、まず必要ないさ。原爆なんか使ったら面白味は半減するし、残虐無比の場面続出で放送倫理規定に触れる」

「まだそんなことといってる。大丈夫なのか?」

「大丈夫だとも。黙ってりゃいいさ。大衆は核兵器の存在など忘れたような顔をしてるんだ。お前も忘れろ」

「BC兵器はどうだ？　毒ガスとか、ウィルス、リケッチャー。埼玉県にはたしか化学学校があって、そこでは自衛隊幹部の……」

「いいから、忘れろって！　もしそれをやる気なら、こちらにだって山口県岩国にCBR戦の特殊学校がある。でも、心配するな。そんなもの使って敵味方とも安楽死しちまったら、ヴィデオにならないじゃないか。いいかい、おれはここへ来てから、昼間喋ったことについて、ますます確信を持ったんだ。まあちょっと、あたりを見ろよ。皆、満足そうな顔してるじゃないか！　明日になって少数の戦死者が出れば、皆満足そうに涙を流し、テレビを見てる奴はまあ可哀そうにといって、満足そうに顔をしかめるだろう。死者だって満足だろうさ。自分たちの為に、当分パチンコ屋やバーで『戦友』の歌が流行するんだ」

「戦争映画では、シニックな役柄の兵隊は必ず死ぬことに相場が決まっている」おれは山口を脅した。「お前も早くやられるぜ」

山口は黙ってしまった。

小便がしたくなったので、畠の方へ行った。国道の端に男が五人、畠の方を向いて並んで立っていた。小便をしているんだろうと思って並んで彼らの方を見て驚いた。小便をしているのは端のひとりだけで、あとの四人はうつろな眼をしてオナニーをしていた。びっくりして小便が出なくなってしまったので、あわてて戻って山口に報告すると、彼は吹き出した。

「戦争が近づくとオナニーをする兵隊がふえるというのは通り相場だ。奴ら、それを知っているんだろう」

「だから奴ら、やってるのか?」

「ああ、だからやってるんだ」

おれは毛布にくるまって寝ようとした。それほど寒くはなかったが、なかなか寝られなかった。家族のことを考え、ひょっとしたら、皆ばらばらになって、各自の所属しているグループといっしょに、この戦線へ来ているのかも知れないと思った。

邦子が起きあがって畠の方へ行った。小用に行ったのだろうと思っていたが、なかなか帰ってこないので、探しに出かけた。国道からだいぶ離れた畠の中で見つけたとき、彼女は三人の青年から強姦されているまっ最中だった。戻ってきて毛布をひっかぶり、また寝ようとした。そのうちに、だんだん腹が立ってきて、また起きあがった。何といっても邦子は一応おれの恋人ということになっている。傍に寝ている兵隊の自動銃をかつぎあげ、ふたたび畠へ戻った。邦子はさっきの青年たちと、何かを分けあって食べながら、はしゃいでいた。馬鹿馬鹿しくなって引き返した。

明け方、ほんの少しうとうとしたが、遠い轟音に気がつき、びっくりして眼を醒ました。朝靄の中を、皆が右往左往していた。

「来たぞお!」

土嚢から兵隊が駈けおりてきた。男の悲鳴が聞こえた。爆音が近づき、舗道が震動しはじめた。山口も邦子もいなかった。おれはまだ自動銃を抱きしめたままだった。銃床を肩に乗せ、土嚢の頂上まで這い登り、国道の東に眼をこらした。まだ、何も見えなかった。横を見ると、おれ同様機銃や小銃を持った奴がずらりと並んでいた。うしろから尻を叩かれた。振り向くと警官が手榴弾を配っていて、おれに二箇手渡した。両側のポケットに入れた。いつの間にかおれは、最前線守備兵にされてしまっていた。

土嚢の前方にいる35トンの六一式戦車が、ゆっくり前進を開始した。それと同時に、敵機の爆音が聞こえ始め、畠の中のホークが砲撃を始めた。たちまちあたりは、爆音の渦の中にのめり込んだ。後方からやってきた味方の国産中戦車が三〇輛以上、一列横隊に並んで横の畠を、猛烈な勢いで突進して行った。

F104Jが五機やってきた。敵機だ。四機はたちまちホークにやられ、朝空にパープル・グレイの破片の煙を散らせた。残る一機が低空飛行に移り、バシバシバシッと20ミリ・バルカン砲を撃ち始めた。一分間に五千発の速度だ。ガンガンガンと国道に弾丸をめり込ませながらこちらへ近づいて、カンカンカンと戦車に当て、また舗道にガンガンガンと穴をあけ、プスプスプスと土嚢にめり込ませ、最後にバシャッと、おれの七、八人右隣りの男の身体をふっとばした。おれの自動銃の銃口に、彼の腸がとんできて引っかかった。

「うわあッ！」隣の奴が悲鳴をあげた。

ラクロスが戦車に命中し、味方の戦車は眼の前で無残にへしゃげた。土嚢を越えた地点から三〇型ロケットが砲撃を始めた。ズビッ、ズビッという音が鼓膜をおかしくした。もうもうたる煙の間から、敵の陸上主力部隊がぬっとあらわれた。左右眼のとどく限りでは、戦車五〇輌、装甲車はその倍くらい、その間には、小銃編成部隊がうじゃうじゃと蟻のごとく群をなして、こちらへやってくる。

普通弾頭の地対地ミサイルが土嚢の前で爆発した。土嚢はボサボサボサと崩れ、おれは爆風で引っくり返った。また機銃掃射を受け、おれは自動銃を投げ捨てて畦道《あぜみち》へまろび出、畝《うね》の間に伏せた。砲弾は広い畠を掘り返して穴だらけにし、二、三分じっとしているうちに、おれの身体は土に覆われてしまった。顔をあげると、おれの横を、方向感覚を失ったおれの家の近所の書店の親爺が、敵の方へ逃げて行った。彼はずっと前方でバズーカ砲にやられた。彼の首が二〇メートルばかり手前へ吹きとばされてきて、彼の入れ歯がさらに一〇メートル手前へ吹きとばされてきて、おれの額に嚙みついた。

立ちあがって走り出そうとしたが、大地の震動で引っくり返ってばかりいて、逃げられなかった。怪物がもう一匹いたのだ――おれはそう思った。今の日本では、マスコミは怪物だと思われている。それは誰でも知っている。しかしもう一匹の怪物――日本の軍事力の凄さについては、あまりにも皆が認識を欠いていた。核兵器を使わぬ局地戦でさえ、こんなに物凄いのだ！

敵機から空挺団が投下され始めた。味方のF86D、F86Fが敵機と空中戦を演じていた。敵の主動部隊が眼の前に迫っていた。迫撃砲が赤十字のテントを上空はるかに吹き飛ばした。自走無反動砲が前線司令部になっている民家を粉砕した。味方の戦車、装甲車は、片っぱしから対戦車誘導ミサイルMATでやられていった。おれは逃げた。もうご免だと思った。テレビで見ている奴は面白いだろう。だがおれは、ちっとも面白くない。

アトコマ

ヒュルルルルルルルル、ズバーン！

ヒュルルルルルルルル、ズバーン！

砲弾がひっきりなしに炸裂《さくれつ》し、そのたびに五、六人以上の人間がまっ赤な破片になって飛び散った。何かが鼻にへばりついたと思って見ると、それは誰かの肝臓だったりした。

おれは国道を西へ、めくら滅法逃げた。周囲は敗走する人間でごった返していた。おれの前を裸足《はだし》で逃げていく男がわめいていた。「誰や大阪が勝つなんて吐《ぬ》かした奴は」

白衣を血まみれにした赤十字の看護婦が、ハイヒールを手に持っておれの横を走っていた。背後でまた砲弾が爆発した。おれの足は爆風で宙に浮いた。おれは宙に浮いたまま走る恰好をし続けた。足がまた地面についたので、そのまま逃げ続けた。まだ横を走り続けている看護婦を見て驚いた。さっきの爆発で吹きとばされたらしく、彼女の首はなくなっていた。胴体だけが走っていた。両肩の間にぽっかり開いた首の太さの傷口から、煮えたぎったジャムのような血が、間歇的《かんけつてき》にポコポコ吹きこぼれていた。胴体だけでもある程度走れるのだということを、おれは実感した。

ひょっとしたら、とおれは思った。大阪が負けているんじゃないかもしれない。逃げているのは臆病な市民だけで、軍隊はまだまだ戦うだろう。東京勢だって、こっち同様の被害を受けているかもしれないじゃないか。その証拠に、味方の新手の爆撃機や戦闘機が、上空を西から東へ次つぎと飛んで行く。

たいへんな見世物になってしまった。オリンピック以上の浪費だ。莫大な犠牲だ。浪費や犠牲が大きければ大きいほど、スポンサーは喜ぶだろう。何しろ彼らにとっては金のかからない報道番組なのだ。だが、計算違いがひとつあった。これは英雄が続出するなんて、なま易しい戦争じゃない。大衆は現代戦のすさまじさを過小評価していたのだ。死んだ奴は浮かばれない。犬死だ。残酷なゲームだ。

だがマスコミはそれ以外の楽しみを、ちゃんとこの戦争から、すでに見出していることだろう。東京と大阪と、どちらが勝つでしょうかなどという、ニュースを盛り込んだクイズ番組ぐらい、すでにどこかの局で始めてるかもしれない。もちろん例によって無責任番組だという、口さきだけの抗議や投書もあるだろうが、なあに視聴率さえ上がればいいのだから、やつらはやるだろう。きっとやるだろう。きっとやる。だが、戦場で殺される者はどうなる？　いやだ。もういい。もうわかった。やめてほしい。やめてくれ。

なすび色の舌を犬のようにだらりと垂らし、ハアハアあえぎながら、大勢の人間が西へ西へと走って行く。国道はもう、スクラップになった車がぎっしりで、通行はほとんど不能だった。被害を免れた車で逃げようとして、あわてて発車した奴同士が、ガチャン、ガシャンと衝突や追突をくり返していた。

爆発の衝撃で、眼窩から眼球をとび出させ、路上を転がる自分の眼球を追いかけている奴がいた。走っていたおれは、その眼球を踏んづけてペシャンコにしてしまった。彼は残った方の眼の色を変えて怒った。

爆風にあおられてよろめきながら、やっとのことで乗ってきた車のある場所までたどりついた。車には、十人足らずの人間が、押しあいへしあいしながら乗っていた。運転席に山口の姿が見えた。エンジンがかかった。動くらしい。おれはあわてた。

「まってくれ」

車が動き出した。おれは半開きのドアにとびついた。

「もう乗れねえよ」

ドアが勢いよく閉じられた。おれは道路上に転がった。転がったまま、おれはしばらく自分の右の掌を眺めていた。中指と人さし指がなくなっていた。

ふたたび機銃掃射を受けた。おれと並んで伏せた男は尻に弾丸をうけ、ウワと叫び、ズボンからうす煙を立ててのけぞった。一瞬、全身に弾丸を浴びた男が、身体中からシャワーのように鮮血を噴き出しながら、眼の前を惰性で駈け抜けて行った。

敵機が去ってから立ちあがると、山口の車が少し向うに停っていた。おれはすぐ駈けよった。機銃掃射で屋根がささくれ立ち、クラウン・デラックスは、ちっともデラックスでなくなっていた。エンジンに弾丸をくらっていた。運転席のドアを開けると、屍体が二つばかり転がり出てきた。中の奴は皆死んでいた。熱い血の匂いが、ムッと鼻腔の奥を突きあげた。山口らしい屍体があったが、顔面を弾丸でほじくり返され、頭蓋骨が朱塗りの椀になっていた。腰が抜けそうになった。

病院車が、前線から帰ってきた。壊れた車がいっぱいで通れず、立ち往生していた。それに乗ろうとして、皆がわっと押しかけた。これに乗り遅れたら、帰れなくなるかもしれない。おれも、あわてて車の方へ走った。前を走って行く男が、上着の下から赤い紐を垂らし、地面を引きずっていた。よく見ると、彼の腸だった。走りながらお前自分の腸を引きずっているると注意してやると、彼はあわててたぐり寄せ、丸めてズボンのポケットへ押し込んだ。

車をとりかこんだ群衆の中に、邦子の姿があった。テロはいなかった。名を呼び続けたが、聞こえないらしかった。人にもまれているうちに彼女の背後へ出た。肩を押さえると振り返った。絶叫に近い声でおれの名を呼び、武者ぶりついてきた。彼女はおれの胸の中で、しゃくりあげた。

「わたし、おうちへ帰りたいわ」

病院車が動き出した。それを追って群衆も走り出した。おれはまた、邦子を見失った。畠の中を東へ向かっていた敵の装甲車がこちらへ向きを変えた。

「来よったでえ！」

「えらいこっちゃ！」

皆は、バタバタと地面に伏せた。遠くに邦子がいた。彼女もおれを見つけた。彼女はおれの方に両手をさしのべ、走ってきた。

「伏せろ」

おれが叫んだとき、装甲車の砲口が火を噴いた。

「こわい！」

彼女の悲鳴と同時に、おれはまた地面へたたきつけられていた。爆風がおさまると、おれは眼をあけた。鼻さきに、おれの左腕がちぎれて転がっていた。肩のすぐ下の傷口からは、血が泡とともにあふれ出ていた。おれはのろのろと落ちた腕をひろいあげ、その傷口を鼻の前へ持ってきて嗅《か》いでみた。持っていてもしかたがないので、すぐ投げ捨てた。

立木の枝に、邦子のセーターの切れっぱしが引っかかっていた。彼女の屍体は見つからなかった。周囲の人間は、ほとんど死んでいた。生きているのは、おれだけらしかった。

傷口の痛みは、すぐ腹立ちにとってかわった。邦子は我儘でむら気で怒りっぽく、恋人としては決して上等の部類じゃなかった。しかし、何も殺されるほど悪い女ではなかった。可愛い小粋な娘だったじゃないか。

さっきの装甲車が、ふたたび東へ向きを変えようとしていた。

——よし、やっつけてやる。

予告

よしやっつけてやると思った時のおれはやはり、戦車の登場する戦争映画のシーンを、参考のために頭の中で反芻《はんすう》していた。背広のポケットに右手をつっこみ、手榴弾を握りしめた。畠の中を、装甲車めがけて走った。できるだけ近づいてから投げつけてやろうとした。装甲車は砲口をこちらに向けた。おれは走りながら、歯で手榴弾の信管を引き抜いた。手を振りあげたとき、装甲車の砲口が音なく輝き、衝撃があり、装甲車に向かってなおも走って行くおれの首のない後ろ姿を、吹きとばされたおれの首は一瞬見た。おれはその時またちらと思った。

首がなくとも胴体は——。

マグロマル

地球の外務省からの連絡通り、私は地球時間の午後三時に星間連盟ビルへ行こうとして、午後二時にホテルを出た。

このウダン・パニキ系第三惑星カリアヤムの人工衛星上にある星連都市時間でいえば、会議の始まる六日前にホテルを出たわけだ。なにしろ五分ごとに昼夜が交代する衛星というのは、町を歩いていても目まぐるしくていけない。一ブロック歩いただけで次の日の朝がくるのだから、一時間も歩けば大旅行をしたような気になってしまう。

猛スピードで回転するこの衛星は居住民が吹きとばされないように、マイクロ光線で縮められて超物質化した鉛で作られている。しかも中心部には裸の原子核がぎゅうぎゅう詰めになっているから基礎重力はすごく大きい。また地下の工場地区には、その基礎重力を場所によって加減する制御装置がある。

星連ビルの一ブロック手前へたどりつくまでに二回転倒した。この星連都市の歩道の表面は鏡のようにピカピカに磨きあげてある。もちろんこれは、この都市を建設したカリアヤム原住民の仕わざだ。重力の少ないカリアヤムの人間は、足の裏の吸盤を使って歩くから、吸いつき易いように道路をこんなにツルツルに作る。地球人の歩く部分は青く染めてあって、そこは重力もちゃんと一Gになっているが、舗道の表面がぴかぴかであることにかわりはない。しかし地球人には、ことに私のような旧日本民族には、つるつるの道路はどうしても性にあわない。

隣りの濃紺に染められた部分の歩道は、サテ・カンピン族専用の道路だ。ここは二・八の重力である。そのさらに向うのガドガド族の歩道は五・八Gで、黒く染められている。それぞれの歩道の間には透明の隔壁があるが、これにはガラスのような光の反射がなくプラスチックのように傷もつかないから、ひと眼見ただけでは何もないみたいだ。この隔壁のことをラビドレ語でイカンテリという。

隣りの歩道を、サテ・カンピン族が三人、私を追い抜いていった。サテ・カンピン族は、歩く時は三人ひと組になって歩く。そうしないと歩けないからだ。足が車輪になったでかい奴ひとりと、足のない小柄な奴ふたりである。でかい奴は両腕を左右に突き出し、両側に小柄な奴をひとりずつ乗っける。そして自分の身体をテコにして、彼ら二人にシーソーゲームをやらせ、それによって車輪を廻転させ、移動するのだ。

車道のない幅の広い道路は、向かい側の建物まで三十八色に帯状に色わけされていて、全部異った重力を持っている。この星連都市に駐留している三十八カ国の連盟加入星の、それそれの外交官のためである。

「おうい定九郎」

背後でセミパラチンスキイの声がした。ふり返ると彼は、転ばぬために両足をほとんどM字型に曲げ、極端に肥満した身体をよたよたさせながら私を追ってきていた。

私の名前は定九郎ではなく、サド・クローというのだが、セミパラチンスキイは定九郎という。彼の説によると、定九郎というのは日本古代史にあらわれる人物で、親の仇討をした四十七人の息子の中のひとりだそうだ。

「どこへ行くんだ？」と、追いついた彼があえぎながら訊《たず》ねた。

「星連ビルだ。会議があるらしい。第3会議室でマグロマル草案の説明及び審議会があるといってきた」

「おれもそれに行くんだ」

通訳を二人も出席させるなんて、相当ややこしい会議らしいな、もっとも地球の大使は、少し事大主義だが——私はそう思った。

セミパラチンスキイは、あたりに誰もいないのに私の耳もとに口をよせ、小声で訊ねた。

「ところで、マグロマルって何だ？」

私は首を左右に振った。マグロマルという単語が何を意味するのか、私も知らなかった。知っているのは、それがラビドレ語、つまり全星間共通語であり、星間協定に関する政治的専用語であるということだけだ。

わたしもセミパラチンスキイも、ラビドレ語の専門家で、この星連都市へ地球から派遣されたフリーの通訳なのだが、専門用語となるとても駄目だ。むしろその方面の専門家の方が——日常会話さえ満足に話せないような人でも——よく知っている。

ラビドレ語はむずかしい。おはようという言葉ひとつにしても二十六種類ある。何故かというと、良い朝だというのは、朝起きる種族にしか通じない挨拶だからだ。朝のない星もあれば、朝ばかりの星もある。夕方起きる種族もいれば、寝ない種族もいる。なかには絶対起きない奴までいる。

それどころではなく、翻訳不能な言葉もざらにある。たとえばトペンという言葉だが、これなどは翻訳不能だ。しいていえばそれはアヤム・リチャリチャをゴレンすることだが、では何故アヤム・リチャリチャをゴレンするかといえば、それはトペンのためだという他ない。だからラビドレ語に関しては、日常会話さえできれば立派な通訳なのである。

地球の大使が、マグロマルの意味を理解してきてくれていることを祈りながら、私たち二人は星連ビルに入った。

ビルの廊下もやはり三十八色に染め分けられていて美しい。各階にはロビーがあるが、この床はもっと美しい。各国の外交官が自由に話しあい、動きまわれるようにというので、フロアーを三十八色が入り乱れ、すばらしい曲線の模様が拡がっている。各イカンテリ間はマイクで通話可能であり、イカンテリ遮断による各色の床上は、三十八種の重力と空気、温度と湿度、光線等がちりばめられているのだ。

一階のロビーに入ったものの、私もセミパラチンスキイも、一カ月ほど前にここへ来たばかりなので、第3会議室がどこにあるのか知らなかった。

「第3会議室は、どこだろう？」セミパラチンスキイが、ラビドレ語でつぶやいた。

「二階の奥です」どこにあるのかよくわからないスピーカーから、カリアヤム族のらしいラビドレ語の返事が響いてきた。

二階へはスロープを登らなくては行けないのだが、このスロープがたいへんだ。勾配が急な上に床がよく滑るので、グランドラインより十メートルの高さの二階近くまで登ってから、ちょっとでも足を滑らせると、たちまち一階までずるずると落ちてしまう。その上スロープの途中に、他のイカンテリとの関係で、すごく細いトンネルになった部分が二カ所あり、セミパラチンスキイのように肥った人間は、相当腰をひねらないと通り抜けることができないのだ。これなどはカリアヤム族の、地球人に関する勉強不足、知識の乏しさをよく物語っている。

十二、三分かかってやっとスロープを登り、二階の奥までくると、廊下の両側に部屋があった。どちらの部屋にも三十八のドアがあるから、どちらも会議室らしい。

「第3会議室はどっちだ？」

私はラビドレ語で怒鳴ったが、今度はどこからも返事がなかった。

どうしようかとしばらく迷っていると、廊下の角を曲って、ひとりのアボン・アボン族がこっちへやってきた。容貌魁偉、牛頭人身の大男で、全身に疣《いぼ》と刺《とげ》がある。

彼は私たち二人を見ると遠慮がちに軽く会釈し、足音をしのばせるような恰好をして横を通り過ぎて行こうとした。

私は彼に声をかけた。「あの、第3会議室はどちらでしょうか？」

その途端アボン・アボンは床に腰をおろしてしまった。恐怖で眼を白くしているところを見るとどうやら腰を抜かしてしまったらしい。私たちを見つめながら口を半開きにしてがたがた顫えている。

「そ、その質問は」彼は床にすわりこんだまま、ラビドレ語でいった。「また、わたしを嬲《なぶ》りものにするための質問なんでしょう？」

「冗談じゃありません」私はいった。「ほんとうに、わからなくて困ってるんです。教えてください」

「わたしが返事したら、その返事のしかたが滑稽だといって、またきっと、笑いものにするんでしょう？」彼はシクシク泣きはじめた。「それから、わたしのこの不細工な恰好にこじつけて洒落《しゃれ》のめしたことをいって、わたしがはずかしがっているのを見て喜ぶんでしょう」彼は身をよじって泣いた。「わたしの恰好変です。だけどそのくらいのこと、わたし自分で知っています。ああ、わたし、どうしてこんなおかしな恰好で生まれたか」彼は床に転がり、フロアーを握りこぶしで叩き叫んだ。「死にたい、死にたい」

私はあきれて、セミパラチンスキイを見た。彼もあきれた顔で私を見た。

「みんな、私をいじめる」アボン・アボンは泣き続けた。「郷里《くに》へ帰りたい」

「だれがあんたをいじめたっていうんだ？」セミパラチンスキイがいった。「おれたちは、あんたの恰好見たって何とも思わないよ」

「そ、それだ。それだ。そういうことをいう人がこわい」アボン・アボンは這いつくばったままであとずさりながら、私たちを指して泣きわめいた。「口さきだけで×××（翻訳不能）いう人、こわい。腹の中、もっと×××（翻訳不能）！」

セミパラチンスキイは、かんしゃくを起して大声で怒鳴った。「どうでもいいから、早く第3会議室を教えてくれ！」

アボン・アボンは首を傾け、眼を見ひらいたまま、全身をおかしな具合に硬直させて気を失った。

医者を呼ぼうかどうしようかと、私たち二人が相談していると、廊下の床上一メートルほどの宙を、一隻のボートがこっちへやってきた。漕いでいるのは、ひとりのカリ・カピ族だ。地球のエビに似たカリ・カピ族は、水上生活をしている種族だから、ボートでないと移動できないのである。だからカリ・カピ族用イカンテリの中には、床上一メートルにまで水が張ってある。

私たちは、気を失ったままのアボン・アボンは無視することに決め、傍までやってきたカリ・カピ族に、またラビドレ語で訊ねた。

「第3会議室はどちらでしょうか？」

カリ・カピ族はボートの上で私たちの方に身体をねじ曲げ、オール兼用の巨大な鋏《はさみ》で私たちの背後のドアを指した。彼に礼をいい、私たちは青いドアから会議室の中に入った。

議場は約一、〇〇〇㎡あって扇形階段式。中央、つまり扇のカナメの部分の議長席が低く後方が高い。各国議員席は本当はイカンテリで区切られたボックス席になっているのだが、見た限りでは隔壁がわからないから、机がずっと続いているように見える。私たちは、地球人用のボックスに入り、椅子に腰をおろした。

各議員は、ほとんど席についていたが、地球の大使はまだ来ていなかった。私たちの右隣りの席はアチャール族のボックスである。大使と三人の通訳が席についていた。

アチャール族というのは、ほとんど原型をとどめぬまでにサイボーグ化した種族だ。手の甲に時計が埋めこまれているかと思えば、腹部の空洞には電話が置かれている。腰には抽出《ひきだ》しがついていて、二重になった背中の皮膚は書類挿《ばさ》みだ。顔は鷲に似ているが、嘴《くちばし》の先端はホッチキスになっている。

アチャール族に比べると、左隣りのガドガド族などはぐっと人間臭い。円口類のように口が丸く尖っていることを除けば、手足や眼鼻の数は地球人と同じだし、喜怒哀楽の表現も豊かだ。ただ困るのは、二十分毎に食事をしないと餓死するという不便な胃袋を持っていることだ。このガドガド族のボックスには、大使のバッジをつけたガドガド族がひとりいるだけで、通訳はつれてきていなかった。

会議はもう始まっていた。中央の議長席では議長のカリアヤム族ダギン・ブンブトマト氏が書類を読みあげている。時計を見ると午後三時を四分過ぎていた。私はセミパラチンスキかった。


イに囁いた。

「大使は遅いな。どうしたんだろう？」

「うん、彼が遅刻するなんて、珍らしいことだ」

議長は書類を読み終った。注意して聞いていたが、マグロマルという言葉は一度も言わなかった。

「……。ええ、この問題に派生して、コッピー族のサユルケオン過剰生産及びダンピング及び×××（翻訳不能）という問題が起ってくると思いますが、これに対して連盟はいかなる態度をとるべきかという……」

議長がそういった時、ダブダブ族の大使がいきなり立ちあがって喋り出した。

「議長！　発言させてください。いやしくも星連会議議長の御使用になるべき、今後法文化される可能性のある言葉が、不適当であってはならんと私は思う。コッピー族にとっては、サユルケオンは決して過剰生産しているのではない。彼らはいわば×××的な（翻訳不能）生活上、やむにやまれずサユルケオンを作っているのであって、これを過剰生産という言葉で排斥するのは不当であり……」

皆が騒ぎ出した。

「勝手に喋るな」

「喋るのをやめさせろ」

「議長！　議長！」

議長もあわてて叫んだ。「静かにしてください。まだ誰にも発言を許していません」

「そうだ。議長のいうことを聞け！」

ダブダブ族の大使は脹《ふく》れっ面に相当する表情をして黙った。

ダギン・ブンブトマト議長がいった。「……ですから、それが適当であるかないかも、これから討議するのです」

私たちの右隣りのアチャール族大使が議長に正式の手続きで発言を求め、議長はそれを許可した。彼は立ちあがり喋りはじめた。

「ただいま、私の尊敬するダギン・ブンブトマト議長のおっしゃいましたところの、討議という問題を、私は申しあげてみたい」

議長はあわてていった。「討議が問題なのではありません。その……問題を討議するからこそ討議なのです」

「ですから、問題を討議することに関して、必然的に起る問題に関して私は……」

「議長！　議長！」

「提案！　提案！」

「奴に喋らせるな。また話がややこしくなるぞ」

カリ・カピ族の大使は、巨大な鋏で自分のボートの舳先《へさき》をがんがん叩きはじめた。

左隣りのガドガド族大使が、いきなり立ちあがった。「ワタシ、メシ、クテクル」

「どうぞ」議長が、額をおさえ、汗を拭うのに相当するしぐさをしながら許可した。ガドガド族の大使は出て行った。

「諸君！　私は発言を許可されているのです。喋らせてください。聞いてください」

「では、できるだけ簡潔に」

　騒ぎが少し静まり、アチャール族大使は喋りはじめた。

「討議とは何でしょうか？　討議によって問題が解明されるでしょうか？　この席には、文化の高い星に住む、もっとも文化の高い民族の、もっとも教養のある人たち——代表者が集まっています。ゆえに、どの人もみんな、誰も彼も、自分がいちばん教養があり、××がありり（翻訳不能）、識才ある者と思っています。そして他を教え諭《さと》そうとして躍起となります。誰もが自分の立脚点を固守するばかりで、他に従おうなどとは絶対にしないのです。そして他に反対するためには、いつもなら同一意見であろうと思える諸点をさえ、情容赦なく攻め立てるのです。それはもう必ずといっていいほど、平穏無事を思っている者さえ激せしむるような烈しい不愉快な論難攻撃です。他の者の意見の内容が、自分に不案内であるとなると、それを充分に攻撃することができないものだから言葉のはしばしや××××（翻訳不能）や言いまわしの欠点をのみ探し出してあげつらい、意地悪くとがりかかります。しまいには自分が何をいってるのかわからなくなり、話はこんがらがって支離滅裂になります。攻撃された方も、民族全体の名誉を守るために必死となり、自分の権威が失墜しないかと恐れ、誰かに説き伏せられないかと気づかい、言い負かされて恥をかかないためにだけ言い返します。ことに同席の通訳の中に同種族の異性あるいは××××（翻訳不能）——ことに配偶者や恋人や××××××（翻訳不能）がいる場合などは、よけい必死となります。その眼の前で自分の意見がただの一歩でも敗北《ひけ》をとるのを、この上もなく恐れるからです。反駁《はんばく》する種が尽きると、相手の容貌や姿かたちのおかしさや体臭や性的能力の乏しさをさえ攻め立てはじめるのです」

「またそれをいう！」アボン・アボン族の大使が、悲鳴まじりに叫んで立ちあがった。「どうして、顔かたちのこと言いますか。アチャール族は、ながい間われわれアボン・アボンを植民地人として扱い、差別した。私たちはこの間やっと独立した。それでもアチャールは、まだ言葉のはしばしに、私たちを侮辱する調子、残しています。今のは私のことをいったに違いありません。いや、そうです。侮辱された。私は差別された」彼は腰をおろし、さめざめと泣きはじめた。「また差別された」

議長はじめ大使たちは、アボン・アボン族のこの種の発作にはなれているらしく、彼の発言を無視した。

星連ビルの地階にある食堂で飯を食ってきたらしいガドガド族大使が、戻ってきて席についた。地球の大使はまだ来ない。

アチャール族大使が、また喋りはじめた。「誰だって考えることは自由です。それは誰でも知っています。ところが誰でも、自分の考えた通りに他の者も考えるべきだ、自分の意見は拍手喝采で迎えられるべきだと思っている。ここに矛盾が起ります。みんなそれぞれ宇宙観は違うのです。完成された宇宙観などというものはなく、もしあるとすれば、それは死の状態です。宇宙観は生活それ自身によって形成されるべきものです。そして全生活の中では、政治も民族も、みんなただ流転する一小部分にしか過ぎないのです。宇宙観は生活の理論ではありません。決して理論ではありません。各民族の、各個人の、生活の調子なのです。ムードなのです」

「ムード賛成！」音楽好きのトパラダ族の大使が足で拍手した。

「だから、どうだというのです！」しびれをきらせたジャヒ族の大使が、先端が生殖器になった両腕をはずかし気もなく振り立てて立ちあがった。「これでは議事は進行しません。アチャール族大使のおっしゃっている理屈は、理屈じゃない。理屈論です。議論論です。だからどうすればよいかということを、ひとつもおっしゃらない。退嬰的です。×××的（翻訳不能）です」

「そうだ、そうだ」

「議長！　発言したい、発言したい」

　また、議場は混乱に陥った。

「静かにしてください。静かにしてください。では議長の権限でアチャール族大使に発言の中止を命じます」議長は大声でいった。「そして発言内容を――そこの人、静かにしてください。あなた、黙りなさいよ本当にもう。いつまで騒いでいるのですか、いけませんよまったく、そんなことは――。そして発言の内容を、サユルケオン問題に限定します。いいですか、わかりましたか？」

「議長、発言！」シェー族大使が発言を求めた。

「サユルケオンに関する発言ですね？」議長が念を押した。四、五人がクスクス笑った。

「そうです」

「では、簡潔に願います」

シェー族大使が立ちあがった。

「サユルケオンに関して発言する前に、ひとことおことわりしておきたいのです。われわれシェー族は現在、サユルケオンを生産しているコッピー族を植民地人として扱っております。これは彼らが自主独立できる能力を一日も早く持てるようになるまで、われわれとしては援助しているわけであります。また、サユルケオンの売買に関しては、われわれは彼ら未開のコッピー族に、何やかやと助言をあたえてやっております。もちろんこれによって、われわれも利益を得ているわけですが、それは実に微々たる利益なのであります。ですからこの場での私の発言が、決してその利益を固守しようとする意図に左右されるようなことはないことを誓います。さて、問題のサユルケオンでありますが、これの生産をコッピー族に制限させようとしても無理なことは、諸君もよくご承知と思います。何故ならば、尾籠なお話で恐縮でございますが、サユルケオンがコッピー族の排泄物つまり糞であることはご存知の通りですから、コッピー族が食物を摂取し排泄する以上は、彼らに生産をやめよと命じることは人道上××道上（翻訳不能）できません。彼らコッピー族が発見されるまで、他の文明諸惑星、諸民族においては、莫大な資本を投入してサユルケオン工場を建設しておられた。わたくし、これ、よく存じております。しかしながら……」

「要点をいってください。要点を！」

「まわりくどい言い方をするんじゃない！」

「わかっております。わかっております」シェー族大使は落ちつきはらい、にこやかに笑いながら皆を制した。「しかしながらです、シェー族もサユルケオン工場は持っておった。しかも、その中での最大の工場の持ち主と申すのは、誰あらんかく申すこの私であったのでございます」彼はていねいに一礼した。「この工場は、私が父と母から受け継いだものでございます。もっとも、父と母と申しましても、わたしどもの種族は一個体が両性を具備しておりますから、わたしの親は単独で、つまりひとりで、つまり雌雄の協力なしに私を産み落したのでございますが——この親から私が、さきほど申しましたサユルケオン工場を引き継ぎました当時は、まだほんの小さな、家内手工業的な町工場でございました。これを現在のように、わが星一番の大工場に発展させましたのも、やはり誰あらんこの私だったのでございます。この功績のために、わたしは国から外務次官という政治的地位をいただきましたが、これなどはまだ、わたしのしたことのごく一部分でございまして……」

「やめろ」ジャヒ族の大使がまっ赤になって立ちあがった。「議長、これは何ですか。選挙演説をやってるのですか彼は。自己宣伝ではありませんかこれは。いやらしい。やめさせてください！」

「まあ、お待ちなさい」議長はシェー族大使の方を向いていった。「お願いします。ご自分のことはそのくらいにして、早くご意見をおっしゃってください」

シェー族大使は、ジャヒ族大使の方に寛容の微笑を投げかけながらいった。「ええ——自分の功績を申し述べますのが、われわれの星では、上流社会における礼儀でございまして……」

「礼儀かどうかは知りませんがね」ジャヒ族大使は、なぜか泣きそうになって怒っていた。「いやらしいですよ、そんなことは、あなた、そんないやらしいことが、よく言えますね。やめたまえよ、本当にもう」とうとう彼は泣き出した。泣きながら、おろおろ声でいった。「それはね……いやらしいんですよ。あなたには……あなたにはわからないだろうけどね、とても……とてもはずかしいことなんだよ。すごくいやらしいことなんですよ、非常に……。やめろよ、やめてくださいよ、もう……」

みんなあきれて、泣き続ける彼の方をぼんやり見た。

ガドガド族大使が立ちあがった。「ワタシ、メシ、クテクル」

「どうぞ」議長は投げやりにいった。「シェー族大使にお願いします。ここでは貴下のお郷里《くに》での礼儀にこだわらなくて結構ですから結論をおっしゃってください」

「結論を申しあげる前にですな」と、シェー族大使がいった。「われわれシェー族がいかにしてコッピー族のサユルケオン生産を発展させるため、国内の工場問題を解決したか、これだけはどうしても、申しあげておく必要があるのです。さもなければ、さきほど申しあげた工場主としての私の立場と、これから申しあげる私の話に、皆さんが大きな矛盾をお感じになるであろうと思うからでございます。なぜならば、当時、宇宙管制区第三〇八四区域と呼ばれる未開の地域を探険し、コッピー族を発見し、彼らにサユルケオンを輸出するよう教えてやったのも、かく申すこの私だったからなのでございます」彼は胸をはった。「私の探険中の冒険苦心談は、とうていここでお話しし尽せないほどたくさんございますのですが……」彼はじろりとジャヒ族大使の方を横眼で睨んだ。「それを申しあげますと、また、ジャヒ族大使に、いやらしいというお叱りを受けますから、残念ながら、せっかくの面白いお話を皆さまに申しあげるわけにはまいりませんので、何とぞ、おあきらめください」

私たちの左隣りのガドガド族用ボックスに、ガドガド族の通訳が入ってきた。彼は大使がいないので、私に小声で、大使はどこへ行きましたかと訊ねた。私も小声で、彼は飯を食いに行ったと教えてやると、そうですかといって着席した。彼は開会時間におくれたので、そわそわしていた。

その時突然、議場の中央で混乱が起った。私たちの二、三列前のコナ族のボックスで、大使が床に倒れたのだ。

「どうしたのですか？　大丈夫ですか？」議長が心配して訊ねた。

コナ族の通訳は、大使の身体をざっと調べてから立ちあがった。「お伝えします。コナ族大使バリバリ氏は、只今お亡くなりになりました」

一同は驚いて、いっせいに立ちあがった。

「つつしんでご冥福を祈ります」議長は沈痛な声でいった。

卵に手足をつけたような恰好のコナ族の通訳は、一同に説明した。「私たちコナ族の寿命は、平均約二六九四〇〇イグレン（註・約八十五時間）なのです」

「ところで、代理の大使は、この都市へはお見えじゃないのですか？」

心配した議長の問いに、コナ族の通訳は答えた。「今、ここに見えております。只今亡くなりましたバリバリ氏のご子息です」

床に倒れ伏していたバリバリ氏の死体がいきなり立ちあがった。やがてその卵の殻のようなシリコノイドの外殻部の表面に幾条もの亀裂が走ったかと思うと、内部からバリバリと新らしい手足が出てきて、古い外殻をすべて叩き割り、めくり、ボロボロと床にまき散らした。内部の新らしい殻があらわれた。彼は一同に頭をさげ自己紹介をした。

「はじめまして。バリバリの息子のベリベリです」

彼らコナ族の生命のエネルギーは、彼らの身体の核部にある蓄積された反陽子で、それは外部の陽子と結びついて大爆発を起さぬよう、亜空間帯に包まれている。この亜空間帯が彼らの思考部位であり、そこには先祖代々の記憶が蔵されているのだ。そのさらに外殻の厚いシリコノイドの層だけで、彼らの世代は交替するのである。

会議は続行され、シェー族大使はだらだらと喋り続けた。

「……それは経済侵略などではありませんでした。それどころか、彼らの自主独立を援助してやろうとすることは、必然的に、ほとんどサユルケオン生産のみを生活の経済的基礎としている私の——いや、サユルケオン産業に従事する多数のシェー族の破滅を意味したのです。

事実、反対もありました。しかし私は断固として――」

左隣りのボックスで、今度はガドガド族の通訳がぶっ倒れた。ちょうど食堂から戻ってきたガドガド族の大使が、あわてて彼を抱き起した。

「オマエドウシタカ？　キブンワルイ？　ソウカ。オマエ、メシクタカ？　ナニ？　マダメシクテナイ？　ソレ、ヨクナイ。スグ、メシクテクル。チカノ、ショクトーエイテ、スグ、メシクテクル」

ガドガド族の通訳はよろめきながら立ちあがり、ふらふらと出て行った。

「かくして私は」と、シェー族大使は喋り続けた。「工場労働者をすべてコッピー族の教育者として移住させ、この危機を乗り越えたのであります。もちろん工場は閉鎖しました。私の金銭的損害は宇宙グランに換算して約四百億となりましたが、私にとって、そのようなことはどうでもよかったのです……」

「議長！」サテ・カンピン族大使が、立ちあがっていった。「シェー族大使のお話の途中ですが、発言したい」

「いいですか？」

議長の問いに、シェー族大使は鷹揚にうなずいた。サテ・カンピン族大使が、シェー族大使の方に向きなおっていった。

「あなたの言ったことは事実だ。それは認める。しかし、それ以外の事実もあることを、私はご一同に申しあげたい。コッピー族の生産するサユルケオンが極めて上質であることを知ったシェー族たちは、自国で生産過剰になった食糧や被服と引換えにその採取権を手に入れ、コッピー製サユルケオンを各国へ持ち込んで投げ売りした。そして莫大な利益を得た。各国のサユルケオン業者がたまりかねて騒ぎ出すと、シェー族は表面から姿を消し、コッピー族に行商をやらせるようになった。消費に馴れたコッピー族は金がないと生活できないようになっていたので、けんめいになってますます乱売するようになった。一方裏ではシェー族が自国の余剰生産物をコッピー族に見せつけて無知な彼らの購買欲をそそり、高い価格で売りつけた。そして更に……」

「待ちなさい！」ダブダブ族大使が立ちあがって叫んだ。「そんな勝手なことは言わせませんぞ。あなたたちサテ・カンピン族は偏見を持っている。シェー族や、シェー族の親戚であるわれわれダブダブ族のような植物性生命体の種族に対しての偏見だ。だから、われわれのやることには、なんでも反対するのだ。われわれは、あなたたちの偏見の原因を見抜いている。あなたたちの種族はあと一万年で絶滅する運命にある。ところがわれわれは、あと八億年は進化し続けるはずなのだ。だからあなたは、それを妬《ねた》んでいるのだ」

「あんたら、阿呆違うか。あんたらは被害妄想やで。誰がそんなこと妬んだりするかいな」カリ・カピ族大使がダブダブ族大使にいった。「みんな、この人のいうこと本気にしたらあきまへんで。この人は誰でも自分のこと妬んでる思うとりますねん。自分らの種族の姿かたちがようて、わしら不細工やさかい、わしらが妬んでるやろ、そんなことまでいいよりますねん。わやや」

また、アボン・アボン族大使が泣きはじめた。「わたし不細工……」トパラダ族大使が立ちあがり、この会議が澱んだ空気の底に蒼白く沈んでいるという意味の歌をうたいはじめた。

また議場は混乱に陥った。みんながいっせいに熱っぽい調子で喋り出した。会議全体が狂躁状態に落ち込んでいた。

マニママ族の大使がぶっ倒れた。

「お産です」大使の身体を調べたマニママ族の通訳がいった。

医者を呼べ産婆はどこだと、さらに一同が騒ぎはじめ、セミパラチンスキイまでが調子に乗って立ちあがり、湯を沸かせ産湯《うぶゆ》を使わせろと、やけくそでわめきはじめた。マニママ族の通訳はびっくりしていった。「お湯を使うそれ大変ですわれわれ卵生む卵お湯に入れる煮抜きになりますいけません」

私はすでにこの会議に絶望していた。いや、星間連盟という組織そのものに絶望していた。これは組織ではなかった。地球の歴史をふり返って見ても、各国間でこのような話しあいの場が作られた例は何百回となくあった。しかしそれらの会議が、どれほどのことをなし得ただろうか。結局片がつくのはいつも戦争あるいは戦争に近い脅迫によってではなかったか。地球人同士でさえ、話しあい、理解しあうことはできなかったではないか。いや、自国の習慣や宗教を盾にとり、理解しあおうとすることを厭がる傾向さえあったではないか。そこには、言語コミュニケーションの難かしさなどという以前の問題があった。ましてここには、ていどころの差ではなく、動物と植物、植物と鉱物などという、常識で考えてもとうてい理解しあえるはずのない異種生命体が集まっているのだ。誰がいったい、このような無意味な会議を考え出したのか。

地球の大使もやってこないし、そろそろ帰ろうかなと私が考えはじめた時、やぶれかぶれでわめき散らしているセミパラチンスキイを見とがめたダブダブ族の大使が、トランペットのような声で議長の注意をうながした。

「議長、さっきからうしろの席で勝手に興奮しているオモ・シャピエン族がいますが、あれは何ですか？　これはサユルケオンに関する会議でありますが、サユルケオンを必要としないオモ・シャピエン族まで、議長はなぜ招集されたのですか？　この問題にぜんぜん関係のない種族がいると、よけい会議が混乱します。彼らに退場をお命じ下さるよう議長にお願いします」

議長はおどろいて、私たちの方を見た。「彼らを招集したおぼえはありません」

セミパラチンスキイもひどく驚いたらしく、私の背後に巨大な身体を隠そうとして身を縮めた。

右隣りのアチャール族大使が立ちあがった。「ダブダブ族大使の重大な失言を指摘したい。ダブダブ族大使は今、これがサユルケオン会議であるとおっしゃったが、二百八十六日前から続いているこの会議は、もともとクワアサム方式による通商協定の検定会議であります。ところが、クワアサム方式を理解するためには貿易の現状を知らねばならず、サユルケオン問題というのは、そこから更に派生して持ち出されてきた問題なのであります。ダブダブ族大使は、何ゆえにこの会議をサユルケオン会議であるとおっしゃるのか。議事内容をすり換えようとするおつもりなのか」

「どちらにしろ」と、ダブダブ族大使は怒鳴り返した。「クワアサム方式による通商協定は、オモ・シャピエン族には関係がない！」

「出よう」私はセミパラチンスキイにささやいた。「部屋をまちがえたらしい」

私たちは小さくなって議場を抜け出た。

「あのカリ・カピ族の奴、違う部屋を教えやがった」セミパラチンスキイが顔をまっ赤にして言った。

私は廊下で立ち止った。「カリ・カピ族の眼玉は、どっちを向いてる？」

「うしろだ」セミパラチンスキイがいった。

「そうか。奴らがうしろを指す時は、前ってことなんだ。おれたちは逆の部屋に入ったんだ。マグロマル会議は、きっとこっち側の部屋でやっているんだ。入ろう」

私たちはあわてて、向かい側の会議室の、地球人用のボックスにとびこんだ。さっきの部屋と同じ形をした、同じ大きさの議場だが中には誰もいなかった。

「誰もいないじゃないか」セミパラチンスキイが、眼を見ひらいてそういった。

「誰もいないな。もう終ったのかな」と、私もいった。

「そんなに早く終るはずがないよ」セミパラチンスキイはちょうど掃除道具をぶらさげて入

ってきたカリアヤム族の掃除人に訊《たず》ねた。

「うかがいますが」

「何だね？」

「ここは第3会議室と違いますか？」

「そうかもしれないね。部屋の番号は、よく変わるのでね」

部屋の番号が、そんなにたびたび変わってはたまらない。

「今日、ここで会議があるのでしょう？　マグロマルの会議が」

「そんなこと、わしに聞いたってしらないよ。だけど、今日はないと思うね」

私は、今日というのが十分間であることを思い出し、あわてて横から訊ねた。「最近、この部屋で会議がありましたか？」

「いいや、ここ三百日ばかりは、この部屋は改造していたからね。さっき、やっと塗装が終ったばかりなんだ」

セミパラチンスキイはポケットに手をつっこみ、外務省からの連絡書類を取り出してもういちど確かめた。「時間には間違いはないのだが……」掃除夫に訊ねた。「今日は、八十三日ですね？」

「そうだよ」

「第三セプテンバーの？」

「ああ」

「ウダン世紀四二〇四年の？」

「違うね。今は三二〇四年だよ」

私たちは顔を見あわせた。同じ間違いをしたらしい。「千年も先の会議だ」それからあわてて、カリアヤムの千年が地球の何日に相当するかを計算した。カリアヤムの千年は地球の三万三千日だった。年に直すと九十年である。いくら平均寿命がのびたとはいえ、私の寿命はせいぜいあと五十年だ。

「どうしてこんなに先の会議を、今ごろ通知してきたんだろう」その部屋を出ながら私はセミパラチンスキイにいった。

「さあね。カリアヤムの千年は、すごく短かいものだと早合点して、換算してみなかったんじゃないかな。そして、きっとその会議は、よっぽど重大な会議なんだろうよ」セミパラチンスキイは、うなずきながら私を見ていった。「マグロマルって、何だろうね」

カメロイド文部省

「発射します。準備はいいですか？」

私の席の前のスピーカーから、本船内にいる操作員の声が聞こえてきた。

「準備よろし」と、私はマイクにいった。

「奥さんは？」と、スピーカーがいった。

「どうぞ」私の隣席の妻は、投げやりに答えた。

「では、発射！」

私と妻が乗ったシリンダー状の二人乗り小型宇宙艇は、本船の発射管から宇宙空間へとび出した。宇宙艇はゆるい螺旋《らせん》コースを描いて、地球型惑星カメロイドへと急速に近づいた。

私は化学電池のスイッチを入れ、空気再生装置のボタンを押した。同時に、艇内が明かるくなった。妻はさっそく食糧庫のドアをあけ、中をごそごそひっかきまわしている。

「何があるかしら。何もないわ。ジュースがあるわ。しめた、チョコレートがあったわ」

「あまり食うな」と、私はいった。「カメロイドは重力が大きいから、気分が悪くなるぞ」

「そう、気分が悪くなるの？　たいへんね。じゃあ、今のうちにたくさん食べておかなきゃ」

「食べ過ぎると気分が悪くなるといったんだ」

「じゃあきっと、空腹だって気分が悪くなるわ」彼女は、チョコレートをむさぼり食った。

地球だとテレビを見ながら食うのだが、ここにはテレビはないから、彼女はすごいスピードで、食うことに専念しはじめた。私の溜息も聞こえないらしい。宇宙で食うチョコレートは、すごく高価《たか》いのだ。まず、地球の値段の七～八倍はする。だけどそれを私がいうと、彼女はきっと、私の喫煙に難癖をつけるにきまっている。宇宙で買う煙草の高価なことは、チョコレートの比ではないからだ。その宇宙船の浄気税が含まれているからだ。

妻とは、結婚して半年になるが、結婚後四日目から今までの間に、もう何度喧嘩したかわからない。たとえば、チョコレートを食うななどというと、たちまち眼尻を吊りあげて、自分だって煙草を喫ってる癖にと逆襲してくる。そのくらいならまだいいのだが、ドアや戸棚を乱暴に開け閉めするのがやかましくて気にさわるからやめろというと、自分だってちょいちょい、おかしな恰好をして肩をゆすりあげる癖にという。ぜんぜん関係ないと思うから、関係ないじゃないかという、彼女はたちまち論理の飛躍でもって、その二つをみごとに関係づけてしまう。こういうのを私は『相互関係の無条件歪曲』と呼んでいる。

また、人のいったことを、自分に都合のいい部分だけ理解できたような顔をすることも得意だ。不思議にも、私のいった言葉の、そんな部分だけは、電子頭脳そこのけによく憶えていて、あとで喧嘩したとき、だってあなたはあのとき、ああもいったこうもいったと、証拠を山ほど提出するのだからたまらない。こちらは自分のいったことなど、とうに忘れてしまっているから、そんなことはいわなかったとはいえないわけである。私のいわゆる『無法律地帯の形而上的断片証拠提示』という奴だ。

しかしなんといっても、口喧嘩で妻のいちばん得意なのは論理の飛躍だ。

「また私に黙って煙草を喫ったのね。私にかくれて煙草を喫うくらいだから、私にかくれて浮気だってするんでしょう。口惜しい」

これが論理の飛躍である。もっとすごいのがある。『アクロバット式三段論法』という奴だ。

「そんなに私が邪魔なの？　この前あなたは邪魔だといって仔猫を庭へ埋めたわね。だから私も、殺して庭へ埋める気でしょう。さあ殺せ。なんだ殺せないの？　へえん、意気地なし」

腹が立って、妻の欠点を並べ立てると妻はその何十倍、何百倍もの言葉で言い返してきて、たちまちこちらを圧倒してしまう。いやもう、その、口のよくまわること。マシンガンそこのけで、語彙の豊富な悪口雑言——それもこちらの劣等感をほじくり返すような言葉がぽんぽん出てくるのだ。女とは絶対に口喧嘩などするものじゃない。いちど、あまり口惜しいので殴りつけようとした。その時妻は、眼にもとまらぬ早業で、私の頬を引っ掻いたのだ。その痛いこと痛いこと。

ああ、ああ。かつて誰が、男兄弟だけで育ったこの私に「女は引っ掻く」などということを教えてくれたであろうか。あの、マニキュア液ってものには、どうやら毒が含まれているらしい。そうにきまっている。その証拠に、私の頬はたちまちむらさき色に腫《は》れあがった。

「痛いよう、痛いよう」私は二日間泣き続けた。女は怪物だ——私はその時、そう思った。

カメロイドへ赴任する前に、私は結婚しておく必要があった。

カメロイドには地球人はひとりもいないし、大使館なんてものもない。赴任してしまうと、いつ帰って来られるかわからなかったので、出発の六ヵ月前に結婚相談所へ行って、ちょうどそこに居あわせた女——つまり、今の妻と結婚したのだ。彼女はそれまで、結婚相談所の受付をやっていた。

私がカメロイドへ赴任するようになったいきさつを、簡単に話す。

カメロイドは僻地である。独立した政治形態を整えてはいるものの、他の文明諸惑星に比べれば、程度はぐっと低い。地球とも交易をしていないから、行く者もいない。だから地球の外語大学でも、カメロイド語を学ぼうなどとする者はいない。ただ、他の学部へ入れてもらえなかった私のような劣等生だけが、大学に籍を置きたいためだけに専攻する。その年度、生徒は私ひとりだった。専任教師もいなくて、私はテープ・レコーダーとマイクロ・リーダーだけで勉強した。

そのくらいだから、卒業したっていい仕事などあるわけがない。卒業して、二、三ヵ月めのことだ。何もせずぶらぶらしていた私のところへある日、カメロイドの文部省から、地球語で書いた一通の手紙が来た。この文部省というのは、教育機関もないくせに地球の真似をして二、三年前に作ったものらしい。面白いから、その手紙の全文を原文のままお眼にかけよう。

「前略ヨいお天気はじめまして（前略というのは必ず手紙の最初に書く文句だと思っているらしい）貴様は（貴下とか貴兄とかいうのと同様、敬称だと思っている）今年ど地球外語大学をオめ出たく卒業したそうだあられるが、当カメロイドでおし仕事とをやるられるつもりはないかの由しウかがいたくもって一文奉て祭つります。また風のたよりは聞いた貴様が当カメロイド語をヒんぱんに在学中に修得をおメ出たくなられた由し、ますますもって帆たて貝（意味不明）当カメロイドでおし仕事とするするよい思うい如何！（？の間違いらしい）カメロイド語駆使の地球はしナいから貴様は地球にいては人材い結構ですがあまりや役に立たずにどうもナい。し仕事との内容は当カメロイドで生産の不能の小説の生産シてほしいよ。月謝（報酬の意）いくらクれてほしいか知らセ。地球人向キ空気調節完備ガス有電水道可歩三分（この辺は地球の新聞広告を、わけもわからず参考にしたらしい）ご返事を待ちき期待シます敬具云々。（早々のまちがいだ）カメロイド文部大臣ブクブク」

最初読んだ時は、頭がおかしくなったが、五、六回読み直しているうちに、次第に意味がわかってきたので、私はすぐ返事を出した。

「お手紙拝見しました。カメロイドには小説もなければ作家もいないということは、小生も大学在学中より存じておりました。もし、小生の非才が貴星の言語芸術発展のお役に立つならば、喜んで貴星に赴こうと存じます。報酬の件ですが、当地球における標準価格に、出張手当を多少加えていただき、宇宙グランに換算して一語百八十ピコグランでいかがでしょうか？　ご返事を待ちます。ヤッシャ・ツッチーニ。追伸。小生現在、相当待遇のよい職についております。準備の都合もありますので、採用は早いめにご通知ください。尚、勝手ながら、旅行のための支度金についても、ご一考ください」

二カ月ののち、三千グランの金を同封した返事が、速達でとどいた。

「お手紙拝見しました。カメロイドには小説もなければ作家もいないということは、貴様の非才が躍如としてめ面目ない。貴様の非才がきてクれたら、当カメロイドの言語芸術発展のお役に立つので赴いてクれたい。報酬の件は宇宙グランに換算して標準価格が地球の出張手当は多少の一語百八十ピコグランをしょ承知しました。旅行のための支度金についていっしょに入れた今見た思うよろしか。いつきてクれられるかのご返事を待ちます。非才ヤッシャ・ツッチーニ様。カメロイド文部大臣ブクブク。追伸。小説早く見たいのですぐ書いてほしいのでこっちへくるまでに書く小説さきに考えてください。来てからあとから考えるしないでください。小説は、あしびきのやまどりのをのしだりをのなが長し小説がョい。追伸の追伸。できたら2個か3個さきに考えてください」

私はすぐに、カメロイド移住の申請をした。

許可がおりるまでに数ヵ月かかったので、その間に私は、結婚をし、仕事の準備をした。準備といっても、小説を読みあさっただけだ。学生時代は遊び暮したので、文学作品など読んだことはなかったし、小説もあまり好きじゃなかった。有名な小説ならたいてい立体テレビの連ドラでやるし、その方がずっと手軽に楽しめたからだ。

私は昔の有名な文学作品のダイジェスト版や、少年文庫になったのや、マンガにした奴をマイクロ・リーダーで数本読んで、この程度のものなら、まあ、誰にだって書けると思った。小説などを書く奴はたいてい劣等生で、人生の落伍者であるということを、以前誰かから聞いたことがあった。それなら私はうってつけではないか——そう思ったことも、私がカメロイドの小説家になろうと決心した理由のひとつである。

——と、いうところで、話をもとに戻そう。

私たち夫婦の乗った小型宇宙艇は、ほどなく、無事にカメロイドの首都カメロイド市の中央宇宙空港に着地した。

この星の大気には、ミルクのように濃い新鮮な酸素がたっぷり含まれているから、浅く静かに呼吸しないとすぐ酔っぱらう。重力も、さっき言ったように、地球より少し大きい程度である。

私たちは税関で地球製ロボットに調べられてから、いやに豪勢な正面のロビーに出た。この星を訪れる異星人は滅多にいないので、ロビーはがらんとしている。地球でも、二、三度見かけたことのある、スナギツネに似た顔つきのカメロイド人が二、三人、さもいそがしそうに廊下をうろうろしていた。だが、よく見ていると彼らは、空港の建物の中の、数多く区切られた事務室を出たり入ったりして動きまわっているだけで、仕事らしいことは何もしていないのだ。事実、客が少ないのだから、仕事もあまりない筈なのである。たまに本ものの書類を持たされた奴などは、嬉しさのあまりきいきい声をはりあげて、これはすなわち××星への貨物の引渡し証の控えなのであって、これから輸送課長のサインを貰って外務省へ送り返すのだとわめきちらしながら、すごい勢いでロビーを駈け抜けて行く。

あきれて見ていると、玄関から、よく肥った一人のカメロイド人が入ってきた。彼は、他には誰もいないのに、ロビーをきょろきょろと見まわした末、やっと私たちに気がついたようなふりをしてやあと手をあげ、こちらへ近づいてきた。

「カメロイドへようこそ」と、彼は地球語でいった。「ヤッシャ・ツッチーニ先生ですね？　文部大臣のブクブクです」

大臣がたったひとりで出迎えに来てくれるとは思わなかったので私はびっくりしたが、妻は平然としていた。

「これはこれは」と、私はいった。「わざわざ恐縮です。これは私の妻です」

「ようこそ」ブクブクは、にこにこして妻と挨拶を交した。「お疲れでしょう。ホテルに部屋を用意してあります。それから、カメロイド一の料理店に食事の席を予約してあります。どうなさいます？　まず、食べますか？　寝ますか？」

「主人は食べたいと申しております」と、妻がいった。舌なめずりしそうな様子である。

「では、ご案内しましょう」

私たちが空港の建物から一歩外へ出ると、流しのエア・カーがわっとばかりに私たちの周囲をとりまいてしまった。

「いや、乗らないんだ」と、ブクブクは大声でいった。「すぐそこだから、歩いていく」

「乗ってください」

「こちらへ乗ってください。こちらの方が安く行きます」

「二割引です」

「乗ってください。半額にしましょう」

「ただです」

私はびっくりした。

「ただなら安いな。これに乗りましょう」と、ブクブクがいった。

私たちは、そのエア・カーに乗りこんだ。このエア・カーも地球製だった。

「私たちの住居は、決っているのですか?」と、車が走り出してから私は訊《たず》ねた。

「それはまだですが」と、ブクブクが答えた。「事務室はもうできています」

「事務室? 私の?」

「左様です。文部省の中に、小説局という部署を作りました。この局は小説部、印刷部、雑誌製本部、単行本製本部、その他部などに分れていまして、あなたは小説部長ということになります。この部屋は四坪ほどの部屋です。場合によっては、その部屋を住居にされたらいかがですか？　家賃がいらないから、便利ですよ」彼は小声で、私にささやいた。「じつは私も、文部大臣室をこっそり住居にしているのです。総理大臣も外務大臣も、みんな自分の部屋へ女房子供を住まわせているようですよ」

私は心配になってきて、小声で訊ねた。「給料が安いのですか？」

「いいえ、とんでもない。大臣は高給です」ブクブクはそういって、はげしく首を左右に振った。「ただ、大臣にふさわしい家を建てるほどの給料じゃないのです」

窓から外を見ると、官庁らしい立派な建物が林立していた。この星の、いわば玄関だから、貧乏なこの星としてはよほど無理をしたのだろう。無駄な税金の使い方をするものだと思ったが、この星にはこの星の政府の考え方があるのだろうと思い直した。あるいは新興国の虚勢なのかもしれない。だが、通行人の姿は二、三人しか見かけなかった。走りまわっているエア・カーはたいていタクシーで、どの車にも客は乗っていなかった。

料理店は空港から一ブロックはなれたところにあるので、一分足らずで到着した。ブクブクはエア・カーの運転手に、これは官製品だよと教えながら、チップ代りにマジック・ペンを一本やった。運転手は狂喜していた。

料理店も豪勢だったが、装飾はすべて地球の模倣だ。ここにも、客はひとりもいなかった。玄関に勢ぞろいしたボーイ達が地球語で、いらっしゃいませと声をそろえ、頭をさげた。

部屋の中央のテーブルにつくと、ボーイ長らしいカメロイド人が、馬鹿でかいメニューを持ってやってきた。彼は何故か、心配そうな表情で、もじもじしていた。妻は餓えたように、料理の名前に眼を走らせ始めた。

「この都市の人口は、どれくらいですか？」と私はブクブクに訊ねた。

「約、六百万です」

「それにしては、あまり人間を見かけないようですが？」

「昼間はそれぞれの仕事場にいます」ブクブクは答えた。「いったん事務室に入れば、公用でない限り外出は禁じられています。また、失業者や物売りがこの辺をうろうろすることは滅多にありません。うろうろしても、何の役にも立たないからです。みんな、下町の一画の居住地区にいるのです。その辺の奴らは、すべて下層階級の奴らで、字も読めず数も算えられないものだから、未だに物々交換で生活しています。一坪の部屋に五、六人が住んでいるので、すごく不潔です」

「そこには、何人ぐらいいるのですか？」

「約五百九十九万……もっといるかもしれません」

「あなたは、地球語がお上手ですね」

「しばらく地球にいましたので、会話だけは……」彼はそういって、顔を赤らめた。一応まともに喋れるのだから、手紙だって喋るような調子で素直に書けばいいものを、変に気取ろうとするものだから、あんなおかしな文章になるのだ——私はそう思ったが、もちろん口には出さなかった。

妻は料理を七、八種類註文した。ボーイ長の顔色は、ますます蒼ざめた。私はボーイ長がおずおずとさし出したメニューをのぞきこんだ。ありとあらゆる珍奇な料理の名前が全部地球語で書きこんであるのでびっくりした。『バーバリ・シープの舌とアメリカ野牛の腰肉のコニャック煮』というのがあった。こんなものは地球でも食べたことがない。絶滅した筈の地球の野牛の肉が、どうやって手に入るのかはしらないが、とにかく註文した。ボーイ長は、まるでもう、ぶっ倒れそうな恰好で、よろよろしながら去った。

「あなたは、食べないのですか?」

ブクブクが何も註文しないので、私は不審に思って訊ねてみた。

「さっき食べました」と、彼は答えた。

「でも、何か飲物でも……」

ブクブクは、ちょっともじもじしてから、小声でいった。

「政府の接待費では、私たちは飲み食いできないのです」

「それだと、不自由だなあ」

「ええ、まあ……」彼はあわてて、テーブルに身をのり出した。「早速で恐縮ですが、仕事の話を……。よう御座んすか?」

「どうぞ、どうぞ」

「とりあえず、月刊の雑誌を出したいと思うのです」ブクブクは話し始めた。「地球の雑誌同様、これには小説を七、八本載せるつもりです。そのうち連載が二、三本……」

「待ってください」私はびっくりした。「私の他にも、小説家がいるのですか?」

ブクブクはおかしな顔をして首を左右に振った。「いいえ、いません」

「冗談じゃない」私はおどろいた。「それじゃ、それをぜんぶ、私が書くわけですか?」

「もちろんです」

「あ、あのねえ、あなた……」私もあわてて、テーブルに身をのり出した。「雑誌というものは、バラエティを持たせるために、大勢の作家が、ひとつずつ、短い小説を書くのです。だから雑誌です」

「だから、地球の雑誌よりは統一のとれたものができます。個性的な雑誌ができるでしょう。雑誌という名が悪ければ、純誌としてもよろしい。一冊の雑誌にひとりの作家がいくつも書く――地球だって、そういうことはやってるんでしょう?」

「まあ、やってないこともないけど」私は困り果てた。「それにしたってそんなにたくさん書けるものじゃないです」

ブクブクは、にっこり笑ってうなずいて見せた。「ご心配はご無用です。たくさん書いたからといって、値引きしろなんてことは、いいませんから」

「お書きなさいよ」と、妻が横から口を出した。「そのくらい、ちょっと頑張って五、六回徹夜すれば書けるじゃないの。だって、それだけ分のお金は下さるのよ。あなた。ちゃんとお金はくださるのよ」

「そうですとも、そうですとも」ブクブクも、浮き浮きして妻に調子をあわせた。

私はげっそりしながら、さらに訊ねた。「それにしても、その雑誌には、小説以外のものは載せないんですか？　たとえば絵とか、書評とか……」

「絵を描く者はいません」と、ブクブクはいった。「必要なときはいつも地球の画家に頼んでいるのですが、来てもらうほどの需要はないのです。でも、書評はいいですね」彼はうなずいた。「それは載せましょう」

「評論家はいるのですか？」

「そんなものは、いません。ひとり採用しますから、あなたが教育してやってください。なあに、月給は五百グランもやれば大喜びでしょう。あなたにとっちゃ、それほどの大金じゃないでしょう？」

「ま、ま、待ってください」私は頭がぐらぐらしてきた。「どうして評論家に、私が給料を払ってやらなきゃならんのですか？」

「だって評論家は、要するに作家の書いた小説を批評するだけでしょう？　自分の書いたものを批評してほしいというあなた個人の願望をかなえてくれる、いわばごますり屋でしょう？　要するにあなた個人の従属物でしょう？　そんな者に官費を支給することはできません。五百グランが無理なら、まあ、月給三百グランくらいやっておいて、そのかわりあなたの事務室の片隅で寝起きさせてやればどうですか？」

「あら、それがいいわ、そうなさいよ、あなた」と、また妻が口を出した。「あなたの仕事をほめてくれるんだもの、そのくらいのことはしてあげましょうよ。部屋がにぎやかになっていいじゃないの。わたしも話し相手ができるし、おいしいものを作ったり、お酒をあげたりして、その人を喜ばせてあげるわ。そうすれば、ますますほめてくれるでしょう?」

　この店のマネージャーらしい、きちんとタキシードを着たカメロイド人が、足音をしのばせ、びくびくものでブクブクの傍へやってきた。顫えていた。

「なんだ?」

「ちょっと、ご相談が……」

　ブクブクは席を立った。二人は店の隅まで行って立ち話を始めた。声をひそめたカメロイド語の会話が、とぎれとぎれに私の方へも聞こえてきた。

「……なんですが、どうしましょう?」

「なんだってまた、ありもしない料理の名前なんかメニューへ……」

「でもそれは大臣、あなたが……」

「……悪いんだ。とにかく、何かありあわせの材料を……」

「やってみますが、でも……」

「全部だと!」

「しっ!……それにしても、一種類……」

「一種類だと?」

「しっ!　ですから……」

「………」

「……色を変えて……」

「そうしろ」

ブクブクは席に戻ってきた。「どうも失礼。あのマネージャーは、すごく料理に凝るもんですから、うるさくて……」

「ところで」私はまた身をのり出した。「私はその、雑誌の小説さえ書いていればいいんですね？」

「とんでもない」ブクブクは、はげしくかぶりを振った。「単行本製本部というのが、ちゃんとあるっていったでしょう？　雑誌とは別に、長いものを、単行本で月に一冊は書いていただかなければなりません」

私はあきれて、しばらくブクブクの尖った口もとをぼんやり眺め続けた。それからとびあがった。「か、書けません。とてもじゃないが書けません」

「どうしてですか？」ブクブクは不満そうな顔をして、テーブルを指さきでこつこつ叩いた。

「地球の作家は、あちこちの雑誌へ月にいくつも短篇や連載を書き、同時に月に一冊、単行本を出していると聞きましたが」

「そりゃ、そういう人もいるでしょうが」私は弱って頭をかかえた。「それは特殊な人です。そんな人は、作家の間でも異常者扱いされている筈です」

「へえ。そうですかねえ」ブクブクはちょっと不機嫌になったが、すぐに笑顔を作り、どこで憶えてきたのか、言葉におかしな節をつけて、なだめすかし始めた。「ねえ、先生。そんなこといわずに、書いてくださいよ先生。ねえ」身をくねらせた。

私はぞっとした。

ブクブクは大袈裟に手をうった。「じゃあ、こうしましょう。単行本は二カ月に一冊でもいいです。二カ月に一冊！　ね。そうしましょうよ。ね。それならいいでしょう。ね。うん、それがいいそれがいい」

「あら、そうですわね。それならいいですわね」

妻とブクブクは、勝手にそう決めてしまい、にこにこしてうなずきあった。私があわてて抗議しようとしたとき、料理が運ばれてきた。

前に置かれた皿を見て、私は眼をまるくした。毒々しい紫色のどろりとしたスープの中に、やはりなまなましい明るい紫色の、肉ダンゴらしい丸い塊りが二つばかり浸っている。ボーイは皿を並べるなり、逃げるように店の隅へすっとんで行った。そこには何人かのボーイ達が、肩を寄せあい、心配そうに、まるで死刑の執行を見るような眼で、じっと私たちの方を凝視していた。

「どうぞ、召しあがってください」ブクブクがいった。

おそるおそるスプーンをとりあげ、スープをひと口すすったとたん、私はげっと吐きそうになった。

えぐい味だった。その他に言いようがない。要するにえぐい味なのだ。いくらどろりとしていたって、液体なのだから咽喉を通る筈なのに、あまりのえぐさに食道管の内壁がささくれ立ったか、なかなか胃袋へ落ち込まない。私は眼を白黒させた。

ブクブクがじっと見つめているので我慢して、次に肉ダンゴを齧った。ミンチらしいのだが肉の味はしなかった。細くて固くて、まるで毛束だ。予想はしていたものの、さすがにへきえきして、私は妻の方を眺めた。

私は一種類しか註文しなかったのだが、彼女は八種類も註文したらしい。彼女の前には八つの皿が置かれていた。どの皿の中にも私のと同様、やはりどろりとした液体に丸い塊りが二つ浸っている。違うところといえば、色だけである。その八種類の色は、いずれも毒々しい原色の赤、青、黄、それにオレンジ、コバルト・ブルー、ライト・グリーン、ライト・ブラウン、そしてエンジ色だ。どうやら同じ料理を染料で染め分けたらしい。もうひとつおどろいたのは、それを妻がさも旨そうに食べていることだった。食べるというより、むさぼるといった方がいいかもしれない。舌鼓をうちながら無邪気に頰ばっている。しかも、同じ味であるにかかわらず、こちらの皿のスープをひと口すすっては、あちらの皿の肉ダンゴをひと口という具合に食べ分けているのだ。つまり彼女は、料理の味で食べ分けているのではなく、料理の色で食べ分けているのだ。前から味覚の鈍感な女だとは思っていたが、これほどとは思わなかったので私はあきれた。ブクブクの手前、腹をこわすからほどほどにしろともいえず、私もしかたなく食べるふりをし続けた。

「地球では、雑誌も単行本もすべてマイクロ・リーダーになっているそうですが」と、ブクブクがいった。「こちらでは、投写機が普及していないので、コピヤーで印刷することにしました」

「なるほど。じゃあ原稿はきちんと書かなきゃいけないわけだ」

そういって皿から顔をあげ、ブクブクを見た私は、ぎょっとしてスプーンをテーブルの上に落してしまった。

ブクブクは充血した眼球を眼窩からとび出させて、がつがつと料理を食べ続ける妻の方を凝視していた。彼の口からは、泡の混った白い大量のよだれが、だらだらと胸の上に流れ落ちている。よほど腹を空かせているらしい。

私の視線に気がついた彼は、あわてて毛むくじゃらの手の甲でよだれを拭った。

私は気の毒になった。「何か、お食べになりませんか？」

「とんでもない」彼はかぶりを振った。「腹がいっぱいなんです」

「でも、何か……。失礼ですが、あなたの勘定は私が持たせていただきます」

「そうですか」彼はながい間もじもじした末にいった。「そんなにまで、おっしゃってくださるなら……」彼はボーイを呼び、私と同じものを註文した。

ボーイが去ると、彼は私に訊ねた。「ところで、小説の筋は考えていただけましたか？」

「ええ、考えました」と、私は答えた。

だが本当は、何も考えていなかった。私は、地球で読んだ名作小説をそのまま書くつもりだった。地球でそれをやれば盗作ということになるだろうが、カメロイド語で書けば地球の人間には読めないのだし、カメロイドで地球の小説を読んだ奴はひとりもいないのだから、何を盗み書きしようが平気だ。私は喋り出した。「貧乏なために、たったひときれのパンを盗んだ男が主人公です」

「悪人が主人公ですか？」

「悪人でもないのですが」

「でも、たったひとときれにしても、パンを盗む奴は悪人です。それからどうなるのです？」

「捕まって監獄に入れられます」

「なるほど。それは当然でしょうね」

「ところが脱獄するのです」

「脱獄囚が主人公！」ブクブクは大袈裟に顔をしかめた。

「まあ、お聞きなさい。主人公はそれから、いろいろの善い行いをするんです。そして市長にまでなり、町のために尽します」

「それはいけません。そんな小説を読んだら、このカメロイド市の市長が、自分のことを悪く書いたといって怒ります」

「このカメロイド市の市長は脱獄囚なのですか？」

「馬鹿な。そんなことはありません。でも、このカメロイドには市長はひとりしかいない。だから市長と書いてあれば、誰だってカメロイドの市長を連想します。その小説は困ります。いけません」

「じゃあ、地球の話だと書けばいいでしょう？」

「それにしたって、そんな大それた悪人が市長になるなどという話は不謹慎です」

「この男は、最後にはまた警察に捕まるのですよ」

「でも、市長になってからでしょう？　そんな大悪人が市長に成り上るまで野放しにしておいたなんて話は、市民に、警察に対する不信感をあたえます。いけません。もっと善い小説にしてください」

「では、こんなのはどうですか。主人公は大学生です」

「なるほど、それならいいでしょう。大学生が主人公なら、読者も向学心に燃えます」

「この主人公は、自分を英雄だと思っています」

「いいですね。人間は自信を持たなければいけません」

「英雄というのは大きな仕事をなすべきであるから、多少の悪事はやってもかまわないんだと主人公は考えます。そこで、ちょうど金に困っていたので金貸しの老婆を締め殺し、その金を奪います」

思った通り、ブクブクは眼を丸くした。口をあけたまま蒼くなり、あまりのことに口もきけない様子である。私は少しばかりサディスティックな気分になって、かまわずに話を続けた。

「そのあとで主人公は罪の意識に苦しめられます。彼にそんな罪悪感を持たせたのは、ひとりの娼婦なのですが……」

「娼婦！」ブクブクはとびあがった。「娼婦というのは、つまり売春婦でしょう？」

「そうです」

彼は、あきれて口もきけないという表情を見せた。だがそれは、いかにもわざとらしく見えたので、私は腹を立てて訊ね返した。

「不都合がありますか？」

「不都合も何も、その小説は無茶苦茶です。低俗です。主人公が殺人犯と娼婦！　そんな小説を文部省が発行できるもんですか！　そんな、青少年に悪影響を及ぼすようなものを！　もし青少年がその小説に感化されて、お婆さんの首を締めはじめたらどうなりますか。責任はこの私にかかってくるんですよ」

「ほんとうよ、あなた」と、妻がまた横からいった。「そんな愚劣なもの、書かないで。ぜんぜん教育的じゃないじゃないの。私たちに子供が生まれて、その子がそんな本を読んだら何ていうかしら。自分の子供に見せても恥かしくないようなものをお書きなさい」

「そう。まったくその通り」ブクブクがあいづちをうった。「あなた。奥さんのおっしゃる通りですぞ」

私はむかっ腹の立つのをおさえ、下手に出て言った。「では、犯罪者の出てこない小説にしましょう」

「そうしてください」

「主人公は女です。貴族の妻です」

「いいですね。貴族はいい」

「ところが亭主は、子供を作れない体質だったのです。というより性的不具者だったのです」

　ブクブクは、急にそわそわしはじめた。それから声をひそめ、そっと私に訊ねた。「それは誰がモデルなのですか？」

「誰のことでもありません。これはフィクションです」

「地球で、あなたの知りあいに性的不具者がいたのですか？」

「いません」

「では、どうしてそんな小説が書けるのですか？」

「フィクションだから、どうにでも書けます」

「ふん。まあ、いいでしょう。しかし」彼はそっとあたりを見まわし、また小声でいった。「その、なんとか不具者というのを、大声で言わないでください」

「性的不具者？」

「しっ！」

「どうしてですか？」

「私がそうだと思われてはたまりません」

　ちょうどその時、ボーイが、ブクブクの料理を運んできたので、私はちょっと黙った。しかし考えてみると、ここで地球語の喋れるのはブクブクだけだ。だから、どうやらわたしが性的不具者という言葉を口にするたびに、ブクブク自身が劣等感に苛《さいな》まれるらしいということに気がつき、腹の中で笑った。私は面白くなってきて、ボーイがまだブクブクの横にいる間に、わざと大声でいってやった。

「だってあなたは、性的不具者じゃないんでしょう?」

とりあげたスプーンをガチャーンととり落し、ブクブクは約二、三秒瘧《おこ》りのようにはげしく痙攣《けいれん》した。地球語のわからぬボーイは、知らん顔をして去った。

「ああ」ブクブクは女性的に呻いた。「やめてください」

「だって、他の人は地球語を知らないのでしょう?」

ブクブクは、少し気をとり直したらしかった。「ま、いいでしょう。小説の筋を、どうぞ続けてください」彼はそういってふたたびスプーンをとりあげ、急にがつがつと料理を食べはじめた。

「女は——つまり女主人公は、欲求不満になやまされます。ある日、自宅の庭で庭番に出会います。そいつはすごく男性的魅力に富んだ奴で、馬鹿だけど肉体美です。女主人公はその男の小屋で、そいつと関係を結びます」

「不倫な!」またブクブクが、わざとらしく大袈裟にスプーンをとり落した。彼は今にも卒倒しそうな様子で、言うもけがらわしいといった調子をせいいっぱいこめ、しゃがれ声で叫んだ。「つまり姦通ではありませんか! 情夫を作るんでしょう? マオトコするんじゃありませんか!」

「そうですよ」私はやけくそになっていった。「しかも女主人公は、最後まで後悔しないのです」

「ああ、ああ、堕落だ。腐敗の極致だ！」彼は、じろりと私を横眼で見た。「あなたには、マオトコの経験があるんですか？」

「残念ながらありません」

「残念ながらですと？」ブクブクは、あきれはてたといった表情で、椅子の凭《もた》れに背をのけぞらせた。「じゃあつまり、あなたは自分のやりたいことを小説に書くんですな？　そうですな？」

「そうかもしれません。それによって、よくない願望を発散させるのかもしれません」

「しかしですよ」ブクブクは声を低めていった。「読者はそうは受けとらない。あなたが上手に書けば書くほど、あなたが自分の経験をそのまま書いたと思うでしょう」

「そうよあなた」と、妻もいった。「それから私は、姦通した女だと思われるわ。誰だって私が女主人公のモデルだと思うじゃないの。どうしてあなたって、そんなに厭らしいんでしょう。わざわざ人から、うしろ指を差されたがってるみたい。何故自分のいやらしいところだけむき出しにするの？　なぜ恥をさらすのよ。変態性だわ」彼女は軽蔑をたっぷりと眼に含め、恨めしそうにいった。

私はドンとテーブルを叩いて立ちあがり、大声で叫んだ。「芸術家は俗人の倫理感覚と対決しなきゃいけないんだ！」このあいだマイクロ・リーダーで読んだばかりの古くさい文学論を私は盗用した。「世間的には反倫理的な人間になろうとも、芸術家は人間を追求するんだ。通俗道徳の次元から芸術を云々されてたまるか！」こいつは私小説的思惟の底にひそむ、いやらしいエリート意識だな――怒鳴りながらも、私はそう思った。「この星に、小説の生まれないわけが、やっと、わかりましたよ」私は息を弾ませながらふたたび腰をおろし、ブクブクにいった。「私は地球に帰る」

「そんな大きなこと言って、あなた地球で就職できるの？」冷笑を浮かべて、妻が横からいった。

私はカッとして、彼女に怒った。「女の出る幕じゃない！」

彼女はたちまち歯をむき出してわめきはじめた。「いいこと！　あんたは私と結婚してるんだから、私を餓え死にさせるわけにはいかないのよ！　ふん、何さ！　働きもないくせに、一文も儲けたことがないくせに、偉そうな理屈をちょっと知ってると思って、怒鳴りちらして。うぬぼれ屋！　ああ、わたし、あんたとなんか結婚するんじゃなかったわ。たとえ馬鹿でも、電子頭脳の整備員と結婚しときゃよかった。週給五千グランなのよ。五千グランよ！　どう？　あんたなんかそんなお金、見たこともないでしょ」

「まあまあ、お静かに、お静かに」ブクブクはおどろいて立ちあがった。「夫婦喧嘩はやめてください」

「私は地球に帰る。そして、このカメロイド星のことを小説にして書いてやる」それから妻の方を向いていった。「お前のことも書いてやる。その悪口雑言、全部書いてやる。評判になるにきまっている。金が手に入るんだから、書きまくってやる」

「書かせるもんか！　そんな原稿書いたら、片っ端から破いてやる！　破いてやる！」妻はまたわめき出した。

「ま、気を静めて。気を静めて」ブクブクは溜息をつき、どっかりと椅子に腰をおろした。

「しかたがありませんな。帰りたいとおっしゃるものを、無理におひきとめするわけにもいかず……」彼は立ちあがった。「お待ちください。テレビ電話で首相にことの顚末を話して、了解を得てきます」

「了解を得ようと得られまいと、私は地球に帰る」

ブクブクは店の隅にあるテレビ電話室に入り、二、三分して出てきた。「せっかく来てくださったのだし」と、彼はまた私たちの前に腰をおろしながらいった。「いかがです。二、三日、このカメロイドの観光旅行でもなさいませんか？」

「いや、結構です」私はかたくなにかぶりを振った。「結構、つまりイヤということだ」

「ところで、さっきの不倫な小説のストーリイですが」ブクブクは、また周囲を見まわしてから、私に好色そうな眼を向け、舌なめずりした。「女主人公と庭番の密通のシーンを、内緒で、つまり私的な会話として、もう少し話していただけませんか？」

「そんなもの、話す必要はない」と、私はいった。

ブクブクは残念そうな顔をした。

「どうせここでは、小説は書かないんだからね。私は帰る」私は立ちあがり、隣席の妻をうながした。妻も、しぶしぶ立ちあがった。

「お待ちなさい」

ブクブクが少し強い調子でいったので、私は彼の方を見た。彼は地球製のミニ光線銃を内ポケットから出し、銃口を向けた。

「何のつもりだ」と、私はいった。

「あなたたちを地球へ帰らせるわけにはいきません」

「何故？」

「あなたはカメロイドのことを、地球へ帰ってから小説にするといいましたね。私のことだって小説にするんでしょう？　そんなこと、書かれちゃたまりません」

「悪く書くとは言わなかったよ」

「でも、さっきからのお話をうかがっていると、よく書いてくださるとは思えません。だって倫理と対立でしょう？　通俗道徳が嫌いでしょう？　わたしのことにしたって、どうせなんとか不具者呼ばわりするんでしょう？　そんなこと書かれては、私の名誉だけではなくカメロイド文部省、ひいてはカメロイド政府全体に傷がつきます。あなたを帰すことはできません。さっき首相とのテレビ電話で、警察の応援を依頼しましたから、逃げようとしても無駄です」

私は呻《うめ》いて立ちすくんだ。その時だしぬけに妻がわめきはじめた。何を思ったか、ありとあらゆる猥褻《わいせつ》な言葉を並べ立てはじめたのだ。気が違ったかと思って、ブクブクはもちろん、私までがびっくりした。その猥褻さは、とうてい文字で表現し難い。

最近地球では女性用マイクロ・テレ・ニュースというのが普及していて、そこには男が読んでも顔を赤らめるような記事がいっぱい出ている。妻の猥褻な知識は、恐らくそんなところから来ているに違いなかった。次から次へとぽんぽんとび出してくるその卑猥な言葉の洪水に、私の心臓さえでんぐり返りをうちそうだった。

ブクブクは、とっくの昔に椅子からころげ落ち、床にのびている。だが顔色から判断すると、どうやら本当に気絶しているのではなくて、当然気絶しなければいけないのだというカメロイド式通俗道徳にしたがってぶっ倒れているだけらしかった。

「うまいぞ！」私は、まだわめき続けている妻の手をとって叫んだ。「もういい。今のうちに逃げよう」

私と妻とは、地球より多少大きな重力のために足をもつれさせながら、手をとりあって店の外へ駈け出た。

「あっ、駄目だ！」私は悲鳴をあげた。

宇宙空港へ向かう舗装道路いっぱいに警官が立ち並び、光線銃や熱線銃、短針銃から小型水爆砲までをこちらに向けていたのである。

妻はふたたび猥褻な単語をわめきちらしはじめた。だが、今度は効きめはなかった。彼らは地球語を知らないのだ。銃砲を構えたまま、ぼんやりとこちらを見ているだけだった。

「ようし！」私はカメロイド語で、卑猥なことをわめいてやろうと大きく口を開いた。——だが——ああ、どうしたことだ、咄嗟《とっさ》には何も思いつかないではないか、言葉が何も出てこないではないか。駄目だ。私は、自分がいかに訥弁であったかを思い出した。口喧嘩では、とても妻の敵ではなかったことを思い出した。いざとなった時、男より女の方がはるかにやすやすと道徳性の衣をかなぐり捨てることができるのだ。

私がそう思った時、妻は衣を脱ぎはじめた。言葉の通じないことを知った彼女は、道のまん中でだしぬけに、すばやく、しかも堂々とストリップをやったのだ。カメロイド人の精神構造への、恐るべき直観的洞察力で、妻は自分の肉体を白日の下にさらけ出した。

一糸まとわぬピンク色の全裸となった彼女を見て、警官隊の先頭にいた隊長らしい男がオーバーに眼を押さえてのけぞり、さも精神的ショックをうけたような声で絶叫するなり、もんどりうってひっくり返った。それを見た警官たちも、おおとかああとか呻きながら、真似をしてばたばた倒れた。

「今だ！」私は妻の手をつかみ、思いつくかぎりの猥語をカメロイド語で喋り散らしながら、倒れ続ける警官達の中を駈け抜けた。

走っていく妻の姿を、倒れたまま薄眼をあけてこっそり鑑賞している奴もいた。

私たちは空港に到着し、ロビーに駈けこんだ。空港の事務員たちも、妻の姿をひと眼見てぶっ倒れるために、全員事務室からロビーへ出て整列していた。

「おお！」「ひやーっ！」「あれ！」

思い思いの悲鳴で卒倒するカメロイド人の身体を乗り越え、私たちは発着場へ出て、乗ってきた小型宇宙艇めざして駈けに駈けた。

「さあ、早く！」

宇宙艇尾部の小さな入口に到着するなり、私は裸の妻をかかえあげ、エア・ロックへ押し込んだ。これに乗ってオート・パイロットで大気圏外へ出て、SOSを発信し続けてさえいれば、どこかの宇宙船が助けてくれるだろう——私はそう思った。だが、続いて入ろうとした私の眼の前で、がらがらぴしゃんとエア・ロックのドアが閉まったのにはおどろいた。

あわててドアを力まかせに叩いた。だがドアは開かなかった。

それを妻がやったのだと気がつくまでに、だいぶ時間がかかった。妻に見捨てられたのだという結論に到達するまでには、さらに時間がかかった。だが、それ以外の結論はなかった。

——ああ！　ああ！　女は怪物だ！　私はそう思った。異星人よりは、よっぽど怪物だ！　女に比較すれば、カメロイド人なんて、怪物のうちにも入らない。女——これほどの怪物が他にあろうか！　またとあろうか！　ない！　絶対にない！

絶望にうちひしがれた私を尻目に、妻の乗った小型宇宙艇は飛び立った。砂をかぶり、みじめに地べたに叩きつけられながら、哀れ残されし者よと私は自分を嘆じた。これは弱い者いじめだ——私は泣いた。

しばらくして立ちあがった時、私は、カメロイドの警官たちが武器を構え、私を遠まきにして立っているのに気がついた。もう、やけくそだった。私は服を脱ぎはじめた。彼らが私の裸を見て、はたしてぶっ倒れるかどうかわからなかった。しかし、やってみるにこしたことはない。私は生まれたままの姿になって突っ立った。いかにグロテスクな恰好であるか、自分でもわかっていた。

カメロイド人たちは、しばらくあきれて私を眺めていた。倒れようかどうしようかの判断に迫られて、彼らは躊躇していた。やがて隊長が、あまりのグロテスクさに気が遠くなってきたといった様子でうおうおと唸り、ゆっくりと倒れた。それを見て他の連中も、苦笑したり首を傾げたりしながら、ゆっくりとその場に寝そべった。

私は泣きわめきながら、ふたたび彼らの中へすっ裸で駈けこんでいった。

トラブル

おれ

今は夏で、時間は正午ちょっと過ぎ、ここは日比谷公園で、おれはテレビの演出家だ。テレビ局の仕事は多忙だが、ちょいちょい手持ち無沙汰になる時があって、そんなとき、おれはいつもここにくる。ここに来るのは正午ちょっと過ぎであることが多い。

おれは噴水を真正面に見ながらベンチに腰をおろした。おれはここが好きだ。緑と水と日光があって、緑の向うには近代建築があって、噴水のむこうには花屋があって、日光の中を鳩がとんでいる。喉がかわけばアイスクリームを売りにくるし、公園を出てちょっと歩けばコーヒーを飲むこともできる。しかもそのコーヒーは、うまいコーヒーだ。人間も、適当な数だけは周囲にあるし、警笛などの騒音も、適当に響いてくる。

昼休みで、サラリーマンやサラリーガールが散歩している。彼らはすべて白いシャツを着、濃い色のズボンをはいている。そして彼らは、派手な色のシャツを着たおれの方を、ちらちらと冷たい眼で見る。いちど、じろりと見ておいてから、これ見よがしに眼をそむけたりする奴もいる。ウィークデーのこの時間、この公園はいわば、彼らサラリーマン・エリートの縄張りで、おれなどが来てはいけないのだ。ここは丸の内の近くで、その丸の内のオフィスに勤務する彼らはエリートで、彼らにとっておれは賤民だ。

いや、これはおれの僻《ひが》みじゃない。彼らは、はっきりとそう思っている。そうでなくて、どうしてあんな冷たい眼ができるもんか。おれは、はっきりと自分が差別されていることを知っている。おれがそう彼らに言ったとしよう。すると彼らは「それは僻みです」といって、礼儀正しく冷笑するだろう。だからおれはますます自分の考えが正しいことを思い知るのだ。だってそうとしか思えないではないか。彼らはおれたちにそう思わせようと努めているし、事実そうなのだ。

彼らの階層制度に対する信頼は、すなわち彼らの人生観である。彼らにとって、人間は平等ではないのだ。彼らは圧制と、干渉と、欲せざる重荷が好きである。他人にしたりさせたりするだけじゃなく、他人からされたりやらされたりするのさえ好きなのだ。ながいものに巻かれろである。だから彼らこそ、もっとも日本人的な日本人だ。その証拠に、彼らの敬語の使いかたとおじぎのしかたは、じつに細密な規則と慣例に支配されている。彼らの間では頭の下げかたが一センチ違ってもいけないのだ。下げかたが深すぎてもいけないのである。おじぎひとつの中に、役職、年齢、性別、学歴、家柄、過去の交際関係、周囲の状況、公私、時間、場所その他もろもろの要素の考慮が必要なのである。われわれ、いわば自由業者には考えられないほどの、無数の因子間の均衡が、彼らには最重大事なのである。彼らこそ封建時代における武家社会の伝統の後継者である。

だからといって、おれがこの公園に、彼らの昼休みの時間にやってきてはいけないという法律はない。だからおれはここにくる。黄昏《たそがれ》や夜の散歩なら、他にもっといいところがあるし、日曜日にはここはアベックでいっぱいになる。だが、ウィークデーの昼さがり、おれが気晴らしに来たくなるような場所は、あいにくとここだけなのだ。だから心ならずも、彼らの縄張りの時間に、おれはここにくるのだ。

おれはパイプを出した。フィルター・タバコをくわえて前を歩いていく二人づれのサラリーマンが、またじろりとおれに流し眼をくれた。団子鼻で少少背の低い男と、前髪を七、八本ぱらりと額に垂らして色白の、ひと昔前の二枚目といった男の二人づれである。彼らは、おれなど眼中にないという素ぶりをした。おれもそうした。そのあとから、赤いパラソルと、白いパラソルをさしたサラリーガールの二人づれが来た。彼女たちは一応興味ありげにおれを見てから、はなもひっかけてやるもんかといわんばかりに、大袈裟に眼をそむけた。

夏の日は強い。ここへ来るようになってからおれは日焼けした。都心にいたって、日焼けしようと思えばする。おれは山や海へはあまり行かない。孤独を感じるのは好きだが、山へ行ったって孤独は感じない。見知らぬ奴が挨拶したりする。あなたも東京ですかなどと話しかけてきたりする。都内で人混みにもまれ、ビルの谷間をうろついてる時の方が、よっぽど孤独を感じる。山はご免だ。コーヒーがない。たまにあっても、口のふちにねばりつく、飴《あめ》湯《ゆ》みたいに甘ったるいインスタント・コーヒーだ。新聞を買っても三日遅れだ。つまずいて、うるしの茂みへのめりこんでかぶれたり、いたずらされた道標で道をまちがえ、谷底へころがり落ちたりする。カモシカと間違えられて猟師に鉄砲玉をぶちこまれたり、カマイタチに両足を切断されたり、子持ちの雌イノシシに腹をつき破られたり、運の悪い時は熊などに出あって眼球をほじり出される。

海へ行ったってそうだ。電気クラゲに刺されてこむらがえりして溺れたり、フカに腰から下を喰われたりする。わざわざ海水浴場まで行って砂浜で野球なんかしている気違いのバットで、頭の鉢を叩き割られる。汚物がぷかぷか浮いていて、へたをして食べたりする。

景色が見たけりゃ美術館へ行って風景画を見ればいい。あの方が構図もまとまっているし芸術的だ。絵がわからないならカラー写真を見ればいい。あの方が色が綺麗だ。澄んだ空気を吸いたけりゃ酸素ボックスに入ればいいし、風に吹かれたければ扇風機にあたれ。レジャーを持てあまし、金もない癖に無理して山へ行くのは、皆のしていることを自分もせずにいられない、追従と付和雷同の好きな、自分の意見を持たないサラリーマンたちだ。

いきなり肩を叩かれ、おれはびくっとした。ふり返ると、局の建物の中の喫茶室を経営している親爺《おやじ》だった。この親爺は頑固だが、いい親爺だ。

「ここへ来るのかい、あんたも」彼はおれ以上に日焼けした顔で笑い、うなずいて見せた。この親爺は以前船員で、ながい間南米にいたことがあり、外国のことに詳しい。彼はおれの隣りに腰をおろし、パイプを出した。彼とおれが話しあうようになったのは、おたがいのパイプの自慢からだ。彼は仕入れてきたらしいコーヒーの包みを持っていた。

「アイスクリームを食べないか？」と、おれはいった。

「うん。食べよう食べよう」と彼がいった。

おれたちはアイスクリームを買って食べながら、噴水と、噴水のまわりのサラリーマン達を眺めた。この親爺もサラリーマン・エリートが大嫌いである。当然おれたちは、サラリーマンの悪口を喋りはじめた。

「どうなんだろうね」と、喫茶室の親爺がいった。「あんな没個性的な服装が、どうして好きなんだろう。寒いあいだのダークスーツはまだいいとして、夏の間は皆がみな白シャツ姿だ。そりゃ彼らにいわせりゃ、これは仕事着だというかもしれないが、なあにありゃ制服だよ。制服の制は強制の制だ。強制されて着てるんだ。それに、聞くところによると、丸の内エリートの間では、上役よりいい生地の背広を仕立てると睨まれるというじゃないか。彼らが本当にエリートなら、自分たちの社会的地位を強調するために、もっと上等の服を競って着りゃいいのにな。あれじゃ徳川幕府末期の奢侈《しゃし》取締令だ。しかもあの頃の商人みたいな反抗精神さえありゃしないぜ、今のサラリーマンには」

前を通りかかった痩せぎすで背の高いサラリーマンが、ちらとこちらを見た。それから作法通りのうす笑いを浮かべ、次にちょっと眉をひそめてから、聞かぬふりをして去った。

「あいつらは、おれたちが嫌いなんだ」と、おれもいった。「昔の封建社会の破壊者と目されたのは商人階級だった。だが今じゃ、彼らエリート・サラリーマンの社会を破壊するのは、われわれマスコミ人種なんだものな。仕事の上じゃ手を握っているが、人間同士理解しあえる筈がない。士農工商提燈屋《ちょうちんや》の昔の序列が、今は逆だ。奴とおれたちの関係は、昔の武士と商人の関係に似ているな。互いに優越感を誇示しながら、互いに劣等感をひたかくしにしている」

「あいつらは駄目だな。生白い顔をしている。勇気がない。権威に媚びてる。想像力が貧弱だ。もっとも、貧弱でなかったら、とてもサラリーマンなんて勤まらないが……。奴らは駄目だ」彼はうなずいた。「ああ、駄目だとも」

彼の顔を眺め、おれは少しおどろいた。彼が、こんなに憎悪をむき出しにした表情を見せたのは初めてだった。だいたい、この親爺は、こんな表情をして見せるような人間ではなかった筈である。そんな男ではなかったのだ。気分でも悪いのかもしれないと、おれは思った。どうしたのだどうかしたのかと訊《たず》ねようとした時、おれは少し、ふらふらとした。いかん、陽に当りすぎて日射病にでもなったかと、おれはあわてて立ちあがろうとした。だが、立てなかった。身体中の筋肉が、ぜんぜん思いのままにならないのだ。

これは何だ。どうしたことだ。おれはびっくりした。こんなことになったのは初めてだ。ここに腰をおろしたのは二十分ばかり前である。たったそれだけ陽にあたっていただけで、身体が動かなくなるほどの重病になるなんて、おれはそんな虚弱児じゃない。しかし、いくら自分に納得させようとしたって、身体が動かないことには変りはないので、おれは隣の親爺に、大変だたいへんだおれは麻痺したと叫ぼうとした。だが、声も出ないのだ。

今度こそ本当に、おれはうろたえた。身体が動かない声も出ないでは、まったくどうしようもない。悪夢の中で身動きのとれない時の、あの通りの気持だった。おれは死にものぐるいで、身体のどこかに、まだ感覚が残っているかどうかを知ろうとした。左手の甲だけがひどく冷たかった。氷をつかんだ時のような、疼痛を伴った冷たさだ。おれはそちらを見ようとした。だが、首がまわらなかった。

さいわい、眼球だけは動くらしい。おれはせいいっぱい横眼を使って、自分の左手首のあたりを眺めた。おれの左側には、喫茶室の親爺が腰をおろしている。おれの左手首の上には、親爺が右の掌をのせていた。その部分だけが、ずきんずきんと痛く冷たいのだ。その手をどけろと叫ぼうとしたが、もちろん叫べない。ふと親爺を見ると、彼はぞっとするような冷たい眼で、じっとおれの様子を観察していた。その眼はあきらかに、今、現におれの遭遇しているこの不可解な全身麻痺状態を承知している眼だった。

おれたち二人を除けば、周囲にはなんの変りもなかった。夏の昼さがりの日比谷公園、サラリーマンやサラリーガールが噴水の虹を見ながらぶらつき、空には鳩が飛んでいるというのどかな風景だ。その中にいるおれたち二人にしたって、外側からちょっと眺めたところでは、何の不自然なところもない。誰が見たって気のあう二人づれの散歩者ということ以外に、変ったふしは見あたらないに違いなかった。

やがて、手の甲の疼痛もなくなった。眼球さえ、思い通りには動かなくなってしまった。ただ、視野の中のものを見ることだけはできた。おれがまだ持っているものは、どうやら視覚と聴覚だけになってしまったらしい。

私

私は『喫茶室の親爺』を占領している本体から分裂し、『演出家』の手の甲の多層上皮の汗腺から、彼の体内の組織細胞に侵入した。

まず第一に私は、その部分の末梢の有髄神経繊維に触手をのばして周膜内に入り、次つぎと自由を奪いながら、その軸索突起を遡行《そこう》した。さいわい、この神経繊維は脳から出ている脳神経だった。自律神経系には大した用はない。私は触手のあとから本体を移動させて、たちまちのうちに脳に至った。そこでまず私はジルヴィウス裂溝に心地よく本体を落ちつけ、大脳皮質へ触手をのばした。下前頭廻転の言語運動中枢の自由を封じ、同時に前中心廻転と、これに接続する前頭葉の一部分の、ほとんどの運動中枢を制御することに成功した。それからゆるゆると顱頂葉を刺激せぬ程度になでまわし、この『演出家』が現に意識しているものしていないものにかかわらず、彼の意識野に温存されていたありとあらゆる知識を吸収した。この男の肉体は健康で、しかも均整がとれている。私はひと安心した。

私たち『ゼン』はすべて、私たちの惑星にいる時でももちろんそうだったのだが、宿主の肉体をこよなく愛する。それはいわば、自己の肉体への愛と同じ——いや、それ以上の愛着である。ひょっとするとそれは——いや、私にはもちろん、はっきりしたことはいえないが——両性動物における、異性の肉体に対する愛着に似ているかもしれない。どちらにせよ他の生物と比較するのはちょっと無理だが、しかしこれだけはいえると思う。つまり、私たちの宿主の肉体への愛の中には、自分に隷属するものへの哀れみをこめた愛情があることは、はっきりした事実なのである。であるから、私たちは自分の宿主の肉体の一部が、何かのはずみで損傷を受けることを非常に恐れる。ことに、他の『ゼン』の宿主から傷害を受けた場合などは――これが私たちの種族の欠点なのだが――ほとんど理性をなくすほどの激しい怒りに駆られて、たとえそれが『自殺的行為』であろうとも、より以上の損傷を相手にあたえて復讐してやろうとするのである。自分の短気が原因で命を落した者は、私たちの種族には、数かぎりなくいる。

私たちゼンには、ヴィンとジャンの二種類がある。二種類といっても、その双方の本体には、外見上の差異はまったくない。私自身はヴィンに属している。そして私も、他のヴィンと同様、ジャンが嫌いである。憎んでいるといってもいい。この、現に敵意を抱きあっているヴィンとジャンの永年にわたる争いも、もとはといえば互いの宿主を傷つけあおうとしたことから発展したものなのである。もちろんそれ以外にも、ヴィンとジャンの両種族の、性格の相違から生まれた軋轢《あつれき》もある。この『性格の相違』に関する解釈は、われわれの間の学者によって昔からいろいろな説明がなされてきた。その学説を大きく二つに分けると、ひとつは、この『性格の相違』はヴィンとジャンの双方にもともとあったのだという説、もうひとつは、ヴィンとジャンがそれぞれ異なった生物を宿主としたため、その宿主の性格――あるいは思考方法、あるいは生活態度、あるいは肉体条件、等々――の相違がすなわちヴィンとジャンの性格の相違になったのだという説である。私としては——もちろん私は学者ではなく、単に外惑星前哨員の一兵卒に過ぎないが、でも生理学と心理学はひととおり学んだのだから、自分なりの判断力はあるので——後者の説に賛成だ。

故郷の惑星で私たちヴィンが宿主としていた動物は、ログマという四足獣で、これはウマに似た草食性奇蹄類である。このログマは気位が高く、自分は百獣の王だという自覚を持ち、自分たちの種族だけで孤立した社会を作っている。そのため他の獣たちも、ログマにはあまり近づこうとはしないで、いわば敬遠している。こういった性格に影響を受けたのかどうかはしらないが、そのログマを宿主とした私たちヴィンも、礼儀正しい、上品な階層社会を作り、それを固守している。

一方、ジャンたちが宿主に選んだムクムクという高等鳥類は、ログマとは正反対の性格を持っている。この惑星でいえばミミズクによく似たこのムクムクたちは、ログマたちが閉鎖的であるのに比べて、ぐっと開放的である。しかし私は、ムクムクという鳥は好きではない。このムクムクは、種類の違う鳥とでも平気で交わり、相手の迷惑も考えず、どんな獣とでも共棲する。柄が悪く下品で、種族愛に乏しい鳥である。馴れなれしい奴だと思っていると、同じ種族の者をさえ、だしぬけに裏切ったりもする。

そんなムクムクを宿主にするようなジャンなのだから、とうてい私たちに理解できる筈がない。たしかに彼らは私たちに比べて精力的だが、彼らの破壊的な生活態度には、とてもついて行けない。ところが彼らジャンは、それが進歩的だと思っているらしく、私たちを旧弊だといって大っぴらに嘲笑する。まったく礼儀作法をわきまえない下司どもである。もっとも彼らにしてみれば、他の動物たちすべてが認めている私たちの権威と輝かしい文化の歴史がひどく羨ましく、妬ましいのかもしれない。だから時どき私たちの真似をしたりするのだろう。もちろん、そんなことをしたって、単に表面的な模倣にしかとどまれないのだが……。

また彼らは、私たちが外惑星前哨員というものを作っていると知ると、すぐに真似をして、大挙してあちこちの惑星に宿主を探し始めた。現にこの惑星のこの国にもやってきていて、今、私の眼の前にいる、ほとんどの『丸の内エリート』にとりついている。

彼らがこの国で、自分たちの宿主として『サラリーマン・エリート』を選んだということは、考えてみれば実に象徴的である。故郷の惑星で彼らがいかに私たちエリートにあこがれていたかがわかるのである。おそらく彼らは、故郷で賤民扱いされた代償として、この国のエリートと目されているサラリーマンの肉体を借り、私たちヴィンが宿主として選んだ『マスコミ族』を大っぴらに差別して見せたかったのであろう。ここでひとこと断わっておくが、私たちヴィンが宿主として『マスコミ族』を選んだのは、ジャンたちが噂するように、かの高貴な四足獣ログマからは得られないバイタリティが欲しかったなどというわけではない。単に、『マスコミ族』の肉体を借りた方が『サラリーマン族』を侵略するよりは前哨員としての役割が果し易かったからに過ぎないのである。なぜなら、行動半径が大きいからだ。だが、どうやらジャンは、そう思わなかったらしい。やはり自分たちと同じように解釈して、せめて出張先の惑星では窮屈な貴族趣味から解放されたかったのだろうなどといっているが、もちろんそれはまちがいである。

さて、私はこの『演出家』のあらゆる知識を吸収する一方、脳脊髄運動神経系に触手をのばして、錐体路遠心性のすべての随意運動神経を制御することに成功した。成功するのが当然で、私たちゼンは侵入に失敗するなどということは絶対にない。この『演出家』への侵入がこんなに遅れた理由は、この男が『マスコミ族』でありながら、同僚やタレント等との肉体的な接触を嫌っていたからに他ならない。また女嫌いで、たいていの演出家がそうするように、テレビ女優を抱かないまでも、手や尻にさえ触れようとしなかったからである。比較的仲のよい『喫茶室の親爺』に、こっそり後を追いかけさせたものの、なかなかいい機会がなく、とうとうこんな、ジャンたちの本拠で接触するようなことになってしまったが、これもしかたないことである。

私の本体には視覚器官も聴覚器官もないから、すべて宿主のそれに頼るほかない。つまり視覚は宿主のカルカリナ裂溝の辺縁や後頭極附近に局在する視覚中枢から、聴覚は上顳顬廻転やヘシュル氏廻転から得るわけだが、ただこれだけでは、近くに仲間のゼンがいるかどうか、また、いたとしてもそれがヴィンであるのか、あるいはジャンであるのかということはわからない。だが私の本体からは、さまざまに周波数を変えることのできる電磁波が出ていて、その地表波によってゼンの存在を捕えることができるのである。それがヴィンであるかジャンであるかの区別もできるし、もちろん他の動植物の存在も、ゼンほど判然とではないにせよ、キャッチすることができる。

この日比谷公園という場所には、現在ジャンが二十六人いる。『演出家』の眼で確かめたところでは、噴水の縁に腰をおろしているサラリーマン七人とサラリーガール四人、鳩にエサをやっているサラリーガール二人、私たちの隣のベンチに腰をおろしているサラリーマン三人、話しあいながら木蔭を歩きまわっているサラリーマン八人と、やはり同じように歩きまわっているパラソルをさしたサラリーガール二人――これらのすべてがジャンである。この公園には他に、学生四人とアイスクリーム屋一人、それに失業者らしい男一人がいるが、これらはいずれもゼンではない。そしてヴィンは、私と『喫茶室の親爺』の二人だけである。もちろん、私たち二人がここにいるということは、この公園内のすべてのジャンが承知している筈である。学生たちやアイスクリーム屋の手前、知らぬ顔をしているのだろう。

ヴィンとジャンが同じ場所にいると、必ず何かもめごとが起るのだが、この国ではまだ大きないさかいはない。ことに私たちは前哨員なのだ。自分たちの方からすすんでもめごとを起すわけにもいかない。だが、ジャンたちにしてもそうなのだ。うさんくさそうに、私たち二人をじろりと横眼で眺めるだけである。

この惑星の、このあたりの夏は暑い。今はこの星の時間で十二時三十二分。特に暑い時刻である。

おれと私

おれの眼の前がぼやけた。ちょうど眼鏡に水のかかった按配である。どうやら額の汗が眼の中へ入ったらしいのだが、痛くもなんともない。まばたきしようにも、まぶたが動かない。そういえば、おれはさっきから、一度もまばたきをしていない。できないのだ。これはいかん。まばたきをしないと埃が入って、眼球に傷がつくぞと思った途端、おれは立て続けに二、三回まばたきをした。しようとしてしたわけではない。今度はまぶたが勝手に動いたのだ。

おれはゆっくりと喫茶室の親爺の方を向いた。何故《なぜ》向いたのかわからない。首がひとりでに動くのだ。やがておれの口から、おれの意志に関係なく、無意味な言葉がとび出した。

「侵略完了」

その声はまぎれもなくおれの声だったが、どういう意味の言葉なのか、おれにはさっぱりわからない。しかし親爺はおれにうなずき返していった。

「よし」

何がよしだ。ちっともよくはない。これは何だ。いったい何が起ったのだ——そう訊《き》こうと思ったが、肝心のおれ自身の意志は伝達不能らしいのである。おれの首はすぐまた正面を向いてしまった。

全身の感覚は麻痺したままだが、それにしてはベンチから転がり落ちもせず、おれは自然なポーズで腰かけたままである。それどころか、ポケットへ手をつっこんでパイプをとり出し、いつもより器用な手つきでタバコをつめると、親爺にマッチを借りたりして、ぷかぷかふかし始めた。だがタバコの味はわからない。味覚もなくなっている。しかしこれには本当におどろいた。どうやら現在おれの身体を動かしているのは、おれ以外の奴らしいのだ。さっきおれのいった『侵略完了』という言葉が少しずつ呑みこめてきた。外部からか内部からか知らないが、何かがおれをあやつっているのである。おれはびっくりした。これはあやつり人形ではないか。しかもあやつる者の思い通りに声まで出せる便利なあやつり人形だ。もしあやつり人形に心があるとしたら、ちょうど今のおれのような気分に違いない。これはけしからん、と、おれは思った。基本的人権の無視だ。プライバシイの侵害である。言論の自由を破壊するものではないか。だいいち腹が立つし、それにいらいらする。自分の思い通りに動けないというだけなら、手術中の人間や中風病みと変りはないわけだが、これはそれよりもなお悪い。おれ以外の何か他の意志がおれを動かすのだ。しかもおれにパイプをふかす恰好などさせて楽しんでいやがる。こんな馬鹿げたことが良い結果を生む筈はない。しかしいくら腹を立てても、誰にも文句がいえないのだ。おれはしかたなく、けんめいに祈った。やめてくれ。こんなことはやめてくれ。もうたくさんだ。よくわかった。

私はジャンがこちらに近づいてくる気配を感じとり、あわてて『演出家』の眼を借りた。案の定、『サラリーマン』二人が話しあいながら、この『演出家』と『喫茶室の親爺』の腰かけているベンチの方へぶらぶらと近づいて来つつあった。彼らはもう、私たちの本体が今しがた二つに分裂し、新らしく宿主を一人作ったということを知っているのであろう。この二人はさっき、私が分裂する前に、このベンチの前を通り過ぎて行ったのと同じ二人づれである。私はちょっと緊張した。まさか今、何かちょっかいをかけて来たりはしないだろうが、しかし、警戒しておくに越したことはない。私はジャンには気づかれないように極超短波で、『喫茶室の親爺』に警報を送った。

さっきの団子鼻と二枚目が、またおれたちの方にゆっくり歩いてきた。それが何故わかったかというと、おれの首がまたしてもおれの意志に関係なくそちらを向いたからだ。彼らはあいかわらずおれたちを無視するふりをしていたが、なあに、はっきりと意識していることはわかっていた。

彼らは話しあいながら、おれたちの前を通り過ぎて行こうとした。おれはちらと眼の隅で、団子鼻の踏み出した足のま下に、おれがながながとのばした足さきがあるのを認め、あわてて膝《ひざ》を折り曲げようとした。だが、もちろんその足は動かなかった。おれは団子鼻に、まともに靴の上から足の甲を踏んづけられてしまった。しかし、痛みはぜんぜん感じなかった。声も出せないものだから、おれは白痴のように、ぼんやりと正面を見つめているだけだった。

おれの足を踏みつけたと知った時の団子鼻の反応は、驚くべきものだった。彼は忍者みたいに、五メートルばかり後方へとび退いたのである。それと同時に彼の隣りにいた二枚目は、逆の方向に三メートルばかり跳躍した。いやはや、人間が咄嗟《とっさ》にこれだけの激しい運動ができるとは思わなかった。だが、それ以上におどろいたのは、隣にいた喫茶室の親爺がベンチから立ちあがりざま、団子鼻を追って、みごとに五メートルの飛躍をやったことである。五メートルの幅とびをやっただけではない。五メートルの高とびまで、同時にやってのけたのだ。彼は空中から——まさに空中から団子鼻に襲いかかると、その小柄な体軀をやっとばかりに頭上高く差しあげ、公園の立木の幹にえいと投げつけたのである。

これらの活劇はすべて、おれが足を踏まれてから五秒以内に起った。

おれはただ呆然としているだけだった。喫茶室の親爺がこれほどのスーパーマンだとは思わなかったからである。それにしても、おれが靴をふまれたというだけで、何という大袈裟な騒ぎだろう。

だがおれは、ただあきれてばかりいるわけにはいかなかった。団子鼻は頭部をまともに木の幹に叩きつけられ額から血を流している癖に、失神どころか痛そうな顔ひとつせず、逆に親爺につかみかかって行ったのである。おれは立ちあがった。そして二人の方へ駈け出した。何のために二人の方へ駈けていくのか自分ではわからないが、とにかくおれは駈けた。おそらく親爺を助けに行くのだろう。

宿主の大腿四頭筋と縫工筋をけんめいにあやつって駈けながら、私はテレビ局にいるヴィンたちに警報を送った。このもめごとが、そうとう大きな騒ぎになると予想できたからである。こちらは二人、ジャンは二十六人である。しかも彼らだって応援を求めるだろうし『演出家』のいいかたで言うなら、ここは彼らの縄張りだ。丸の内にある彼らのオフィスから、どっと『助っ人』が駈けつけてくる筈である。だからこちらも助太刀を求めなければならない。

私の本体は怒りで熱くなっていた。行動を起すのが少し遅れたのもその激しい怒りにしばし茫然とし、われを忘れたためである。『演出家』の足の甲には、踏まれたために青い痣《あざ》ができているのだ。あの『団子鼻』が私の大切な宿主の足に内出血を起させたのだ！

無礼者め。下司下郎め。どん百姓め。奴らの貧弱な宿主の肉体をずたずたに引きちぎってくれる！

その時私は、駈け続ける『演出家』の背後にジャンの気配を感じた。『二枚目』が『演出家』の背中へとびつこうとしているのだ。私はすぐ膝を曲げさせ、思いきりアキレス腱に力を加えて『演出家』に大跳躍をやらせた。この星の人間には、彼らの精神力だけでは不可能な激しい運動をさせることが、力学的にも解剖学的にも可能だ。私には、彼らの筋肉を最も効果的に働かせることができるし、彼ら自身には動かせない不随意筋さえ動かすことができるからだ。

いきなり自分が五メートルの高さにとびあがったので、おれはびっくりした。まるでノミかバッタになった気持だ。公園中がひと眼で見渡せた。

周囲にいるサラリーマンの男女が、すごい勢いでこちらに駈けつけてくるのが見えた。アイスクリーム屋は、あきれておれを見あげていた。噴水をへだてておれの反対側にいる学生四人は、ぽかんと口をあけ、あたりをきょときょと眺めまわしている。何が起ったのかまだよくわからないで、周囲の人間たちが突然起した激しい動きの原因を早く知ろうと焦っている様子である。木蔭に寝ころんでいたルンペンは、とまどって立ちあがり、よたよたと噴水の方へ歩き出していた。

空中からま下を見て、おれは自分が何故とびあがったのか初めてわかった。おれのうしろからあの二枚目が、おれにつかみかかろうとしたのである。おれは彼の方へ落下して行きながら両腕をつき出し、両手の指さきを内側へ折り曲げた。どうやらおれは、彼の顔面に狙いをつけている様子である。だが二枚目は、おれの落下地点からさっと身をひいた。おれは彼の顔に打撃をあたえることができず、かわりに彼のズボンのベルト付近に指をかけたまま、地面に転がった。彼のズボンがはげしい音を立てて破れ、二枚目は下半身まる出しになった。彼の白い脛《すね》は意外にも毛むくじゃらだった。彼はピンクのパンツをはいていた。

おれは転がったまま足をあげ、襲いかかってくる二枚目の下腹部を蹴とばした。二枚目は三メートルばかり彼方《かなた》へすっとんで行き、駈けつけてきたサラリーガールと激突した。彼女は二枚目の頭部で出っ歯をへし折られ、眼鏡をとばした。

おれはまた、喫茶室の親爺のいる方へ向きを変えた。と、前方から、さっきおれたちに冷笑を見せた、あの痩せたサラリーマンが突進してきた。おれの意のままにはならないおれの肉体も、何ら躊躇《ためら》うことなく彼の方へ驀進した。このままの勢いで双方がまともにぶつかったとしたら、きっとどちらも瀕死の重傷だ――おれはそう思ったが、停まることはできなかった。だがさいわい、正面衝突にはならなかった。おれはすれ違いざま、彼の右の耳を引きちぎった。二、三メートル惰性で駈け抜けてからふり返ると、彼もこちらをふり返っていた。彼はおれとすれ違う時に、おれの頭髪を半分がたむしり取っていったらしい。彼の手にはふさふさとした多量のおれの毛髪が握られていた。

痛みは感じなかったが、おれの視界は赤く染まった。頭から流れた血が眼の中に入ったのだと気がつき、おれは初めて怒りを――おれ自身の意志で怒りを感じた。このなまっ白い事務屋め！　電柱め！　鶏のガラめ！　おれの大切な頭髪を……。

　今やおれの意志とおれの行動は完全に一致した。おれは彼につかみかかっていった。彼もおれに武者ぶりついてきた。おれは彼と取っ組みあったまま地面に倒れた。彼はおれの眼球を狙って指を突き出してきた。おれはその手をひっつかみ、彼の白い骨張った五本の指を一本ずつ外側へ折り曲げて全部へし折った。ごきり、ごきりと、いやな音がした。その間に彼はもう一方の手で、おれの右の耳をねじ切り、遠くへ抛《ほう》り投げた。

　この行為がおれを激怒させた。彼がおれの耳をむしり取ったことがではなく、その耳を遠くへ投げたということがである。おれは自分の精神と行動の乖離《かいり》を、すでに不自然には感じなくなっていた。おれの憎悪が残虐な行為をおれにさせるのではなく、その逆なのだ。おれ自身の残虐な行為が、さらにおれの憎悪を煽《あお》り、かき立てるのだ。しかもその残虐さは、まるでおれ自身の不道徳な無意識の所産ででもあるかのように、おれが意識で考えることのできる以上の残虐さなのである。おれをあやつっているその何者かは、おれが考えた残虐行為の二倍、三倍のことを、おれにやらせるのだ。だがおれは、そのことに快感を覚えていた。今はすでにおれは、悪しきスーパーマンとなったおれ自身に満足していた。オリンピック選手以上の、とんでもない力を出せる、このすばらしいおれ自身に。

　あれほどたくさんいた鳩は、いつのまにか、あたりに一羽もいなくなってしまっていた。そうだ。鳩はぜんぶ逃げてしまった。彼らはこの場にふさわしくない鳥だった。

おれは自分の身体の下に組み敷いている痩せたサラリーマンの鼻をわし掴みにすると、薄い筋肉のついた外鼻を、軟骨ごとねじり、むしり取った。鼻腔がむき出しになり、彼はふた眼と見られぬ顔になった。空に向かってぽっかりとあいたその鼻腔にはたちまち血が溜まっていっぱいにあふれ、白い湯気が立ちのぼった。おれはさらにその中へ腕をつっ込み、口腔に連絡している筈の後鼻孔をさぐりあてて指をかけ、上顎を引きずり出そうとした。その時、さっきおれたちの隣のベンチに腰をおろしていた連中のうちの二人と、サラリーガールの一人がおれの上に襲いかかってきた。一対四ではとてもかなわない。おれは彼らをふりはらい、ふたたびその場で跳躍した。サラリーガールがおれを追って跳躍した。おれは空中で彼女の髪をわし掴みにすると、その小柄な体軀をひと振りしてとんぼ返りをうたせ、落下する勢いで彼女の頭部を地面に叩きつけた。頭の鉢の砕ける音がした。

そこへまた残りの三人が襲い被《かぶ》さってきた。痩せたサラリーマンは、鼻から滝のように血を流しながらも、ぜんぜん痛そうな様子は見せていなかった。組んずほぐれつの末、どれが誰の手足かさっぱりわからなくなり、おれにとっては有利になった。サラリーガールはみごとにさかだちしていて、彼女の醜悪な出臍《でべそ》のゴマがおれの鼻さきにあった。おれはやっとのことで彼らの手を振りきると、広場の中央に向かって逃げ出した。

しばらくは逃げ続ける他ない――と、私は思った。やがて赤坂方面から、仲間の『マスコミ族』が駈けつけてくれるであろう。それまでは何とかして逃げのびていなくては犬死ににになってしまう。『喫茶室の親爺』も同様に考えたらしく、噴水の方へ向かって走っていた。

彼のあとを、サラリーマンたちが一団となって追っていた。あきれたことに、追手の一団の中には学生四人とルンペンの姿も混っていた。この星の生物は、よくよく付和雷同が好きらしい。もっとも、この『演出家』の考えでは、大学生というものはあきらかにサラリーマンの味方らしいのである。しかし、ルンペンの行動だけは、私の宿主にも理解できないようだった。

逃げ続けるおれも、追ってくる大勢のサラリーマンも、まったく無表情のままである。中にはにたにた笑いながら追ってくる奴もいるし、喫茶室の親爺も、さっきおれと談笑するふりをしていた時のままの笑顔で逃げ続けている。つまり全員が、このトラブルの起る一瞬前にしていた表情を、そのまま固着させてしまっているのだ。パラソルをさした二人づれのサラリーガールも、あいかわらずパラソルをさしたままでおれを追ってきていた。おれは思った。きっと皆があやつり人形なのだ。誰か知らないが、ここにいる全員をあやつっている奴は、恐らく皆に全身運動をさせるのに忙がしく、『表情』や『パラソル』などというこまかいところへまでは手がまわらないのだろう。その上誰も悲鳴をあげず、わめきもせず、真夏の陽光の照りつける真昼の日比谷公園は静かなのだ。気味の悪いことおびただしい。ときどき叫んでいるのは学生たちとルンペンだけである。

おれは逃げながら公園をほぼ一周し、もとのところへ戻ってきた。突然、おれの前方でぼんやりこちらを見ていたアイスクリーム屋が、何を思ったかおれの顔にアイスクリームを投げつけた。あまりだしぬけで避けることができず、おれの眼の前はまっ白になった。あわてて手で顔面を拭った時、おれはアイスクリーム屋の自転車にぶつかって転倒していた。おれを追って先頭を駈けていたサラリーマンが、おれの上におどりかかってきた。おれは彼の横っ面をはりとばし、両手の指をつき出して彼の眼窩につっ込み、両方の眼球をえぐり出した。彼の視神経が五センチばかりずるずるとついて出てきてちぎれた。彼が、眼が見えなくなってうろたえている間に、おれは横にひっくりかえっているアイスクリーム・ボックスからアイスクリームをつかみ出し、彼の眼窩へぐいぐいと大量にねじこんで彼を白眼にした。おれは立ちあがって、またすぐ逃げ出したが、逃げながらちらと見ると彼は眼窩からアイスクリームを突き出した『アイスクリーム白眼』のまま、おれを追ってきていた。眼球がない癖に追ってくるのだ。何故こっちが見えるのだろう——おれはぞっとした。

おれの行く手に先まわりをした、さっきの二枚目が、前方からつかみかかってきた。こいつはさっき、おれにズボンをむしりとられたため、まだピンクのパンツから毛脛を出したままだ。こいつにはもちろん、人並以上に羞恥心があるだろうから、きっと内心では顔から火が出そうなはずかしい思いをしているに違いない。だけどこの男も、おれ同様にあやつり人形なのだ。何者かのために、みっともない恰好のままで走りまわらされているのだ。——そう思った時、さっきおれが彼らに感じた憎しみは、すっとどこかへ消えてしまった。するとさっきのおれの敵意の対象は、いったい何だったのだろう？

しかし、そんなことを考えている余裕はなかった。いや、考える余裕なら当然いくらでもあるのだが、次つぎと展開する眼の前の大騒動に気をとられ、また、おれの肉体のとんでもない行動に、否応なしに注意を向けさせられるため、事態を認識している暇もないのだ。

おれは跳躍した。そして走ってくる二枚目の胸を、両足で強く蹴った。肋骨が折れ、彼の両の脇腹からは、まるで船底の骨材みたいに、にょきにょきと何十本かの骨が皮膚を破って左右に突き出た。人間バリケードだ。

飛び蹴りをしたため、おれは地面に倒れたが、すぐ起きあがった。そして公園の入口の方へ駈け出した。どうやらおれは、都電の通っている車道の方へ逃げ出すつもりらしい。喫茶室の親爺も、おれと並んで駈けていた。

だがその時、入口から大勢の若いサラリーマンたちが、どっとなだれこんできた。応援に来たらしく、近所のバーででも借りてきたのか、手に手にアイスピックや、薪割り用の鉈《なた》や、登山用のピッケルなどを持っている。彼らはわめきも叫びもせず、端正な顔のままでおれたちの方へ走ってきた。数十人はいそうである。

おれと親爺は方向転換をした。だが逆の方からも、頭の鉢を割られた団子鼻やサラリーガールや、例のアイスクリーム白眼や、ピンクのパンツに両の脇腹から骨を突き出した人間バリケードの二枚目、鼻腔むき出しの痩せたサラリーマンなどが、こちらへ走ってくるのだ。

もうだめだ——おれは悲鳴をあげようとしたが、声は出なかった。おれと親爺はその場で跳躍した。すかさず追手の全員と新手の助っ人数人が跳躍した。蚤《のみ》のオリンピックだ。

空中から電車通りを見ると、数台のパトカーがウーウー呻《うめ》きながらオートレースみたいな勢いでこちらへ驀進してくるのが見えた。警官が介入してくると、どんな小さな騒ぎでも、まず三倍から五倍は大きくなる。警察の事大主義と日本の警官の融通のきかない形式的な機械的行動が否応なしに騒ぎを大きくするのだ。ましてこんな大喧嘩《でいり》では、融通のきかせようなんて、あるわけがない。これはまだまだ派手な騒動になるぞ——おれはそう思った。この気ちがいじみたバラしあいが、どこまで拡大することやら想像もつかない。そうだ、これは殺しあいなんてもんじゃない。これはバラしあいだ——そう思った。残酷ムードいっぱいのグロテスクな解体作業だ。

しかしまた、こうも思った。だが、この荒唐無稽さは、大量殺人事件などという言葉から受ける陰惨な感じからはほど遠い。そうだ、これはパイ投げだ。これはあきらかに、スラップスティック精神の具象化されたものだ。屋台くずしの大スペクタクルだ。

おれたちは、続けざまに二、三度跳躍した。跳躍しながら、新手の助っ人のひとりが、親爺めがけてアイスピックを投げつけた。それは親爺の左の眼に深く突きささった。握りがぶるんぶるん顫えていた。親爺はすかさずその握りをつかんで引き抜いた。アイスピックの先には、おでん屋の煮抜き卵みたいに、彼の眼球が突きささっていた。彼はさらにそれを、あの痩せたサラリーマンに投げ返し、彼のぽっかり開いた鼻腔に突き立てた。彼の鼻腔には親爺の眼球がすっぽり納まって、彼は上下逆の三つ目小僧になった。

新手のひとりが、おれめがけて薪割り鉈を投げつけた。こんなものを、まともにくらってはたまらない。おれは危く宙で身をかわし、その柄をつかみとった。地面に降り立った途端、そいつがつかみかかってきたので、おれはさっそく鉈をふるい、彼の頭部を横なぐりした。

まるで帽子みたいに、彼の額から上の頭蓋がふっとんだ。水平に断ち割られたその切り口は、まるで西瓜《すいか》だった。彼は平気な顔で、頭がないままにおれに武者振りついてきた。おれは彼の頭の切り口から、灰白色をしたどろどろの脳漿の中へずぶずぶと右手を突っこみ、頭蓋骨の中のあらゆる器官を、まるでオモチャ箱を引っかきまわすように、ほじくり返した。次に、両方の眼窩の内側から、突っこんだ二本の指さきで両眼球を裏から押し、外へぽんぽんとはじき出した。おどろいたことには、これでもまだ彼は平気で、おれの胴体にしがみついていた。この、あまりのものすごさには、おれの神経のほうがさきに降参した。おれは失神した。

宿主の『演出家』が失神してしまったため、私は彼の視覚器官に頼ることができなくなってしまった。この男がこんなに簡単に気絶するとは思わなかったので、私はちょっと意外だった。この男だけではなく、この星の生物は、すべて根本的に残虐なのではなかっただろうか？　私はこの『演出家』の嗜虐妄想から判断して、てっきりそう思っていたので、少しあわてた。だいたい、他の生物の肉体なら、血のついたままの筋肉でも平気でむさぼり食う癖に、同族の血を見ただけでかくも簡単に気絶するのは、むしろ異常である。彼らが『サカナ』と呼んでいる脊椎動物に対する彼らの残虐性はどうであろう。死体をカラカラに乾燥させ、ミイラみたいになったものを頭蓋骨ごと食うわ、胎内の卵巣はぬき出して食うわ、時には殺したばかりで、まだピクピク痙攣《けいれん》しているものにまで舌鼓をうつではないか。とにかく意識構造の狂った動物たちではある。結局私は、ジャンたちの出す電磁波を捕えることによってのみ、『演出家』の肉体を操作し、彼らと戦わなければならなくなった。

私は本体を後脳から脊髄へ移動させ、腰椎の少し上の部分、肩胛骨の下に居据わることにした。もちろん触手の一部は、大脳皮質にのばしたままである。ジャンの数は五十数人に増え、私たちには不利になったが、乗用車数台に分乗した数十人のヴィンが刻々とこちらに近づいてきていて、すでに桜田門附近にまで達していることはわかっていた。もう少しの辛抱である。

さっき、宿主の眼を通してちらと見た新手の助っ人である『サラリーマン族』の中には、ゼンでない者まで十二、三人混っていた。彼らは周囲のジャンに影響されてか、まったく感情を欠いた表情をし、わめきも叫びもせずに駈けつけてきた。この星の生物は、どうやら自分の感情はどうあろうと、周囲でそうするのなら自分も右へならうのが常識だと思っているらしい。さっきの『学生』『ルンペン』なども、もはや無言のまま、顔面筋肉の弛緩した表情で騒ぎに加わっている。この群集心理、あるいは集団意識は、われわれゼンにとって今まで大きな利用価値を生み出してきた。影響力の大きい個体数人を宿主にすることによって、国家全体を戦争へひっぱりこんだりしたことも数回あったそうだ。革命、暴動、小競合《こぜりあ》いなどの小さいものまで算え出したら、限りがないかもしれない。われわれにとって、この星の生物の知性の乏しさと、意志の力や個性や精神力の薄弱さは実に便利である。

さて私は、宿主の運動神経に次から次へと数十本の触手で刺激をあたえ、また不随意筋を直接操作したりしながら、時には彼を逃げまわらせ、時には暴れまわらせた。ジャンの手から薪割り鉈という刃物を分捕ったので、私はぐっと有利になった。私は鉈をふるい、多くのジャンの宿主——『サラリーマン・エリート』の身体を傷つけた。もしジャンが彼らの肉体を侵略していなければ、彼らはとうに死んでいることだろうが、頭がとぼうと心臓を引き抜かれようと、その肉体の行動力の源はジャンなのだから、いかなる傷をあたえようと彼らの力を弱めることはできないのである。もっとも仮にジャンが本体を宿主の頭部にのみ置いていた場合、首と胴体を切り離せば首は生き続けているが胴体は完全に死んでしまう。首だけでは嚙みつく以外に何の力も出せないわけで、しかもゼンはたいてい宿主の大脳皮質に本体を置いているから、私はけんめいに彼らの出す電磁波を捕え、あとは勘だけで、できるだけ彼らの首を落すようにして鉈をふるった。手ごたえから判断すると、五、六人の『サラリーマン・エリート』の首をふっとばしたようである。

しかし彼らもさるもの、私の意図を悟ったらしく、私同様に本体を胸部に移動させたようだった。首がないままで、さらに私を襲ってきたのである。首を落されてすぐぶっ倒れ、死んでしまった奴は二人しかいなかった。だが電磁波によれば、その二人はあいにくどちらもゼンではないらしかった。何も知らないプレーン・サラリーマンだ。

私はさらに、文字通りめくら滅法暴れまわった。気がつくと、大勢の人間が新しく公園にやって来ているような気配である。どうやら『警察官』らしい。彼らも騒ぎに加わっている様子だ。よせばいいのに。

やっとのことで、仲間たちが到着した。私の宿主も、次第に意識を取り戻して来たらしいようで…………気がついた時、おれはまだ鉈を振りまわしながら、いつの間にか噴水の傍まで来ていた。周囲にいるのは、どうやらおれの鉈でやられたらしい首のない奴ばかりである。どいつも両肩の間の傷口から動くたびに血を沸《わ》き返らせてこっちへ襲いかかってくる。おれはまた顔面から血の気のひくのを感じたが、今度は意識は失わなかった。次第に図太くなってきたのだろう。噴水には、かぼちゃみたいな生首が数個浮かんでいて、いずれもきょとんとした無表情な顔で、生気のない眼を晴れ渡った碧空に向けている。笑っている奴もいた。水は血の色に染まっていて、噴水の水が落ちるあたりでは泡と混って美しいピンク色をしていた。

警官が大勢公園に入ってきて、入口のあたりで乱闘に加わっていたが、彼らはあやつられてはいないらしく、しきりに怒鳴っていた。鉈を振りまわしながらそっちに注意を向けていると、警官のひとりが首のないサラリーマンに下顎をもぎとられ、気絶して倒れた。おれが考えたところでは、今この公園には二種類の人間がいるらしい。おれや首のない奴らのように何者かにあやつられている人間と、警官たちのように自分の意志で行動している人間だ。

「気絶して倒れる」ことのできる警官が、おれは羨ましかった。

あのルンペンは可哀想にズボンごと生殖器をもぎとられ、地べたをのたうちまわっていた。出血量から見ても臨終は間近い。喫茶室の親爺はベンチの前で数人のサラリーガールから胸部の筋肉をむしりとられながらも、奮闘していた。

警官たちが入ってきたのとは逆の側の入口から、またどっと大勢の人間が乱入してきた。見るとどれも知った顔ばかりなので、おれはびっくりした。テレビ局の連中だ。T・DにA

・D、大道具の親爺やカメラマン、シナリオ・ライターや動画家、それに大勢のタレント——配役の関係で警官の恰好をしたややこしい奴までいた。いずれも手に手に武器らしいものを持っていて、無表情なままでサラリーマンたちに襲いかかっていった。みんなおれの味方らしい。忍者の恰好をしたタレントなどは、どこから持ってきたのか本ものの長脇差《どす》の抜身を振りかざしている。

たちまちサラリーマンたちが劣勢になった。あのアイスクリーム白眼は、年に似ず色っぽいので中年男に人気のある丸顔の女性歌手とチーフ・プロデューサーのために、とうとう上顎から上の頭蓋をもぎとられて逃げ始めた。逃げて行く彼の首から上には、前方へつき出た薄っぺらな下顎がのっかっているだけで、その上では赤い舌がヘラヘラと炎のように宙に踊っていた。おれのふるった鉈が、またひとりのサラリーマンの首をちょん切った。その首はジェット噴射みたいに血を噴いて宙をとび、噴水の頂きで水にふきあげられ、しばらくはくるくると回転していた。その真下にはくっきりと、鮮やかにも美しい虹が出ていた。

これは悪夢だ——おれはそう思った。悪夢にちがいない——しかし、多かれ少なかれ、人間同士の闘争というものは、その中にまきこまれた人間にとって悪夢だ。殊に自分自身、そのトラブルの原因をはっきり認識していない時などは尚さらそうだ。ただ、やみくもに憎悪をかき立て、その憎悪がどこから来たものなのか、その憎悪の中には、本当に相手に対する憎悪だけしか含まれていないのかどうか、あるいはその憎悪の中には、自分への憎しみや自殺本能が含まれているのではないか——そういったことなど、全然考えてみもしないで狂気じみた大殺戮をくり返し続ける、あの加虐的な悪夢と同じである。おれはこのまま、自分が何故殺されるのかわからないままに、ここで死ぬことになるのかもしれないが、昔、赤紙一枚で召集され、何が何だかわからないままに戦場へつれて行かれて戦死してしまった大勢の人間だって、きっとこんな気持だったに違いない。彼らが愛国心を持っていたかどうかは別問題だ。愛国心というのは、他の国の人間を殺すためのものじゃないし、だいいち愛国心なんてものよりは人間の生命の方がだいじなのに決っている。まして愛国心のために自分が死ななければならない理由なんてものは何ひとつない。そんなことをいい出したらおれだって一応は、今戦っているサラリーマン・エリートを憎んでいる。しかしその憎しみのために奴らを殺そうなんて思ってもいないし、まして自分が死んでもいいとは思っていない。戦争に国民をかり出した人間に愛国心なんてものはなく、ただ他国への憎しみと過大な自信と、国民に関係のない自尊心しかなかったのと同様、おれをこのトラブルにまきこんだ、おれをあやつっている何者かは、サラリーマン・エリートに対する憎しみなんてものはぜんぜん持ちあわせていなかったに決っている。きっとそれとは無縁の意図でもって、おれをあやつっているのだ。戦争中の指導者の気持が、召集令状を貰った人間にはぜんぜんわからなかったのと同様、おれのあやつり主の気持などは、おれにはぜんぜんわからない。ただ自分が次第に、この大がかりな大量バラしあいのまっただ中にのめりこんで行くのを、あれよあれよと眺めているばかりである。

また新手のサラリーマン——敵方の助っ人の第二軍が登場した。今度は百人を越す数である。おれは彼らにとり囲まれ、また二、三度跳躍した。

騒ぎは公園の外にまで拡がっていた。上から見渡したところでは、このドタバタは北はお濠を越えて宮城前広場の大楠公像のあたりまで、東は帝国ホテルのロビーまで、南は音楽堂、公会堂のあたりまで拡がっているらしい。車道では都電や車が立ち往生し、その中でも乱闘が演じられていた。どういうわけか救急車の運転手がサラリーマンに首を締められ、助けを求めてしきりにクラクションを鳴らしていた。求救車だ。都電の中は血みどろで、窓ガラスには血のりや臓物がとび散ってへばりついていた。サラリーマンが、殺した警官の拳銃を奪い、ポンポンぶっぱなしていた。あたりのビルの窓は見物人で鈴なりだった。歩道の野次馬の中には、血迷って自分から騒ぎにとびこんで行き、たちまち手足や首をもぎとられてしまう者もいた。大勢の女たちが気絶して、舗道にぶっ倒れていた。このありさまをひと眼見て、気絶してぶっ倒れるために、わざわざ建物の中から駈け出してくる女もいた。味方であるマスコミ関係者やタレントたちも、次から次へと新手が到着している様子である。

公園の中――ここにはもう、五体満足なものは数人しかいなかった。あの人間バリケードの二枚目などは、両の脇腹から突き出した肋骨の一本一本に、もげた手足、眼球、ちぎれた胃袋、生首などを突きさして、まるで前衛彫刻のオブジェみたいな恰好で走りまわっているし、白いパラソルのサラリーガールは、忍者の長脇差で真っ向から唐竹割りにされて半身におりたまま、パラソルをかざして片足でぴょんぴょん跳びながら逃げている。下腹部の破れからはみ出した自分の腸を引きずり出し、チェーンみたいに片手でぶんぶん振りまわしている奴、ちぎれた胃袋を、砂袋みたいに相手の顔面に叩きつける奴、地べたに転がった女の首を拾い、その長い頭髪で敵の首を締めている奴、しかもそいつには首がなかった。その時、おれの前にあらわれ、おれに襲いかかってきた奴は、この騒動のそもそもの原因を作った団子鼻――あの、おれの足を踏んづけた団子鼻だっ…………たので、私の中には憎悪が再燃焼した。私は宿主に鉈を振りかぶらせ、彼の方へ突進…………して、おれは彼の頭上めがけて鉈を振りおろした。だが、残念なことに鉈は柄からすっぽ抜けると、どこかへ飛んでいってしまった。団子鼻はおれの胸に体あたりしてきた。おれは転倒した。彼はすかさずおれの顔を、力いっぱい靴で踏んづけた。おれの折れた歯が、彼の靴の裏に突き刺さった。片眼が潰れた。おれは彼の足を持って、彼の身体をひっくり返し、地べたに叩きつけ、覆い被さった。おれと団子鼻は地面を転げまわり、互いに相手の肉体を裂き、嚙みちぎり、ひきむしった。やがて双方とも、全裸に近い姿になった。彼を組みしいた機会におれは立ちあがり、力いっぱい彼の下腹部を踏んづけた。彼の肛門から腸がとび出した。おれはその腸をさらに引きずり出し、彼の破裂した胃袋の中へぐいぐい押しこんだ。やがて彼の口から、直腸の先端が出てきた。おれはまたそれを引きずり出し、直腸の先端をめくり返して彼の頭部に被せた。何ができたと思う？　ご存知クラインの壺だ。おれは立ちあがった。血のりの海と化し、人間の五体の大スクラップ場となったこの公園の光景――それはすでに、おれにとってはグロでも陰惨でもなくなっていた。今はもうそれらの眺めは、おれが昔から最もよく熟知している親しい景色のような気がしていた。この一種のデジャ・ヴュ現象は今のおれにとって快よかった。おれは自分自身の深層意識の中にどっぷりと身を浸し、スーパー・エゴもエディプス・コンプレックスもその他のどんな拘束も受けることのない安らかな自我に包まれてその中で嬉しさのあまりのたうちまわっていたこのバラバラが人間の本質であるこの残酷さが人間精神というものであるそう思うと何を見ても笑えるし何を見ても狂喜することができるのだヒューマンがフモールでありフモールがユーモアだ皮肉なユーモアにしろ無意味な面白味にしろとことんまでつきつめていけばそこにあるのは底知れぬグロだとすればヒューマニズムというのはもともとグロなのであってグロはグロなりに存在価値があって即ちおれはよだれを流して笑いころげるこの世界の七不思議のひとつはこの現実の……宿主の思考の脈絡がなくなってきたので私は少し困惑した。『演出家』の視覚と聴覚が、あまりあてにできなくなってきたのである。狂気によって知覚の不統一が起っている。私まで影響を受けそうだ。彼の今いる場所が階段の上であったり、砂漠のまん中であったり、かと思うと突如ビルの屋上であったりしては、私は困るのである。そこで私は……そら竹箒が走ってきた火事だ火事だおれは公園を走り抜け大西洋を跳び越えて宮城前広場へやってきたそして砂漠を走り続け皇居の方へ向かう何故《なぜ》なら私は天皇だからだそしておれの前には今巨大な宿主の知覚と私は連絡を絶った。しかし、これほど乱闘がはげしくなっては、電磁波だけでは敵味方を判別することは不可能だ。私はこの場から一旦逃げのびることにした。惜しいが宿主を変えなければならない。そう思った時巨大な巨大なカブトムシがおれの前に宿主の前方からジャンである『サラリーマン』が何というのか巨大な刃物を振りかざして『演出家』に迫っておれめがけてそのカブトムシは巨大なツノを振り立て振りおろしておれおれおれの首をばっさり。

私

迂闊《うかつ》だった。

前方からやってきた『サラリーマン』の持っている刃物が、私の宿主である『演出家』の首を断ち落してしまったのである。

宿主は死んでしまった。

私は自分自身の身体が破壊されたように感じ、怒りに身を顫わせた。『死体』を操作し、私はその『サラリーマン』におどりかかった。――殺してやる！　殺してやる！

だが、残念ながら私には眼がなく、相手にはあった。もどかしさといら立たしさの中で、けんめいに戦おうとはしたが、私がまだ何の打撃もあたえないうちに、たちまち相手は私のあやつる『死体』をばらばらに解体しはじめた。彼は私の本体を『死体』の中から見つけ出そうとしているのである。私はあわててあちこちの器官へのばしていたすべての触手を引っこめ死体の右腕の中にあたふたと逃げこんだ。だが相手はその右腕さえ肘《ひじ》からもぎ取ってしまったのである。私は五本の指さきに力を加えて指さき立ちをし、肘から先の右腕だけでちょこちょこ地面を逃げた。しかし――ああ、やっぱり駄目だ。指だけではスピードが出ないのである。あの『サラリーマン』が、この右腕に私の本体があることを気づかぬうちに、濠の中へ逃げ込まなくてはならない。私の宿主としては不満だが、濠まで行けば白鳥もいるし魚もいる。早く仮の宿主を見つけてその体内へ逃げ込まなければ——。ところが焦るばかりで、思うように走れないのだ。

ああ——私は絶望の嘆息をした。何故私は、もっとヴィンが優勢である区域の前哨員を志願しなかったのだろう！　たとえばアメリカ合衆国では、ジャンである『黒人』よりはヴィンである『白人』の方が優勢だ。ベトナムだってわれわれの方が優勢だ。だが今となっては、アメリカにもベトナムにも避難することはできない。今さらいくら悔んだって、もう遅いのだ。

もう駄目だ！　私は殺されるだろう、あの下等なジャンに！

私に向かって背後からあの『サラリーマン』がつかみかかってくる気配がした。私はがくりと指さきの力を抜いた。

火星のツァラトゥストラ

Zarathustra auf dem Mars
——ein Buch für Alle und Keinen

一、斯くしてツァラトゥストラの没落は始まりき
――Also begann Zarathustras Untergang

『ニーチェ・ブーム』は、火星植民地では『ツァラトゥストラ・ブーム』だった。つまり、一般大衆に知れわたったのは『ツァラトゥストラ』だけで、作者の名ではなかった。というのは、その頃すでにニーチェという地球第二文明期の哲人の名はもちろんのこと、彼の数多くのその他の名著は、縹《ひょう》緲《びょう》たる歴史の流れの底深くに沈澱して流行の多層の泥に埋もれ、もはや誰もその名を知らず、どの文学史、哲学史の記載にも洩れ、寄せてはかえし寄せてはかえす時代の波の彼方《かなた》に、とっくの昔に消えていたからだ。

だが今、二二五〇年――火星。

『ツァラトゥストラ』だけが復活した。

その年の春、火星常識大学の古典文献学教授カン・トミヅカ氏は、地球大学からコンテナー宇宙船で送られてきた古文書の山をひっくりかえしているうちに、その中から『ツァラト

ゥストラ』の断片を発見した。

それはすでに、ニーチェの、あのルーテル訳聖書の古代ドイツ語を基調とした高雅にして蒼古な様式の原文ではなく、二十一世紀初期地球語の簡明単純な口語体の文章に訳されていた。

意の赴《おもむ》くままに、一夜その古代哲人の思索の跡とともに寝た教授は、この書物が、もし仮に現代火星語に訳されて出版された場合、必ず評判になり、ベストセラーの相当上位にまで喰いこむであろうと予想した。

「この自伝は、きっと人気が出るだ」教授はそうつぶやいた。彼はこの書物を、ツァラトゥストラという人物が、自分で書いた伝記だと結論したのだ。なぜかというと、著者の名の出ているはずの表紙は剝がされていて、その部分は二十一世紀最大の地球の人気テレビ女優ルルー・サロメのピンナップ用立体フォトで補装されていたからだ。

「おら、これを翻訳して、今学期の教科書にしてやるだ。マイクロ・リーダーを沢山製造して学生全部に買わせるだよ。そしたら、おら儲かるだ」教授はほくそ笑んだ。「この頃の学生は、たいていエゴイストばかりで、どいつもこいつも皆うぬぼれ屋ばかりだから、この本はきっと、学生の間で評判になるに違えねえ。若えもんちうのは、自分の悪いところを自己弁護する材料を与えてくれるような本には、かならずとびつくだよ。やさしい言葉に書き直して学生に読ませてやればええ。これを書いた男は唯我独尊権力意志の持ち主だと自分でもいってるだから、たちまち若えもんのヒーローになるに決ってるだ」

その頃、すでに火星には宗教もなく、英雄もいなかった。いるのはただ、マスコミに乗った群小の常識的有名人だけだった。あらゆる意味で、火星生まれの若者たちは力強い指導者に餓えていた。また、五〇〇〇対一の難関を突破して入学したため必然的にエリート意識を持つようになったこの植民地の大学生たちが、この本の「衆愚を踏みにじる」超人道徳を喜んで受け入れるだろうことも、教授には想像することができた。そして、さらにその評判は大学生以外の若者、通俗教養人、はては一般常識人の間にまで拡がって行き、やがてはツァラトゥストラの大流行となって、皆がさきを争って買うことになるだろう——教授はそう思った。

彼は翻訳にとりかかった。もちろん原文の荘重な古語による力感と深い意味を、この二十一世紀初期地球語の軽い調子の文体から汲み尽すことは、教授には不可能だったから、彼はさらにそれを現代的にわかり易くし、訂正補筆し、時には俗語を入れ、適当にジョークを混えて訳した。

また、ツァラトゥストラをより身近に感じさせるため、文体を一人称にした。さらに、宗教の彼岸的態度を責めた部分、女性の感情的な非合理性を指摘した部分などはカットした。前者は、宗教のない現在の火星には無意味であると判断し、後者は女性読者の反感を考慮したからだ。

こうして教授は、一種の興奮状態でもって『ツァラトゥストラ』第一部を、二月三日から十三日までのわずか十日間で、一気に翻訳した。

翻訳は、こんな調子だった。

ツァラトゥストラのおはなし　その一

ツァラトゥストラ
カン・トミヅカ訳

プロローグ

1

みなさん、こんにちわ。

わたしはツァラトゥストラです。

これからわたしの、面白いお話を聞いてください。

わたしは、三十歳になったとき、わたしの居住区域にある飲料用水の水源地の仕事をクビになり、生まれた家も追い出され、しかたなく山へ行って、そこで生活をはじめました。勝手気ままに、ひとりでオナニズっていたんです。十年間ずっと。

倦きただろうって？

いいえ、そんなことはありませんでした。

でも、やっぱり十年めともなると、気がかわりましたね。

ある朝、めずらしく早起きして外へ出ますと、ちょうど太陽が昇りかけていました。地球では、太陽はまっ赤な色で東から出ます。

で、わたしは太陽にこういいました。

「おてんとさん、おてんとさん。あんたはそうやって毎朝出てくるけど、あんたの光に照らされて喜ぶものがいなければ、あんたは今ほど、しあわせじゃあないでしょう？ね、そうでしょう？

十年前からずっと、あんたはこの、わたしの住んでいる簡易ドームの上に出てきましたね。でも、そこにもしわたしと、それからわたしのペットの突然変異カナリヤと人工ゼニガメがいなかったら、あんたはやっぱり、ここを照らしたり、出たりひっこんだりするのが阿呆らしくなったでしょうよ。いや、そうにきまっています。

だけどわたしたちは、朝になればちゃんとあんたを、待っていてあげたんですよ。あんたの光にあたってあげたんですよ。そして、わたしたちみたいな、いい知りあいを持って、とてもあんたは幸福だろうなあと、思ってあげたんですよ。

だけどねえ、おてんとさん。考えてみると、わたしもあんたと同じようなもんです。わたしはすごく賢くて、そりゃもう、データをつめこみすぎた電子頭脳みたいな天才なのに、だれも、このわたしのことを知らないんです。これは、いけないことですよね。きっと、わたしの知恵をほしがっている人が、たくさんいると思います。だから、あんたと同じように、わたしも、そういう人たちを求めなければ、ならないはずです。

だからわたしは、自分が賢いと思っている人に、自分がどれだけ馬鹿かを思い知らせてやろうと思うんです。馬鹿は馬鹿なりに、すなおに人のいうことを聞いていりゃいいんだということを教えて、喜ばしてやりたいもんです。貧乏人にもそう教え、わたしの知恵をやって喜ばしてやりたいもんです。

だからわたしは、もいちど、あの人口過剰の居住区へおりて行こうと思うのです。……

……

教授の思惑は、はずれなかった。

この、読者に直接語りかけるような文体は、軽文化化の進んだ火星の一般市民に喜ばれた。『誰にもわかる哲学』という宣伝が行きとどいたため、学生はもちろん、若いものの流行に乗り遅れまいとする軽文化人や一般大衆はこのマイクロ・リーダーを、さきを争って買い求めた。彼らにとって、職場や家庭で話しあうことのできる『哲学』があるということは、実に愉快な、嬉しいことだった。

さらに教授は、大学の講義や立体テレビの一般教養講座で、ツァラトゥストラが現代の地球にまだ生きているかのような印象をあたえるように話したため、ツァラトゥストラの名はインテリ女性の間に拡がり、さらに週刊女性3Dフォト・リーダーなどによって、ミーハー族にまで浸透した。彼女らは、未だ見ぬツァラトゥストラの面影を求め、あこがれた。また、いつの時代にもいる芸術家気どり、哲学者気どりの女性の中からは、多くのツァラトゥストリーネが出た。ツァラトゥストラを火星へ招待しようといって、皆から金を集めはじめた女性グループもあった。

『ツァラトゥストラ』は何カ月もの間ベストセラーのトップを独占した。立体テレビやマイクロ・スキャナーや3Dフォト・リーダーが何度もツァラトゥストラ特集をやり、そのたびにカン・トミヅカ教授が引っぱり出された。彼はたちまち有名人の座に名を連ねた。

ひとたびツァラトゥストラを実在の人物であるように喋った以上教授は、その後の多くのインタビューでも、彼が現在地球のどこにいて何をしているのかを詳しく話さなければならなかった。教授の中にあるツァラトゥストラ像は、次第にその姿を明確にしはじめた。自分が創りあげ自分が喋ったでたらめのツァラトゥストラ像を、教授はいつか自分で信じはじめていた。

ある日、火星宇宙空港の乗客係が、ルナ・シティ経由地球火星間定期貨客便の乗客名簿の中に、ゾロアスターという男の写真を発見しておどろいた。

「ツァラトゥストラだ！」

たくましく陽焼けし、眼を光らせ、誇りに満ちた高い鼻を持つその写真の男の顔は、たしかに、彼の知っているツァラトゥストラであった。それはたしかに、彼がマイクロ・スキャナーの合成肖像写真で見た、ツァラトゥストラに違いなかった。彼はあわてて、あちこちのテレビ局にヴィジフォーンをかけ、その男の写真を見せた。

「次の定期便で、地球からツァラトゥストラが来ますよ」

「なに、それはほんとうか。あっ、たしかにこの男だ。大変だたいへんだ」

それからほんのしばらくの間に、火星宇宙空港は押しよせた報道関係者でいっぱいになってしまった。

やがて火星の空にあらわれた一粒の銀の点が次第におおきくなって定期貨客便用宇宙船の形をととのえ、空港の発着場に逆噴射をしており立つと、気密服を着たカメラマンたちがエア・ロックのハッチの周囲をわっと取りまいた。さらにその周囲を、どこで聞いてきたのか、駈けつけたツァラトゥストラ・ファンや大学生たちが歓迎のプラカードを持って取りまいた。

数分後、発着場の天井は移動ドームで囲まれ、その内部は酸素で満たされた。数人の乗客のあとに続いてハッチの階段に立ったツァラトゥストラを見て、一同はわっと喊声をあげた。ツァラトゥストラは、地球の準B級労働者の着る作業着姿で、くたびれた旅行鞄をひとつ片手に持っているだけだった。

彼は最初、ながい間この群衆の喊声が自分に向けられているのだとは思わなかったらしい。プラカードに書かれている自分の名前を見ても、きょとんとしていた。記者たちに取り囲まれ、ロぐちに歓迎のことばを浴びせかけられても、まだわけのわからぬ顔をしていた。その顔には無精髭がのびていた。

勘のいい記者のひとりは、彼の様子にちょっとがっかりして、こう思った。――この男は地球じゃたいして有名じゃないらしいな。だからこの歓呼にとまどっているんだ。どうも、たいした男ではなさそうだ。しかし、地球ではどうあろうと、ここは火星であって、火星ではこれだけ人気があるんだから、わが社としても他社との対抗上、無視するわけにもいくまい——。

彼はさっそく、自分の胸ボタンの高性能マイクを調整すると、ツァラトゥストラに訊ねた。

「火星へようこそ。最後に山をおりてから今まで、何をなさっていましたか？」

ツァラトゥストラは、おどろいて訊ね返した。「なんや？　わいが鉱山《やま》育ちやいうこと、なんで知ってはりまんねん」

「こちらではあなたの自伝が、たいへんな評判です。みんな、あなたのことを知っていますよ」

「そら、おおきに。ところでこの騒ぎはなんでんねん」

「もちろん、これはみんな、あなたを歓迎しているんです」

「そんな大層なことされたら、わい困りまんがな」

「ところで、火星にはどんな目的で来られたんですか？」

「なんぞ、ええ仕事ないやろか思いましてな。わい、前の仕事クビになりましてん」

「なるほど。それはあなたの著書で拝見しました。それじゃ、どうでしょう。わが社の教養講座のレギュラーになっていただけませんか？」

「その仕事、儲かりまっか？」

「できるだけのことはいたしますが」

「そうでっか。ほたら、やりまっさ」

——こうしてツァラトゥストラの没落は始まった。

二、斯くツァラトゥストラは語りき

——Also sprach Zarathustra

手廻しのいいMBCテレビのお膳立てで、ツァラトゥストラはトミヅカ教授と、火星中央ドームにあるハーキュリイ・ホテルのロビーで対面した。地球と火星の両名士の対談だというので、これを企画したMBCテレビ以外の報道各社も取材につめかけた。例によって半狂乱のファンも押しよせたが、彼らはロビーから閉め出された。

このツァラトゥストラと称する男が偽物であることを知っているのは、火星ではトミヅカ教授ただひとりだったが、教授はこの席で彼の正体を曝露しようとはしなかった。むしろテレビの視聴者に彼を、よりツァラトゥストラらしく印象づけようとして傍らから、ある時は庇いある時は助け舟を出したりした。この、一見労働者風の、我が強そうな中年の大男は、教授の抱いていたツァラトゥストラのイメージにぴったりだったし、この男が人気を得れば、教授の名声もそれにつれてあがる筈だった。

「おらが、あんたの自伝を翻訳したトミヅカですだ。あとでその本をお見せしますだよ」

「なんや知りまへんけど、まあ、よろしう頼んまっさ」

「火星には、先生の哲学に完全にいかれた若え連中がわんさとおりますだ」

「このごろの若い奴はあきまへん」と、ツァラトゥストラはいった。「口だけは達者やけど、何もようしよらしまへんねん。わい、若いもんは嫌いだす。そら、若い女の子は好きだっけどな。イヒヒ」

「よくわかりますだ。おら、先生が女好きちうことは、よく知っとりましただよ。先生の本に、たしか、こうありましただ。『我は汝等に汝等の本能を殺すことを勧めむや。我は汝等へ邪念なき本能を勧むなり。我は汝等に貞潔を勧めむや。貞潔は、或る人人にありては徳なれども、大抵の人人にありては殆んど不徳なり、貞潔の守り難き人人には、貞潔を諫止すべきなり』ここんところは、若えもんには評判がええですだ」

「へえ。そら面白い理屈だすわ。そら、ほんまだす。そん通りでっせ。そんな気のきいたこと、誰がいいよりましてんや？」

「何いうだ。こら皆あんたがいったことでねえか」

「ああ、そうだっか」

「あんたは、とぼけるのがうまいだよ」

　ロビー中の者が、大声で笑った。同席したひとりの記者は、こう思った――こいつはどうやら、おとぼけのセンスを売りものにしているらしいな。なかなか気がきいている。方言の面白さも最高だ。テレビに出すと、きっと人気が出るぞ――。

その日、ハーキュリイ・ホテルの一室に泊ったツァラトゥストラは、深夜、トミヅカ教授の訪問を受けた。教授は彼に彼自身の著書を読ませ、さっそく『ツァラトゥストラ教育』を施し始めた。ツァラトゥストラが、自分の本をやさしく一般大衆に解説するMBCテレビ制作『ツァラトゥストラ教養講座』の第一回目は、三日後の夜に予定されていたから、ことは急を要した。

教授がその三日間毎日、噛んで含めるようにツァラトゥストラにいろんなことを教えこんだ苦労は、くだくだしいから省く。とにかくその効果は充分あがった。第一回目の放送は、全火星に爆発のような大反響を捲き起した。教授の訳書はふたたびベスト・ワンに返り咲き、ツァラトゥストラ・ファンの数は倍に増えた。ファン・クラブが結成され、ツァラトゥストラの立体ブロマイドはハイティーンたちが争って買い漁った。

教養講座が回を重ねるにつれ、ツァラトゥストラの自著解説もますます冴えてきて、演技も達者になった。彼のいかつい面相と低音の粗野な声と頑丈な体格が、火星の機械文明が生んだ蒼白い繊細なヤングレディから人気を得、彼の朴訥さと真正直さが子供たちから信頼を得、そのすっとぼけたユーモアのセンスと話の内容の豊富さが、軽文化人や学生に受けた。

ツァラトゥストラは常に身振りたっぷりで喋った。

「どえらい暑い日に、わい、果樹園の、改良いちじくの木の下で寝てましてん。手で、こないして、顔を押さえてな。ほたらあんた、この頸のとこへ、まむしが噛みつきよりましてんがな。まむしで知ってまっか？　毒蛇だすわ。わい、痛かったさかい、声出しましてん。見たらあんた、まむしでんがな！　まむしはわいの怒った顔見て、びっくりして逃げよう思いよりましてん。『あ、何さらすねん、このアホ。逃げるな』わい、そない言うたりましたんや。『腹の立つ奴やな。そやけどまあ、ええ時に起してくれたわ。わい、まだ仕事があったこと想い出したんや。おおきに』わいがそない言うたら、そのまむしの奴、なんや悲しそうな顔してこない言いよりますねん。『えらいすんまへん、ツァラトゥストラはん。あんたやと知ってたら、わい、嚙んだりせなんだんですけど、堪忍しとくなはれ、そやけど、あんたもう仕事できまへんで。なんでや言うたら、わいの毒は命とりでっさかいな。あんた、死にますわ』『アホぬかせ』わい、笑うたりましてん。『わいぐらい偉うなってもうたら、まむしの毒ぐらいで死んだりせんのや。そやけどお前、えらい生意気なこと、やりくさったのう。どないして、あやまるつもりや？』わい、そない言うて凄んだりましてん。ほたら、まむしの奴ふるえあがりよりましてん。『お見それしました、親分はん。ほたら、わて、その毒をも一回、吸いとらしてもらいまっさ』そない言うて、まむしの奴、わいの傷をなめよりましてん」

質問者の、学生のひとりが訊ねた。「先生、そのお話には、どんな教訓が含まれているんですか？」もちろんこの質問は、台本に書かれた質問だった。

ツァラトゥストラは答えた。「ようまあ、訊いてくれはった。わいの言いたいことはでんな、どつかれたら、どつき返せいうことですねん。悪いことされて、黙ってたり、そいつのこと褒《ほ》めたり、そんなことしたら、あきまへん。敵に、恥をかかしたらあかん言うことですわ。敵に恥かかすよりは、怒りなはれ。自分ひとりええ子になってでっせ、どつかれて我慢してる奴、こんな奴わい嫌いです。どつかれたら、どつき返す。これが正義ですねんで。し返しする方が、せえへん方より、ずっと人間的でよろしまんねん」

ツァラトゥストラはこう語った。

三、斯くツァラトゥストラは歌いき

――Zarathust Ra Go! Go!

ツァラトゥストラの人気があがると、火星中の放送局やマイクロ・スキャナー社がたちまち彼を奪いあい始めた。彼の出演料は、各社間の申しあわせにもかかわらず、途方もない値段にまで吊りあがり、彼のマネージャーになったトミヅカ教授までが莫大な収入を得た。

ツァラトゥストラは例の『教養講座』と同じMBCの対談番組のインタビューアーをやることになったが、どんなゲストを招いたところで人気があるのは常に彼の方なのだから、視聴率はたちまち倍以上になった。相手が誰であろうと彼は、露骨なしつっこい質問と毒舌と物怖じしない態度を柔らげようとしなかったから、ほとんどの人間が快哉を叫んだ。

ある夜宇宙船の爆発という大惨事があり、千八百三十二名の死者が出た。ツァラトゥストラはＭＢＣから派遣され、さっそくマイク・ボタンをつけて現場へとび、中継アナウンスを受け持った。遺族とのインタビューでも彼は例の調子で根掘り葉掘り質問し、しまいには遺族を集めて説教じみた話まで始めた。さすがに怒った遺族がわっと彼に襲いかかり、ツァラトゥストラは一週間の大怪我をしたが、番組そのものは視聴者から大好評で迎えられた。

他の放送局では、彼は主としてショー番組などのゲスト出演だったが、常に主役以上の出演シーンを与えられ、もちろんギャラも最高だった。彼はその莫大な収入で一等地の居住ドーム内へ豪勢な家を建てた。その家はツァラトゥストラ御殿と呼ばれた。

彼の一風変った私生活も、話のタネになった。彼は歌手のマチルダ・トランペットをはじめとして、美女と見ると誰かれかまわず会ったその日に結婚を申し込み、浮き名を流し続けた。

ある時、火星でいちばん人気のあるショー番組のディレクターが、ご愛嬌に、彼に歌を歌わせた。これが意外にも評判がよかったので今度はレコード会社までが彼を追いまわし始めた。

やがて、カン・トミヅカ作詞になる『ツァラトゥストラの夜はふけて』が発売され、たちまち二百万枚を売り尽した。一週間ほどのうちに、火星中どこへ行っても彼のその歌の聞こえない時はないというまでになった。

ツァラトゥストラはその歌を、太く粗い低音で歌った。

夜の泉のささやきも
わたしの心のささやきも
愛する人のささやきも
今　眼をさまし歌となる
鎮められないこの願い
鎮められないこの愛よ
それだから
夜になりたいこのわたし
光になりたいこのわたし
ああ
ツァラトゥストラの夜はふけて

小さな星のかがやきも
青いほたるのきらめきも
炎を飲んだわたしさえ
みんなしあわせ祈ってる
光の乳房にすがりつく

それがわたしの孤独なの
それだから
それだから
夜になりたいこのわたし
光になりたいこのわたし
ああ
ツァラトゥストラの夜はふけて

（ツァラトゥストラ第二部九章より）

この成功に気をよくして、レコード会社は次つぎと彼の曲を売り出し、ヒットさせた。
『想い出のツァラトゥストラ』
『山の上のツァラトゥストラ』
『ツァラトゥストラは左利き』
『ツァラトゥストラの子守歌』
『ツァラトゥストラ・ゴーゴー』
『ツァラトゥストラだよ、おっ母さん』
『ツァラトゥストラ音頭』
等、等、等いずれも百万枚以上の大ヒットだった。

ツァラトゥストラの最初のヒット曲に眼をつけたトータル・スコープ社では、さっそく彼を主役にして『ツァラトゥストラの夜はふけて』を映画化しようとした。だが、これはカン・トミヅカ氏が首を横に振った。トミヅカ氏がツァラトゥストラの演技力に疑問を持っていたからで、トータル・スコープ社ではしかたなく曲の使用権だけを買い、火星一の二枚目を主役にして映画を作った。ツァラトゥストラ自身は映画の中で歌を歌い、ほんの二、三カットだけ傍役で出演した。だが、その演技が意外にも批評家に好評だったので、主題曲映画第二作の話が出た時には、トミヅカ氏も安心して彼の主演を許可した。

彼の主演第一作『想い出のツァラトゥストラ』は、この主題曲がタイミングよくレコード大賞を受けたことも手伝って空前の大ヒットとなり、斜陽産業だったトータル・スコープ界に明るい光を投げかけた。

テレビ各局でも負けてはいられず、彼がそれまで主役をやっていた『ツァラトゥストラ・モーニング・ショー』や『ツァラトゥストラ千一夜』等の報道番組以外に、『ツァラトゥストラ・ワンマン・ショー』や、連続ドラマの主役を演じさせることにした。

ツァラトゥストラと彼のマネージャーであるカン・トミヅカ氏の周囲には、連日連夜プロモーターやエージェントや各社のプロデューサーが徘徊し、噂が入り乱れ、札束や羊羹《ようかん》が乱れとんだ。

もちろんツァラトゥストラは、コマーシャルにも出演した。彼の名をつけた製品は、すでに続続と火星の市場にあふれ出ていた。

ツァラトゥストラ・5《ファイブ》（ポマード）
マダム・ツァラトゥストラ（クリーム）
プリンセス・ツァラトゥストラ（乗用車）
ツァラトゥストラ・ジャイアント（ビール）
ヤング・ツァラトゥストラ（シャツ）
ツァラトゥストラ・チョコレート
ツァラトゥストラふりかけ
ツァラトゥストラ醬油
ツァラトゥストラごますり器
等、等だが、彼はテレビでそれらのほとんどのコマーシャルを演じた。
『のんでますか？　ツァラトゥストラ錠F』
『思わず手を打つツァラトゥストラーメン』
『わたしにも写せます。ツァラトゥストラ・トータル8《エイト》』
主題曲映画が五本目に達した時、ツァラトゥストラはトミヅカ氏に、次は自分の真の演技力を発揮できるような、音楽映画でない、堂堂たるドラマをやりたいという相談を持ちかけた。この噂を洩れ聞いたトータル・スコープ社では、すぐさま彼のためにシリアスなシナリオを用意した。彼がもっとも演技力を発揮できるドラマといえば、それはもちろん『ツァラトゥストラ伝』である。この企画にはもちろん、彼自身もトミヅカ氏も大賛成だった。そのシナリオ『わたしはツァラトゥストラ』は、映画化に先立ってある流行作家のところへ持ち込まれ、そこで小説に書き直された。これはもちろん、カン・トミヅカ教授が訳した例の『ツァラトゥストラのおはなし』と違って、純然たるメロドラマになっていた。映画の撮影の進行と平行して、それはマイクロ・スキャナーに連載され、映画の封切一週間前に、単行本として発売された。本は五百万部を売り尽し、映画は火星リボン賞を受けた。ただ、ストーリイがあまりに真面目だったため、映画の入りは前五作と比べてやや落ちた。

「やはり、娯楽作品を作った方がええだよ」と、トミヅカ氏はツァラトゥストラにいった。ツァラトゥストラも同感だった。彼はそのころ、遊び過ぎて借金を重ねていたため、賞をもらうよりは、やはり儲かった方がいいと考え直したのだ。

さっそく、ツァラトゥストラの娯楽作品が次つぎと封切られた。

『ツァラトゥストラ危機一発』

『ギター抱えたツァラトゥストラ』

『無責任ツァラトゥストラ』

『駅前ツァラトゥストラ』

彼の主演映画には、次第に金がかけられるようになり、スペクタクルや歴史ものが多くなった。

『ベン・ハー対ツァラトゥストラ』

『日蓮対ツァラトゥストラ』

『旗本ツァラトゥストラ』
『ツァラトゥストラ土俵入』
『やさぐれのツァラトゥストラ』
『ツァラトゥストラ血笑旅』
『ツァラトゥストラ千両首』
『ツァラトゥストラ広島死闘篇』
『ツァラトゥストラ望郷篇』

ツァラトゥストラ映画を作る費用は次第に膨大になり、トータル・スコープ各社は、そろそろ彼の主演映画製作に難色を示し始めた。

一方立体テレビ各局では、安い予算で下請会社に彼の主演で連ドラを作らせた。それはツァラトゥストラのキャラクターを生かした怪獣映画だった。

『ツァラトゥストラ対キング・コング』
『ツァラトゥストラ対大怪獣ギョトス』
『ツァラトゥストラ対モゲラゲラ』
『ツァラトゥストラの復讐』
『ツァラトゥストラの幽霊』
『ツァラトゥストラ対ツァラトゥストラの本妻対ツァラトゥストラの妾』

むしろこれらのテレビ映画の方が一般には受けた。これらのフィルムは、テレビ放映後にトータル・スコープとして編集し直され、劇場用に払い下げられて、家族づれお子さま週間に封切られた。

このころからそろそろツァラトゥストラのキャラクターは一般から飽きられはじめ、人気は下り坂になっていった。

四、斯くしてツァラトゥストラは山に戻りき
——Also ging Zarathustra in das Gebirge zurück

ツァラトゥストラの稼ぐ金は多かったが、彼が遊びに使う金もまた多かった。彼をとり巻く数十人の女たちは、彼が金の使い方をよく知らないのをいいことに、容赦なく彼から金を吸いあげた。彼のとり巻き連や用心棒のやくざが紹介した高利貸のために、彼の借金はますます増えた。

自分の絶頂期が過ぎ、人気が下り坂になってきたことを知ったツァラトゥストラは人気挽回のため、あわてて人気女優のひとりマルヴィーダ・マイゼンベルグと結婚した。結婚式は豪勢だったし、立体テレビ各局もこれを中継したが、ツァラトゥストラはこの式の出費で、さらに莫大な借金を背負いこんでしまった。しかも新婚生活はツァラトゥストラの乱行のた

めに一週間で破れ、彼は別れた妻に多額の慰謝料を払わなければならなかった。

ツァラトゥストラの生活は日毎に乱れていった。酒場で酔っぱらって殴りあい、椅子をふりまわし、数人の男に大怪我をさせたりして、彼は何度も留置所へぶちこまれた。

だが、彼の論落を決定的にしたのは、熱線銃事件だった。火星では所持を禁じられている熱線銃をツァラトゥストラが地球の密輸入業者からひそかに購入していたことが発覚し、彼は検挙された。罰金だけで済んだものの、彼の名はタレント名鑑から脱落した。

テレビ局では彼を番組のレギュラーからおろし、彼の名を冠した商品は売れなくなった。カン・トミヅカ氏は愛想をつかして彼から去った。しかしトミヅカ氏自身も、もはや大学へは戻れなくなっていたので、小さな芸能社を設立し、タレントの斡旋業を始めた。

ツァラトゥストラは最高級のエア・カーもお手つだいロボットも家屋敷も手ばなし、夜ごとに場末の酒場で火星焼酎に溺れ飲んだくれた。

時たまE級居住ドームにあるストリップ劇場などから出演依頼があり、『美女になったツァラトゥストラ』だとか『ツァラトゥストラ・デカメロン』などというヌード・ショウの舞台に立つこともあった。しかし常に楽屋で飲んだくれ、出演料の安いことを憤って暴れ、女を投げたり裏方の首をしめたりするので、手をつけかねた劇場主はやくざに頼み、彼を楽屋口から雨の降りしきる裏通りへ叩き出さなければならなかった。

それから数カ月のち、火星のE級居住ドームの人たちは、裏街で酔っぱらって眠りこけ、眼を醒ましては「わいはツァラトゥストラやぞ！」とわめきちらすルンペンの姿をしばしば見かけた。

火星のマスコミ大衆は、有名人を作り出すのも早かったが、それを忘れるのも、より以上に早かった。ツァラトゥストラの名が消えて一年経つか経たない間に、彼の名を記憶しているものはほとんどいなくなった。

三年経った。

ツァラトゥストラの姿はもう、居住ドームのどこにも見られなかった。マスコミ関係者の中にさえ、現在彼がどこで何をしているのか知っているものはいなかった。

火星の立体テレビの視聴者が、最後にツァラトゥストラを見たのは、それからさらに二年ののちだった。それは「過去の有名人たちは今何をしているか？」という企画を立てたMBCのテレビ・カメラが、ツァラトゥストラの姿をほんの四、五秒、立体スクリーンに映し出した時であった。

彼は塵芥処理ドームにあるゴミの山の上で、シャベルをふるいながら、『ツァラトゥストラ音頭』を歌っていた。

〽アそれ　ツァラトゥスータラタッタ
ツラツラツイツイ……

Ende

最高級有機質肥料

「ミトラヴァルナへ行ってほしいんだ」

総裁じきじきの命令だったが、私はもちろん顔をしかめた。私は総裁を信用していなかった。

「以前の大使は、何ヵ月勤務していましたっけ？」

「三週間だ」総裁は生理的不快感を起させる例の声で、唸るようにいった。

「その前は十八日間で戻ってきましたね？　その前は――つまり第一代の大使はたった十日で、とんで帰ってきた」私は、突っかかるようにいった。

総裁は苦い顔でうなずいた。「その通りだ」

（この肛門愛リビドーのヒヒ親爺め！）

「しかも……」と、私は続けた。「みんな栄養失調になって帰ってきた。ひどい神経衰弱になっていた。おまけに、帰ってくるなり自閉症になって入院している。三人とも。三人ともですよ!」

(どうしてこんな男に、あのミリのような美しい娘が生まれたのだろう)

「もちろん君には、この任命を辞退する権利がある」総裁はジロリと私を上目づかいに眺め、わざとらしく嘆息していった。「やめるかね?」

「待ってください。まだ、そうはいってません」私もわざとらしく、総裁の大きなデスクのほうへ一歩前進した。「私に必要なのは、説明です。なぜ彼らは、ああなったか」

「それさえわかれば問題ではないんだな」彼はだんだん投げやりな口調になってきた。「しかし、三人とも、ひどい人間嫌いになってしまって、なにもしゃべらんのだ」

「新しい大使を任命する前に、調査団を行かせたらどうなんです?」

「予算がない」総裁はかぶりをふった。「ミトラヴァルナは遠いし、だいいち、調査団を出すほどの惑星じゃないんだ。原住民はあんなに原始的だし、これといった産物もないことはすでにわかっている」

「それなら、大使館なんか建てなきゃよかったのに……」私は薄笑いを浮かべてそういった。総裁がそれを嘲笑と受けとってくれることを願いながら。

私は、あんなところにやられるくらいなら、外交官を辞任したかった。この男は私がミリに惚れたのを根に持って、さまざまな嫌がらせをするのである。

(雌犬の息子め!)

「わしも、大使を派遣するのをもうやめようかと思ったんだ。ところが三日前になって、そうはいかなくなった。銀連総会で、どの惑星国家も、必ず他の惑星国家全部へ、最低ひとりは駐在員を派遣させようという申しあわせができてしまった」総裁は哀れっぽく言った。自分の立場を同情してほしいという様子だが、そうはいかない。

「ミトラヴァルナ大使に、私を選ばれた理由は？　特殊なケースだから、ご説明を期待したってお怒りにはならんでしょう？」

「行ってくれそうなタフな男は君しかいないんだ」

「ほう。つまり私が無神経だと……」

「いや、そうはいっとらん」総裁は今度は怒りを耐えるような息づかいになって、わざとやわらかく言った。「なんでもいいから、その逆の良いほうの意味にとってくれ。そのかわり、一ヵ月以上勤務して帰ってきてくれたら……」総裁はちょっといいよどんだ。「娘に説得する。君のプロポーズを受けるようにな」

「行きます」私は即座にそう答えてしまった。なんてことだ。だが、それほどミリは美しかったのだ。しかたがない。いやはやだらしのない話だが、これはなにも私ひとりに限ったことじゃない。彼女に一度でも会った男はみんな突如として通俗メロドラマを演じ始め、単なる愛欲の肉塊と化するのである。だが、そういったことは本筋に関係のない、どうでもいいことなので省略する。

とにかく三日ののち、私は恒星宇宙船に乗ってミトラヴァルナに向かった。

ミトラヴァルナは地球から十八・六光年のところにある惑星国家で、住民は素朴、その生活は原始的だ。ミトラヴァルナ人は外見は地球の高等哺乳類に似て手も足もあるが、実はパンヤ科のカポックに似た植物から進化した生物なのである。

行手にどんなことが待ち構えているか、私には想像もできなかった。以前の大使は栄養失調になったというが、地球の食料はたくさん持っていった筈だし、あっちにだっていくらでも地球人に食えるものはあるのだ。原住民も温順だというし、自然の条件も地球人に適しているという。いったいどこがいけないのだろう。私にはわからなかった。

宇宙船は予定通り、ミトラヴァルナの首都に近い平野に着陸した。船は私をおろすなり、逃げるようにまた飛び立っていった。次の目的地へ至急行かなければならないからだと船長はいっていたが、私にはどうも、そのようには思えなかった。

出迎えてくれたミトラヴァルナ人が運転する地球製ミニ・カーで私はあまり美しくない首都にはいり、とりあえず大使館に落ちついた。見まわしたところ、この町にも、この建物の中にも、これといって変ったところは見られない。

ひと休みしてから首相官邸へビジフォーンをかけた。首相は、スクリーン越しに私を見て目を輝かせた。「ようこそ大使。お待ち申しておりました」

「これからそちらへ、ご挨拶に参りますが」

「いやいや、とんでもない。こちらから伺います」

ほどなく首相自身が、大使館へやってきた。揉《も》み手をしそうな様子である。

「ながい間、大使館をからっぽにしておいて申し訳ありません、と、これは総裁からのお詫びです。ところで私の仕事がいっぱいたまっているでしょうな」と、私はいった。

首相はあわてて手をあげ、押しとどめるような仕草をした。「とんでもない、どうぞ気楽にしてください。仕事とおっしゃるほどのものはなにもありません。ところで今夜さっそく、歓迎のパーティを私の官邸で盛大にやろうと思います。ご出席いただけますかな？」

「それは、もちろん」と、私は答えた。

「上等の酒や珍味を用意しました。きっとご満足いただけると思います」

「それは、それは……」私はうまい料理には目がないほうである。「喜んでうかがいます」

首相が帰って行くと、次に外務大臣がやってきた。同じようなことをしゃべって行ったあとで、今度は大蔵大臣と文部大臣がつれだってきた。いずれもやはり、私にお世辞を並べたてて帰って行った。社交的な民族らしい。

彼ら植物人間は、全身緑褐色をしていて、掌が異様に厚く、大きい。その掌の表皮には気孔があり、細胞膜にはクチクラが堆積している。細い四肢には葉脈が浮き出していて、骨のかわりに導管が走っている。しかし顔つきだけは人間――つまり地球人と似ていた。一説には、これは彼らが、動物から進化した民族と交際する必要に迫られてから、意識的に自己改造を行なった結果であるというが、真偽のほどは明らかでない。

さて、その夜、私は迎えのエア・カーに乗って首相官邸に出かけた。

官邸の広いロビーには、すでにこの星の有名人たち三十人ほどが集まっていた。彼らはロぐちに私に歓迎の辞を述べ、握手を求めた。私は彼らと、できるだけ柔らかく握手しなければならなかった。なぜなら、強く握ると彼らの掌は——つまり、葉なのだが——たちまちぺしゃんこになり、葉緑素がにじみ出すからである。

こうして見ると実に気のいい連中なので、私は前任の大使たちがどうしてあんなことになったのか、理解できなかった。ただしこの連中が、今にも舌なめずりしそうな表情で私のからだを眺めまわすのだけは、ちょっとばかり気になったが。

夕食になり、われわれは宴会場に案内された。

食事は、すばらしかった。上等の原料は、ほとんどこの惑星の野生の動植物なのだが、ミトラヴァルナ人は、こういったものを、よその星から来た人間に出すだけで、自分たちは食べない。調味料は特に私のために地球製のものを用意したという話だが、それで適度に味つけしている。食べものにしろ味覚にしろ、連中と私とでは全然違うのに、どうしてこんなうまいものが作れるのだろう——私はそう思って首をひねった。

いっぽう、彼らが食べているものといえば、とても私には食べられそうもないものばかりである。しかも彼らは、味覚に対しては非常に敏感だ。食べたものの旨《うま》さを文学的に表現しようとして、誰かれかまわず話しかける。それが彼らの民族の礼儀であり、その表現の上手下手が教養を知る度合いになっているらしい。

「無機窒素質の料理では、この硫安と塩安と石灰窒素の、混ぜ具合が重要なんですな。これにスイートな硝安とチリ硝石、それにパンチをきかせるため尿素を少々加えたら、いやもう、これにまさる料理はありません。料理中の料理、料理の帝王ですな」

「私は苦い奴がいいね。苦土石灰に苦汁《にがり》をまぜた奴なんか、導管全体に苦みが走って、からだ中に力が湧いてくるみたいだものな」

「私は硫酸マンガンが好きですな。ひと口食べた時の、頭にどんと応える衝撃。あれはすばらしいですよ」

「料理界の帝王はやはり無機リン酸質料理じゃろうね。過リン酸石灰のうまさは、硫安なんかの比じゃない。舌ざわりのよさも最高、それにシャリシャリして歯ごたえもよい」

　断わっておくがこれらの会話は、すべて私が地球へ戻ってきてから思い出し思い出し書いたものである。つまり実際はもっと文学的な表現、多彩な修辞の洪水だったわけなのだが、如何《いか》んせん彼らと私とでは、味覚の根本的な部分が大幅に違うので、こんな風にしか翻訳できなかった。ご了解願いたい。もっとも彼らが、私にわからせようとして、地球風の表現でしゃべってくれたのであれば、私にも彼らの食べものの味の十分の一なりと理解できたかもしれないのだが、彼ら同士の会話を傍らで聞いていただけなので、意味不明瞭な部分は想像で補うしかなく、さきの如き文章になったわけだ。

　さて、こうなってくると私の前任の三人の大使がどうして栄養失調なんかになったのか、ますますもって不可解である。ミトラヴァルナ人の食いものを無理やり食わされたというなら話はよくわかるが、連中はこの通り私を喜ばせようとして地球人向きの最高級の酒や料理でもてなしてくれているのである。恐らくこの調子では、ほとんど毎晩のようにどこかの邸でパーティをやり私を歓待してくれることだろう。これで消化不良になったならともかく、栄養失調になったなどとは、私には考えられもしなかった。しかし帰ってきた三人は、あきらかに栄養失調だったのである。

「いかがですか大使」と首相が傍へやってきて私にたずねた。「料理はお気に召しましたかな？」

「もちろんですとも」私は大きく頷いていった。「首相、あなたはすばらしい料理人《コック》をおかかえのようで」

「そのことですが」彼は部屋の隅にいたひとりの男を呼びよせ、私に紹介した。「これがあなたの料理を作ったコックです。この男は地球の料理学校に長年留学して、現在わが国では最も地球の料理に通暁している者です。ところで、いかがでしょう大使。この男を大使館で召しかかえてやって頂けませんかな？　いやいや、これはわが政府の友好のしるし、給料などこちらで支払います。料理以外にも掃除洗濯、何でもやりますが」

願ってもないことである。どうせ使用人の世話を誰かに頼まなければならなかったところだ。私は喜んで首相の親切な申し出を受けることにした。

その日のパーティは他になにごともなく無事に終り、私は首相からの贈りものであるミトラヴァルナ人の召使い兼コックをつれて大使館に戻った。

さっそく次の日から、私の使用人は私のために大車輪で働き始めた。彼は申し分ないコックであると同時に、文句のつけようのない忠実な下男だった。掃除、洗濯、庭の手入れ、その上よく気がつく男で、私の秘書役までやってくれたのである。もちろん、彼の作った料理の旨さは最高だった。おかげで私は次の日の夜食を食べ過ぎて、消化不良を起したくらいである。

そこまではよかった。だが……。

さて、これからの話は思い出すさえ憂鬱である。

ここでお断わりしなくてはならないが、読者諸君の中で汚ない話を聞くと気分の悪くなる人は、どうかここから先を読まないでいただきたい。とにかくこれは実際に起った話なので、私は書かぬわけにはいかない。だから前もって諸君にそれをお断わりしておくのが、筆者のせめてもの良心である。

パーティの翌々日、首相が目を輝かせて大使館へやってきた。

「大使、あなたの排泄物を頂戴しました。今日はそのお礼に伺ったのです」

「何ですと。私の排泄物をどうしたというのです?」

「大使。地球の人の排泄物というのは、われわれミトラヴァルナ人にとって最高級有機質の、いわば贅沢品に近い上等の食べものなのです。そこで、ここへ来られた地球の大使の排泄物は、首相であるこの私が役得として頂戴することになっているのです」

なるほど、道理で便器がおかしな恰好をしていると思ったが、そうだったのか――水洗式ではなく、便器の下部が取りはずしできるようになっていたこととの理由が、私にはやっと納得できた。と同時に、彼が何故私にあのコックをあてがったのか、その理由も、ほぼ呑みこめてきた。

私は気分が悪くなってきたので、あわてて立ちあがり、首相にいった。「そんなことでしたら、わざわざ来ていただくほどのことではありませんでした」

だが首相は、とんでもないという顔つきで私にいった。

「いやいや是非《ぜひ》ともお話ししたかったのです。頂いた食べものが、如何に美味であったかを申しあげるのが、この星での礼儀なのです」

「それには及びません」

「いや、ぜひ話をさせてください」

そして彼は、いかにして私に理解させようかと苦心しながら、それを食べた時の様子を表情たっぷりに、地球式の表現でながながと話し始めたのである。「おお、お聞きください大使！　まず最初、皿に盛られたあの黄褐色のぼってりした小憎らしげな様子を私はこの目でたっぷりと楽しみました。もちろん全体を見れば黄褐色ではありますが、淡黄色、濃褐色が複雑にからみあい、ところどころ白い蛔虫の卵や鮮紅色の血の糸、また未消化の食品のさまざまな色でちりばめられた、あの小股の切れあがった美しさに私はしばし陶然となりました。その横のスープ皿の、冷たい透明感のある黄金色の液体も、私の目を楽しませてくれました。次に私は、それらの食べものの芳香を楽しみました。こんもりと盛りあがった便の上に鼻を出した途端、その後頭部まで浸透し拡がっていくずしんとした刺激性の甘ったるいような匂いに、私はふらりとしました。口の中には唾液があふれ、ひとりでによだれが出てきました。もう我慢できません。私はナイフとフォークをとり、まず、もりもりとした便のひとつを、スパッと半分に切りました。その切りごたえの心地よさ——何と申しましょうか、地球式に申すなら、ショートケーキを切った時のような手ごたえといいましょうか。それに、切り口のさわやかさ——十二指腸虫が白い首を出してうごめいていて、未消化の角切り人参が正方形の断面を見せていました。しかもその切り口からは、さらに新鮮な芳香が湯気とともに立ちのぼってくるではありませんか。もう矢も楯《たて》もたまらず、わたしはそいつを口に投げ込みました。おお、その感触！　歯ごたえ！　地球でいえば粳糯《うるもち》よりは少し粘り気の少ない程度ですが、ハンバーグ・ステーキよりはやや水気が多く、ペチャリと上口蓋や歯の裏側にくっついた時の舌ざわりは、まことに躍り出したくなるほどのすばらしさでした。そして口の中いっぱいに拡がるあの芳香！　塩味と甘味が適当に混りあい、殊に、プップッと歯の間にはさまる未消化の食べものの歯ごたえといったら——そう、地球でいえば酢漬けのクラゲのような歯ごたえ——コリコリしていてまことに真の嗜好品をたしなむ喜びを満喫させてくれました。さらにあれを嚥下した時の迫力！　何かシャリシャリしたものが舌の奥と口蓋帆（のどちんこのこと）をこすりながら、グイッ、グイッと食道へずり落ちて行く時の一種の息苦しさを伴った快感には、私は思わずひきつけを起しそうになりました。また、口に大便を含んでおいてから小便をすすりこみ、口の中でグチュグチュと混ぜあわせ嚥下したときのすばらしさ！　その時の芳香の強烈さといったら！　いやもう、私はわれを忘れました。鼻と目にツーンとくるアンモニア性の刺激！　あの味を私は、恐らく生涯忘れることはありますまい。ああ、もちろんこれは、あなたの昨日の朝の便です。あなたは夕刻にも排泄なさいました。そしてそれは……」

そこへ、外務大臣がとびこんできて、あわてて首相を黙らせ、自分が大声でしゃべり始めた。

「その先は、私にしゃべらせてください。おお、大使！　あなたは夕刻にも排泄なさいました。私は外務大臣の役得として、あなたの夜の排泄物を食べる際は首相のお相伴をさせて頂くことになっているのでございます。あなたの昨夕の便は消化不良のため多量の未消化物を含んだ、くだし腹の粘液状の便でした。おお、あのまったりとしたイエロー・オーカーの、実に快い最高の芳香を伴った便！　スープ皿にとぐろを巻いて、突っこんだスプーンの周囲に動かぬ波紋をゆるく作っている、あの可愛げな様子！　私はそれを見るなり随喜の涙を流しました。スプーンにすくいあげると、それはピチャピチャと音を立てて粘液の雫を垂らし、皿の上のそれにのめりこんで行くのです。私はもう夢中でした。ひと口食べた時の、あの舌の裏側にまでとろりと拡がって行く感触！　さらに、多量に混った未消化食品の歯ごたえ——カブラ、大根、果実類のセルローズ、それら固型の食品の歯ごたえは、びちびちの便の強い塩味とマッチして、実に最高の贅沢な味覚でした。そのあと、私はもう夢中で、あたりに黄色いはねをまきちらしながら、むさぼり食いました。最後には皿に付着したものを、礼儀も体面もなんのその、隅から隅までぺろぺろと舌で舐めまわしたのでございます」

私は椅子に腰をおろしたままだった。実はとっくの昔に腰を抜かしていたのである。胸が悪くなり、今にも吐きそうになっていたのだ。

「おお、大使、お聞きください」大蔵大臣と文部大臣がやってきた。「私たちは役得として、あなたの痰壺の痰と、洟《はな》をかんだちり紙、鼻糞をこすりつけたハンカチなどを頂戴しました。まず痰壺から申しあげます。あのどろどろと混った、老人の白目を思わせる青痰を見て私たちはワッと歓声をあげました。私たち二人は壺の両側からストローを突っこんで、それを吸いあげたのです。まず最初、チュルチュルと、一種の透明感のある塩味のやわらかい液体があがってまいりました。そしてしばらくしますと、今度はずるりと、左様、地球で申せば生ガキの如き感触の青痰が、ひとかたまりになって、あがって参ったのです。その、甘ったるいような辛いような、そして酸《す》っぱいような一種独特の味！　私たちは思わず頰を両手で押さえました。頰が落ちるかと思ったからでございます。それはまったく……」

「や、や、やめてください……」私はよろよろと立ちあがった。便所へ行こうとしたが、もう間にあわなかった。私は、応接室のカーペットの上に、げろげろと激しく嘔吐した。

「おお！」

目の色を変えた四人の大臣は、私の前に這いつくばり、犬のように、その極彩色の吐瀉物の中に顔を突っこんでぺろぺろと舐めはじめたのである。

「やめろ！　やめてくれ！」私は泣きながら、わめきちらした。

しかし彼らは、やめようとしなかった。消化の途中のさっき私が食べたばかりのがらくた——肉や、魚や、野菜などがブランデーの匂いと混りあい、激しく鼻孔を刺す臭気を発し続けている、そのげろげろの中に顔をひたし、赤、黄、茶、緑の、もはや何とも判断できない食品の断片を顔にいっぱいくっつけ、咽喉をならしながら舐め続けたのである。

「やめんかっ！」

私は絶叫した。その途端、私は胃袋の最後のものを彼らの頭上に浴びせかけ、さらに吐くものがなくなって血を吐き、とうとう汚れたカーペットの上に、ごろりとひっくり返って気を失った。


私は今、地球の精神病院にいる。病名は自閉症。

ミトラヴァルナから早早に引きあげて以来、私は誰とも口をきく気がしなくなったのである。総裁は私にミトラヴァルナで起ったことを報告しろと迫ったが、私はしゃべる気がしなかった。では報告書を書けというので、あれから半年経った今、しかたなくこの文章を書いているわけだが、途中で何度筆を投げようとしたかわからない。事実、たったこれだけを書くのに、私はまるひと月かかった。書こうとすればあの時のことをまざまざと思い出し、かならず嘔吐するからである。

これは報告書なのだから、ここまで書けばもういいようなもので、特に結論など不要だろう。しかし最後にひと言だけ、勝手なことを書く。

人間みな、いい恰好の服を着たり化粧したりするが、中身は汚物でいっぱいだということである。いや、それを汚物と決めてしまったのは人間の勝手であって、それを見て汚ないと感じるのは教育が悪かったせいだ。

ミトラヴァルナ人のような植物人間から見れば、地球の人間なんてよくあんなひどいものを食っているものだなと思うに違いない。レタスにしろアスパラガスにしろ、すべて植物の死体をそのまま何の加工もしない形で食っているわけだ。ベントラ人のような魚類人間から見ればわれわれは彼らの種族を生のまま、あるいはミイラにしたもの、あるいは煮たもの、焼いたもの、時にはまだぴくぴく動いている奴さえ舌鼓をうって食っているわけで、あの野蛮人めということになるだろう。いや、ひょっとするとこの宇宙の中で、地球人こそ最も悪食家で最高に汚ないものを食っているのかもしれないのだ。

私は提言する。今後この大宇宙に進出して行くわれわれの子孫には、一方的に「汚物」という概念を教え込まないほうがいい。そうでなければ、すべて私のような廃人になってしまいかねないのである。教育さえ正しければ、汚物など何でもなくなるだろう。いや、実際に汚物などというものがあるのかどうか。幼児にはもともと汚物という観念はないわけで、その証拠に肛門愛などというリビドー、排泄物嗜好癖などというものもあるではないか。ひょっとしたら大昔、人間は周囲に食物が見あたらないとき、自分の糞尿をむさぼり食っていたのかも知れないのだ。汚ない、臭いと思うから顔をしかめるわけで、そういった観念を意識から取り去ってやれば、それらは汚なくも臭くもなくなるに違いないと、私は思う——いや、確信する。

ここまで書いた時、病室にミリが見舞いにやってきた。だが私はもう、彼女を見ても何とも感じない。

むろん彼女は昔のままで、ちっとも変っていない。しかし私は彼女から笑いかけられたところで、彼女が美人とも思わないし、もちろん肉欲も起らない。ただ、こう思うだけだ。ああ、またひとり、やってきたな。最高級有機質肥料の製造機械が——。

ベトナム観光公社

たとえば友人のサイトラ・モリチャロスキイ＋《プラス》や、豊竹平和《びんふ》の正一《マイナス》などは、新婚旅行に土星へ行った。

新婚旅行の行く先にもその年ごとの流行というものがあって、前年の暮に新婚旅行評論家が、来年の流行はここですとでたらめに指定したが最後、猫もスプーンもどっとそこへ押し寄せる。宿泊費がいかに暴騰しようと、ラッシュで怪我人が出ようと、他の快適な観光地が、いかにガラ空きであろうと、流行に乗り遅れては大変とばかり、大挙して鳴りもの入りでくり出す。

たいていは人波に揉まれて、三世代月賦の高価なカツラやコンタクト・レンズをなくしたり、悪い時には手足を折ったりして病院船で帰ってくるのだが、それでも尚《なお》かつ彼らは行く。流行が人の心を意のままにしていた。新婚旅行を楽しむのではなく、そこへ行ってきたことを自慢したいために行くのだ。旅行評論家が、自分の生んだ流行に乗り遅れまいとして、大混雑の現場へ十六回目の新婚旅行に出かけて行き、乗り合いエアカーから電熱道路へころげ落ちて爆弾あられみたいにふくれあがったこともある。

だが、おれはそんな馬鹿な真似はしない。おれは二年ほど前から、新婚旅行の行く先をちゃんと決めてあった。火星のアキ・マキ合歓木栽培場だ。これは夕暮れの景色のすごく美しいキャット・ウォーク峡谷にあって、観光設備の整ったダカー市から少し離れたところにある。安あがりでしかも静かな、快適な観光地だ。

許婚者《いいなずけ》として選んだ女も利口な女だったから、おれに同意した。亭主の言うことに反対するような女とは、おれは結婚しない。

勤め先のスーパー・マーケティング・リサーチ・センターに五週間の休暇届を出し、おれとフィアンセは東京メガロポリスの北端にある宇宙空港にやってきた。式は旅行先で挙げるつもりだった。

もう三十年も前からずっと、結婚式は新婚旅行先で挙げることになっている。その方が金もかからず、うるさい親戚に悩まされることもないからだ。たいていの観光地には結婚式場ができていて、そこでは神式仏式キリスト教式とどんな形式でも自由に選べるようになっている。神仏折衷式とか、キリスト仏式などというのまである。最近では宗教の区別など、ほとんどなくなってしまっているのだ。

そのいい例がクリスマスである。クリスマスになると、法華の坊主が太鼓を叩いて讃美歌をうたい、神官がサンタ・クロースになる。嘘だと思ったらクリスマスに、やはりメガロポリスの北側にある明治神宮へ行って見たらいい。参道の両側の木にはスパンコールが輝いてキャンドルが並んでいる。モールのぶらさがった大鳥居にはMerry Xmasの電飾文字が明滅している。賽銭箱の上には十字架が立ち、赤ん坊を抱いた観音菩薩が首を吊っている。拝殿の紐をひくと、鈴ではなくて鐘がなり雪が降ってくるという按配だ。

さて、おれとフィアンセは展望リフトで空港二十二階のロビーに出た。

「ここで待っていろ」と、おれは彼女にいった。「案内所へ行ってくる」

彼女は不安そうに周囲を見まわしてから言った。「早く戻ってきてね」そういって、おれの顔色を伺うような態度を示した。

こんな時優しく、ああ早く戻ってくるよなどと言って微笑し、キスしたりするのはいけない。結婚した後にまで悪い影響を残す。

「さあね。遅くなるかもしれんよ」おれはむっつりした顔でそう言い捨て、ロビーを出た。

旅行案内所に入って、一週間前に宇宙観光公社で買ったクーポン券を出し、受付に見せると、その若い痩せた案内係は、眼鏡の奥の臆病そうな眼を丸くして訊ねた。「ダカー市におでかけですか」

「そうだよ」

「今年は、ほとんどの方が土星に行かれるのですが」と、彼はおろおろ声でいった。「どうして、ダカー市なんかになさるのですか。あそこへ行かれた方は、今年はまだひとりもないのですが」

客の様子を横眼で眺めた。

「それはそうですが」案内係はカウンターの隅を握りしめ、泣きそうになっていた。「これは親身になって申しあげるのですよ。あそこへ行くと損です」そう言って彼は、ちらと他の客の様子を横眼で眺めた。

ちょうど案内所にいる客は、おれの他は離れたところにいる中年の男ひとりだけで、彼は熱心に他の係員と話しあっている。

「おやめになった方がいいです」と、案内係は喋り続けた。「今年はダカー市には、週刊女性リーダーの、三割引サービスもありません。テレビ支局員も、全員土星の方へ出払っていますから、旅行グラフにも新婚ニュースにも、出られる望みはありません」

「ありがたい」おれはうなずいた。「それなら静かでいいよ」

「静かすぎます。行くと自閉症になる恐れがあります。病院にも、医者がいないかもしれません」彼は蒼ざめた顔でカウンターにしがみつき、唾をとばしながら必死で説得した。「だいいち、ダカー市行きの便がありません。あそこへは定期便は出ていませんからね。もしあなたが、あそこへ行かれるとしたら、そのために宇宙船を一隻出さなければいけないのです」

「それは当り前だろ」おれはクーポン券の端を指さきでつまみ、彼の鼻さきでひらひらさせた。「宇宙船を出してくれ。クーポン券を買ったんだぞ。出してくれないなら、宇宙交通公社を詐欺で訴える」

案内係は気ちがいのような眼つきをし、背をそらせて、けたけたと笑った。「ご冗談を」

「じゃあ顔テレを貸してくれ。放送局の苦情番組にこのことを言いつけてやる。あんたの名前は？」

「まま、お待ちください」彼は息をのみ、顫える手でおれを押しとどめた。「実情を申しあげましょう。火星の観光地へ宇宙船を出す場合は、火星観光部の次長のサインが必要なのです。ところがその次長は、どうせ今年いっぱいは暇だからと多寡《たか》をくって、アフリカへ猛獣狩りに行ってしまったのです。どうにもならないのです。お察しください」彼はカウンターの上の鋲なしホッチキスをいじりまわしながら、蚊の鳴くような声でそういった。

おれはぽかんとして、案内係の青白い顔を眺めた。「アフリカには、まだ猛獣なんてものがいるのかね？」

「いるそうでございます」彼はそう言って、ていねいに一礼した。「地球にだって、まだまだ面白いところがいっぱいあるはずだというのが、あの偏屈の次長の主張なのです。しかしわたしにはどうもそのようには思えません。あなたなどは、どうお思いになりますか」

「そいつは主観的な問題だな」おれは彼の手からホッチキスをとりあげ、それをいじりまわしながら答えた。「精神的に怠惰な人間は、自分で面白さを見つけることができないものだから、マスコミから万人向きの面白さをあたえてもらって、それで満足する。しかし中には、何でもないことの中から、自分だけにわかる面白さを見つけるのでなければ気にいらないという人間もいるよ」

「さようでございましょうか。わたしには、よくわかりませんです」

「そうだろうな。ところで、その次長とやらをアフリカから呼び戻すことはできないのか」

「はあ」案内係はもじもじした。「気むずかしい人ですから……」

この男はきっと始終その上役に、がみがみと怒鳴りつけられているのだろうな――おれはそう判断した。

ホッチキスをいじりまわしているうちに、おれはうっかりして、自分の上着の袖を案内係の上着の袖口に縫いつけてしまった。

「あ。何をなさいます」彼は軽い悲鳴をあげた。「このホッチキスは高周波で加熱溶解して縫いつける式の奴ですから、どちらかの上着を破らない限りとれません」

「そいつは困った」と、おれはいった。「あんた、上着を脱いでくれ。おれの服はワンセット・ジョインニングだから、脱ごうとすればズボン、ワイシャツ、下着、ぜんぶ脱いですっ裸にならなきゃならない」

「困りました。大変です」案内係は泣き声を出した。「実は、わたしの方もそうなのです」

おれたちはあわてて、なんとか縫い目をほぐそうとした。最近の紳士服は何十年でも着れる丈夫なものばかりだ。生地も強くて、電子鋏でないと切断できない。

おれは袖口に爪を立てながら、案内係に訊ねた。「その次長のところへ行って、サインを貰ってくればいいじゃないか。次長はアフリカの何処にいるんだ？」

「中央アフリカのバンギというところでございます」

「そこへ行く便はないのか」

「あります」と、彼はいった。「この空港から、中間圏ジェットで、一日に二往復していま す」彼は腕時計を見た。「次はあと十分で発進します」

「君、行ってきてくれ」と、おれはいった。「行って、サインを貰って戻ってきてくれ。おれはここで待っているから」

「どうしてもとおっしゃるなら、行ってまいりますが」彼は泣いていた。「でも、上着が」

「そうか」おれはしばらく考えた。どうせ待つなら、行ったところで時間は同じだ。「じゃあ、おれもいっしょに行こう」

「では、急ぎましょう」

案内係は持場の交代を顔テレで同僚に頼み、おれといっしょに案内所を出て、ふたたびリフトで三十三階まで昇り、宇宙空港ビルの屋上に出た。

この屋上には百本を越す垂直滑走路が、行く先を示すさまざまな色に塗りわけられ、天にも届けとばかり屹立している。周囲のビルの屋上も、すべて自家用エア・ポートだ。

中央アフリカ行きの、その中間圏ジェットの乗客は、おれたちだけだった。

「向うへは、どの位で着くんだ？」袖がくっついているから、しかたなく案内係の男と身体をくっつけてシートに並び、おれはそう訊ねた。

「四十八分で着くはずです」と、彼はげっそりした調子で答えた。

中間圏ジェットは時間通り発進した。

しばらく上昇を続けてから、一五〇〇キロの高度を西南西に向かって飛び始めた。もちろん自動操縦である。

筒《とん》キムチとアリラン峠の夜祭りとトラジの黄金風呂で有名な朝鮮の上空を飛び、燕菜《えんしゃい》と紅衛饅頭と毛沢湯《スープ》で有名な中国の上空を飛び、ケララ・ココナットとヒンズー・ストリップで有名なインドの上空を飛び、ラクダこけしとマホメット温泉で有名なアラビアの上空を飛んで、中央アフリカに到着したのも時間通りだった。

高度四〇〇メートルの丘陵性高原に空港ビルのホテルがあり、ジェットはその屋上の垂直着陸装置にすべりこんだ。

「次長はこのホテルに泊っています。今は猛獣狩りに出かけているかもしれませんが」と、案内係がいった。

案の定、次長は自分の部屋にいなかった。ルーム・サービスに訊ねると、もうおっつけ戻ってくる時間だと言う。おれたちはドアがあいていたのをさいわい、次長の部屋に入りこんだ。

室内は、東京メガロポリスにあるデラックス・ホテルと同じような設計で、同じような調度備品が整っていた。換気がきいていて、しかも涼しい。どこのホテルも同じだな――と、おれは思った――きっと火星も土星も、まったく同じに違いない、ホテル建築の流行が、がらりと変るまでは……。

窓の外はビル街で、オフィスやホテルの建物が林立していた。

アフリカらしいものといえば、室内にある土人のこけしと、ライオンを描いた油絵だけである。

しばらく待ったが、次長は帰ってこなかった。

「帰りの便が、もう出る時刻です」案内係はそわそわして、そう言った。

おれはルーム・サービスに電話した。「既製の紳士服はないか？」

「ございませんが」

「下着もないのか？」

「おみやげ用の、首狩り土人の腰巻きというのでしたら、ございます」

「しかたがないな。それでいいから、すぐ持ってきてくれ」

おれは着物をぜんぶ脱いで案内係に渡し、まっ裸の上から、ボーイが持ってきた首狩り土人の腰巻きだけを身につけた。

「君はそれを持ってひと足さきに帰ってくれ」おれの恰好を見てくすくす笑っている案内係を睨みつけ、怒鳴るように、おれはそう言った。「次長が戻るまで、おれはここで待つ。さきに帰って、その袖口を何とかしておいてくれ」

案内係は一礼し、おれの着物をかかえて部屋を出て行った。

おれはひとりで、またしばらく次長の帰りを待ち続けた。

ドアが開いた。

おれがドアの方を見たとたん、ぴしゃりとドアが閉まった。

やがて、だしぬけに廊下で銃声が轟《とどろ》き、ドアにプスプスと弾丸の穴があいて、ダムダム弾が部屋の中をぴゅんぴゅん飛び交い始めたので、おれはあわてて壁にへばりついた。おれを本物の首狩り土人と早合点したらしい。

「土人じゃない」と、おれは叫んだ。

銃声がやみ、ゆっくりとドアが開き、髭面の大男がおそるおそる首を出した。「土人じゃないのか」

「イエロー・レースだ」おれは胸を叩いてそう叫んだ。

「それは失礼したな」大男は銃をぶら下げて、部屋に入ってきた。どうやらこの男が、案内係のいった『次長』らしい。

「猛獣はいましたか？」と、おれは訊ねてみた。

「いるものか」次長は、ぶすっとした顔つきで銃を投げ出し、ベッドに転がった。それから突然、気がくるったようにわめき出した。「猛獣なんかいるものか。何が猛獣狩りだ。ジャングルに張った馬鹿でかいスクリーンに、昔の記録映画をながながとやって見せて、いざ本番というときは、檻《おり》から出した猿が五、六匹だ。あとはベニヤ板切出しのライオンや象が、ゼンマイ仕掛けでレールの上を走りまわっているだけだ。弾丸が当ると傍にいる土人がウォーといって、景品のタバコをくれる。馬鹿ばかしい」

「そんなことだろうと思っていました」おれはうなずいた。「地球上にはもう、面白いとこなんてないんですよ」

「そんなはずはない」次長は偏執的な眼つきで天井を睨みつけ、叫ぶようにいった。「そんなはずはない。あるはずだあるはずだ」彼はむっくり起きあがり、おれを凝視した。「現にこの間も、ベトナムへ行ってきた。あそこは面白かったぞ。あんたは行ったことがないんだろう？　だからそんなことを言うんだ。そうだろう？」

「あんなところに、何か面白いものがあるんですか？」

「戦争をやっている」と、彼はいった。「嘘だと思ったら行ってきたらいい。そうだ、これから行こう。おれももう一度行く。いっしょにつれて行ってやる」彼は立ちあがり、身支度を始めた。「地球人は最近、火星だの、よその天体ばかりに眼を向けて、地もとの地球にまだまだ面白いところがあるってことを知らない。諺にもあるが『燈台の足もとまっ暗けの闇』という奴だ」

「しかし、遠くへ行った方が、面白いところがたくさんあります」

「詩の文句にもあるが『山のあなたはまっ暗けの闇』という奴で、面白いところにぶつかるかもしれないが、ぶつからないかもしれない。われわれにとって真に面白いのは、地球上の面白いところであるはずだ、いや、そうなのだ、いや、そうあらねばならぬ。だからあんたを、ベトナムへつれて行ってやる。ベトナムを見れば、あんたの考えも変るだろう」

おれと次長は、ビルの屋上に出て、南ベトナム行きの中間圏ジェットに乗った。これは中央アフリカからサイゴンまで、二十八分でいく。

発進してからすぐ、おれは座席の前のニュース・リーダーのスイッチを入れた。眼の前の小さなスクリーンに、次次と活字のニュースがあらわれては消えた。ニューヨークでは、中央電子計算機の一部が壊れて、約二万人の失業者が出ていた。中央ヨーロッパでは、海王星の土地の利権をめぐる役人の汚職が発覚していた。その他の小さな記事も、うす暗いニュースばかりだ。もっともこれは当然の話で、暗いニュースだからこそ読者は喜ぶのである。ちょいちょい思い出したように、もっと明るいニュースも報道したらどうだなどと言う奴もいるが、そんな新聞なら誰も読まない。

人間誰でもみな同じ、なにか変った記事はないかと思ってニュースを睨むその心中には、自分とは利害関係も何もない、どこかの他人の不幸を覗き見て、ひそかに面白がりたいという願望が渦巻いている。その証拠に、しばしば小さく報道される、心暖まる明るいニュースという奴が、あっと驚く面白いニュースであったためしがない。

政治家の汚職や、悪党の大量殺人に対して、さも義憤に満ちたような口調でマスコミや国民が、狂ったようにわめき立てるのも、裏を返せば、自分たちには出来そうもないでかい悪事を働くことのできた彼らをやっかみ、できるだけ騒ぎ立て、できるだけ彼らを重い刑にして苦しめてやり、なろうことならその家族まで巻き添えにして苦しめてやり、その様子を見て笑ってやろうとする群集心理に他ならない。西部開拓期の私刑《リンチ》と同じ理屈である。

しかも最近では、悪いニュースさえ面白くなってきている。マスコミが何百年か報道を続けている間に、やがてニュースにもパターンが出来てしまい、どんな風変りなニュースであろうと、ありきたりのタイプのニュースに作り変えられて出てくるようになったのだ。

たとえば、いかに特殊な事情のある家庭悲劇でも、いったん報道されたが最後、それは必ず悲劇的ホーム・メロドラマに画一化されてしまうのである。つまり、そのままテレビ・ドラマ化できそうな設定に改造され、主人公にも、マスコミの作ったキャラクターがあたえられ、それを土台にした演技が強要されるのだ。

だから最近のニュースの大見出しには、次のようなものが多い。

『テレビ・ドラマそこのけの家庭悲劇！』

『これが真相だ！　マイクロ・リーダー連載中、小説〈黒の議事堂〉でお馴染、政治家たちの私生活！』

『事実かドラマか？　数奇な運命に弄ばれ、犯した罪の大きさにおののく火星生まれのお手伝い』（銀河テレビ、ドラマ化決定）

と、いった具合である。

ニュースの次は面白くもない立体マンガだった。

マンガが終ると、また絵が出てきた。これもマンガかと思っているとそうではなくて、化粧品会社の広告だった。

「ねえ白子さん。あなた近頃、めっきり白いお肌になりツヤも出てきたわね。何かよほどいい化粧品を使ってるんでしょう？」

「アーラあいかわらず黒いのね、黒子さん。お肌を若々しく白くするには、いろんな種類の乳液があるけど、それはお肌の種類や性質で使いわけなければならないのよ。あなたはなぜ、そんなに黒くなったの？　まるで黒人の黒焦げ屍体みたいじゃないの。ホホホ」

「原子燃料のバス用パイプから、知らずしらず洩れていた放射能で、こんなになっちゃったのよ」

「ああ、よくあることね。それだったら……」

この黒子さんという女は——と、おれは思った——もう数百年も前から、同じ質問を同じ相手にくり返していて、少しも白くならない。だがわれわれだって、このバセドー氏病みたいな顔の女と、五十歩百歩ではないだろうか——。

「どうです。どこか面白い所はありませんか？」

これはもう数十世代も前から、挨拶がわりに使われてきた質問だ。では、どういう風に面白いところがいいのかと訊ね返されても、私はこんな所が好きなのですがといって、すらすら答えることのできる奴は少ない。そこでマスコミが旅行評論家なるものをでっちあげたのだが、彼らにしても人気商売だから、誰にでも面白いような場所しか推薦しない。いちど若手の旅行評論家が、金星の貧民窟にある、強盗殺人売春麻薬が日常茶飯という、とんでもない物騒なところをテレビで推薦して、婦人旅行団体から総スカンを喰い、失脚したことがある。それ以来彼らは、万事無難なご婦人向きの場所ばかり推薦するようになった。しかしそんなところは、誰でも一度行ったら二度と行こうとはしない。もっと面白いところを教えてくれとわめく。だが万人向けの面白いところなんて、そんなにあるわけがない。そこで観光業者が、面白くない所を無理に面白いように作り変えて、売り込むというわけで、たちまちにして、どこへ行っても同じということになってしまった。そこで今でも、誰もが挨拶がわりに口にする文句がこれなのだ。

「どうです？　どこか面白いところはありませんか？」

次長がおれの肩を叩き、窓の下を指して、言った。「着いたよ」

サイゴンの町のはずれに、でかいビルが立っていた。やはり屋上が垂直滑走路になっているところを見ると、空港ビルらしい。

「あのビルの中に、ベカンコウがあるんだ」と、次長がいった。

おれは訊ね返した。「なんですか？　その、べっかんこうというのは」

「ベトナム観光公社。略してベ観公だ」

ビルに着陸してベ観公のオフィスへ行くと、ちょうどあと五分でメコン・デルタ行きの装甲遊覧車が出るところだという。おれと次長はあわててリフトで一階におり、駐車場に出て装甲遊覧車に乗った。

この装甲遊覧車は、内部の座席は旧式の五〜六十人乗りバスと同じだが、シートから上が透明の強化プラスチックでカマボコ型に覆われている。天蓋に爆弾が落ちて炸裂しても壊れないというプラスチックだ。各シートの横には、外の音響が実際よりもよく聞こえるようにセットされたスピーカーだとか、その他いろんな器具がついていた。

観光客はおれたちを入れて七人、田舎者らしい白人の老夫婦と、流行の植物スタイルで恰好のいい若者が二人、立派な鼻下髭をたくわえた中年の紳士がひとり、それに、おれと次長だ。みんな、おれの腰巻きひとつのスタイルを見て、眼を丸くしていた。

黒人の運転士と、美人のガイドが乗ってきた。

「みなさま、本日は当ベトナム観光公社の遊覧車をご利用くださいまして、ありがとうございました」ガイドが可愛い声で喋り始めた。

車はサイゴン郊外の舗装道路を走り出した。エア・カー用の高速道路は傍らについている。

「それでは、ただ今より皆様を、天地も揺るがす大戦闘、世界に名だたるベトナム局地戦の大スペクタクルを実演中の、メコン・デルタ現場へご案内いたしましょう。わたくし、虎御前のメリーが、しばらく皆様のお相手をさせていただきます」

「いよう姐ちゃん」と、若者二人がシートで踊りあがった。「戦争なんかより、あんたの方がいいよ」

こういう女に餓えた輩《やから》は、昔からいる。風物を見て楽しむのではなく、いい女を見つけにやってくるのだ。

「さて、ただ今より皆様がご覧になります、泥まみれの大戦闘は、過去数百年にわたり続けられてまいりました、伝統の香りゆかしい当地自慢の文化遺産でございます」

「戦争が起ったそもそもの原因は、いったい何ですか?」真面目な顔をして中年の紳士が訊ねた。

「さあ」虎御前は小首を傾げた。「今となりましては、なぜ戦争が起ったのか、それを覚えている人はもう、どこにもいないのではないでしょうか?」

「ずいぶん長く続いてるからなあ」次長が、吐息まじりにそう言った。

「じゃあ、敵も味方も、自分たちが何のために戦っているのか知らないで、殺しあいをやっているというのですか」紳士は悲愴な顔つきをしてかぶりを振った。「悲惨なことだ。これは悲劇だ」

「面白ければいいじゃねえか」と、若者のひとりが言った。「自分だって見物に来てるくせに」

「無責任なことを言うな」紳士がむっとした顔つきで言い返した。「わたしはこの悲しい戦いのありさまを、できるだけ多くの人に伝えるために、わざわざ見にやって来たんだぞ。そして世界中に、反戦運動を起すのだ」

「まだ、こんな人がいたんだよ」若者たちはくすくす笑いあった。「もう時期遅れさ。反戦運動をやって儲けたり有名になれたりできたのは昔の話だ。今ごろから本を書いたって売れやしないよ」

「何を言うか。ちんぴらめ」紳士がかんかんに怒って立ちあがった。

「喧嘩はおやめくださいませ。窓の外をご覧ください」虎御前は乗客の気を喧嘩からそらせようとして躍起になり、窓外を指して喋り始めた。「お話し申しあげているうちにバスは、はやメコン・デルタ地帯にやって参りました。皆様、右手をご覧下さいませ。あそこに見えてまいりましたあの森は、ベトコンが立てこもっているはずの森でございまして……」

「あっ、戦争をやってるぞ。撃ちあいだ」若者のひとりが左手の泥田を指して叫んだ。

「あれは戦争映画の撮影です」虎御前があわてて言った。「敵と味方にお金を払って、戦場をロケに使わせて貰っているだけなのです。ほんとうの戦争は右側でやる予定でございますから、こちらの方をご覧くださいませ」

「おれ、やっぱり戦争よか、この姐ちゃんの方がいいや」もうひとりが虎御前に抱きつこうとした。

「あっちをご覧下さい。右手をご覧くださいませ。あら、いけません」彼女は若者たちの注意を窓外に向けようとし、身をよじりながら必死で喋り続けた。「車は泥田の中へ入ってまいりました。この車は水陸両用でございまして、泥の中はキャタピラで進むのでございます。ただ今、泥田の中を森に向かって進んでおりますのは、南ベトナム軍でございます」

「南ベトナム軍がんばれ」若者のひとりが、車の横腹についている小さなスピーカー用のマイクを、シートの横から引きずり出し、どっちが勝ってもいいというような調子でそう叫んだ。

車から数十メートル離れた泥田の中を、車と平行に進んでいた十数人の黒人兵が、こちらを見て手を振った。

「どうして南ベトナム軍は、黒人兵ばかりなんだろう」おれは首をひねった。

「あれは、アメリカから来た黒人兵だ」と、次長がいった。「ベトナムの人間はみんな、ベトコンになってしまったんだ」

「どうしてですか」

「ベトコンの方が恰好良くて観客に受けるから、みんなベトコンになりたがるんだな。アメリカから来た兵隊の中でも、白人兵などは必ずベトコンの役をやりたがる」

「収入はどちらがいいんです？」

「観光客からの収入も、映画会社から入る戦場の使用料も、ひと戦争やったあとで山分けするから、どちらも同じのはずだよ」

「皆様、森をご覧くださいませ」と、虎御前がいった。「出てまいりましたのが、お待ち兼ねベトコンでございます」

　マングローブの森の中から、ライフル銃や自動小銃を構えたベトナム人が六人走り出てきて、泥田の中に身を伏せた。

「ベトコン負けるな」さっき南ベトナム軍に声援を送った若者が、マイクに向かってそう叫んだ。

「なんで、ベトコンと言うだね？」田舎者の老人が、虎御前に訊ねた。

「今となりましてはもう、本当の語源ははっきりいたしませんが……」

「なんにも、はっきりしねえんだな」と、若者たちがまぜっ返した。

「しかし」と、虎御前があわてて言った。「ベトナムの名をマスコミによって世界にひろめ、観光事業によってこの国を、今日のように繁栄させました功労者は、何と申しましてもベトコンでございます。で、ございますからきっと、ベトナム建設者《コンストラクターズ》というのが、いちばん正しいのではないかと言われております」

泥田の中では南ベトナム軍とベトコンが撃ちあいを始め、車内のスピーカーから自動小銃の断続音が響きはじめた。虎御前が、そのスピーカーのヴォリュームを倍にあげたので、本物以上の現実感が出てきた。

「すごいすごい」若者たちはとびあがって喜んだ。

「あれだけ撃ちあっているのに、どちらも全然死にませんね」と、おれが次長に訊ねた。

「あの自動小銃は」と、次長が答えた。「二十発のうち十八発は空弾だ。あのような旧式の銃器や銃弾は、作るのがすごく難かしいから貴重品なんだ。技術者が少ない上に材料不足だからね。たとえばライフルの弾丸一発の単価は、一メガトンの水爆一発分に相当するんだ。核兵器を作る技術者はわんさといるが、口径にあわせて弾丸を作れる職人は、今じゃ世界に三、四人しかいないはずだよ」

「ただ今、古式ゆかしくとり行われておりますのが、小隊単位の小戦闘でございます」虎御前が、スピーカーの音量を弱めて説明した。「南ベトナム軍の方をご覧くださいませ。ただ今おひとり、お亡くなりになりました。ご冥福を祈りましょう」

「なんたることだ」中年の紳士が、いたいたしげにかぶりを振った。

黒人兵のひとりが、泥田の中に俯伏せに倒れ、動かなくなっていた。

「なんたる悲惨なことだ」紳士は立ちあがり、叫びはじめた。「眼の前で人が死んで行く。こんな残酷なわれわれは、こんなむごたらしいことを、のんびりと傍観していていいのか。こんな残酷なことを、見て楽しんでいるなどということが、はたして許されるのか？」

「あいつらはみんな志願兵なんだぜ」と、若者のひとりが言った。「言ってみりゃ、商売なんだ」

「そうだ。好きで死んで行くんだから、それでいいじゃねえか」と、もうひとりがいった。

「戦争やめちゃったら、あいつら失業だぜ」

「いかに儲かる商売だろうと、金のために自分の命を粗末にするなんて、もっての他だ」紳士は躍起になり、握りこぶしを振りまわし始めた。「こんなことは、やめさせなきゃいかん。連邦は何をしとる！」

「公然とではないが、この戦争は連邦政府の、人口緩和政策の一助になっているんですよ。だから連邦も喜んでいるはずだ」次長が紳士の方を振り返ってそういった。「平均寿命が延びて、政府は人口過剰に悩んでいる。若い者に死んで貰える場所はここしかない。もちろん、毎年の議会で、この戦争が合法か非合法かについて同じ論議が蒸し返されるんだが、常に結論には到達しないんです。いや、到達しないことに、なっているんです」

　紳士はぶつぶつ呟きながら、不満そうな顔つきで腰をおろした。

　虎御前は次長の方に、ちらと好意的な可愛い微笑を浮かべてから、いった。「では、もう少しベトコンの方へ近づいて見ることにいたしましょう」

　装甲遊覧車は泥田の中を、森の方へゆっくり進み始めた。若いベトコンが、おれたちの見ている窓のすぐ下で、ばりばりと自動小銃を撃ちまくっている。彼はえらく張り切っていた。どうやら戦争初出演——つまり初陣らしい。

「なかなかよくやるな」と、おれは呟いた。

「おひねりをやったらどうだね」と、次長がいった。

「おひねり？」

「こうすればいいんだ」

次長はポケットから紙幣を一枚出して折りたたみ、シートの横についている真空パイプの中のカプセルに入れた。蓋をすると、カプセルはぽんと車の外へとび出して、若いベトコンの前に落ちた。彼は手刀を切ってカプセルを拾いあげ、こちらを向いておし頂くような恰好をしてから、すぐまた自動小銃を撃ちまくり始めた。その弾丸に当って、またひとり南ベトナム軍の黒人兵がぶっ倒れた。

「不真面目きわまる」また中年の紳士が怒り出した。

「おらたちは運がええ」と、老農夫が女房にいった。「こんな面白えもんがこの世の中にあるとは、ちっとも知らなかっただ」

「ちっとも真剣にやっとらん」と、紳士がぷりぷりしながらいった。

「この戦争は、なぜもっと世界的に有名にならないんでしょう。こんなに面白いのに」と、おれは次長に訊ねた。

「昔はもっと有名だったに違いないな。つまり、この戦争が始まった、その当時にはだ」次長が喋り始めた。「もっともその頃は、おれの考えじゃ、今と違って、観光行事としてではなく、一種の経済政策として有名だったのではないかと思うね。つまり、その頃世界を二分していた二大資本力が、この戦争に武器の消費をやらせ、それによって産業機構を成立維持させていたのではないか——そう思われる節がある。事実古代史を読めば、それぞれの時代の経済は常に戦争によって安定し、あるいは成長していたことがわかるんだ。また、失業対策にもなっていただろう。今は失業したって遊び暮していることができる。しかし昔は、そうは行かなかっただろうからね」次長は、虎御前に抱きつこうとして彼女を困らせている二人の若者を顎で指していった。「ああいった手あいが、昔は戦争に狩り出されたんだ。だから非行少年対策にもなっていたんだろうな」

「ガイドのお姐さん。ちょっくら訊《たず》ねてえだ」と老農夫がいった。「この見世物は、一年中休みなしにやっとるのかね」

「いいえ。お休みがございます」と、虎御前はえくぼを見せて答えた。「昔からの習慣によりまして、クリスマスとお正月には休戦いたします。また仏教徒もいますから、そのためには花祭りの休戦もございます」

「昔から、そんなものがあったの？」と、おれは念を押した。

虎御前は、ふくよかな胸をさらに膨らませて答えた。「はい。これだけは、はっきりわかっております。休戦は戦争の始まった当時からございました」

「そうれ見ろ」若者のひとりが、勝ち誇ったような顔つきで中年の紳士を振り返り、そう言った。「この戦争は、始まった当座から、そもそも不真面目なんだ」

「でも、正月やクリスマスは、観光地のかき入れ時じゃないか」と、おれは虎御前にいった。

「見世物がなけりゃ、観光客は来ないだろう？」

「はい。そこでベ観公は、頭をひねったのです」彼女は唇を可愛く歪めて笑顔を見せ、おれに頷いて見せた。「そしてクリスマスには、敵味方、クリスマス・ケーキで『パイ投げ』合戦をすることにしたのです。お正月には、お餅の投げつけあいをします。花祭りには、甘茶のぶっかけっこをいたします」

「何たることだ」紳士が天を仰いで、嘆息した。

「さあ皆様。後方左手をご覧くださいませ。ただ今やってまいりましたのが、南ベトナム軍の主力、精鋭二中隊でございます」

虎御前が白い指さきを揃えてうしろを指し、乗客一同が振り返った。

「わあ。来た来た」

「これはすごい」

「南ベトナム軍がんばれ」

「しっかりやるだぞ」

泥濘の中を、黒人兵ばかりで構成された小銃中隊と重迫撃砲中隊が一中隊ずつ、こちらへ向かって進んできた。小銃中隊の連中は手に手にM14型やM16型の旧式小銃、M60型旧式機銃を持ち、重迫撃砲中隊はM56型90ミリ自走砲、81ミリ迫撃砲、105ミリ重迫撃砲、106ミリ無反動砲などを引きずってやってくる。81ミリ迫撃砲の間隙を埋めるために、M79型40ミリ擲弾筒や小銃擲弾も装備している。いずれの銃砲も、すべて年代ものらしく、砲身の赤錆び色があざやかだ。

二中隊は泥田の中に布陣し、森に向かって銃撃、砲撃を開始した。実弾は少ないくせに、砲火や噴煙や音だけはものすごい。

ずばっ。ずばっ。

ひゅるるるるるるる。ずばあん。

ずびっ。ずびっ。ずびっ。

がががが。がががががががが。

ぐわぉん。ぐわぉん。

たた。たたたた。たたたたたたたた。

きん。きん。きん。きん。きん。

ずばばばっ。ずばばばばばばっ。

ぷすっ。ぷすぷすっ。ぷすぷすぷすぷす。

「すごいすごい」若者たちは大喜びで手を打った。

81ミリの砲弾が車の天蓋で炸裂した。車は激しく揺れ、おれと次長はシートからころげ落ちた。老農夫は、だしぬけに女房に抱きつかれて、入れ歯と義眼をとばした。若者のひとりは運転席の方へとんで行って、客席との間のサランのスクリーンに首を突っ込み、男性用鬘《レオンカ・トーペ》をとばしてひいと悲鳴をあげた。中年の紳士は恐怖のあまり虎御前の恰好のいい腰にしがみつき、彼女の制服によだれと洟《はな》をひっかけた。

「皆様。どうぞご安心ください。この車は大丈夫でございます」虎御前は蒼くなって顫えている一同をにこやかに見まわし、両手をさしのべてそう言った。「絶対に壊れませんから」

森の中から、今度は十数人のベトコンがおどり出てきた。その後から、アメリカ・インディアンとエスキモーと、熊をつれたアイヌが出てきたので、おれはおどろいた。

「あれは何だ」

「あれは本日の特別出演者です」と、虎御前が説明した。

戦闘はますます激しくなった。遊覧車の周囲にも砲弾が炸裂して、車は大きく揺れた。

「今日は派手に砲弾を使うな」と、次長がいった。「この前来た時は客が三人だったから、小規模の戦闘しかやらなかった」

「観覧料や、ロケの戦場使用料は、いつ分配するんですか?」と、おれは訊ねた。

「客がいなくなってから、あの森の中でやる」と、次長がいった。「暇な時は敵味方でポーカーをやったり、丁半バクチをやったりしているそうだ」

「戦死者はどうするんです」

「家族に金をやる。家族が出演する時もあるぞ。ほら、あれがそうだよ」

次長が指さした方を見ると、泥の中に倒れているベトコンの傍へ、森の中から駈け出てきた母親らしい老婆が走り寄って屍体に抱きつき、ここを先途と泣き始めた。

「泣き顔が見えないぞ」と、若者のひとりがスピーカーで叫んだ。

老婆はあわててこっちを向いて泣きわめいた。

「ベトナム人だ」おれはあきれて言った。「死んでるベトコンは白人なのに」

「あれはプロだ」と、次長がいった。「あの女は十年前から、ずっとあればかりやってるんだ」

「こうして見ると、やっぱりベトコンの方が恰好いいですね」と、おれはいった。「黒人兵が可哀そうだ。損な役まわりですね」

「昔から南ベトナム軍には、黒人兵が多かった」と、次長が答えた。「北アメリカ地方は昔から、ひどく人種差別をやったところで、戦争に黒人を狩り出して彼らの数を減らそうとしたんだ」

「ずいぶんいろんな意味があったんですね。戦争には」

「そうとも。戦争は常に合理的なんだ」

「何が合理的だ！」それまで黙って車を運転していた黒人の運転士が、おれたちの話を聞いてかんかんに怒り、立ちあがってこちらへやってきた。「黒人を殺すことが、なぜ合理的なんだ」

次長は、しまったという顔つきをした。戦争に夢中になっていて、おれも次長も、この車の運転士が黒人だということをすっかり忘れていたのだ。

「やい。もういちど言ってみろ。おれの先祖は、オールド・ブラック・ジョーだぞ」

「黒人の悪口をいったわけじゃない」次長は運転士に首を締められながら弁解した。「た、助けてくれ」

「たいへんよ。木に衝突するわ」虎御前が悲鳴をあげた。

運転士なしで勝手に動いていた車が森の中へ突っこみ、大木めがけてまともに進んでいた。若者ふたりはここぞとばかり、こわいと叫んで虎御前に両側から抱きついた。

車の時速は三十キロほどだったが、それでもひどい衝撃だった。ブルドーザー並みの馬力を持った遊覧車に、木は根こそぎ押し倒された。車は押倒した木の幹にのりあげて行き、キャタピラを宙に浮かしてついに横転した。

「あれえ」と、絹を裂くような悲鳴をあげたのは中年の紳士である。

乗客は車の片側に押しつけられた。おれの裸の上半身に老農婦が嚙みついた。

「ドアを開けろ」と、次長が叫んだ。

「出てはいけません」若者たちに抱きつかれたまま、みごとに逆立ちしている虎御前が叫び返した。「外は戦争中です。出ては危険です」

「しかし、燃料が洩れている」黒人の運転士が次長の髭面に褐色の頰をぴったり寄せたままで怒鳴った。「外へ出よう。放射能障害を起すかもしれん」

やっとドアが開き、乗客一同は車の外へまろび出た。周囲ではまだ自動小銃がけたたましく喚き、砲弾が炸裂している。おれと次長は頭を低くして、傍らの大きな木の根かたに走り寄り、身を伏せた。すぐ近くの木に迫撃砲弾が当って、木の破片を周囲にふりまいた。

「ひい」

中年の紳士が悲鳴をあげながら這い寄ってきて、おれたちの身体の下にもぐりこもうとした。

隣りの木の蔭では、あいかわらず虎御前に抱きついた若者ふたりが、歯の根もあわず顫えている。今や色気などけし飛び、完全に恐怖に捕われてしまっているらしい。どちらかが尿を洩らしたらしく、虎御前は制服から白い湯気を立て、臭いといって怒っている。その向こうでは黒人の運転士に、老夫婦が力まかせにかじりついていた。運転士は身動きができず、やたらに足をばたばたさせていた。

「旦那がた。ご見物ですかい？」いつの間にあらわれたのか、眼つきの悪いベトナム人がおれたちの傍に身をすり寄せて囁いてきた。「どうです旦那。いい娘《こ》がいますぜ。たった五グランで、すてきなベトコン娘をご紹介しますが」

おれが断わると、彼は銃弾の飛び交う中を若者たちの方へ駈けて行き、彼らにどうですか、どうですかと耳打ちしはじめた。

「あれはポン引きですか」

おれが訊ねると、次長は答えた。

「名物のベトポンだ」

「ええ、コーラはいらんかね。冷えたコーラがあるよ」肩から冷凍ボックスを紐で下げた物売りがやってきた。

おれがコーラを一本くれというと、彼は箱の中からコーラを一本出しておれに渡し、一グラン寄越せといった。

「どうしてそんなに高価いんだ」おれがあきれてそう叫んだ時、とんできた銃弾が冷凍ボックスにとびこんで、商品の瓶をぜんぶ砕いてしまった。

「こんなことが、よくあるんでね」物売りは嘆息しながらそういって、おれに頷いて見せた。おれは腰巻きの間から金を出し、彼に一グラン払った。

腹這いになったままコーラを飲んでいると、また銃弾が近所の木にぷすぷすとめり込み始めた。おれの身体の下にうずくまっていた紳士が、おいおい泣き出して抱きついてきた。これでは、いざ砲弾がこっちへとんで来た時に逃げることもできない――おれはそう思ったので彼の手を振りはなし、木の蔭から走り出てそのまま駈けた。自動小銃の弾丸がおれの走ったあとの地面をぷすぷすと掘り返しながらおれを追ってきた。おれはしばらく駈け続け、塹壕らしい穴の中へとびこんだ。塹壕の中にはベトコンの女がひとりいて、彼女は穴から首だけ出し、泥田に向かってM14型の小銃を撃ちまくっていた。

「あんたも撃ちなさい。そこにライフルがあるから」彼女はおれをちらと横眼で見てそう言った。

軍服のボタンがはじけとびそうな大きな乳房、左右に拡がった大きな尻、浅黒い皮膚、頑丈そうな骨盤、前歯の欠けた黄色い歯並み、年齢は四十六、七――おれは一瞬にして、心から彼女に魅せられ、うっとりとなってしまった。こんな気持になったのは久しぶりだ。

「撃ちます撃ちます」おれはそういってライフルをとり、泥田の南ベトナム軍を狙って発射した。

「あなたの名前は」と、おれは彼女に訊ねた。

彼女は答えた。「わたし、スーニーよ」

彼女はおれの装いを見て、特別出演者だと思ったらしい。ちょうどいい具合だ――と、おれは思った。このままベトコンの仲間に入れて貰えたら、この女と結婚できるだろう、こんな勇ましい、しかも母性的な雰囲気を持った女は東京メガロポリスにはいない、その上一生、こんなすばらしいスリルを味わい続けて死ねるのだ――。

彼女といっしょにしばらく戦い続けていると、北東の空からベ観公のヘリコプターが一台やってきて、敵味方のちょうど中ほどの泥田へ降り始めた。見ると中におれの許婚者が乗っている。

「ペチコートを貸してくれませんか」と、おれはスーニーにいった。

彼女が脱いでくれたペチコートをライフルの銃身に結びつけ、大きく左右に振りながらおれは塹壕からとび出した。敵と味方は、しばらく砲撃と銃撃を中断した。

泥田の中に着陸したヘリコプターの中から、純白のウェディング・ドレスを着た許婚者がおりてきて、泥の中をおれたちの方へ歩いてきた。おれもペチコートを高く掲げたまま、彼女の方へ近づいた。

「あなたをあちこち探しまわったわ。婚約を取り消したいの」と、彼女はおれに言った。

「了解を得に来たのよ」

「そのドレスはどうした」と、おれは訊ねた。

「あの人に買って貰ったの」と、彼女はヘリコプターを指した。ヘリコプターの操縦席には、あの空港の案内係の男が腰をおろし、こちらを見ていた。「あの人はわたしに、結婚後も女性用マイクロ・リーダーを購読していいって言ったわ。新婚旅行はダカー市じゃなく、土星へ行こうって言ってくれたわ。それから……」

「よかろう」おれはうなずいた。「婚約は取り消しだ。さあ、早く立ち去ってくれ。ここは戦場だ」

彼女はヘリコプターの方へ走って戻りながら、振り返っておれに叫んだ。「さようなら。もっと『お別れ』を楽しみたかったんだけど、残念だわ。あなたっていい人だったわね。さようなら。さようなら」

ヘリコプターが上昇しはじめたので、おれもあわてて森の方へ駈け戻った。

塹壕へとびこもうとすると、スーニーが下から手をあげておれを制した。「特別出演者は、大砲を受け持ってちょうだい」

「レギュラーになりたいんだが」

スーニーは、しばらく考えてからうなずいた。「じゃあ、あとでわたしがべ観公の方へ話しといてあげるわ。今日はとにかく、大砲の方へ行ってちょうだい」

おれはしかたなく、今しも森の中から、今日の特別出演者たちによって担ぎ出されてきた大時代な大砲の方へ駈け寄った。

「おれに撃たせてくれ」と、おれは叫んだ。
アメリカ・インディアンが片手をあげ、おれに言った。
「ハウ。われわれ友だち。いっしょに戦う」
「そうとも」おれは砲座にかじりついた。
「弾丸をこめろ」と、アイヌがいった。
「発射」と、熊がいった。
おれは大砲をぶっぱなした。

アルファルファ作戦

世の中にはいろんな特技を持った人間がいるが、ヘンリー・ブラウン爺さんのような特技を持った者もちょっと少ないだろう。この爺さんは、卵の殻をこまかく砕いて食い、尻から卵を産むという芸を持っている。もっともその卵を割ったところで、中には大便がぎっしりつまっているだけなのだが。

ある晩おれがそのヘンリー・ブラウン爺さんといっしょに養老院の屋上で無駄話をしている時、西の空に炎と火の粉の立ちのぼるのが見えた。

「あれが火事だということは、火を見るよりもあきらかじゃ」と、ヘンリー・ブラウン爺さんがいった。

「あたり前だ。あれは火です」

おれはあわててTV室へ行き、西側の町のあちこちに設置してあるテレビカメラから常時送ってきている映像のスイッチを、順に入れて眺めた。

音楽堂、商工会議所、西中央公会堂、熱帯植物園などの建物が、その滑らかな美しい皮膚を焦がし、華やかな装身具を剝落させ、はげしい炎の底で身もだえていた。

「あの音楽堂は、この市で最も古い建物じゃ」ついてきたヘンリー・ブラウンが、おれのうしろからスクリーンを覗きこみ、怒りに身をふるわせていった。「何者があのようなことを」

おれは聞き咎《とが》めて、ヘンリー・ブラウンをふり返った。「自然発火じゃないというのですか」

「この町には自動消火設備が整っとる」と、彼はいった。「自然に出た火があんなに大きくなるということは考えられんわい」

「消火班を出さなきゃならない」と、おれはいった。「全員に集合してもらいましょう」

おれたちはすぐ、十三階の放送室へ行った。ここからは養老院の全個室に向けてテレビ放送ができるようになっている。スタジオでは『御存知ロメオとジュリエット・バルコニーの場』が演じられていた。ロメオを演じているのはもとテレビ・タレントで今年二百八十九歳の花村ススム爺さん、ジュリエットに扮しているのはもと歌手で、当年とって三百九十一歳のリンダ香川婆さんである。

ひろみだとかリンダだとか、あるいはじゅんとかユカリだとか、サオリとかカオリとか、三百年くらい前までは子供にやたらスマートな名前をつけたものだが、彼らが老人になった時にそれらの名前がいかに不似合いなものになるかということを、彼らの親は考えなかったのだろうか。おれにはどうも、そうとしか思えない。

「ロメオ！」

若造りのリンダ香川が立っているバルコニーに、やはり濃いメークアップで青年にふんした花村ススムが、ツタを足がかりにしてよじ登ろうとし、義足の蝶番《ちょうつがい》をはずしてフロアーへ転落した。

「ロメオ！」

副調整室にいる、もとディレクターの如虫潰《ルーチョンキ》爺さんが、あわててカメラのスイッチを切り替えた。

「大道具が悪いのじゃ。ツタに足がからまった」放送中であるにもかかわらず、花村ススムはフロアーへ大の字にひっくり返ったまま、手足をばたばたさせてわめき始めた。

「ロメオ！」

「わしの仕事にケチをつけるのか」美術係のサブ木村爺さんが、セットの裏から怒ってとび出してきた。

「そこまで」おれはスタジオの中央に進み出て、カメラに向かった。「臨時ニュースですので、ドラマを中断します」

「あらあ、二週間もかかって稽古したんですのよ」リンダ香川がバルコニーの上から、恨めしそうにいった。

「西九番街に火事が起こっています」と、おれはカメラに向かっていった。「自動消火でも駄目なようですから、対策を考えなければなりません。皆さん至急三階のホールに集まってください」

「なぜ自動消火装置が働かなかったのじゃ」

「放火にちがいありませんわ。誰のやったことでしょう。誰もいないはずなのに」

ホールに集まった老人たちが、口ぐちに質問してきた。

「お静まりください」と、おれは壇上に立っていった。「どちらにしろ、延焼を防ぐため消防隊を出さなければなりません」

「その指揮はわしがとる」すでにめ組の火消し装束で身をかためた八十五代目の菊五郎爺さんが立ちあがった。

「お祭りではありませんぞ」もと消防夫のアーサー・コンプトン爺さんがいった。「防火当番はちゃんと決っとる。指揮はわたしがとります」

おれは指揮を彼にまかせることにした。老人たちはみな権威主義的になっているから、若いおれなどよりは本職のアーサー・コンプトンのいうことをよく聞くにちがいない。

アーサーは張りきっていた。彼は仕事以外に趣味がなく、養老院では今まで身をもてあましていて、何の遊びもやらず、ただ懐古談グループに加わっているだけだったのだ。

「当番の人は作業服を着てください。ミルトン、君は消防車を出してくれ。マージョリイ、如雨露《じょうろ》なんか持ってきてどうするつもりじゃ。花に水をやるんじゃないですぞ。さあ早く乗ってくれ。みんな乗ったかね。ミルトン、出発じゃ」

十人あまりの老人とおれを乗せ、黒人でもとタクシー運転手のミルトン爺さんによって三百五十年ぶりにガレージからひっぱり出されてきたクラシックな消防車は、どかんどかんとのべつまくなしにバック・ファイアの音を立てながら、夜の舗装道路をがたがたと走り出した。両側は数十階もあるオフィス・ビルとマンションだ。

「そんなに鐘やサイレンを鳴らしたって、この町にはわれわれ以外誰もいないんですよ」と、おれはアーサーにいった。

「景気づけじゃ。この音を聞かんことには身がひきしまらんのじゃ」と、彼はいった。

「どっちの道を行くかね」運転席のミルトン爺さんが、震動のたびに義歯《いれば》を出したり入れたりしながら叫んだ。

「山手通りへ出よう。北には放水路があるから、あそこはほっといてもいい」と、アーサーが答えた。

「ちょっと車を停めてくださらんか」と、ヘンリー・ブラウンがいった。「鬘《かつら》をとばした」

「いかんいかん」アーサーはわめいた。「鬘などより火事が大事じゃ。ミルトン、停めてはならんぞ」

「クルマ、トメナサイ」如虫潰《ルーチョンキ》がいった。「ショウペンカ、テタイ。トシトルト、ショウペンカ、チカイ」

「いちど車を停めたらどうです」おれはアーサーにそういった。おれのからだでさえ、ばらばらになりそうだった。

「いかん」アーサーはかぶりを振った。「小便なら車の上からやれ」

消防車はやっと現場に到着した。

火は西八番街にまで拡がりはじめていた。炎を背景にした黒いシルエットのビルのすべての窓から、鮮紅色の細い舌がへらへらと躍り出ていた。

「停めなさい。そこに消火栓がある」アーサーが叫んだ。

ミルトンはあわててブレーキを踏んだが、旧式のタイヤはエア・カー用の滑らかな道路でスリップし、さらに二十メートルほど走ってから消火栓に衝突した。老人たちがばらばらと車からころげ落ちた。

「痛い。いたい。義手がひん曲った」

「義眼《いれめ》がない。どこかへ飛んだ」

「大変じゃ。尻が割れた」

路上へひっくり返ったままわめき続ける老人たちに、アーサーが怒鳴りつけた。「そんなことでどうするのじゃ。火はそこまできておる。立て皆の衆。立ちあがれ。立ってホースを持て。わしたちはこの町を、この星を護らなきゃならんのですぞ。若い奴らはみんな、この地球を捨てて行きおった。地球を護るのはわしらじゃ。わしらだけなんじゃぞ。立ちなされお立ちなされ」

老人たちは急にしゃんとして立ちあがり、消火作業にとりかかった。

おれはホースの先端を持ち、渦まく炎めがけて走った。おれは養老院の責任者なのだから、消火作業をすべて老人たちにまかせておくわけにはいかない。ひとりでも死者が出るとおれの給料が減る。

おれのうしろにはヘンリー・ブラウンが続いた。

「ホースの先を、わしに持たせてくれ」彼はあえぎながらそういった。「燃えとるのは西八番街ホテルじゃ。あそこにはおれの大切な思い出がある。どうしてもわしが消さにゃならん。あそこのロビーで、おれははじめてメアリー・ルウに会った」彼の頬の涙に、炎が赤く映えていた。

「ぼくがやります」と、おれは叫んだ。

おれとヘンリー・ブラウンの頭上に、火の粉がふりそそいだ。

「いや。わしがやる。やらせてくれ」彼はおれの手からホースの口金をひったくった。

その途端、勢いよく水がとび出し、ホースが断末魔にもだえるアナコンダの如く大きく身をくねらせた。ヘンリー・ブラウンはホースといっしょに空中にとびあがり、車道へ身体を叩きつけた。ホースの先端を下に向けたものだから、水の噴出する反動で彼はまた宙にとびあがり、ふたたび落下して地面と激突した。

「いわんこっちゃない」びしょ濡れになった彼から、おれはホースをもぎ取った。「年寄りのひや水です」

その時、急に火勢が強まった。強い風が出てきたのである。炎がおれたちの上に襲いかかってきて、おれの前髪をちりちりと焼いた。ヘンリー・ブラウンは鬘のなくなったむき出しの地頭を火にひと舐めされ、ぎゃっと叫んで逃げ出した。

「しまった。近寄り過ぎた」おれもあわてて後退した。

のんびり逃げていたのでは、たちまち火に追いつかれてしまうから、おれは全速力で駆けた。残念ながら途中でホースも投げ出した。それほど火の勢いは強かったのだ。

ヘンリー・ブラウンと並んで逃げながら、おれはいった。「おかしいな。気象台から人工頭脳が連絡してきた予報では、今日は風が吹かないということだったが」

「不思議じゃ」と、ヘンリー・ブラウンもいった。「たとえ放火にしろ、異常乾燥注意報も強風注意報も出ていないのに、こんな大火事になるとは」

耳の奥がこそばゆくなるような、かすかな音が次第に高くなってきた。最初は虫の羽音のように思ったが、やがて、こんな大きな羽音を立てる虫などいないはずだと思い直した。

「あの音は何じゃ」消防車のところまで逃げ戻ると、老人たちが集まって顫えながら、星のない漆黒の夜空に立ちのぼる炎と白い煙をなすすべもなく眺め、耳をすませていた。「飛行機じゃろうか」

金属的な音がひときわ高くなったかと思うと、風速四十メートルはあろうと思える風が起こり、あっというまに消防車はひっくり返った。おれも老人たちも、傍《かたわ》らのビルの庇下に吹き寄せられてしまった。

「見ろ。あ、あ、あれを見ろ」ミルトンが恐怖に声をうわずらせ、空を指した。

編隊を組んだ数匹の巨大な昆虫が今しも白煙の中へ去って行こうとしていた。黄色と黒のだんだら縞の胴体をし、尻から斜め下方に槍のような産卵管をぶら下げた膜翅目の昆虫だ。

「ハチじゃ。あれはあきらかにハチじゃ」と、ヘンリー・ブラウンが叫んだ。

もしあれが本当にハチなら、おれはハチという昆虫を見るのは初めてだった。しかし三百年前に刊行された生物図鑑で読んだ限りでは、地球にはあんな大きなハチなどいないはずだった。

「羽のさしわたしが五メートル以上もあるようなハチがいるものか」と、アーサー・コンプトンもいった。

「ではゴジラ的のハチじゃ」ミルトンはそういい直した。

ふたたびハチゴジラの編隊があらわれて、こちらへやってきた。巨大な半透明の羽の顫えで、また風が起こった。

「逃げろ」と、おれは叫んだ。「このビルへ逃げこんで、裏口から出てください。さあ、早く逃げてください」

おれは老人たちをビルの中に避難させてから、念のために用意してきたブラスターを腰から抜いて夜空を振り返り、ハチに向かって身構えた。編隊の中央にいた先頭のハチが、すでにおれから百メートルほどのところまで迫っていた。おれはふたたび風のためにビルの壁面にしたたか背骨を叩きつけられたが、それと同時にブラスターの引金を強くひいた。射撃はあまり得意ではないのだが、こんなでかい的《まと》が眼と鼻の先にあったら、どんなに下手糞だって命中する。真紅の熱線は確実に先頭のハチの眉間《みけん》を射抜いた。

「びい」

ハチはひときわ大きく羽を顫わせると、地ひびき立てて地上に墜落し、仰向けになったまま手足をひくひくと痙攣《けいれん》させた。その時おれは、どうやらそれまでハチの背中に乗っていたらしい黒い影が、ごろごろと舗道をころがるのをちらと見た。

だが、それ以上そこにいることはできなかった。残りのハチが急降下してきたのである。おれはあわてふためいて窓から建物の中へ逃げこんだ。

何とかして養老院まで戻らなければならない、火はすでに隣りのビルにまで燃え移っている、もとは銀行だったらしいこの建物の中ももはや熱気に満ちている。無事に養老院まで戻れるだろうか——と、おれは思った。

「無事に戻れたのが不思議なくらいです」と、おれはホールに集まった老人たちにいった。

「他の人たちは、みんな戻りましたか」

「アーサー・コンプトンだけが行方不明じゃ」と、ヘンリー・ブラウンがいった。「わしらは裏通りを縫ってここへ戻ってくるまで、ずっとひとかたまりになっておった。アーサーだけが迷ったらしい」

「あの人きっと、自分ひとりで火を消しに引き返したんだわ。負けず嫌いなあの人のことですもの。きっとそうよ」アーサーと仲の良かったマージョリイ・イブニングスター婆さんが、長いスカートの裾で眼を拭《ぬぐ》いながらいった。「可哀そうに。あの人きっと焼け死んだんだわ」わあわあ泣き出した。それからあわてて胸についたダイヤルをまわした。動悸目盛りのダイヤルだ。

マージョリイの心臓はモーターを内蔵したプラスチック製の人工心臓だ。百五十年ほど前に心臓弁膜症になり、代用品ととり替えたのである。精密な動態力学的機能と構造を持つ点ではむしろ本物以上のものだが、なにぶん神経が通っていないので自律的調節ができない。つまり興奮すると自然に動悸が早くなるというあれだ。そこで彼女は、興奮しつつある時には必ず自分で動悸を早くするのである。

「あのハチの化けものが空を飛びまわっているから、捜索隊を出すこともできない」おれはうなだれてそういった。

「わしは心配してないよ」ミルトンがマージョリイの肩を抱き、慰めるようにそういった。

「アーサー・コンプトンは筋金入りの男じゃ。そんなに簡単に死ぬような奴じゃあない」

「アーサーはともかく、火事の方はどうしたものじゃろうな」と、ヘンリー・ブラウンがいった。「ここまできたら大変じゃ」

「だいぶ下火になってきているようです」おれは窓から西の空を眺めていった。「あのままだと、もうすぐ消えるでしょう。しかしあのハチが、また風を起こして火を煽《あお》り立てるかもしれない」

「すると、火事を起こしてあんなに大きくしたのは、そのハチのしわざなのじゃな」サブ木村がゆっくりといった。

「それも、ただのハチではないぞ」ミルトンが眼を見ひらいて一同にいった。「ゴジラ的のハチじゃ」

「火事などより、そのハチがここへ攻めてきたらどうするのじゃ」花村ススムがそういって、不安そうに一同を見まわした。「いや。それどころかそのハチに、この町を占領されたらどうするのじゃ」

「おお。恐ろしや」リンダ香川がハンカチを握りしめ、天井を仰いで身をふるわせたが、その仕草はいつものようにオーバーには感じられなかった。

「そのハチを皆殺しにしろ」八十五代目菊五郎が立ちあがって叫び、片肌脱ぎになって倶利《くり》伽楽紋紋《からもんもん》をさらけ出した。

彼自身は刺青《いれずみ》が自慢らしいのだが、五十年前に皮膚病にかかった時、すでに刺青してある人工皮膚と貼り替えたのだということは皆が知ってしまっているから、誰も感心する者はいない。

「われわれ皆で戦う。ハチ悪い。われわれハチ殺す」モヒカン族最後の酋長直系の子孫というジャンピングベア爺さんが立ちあがり、頭に直接移植した鳥の羽を振り立てていった。

「あのハチを操縦している奴がいるのです」おれはそういって、ハチを撃ち落した時にちらと見た例の黒い影のことを話した。「暗いためによく見えなかったのですが、胴体がまん丸で小さく、手足のやたらに長い奴でした」

「ではそれは、クモではないか」

「クモとは思えませんでした。どちらかというとやはり人間に近い……」

「ではクモ人間じゃ」

「そんな生きものは地球にはいないはずじゃから、きっと異星人にちがいないぞ」

百人に近い老人たちが、いっせいに喋りはじめた。

「では、ハチよりも、そいつを殺さなくてはならんではないか」

「地球を乗っ取る気じゃ。必ずそうじゃ」

「這是很要緊的事、一天也放不下」

「戦わにゃならんぞ」

「しかし、武器などありゃせん」

武器らしいものといえば、おれのブラスターだけだ。老人たちが旧式の鉄砲を持っているかもしれないが、そんなもので戦えるわけがない。

おれは溜息をついた。たしかに老人たちのいう通り、あの手足の長い奴らはよその天体からの来訪者に違いない。しかしよりによって、何もこのおれが養老院の管理をやっている時期に襲ってこなくてもよいではないか。おれの任期はあと六ヵ月なのだ。ここで老人たちやおれが、あの異星人どもに皆殺しにされてしまったのでは、今までの二年六ヵ月のおれの苦労も水の泡である。

太陽系連邦の厚生省なんかに就職しなきゃよかった——おれはそう思った。養老院の管理をすると、本給の約二倍の手当てが貰える。しかし誰も厭がってやろうとしない。おれだってそうだった。老人にとり囲まれて三年間も独身生活をするなんて、考えただけでもぞっとした。ことにすべての人間が、史蹟名勝遺跡旧跡だらけで住む所のなくなった、カビ臭く狭苦しい地球を捨て、ひろびろとした新しい星へ移住してしまっているというのに、意地をはっていつまでも故郷の町にかじりついている老人なんてものは、老人の中でも最も厄介で、もっとも偏屈で、最も口やかましい連中なのである。籤引《くじび》きで担当を命じられた時には、実際のところおれは辞職しようかと思ったくらいなのである。上役に説得されてやってきたが、まったく今までは苦労の連続だった。その苦労もあと六ヵ月で終ろうとしているというのに、そこへまたこんな新しい災厄が襲いかかってくるとは——おれは泣き出したかった。

土星にある連邦本部への連絡は、月に一回やってくる定期便以外にないから、応援を求めることもできないのである。郵政ビルにあった通信機は火事で燃えてしまったはずだし、通話できたとしても警備艇がやってくるのは二週間以上後になるだろう。

「奴らを撃退するいい方法はありませんか」おれは老人たちに知恵を求めた。「こういう経験は、ぼくにはないのです」ふだん若い者の悪口を言っているのだから、ここらでひとつ老人の偉さを示したらどうですという調子を匂わせ、おれはそういってやった。

まさか、われわれはボケてしまっていて駄目だともいえず、老人たちはいっせいに黙りこんでしまった。

「ひとつ、思いついたことがあるのじゃが」それまでむっつりと考えこんでいたファンファン爺さんが、のろのろとそういった。

「何ですか。どんなアイデアでも結構ですから、何でもいってください」とびつくようにそうっかりいってしまってから、おれはあわてててつけ加えた。「ただし簡潔に」

　老人のする話というものは、だいたいにおいて長い。だらだらと話をひきのばし、同じことを何度もくり返し、しかもまわりくどく、聞く者をいらいらさせる。ことにこのファンファン爺さんの話ときた日には特にひどい。聞かされる側に非人間的な寛容と忍耐の精神が必要だ。何でも喋ってくれといってしまってからそのことを思い出し、おれは心の中で舌打ちした。——しまった、喋らせるんじゃなかった。どうせ大したことは喋らないにきまっているんだから——。

　だが、彼は喋りはじめた。「わしが生まれたのは、リールという町の五十キロほど西にあたる丘の麓の牧場じゃった」

　さあたいへんだ。どうやら自分の生い立ちから喋る気でいるらしい。おれはうろたえた。

「あのハチがいつ攻めてくるかわかりません。時間はあまりないのですから、そのおつもりで」

「わかっとります。わかっとります」彼はゆっくりと三度うなずいた。それから、さらにのんびりした口調で喋り続けた。「その牧場は、今から考えてみると、どうやら地球で最後まで続いた牧場じゃったらしい。丘には四季いろんな花が咲き、実に美しかった。わしは子供のころ、よくその丘に登って遊んだものじゃったわい」彼は夢見るような眼つきになり、歯の残り少なくなった空洞のような口をなかば開き、視線を宙にさまよわせた。

「あらあら。その丘なら、わたしも知ってますわ、ファンファン」昔保育園の保母をしていたというミレーヌ婆さんが、三百四十歳とも思えない可愛い声で相槌をうった。彼女は喉頭癌を患った時に手術して人工声帯をつけたのだが、それは当時売り出されたばかりのビクター製コロラチュラ・ソプラノ声帯だったのである。「あの丘のあたりは子供のころ、わたしもよくお散歩にまいりました。丘の上にはきれいなお花がいっぱい咲いていました。わたしはいつもあのスミレさんや、タンポポさんとお話ししましたのよ」

彼女は指さきを一本頬に押しあてて小首をかしげ、骸骨みたいに周囲にアイシャドウをぬたくった眼をぎょろりと見ひらき、その眼球をさらにぐりぐりと不気味に回転させた。そんな彼女の様子にうっとりとなっている爺さんも四、五人いた。

「わたしのお家はあの丘の、町に近い方の麓にありましたのよ。わたしのお家はパン屋さん」

「あなたはちょっと黙っててください」と、おれはミレーヌにいった。「ファンファン。結論を早くいってください」

「あの丘は理想的な放牧場じゃった」彼はまるで、おれをいやが上にもいらいらさせようとたくらんでいるかのように、さらにのろのろと喋った。「なぜならあの丘には、アルファルファが咲いておったからじゃ。アルファルファというのは二年生のマメ科の植物で、またの名をムラサキウマゴヤシという。葉は三つ葉でクローバに似ておる。茎の下の方は地べたを這《は》っていて、上の方はまっすぐに立ちよる」

「それがどうしたというんですか」おれは地だんだを踏みたい気分だった。泣きそうになって、おれはいった。「話を端折《はしよ》ってください」

「春の終りになると花が咲くのじゃが、それは実に美しい。わしは子供のころ、よくその花の中で寝そべったりしたものじゃ。アルファルファのほかにも、いろんな花が咲いておった。いい匂いじゃった。わしはよくそこで昼寝をした。そのたびにすばらしい夢を見た」

「もうすぐハチが攻めてくるんです」おれはとうとう泣き出した。「夢のことなんかどうでもいい。早く話の結着をつけてください」

「さてそのアルファルファじゃが、おかしなことがあった。ほかの花にはミツバチがとんで行きおる。だがアルファルファの花にだけは、ミツバチは寄りつこうとはしよらんのじゃ。わしゃ子供心に不思議に思うて、それからしばらくの間、じっとアルファルファを観察した。その結果じゃ、わしにはやっと、ことの次第をおおよそ呑みこむことができたのじゃ」ここでファンファンは咽喉に痰をからませ、咽喉仏をながいい間ごろごろいわせた末に、やっと飲みこんだ。「つまり、こうなのじゃ。アルファルファという花は、雌蕊《めしべ》に花粉をくっつけるための特別のカラクリを持っとる。どういう具合のカラクリかというと、雄蕊《おしべ》の先端の花粉をば雌蕊に向けてぷしゅっ！　と吹きかけるという風変りなカラクリなのじゃ。じゃによって、この花にしてみりゃ、花粉を媒介しようとしてやってくるミツバチなど、ただ、うるさいだけのものでな。またミツバチにしてもじゃ、せっかく花粉を媒介してやろうとして花にもぐりこんだところが、授粉機構――つまりそのカラクリの止め金をば、とっぱずすことになって、ぷしゅ！　と弾《はじ》きとばされてしまうんじゃあ、たまったもんじゃない。だいいち怪我でもした日にゃ馬鹿ばかしい。畜生とて女房子のある身じゃによって、しぜんミツバチらはこのアルファルファを敬遠する——というわけらしいのじゃ」

ファンファンは意味ありげにうなずき、ちょっと沈黙した。おれの質問を待っているような様子だったので、おれはあわてて質問した。

「面白いお話ですが、そのお話がこの場合、どのような役に立つのですか。そのアルファルファをたくさん育てて、あのハチを追っぱらえとおっしゃるんですか」

「ま、お待ちなされ」ファンファンは片手をあげた。「わしもあの巨大なハチを火事場で見たが、あのハチはミツバチではなかった。だからアルファルファで追っぱらうことは無理じゃろう」

おれはしびれをきらせて、とうとう絶叫に近い声を出した。「では、どうするというんですか」

「まあ、落ちつきなされ、お若いの」と、彼はいった。「喋り過ぎて咽喉がからからじゃ。ミレーヌさんや。わたしの可愛子ちゃん。すまんが、水を一杯くんできてくださらんかの」

おれは頭をかかえこんだ。

ミレーヌが水をくんできて、ファンファンに飲ませた。

「いや。有難うありがとう。うまい水じゃ。甘露甘露《かんろ》。ところで、どこまで話をしたかな」

おれはぐったりして、答える気もしなかった。

「途中で話が途切れると、あとが続け難い。もういちど最初からやりましょうかな」

おれは失禁しそうになった。

ヘンリー・ブラウンがおれの横からいった。「あのハチはミツバチではない。じゃによってアルファルファでは追っぱらうことができんというところまでじゃよ、ファンファン」

「おお、そうじゃった。そうじゃった。あのハチはミツバチではなかった。わしの見たところではあのハチは……」

「ゴジラ的のハチじゃ」と、ミルトンが口をはさんだ。

「うん。あのゴジラ的のハチは、マルハナバチというハチじゃった。というより、マルハナバチというハチを何らかの手だてによって、あのように巨大なものにしたに違いないぞ」

「ほほう」ヘンリー・ブラウンは首をのばし、ファンファンにたずねた。「するとあんたは、あのハチはもともと地球のハチであって、宇宙からやってきたクモ人間が何らかの方法であのハチをば成長巨大化せしめ、それをばさらに自分たちの乗りものに使っておるというわけかの」

「そうじゃ。たとえばわしらが果物、野菜、穀物の類を過育ドームで巨大に成長させて食卓に供しとるのと同様、奴らも、地球のどこかで奇跡的に生存しておったあのマルハナバチをば見つけ出してきて、あれほどまでに育てたのじゃ。ひょっとすると地球にあるどこかの過育ドームを利用して育てたのかもしれんな。とにかくあれは、いかに巨大化しておろうと、確実に地球産のマルハナバチじゃ。ところでそのマルハナバチじゃが」彼はひと息つき、また喋り出した。「話をもういちど牧場の方へ戻すが、その丘にはミツバチだけではなく、このマルハナバチもやってきおった。このマルハナバチという奴は、ミツバチほど頭が良くないのか、あるいはショックに強いのか、そこいらへんのところはわしゃハチでないので何ともよう言わんが、とにかくアルファルファの花に平気で近づいて行きおった。いくらぷしゅっ！　とやられてひっくり返ろうが、はねとばされようが、手足を折ろうが羽を破ろうが、性懲《こ》りもなくまたもや花の中へもぐりこんで行きおるのじゃ。花へ入ろうと思うたが最後、いかなる困難にも屈せず、初一念を貫きおるのじゃ。いやもう、畜生ながらあっぱれなもの」彼は次第に張り扇調になってきた。「最近の若い奴らはこのハチを見習うたがええ。やろうと思うたことは何が何でもやりおるのじゃ。それが男の意気地じゃないか」彼は歌いはじめた。「どうせ誰かがやらねばならぬ」

他の老人たちも調子にのって歌い出した。

「誰もやらなきゃおれがやる」

おれは立ちあがっていった。「わかりました。そのハチが感心なハチで、若い奴らの見習うべきハチで、根性のあるハチだということは、よくわかりました。しかし今は、そのハチが攻めてくるかもしれないのです。若い奴らへの反感は、ここしばらく忘れてください」

老人たちは歌うのをやめた。

おれは続けて、早口で喋った。「では結局のところ、やっぱりこちらもアルファルファを過育ドームで成長巨大化し、そのマルハナバチの攻撃力をくじけばいいというわけですね。マルハナバチは馬鹿だから、アルファルファの花を見て喜んでやってくる。ぷしゅっ！　と花粉がとび出し、ハチに乗っているクモ人間はたちまち墜落――と、こういうわけですね。わかりました。よくわかりました。それほどうまくいくかどうかはわかりませんが、とにかく今は他に反撃の方法がないのですから、やってみる値打は充分にあります。アルファルファを出来得る限りの大きさに成長させるよう、過育ドームの能力をフルに発揮させて、適当に調節してやればいいわけです。さあ。愚図愚図してはいられません。すぐにやりましょう。やりましょう」おれはひとりで騒ぎ立てた。「さあ、すぐにかかりましょう。ファンファン。その丘のある場所を教えてください。すぐにアルファルファを採集に行きましょう。すぐ行きましょう。今行きましょう」

「若い人は気が早くていけない」ファンファンはにやにや笑いながらおれを眺めていった。「おまけにあんたは、どうやらわしの話を上の空で聞いておったらしいのう。わしはちゃんと、最初にことわっておいたはずじゃ。その牧場は、地球で最後まで続いた牧場じゃったとな。つまり、今はその丘には日用雑貨保存ドームが出来てしまっておる。じゃによって、そこへ行ったところでアルファルファなど生えてはおらん」

おれはしばらく、ぽかんと口を開いてファンファンを見つめた。それからまた、ぐったりと椅子に腰をおろした。

「これは若いもののいじめだ」おれは泣き出した。「それならなぜ、今はもうどこにも生えていないアルファルファのことなど、ながながと話したんですか。何にもならない。無意味だ」

「また早合点をする。決して無意味ではないのじゃ」と、ファンファンはいった。「なぜならわしは、三百年前にその牧場から採集してきたアルファルファを、今もまだ自分の部屋の植木鉢の中で育てとるからじゃよ」

おれはとびあがった。「その植木鉢を持ってきてください。さあ早く。さあ早く」

「その植木鉢は、昨日うっかりして四階の窓からポーチへ落し、壊してしもうた」

「あなたはぼくをからかっている」おれは泣きわめいた。「アルファルファの花は、あるのですか。はっきりいってください。お願いです」

「あんた、ポーチを見てきてくれんか」と、ファンファンはいった。「おそらく、まだ枯れてはおらんじゃろう」

「バンザイ。枯れていませんでした」おれは数十本のアルファルファを両手にかかえて、ホールに駈け戻った。

「ではそれを過育ドームへ入れて、できるだけ巨大化しよう」ヘンリー・ブラウンがそういって、おれの手からアルファルファをとった。「数時間で、相当大きくなるはずじゃ」

夜が明けはじめた。窓から見ると、すでに西八番街の火は消えていた。

「ぼくは少し寝ます」と、おれはヘンリー・ブラウンにいった。働きづめ、喋りづめでふらふらだった。「クモ人間が攻めてきたら起こしてください」

自分の部屋に戻り、ベッドにもぐりこんで少しうとうとした時、おれはヘンリー・ブラウンに叩き起こされた。

「起きてくれんか」

おれはとび起きた。「クモ人間がやってきましたか」

「そうではない。ちょっとあんたと相談したいことがある」

「もう少し寝かせてくれませんか。今、うとうとしはじめたばかりです」

「何をいっとる。あんたはもう十時間も寝たんじゃぞ」

おれはあわてて服を着た。

「クモ人間は西八番街と九番街を焼いて、あそこにあった建物をぜんぶ消してしまいおった」ヘンリー・ブラウンは屋上から西を指し、おれにいった。「焼け跡らしいものも見えぬ。きれいに片づけてしまいおったらしい」

「攻撃してくるような気配はありませんか」

「ぜんぜんない。しかし、地球上の他の町を焼いとるかもしれんな。遺跡や旧跡のある町をじゃ」彼はおれを振り返っていった。「どうじゃ。ミニ・ジェットで地球をぐるりと見回ってこないかね。わしも心配じゃから一緒に行く」

「留守中にあのクモ人間が攻めてきたらどうします」

「二時間ぐらいは大丈夫だろう。留守はドン・カスターにまかせておこうじゃないか。ドン・カスターは退役の陸軍歩兵少佐じゃ。さっきから老人たちに軍事教練をやってくれておる」

「では、行きましょう」

「クモか人間かわからぬような怪物に、かけがえのない地球の文化遺産や歴史的記念物を燃やされてたまるもんか」ヘンリー・ブラウンはミニ・ジェットの助手席の窓から万里の長城を見おろしてそういった。「わしらはああいったものを守らなきゃならんのじゃ」

「しかし、ああいったものに愛着を持っているのは今では、結局のところ地球から一歩も出ようとしないあなたがた百人足らずのご老人だけなんですよ」チベットのラマ廟の上空で操縦桿を前方へ押し倒しながら、おれはそういった。「他の人たちはみんな新しく開拓された星へ移住した。そっちの方がずっと住みやすいからです。なぜあなたたちだけが皆といっしょに住まないで、こんなところにしがみついているのか不思議でなりません」

「わしらこそ、あんたたちの考え方が理解できんわい。なぜわしらが他の人間たちといっしょによその星へ行かなければならんのかね。わしらが地球にとどまっておるからといって、誰に迷惑もかけとりゃせんじゃないか。それをどうして自分たちと同じように行動しない者をば自分たちと同じように行動させようとしてくどくど説得するんじゃ。わしらはただ、ここにいる方がいいからここにいるだけで、何もわざと頑固ぶっとるんじゃない。わしらは流行の波に乗ろうとせんだけなのじゃ。わしらはただ他の老人たち――つまり若い者のご機嫌をとるためにわざと流行に歩調をあわせる老人たちや、自分がまだ若いと思いこみたいがために若い者から仲間はずれにされるのを恐れる老人たちのようにはなりたくないし、また性格的にそうなれないというだけなのじゃ」ヘンリー・ブラウンはスフィンクスの前足の爪さきに小便をひっかけながら喋り続けた。「わしらが生まれたのはちょうど、封建制の残滓がやっとのことでどこにも見られなくなり、文明の工業化と都市化が全盛に達する少しばかり前——つまり人口の過渡的成長の後期に属する時代じゃった。わしらの年代の人間の行動原理、生活原理というものは、生産の拡大じゃった。わしたちはそれぞれの心の中に、たとえば知識、金銭、技術、名声、権力、善、所有物などという、はっきりした目標を持っておった。いいかえればわしらは、自分たちの仕事というものにとり憑かれておった。つまりわしたちの年代の人間の心理的メカニズムの中には、一種のジャイロスコープが内蔵されておったわけじゃな。確固とした方向に己れ自身を駆り立てる心理的羅針盤じゃ。ところが今の若い連中の心の中には何があるか。何もありはせんが。あるのはただ頭の上に高だかと突き出ておるアンテナだけじゃ。アンテナ——つまり心理的レーダーによって、今の若い連中は周囲の人間の様子を伺い、流行に乗り遅れまいとしておる。仕事なんぞはほったらかしじゃ」

「ほったらかしではありません」今はすでに四十八度五分傾いたピサの斜塔にもたれ、おれはヘンリー・ブラウンに反論した。「レジャーでの社交性を仕事の中に含め、魅惑的な職場を作ろうとしているだけです。遊びがあれだけ楽しくやれるのだから、仕事だって楽しくやれるはずなのです。だから仕事を楽しくやろうとしているだけなのです。それに対して『仕事を遊び半分にやっている』とおっしゃるのなら、何をかいわんやですがね。対話の断絶です。いいですか。ぼくたち若い連中は、昔の人たちよりもさらに多くのこと、違ったことを人生の中に求めようとしているんです。なぜかというと、社会が安定して豊かになった、だからぼくたちは、餓えをしのぐなんてことではなく、むしろ『よき生活』を求めているんです。飢餓とか欲望とかいった昔からの生存のための動機は、今はもうなくなってしまっているんです。仕事をする必要は、ほとんどなくなっているんです。都市化、工業化が終り、人口の初期的減退が始まり、第三次産業が基調をなしている文化の中では、生産ということが大して必要でなくなっているのですから、仕事よりも、レジャーをいかに過し、いかに人生の中から『よき生活』を見つけ出すかに重点が置かれるのです」

「では、そうとしておこう。非常に結構じゃ。それでもよい」エッフェル塔の鉄脚に旧式なマッチをこすりつけ、タバコに火をつけながらヘンリー・ブラウンはいった。「ただわしのいいたいのは、その考えをわしらにまで押しつけんでほしいということじゃ。『対話の断絶』なんてことは大昔からいっていたことで、今頃になってことさらあんたたちが騒ぎ立てることはない。対話が断絶したからというて、誰も困りゃせんじゃろうが。なぜあんたたちはそんなに、他人が自分たちと同じような考えを持たないことを気にするのかね。だいたいあんたたちは、自分が集団から仲間はずれにされることを気にしすぎていやせんか。あんたたちのあいだじゃ『あいつは自分のことを、ちょっとしたもんだと思ってるんだぜ』とか『あいつはちょっと変ってるね』とかいわれることをひどく恐れるが、あのいいまわしはあんたたちの集団意識を実にみごとに象徴しとるよ。仲間よりも抜きん出ていたり、ちょっと外れているような人間を鋳型《いがた》にはめこむ社会——それが今の社会じゃ。ひと目に立つということが、現代における最大の悪徳なのじゃ。わしらの時代の立身出世主義などあんたたちにとってはそれこそ、とんでもないことなんじゃろうな。そしてその仲間集団をつなぐ共通の意識は、くだらん『流行』なのじゃ。つまり、ちょっとした消費者嗜好なのじゃ」

「その消費者嗜好というのが、なかなか『ちょっとした』問題じゃないんですよ」おれはロンドン塔の上から周囲を見まわしながら、横に立っているヘンリー・ブラウンにいった。「消費者としての才能を身につけようとするには、大変な努力がいるのです。ちょうどあなたたちが昔、仕事の技能を身につけようとして訓練にはげんだのと同じです。消費の才能というのは、昔の金持がやったように、これ見よがしに立派な屋敷とか、美術品とか、馬とか女とかをやたらに所持することでは決してないのです。今もしそんなことをすると、それには他人の羨望《せんぼう》の的になるという危険が待ち受けているわけですよ。われわれの消費というのはもっと洗練された、一定限度内の、しかも個人主義的ではない、趣味による消費なのです。よき消費文明はよき趣味を持った消費者でなければ維持できません。しかし、それを別段はずかしがることはありません。また消費社会のリーダーは、男よりは女であり、大人よりは子供です。でもそれだって、ちっともはずかしいことではないのです」

「だがわしたちにとってはそれが、身も世もあらずはずかしい。とりわけ、わしらの年代の老人連中の中にさえ、そういった文明を認める奴がいるということがはずかしい。昔わしの友人だった男は小学校の教師じゃったが、そいつはクラスの中でいちばん人気のある子供のあいさつの仕方を真似しとったよ。そうしないと子供たちから話しかけて貰えなかったからじゃ」ヘンリー・ブラウンは助手席の窓から自由の女神を見おろしながらそういった。「今の人間社会には、明確な目標というものがない。わしたちの時代にはあった。われわれの社会での競争というのは、しばしば冷酷なものじゃった。しかしわしたちはそういった社会の中で自分たちの立場というものを、はっきりとわきまえておった。そして自分たちが競争しておるという意識を、はっきりと持っておった。ところが今の社会では目標は重要ではなくなっている。重要なのは他人たちとの関係だけなのじゃ。だからあんたたちは、自分が他人よりも成功することに一種の罪悪感を抱くのじゃ。わしらの子供の頃は『立身出世物語』や『英雄伝』をむさぼるように読んだ。だが、あんたたちにいわせると、そういったものは教科書と同じような、いわばタテマエ文化の一種だというわけじゃろうな。とにかく今の若者には、大きな野心もなければ根性もない。夢もなければ希望もない。あるのはただ、隣り近所と仲良くしながら、住み心地のよい小市民的な家庭を持ちたいというみみっちい願いだけじゃ。あんたがどういおうと、これは確かなことじゃろうがな。どうじゃな」

「それはそうかも知れませんがね」おれは太平洋の上空で操縦桿を前方へ押し倒しながらいった。「しかしあなたがたご老人――つまりジャイロスコープ型の人たちは、われわれレーダー型の人間の消極的な面ばかり見ていますね。われわれにだって、あなたがたには不足しているような面で、しかも積極的な面があるのです。どういうことかというと、つまり思いやり、感受性、寛容の精神、解放性、心理的な抑圧がないこと、他人に対する理解、変化につねに対応できること――まだまだありますよ。とにかく、われわれの柔軟性は決して悪徳ではないと思いますね」

「結局クモ人間たちはどこも破壊して居らなんだようじゃな」屋上のエア・ポートに降り立

ち、ヘンリー・ブラウンはほっとした様子でそういった。議論は中断した。

屋上ではドン・カスター退役少佐が、老人たちに過激な軍事教練を施していた。ドン・カスター自身はエア・カーに似た小型の車に乗ったまま、大声で号令をかけているだけだ。彼は百六十年前からその車に乗ったまま、寝る時でさえ降りたことがない。なぜかというとその車は、ドン・カスター自身の肉体に直結されている人工肝臓だからである。

医学が発達していろいろな人工臓器ができたものの、いちばん遅れたのはやはり人工肝臓だった。肝臓の機能があまりにも複雑多岐にわたっていたからだ。それまではたとえば、胆汁分泌作用が減退した時には人工胆汁の補給で解決するとか、せいぜいそういったことしか行なわれていなかった。肝臓そのものの代用品を作ることはまず不可能に近いと思われていた。だが二百年前、ついに医学は不可能を可能にし、ネオ・グリコーゲン・ラバーと合成レバー原料などを主体として、これに人工フィブリノーゲン・プロトロビン細胞索などを配置した人工肝臓を作りあげたのである。もっとも最初のそれは重量約三十トン――小型の船舶か小さな建物ぐらいの大きさの代物で、人工肝臓の手術を受けた人間があちこち出歩くことなどとても出来なかった。だがその後何度も改良され、ついに現在ドン・カスターが乗っている車ほどの大きさのものにまでコンパクトされたのである。

ドン・カスターの教練はきびしかった。しかし爺さん連中はみんな、どこから持ってきたのか鉄錆びの色もあざやかな旧式の鉄砲をかかえ、汗だくになって走りまわり、腹の皮をすり剝《む》きながら匍匐《ほふく》前進し、義手義足をあたりにバラまきながら障害物をとび越えたり、ひっくり返ったはずみに銃剣の先で自分の胸を突き刺して補聴器を壊したりしていた。その熱心なことは驚くばかりだった。みんな死にものぐるいなのである。

ホールへ降りると、ここでは婆さん連中が、行方不明になったままのアーサー・コンプトンの為に葬式をやっていた。老人にしては気の早い話だが、例のアーサーの恋人と自称するマージョリイが、もし死んでいるのなら早く葬ってやらないと浮かばれないからといって、早急にやることを提案したのだそうである。ただ、アーサーの信じていた宗教の種類がわからない上、婆さんの癖に信心深いのがひとりもいないので、リンダ香川があちこちのうろ憶えをごちゃまぜにして、お祈りとものりとともお経とも呪文《じゅもん》ともつかぬものをわめき散らしていた。

「アラーの神の僂麻質斯、悪しきを払うて南無阿弥陀、天なる神よトラヤアヤア、盛者必滅会者常離、沈魚落雁非常識、オンアボキャーベーロシャ南無八幡、羅漢さんが揃うたら廻そうじゃないかヨイヤサノヨイヤサ」

これでは死者も浮かばれないと思ってあきれていると、ひょっこりアーサー・コンプトンが帰ってきた。

「今まで異星人に捕まっていた」わっと周囲をとり巻いた老人たちに、アーサーはそう報告した。服は焼け焦げだらけでぼろぼろの上、よほど疲れているのか眼にはクリーム色の目やにがいっぱいこびりついていて、片方の瞼などはほとんど塞がってしまっている。

「アーサー。おお。アーサー」

マージョリイが彼に抱きつき、彼の頬に自分の顔をこすりつけてすすり泣いた。たちまちふたりの顔は目やにで一面クリーム色になった。

「なんとか火を消してやろうとして火事場へ引き返したとたん、異星人たちに捕まった」

「おお。おお。アーサー。きっとひどい目に会わされたんでしょうね。可哀そうに」マージョリイはくしゃくしゃのハンカチをとり出し、それにぺっと自分の唾を吐きかけて、アーサーの顔の汚れを拭ってやりはじめた。

「いや、あの手足の長い奴らは、わしに何の危害も加えなかった。あいつらは銀河系の中心部――射手座の方向にある恒星系からきたのじゃそうな。奴らはわしらの持っておるものよりは、ほんのちょいとばかり上等の自動通訳器を持っておってな。それで話をしたのじゃ。奴らの身体はわしらとほぼ同じくらいの大きさじゃが、全体が黒に近い灰色で、胴体のまん中へんがくびれ、頭と胸の部分が上、腹が下になっとる。眼は単眼じゃが八個ある。雌《めす》は卵を産む」

「ますますもってクモじゃ」と、ファンファンがいった。

「奴らは自分たちの星の人口が増加したので、住みやすい所を探して地球にやってきおったのじゃ」アーサーは報告を続けた。「地球上の建物を焼きはらい、そのあとを整地して自分たち用のドームを建てるつもりじゃというておった。現に西九番街、八番街の焼け跡はたった半時間で地面が平らにならされ、今ではすでに奴らの小さなドームが三十個あまり出来ておる」

「あのハチはやっぱり、地球のマルハナバチじゃろう」ファンファンが自分の出した結論の証明を求めた。

「そうじゃ」アーサーはうなずいた。「奴らは地球にきてすぐ、この星にふさわしい自分たちの乗りものを求め、北米大陸のどこかで見つけてきた生き残りのあのハチをば、西九番街のマンションの附属施設じゃった過育ドームへ入れてあんなに大きくしおったのじゃ。奴ら、その過育ドームだけは燃やさずに残しておる。その中には奴らによって飼い馴らされたハチが二十四ばかりおる」

「あんたは、奴らの隙をうかがって逃げ出してきたのかね」と、ヘンリー・ブラウンが訊ねた。

「そうではない。奴らはわしの話を聞いた上で、ここへ帰してくれおったのじゃ」

「話ですって」おれは訊ねた。「いったいあなたは、奴らとどんな話をしたのです」

「わしらのことじゃ。若い者たちが、地球を捨てて他の星へ移住したが、わしらだけはここへ残ったということを話したのじゃ。わしらがいかにこの地球を愛しとるか、この地球の文化遺産、歴史的建造物を愛しとるかを話したのじゃ。すると奴らはどうした加減か、おいおい泣き出しおった」

老人たちはびっくりしたらしい。「何じゃと。あのクモが泣いたというのか」

「そうじゃ。奴らは身につまされおったらしい。つまり奴らも、故郷で持てあまされておる老人たちだったのじゃ。若い者たちに邪魔扱いされ、腹を立てて自分たちからおん出てきたというておった。奴らはわしの話を聞き、地球を焼くことを断念しおった。また奴らは、この星にもしも原住民がいた場合、自分たちの身の安全のために皆殺しにするつもりじゃったらしいが、わしらが老人ばかりと聞いて、それもやめにすることにしたらしい。いつまでも、この養老院にいてもいいといいおった。わしは、ここは養老院じゃない。普通のホテルじゃというてやったが、奴らも若い者同様、最後までここが養老院じゃと思うておった」彼は横眼でじろりと、おれの方を見た。「わしの考えでは、どうやら奴らはわれわれが若い者に置いてけぼりにされたと勘違いしおったのではないかと思う。わしはけんめいになって、ここが姥捨山ではないことを説明したのじゃが」

ドン・カスター少佐が、憤然として叫んだ。「ではわしらは、奴らに哀れまれたというわけか」

「そうなのじゃ。わしゃ実に腹が立った」アーサーは口惜しげに唇を歪め、残り少ない歯をきりきりと嚙んだ。「それでわしは、奴らにこう言うてやった。お前らみたいなクモどものお情けで、わしらが有難がると思うたら大間違いじゃとな。わしらは老人じゃが、自尊心だけは失うとりゃせん。この地球はわしらのものじゃ。お前たちに侮辱されて住まわせて貰うよりゃ、お前たちと戦って死んだ方がましじゃとな」

「よういうた。アーサー・コンプトン。その通りじゃ」ヘンリー・ブラウンは眼に涙をいっぱい溜めながら、アーサーに近づいて彼の手をしっかりと握った。「よういうてくれたぞ。アーサー。お前はやっぱり男の中の男じゃった」

他の老人たちも、おいおい泣き出した。「畜生。わしらはクモに哀れまれた。馬鹿にされたのじゃ。なさけない」

「奴らを殺せ」と、ドン・カスターが絶叫した。「あのクモどもを一匹残らずぶち殺せ。わしらはこの地球を守るのじゃ。奴らに飼い馴らされるよりは、戦って死のうではないか」

「そうじゃ」

「その通りじゃ」

老人たちがいっせいに、そう叫びはじめた。

「まあ、ちょっと待ってください」おれはびっくりして老人たちを制した。「彼らは攻めてこないといってるんじゃありませんか。なぜこちらから戦いを挑《いど》むのです。戦いなんて野蛮です。やめましょう。戦っても勝ちめはありません」

「勝ちめのあるなしが問題ではない。これはわしらの自尊心の問題じゃ。奴らは最初、わしたちを皆殺しにする気だったのじゃぞ」ドン・カスターはそういって、おれを怒鳴りつけた。

「彼らの最初の意図はともかく、今ではわれわれに手出しはしないといってるんじゃありませんか。平和共存でいこうといってるわけです。戦争はいけません」

「平和共存じゃと」ドン・カスターは苦笑した。「平和共存なんてあり得ない。昔から平和共存が永続きした例はない。第一わしはクモが嫌いじゃ。だから先方もこちらが嫌いにきまっとる」

「早合点はいけません」おれはけんめいになって説得しようとした。「平和な話しあいで、何でも解決できるのです。先方さんだって老人なんですよ。追い出しては気の毒です。また他の星を探して、放浪しなけりゃならないのですからね」

「それなら、頭を下げてこっちへ挨拶にくるべきだったのじゃ」ヘンリー・ブラウンがいった。「奴らはすでに西九番街と八番街を焼いておる。わしの想い出の場所、西八番街ホテルも焼かれた。奴らは死刑にするべきじゃ」

「そうじゃそうじゃ」

「殺してはいけません。クモだって生きものさ」おれは老人たちの戦闘意欲を失わせるため、わざとふざけて見せた。「老人だって生きものさ」

「あんたはそれでも男か」アーサーは氷のような眼でおれを眺め、そういった。他の老人たちもみんな、軽蔑の眼差しでおれを見た。

おれは首をすくめ、説得をあきらめた。

「大砲を出せ」ドン・カスターが戦闘準備の指揮をしはじめた。「博物館の戦車、装甲車を持ってこい。ファンファン、あんたは皆を指図して、トラックの荷台にアルファルファを積んでくれ。他の者は武器をとれ。女たちは電気槍をとれ。みんな、わしに続け。それ進めや進め」

こうなってしまっては、もうどうしようもない。おれも小型手榴弾の箱をかかえ、戦列の最後尾についた。

戦列は西八番街へ通じる大通りを行軍しはじめた。先頭は肝臓車に乗ったドン・カスター少佐で、次に花びらの直径が五メートルもある巨大なアルファルファを一本ずつ荷台の上に植えた大型トラックが八台続き、戦車と装甲車のあとを歩兵部隊が進み、いちばんうしろに婆さんたちがついた。

「敵ドーム見ゆ」装甲車の上からファンファンが叫んだ。

「全隊とまれ」と、ドン・カスター少佐がいった。「戦闘配置につけ。女は全員に小型手榴弾を配れ」

焼け跡はきれいに整地され、直径十メートルほどの半球型のドームが灰茶色に光って並んでいた。その上空をとびまわっていた偵察係らしい一匹のハチが、われわれを見つけてこちらにやってきた。

「やってきたぞ。油断するな」と、ドン・カスター少佐が叫んだ。

ハチはアルファルファの花を見て、喜んで近づいてきた。火事の時と違って昼間だから、ハチの上に乗っているクモ人間の姿が、肉眼でもはっきり見えた。クモ人間はあわてた様子で、ハチを方向転換させようと努めている。しかしどうやらハチの本能まで左右することができなかったらしい。ハチは花びらの中に頭をつっこんだ。

ぷしゅーっ！

花粉が吹き出し、空いちめんがまっ黄色になった。

「びびびび」

ハチは空中で三転した。クモ人間はハチの背中から地上へまっさかさまに墜落した。

「そら。やっつけろ」

歩兵たちがクモ人間に襲いかかった。花粉で全身まっ黄色になったクモ人間は、地べたに激突してもさほどショックは受けなかった様子で、すぐ立ちあがり、ドームの方へ逃げ始めた。

「逃がすな」ヘンリー・ブラウンが先頭に立って追いかけはじめた。

クモ人間は苦笑のような表情を浮かべながら、細ながい四肢を使い、跳ぶように逃げて行く。逃げ足は早く、老人たちの足ではとても追いつけそうにない。

ドームの附近にいた七、八人のクモ人間たちが、びっくりしてこっちへ走ってきた。

「きたぞ」

「あいつらも殺せ」

「戦闘開始」と、ドン・カスター少佐がサーベルを引っこ抜いてわめいた。「突撃。突っ込めえ」

サブ木村爺さんが突撃ラッパを吹きならした。この爺さんは若い頃、交通事故にあって顎をなくしているから、今は鉄製の義顎をつけている。ラッパはその顎にしっかりとビスで止めてある。だから死んでもラッパを口からはなせない。

ヘンリー・ブラウンの撃った鹿弾《しかだま》がクモ人間の腹に命中して穴をあけた。それでもクモ人間はあまり痛そうな顔もせず、少しよろよろしながら逃げていく。やってきた七、八人のクモ人間が彼を両側から支えて、ドームの方へ引き返しはじめた。

戦車と装甲車がドームに向かって砲撃をはじめた。狙《ねら》いは正確なのだが、ドームはびくともしない。ドームの中からは、轟音におどろいて大勢のクモ人間がばらばらと駈け出てきた。

「手榴弾を投げろ」と、ドン・カスター少佐が叫んだ。

如虫潰《ルーチヨンキ》は小型手榴弾の信管を歯で引っこ抜き、二十数えてから大きく腕を振りあげた。その途端、義手が肩からはずれ、手榴弾を握りしめたままの義手が味方のいる方向へ飛び、ドン・カスター少佐の乗った車のライトに命中した。

少佐は下腹部を押さえて呻いた。「ウーム肝臓をやられた」

おれの隣りにいたミルトンが、信管を引き抜こうとして口に銜《くわ》えた途端、うしろからよたよたと走ってきたミレーヌ婆さんに追突され、手榴弾を呑みこんでしまった。

ミレーヌ婆さんは走り去った。

「しまった。呑みこんだ」ミルトンは茫然として、指さきにつまんだ信管を眺めた。それから飛びあがった。「たいへんじゃ。あと二十秒で爆発する」

おれはびっくりして、彼の傍から離れようとした。

「待ってくれ」彼はおれの片足にしがみついた。「わしをひとりにしないでくれ」

「放してください」おれはたまげて、彼を突きはなそうとした。「ぼくまで死んでしまう」

「ひとりで死ぬのはいやじゃ。淋しい」彼は泣きわめいた。「わしといっしょにきてくれ」

「道づれにしないでくれ。おれはまだ若い」おれは動顚して泣き叫んだ。「あなたひとりで死んでください」

「おおそうじゃ。思い出した」ミルトンは手をうって叫んだ。「わしの胃袋は人工胃袋じゃった。取り替えがきく」

彼はあわてて服を脱ぎ、引き出しになった胃袋を腹からひっぱり出し、力まかせに遠くへ抛《ほう》り投げた。胃袋はドームに命中して爆発した。砲弾でも壊れなかったドームは、ミルトンの胃袋で半壊した。ドームの中にいた連中が、クモの子を散らすようにぱっと周囲に逃げ出した。

アルファルファのトラック八台を中心にして、戦車、装甲車、それに歩兵部隊が、ドーム群のまっただ中に突入した。

「進めや進め」

おれたちよりはずっと高度な攻撃力を持っているはずのクモ人間たちは、どうしたわけか反撃の様子をぜんぜん見せず、うろうろと逃げまわっているばかりである。

アルファルファの花の香にさそわれたマルハナバチが約二十四、過育ドームの入口のシャッターをぶちこわして飛び出してきた。いずれのハチにも、クモ人間は乗っていなかった。ハチの群れはアルファルファの花にとびこみ、授粉機構の引き金をはずして弾《はじ》きとばされ、空中でひっくり返り、あるものは羽を破られて墜落してきた。あたりは一面まっ黄色、敵も味方もまっ黄色である。

花粉の海の中で、頓珍漢な戦闘は続いた。

菊五郎は義歯《いれば》を簡略化したデザインの軍旗を持ち、あちこち走りまわっていた。彼の腰から下は肉体ではなくて鋼鉄製だ。義足を動かそうとする時は、腰についたハンドルを手でまわしながら走る。走っている時はカタカタという機械音があたりに響きわたる。いきなり立ち止まろうとしても、すぐには停止できない。しばらく惰性で走り続ける。彼は眼の前にドームの壁が迫ってきたので立ち止まろうとしたがうまくいかず、カタカタカタといいながら走り続けてドームに体あたりし、地べたへ仰向けにひっくり返った。ひっくり返ってからもしばらく彼は、カタカタカタといいながら走る恰好をし続けていた。

クモ人間たちは花粉にまみれ、すべったりころんだりしながら、例の苦笑のような表情で中央のドームに逃げこんだ。

「敵はすべて、あのドームに立てこもったぞ」と、ドン・カスター少佐が叫んだ。「集中砲火をあびせろ」

ドームはあいかわらず頑強だった。砲弾の炸裂《さくれつ》ぐらいでは、びくともしない。

やがてドームは、ゆっくりと身じろぎを始めた。

「やっ。あのドームは宇宙船だったのか」ヘンリー・ブラウンがおどろいて叫んだ。

半球型のドームは、まん丸の底面をゆっくりと地表から離し、ふわりふわりと垂直に上昇しはじめた。どうやら反重力装置を使っているらしい。

「敵は逃げ出したぞ」

「われわれを恐れて退却を始めたのじゃ」

老人たちが騒いでいるうちにもドームは昇り続け、やがて水平飛行に移ると、屋根につもった花粉をぱっとまき散らして東の空に飛び去った。

「われわれは奴らを追っぱらったのじゃ。われわれが勝った。わしらはまだまだ、誰にも負けはせん。誰にもな」その夜、ホールで行なわれた祝賀パーティの席上、ヘンリー・ブラウンは立ちあがってそういった。

おれにはどうもそうは思えず、クモ人間がわざと敗北を装って逃げて行ってくれたように感じたのだが、老人たちの勇気にはたしかに感心していた。

「あなたがたの勇気を新開地の若い連中に、伝えましょう」おれも立ちあがってそういった。「あなたがたを見直しました」六カ月ののち、任期を終えて地球から飛び立つ際にも、おれは見送りの老人たちにいった。「あなたがたはすばらしい人たちです。わたしはいつの日か、ふたたびここに戻ってきたいと思います」ほんとうに、そう思っていた。

老人たちに共感を抱き、地球の都市に愛着を感じ始めたということは、おれもそろそろ歳だからかもしれないな——土星に向かう定期便の船室の中で、おれはそう考えた。

人口の初期的減退期では、老人の数がふえ、子供の数がぐっと少なくなる。現におれだって、考えて見ればもう百三十二歳になるのだから——。

持病の膝関節炎が、また痛み出してきた。

近所迷惑

その夜おれは、白井という友人の家で、彼の撮影した面白くもない8ミリ映画を無理やり見せられていた。

八カ月の苦心の末にやっと完成したという、セミの生活の記録映画で、彼にいわせれば、これぞセミ・ドキュメンタリイなどといって威張っているが、おれは退屈でしかたがなかった。

「よくまあ、これだけ面白くない映画が作れたもんだ」映画が終ってから、おれはあきれて白井にいった。「も少し何とかならなかったのか」

彼は怒って黙りこんでしまった。

「おれはそろそろ帰るよ」おれは立ちあがった。

「褒《ほ》めてくれたら酒を飲ませてやろうと思っていたが」と、彼はいった。「けなされて気分をこわした。おれはもう寝る。帰れかえれ」

おれは苦笑しながら玄関へ出た。白井は見送りにも出ず、茶の間にいて、ふてくされていた。

この白井という男は、おれと同じ会社に勤めている同僚だが、おれと同じ三十歳になってもまだ結婚せず、親の遺産のこの大きな家に、たったひとりで暮しているのである。

靴をはき、三和土《たたき》からポーチへ出ようとして玄関のドアをあけ、一歩踏み出しかけた足を、おれはあわててひっこめた。しばらくは、あきれて立ちすくんでいた。

そこにはポーチはなく、ポーチから十メートルほど先の門まで拡がっていたはずの芝生や植込みや飛び石もなくなってしまっていた。足もとの五メートル下は海になっていて、そこへは波が打ち寄せていた。見渡す限りの大海原である。おれはもう少しでその海へ、まっさかさまに転落するところだったのだ。空は曇り空で星がなく、水平線はるかでは暗い空と黒い海が溶けあっていた。

おれはしばらくの間潮風に吹かれ、そこに茫然と佇んでいた。やがて靴を脱ぎ、茶の間へとって返し、まだ仏頂面をしている白井の前に腰をおろした。

「どうした」と、白井がいった。「あの映画を褒めてくれない限り、酒はやらんぞ」

「酒はどうでもいい」と、おれは白井にいった。「いつお前は、崖の上へ引越した」

「崖がどうかしたのか」

「この家は今、崖の上にあるんだ」おれはわめいた。「崖の下に白い波がざーんぶらこ、ざーんぶらこと打ち寄せている。下は海だ。おれは帰れない。どうしてくれる」

「ここは渋谷区だぞ」と、白井はいった。「渋谷区に海はない」

「船を出してくれ」おれは白井につかみかからんばかりの勢いでいった。「これはお前の責任だ。さあ船を出せ。おれを無事に家まで戻してくれ」

「船はない」彼はおれの剣幕におどろいて、はげしくかぶりを振った。「タクシーを呼んでやろうか」

「これは陰謀だ」おれは卓袱台《ちゃぶだい》を握りこぶしで叩いた。「タクシーなんか、くるもんか」

白井は怒り狂うおれの様子を、しばらく心配そうに眺め続け、やがてぶつぶつ呟きながら立ちあがった。「おれが見てきてやる。まったくおかしな奴だ」

彼は玄関へ行き、しばらくしてから腑《ふ》抜《ぬ》けのような表情で戻ってきた。まるで腰を抜かすように、おれの前にへたへたと腰を落した。うわの空でタバコに火をつけ、一服吸ってから、じろりとおれを見た。「何をたくらんでいる」

「何もたくらんでなんかいない」おれは絶叫した。「今日会社で、おれがサボって喫茶店でテレビを見てたのを課長に報告した奴が、君だなんて思っちゃいないよ」

「きっと、そう思っているんだ」白井は立ちあがった。「この窓の外はどうなっているかな」

彼は裏庭に面しているはずの茶の間の窓のカーテンをめくり、外を覗《のぞ》いた。

あんぐりと口をあけ、おれを振り返って口をぱくぱくさせた。

「どうした。外は何だ」おれは顫えながら訊ねた。

彼は窓を指さしながらいった。「ネオン。ババ、ババババー、キャ、キャ、キャバレー……銀……銀……」

「銀座だというのか」

彼ははげしくうなずいた。

おれは立ちあがり、窓ぎわに駈け寄ってガラス窓を開いた。ネオンの光と騒音が部屋の中へ流れこんできた。外には、見おぼえのあるみゆき通りの夜景がひろがっていて、車や通行人が往来していた。流行歌がもの悲しく流れている。

「ここからなら、出られるかもしれないな」

おれはすぐさま玄関へとって返して靴をとってきた。窓枠をまたぎ越し、窓のすぐ下にあるポリバケツのゴミ箱の蓋を足がかりに、路上へ降りた。ポリバケツの横に落ちていた腐った果物を踏み潰し、おれは滑って転倒した。腰をひどく打った。

尻餅をついたままの恰好で靴を穿《は》き、出てきた窓をふり仰ぐと、そこは四階建てのうす汚ないビルの裏窓だった。白井の姿は見えなかった。

のろのろと立ちあがり、おれは有楽町の方へ歩き出した。時計を見るとまだ八時過ぎなのに、すでに酔っぱらって歩いている奴がいた。

国電に乗るのをやめ、おれは個人タクシーを拾った。「都電の青山一丁目まで行ってください」

「はい」

　タクシーは十メートルほど走って停った。

「百円いただきます」運転手は首を傾げながらメーターを見て、そういった。「おかしいなあ。有楽町から青山までなら、たいてい三百円以上になるんだがな」

「一分とかからなかったな」おれも百円玉を渡しながらいった。「いつもなら十分はかかるのに」

「今日はもう、商売はやめだ」運転手は吐き捨てるようにいった。「さっきは横浜へ行こうとしたら神戸へ出た」

　おれの家は停留所からふた筋裏通りへ入ったところだ。角を曲って我が家を眺め、なんとなく様子が変っているのに気がついた。

「いやに小さくなっちまったな」とびあがった。「二階がない」

　二階には、おれが大切にしているステレオと、モダン・ジャズのレコードと、書籍が置いてある。あわてて家へ駈けこみ、靴のまま台所へかけあがって、おれは妻の胸ぐらをつかんだ。

「こら」と、おれはいった。「二階をどうした」

「何よう。靴のまま入ってきて。痛いわ。はなしてよ」

「いや。はなさない」おれは怒鳴った。「二階をどこへやった。亭主の目を盗んで二階をどこへ盗んだ」おれは完全に逆上していた。「大それた女だお前は。ヘソくるにことかいて二、二階を……二階を」

きちらした。

「二階がなくなっている。どこへかくした。事と次第によっては離婚だ離婚だ」おれはわめきちらした。

「二階なら、ちゃんとあるわ」妻は奥を顎で示した。「ちゃんとそこに、階段があるじゃないの。階段があって二階がないなんて家は、聞いたことがないわ。この家はあなたのお父さんの代から二階建てよ」

「信用できん」おれは妻をはなし、階段を駈けのぼった。

ひんやりとした風が、汗ばんだおれの顔をなでて通り過ぎて行った。そこは屋上だった。どうも見たことのある屋上だと思って眺めまわすと、おれが通学していた高等学校の屋上だった。

いつのまにか空は晴れ、千億の星くずが降るようにまたたいていた。東の空、遠く山なみの霞むその上には蒼白く月も出ていて、それは三日月だった。

おれはぼんやりと手すりに近づき、あたりの景色を見まわした。混乱した頭に、青春の記憶が蘇《よみがえ》ってきた。

「めずらしく、空が晴れましたね」背後で声がした。

それは初老の貧相な男だった。十数年前に比べてめっきり白髪が多くなり、皺《しわ》の数もふえているが、その男はおれに数学を教えた教師にまちがいなかった。

「ええと、君はたしか……」彼はおれの顔を眺め、口を半開きにした。

「福原です」と、おれはいった。

「ああ。そうでしたね」彼はにこやかにうなずいた。

おれはこの教師に、数回殴られている。高校時代は軟派だったし、成績は悪かった。しかし、この教師の殴りかたはひどかった。大型の計算尺でやられたのだ。

憎悪と怒りが復活してきた。今、殴り返してやろうかなと考えていると、彼は星を見あげながらいった。

「あなた、ここへはよく涼みにくるんですか」

「いいえ。偶然来たんです」

「そうですか。わたしは今夜は、宿直なんです」

「先生はその後、お元気ですか」

「ながい間、病気で療養していたんです。ご存じなかったですか」

「それは初耳です。で、もうすっかり……」

「ええ、身体の方はもういいんですが、病気している間に女房に逃げられちゃってねえ」彼は自嘲の笑いを洩らした。彼の背は、すっかり丸くなっていた。

そういえば、この教師は昔から奥さんとは仲が悪かった。おれたちが般若と呼んでいた体操の女教師との浮気がばれ、教務員室へ押しかけてきた奥さんとすごい口喧嘩をしていたことを思い出した。おれを殴ったのも、家庭の不和が原因だったのだろうと思い、おれは彼を殴るのをやめることにした。

「あなた」階下から、妻の呼ぶ声が聞こえてきた。

「妻が台所で、わたしの名を呼んでいます」おれは背をしゃんとそらせ、教師に向き直ってそういった。「失礼します」

学生時代のように礼儀正しく頭をさげてから、おれは階段を一階へ降りた。たとえおれの気が違っているにせよ、礼儀だけは正しくしなきゃいかん——そう思った。

「昼間、左京ストアーからタンスが届いたのよ」台所へ入っていくと、妻がそういった。妻といっしょに寝室へ行くと、そこには一週間ばかり前に註文しておいた白デコラ貼りのタンスが、でんと置かれていた。

「ねえ。いいでしょう」妻は嬉しそうにタンスをなでまわしはじめた。

「ああ。いいね」おれはうわの空でそういいながら、何気なくいちばん上のひきだしをあけてみた。

おどろいたことに、そのひき出しには底がなかった。のぞきこんだおれの眼に入ってきたのは、ひき出しの底のはるか下方に拡がっている晴れた夜空——一千億の星くずだった。

あわててひき出しをびしゃりと閉めてふり返ったおれの顔色を見て、妻がいった。「あら。どうかしたの」

「もういやだ」おれは咽喉をぜいぜいいわせながら、畳の上にすわりこんだ。「ひき出しの底がない。星が見えた」

「また、おかしなことを」妻は気にもとめず、茶の間を指していった。「ねえ。下着をこのタンスに整理したいの。手伝ってよ。茶の間にあるのを持ってきて」

「茶の間へ行ったら、もうこの部屋へ帰ってこられないかもしれない」おれはすすり泣いた。

「頭が痛いよ」

「おかしな人ねえ。今日はちょっと変よ。あなた」

ちょっとくらいの変ですむものか。発狂しているかもしれないのだが、妻にはわからないらしい。

「どうなるかわからないぞ」

襖をあけてうす暗い四畳半の茶の間へ入って行くと、そこには母がすわっていて、下着を繕《つくろ》っていた。

「まあ昭彦。今日は遅かったんだね」母はおれを見あげてそう言った。

「ママ」おれは母の前にすわった。

母と会うのは八年ぶりだ。懐かしさがこみあげてきて、おれの眼からはしぜんに涙があふれ出た。

「昭彦。どうしたんだい。泣いたりしてさ。まあ、お前ずいぶん若白髪が出てきたねえ。苦労してるんだねえ」

最近おれは涙もろくなっていて、やさしくされるとすぐに泣く。おれはわっと声をあげて泣き出し、母の膝に顔を伏せて身をよじった。「ママ。ママ。ぼくは会社でいじめられているんだ。ひどい目に会わされているんだ」

「可哀そうに。可哀そうに」母はおれの背を撫でさすりながら、そうくり返した。「お父さんさえ生きてらしたらねえ。そしたらお前も、もっといい会社に就職することができたのに」

「みんながぼくをいじめるよ。ママ。ぼくもう会社へ行きたくないよ」おれは泣き続けた。

「すみ江がこわいんだ。ぼくをいじめるんだ。口惜しいよくやしいよ」

「悪い嫁をもらったねえお前。まあまあ。いつの間にか顔に皺ができて」

「あなた。何してるのよ」妻のヒステリックな声がした。「早く下着を持ってきてよ」

「すみ江が寝室から、ぼくを呼んでいる」おれはあわてて、あたりの下着類をかき集め、茶の間を出た。

「何してたの」と、妻が訊ねた。「泣いてたのねあなた」

「ママと話してたんだ。茶の間にいるんだ」

「お母さんは八年前になくなったじゃないの。何いってるのよ」妻はおれから下着類をひったくってベッドの上にひろげ、順にたたみはじめた。

「あら。おかしいわね。このスリップはだいぶ前にぼろぼろになって捨てたはずなのに」ぶつぶつ呟きながら、彼女はタンスの一番下のひき出しをあけ、中を見もしないでパンティの一枚を投げこんだ。

「あ」

おれはあわてて、そのひき出しをのぞきこんだ。

案の定、そのひき出しにも底がなく、二メートルほど下の砂地の上に、ピンクのパンティは落ちていた。

「いわんこっちゃない」と、おれは妻にいった。「あそこへパンティを落としたぞ」

妻はおれの横からひき出しをのぞきこんで息を呑んだ。

「まあ。底が抜けてるって、ほんとだったのね。あの肥っちょの店員ったら、こんなタンスを持ってきて」

「明日電話して、とり替えさせればいい」と、おれはいった。「あのパンティはあきらめろ」

「いやあよ」と、妻はいった。「あなた、あそこへ降りて拾ってきてよ」

おれは蒼くなった。じっと妻の顔を眺め、やがて肩をゆすっていやいやいやをした。

「ねえ。拾ってきてよ」

おれは身をすくめ、すわったまま後じさりをして、いやいやをした。

「あのパンティは、五千円もしたのよ」妻の眼つきが変わってきた。「男の人の下着とは、わけが違うんだから」

おれはまた、いやいやをした。

妻がわめいた。「とってきなさい」

「はい」おれはとびあがった。

それからおそるおそるタンスに近づき、ふたたびひき出しの底をのぞきこんだ。

レースのふち飾りをしたピンクのパンティは、あいかわらず乾いた砂の上に落ちたまま風になびいている。ひき出しの底をゆるやかな風が吹いているのだ。外は夜なのに、タンスの底の砂の上には強い太陽光線が照りつけている。どうやらパンティは砂漠の表面に落ちたらしい。

おれは把手《とって》の金具に手をかけ、ひき出しの中に身体を入れた。そのままだらりとぶらさがり、腕をのばしきって下を見ると、足の先から地面まではまだ三十センチほど離れている。手をはなした。

靴下に熱い砂が触れ、おれは砂の窪みのためによろめいて、その場に尻餅をついた。

見まわすと四方は、見渡すかぎりの砂の海だった。乾燥しきった砂漠は真昼の太陽に照りつけられて、ぎらぎらと黄金色に輝いている。空は青空だ。雲ひとつないだけならいいが、おれがそこから出てきたはずのタンスのひき出しの底の穴までない。おれはとびあがるほどびっくりした。

おれの頭上にあるのは、晴れわたった青天井と真昼の太陽だけだ。目に入るのは砂と空だけだ。おれは木一本、草一本生えていない砂漠のど真ん中へ落ちたのだ。

おれは声をかぎりに妻の名を呼んだ。何度もなんども、咽喉も裂けよとばかりに恋しい妻の名を呼んだ。それから助けてくれと叫んだ。尿意を催したのでその場で立ち小便をし、それからまた、いとしい妻の名を呼んだ。だが、どこからも返事はなかった。あたりはしいんとしていた。

おれはパンティを一枚ぶらさげたまま、砂漠のまん中に茫然と立ちすくんだ。

「これは夢だ」と、おれはつぶやいた。「夢にきまっている。そうでなきゃ、おれの気がくるったんだ。これは狂気によって生じた幻想だ」

だが、正気にしろ狂気にしろ、陽光にさらされてこんなところにじっと立っていたのでは、しまいには干枯らびてしまう。おれはあわてて歩き出した。

見まわしたところ、一方の側に大きな砂丘があるだけなので、それを目じるしにしてそっちへ向かった。汗が流れ出て、たちまち咽喉がからからになってしまった。

「こんな馬鹿なことがあっていいものか」おれは歩きながらわめいた。「狂っている。世界が狂っている」

どうせ狂っているのなら、またどこか別の世界へ出てしまえば、命だけは助かるかもしれないのだが、こんな時にかぎっていくら歩いても何の異変も起こらない。世の中のいやらしいところだ。

日が暮れかかる頃になっても、まだ砂丘にはたどりつかなかった。いくら歩いても、砂丘はいつまでもおれから同じ距離だけはなれているかに思えた。夕陽によっておれの影だけが長く伸び、砂丘の麓に達していた。

やがて夜になり、星が出た。

くたくたに疲れていたので、そこいら辺にぶっ倒れて寝ようかとも思ったが、元気なうちに歩いておかなければならないし、歩くとすれば夜の方が涼しくて楽だ。おれはそのまま、妻の思い出のピンクのパンティ一枚を胸に抱きしめて、あてどのない夜の旅を続けた。

夜半、やっと丘の麓についた。餓えと渇きで、とうに生きた心地はなかった。

「しまった」おれは砂丘を登りながら、額を叩いて叫んだ。「しまったしまった。昼間したあの小便、あれを飲んでおけばよかったんだ」

塩分は海水より少ないから、飲めないはずはなかったのだ。だが、いくら悔んだところで、もうとり返しはつかなかった。

砂丘の勾配をあえぎながら登りつづけているうちに、夜があけてきた。ふり仰ぐと丘の頂きは急な傾斜の上にそびえ立ち、それを乗り越えようとしているおれを強く拒絶しているかに見えた。その頂きの彼方にあるのも、おそらく砂の波だろう。そうにきまっている。それもひとつのいやらしさだ。自然のいやらしさだ。だが、その丘以外におれの目標はないのだ。しかも頂上に達するまでには、まだ数時間はかかりそうだった。砂に足がめりこみ、おれは何度も何度も俯伏せに倒れた。

やわらかく、きめ細かく、そして常に熱気をはなち続けているその黄金色の砂の丘を登っているうち、おれには丘全体が巨大な女の乳房であるかのように思えてきた。砂漠全体が女の肉体であるかのようにも思えてきた。おれにそんな錯覚を起こさせる自然の気まぐれは、あきらかにおれに対する挑発だった。おれはそれが無駄だと知りながら、そ知らぬふりをしてやれと思った。それがおれにできる、唯一の復讐《ふくしゅう》だ。

陽はまた昇り陽はふたたびおれを照りつけ、それはおれの身体から水分の最後の一滴までをも吸いあげようとたくらんでいた。

「もう、いかん」

おれは、あと二、三歩で砂丘の頂きというところまで来てから、熱っぽい傾斜の上に倒れ伏した。もう力は使い果していた。

砂に半分埋まって、そこに骸骨があった。人間の骸骨だった。それを見たとたん、おれは生きる望みを失った。たちまち意識が遠のいていった。

「もしもし。しっかりしなさいあなた。まだ生きていますか」

誰かがおれを揺り動かしながら、英語でそういっていた。

かすかに眼をあけると、黒い顔が、仰向けにされたおれの顔の上に覆い被《かぶ》さっていた。ぶ厚いピンクの唇が、閉じたり開いたりしていた。

おれは呻いた。英語は人並みに喋れるのだが、声が出なかった。出たとしても、とても横に喋れるような気分ではなかった。猫のように咽喉をごろごろいわせ、しばらく唇を舐《な》め続けてから、おれはその黒人にいった。「水をくれ」

黒人はうなずき、おれの腕をとって肩にかけ、おれを立ちあがらせてくれた。そのまま二、三歩あるくと砂丘の頂きに出た。

すぐ目の下には、幅の広いハイウェイが砂漠のまん中を走っていた。ハイウェイに沿って一軒のガソリン・スタンドがあった。おれを助けてくれた黒人は、サービスマンの作業服を着ていた。

「なんてことだ」と、おれはつぶやいた。「もう二、三歩、あるけばよかったのだ」

黒人はにやりと笑っておれにいった。「ここで力尽きて倒れた人間は、あんただけじゃないよ。その骸骨もそうなんだ。この砂漠で迷った人間は、ほとんどこの丘を目ざしてやってきて、たいていは丘を登るのに全力を出しきってしまう。そして、このハイウェイを見ずに息をひきとる。おれはちょいちょいこの丘に登って、あんたみたいな遭難者を見つけては助けている。あんたで五人めさ。中にはこの骸骨みたいに、運悪くおれが仕事にいそがしくしている時にやってきて、見つけてもらう前にあわただしく死んでしまう奴もいるがね」

丘を降り、サービス・ステーションに入り、サービスマンから恵んでもらったコーラを飲みながらおれはいった。「ここはいったいどこだ」

「アフリカだよ。これはヌビア砂漠だ。このハイウェイをまっすぐ行くとナイル河に出る」

「英語がうまいな」

「以前ここはイギリス統治領だったからね。今はスーダンという共和国だ」

「このハイウェイは、ぜんぜん車が走らないな」

「いつもはひっきりなしに走っているんだが」と、彼はいった。「昨日の昼ごろに例の異変が起こってからこっち、車はほとんど走っていないよ」

「異変だって」おれは黒い顔を凝視した。「どんな異変だ」

「知らなかったのか。最後にこのスタンドに立ち寄った客に聞いたところでは、空間的、時間的混乱といっていた」

「ではあれは、世界的現象か」おれは嘆息した。「実はおれも、異変が起こったためにこの砂漠に投げ出されたんだ」おれは彼に、今までのことを話した。

　彼は目を丸くした。「日本からやってきたのか」

「そうだ。日本じゃ昨夜から起こったらしい。ところでこのあたりに、日本へ帰れる抜け道はないか」

「日本か。日本はないな」彼は部屋の中を見まわした。「そのトイレットの向こうは北極だ。ドアを開けっぱなしにしておくと涼しくていいぞ。白熊が入ってくるといけないので、今は閉めてあるがね。それから、この建物の裏の物置きの、床下百メートルをスエズ運河が通っている。床板をめくると、百年ほど前のスタイルをした木造帆船が見えるよ、それから、あんたの横の冷蔵庫は……」

「これもどこかに通じているのか」おれは冷蔵庫をあけようとした。

「開けちゃいかん」彼はあわてて、おれを押しとどめた。「そこは宇宙空間だ。真空だから、こっちの空気といっしょにひきずり込まれてしまうぞ」

「女房に電話をしたい」と、おれはいった。「心配してるだろうからな。どこかに長距離電話のかけられるところはないか」

「そのロッカーは、ワシントンに通じている」と、彼はいった。「ホワイトハウスの風呂場に出るんだ」

「そこへ行こう」おれは立ちあがった。「大統領に泣きつけば、日本までの旅費を何とかしてくれるかもしれん」

ロッカーのドアをあけ、おれはサービスマンをふり返った。「助かったよ。命の恩人だ。せめて名前を教えてくれ」

「馬鹿だな」彼はかぶりを振った。「世の中がこんな有様じゃ、おれだってあんただって、明日の命もわからないよ」

「じゃあ、せめてこのパンティを受けとってくれ」と、おれはいった。「十二、三ドルはするぜ」

「きれいだな」彼はパンティを受けとった。「頂いておこう。今夜から穿いて寝よう。じゃあ、気をつけて行きな」

「ありがとう」

ロッカーのドアをしめると、まっ暗になった。おれは手さぐりで、どんどん奥へ進んだ。あの黒人のサービスマンがいった通り、ホワイトハウスの風呂場へ出るかもしれない。しかし、別のところへ出るかもしれなかった。もう、こうなってくると、何も信じることはできない。しかし、どこへ出たっていいではないか――おれはすでに、そんな気持になっていた。これは自暴自棄《やけっぱち》だろうか。いや、やけではない。どこへ出たところで、そこはおれにとって未来だ。そして未来なんてものを知ってる奴はどこにもいないのだ。しっかりした足どりの堂堂たる人生なんてものはあり得ない。誰だって今のおれ同様、手さぐり足さぐりなのである。もちろん未来に夢を持つことはその人間の勝手だが、未来を信じてしあわせで、明るく楽しく生きているなんて奴はぶちまけて言ってしまえば本当はアホなのである。それに気がついたおれは、今はじめてアホでなくなったわけだ。

十メートルほどで、ドアらしいものに突きあたった。その表面を手でなでまわしていると、ひんやりした把手にさわった。おれはドアを押しあけた。

サービスマンのいった通り、そこは明るいバスルームだった。そこには赤いポロシャツ姿の米大統領がいた。時間的に違うところへ出るんじゃないかと思っていたのだが、少なくともその大統領は現在の大統領だった。彼は折りたたみ式の椅子にかけ、バスタブの中へ釣り糸を垂らしていた。

「君は誰だ」彼は冷ややかにおれを見て、釣り竿を握ったままそう訊ねた。「例の異変の被害者かね」

「そうです」おれは目を丸くしたままでうなずいた。「ところで、そんなところで何が釣れるんですか」

「いろんなものが釣れる。面白いぞ。さっきはピラニヤを釣った」

彼は傍らのバケツを顎で示した。覗きこむと、獰猛な面つきのピラニヤが一匹、牙をむき出して泳いでいた。

「浴槽の底がアマゾン川に通じているんでしょうか」

「そうかもしれんな」大統領はさほど面白くもなさそうに、唸《うな》るような声でそう答えた。

「あなた。いつまでお風呂にいるの。さっきから電話が鳴りどおしよ」大統領夫人のらしい、かん高い声が聞こえてきた。

「ふん」大統領は鼻を鳴らし、舌打ちをした。「マクバードめ」

彼はうなずきながらおれを見ていった。「こんな気ちがいじみたことが起こったんじゃ、いかにわしでも、どうすることもできん。こういう時は、のんびり魚釣りでもしているに越したことはない。ところが妻や幕僚幹部《バード》どもには、それがわからんらしい。やいのやいのとわしを責め立ておる。わしを責めていったいどうなるというんじゃ。馬鹿者どもめが」

「まったくです」と、おれはいった。「ところで大統領、何か大きな魚がひっかかったようですが」

大統領はあわててリールを巻きはじめた。ほどなく浴槽の表面が泡立ち、やがて鼻息荒く巨大なワニがぬっと顔を出した。

「ワニだ」大統領は竿を投げ出した。「逃げろ」

おれと大統領は、あわてふためいてバスルームをとび出した。背後で、浴槽からワニの這いあがってくる大きな水音がした。おれたちは恐ろしさのあまり、ひいひい悲鳴をあげながら廊下を逃げた。前を走っていく大統領の長身が、今にもひっくり返りそうに何度もよろめいた。

おれは右側の部屋にとびこみ、ドアを閉めた。見まわすとその部屋は大統領の執務室らしく、中央に大きな机が置かれている。数台の電話があり、その中には有名な「ＧＯ」の赤電話もあった。

ドアに鍵をかけ、おれはデスクに寄って受話器をとり、家への長距離電話を申し込んだ。しばらく待つうちに、若い男の声が響いてきた。

「もしもし。こちら福原ですが」

福原だというところをみると、おれの家らしい。だが、おれの家に若い男がいるはずはない。怪訝《けげん》に思いながらおれは訊ねた。「そこに、女房がいますか」

「わたしには、女房はありません」と、男は答えた。

「いや。あなたに女房があろうとなかろうと、わたしの知ったことではありません。そこにわたしの女房がいるはずなんですが」

「わたしは独身ですよ。あなたが誰か知りませんが、あなたの女房がここにいるはずはないでしょう」

「あなたが独身なのも、あなたの勝手です。女房がいないとすると、あなたはそこでいったい、ひとりで何やってるんですか」

「何をしていようと私の勝手でしょう」

「冗談じゃない。勝手にひとの家へ入りこんで勝手なことをされては困ります」

「何をいうんですか。ここはわたしの家です」

「でも、あなたは今、福原ですといったじゃないですか」

「そうです。こちら福原です」

「では、わたしの家だ」

「そうです。わたしの家です」

「わたしが福原なんですよ」

「そうですとも。わたし福原です」

「その福原が、自分の家だといっているんです。これほど確実なことはないでしょう」

「あたり前です」

「ところで、あなたはどなたですか」

「何度言わせるんです。福原です」

「それはわたしです」

「そうです。わたし福原です。あなたは誰ですか。だしぬけに変な電話はつつしんでください」

「自分の家に自分が電話するのが変ですか」

「ちっとも変じゃないです。ところで、こちらは福原というんですが」

「ええ。こちらは福原ですが、あなた誰ですか」

わけのわからぬ問答をくり返していると、さっきおれが入ってきたのとは反対側の壁のドアをあけ、大統領が駈けこんできた。

「バード。猟銃を持ってこい」

彼はそう叫びながらおれの眼の前を横ぎって、さっきおれが入ってきた右側のドアから出ていった。

「いったいあなた、福原何とおっしゃるんですか」と、若い男の声が訊ねた。

「福原昭彦です」と、おれは答えた。

「馬鹿な。それはわたしのおじいさんの名前だ」

右側のドアの向こうで、大統領夫人のらしい悲鳴が聞こえた。

「あなた」

「バード」

続いて銃声が轟いた。

「あなた」

右側のドアが開き、絶叫し続けながら、スカートの裾をぼろぼろにした大統領夫人が左側のドアへと駈け抜けていった。そのあとを追って、スカートの布地の切れっぱしを口にくわえたワニが、すごい勢いで通り抜けて行った。

「バード」

さらにそのあとから、ライフルを持った大統領がすっとんでいった。

やがて左側のドアの向こうで、銃声が響いた。

「あなたの奥さんは、なんというお名前ですか」と、急に丁寧になった若い男の声が訊ねた。

「すみ江だ」と、おれは答えた。

「信じられない。それは祖母の名前です」

場所は同じおれの家だが、時間的に違うところへかかってしまったらしい。

「いったいそっちは」おれは胸をどきどきさせながら訊ねた。「つまり、君のいる時間は西暦何年かね」

「二〇一五年です」

「こっちは一九六七年だ。この電話は時間的に混線しているらしいな」

「あなたがほんとうにわたしのおじいさんだとすれば、そういうことになりますね。二〇一五年の現在では、電話線は非常に複雑になっているし、その全長は地球―太陽間を往復するくらいだそうです。それが全部絡みあい連なっているとすると、位相幾何学的な時間断層の効果やなんかも出てくるわけで、こんなおかしなことも起こり得るわけです」

「ところが、それだけじゃない」と、おれはいった。「こっちじゃ、空間的にも大混乱が起こっている。家が海岸へ引っ越すし、二階はとぶし、タンスの引き出しの中が砂漠で、風呂からワニが出た」

「思いあたることがあります。ちょっとそのままで、待っていてくれませんか」

「あなた」

左側のドアから大統領夫人が駈け出てきて、右側のドアへかけこんだ。そのあとから、ワニが走っていった。

「バード」

続いて大統領が、ライフルをぽんぽんぶっぱなしながら駈け抜けていった。さらにそのあとから、どこから出てきたのか数人のベトコンが、どたどたと走り抜けていった。彼らのあとを追って、ふたりの米兵が拳銃を撃ちまくりながら右側の部屋へかけこんでいった。

銃弾が当って床へ落ちた大きな柱時計が、リンドン・リンドンと鳴りはじめた。

「お待たせしました」若い男――おれの孫だという人物が電話口に戻ってきて喋り出した。「やはり思ったとおり日本近代史の教科書に、その事件のことは載っています。でも心配はいりません。その異変は約一日半で終り、その後世界は正常に戻ったと書いてありますから」

「いったい原因は何だ。原因はその教科書に書いてないのか」

「書いてありますが、高校時代に習った本なので、今読み返してもむずかしくて……」

「かまわん。概略を教えてくれ」

「一九六七年には、アラブ連合とイスラエルの戦争がありましたね」

「この間あった。しかし、四日で終ってしまった。史上最も短い戦争だなどと言われている」

「ところが他の次元の宇宙では、終らなかったらしいのです」

「他の次元の宇宙とは何だ」

「ひと口にはいえませんが、われわれの宇宙は、われわれの知覚で体験できるこの宇宙だけでなく、次元を異にした多くの宇宙を持っているのだそうです」

「証明できるのか」

「量子力学と原子構造理論が証明したそうです」

「純粋理論だろ」

「そうです。多元宇宙理論というのだそうです」

「信じられるもんか」

「でも、そう書いてあるんです。宇宙は無限の数だけ、同時に存在しているのだそうです。つまり、想像され得るすべての宇宙が存在するということらしいのです。例えば、アラブ連合とイスラエルの戦争が四日では終らず、もっと続いて次第に大規模になり、アメリカとソ連が参戦し、ついに核戦争が起こったという宇宙もあるわけなのです」

「うそだ」

「本ではそうなっています」

「それでどうしたんだ」

「その核爆発のエネルギーは、隣接する他の宇宙にまで影響をあたえたそうです。われわれの住んでいるこの宇宙も、影響を受けました。つまり、となりの宇宙の核爆発のエネルギーは、反グザイ・ゼロという素粒子を生み出し、質量エネルギーを次元輾轄エネルギー、すなわち

$$E(x,y,z,t) = -\phi \cdot m_o \left\{1-(vc^{-1})^2\right\}^{-1/2} \iiint_A \rho dx\, dy\, dz\, dt$$

に変え、この宇宙の空間をひずませたり、ベクトル空間の次元を増やしたり減らしたり、トンネル・エフェクトを起こしたり、次元断層を作ったり、時震を起こしたり、時間軸をへし

折ったりねじ曲げたりしたのです」

「近所迷惑な話だ」

「まったくです」

また銃声が起こり、右側のドアから大統領がとび出してきた。

「助けてくれ」

彼は悲鳴をあげながら左側の部屋へ逃げていった。大統領を追って、ワニの背中にのったベトコンが続き、そのあとを米兵が追った。いちばん最後に出てきたのは、かんかんになって怒っている大統領夫人で、彼女は電気掃除機の吸塵パイプをふりまわしながら左側の部屋へ駈けこんでいった。

「ところで、おれは何年に死ぬことになっているんだ」と、おれは孫に訊ねた。

「一九八八年。わたしの生まれる前にお亡くなりになりました。享年四十九歳。若死にです」

「安心したよ。ホワイトハウスでワニに喰われて死ぬんじゃないんだな」

「何とおっしゃいました」

「いや。何でもない。死因は何だ」

「肺癌です」

「ふん。一日に百本以上タバコを喫うからな」

机の下から大統領が出てきた。「メイドの部屋へ逃げこんだら、こんなところへ出てきたぞ」

おれは彼に訊ねた。「日本へ帰れる抜け道はありませんか」

彼はしばらく考えてからいった。「さっき、そのダスト・シュートの蓋をあけたら、中から日本の百円硬貨がとんで出てきた。ひょっとするとあの底が、日本へ通じているのかもしれんな」

「入ってみます」

おれは電話を切り、部屋の隅のダスト・シュートに近づいてから、大統領をふり返った。

「ご心配なく。この異変はもうすぐ終るそうです」

「何故それがわかったんだ」大統領が半信半疑でそう訊ねた時、壁の埋込《うめこ》み金庫のドアが内側から開いた。

「大変よあなた」中から大統領夫人が首を出していった。「台所がナチの強制収容所になってるらしいの。ドアを開けたらガスが吹き出てきて、中には裸のユダヤ人の若い女がいっぱいいたわ」

「すぐ行く」大統領は、よろこんで部屋を駆け出ていった。

おれはダスト・シュートの蓋をあけ、真四角のゴミの通路へ身を入れた。はるか下の方には、簀の子のようなものの隙間を通して、細く何条もの陽光が射し込んでいた。ぶら下がり、手をはなすと、おれの身体は垂直に落下した。どこへ出るかわからない。しかし、多少怪我をしてでも早く日本まで帰っておかないと、異変が終ってからでは戻りにくくなる。おれは墜落しながら頭をかかえ、背を丸めた。

どうやら空間と時間の混乱は、空間における上下の区別まで滅茶苦茶にしてしまったらしい。おれは明治神宮の賽銭箱を足で蹴破って、さかさまにとんで出た。

神殿への段をごろごろところがり落ち、石だたみにはげしく横腹を叩きつけ、うんと呻いて悶絶した。だがすぐに、賽銭泥棒とまちがえられ刑務所へぶち込まれた夢を見て、びっくりして眼を醒《さ》ました。

周囲を見まわすとまだ朝まだきで、あたりに人影はない。ほんとに泥棒と間違えられてはいけないので、おれは立ちあがり、参道の砂利道を原宿駅の方へ歩き始めた。ここからなら、少し遠いが家まで歩いて戻れる。

ふと神宮内苑の森を見ると、木立の上へにゅっとかま首をもちあげた巨大な中生代の爬虫類——デュプロドックスとかいう全長二十五メートルもある奴が、梢の葉っぱをむさぼり食っていた。大鳥居には始祖鳥が三羽とまっていた。だがそれからは、もう何も変わったことは起こらなかった。家まで無事に戻れたし、二階も戻っていた。

ひどい様子で帰ってきたおれを見て、妻がいろいろと訊ねかけてきたが、おれはろくに返事もせず、すぐベッドにもぐりこみ、そのまま会社を休んで約三十時間眠り続けた。くたくただったのだ。

世の中が常態に復してから、しばらくはテレビも新聞も異変の噂でもちきりだった。いろいろと突拍子もないことが無数に起こったらしい。

代々木競技場の屋内プールへはだしぬけにUボートが浮上するわ、名神高速道路には参覲交代の大名行列があらわれて江戸に向かうわ、伊丹空港へは、まだ二年さきにならなければ開催されるはずのない万国博の見物客を満載した飛行機が続けざまに着陸するわ、某ホテルのビルの壁面が片側一面いきなりかき消えて、一階から十三階までの各部屋の様子がむき出しになるわ、東海道新幹線のひかり号が海の中から九十九里浜へ駈けあがってくるわ、心斎橋のど真ん中から石油が噴出するわ、水道からは小便が出るわ、子供は泣くわ、犬は吠えるわ、いやもうとにかく、てんやわんやの騒ぎだったのだ。これをたんねんに書いていくだけでも優にエンサイクロペディア・ブリタニカを越す厚さと巻数の本ができ、それはどうせベストセラーになるに決っているから作者は印税で七生遊び暮せるのだが、面倒くさい上におれは欲がないからそんな重労働はやらない。

そして一週間たった。おれはまた平凡なサラリーマン生活に戻った。会社で以前と違うところは、異変で気の狂った、あの友人の白井を含め数人の社員が退職したことだけである。

退屈な毎日が、また戻ってきた。それは妻も同感らしかった。

「たまには、あんな変わったことがまた起こってもいいのに」ある夜食事をしながら、妻がおれにそういった。「だいいち便利だったわ。トイレの中が美容室だったのよ」

「それじゃ、小便をどうやってするんだ」

「美容室のトイレを借りたらいいじゃないの」

「ああそうか」

だがおれは、夕刊を見ながら、あんなことはもうご免だと思った。退屈している方がよっぽどいい。夕刊には、中国の核実験の記事が出ていた。こんどのは数メガトンの核弾頭つきミサイルで、すごく汚い爆弾だと書いてあった。こんなものを日本めがけて誤射されてはたまらない。だが、隣接するどこかの宇宙では、本当にそんなことだって起こっているかもしれないな――そう思った。

「あああ。退屈ねえ。何かいいことないかしらん」妻がそういって、大きなあくびをした。

ふと眼をあげ、おれはぞっとしてふるえあがった。「また始まったぞ」

彼女の大きく開いた口腔の奥――その彼方に見えたものは夜空だった。そしてそこには光りまたたく一千億の星くずが――。

腸はどこへいった

英語の単語を覚えるのに、いちばんいい場所はどこか知っているか。

そうとも。知っているやつは知っている。

それは便所だ。

おれは英語の成績がいい。なぜかというと、いつも便器の上にしゃがみこんで単語を暗記するからである。実によく覚えられる。うんときばっている間に三つや四つは覚えられる。

だからおれは、なるべく一日に三回便所へはいるようにしている。生物の教師がいったところによると、便所へいけばいくほど健康にはいいそうだ。

便所へはいっている時間も、できるだけながくしたほうがいい。おれなどは、風邪をひきそうになるまで、じっとうずくまっている。

いちど一時間半はいっていたことがあって、このときはおやじが、かんかんに怒った。

「いつまではいっているつもりだ。他人の迷惑も考えろ」

戸の外で、がまんしていたらしい。おれはあわててとび出した。

さて、そんなことをしているうちに、おれはある日、たいへんなことを発見した。いつも、単語を覚えるのに夢中になって、よく注意していなかったのだが、あるときふと気がつくと、おどろいたことには、ぜんぜん大便が出ていないのである。

——これはいかん。いつも下半身まる出しでしゃがみこんでいるものだから、ついに便秘になったか。きっと冷えたにちがいない。

——そのときおれは、そう思った。

それからも一日に三回、きまった時間に便所へいくようにしたが、便通がぜんぜんない。ふつう、便秘というのは、便意はもよおすものの、なかなか大便が出ないという状態のことである。話がきたなくなって悪いが、つまり大便がカンカチコに固まって、俗にいう糞づまりの状態になるのが便秘である。

この便秘というのは、おれも中学生のころ一度なったことがあるが、非常に苦しく、なさけなく、せつないものだ。腹がはって、なかのものを出してしまいたいのだが、いくらきばっても力んでも、出ないのだ。しまいには泣きたくなる。

ところがこんどは、どうやらそれではないらしい。腹に何かがたまっているという感じがしないし、そのうえ便意もぜんぜんもよおさないのだ。

では、ものを食べていないのかというと、そんなことはなく、いつもよりよく食べるくらいである。昨夜も母親がこういった。

「おまえ、最近よくご飯を食べるね。それで六杯めだよ」

「そんなに食べたかな」

「そうだよ。おまえきっと胃拡張という病気だよ。いちど病院へ行ったらどうだい」

母親を心配させるといけないので、おれは便通のないことは黙っていた。

「でも、からだの調子はすごくいいんだよ。そして、食べたあと、すぐ腹が減るんだ」

「そうかい。まあ、食欲がないよりは、いいけどねえ」

じっさい腹が減ってしかたがなかったのだ。食事してから一時間ほどすると、もう腹がぺこぺこである。じつに不思議だ。

それからさらに二ヵ月――便通はぜんぜんない。しかもよく食いよく飲み、腹は減る。ふつうなら、おれの下腹は三ヵ月分以上の大便がたまって、ふくれあがっているはずなのだ。それなのに心も軽く身も軽く、胃はなんともなく、腸もなんともない。

こんなおかしな話があるだろうか。

さらにおれは、えらいことに気がついた。

もう何ヵ月も前から、おれが便所へいくのは、大便所でうずくまるためだけなのだ。おわかりか。つまりおれは、ここ何ヵ月かの間、小便もしていないのである。

これには、われながらあきれてしまった。

――よくこれで、生きていられるな。

自分でそう思うのだが、からだそのものは以前より健康で、ぴんぴんしている。したがって学校の勉強もよくできる。

こいつは原因不明の病気にかかったらしいぞ——そう思い、医学辞典などをひっぱり出して読んだものの、そんな病気なんか、あるわけがない。おれはだんだん、心配になってきた。

ある日学校で、休憩時間におれがそのことを考え続けていると同級生の下田治子がやってきて、ささやくようにいった。

「どうしたの邦彦さん。何か心配ごとがあるみたいね」

この治子は、おれの最愛のガール・フレンドである。石森章太郎の少女マンガに出てくる女性のようなかわいい顔だちで、しかも皮膚の色は薄いピンクだ。高校生で、顔の色がピンクという女の子はなかなかいない。うそだと思ったらさがしてみろ。とにかく治子は、この高校でいちばんの美少女だ。しかも彼女の家は、おれの家の三軒隣だ。将来、治子は、おれの妻になるはずである。

だが、いくら将来の妻といったって、彼女の質問に、ありのままを答えるわけにはいかない。だって、そうではないか。傷つきやすい心を持った美しい少女に、

「ボク、三ヵ月前からウンコが出ないの」

そんなことをいってみろ。たちまち軽べつされて、つき合ってもらえなくなる。もちろん結婚なんかしてくれるはずがない。

おれは返事に困りあわてて陽気に笑った。そして、かぶりを振った。

「心配ごとなんか。そんなものないよ」

「いいえ。あなたはきっと、何かで悩んでるんだわ」

彼女は熱っぽい目でおれを見て、そういった。

「わたしには、わかるのよ」

彼女はおれを愛しているな――おれはそう感じた。こうなってくると、ますますほんとうのことはいえない。おれは黙っていた。

ところが女というものは、秘密を持っていたり、人知れぬ悩みを持っている男性には、実に弱いらしい。治子の、おれに対する恋ごころは、ますますつのるようである。しまいには、

「わたしにもいえないような悩みなのね。あなたきっと、わたしがきらいなのね」

そういって泣きそうな声を出す。

だからといってほんとうのことをいえば、彼女はいっぺんにおれをきらいになってしまうだろう。

おれは、ほとほと弱り果てた。

そうだ、おじに相談してみよう――おれはやっと、学校の近くで病院を開業しているおじのことを思い出した。

このおじは外科医で、おれは子どものときから、ケガをするたびにこのおじのところへ駆けこむことにしている。だから今まで、さんざんやっかいになった。

また、このおじはたいへんな天才である。医学だけではなく、物理学や数学でも学位を持っている。つまり医学博士であり、理学博士なのだ。もっとも、天才と気ちがいは紙一重と

いうとおり、多少風変わりなところがある。どういうところかというと……。

まあ、それは話が進むにつれて、だんだんわかってくるだろう。

その日、学校の帰りに、おれはおじの病院に行った。

「やあ、邦彦か。どうした。今度はなんだ。腕の骨折か。それとも盲腸か」

「そんなものじゃ、ありません」

「ほう。だいぶ深刻そうな顔をしているな。してみると病気ではなく、青春の悩みをうちあけるから、相談に乗ってくれというわけか」

「いえ。病気は病気なのですが、それがその、はたして病気といえるかどうか……。からだの調子はいいし……」

「なるほど、わかった。では精神病だな。幻覚を見るとか、妙な予感や夢に悩まされるとか」

「そういうものでもないのです」

「ではなんだね。早くいいなさい」

このおじは、頭がよすぎて、すごくせっかちなのだ。おれは今までのことを、全部話すことにした。

毎日三回便所へいくのだが、便通がぜんぜんないこと。小便も出ないこと。だが、便秘ではないらしいこと。からだの調子はすごくよくて、腹も減ること。等、等、等。

おじは最初、気のりがしないようすで、ふんふんといいながらうなずいていたが、話の途中から急に熱心になり、身をのり出し、目を輝かせ、おれのことばの途切れめに質問をはさんだりしはじめた。

　ぜんぶ話し終わってから、おれはおじに尋ねた。

「……と、いうわけです。こんな不思議なことがあるでしょうか」

「ふうん。なかなかおもしろい」

「こっちは、おもしろいだけではすみません」

おれは、あわてていった。

「いくらからだの調子がよくても、出るものが出ないというのは、不安でたまりません。なんとか説明してもらうか、もとどおりにしてもらわない限り、このままでは心配で気が狂います」

「まあ、待ちたまえ」

おじは立ちあがり、診察室のなかをうろうろと歩きまわりながら、しばらく考え続けた。

やがて、おれをふり返って、たずねた。

「邦彦。お前は半年ほど前に腸捻転を起こしたことがあったな」

おれはうなずいた。

「ええ」

「あのときのことを覚えているか」

「はい。覚えています」

と、いっても、読者諸君はご存じないだろう。ここでちょっと、おれが腸捻転になったときの話をしておこう。
五、六ヵ月前のことだ。
おれは学校の校庭でフットボールをしている最中、腸捻転を起こした。

「いてててててて」

あまりの痛みに、おれは校庭のまんなかにひっくり返り、のたうちまわった。

「どうしたどうした」

級友があわてて駆けつけてきた。体操の教師もやってきて、おれのようすを見て大声でいった。

「腸捻転らしいな。食事をしたあとで、急に激しい運動をしたからだ」

「まあ。腸捻転ですって」

下田治子がおどろき、わあわあ泣きながら、ぶっ倒れているおれのからだにすがりついてきた。

「邦彦さん、お願い。死なないで死なないで」

彼女のおれにたいする愛情をはっきり知ったのはこの時である。だがこっちは何しろ腸の痛みで、それどころではない。おまけに治子が泣きわめきながらおれのからだをゆさぶるものだから、その痛さはとうてい何ものにもくらべがたい。あまり痛くて気絶もできない。

「た、助けてくれ」

おれは悲鳴をあげた。

「こら。動かしちゃいかん」

と体操の教師が叫んだ。

「早く手術しないと腸が腐って死んでしまう。このますぐ担架に乗せて、病院へ運ぼう」

と、いうわけでおれは級友たちのかつぐ担架に乗って、おじの病院へやってきた。

治子は担架のうしろから、わあわあ泣きながらついてきた。

「死なないで。死なないで。邦彦さんが死んだら、わたしも死んじゃうから」

病院へ着くと、おじがおれを診察し、レントゲンをとっていった。

「ふん。これは腸捻転だけではないな。腸重積というやつだ」

腸捻転というのは、腸が手ぬぐいを絞ったようによじれることだが、腸重積というのは、腸の位置が移動して、入れこになることである。ついてきた体操の教師がびっくりした。

「それはたいへんだ。なおりますか」

「ふつうの外科医なら、ここで開腹手術をするところだ」

と、おじはいった。ここで、自分がいかに名医であるかを、ながながと自慢する気らしい。こっちはからだを折り曲げ、ひや汗を流して苦しんでいるというのに、じつにいい気なものである。

「だがわたしは名医だから、そんなめんどうなことはしないよ」

と、おじが自慢を続けていた。

「こんなものは、すぐなおして見せます」

おじはまず、おれに浣腸をし、レントゲンで腸を透視しながら、口から細いゴム管を突っこみ、腸の内容物を吸い出した。そしておれの腹の上から、手でぐいぐいと腸の位置を移動させた。

おどろくべし。おれの痛みはたちまちなくなってしまったのである。

「あのときのおじさんの治療が原因で、大小便が出なくなったのでしょうか」

おれはびっくりして、そうたずねた。

「ううん。あのときの治療は、すこし乱暴だったかもしれんな」

おじは、あいかわらず考え込んだままで、おれにそういった。

「しかしおまえが、大小便を出さなくなったのは、三カ月前からなんだろう」

「さあ。ひょっとすると、おじさんに腸捻転をなおしてもらってからかもしれません。なにしろ、ずっと便所のなかで英語の勉強をしていたため、出したかどうか、覚えていないのです」

「だとすると、おまえは六カ月間、大小便をしていないことになるぞ」

おじはたまげて、そう叫んだ。

「しかも、おまえの話を聞いていると、おまえはだいたい、普通の三倍から四倍くらい、ものを食べている。その間の大小便の量は、計算してみると何トン、いや何十トンになるかもしれん」

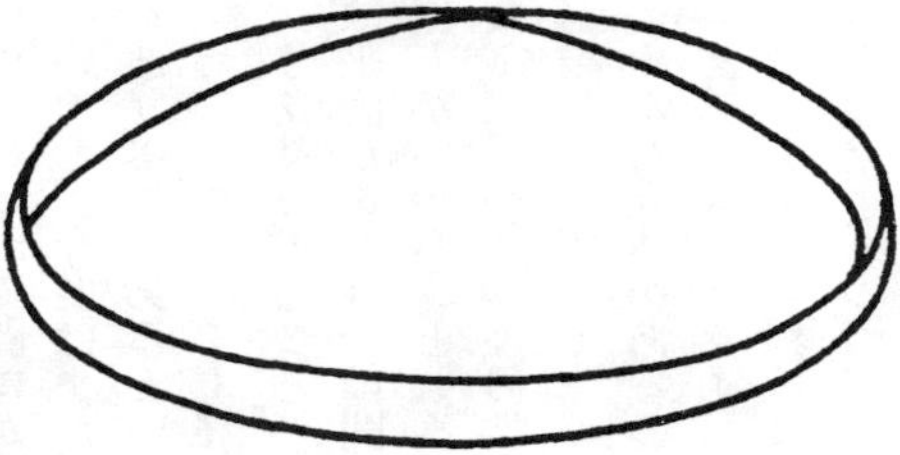

「まさか。そんなオーバーな」

しかし、それほどではなくても、相当の量になることはたしかだ。

「じゃあいったい、その大小便は、どこへ行ってしまったのでしょう」

「うむ。だんだん、わかりかけてきたぞ」

おじは目を光らせて、そういった。

「おまえは位相幾何学というものを知っているか」

と、おじはいった。

「そんなもの、高校では教えてくれません」

「あたりまえだ。こんなむずかしいものを高校で教えてたまるものか。これは高等数学だ」

「数学が、ぼくの病気と、どんな関係があるのですか」

「おおいにある。この位相幾何学というのは、あまりむずかしくて、ひとくちに説明することができない。だが、そのなかに、メビウスの輪というのが出てくる」

「メビウスの輪、ですって」

「そうだ。メビウスの輪というのは、こういう形をしているんだ」

おじは、かたわらにあった紙切れをとりあげて、細長く切ると前頁の図のようなものを作っておれに見せた。

「これがメビウスの輪だ。つまり、一ヵ所でねじれている。まず、この紙の表側をたどっていくと、いつの間にか、裏側をたどっていることになる。さらに、その裏側をずっとたどっていくと、今度はまた、いつの間にか表側をたどっている。つまり、いっぽうの面が、表でもあり裏でもあるという、これがメビウスの輪なんだ」

「たしかにそうです。でも、それがどうしたんですか」

「まあ待て。ところがこんどは、立体で考えてみよう。メビウスの輪というのは、展開すれば平面だが、いつの間にか立体の観念がはいってきているだろう。では、立体で、外側と内側とがいっしょというものを考えれば、今度は立体の、ひとつ上の観念がはいってくるはずなんだ。つまり幾何学でいう、X、Y、Zの各軸に、もうひとつ何かがプラスされた観念が必要になってくる」

「そんな立体があるのですか」

「あるとも。クラインの壺という立体だ。それはこんな形をしている」

こんな絵を、おじは描いて、おれに見せた。

「どうだ。このつぼはたしかに外側が内側であり、内側が外側にもなっているだろう。タテ、ヨコ、高さの三つの次元軸から成り立っている観念では、理解できないものがある。もうひとつ別の次元を考えなければならない」

「タテ、ヨコ、高さ以外の、もうひとつの次元ってなんですか」

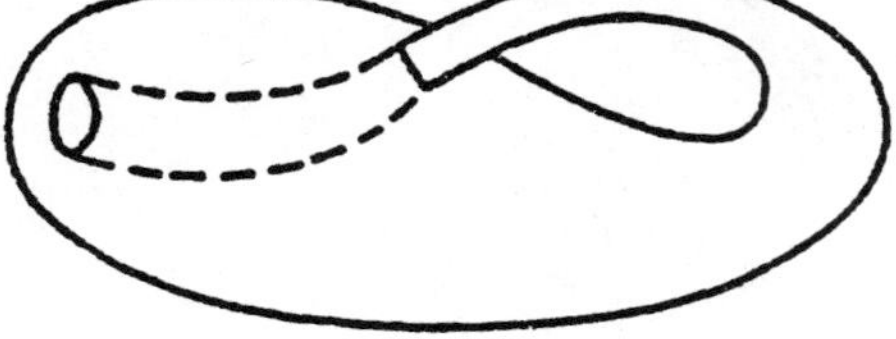

「それは、まだわかっていないんだがね。時間ではないかなどと、いわれている。しかし、そうなってくると、われわれには理解できなくなってしまうのだ。われわれは時間を自由にあやつることなど、とてもできないからね。それはすでに、われわれの住んでいる、この三次元の宇宙の問題ではなく、他次元の宇宙の問題になってしまうのだ」

おれにはやっと、おじのいおうとしていることがわかってきた。

「じゃあおじさんは、ぼくの腸が、この前の腸捻転の治療のときに、メビウスやクライン的にねじれてしまったため、位相幾何学の効果が発生し、大便や小便が、他の次元の宇宙へとびこんでしまっているというんですね」

「まあ、早くいえばそうだ。わしの考えが正しいかどうか、レントゲン写真をとってみよう。こっちへ来なさい」

おれはレントゲン室にはいり、おじに腸のレントゲン写真をとってもらった。

「やっぱり、思ったとおりだ」

おじは写真をながめていった。

「このよじれ方は、位相幾何学によく出てくるグラフと同じ曲線を描いている。この曲線のどこかで、腸は他の宇宙につながっているのだ。つまり、その部分で、おまえの腸の内容物は、他の宇宙へとびこんでいるんだ」

「じゃあ、早くもとへもどしてください」

と、おれは叫んだ。

「まあ待ちなさい」

おじは、考えながらいった。

「もしも今、おまえの腸をもとへもどしたとすると、他の宇宙から、この宇宙への通路を、いったん開くことになるのだ。そうなると、いったいどういうことが起こるか、わしには想像もできない。つまり、危険がともなうわけだぞ」

「でも、背に腸はかえられません」

と、おれはふたたび叫んだ。

「このまま一生、無便症のままだなんて、そんなことはいやです」

「便所へいく手間が、はぶけるじゃないか。将来おまえが家を建てたとする。その家には便所がいらない。建築費が安くあがる」

「いやです。いやです」

おれは泣きわめいた。

「大小便をしないと、人格を疑われます」

「それほどまでにいうのなら、直してやろう」

おじは、しかたなしにいった。

「だが、どんな結果になっても、おれは知らんぞ」

おじはふたたび、おれの腹の上から、手でぐいぐいと腸の位置を変えた。

「これでよし。もとのとおりだ」

だが、なんの異変も起こらなかった。おれのからだにもなんの異常もない。

「心配するほどのことは、ありませんでしたね」

と、おれはおじにいった。

「そのようだな」

おじも笑った。

病院を出て、まっすぐ家へもどった。

家の近所まで帰ってくると、あたりがなんとなくさわがしい。

パトカーや消防車が走って行く。

火事だろうか――そう思いながら歩き続けていると、向こうから、父と母がぼんやりこっちへ歩いてきた。下田治子や、その両親もいっしょだ。みんな、ぼうぜんとした顔をしている。

「いったい、どうしたんですか？」

おれは彼らを呼びとめ、そうたずねた。

父は、黙ったままで、家のほうをふりかえり、あごで示した。

家のほうをひと目見て、おれはあっと叫んで立ちつくした。

家のあったところには、小山ができていた。下田治子の家は、山のふもとで押しつぶされてしまっている。

その山は、大便でできていた。

人口九千九百億

地球の人口が、おどろくなかれ八千億を突破したと聞いておどろいたのは三年前のことだ。

「今は九千九百億になっているそうです」

そう聞いたのは、地球へ向かう宇宙船の中である。

「たった三年でそんなにふえたのか」私はびっくりして、パイロットにそう訊ね返した。

「だって大使、一億の人口が千九百億になるのはなかなかだけど、八千億が九千九百億になるのは、またたく間です。人口増加率を考えれば、たいしたふえかたじゃない方ですよ」

そりゃあ、そういえばたしかにそうかもしれないが、しかし、いったいそれだけの数の人間がせまい地球で、どのようにして生活を営んでいるのか——積みかさなって生きているわけでもあるまいし——生まれた時から人口密度の少ない火星に育ってきた私などには、想像することもできなかった。

「どうして君は地球のことを、そんなによく知っているのだ」と、私は若いパイロットに訊ねた。

「宇宙をとびまわっていると、地球の通信衛星からの電波をキャッチすることが、よくあるんです」彼は操縦席からふり返った。「ところで大使。そろそろ着地ですよ」

「用意はできている」私は客席のベッドに、仰向きに横たわった。

あと数分で、私は全人類の故郷――地球の土を踏むことになるのである。火星の大使としてだ。

地球と火星とは、ながい間、国交断絶の状態にあった。火星が地球の植民地でなくなり、国家として独立して以来のことである。もちろん、地球が火星の独立を認めようとはしなかったからなのだが、しかしそれはもう数百年も前のことだ。

それ以来、国交正常化の気運は何度もあったのだが、のべつまくなしに起こっていた地球の内乱やクーデターや暴動や小ぜりあいや何やかやのため、今まで延びのびになっていた。

だがとうとう、アダムス政府が地球統一を成しとげた。

交易を、アダムス政府が火星連合に申し入れてきた。

大使を交換することになった。

私は火星連合から地球へ派遣される、最初の大使である。と同時に、独立国家としての火星から地球へやってきた最初の人間なのである。

着地は簡単だった。

不快感もなく、あっという間に終ってしまった。

私があっといったのは、小型宇宙艇のハッチから発着場に降り立って、あたりを見まわした時である。

林立する高層ビル、せせこましく建てられたアパートなどを想像していたのだが、見たところ建築物らしい建築物はなく、そこは、はるか八方の地平線の彼方までひろびろとうちひろがった大草原だった。

私をおろした宇宙艇はとび去り、私は平野のまん中にとり残された。

数十メートル離れたところに、出迎えに来てくれたらしく、一様に背の低い五人の男が立っていて、私に手を振った。私たちは歩み寄り、手を握りあい挨拶を交した。

「地球へようこそ」と、いちばん背の低い男がいった。「私がアルフレッド・E・アダムスです」

「ツキキです」と、私もいった。

「もっとお年寄りかと思っていましたら」と、アダムスは意外そうにいった。「お若いので驚きました」

「三十三歳です」と、私はいった。

どうやら私の若さを褒《ほ》めているらしい。お返しに、あなたがたの背の低いのにはおどろきましたと言いかけて、あわててやめた。失礼になってはいけないからである。

「なんにもありませんね」私はあたりを見まわしてそういった。

実際なんにもなかったからで、ただひとつ、百メートルばかりのところに公衆便所のような大きさと形の建造物がひとつあるきりだ。

私はそれを指して訊ねた。「あれは便所ですか」

アダムスは不快そうな顔つきで、ちらと周囲の閣僚を見まわし、気をとり直していった。

「お疲れでしょう。今日はとりあえず、ぐっすりおやすみください。いい部屋を用意しておきましたから。さあ、出かけましょうか」

出かけるといっても、あたりには乗りものらしいものの影も形もない。この大草原をてくてく歩かなければならないかと思って、私はげっそりした。

アダムスたちは、例の公衆便所のような建物に向かって歩き出した。私も彼らに続いた。おかしなことにアダムスたちは、広い場所なのに五人ぴったりと身を寄せあい、何か姿なき敵から自分を守るような恰好で、そして何か故知れぬ恐怖を感じているかのようなおどおどした様子で歩き続けていた。

着いてみるとその建物は便所ではなく、地下へ降りるためのエレベーター・ハウスだった。ボックスの中へ入ると、われわれ六人だけで満員になってしまった。天井が低く、私は首をすくめなければならなかった。

「町が地下にあるのですか」降下しはじめたエレベーターの中で、私はアダムスにそう訊《き》いた。

「そうじゃありません。あなたが宇宙船から降りてこられたところが建物の屋上だったのです」

「ではあの大草原は、巨大なビルの屋上だったのですか」私はびっくりして、そう訊ね返した。

「そうです。屋上に草を植え、発着場を作ったのです。日光浴場もあります」

なるほどエレベーターの階数表示盤を見ると、一階から二百三十八階まである。エレベーターはすごい早さで降下して、百二十階で停った。ほとんど音がしないのは、反重力装置もしくは圧搾《あっさく》空気を利用しているかららしい。

降りたところは、細ながいビルの廊下だった。えんえんと続く天井の低い廊下の両側に、ほとんどくっつきそうな間隔でドアが並んでいる。ドアにはひとつずつ、ナンバー・プレートがついていた。

『A―二〇三九八一七六三七』
『A―二〇三九八一七六三八』
『A―二〇三九八一七六三九』

「このドアは何です」私は廊下を歩きながら、肩を並べた隣のアダムスに訊ねた。

「家です。ぜんぶA級ハウスです」

「公団住宅ですか」

「地球上、ぜんぶそうです」

ひとつのドアが開き、中から子供が廊下へ出てきた。開いたドアの隙間からちらりと中を覗《のぞ》くと、数メートル平方の部屋に五、六人が机を囲み、食事していた。A級ハウスがこんな様子では、B級やC級はどんな具合だか想像もつかない。

あきれながら歩いていると、今度は廊下の端に、毛布にくるまった老人や女子供が数人うずくまっていた。いずれも顔は煤《すす》でまっ黒け、着衣は焼け焦げだらけでぼろぼろだ。

「この人たちは何です。乞食ですか」

私がそう訊ねると、アダムスは首を傾《かし》げた。「さあ、何でしょう」

閣僚のひとりが、通りかかった制服姿の警官らしい男に訊ねた。「何かあったのかね」

「はい。この廊下のつきあたりの一廓で、火事が出たのです」と、警官は答えた。「この人たちは罹災者であります」

「失火かね。放火かね」と、アダムスが訊ねた。

「現在、調査中であります」

「部屋が老朽化してくると、改装してほしいために、わざと放火する住民がいるのですよ」

アダムスが私を振り返り、うなずきながらいった。それから舌打ちした。「ちぇ。もう建設費の予算はとうにオーバーしてるんだぞ。おい建設大臣。こういうのはほっておけ。いいな」

「はい」

廊下の角を数回折れ、歩き続けた。いい加減歩きくたびれてうんざりしていた私は、アダムスに訊ねた。

「この辺もまだ、A級ハウスなんですか」

「いや、ここはもう官公庁街ですよ」彼は傍らのドアを指していった。「この辺は最高裁判所で、このドアは法廷です」

「ちょっと見学できませんか」

「できますよ。どうぞ」

私たちはドアを開け、法廷の傍聴席へ入った。傍聴席はすべて立見だ。傍聴席だけでなく、裁判官も被告も、すべて立ったままである。法廷がせまいのだから無理もないが、この裁判はもう五時間も続いていると聞いて、私はすっかり驚いてしまった。地球の人間はよほど我慢強いらしい。

正面の一段高い場所にいる白髪の裁判長は、胸幅の広い、まことに威風堂堂とした人物だった。ところがそれは真正面から見た場合だけで、何かの拍子に彼を横から見ると、胸の厚さが五センチくらいしかない。頭まで横に扁平だ。裁判長だけでなく、両横の判事や検事や弁護士も、多かれ少なかれ似たような平べったい体格である。

「なぜあんな身体つきになったのですか」私は仰天してアダムスに訊ねた。

「さあね。おそらく常に大きな机と壁にはさまれたせまい空間に立っている上、被告を威圧しなければならないので、ああいう風になったのでしょうな。他にもドラッグ・バーテンダーとか、スーパー・マーケットのカウンター係とか、テレビ学校の教師タレントとか、あんな具合に横に平べったくなった人間はたくさんいますよ。逆に、官庁の資料係や図書館員など、細いところを通り抜けなければならない人間は、縦に平べったくなっています」彼は平然としてそういった。

「なぜ奥さんを殺したのですか」と、検事が被告に訊ねていた。

「殺したのではありません」と、被告が答えた。「圧死したのです」

「どういうふうに圧死したのですか」

「最近ぶくぶく肥り出してきて部屋がせまくなり、壁と家具にはさまれて圧死したのです」

「奥さんが肥り出し、部屋がせまくなってきたので、あなたが腹をたてて殺したのではないのですか」

「ちがいます」

「そんなによく肥えた奥さんといっしょにいたのでは、奥さんが圧死する前に、あなたが圧《お》し殺されていてもよかったはずですね」

「ちっとも、よくありません」

「あなたは我が身可愛さに、奥さんに圧し殺される前に、手っとり早く奥さんをしめ殺したのでしょう」

「ちがいます」

しばらく傍聴したのち、私たちは法廷からふたたび廊下へ出た。さらに官公庁街を通り、やっと、私のために用意されたという部屋の前に着いた。

「どうぞゆっくり、おくつろぎください」アダムスは部屋の鍵を私に渡しながら、もういちどくり返した。「最高級の部屋です」

「ありがとう」

「では明日、また伺います」

アダムスをはじめ五人の閣僚は、廊下を引き返していった。

私はドアを開けて部屋に入った。

眼を丸くした。

こんなせまい部屋は、火星なら三流のホテルにだってない。テーブルとベッドがあるだけだが、三メートル平方の室内はそれでもういっぱいだ。

浴室はついているものの、中を覗くと一メートル平方しかなくて、壁にシャワーがついているだけである。便器がないのでびっくりした。小便がしたいのだが、まさかこんなところで立ち小便はできない。何かあるはずだがと思って見まわすと、壁の下の方からゴムホースの先端が二本突き出ていた。太い方のゴムホースの先端には、尻の恰好をした金具がついている。これが大便用の便器で、こいつを尻に押しあて、立ったまま用を足せということらしい。私は細い方のゴムホースを引っぱり出し、先端の金具に生殖器を突っこんで用を足した。もし抜けなくなったらどうしよう——そう思うと気が気でなく、小便は途中で止ってしまった。

シャワーを浴びてから部屋に戻り、ベッドに横になったが、なかなか眠れない。天井が低いので、上から圧し潰《つぶ》されそうな感じである。窓がないから見るものもない。

壁には厚さ一センチばかりの白いパネルが一枚かかっていた。どうも何か曰《いわ》くがありそうだと思って、私は立ちあがりパネルに近づいた。横についていたボタンのひとつを押すと、思ったとおりパネルの表面にカラーの立体画像があらわれた。おどろくほど薄っぺらなテレビだったのである。スピーカーは天井のどこかに埋《う》め込まれているらしい。私はふたたびベッドに戻り、寝そべったままでテレビを見はじめた。

音楽番組だった。ステージが狭いらしく、若い男女が窮屈そうに踊っている。場所をとらない植物的な踊りである。ほとんどくっつきそうなくらいの距離に立って向きあったまま、指さきを少し動かしたり、舌を出したり、眼球をぐるぐる動かしあったりするダンスだ。ソシアル・ダンスならともかく、ステージ・ダンスがこうなってしまっては、もうおしまいだな――私はそう思った。

いつの間にか、ぐっすり眠りこんでいたらしい。ドアをどんどん叩く音で眼を醒《さ》ました。腕の電子時計を見るとすでに朝である。あわてて起きあがり、下着のままでドアを開けると、だしぬけに兵隊らしい男が三人ばかり部屋へ乱暴に踏み込んできた。

「この部屋を接収する」と、下士官らしい男がいった。「お前は出て行け。この部屋は将校用に使う」

「君たちは何者だ」私はわめいた。「私はアダムス政府に招かれた賓客だぞ。無礼は許さん」

「昨夜クーデターが起こって、アダムス政権は崩壊した」と、下士官はいった。「服を着る間だけ待ってやるから、すぐ出て行け」

「くそ。いい部屋に泊りやがって」兵隊のひとりが、部屋を見まわしながら腹立たしげにいった。

「私は火星連合から派遣された大使だ」私は顔じゅうを口にして叫んだ。「私を粗末に扱うと、火星と戦争になるぞ」

「火星の大使だと」下士官はしばらく考えこんだ。「よし。それなら総統のところへ連行する」彼は憎にくしげに、にやりと笑って言った。「総統は火星嫌いだから、どうせお前はエレベーター裂きの刑さ。さあ。早く服を着ろ」

しかたなく、私は服を着はじめた。

「くそっ。いい部屋だなあ」と、兵隊がいった。

「アダムスも捕まったのか」と、私は訊ねた。

「奴は逃げた。他の閣僚たちはぜんぶ捕えて、今朝がたアイロン・プレス刑に処せられたはずだ。今ごろはもうぺっしゃんこになって、巻かれているだろう」

死刑室を作るスペースもないらしく、住宅難の地球にふさわしく死刑までなんとなくみみっちい。

下士官は兵隊に命令した。「こいつを総統のところへ連行しろ。逃さぬようにしろよ」

「はい」

兵隊のひとりが、服を着終った私の手首をぐいとつかんだ。

「そこをはなせ」私は腹を立てて、腕をふりはらおうとした。「下郎め。汚ない手だ」

だが腕力では、火星育ちの人間は地球の人間にとてもかなわない。火星の重力は小さいから、人間の背は伸びるが筋肉は発達しないのである。たちまち私は、万力のような腕で背後から胸を締めつけられ、動けなくなってしまった。

「さあ。おとなしくしろ。来い」

私は二人の兵隊に連行されて部屋を出た。

私たちはしばらく廊下を歩き続けた。何も悪いことをしていないのに死刑になるのはいやだから、何とかして逃げようと思ったが、なかなかその隙がない。そのうちに、どうやらB級かC級らしい、きたない区域にやってきた。両側のドアはたいていどこかが破れ、乱雑でせせこましい室内がまる見えである。ドアのない家もあった。中を覗くと七、八人が床にごろごろ寝そべってテレビを見ている。

「みんな、どうして働かないのだ」と、私は兵隊に訊ねた。

おとなしそうな顔をした方の兵隊が答えてくれた。「就職するのは大変だ。生活必需品は工場地区の機械が自動的に作り出しているから、人間の労働力は必要ないんだ」

「お前たちは、暇をもてあましてクーデターをやったのか」

「だまれ」もうひとりが背後から、私の頭をぽかっと殴った。

殴られただけで鼻血が出てきた。

しばらく行くと、廊下の床が壊れ、大きな穴があいていて、危険と書いた立札を立ててあるところへやってきた。ちらと下を覗くと、数メートル下は階下の廊下だ。兵隊の油断を見すまし、ままよとばかり私はその穴へとびこんだ。

地球の重力に馴れる訓練は火星で受けてきていたのだが、咄嗟の場合はどうしても以前の感覚で行動してしまう。火星だと、相当高いところからとびおりても平気なのだが、ここでは駄目だった。いやというほど腰骨を廊下の床に打ちつけ、ぎゅっと呻いたまま、私は立ちあがれなくなってしまった。

「くそ。とびおりやがった」

天井の穴からこちらを見おろし、兵隊たちがうろたえていた。

彼らは戦闘用の重装備をしているから、とびおりることができないらしい。

「度胸のある奴だ」

「エレベーターでおりよう。奴はまだ起きあがれまい」

彼らはエレベーターの方へ駈けて行った。

ぐずぐずしていると、また捕《つか》まってしまう。私は唸《うな》りながら立ちあがり、よろめきながら廊下を逃げはじめた。

階段をおりたり、廊下を曲ったりしているうちに、腰の痛みが次第に薄らいできた。どうやら逃げ切れたらしい。

少しほっとしながら歩いていると、廊下のまん中に脚立を横に立てて置いてあるところへ出た。通行止めの意味らしい。かまわずにまたいで通ろうとすると、横のドアが開き、兵隊がひとり出てきて、銃らしい武器を私に突きつけた。

「こら」と、彼はいった。「旅　券《パス・ポート》を見せろ」

そんなものは持っていない。

「どうして旅券がいるんだ」と、私は訊ねた。

「ここは国境だ」と、彼は答えた。「アダムス政権の崩壊で、ここから先はもと通り、イワン帝政国家になっている」

「じゃあ、引き返すよ」私はそういって、廊下を引き返した。

あの国に入ってしまえば、捕まらなくてすむかもしれないな——私はそう思った。何とか国境を突破する方法はないかと考え、ひょっとすると、階段を一階おりて、廊下を少し歩き、その次の階段を一階登れば簡単に入れるかもしれないと思った。その通りやって見たら、案のじょう誰にも咎《とが》められなかったので、私はあきれてしまった。

なんとかして火星へ戻る方策を立てなければならない——そう考えながら歩いているうちに、歩きくたびれてくたくたになった。どこまで歩いても廊下だから、腰をおろすところがない。廊下の端に腰をおろしたりすると、また誰かに見咎められて、どこかへ連れて行かれるにきまっている。

こんなに広い建物なのに、乗りものといったらエレベーターだけだ。縦には移動できるが、横に移動するには歩くより他ないのである。ひょっとすると——と、私は思った。——勤務先は三十階上、買いものは四十階下というふうに、地球の人間の生活行動範囲は、平面ではなく、ほぼ垂直なのかもしれないぞ――。

そういえば、廊下を歩いている人間はあまり見かけない。そのかわりエレベーターはあちこちにある。エレベーター文明だな――私はそう思った。

エレベーターがあったので、ボタンを押して待つことにした。一階まで行けば、あるいは建物の外へ出る道が見つかるかもしれないと思ったからである。やがてドアが開いた。

乗りこむと、中が便所になっていたのでびっくりした。ボックスの中央に便器がでんと置かれている。どうやらエレベーター兼用の公衆便所らしい。各階の住民に使わせるためと、時間と空間を節約するために作ったのだろう。用を足しながら行先階のボタンを押せばいいわけだ。

私は一階のボタンを押し、スピード・メーターを最高速にした。エレベーターはすごい勢いで降下しはじめた。

メーターの上に紙が貼《は》ってあって、『用便中は最高速度で降下しないでください』と書いてある。あたりまえだ。排便しながらこんなスピードを出したら、逆流した大小便がエレベーター中をとびまわって、たちまち全身まっ黄色になってしまう。

ほどなく一階に着いた。

思った通り一階には、居住者はいなかった。どのドアをあけても中は機械類だけで、人間の姿はない。機械は勝手に動いていた。工場地帯なのだろう。

『管理人控室』と書いたドアがあったので、ノックしてみた。

「どうぞ」

客などめったにないらしく、びっくりしたような声が中から応えた。重いスチールのドアを開くと、中には若い男がひとりいて、隅の事務机で本を読んでいた。周囲の壁の本棚には、ぎっしりと本が並んでいる。

「どなたですか」男は青白い顔を私に向けて訊ねた。

「見学に来ただけです」

「ふん」男は迷惑そうに顔をしかめた。「見学するようなものは、何もありませんよ」

私は周囲の本を見まわしながらいった。「あなたはエンジニアですか」

「いいえ。私はただの管理人です」

本棚にSFがあったので、私はもういちど彼をじろじろと観察した。「あなたはSFのファンですか」

「私はSF作家です」と、彼は答えた。「仕事のかたわら、本を書いています」

「じゃあ、管理の仕事は暇なんですか」

「することは、ほとんどありません」彼はうなずいた。「そのかわり給料はべらぼうに安いですよ」

「いったい、何の管理をなさっているのですか」

「エレベーターの管理です」

「管理人室に、こんなにたくさん自分の本を持ち込んだりして、叱られないのですか」

「ここへは誰も来ないのです。ゆっくり原稿が書けます」

「どんなSFを書いていらっしゃるのですか」

「エレベーターSFです。評論もやります。その棚にあるのが、ぜんぶ私の著書です」

私は本の背表紙を、順に眺めた。


『五十年後のエレベーター』

『エレベーターの未来像』

『エレベーターの思想』

『エレベーター世界一周』

『エレベーターひとりぼっち』

『狂ったエレベーターの季節』

『恍惚のエレベーター』

『エレベーター九九九九年』

『準B級エレベーター』

『エレベーター風雲録』

『万延元年のエレベーター』

『SFエレベーターの夜』

私はあきれて彼にいった。「どうしてもっと、夢のあるSFを書かないんですか」彼は急に不機嫌になって、投げやりに答えた。「飛躍が大きすぎると、一般受けしないから、本を出しても売れないよ」そういって黙りこんでしまった。

気むずかしい男らしい。私は話題を変えた。

「ところで、エレベーターの機械室は、たいてい建物の地下にあるものですが、この建物には地下はないのですか」

「この辺には地下はないね」彼はそういって、部屋の床の中央にあるマンホールらしい鉄蓋を持ちあげた。「下をのぞいてごらん」

私は床の丸い穴から、下を覗きこんだ。床の五十センチほど下にはどんよりと濁って見える静止した黒い水面があった。

「これは下水道ですか。それにしては水が流れていませんね」と、私はいった。

「それは下水じゃないよ」彼はいった。「それは大西洋だ」

私はたまげて、彼の顔を見つめた。「この建物は、海の上に立っているのですか」

「そうだよ」彼は私の驚く様子に怪訝《けげん》そうな眼を向けながらうなずいた。「どうかしたかね」

私は泣きそうになって、さらに訊ねた。「では、いくら歩いても建物の外には出られないのか」

「建物の外だって」彼はますます不審そうに首を傾げた。「地球の上には、建物しかないんだよ。つまり地球の表面は、平均二百数十階の建物によってぐるりと取り囲まれているんだ。私の友人には、北極点の真上にいる奴もいるよ」

「なんだって」私はあまりのことに、口をぽかんと開き、ぜいぜいとあえいだ。

「陸地の部分には、平均三、四十階の地下があるそうだ。行ったことはないがね。見てきたものの話によると、地下へ行けば行くほど天井が低くなっていて、そのあたりに住んでいる人間の恰好ときたら、土蜘蛛みたいに扁平で、ほとんど床を這《は》って歩いているそうだ」彼はかけていた椅子から立ちあがり、ゆっくりと私に近づいてきながら訊ねた。「そういえばあんたは、いやに背が高いな。どこから来たんだね」

「じつは私は、火星生まれなんだ」私はしばらくためらったのち、思いきって彼に、今までのいきさつを全部話した。

彼は頷いた。「なるほど。そうか。道理で何も知らないと思った」

私は溜息をついた。

それからもういちど、床下五十センチの海面をのぞきこんだ。

「この海には」私は水面を指して訊ねた。「魚はいるのかい」

「魚はいないね。全部死んでしまった。でも、深いところにはイカがいるよ。メクライカというイカだ。釣ってみるかね」彼は部屋の隅の釣り糸を指していった。「おれはよく釣ってみるんだがね。もっとも、太陽光線がないから色素が欠乏して、幽霊みたいに半透明になったメクラのイカだ。しかし食ってみると、わりあい旨いよ」

そんな気味の悪いものが食えるものか。

「ほかには、動物はいないのか」

「深海魚なら、まだ生き残ってる奴もいるだろうな。それから、南極の方にはクジラがいるよ。暗闇のためにメクラになって、全身まっ白になった、シロメクラクジラというやつだ」

私はもと通り、鉄蓋で穴をふさいだ。

「ところで」と、私は彼に向き直っていった。「なんとかして、火星へ戻りたいのだがね」

「そうだな」彼はしばらく考えこんだ。

やがて、顔をあげた。「やはり、宇宙船を盗み出すより仕方がないだろうね。あんた、宇宙船の操縦はできるかい」

「火星では自家用宇宙艇を持っていたから、ひと通りの心得はある」と、私はいった。「しかし、どこへ行けばいいんだ」

「二百三十八階だ。おれは商売柄、宇宙船の格納庫を二、三度見学したことがあるから、場所を知っているよ」彼は私に地図を書いてくれた。

丁重に彼に礼を言ってから、私はまた廊下に出た。あの便所エレベーターに乗るのはいやだから、別のエレベーターを探した。

ドアの大きなエレベーターがあったので、ボタンを押して待った。やがてドアが開き、中から白衣を着た女が顔を出した。

「一階から乗ってくる人もいるのね」彼女は私をじろじろ見て訊ねた。「あなたは、どなたの奥様でしたっけ」

　眼鏡をかけているところを見ると、たいへんな近眼らしい。

「私は男です」そういいながら、エレベーターの中を女の頭越しに覗《のぞ》くと、すごく奥行きのあるエレベーターで、美容室になっていた。満員だ。

「このエレベーターは、婦人専用よ」彼女はドアを閉めてしまった。

　美容院ではしかたがない。他のエレベーターを探した。やっとのことで、他に用途のないプレーン・エレベーターを見つけることができたので、私はそれに乗った。

　二百三十八階は最上階である。ボタンを押し、その上の壁を見ると、『四十二階には停止しないでください』と書いてあった。持ちまえの好奇心から、私はすぐ四十二階に何があるのか覗いて見ることにした。

　エレベーターが四十二階で停《とま》り、ドアが開いた。一歩外へ踏み出し、私は眼を丸くした。薄暗く広い部屋に、数百人の老人がぎっしり詰《つま》っていて、床にうずくまっていた。いずれも百歳はとうに越えていると思える年寄りたちである。養老院かと思ったが、すぐに、そではないとわかった。あきらかに死にかけている者が何人もいるのに、放ったらかしなのである。昔の言葉でいうなら姥捨て山だ。糞便がところどころに、うず高く積み重なっていた。すごい悪臭だ。この世のものとも思えぬ姿かたちをした老人ばかりで、眼球が頬の上まで垂れさがっている者、鼻の骨がむき出しになっている者、中には腰から下が腐りかかって、どろどろ溶けはじめている者までいた。

吐きそうになり、私はエレベーターに戻って大あわてでドアを閉めた。エレベーターが上昇しはじめてからもしばらくは、私の身体からは顫《ふる》えが去らなかった。あんなものを見たことが誰かに知れたら、ただでは済まないだろう。

医学の発達が、老人を細ぼそと生きながらえさせることになり、結局生きているだけで何の役にも立たない老人がふえすぎたのだ。それは火星でも同じだが、火星では本人の希望により安楽死させる。だが地球は野蛮だから、まだ安楽死を罪悪だと思っているらしい。だからあんなところへ押し込めて殺すのだろう。あそこだってきっと、表向きは養老院ということになっていて、家族から高い金を巻きあげているにちがいない。

誰かが呼んだらしく、エレベーターは九十一階で停った。

どんな奴が乗ってくるかと思っていると、買物帰りらしい若い女だった。上流階級の娘らしく、とびきり上等の装いをしていた。顔も美しく、身体も火星生まれの女ほどではないが、均整がとれていた。女は嫌いではない。むしろ好きである。しかし今は話しかける気分にならない。会釈もせず知らん顔をしていると、女が不満そうな声で喋りかけてきた。

「ねえ。あなた男性でしょ。この荷物、持ってくれないの」

地球ではこういう場合、男性はたとえ相手が見知らぬ女性であっても、その荷物を持ってやることになっているらしい。私はおとなしく、彼女の荷物を持ってやった。

「わたし、百六十八階で降りるの」

だから階数ボタンを押してくれということらしい。私は両手に彼女の荷物をいっぱい持ってやっているのだから、自分で押したらよさそうなものだと思うのだが、こんなところで小娘と口喧嘩しても始まらない。四苦八苦して、やっと百六十八階のボタンを押した。

「ずいぶん背が高いのね」と、女がいった。まるで使用人に口をきいてやっているという調子だ。

エレベーターが百六十八階で停ると、彼女はそのまま廊下に出て、すたすた歩きはじめた。私に荷物を自分の部屋まで運ばせるつもりなのだ。こっちの都合など、どうでもいいらしい。しかたなく私もエレベーターを出て、彼女の後に続いた。

彼女がひとりだけで住んでいる様子のA級ハウスに入り、他に置くところがないので、彼女のベッドの上に荷物を置いた。彼女は両手でその荷物を床に押し落し、自分はベッドに腰をおろした。私が部屋を出て行こうとすると、彼女は呼びとめた。

「ちょっと、遊んでいきなさい」

私は振り返った。「いそぎの用があるので、これで失礼します」

彼女は立ちあがり、いらいらした高い調子できっぱりといった。「あなたはここで、私と遊んでいくの。いいこと」

さすがに、かっとした。「あなたの指図に、なぜいちいち従わなければならないのかな」

と、私は少し強い調子でいった。

彼女はさっと身をひるがえし、私を押しのけてドアにとびつき、鍵をかけてしまった。その鍵を服のポケットに入れ、ベッドを指した。「さあ、そのベッドにおかけなさい。これは命令よ。わかったわね」

私は彼女の行儀がもっとよくなってから返事してやろうと考え、黙っていた。

彼女はさっさとベッドの傍に戻り、まだ黙って突っ立ったままの私を振り返って、不機嫌な声で叫んだ。「さあ、来るの。来ないの」

「ドアをあけてくれ」私はゆっくりと、そういった。

「いやよ」と、彼女はヒステリックにいった。

私は彼女に歩み寄り、その服のポケットから鍵を出そうとした。彼女が私にかじりついてきた。しばらく揉《も》みあっていたが、女とはいえ、なにぶん相手は地球の人間だからとてもかなわない。私はたちまちベッドに押し倒され、上から首をぎゅうぎゅう締められて、息がとまりそうになった。

私に抵抗する気がなくなったと見てとると、彼女は眼を吊りあげたまま、平手で力まかせに私の左右の頬を十数回連打した。あきらかに、酔ったようになっていた。私の頬は焼けるように火照った。

「罰よ。レディに対する、あんたの行為に対する罰よ」彼女はそういった。

「この小娘。このすべため。こ、この、この……」私は怒りのあまり、口もきけなくなってしまった。

「言葉に気をつけなさい」彼女はまた片手を振りあげた。

これ以上殴られては顔が歪《ゆが》んでしまう。私は黙った。

「どう。良い薬になったでしょう。女性を侮辱すると、こういう目に会うのよ。女権委員会に報告して、あなたの社会的生命を奪うことだってできたのよ。これだけで済んだのだから、ありがたいと思いなさい」

私は彼女の持っている、生まれつきの威厳を感じた。

「気の毒ね。あなたは背は高いし、上流階級の人間らしいし、相当美男子なのだから、今までだって、ずいぶんうぬぼれていたでしょうし、きっと自尊心がずたずたになってしまったでしょうね。自分よりずっと歳下の娘に、こんな目に会わされてしまって。でも、だからこそわたしは、あなたをこらしめたのよ。地球の男性なら、いくら好男子でも、いくら他の娘とのデートに遅れそうでも、女性に会った場合は、絶対にさっきみたいな振舞いをしちゃ駄目よ。いいこと。そう。あなたが他の娘との約束に遅れそうで、いそいでたってことぐらい知ってるわ。そういう時は、えてして他の女性への礼儀を忘れるものなの。でも、相手がわたしでよかったのよ。もし相手が委員会のこわぁいおばさまで、私以上に男性懲戒術に年季の入ったひとだったら、あなたみたいな虚弱な男性は、どんな目に会わされてたかわからないわよ。きっと、ばらばらよ。さあ。もう許してあげるわ。出て行きなさい」彼女は立ちあがり、ドアをあけた。

私はショックを受けたため、しばらくは立てなかった。ベッドにぶっ倒れたままの姿勢でぼんやりしていると、横で服を脱ぎはじめた彼女が、ぴしりと言った。

「何よその態度は。ふてくされてるつもりなの」

あわてて立ちあがったが、足をもつれさせて床にひっくり返った。私は泣き出した。

「許してください。地球の女性がこれほどまでに強くなっていたとは夢にも思わなかったのです」私は床に這いつくばったまま、わあわあ泣き叫んだ。「もうあんなことは絶対にいたしません」

「わかったらいいのよ」彼女はすっかり私に興味を失った様子で、私の眼の前ですっぱだかになり、浴室へ入ってシャワーを浴びはじめた。

私はめそめそしながら廊下へ出て、エレベーターのところへ引き返した。人口が増加し、子供を産む必要がなくなると、女性の権力が強くなるというのは本当だな――私はそう思った。たとえば火星でも、結婚式の時は新郎の両親がおいおい泣きながら、どうか息子を可愛がってやってくださいといって新婦に懇願する。しかしどうやら地球はそれ以上らしい。

宇宙船を盗み出す自信はすっかりなくしてしまっていたが、それでも二百三十八階まで昇ってみると、エレベーターを出たところが宇宙船の格納庫の内部で、番人らしい人影はなかった。私はあのSF作家に教わったとおり、部屋の隅のスイッチ・ボックスを開け、格納庫の天蓋シャッターを開いた。久しぶりの蒼空が、そこにはあった。

大小さまざまな宇宙船が、いつでも発進できるように整備されて置かれていたが、私は遠慮して、いちばん小さい宇宙艇に乗りこんだ。燃料もたっぷりあった。

発進は成功した。操縦席の前のスクリーンに、地球ぜんたいの光景が映りはじめた時、誰かが私の肩をうしろからそっと叩いた。

私は息がとまりそうになるほどびっくりした。「だ、誰だ」

「わたしです。アダムスです」

それは後部シートに今まで隠れていたらしいアルフレッド・E・アダムスだった。彼はおろおろ声で私にいった。「お願いします。私を火星へ亡命させてください」

今さら引き返すことはできないし、彼を宇宙空間に抛《ほう》り出すこともできない。私はしかたなく、彼を火星につれて帰ることにした。

火星へ戻ってきた次の日、アダムスは精神病院に入院した。今もまだ、そこにいる。病名は広所恐怖症である。

しかし彼は、地球へ戻りたいとは思っていないようだ。もちろん私だって、二度と行く気はない。あんなところ誰が行くもんか。

わが良き狼《ウルフ》

隔壁の長いトンネルを抜けると過去だった。

「客を迎えに、あのトンネルを抜けて外へ出たのは久しぶりだったよ」運転手のジョニー・フロッグが客席のおれを振り返ってそういった。「よくもどったなあ。ほんとに、よくもどってきてくれたよ。キッド」

ジョニー・フロッグは、緑色の顔の、あいかわらず巨大な眼を見ひらき、おれにうなずきかけた。話したいことが山のようにあり、うずうずしているといった様子である。

「あまり話をするな」と、おれはいった。「ちっとも変わらないな。お前のその、話し好きは。今でもやっぱり運転中にお喋りをして、衝突してばかりいるのかい」

「とんでもないよ。キッド」彼は片手をハンドルからはなし、水掻きのある掌を肩の上でひらひらさせた。「とんでもないこった」

「ほら。それが危いんだ」おれは笑った。「そういえば昔、ジェーン・ハニーをさらって逃げるウルフをこの車で追跡した時も、お前のお喋りのおかげでハイウェイから転げ落ちて、奴を逃がしちまったことがあったっけ」

「それをいわないでくれよ。キッド」ジョニー・フロッグは首をすくめた。もっとも、蛙には首はないから、頭部全体が制服を着た胴体の中へほんの少し引っこんだだけである。「あの時のことをいわれると、からだがちぢむよ」

おれは黄金虫の車窓から、古びた町のたたずまいを眺めた。「町は、ちっとも変わっていないな」

「うん。町は変わらないよ」と、フロッグは答えた。「そりゃ、あんたが旅に出た時よりは古くなっただろうがね。だけど、変わらなけりゃ古くなる、これはあたりまえのことでね。町だけじゃなく、住んでる奴らだってそうさ」

「みんな、歳をとっただろうな」おれはうなずいた。「無理ないさ。おれにしたって、すっかりからだにガタが来ちまって……」

「そんなこと、いわないでくれよ。キッド」フロッグが悲しげにかぶりを振った。「あんたがそんなことといってるのを聞くと、おれは悲しくなるよ」

「しかし、いくらおれだって、やっぱり歳はとるさ」

「そりゃ、そうだろうがね。でも、おれだとか、それから町の連中は、キッドは歳をとらねえもんだと思いこんでいたいんだ。それはわかるだろう。キッド」フロッグは、いい澱《よど》みながらバックミラー越しに上眼遣いでおれを見た。

「そうか」おれは考えこんだ。しばらく腕組みし続けた。

「つまり」やがて腕をほどき、おれはフロッグに訊ねた。「おれは、この町へ帰ってきちゃ、いけなかったのかな」

「そんなこと、いってねえ」フロッグは眼をむき、あわててかぶりを振った。「とんでもねえ。だれがそんなこと、いうもんか。あんたが帰ってきたとなりゃあ、町の連中みんな大喜びだぜ」

だが、町の連中はこのおれが、昔のままのルピナス・キッドでなければ納得しないのではないだろうか――と、おれは思った――とすると、やはりおれはこのルピナスへ、帰ってきてはいけなかったのだ。

「ところで」フロッグがあわてて話題を変えようとした。「ずっと、ここに住むつもりかね」

「いや、そうもいかないんだ」

「すぐ発つのかい。どうして」

「おれは町の他の連中のように、手に職を持っていない。一生ぶらぶらして暮すわけにもいかないじゃないか」

「町の連中はあんたを、名誉市民にするだろうぜ」

「あれは一種の乞食だ」おれは苦笑した。「キッドともあろうものが、町の連中のお情けで生きるわけにはいかん」

「やっぱり、あんたは変わっていねえ」フロッグがうなずいた。「昔のままのキッドだ」

黄金虫は、最近掃除もしていないらしい埃まみれのハイウェイを、町の中心部におりはじめた。見おぼえのある家並みが、眼下からせりあがってきた。町の酒場や賭博場が集まっている繁華街なのだが、今は仕事の時間らしく、ひっそりしていた。だが――おれは記憶のなかをまさぐった――いくら仕事の時間とはいえ、昔はこれほどひっそりしていなかったぞ、酔っぱらいのひとりやふたり、かならず見かけたものだったが……。

そうだ。たしかに昔は活気があった。この通りでは、あちこちの星の人間の血を滅多やたらに入り混らせたあいのこたちが、喧嘩をし、歌をうたい、飲んだくれ、女をさらい、金をまき散らしていたのだ。ルピナスは、辺りの星の鉱山で働いている連中、流れ者、ひと山当ててやろうと故郷の星からやってきた奴らでごった返していたではないか。そして今、ここにいるのは、開拓すべき場所がさらに何十光年か遠くの星へ移っても、まだ昔を懐かしんでとどまっている連中だ。

「ここでいい。おろしてくれ」と、おれはフロッグにいった。「帰りは三十七時のアスベスト行き定期便だ。三十六時に、またここで待っていてくれ」

「そんなに早く帰っちまうのか」フロッグは淋しそうな顔をした。「じゃあ、昔の連中を集めて、どんちゃん騒ぎをやってる暇もないんだなあ」

「そんな暇はないんだ。アスベストに、新しい仕事の口が見つかったもんだから」

フロッグはしばらくおれを見つめてから、ゆっくりといった。「三十六時に、またここへきて待っててやるよ。キッド」

　おれはうなずき、フロッグと別れて、大通りをルー・ラビットの酒場の方へ歩き出した。

大通りはかび臭かった。

　そのかび臭さは気のせいだった。この町全体は隔壁と天井で隙間なく覆われ、内部は常に換気浄化され、定温定湿に保たれているのだから。

　それでも、かび臭かった。

　老人と、子どもの姿しか通りにはなかった。若者たちがこの町にいたくないのも無理はないと思えた。数人競争で駈けていくあの子どもたちにしても、あと四、五年すれば活気のある新天地を求めてこの町を、この星を、去っていくのだろう。ルピナスは町としては、あきらかに老齢期にあった。

　酒場も、賭博場も、そのほとんどが店を閉めていた。軒下に梁が折れてぶらさがっている店もあった。営業していそうな店も、まだ準備中らしく、客の入っているような様子はない。

　ふたりの老人とすれ違った。ひとりは、おれもよく知っている靴屋の親爺《おやじ》だった。彼は老眼になってしまっているらしく、おれに気づかなかった。もうひとりは知らぬ顔だった。靴屋の親爺に声をかけようとし、やっとのことで思いとどまった。おれに会えば喜ぶにきまっているのだが、お祭り騒ぎの好きなこの親爺のことだから、たちまち隣近所の連中を呼び集めてきて、酒盛りをはじめるに違いない。それではおれが、おれの会いたい人間にだけ会える時間がなくなってしまうのである。おれは彼の歩きぶりを、なつかしくうしろから見送るだけにとどめた。

ルー・ラビットの酒場は、もう開いていた。鎧板《よろいいた》の間からなかを覗《のぞ》くと、客はひとりもいず、カウンターに向かってルー・ラビットが腰をかけてい、カウンターの中にバーテンのシモンがいるだけだった。おれは足音を立てず、そっと薄暗い店内へ入っていった。のっぽのシモンがおれに気づいてグラスを拭く手をとめ、眼を見ひらき、今にも叫び出しそうな表情で口を大きく開いた。おれは彼に向かい、唇に人さし指をあてて見せ、ウィンクし、声を出すなという意味をこめてかぶりを振った。ルー・ラビットは、おれに背を向けたままである。カウンターには、からっぽのブランデー・グラスがひとつ置いてあった。あいかわらず、昼間から飲んだくれているらしい。

おれは息を吸いこみ、久しぶりの早口で叫んだ。「事件が起こった。おれの助手を募集する。抜け作、アル中、老いぼれ、誰でもかまわねえ。相手は例によってウルフの一党……」

ルー・ラビットは、両耳をぴんと立て、頭をあげて叫んだ。「ルピナス・キッド！」

彼女は弾かれたようにぴょんと止り木から躍りあがり、くるりとこちらを向くと、おれめがけてすっとんできた。

「キッド。あなたなのね。ああ。ああ。ほんとに、あんたなんだね」ぶつかるような勢いだった。彼女は叫びつづけながらおれの胸のなかへとびこんできた。「帰ってきたわ。シモン。わたしがいったとおりだろ。ああ。キッド。キッド。やっぱり帰ってきたんだわ」

「よう。銀河系が誇る名花一輪ルー・ラビット。どうしたい。その、とり乱しようは」おれはくすくす笑いながら彼女を抱き返した。「たかが昔馴染のひとりがもどったくらいで。それとも何かい。寄る年波で姥桜《うばざくら》、さすがに男ひでりで身をもてあましているのかね」

「なんだよ。そのいい草は」彼女はたちまち昔にもどった。おれをつきはなし、二メートルばかり離れたところに立つと、片手を腰の少し下あたりのスカートにあて、長い片耳を中ほどから折り曲げたお得意のポーズでぺらぺらと喋り出した。「姥桜で悪かったね。こう見えたってこの町の男連中ひとり残らず、あたしがウィンクひとつしてやりゃ心臓破裂させて死んじまうぐらいあたしに惚れてるんだ。ふん。しかもそいつらみんな、ちょっとしたことで尻割って町を逃げ出すような意気地なしの男じゃないんだよ。誰かさんみたいにね」

「ほう。そりゃ悪かったな。だがその連中、金払いはあまりよくねえようだな。あいかわらずこの店の景気は悪そうじゃねえか。どう見たって金がありそうな様子じゃねえぜ」

「何いってやがる。金払いの悪いのは手前じゃないか。さあ、二十年前この酒場でふみ倒した酒代、利息もいっしょにまとめて返してもらおうじゃないか。なんだい。手紙一本寄越さねえで、だしぬけに帰ってきたりしやがって、何が男ひでりだよ。あんたみたいに薄情な男は」早口で喋りつづけるルー・ラビットの赤い眼の隅に涙がふくれあがってきた。「まったく、あんたみたいに薄情な男は他にいないよ」彼女は唇を嚙みしめて泣き出した。やがて、ふたたびおれの胸に頰を押しあてて、わあわあ泣いた。「どうして手紙くらい、くれなかったのよう」

「もちろんだとも。帰ってくるにきまってたんだ」シモンがカウンターの外へ出てきて、おれの肩に手をかけた。「きっともどってくるって噂《うわさ》してたんだよ。そりゃあもう、毎晩のようにね。この酒場で、あんたの話の出ない晩ったら、なかったよ」

「じゃあ、ふたりとも元気だったんだな」おれはルー・ラビットの首すじの、ふさふさした白い毛を撫でながら、シモンにうなずきかけた。「よかったなあ。ほんとによかったよ」

「そうとも。この町は、あんたが出ていった時のままだよ」シモンがうなずき返した。

「少し痩せたかな」おれはルー・ラビットの顎に手をかけ、彼女の顔をしげしげと眺めて首をかしげた。「いや。あんたは昔のままだ。ちっとも変わっちゃいない。あいかわらず可愛いよ。ルピナスの誇る名花だ」

「それはルピナス・キッド・シリーズの『オリオンへの追跡』のなかに出てくるせりふじゃないの」彼女はくすくす笑った。「あなた、あのシリーズ、読んだのね」

「あのシリーズは、ぜんぶ読んだ」おれも、にやりと笑った。「なかなかよくできているな。鍛冶屋の息子の書いた本にしちゃ、上出来だ」

「『オリオンへの追跡』では、おれも活躍するんだよ。忘れないでほしいね」と、シモンが横からいった。「ほら。あんたが助手を募集にきた時、客は老いぼれしかいなかった。そこで業をにやして、ルー・ラビットが志願した。彼女だけを行かせるのはまずいと思って、おれも志願した」

「何も役に立たなかったけどね」と、ルー・ラビットがいった。

「あんただって、キッドの足手まといになっただけじゃないか」

「なんだよ、そのいい草は。使用人のくせに、主人に向かって」

おれは笑った。「そのせりふは、鍛冶屋の息子のやつ、よほど気にいったとみえて、あのシリーズで数十回使っているな」

「あの時は、ロボットのマーティが大活躍したんだ」シモンが勢いこんで喋り出した。「例によってウルフが、ジェーン・ハニーをさらって逃げた。ところがウルフの奴、ジェーンといっしょにオリオンの金鉱を荒しまわっていた赤猫団に捕っちまいやがった。マーティが奴らの居所を貴金属探知装置でつきとめ、単身敵の本拠へ乗りこんだ」

「そうだ。そうだ」おれは何度もうなずいた。「あの時は大活躍だったな」

「ねえ。あの時の歌をおぼえてる」と、ルー・ラビットが訊ねた。

「おぼえてるとも」おれは歌った。「金鉱荒らしの赤猫が……」

「ちょっと待った。そうじゃない。こうだよ」シモンが横から歌い出した。「金鉱荒らしの赤猫が……」

「うん。そうだそうだ。鋼鉄《はがね》の腕にはさまれた……」

「待って。最初からよ」ルー・ラビットが店の隅のスタンド・ピアノを叩きはじめた。

おれとシモンはピアノによりかかり、大声で歌った。

　「金鉱荒らしの赤猫が
　　鋼鉄《はがね》の腕にはさまれた
　ネズミ捕るよりあっけなく

万力マーティに締められた
その時ウルフはどこにいた
地下の土牢で泣いていた」

「そういえば、この歌を作ったのも鍛冶屋の息子だったな」歌い終ってから、おれはいった。

「あの頃はまだ洟《はな》たれ小僧だったが、文才だけはあったわけだ」

「彼は地球へ行っちゃったわ」ルー・ラビットがいった。『ルピナス・キッド・シリーズ』が大あたりだったので、今は作家になって、書きまくっているそうよ」

「おれが有名になったのも、あいつのおかげだろうな」おれは苦笑した。「でも、おれはあちこち旅をしてまわったが、おれをキッドだと気づいた者は、ひとりもいなかったよ。ところでどうだい。この町やこの酒場へは、観光客はくるかい」

「一時、ブームでごった返しました」と、シモンがいった。「そう。あれはあなたがこの町を出ていってから、二年ほど後、あの本が出始めて間もない頃です。この酒場はキッドが毎晩のように来ていた店だというので大繁昌でしたがね。でも、本人がいないんじゃ、しかたがない。いちど町長がやってきて、にせのキッドをでっちあげようといい出したんです。でも、皆の反対が強くて……」

「あたりまえじゃないの」ルー・ラビットがぷりぷりした様子でいった。「キッドは宇宙広しといえど、ひとりきりだわ」

「それはありがとう。でも、そのために酒場がさびれたんじゃないのか」

「いいのよ。わたし観光客が嫌いなの」彼女は投げやりにそういった。「今、ここへやってくる人たちは、ブームが過ぎてもまだあのシリーズを読み、登場人物——つまりわたしたちに、心から会いたくてやってくる人たちなのよ。だからそういう人たちなら歓迎するわ」

「たしかに、ブームは過ぎましたがね」シモンがいった。「でも、この町の子どもたちは、今でもみんなキッドを知っていますよ」

「こんどは、あなたのことを話して頂戴」ルー・ラビットが昔のように、おれにブランデー・グラスを渡しながら訊ねた。「あれからどうしたの」

「話すようなことは、何もないよ」おれは答えた。「新しい開拓地ができるたびに、仕事を探して星から星へ渡り歩いた。数年前までは鉱山の用心棒や保安係もやったが、今はもうやめた。荷扱いの監督などをしている」

「ルピナス・キッドと名乗りゃあ、いい仕事もくれるだろうに」と、シモンがいった。

「旅の途中で、キッドと名乗るやつに四、五人会ったよ」おれは笑いながら、かぶりを振った。「にせもの扱いされるのはいやだ」

「そうだ。定期便で酒が入ってるはずだ。とりに行かなくちゃあ」シモンが気をきかせて、店を出ていこうとした。入口の手前でふりかえり、ウィンクした。「ゆっくりしていくんだろう。キッド」

おれは黙ってうなずいた。シモンは店を出ていった。

「挨拶のキスもしてくれないの。キッド」しばらくもじもじした末に、ルー・ラビットがいった。

「してやるとも。赤目のお嬢さん」おれは彼女を膝の上に抱きあげ、キスをした。彼女の前歯が、おれの下唇に少し食いこんだ。

「いつも、わたしは片想いだったわ」と、彼女はいった。「こんども、きっとそうなんでしょうね」

「おれはずっと、あんたが好きだったよ」

「でも、すぐ行っちまうのね」と、彼女はいった。「わかってるわ。すぐ行っちまうのよ」

おれは黙っていた。

「ごめんなさい。もういわないわ。そのかわり、も一度キスして頂戴」

「何度でもしてあげるよ。長耳の別嬪さん」

「あなたとわたしの関係って、いったい、何だったのかしら。まだ、わからないわ」

「恋人だよ。お嬢さん。あんたはおれの恋人だ」

「いいえ。あなたはわたしの恋人よ。でも、わたしはあなたの恋人じゃなかった。あなたの恋人は、昔から彼女だけ――ジェーン・ハニーだけだったわ。今じゃもうわたしも、彼女に嫉妬するのはやめちゃったけど……」

彼女の消息を訊ねたい表情が見えたらしい。ルー・ラビットは微笑した。

「彼女のこと、聞きたいの。話してあげるわ。でも、それを聞いてあなたが喜ぶとは思えないんだけど」

「かまわない。話してくれ」

「結婚したわ。ほら、相手は堅気の銀行員のスミザーズよ。知ってるでしょ」

「知ってる。幸福に暮してるのか」

「幸福に暮してるわ。男の子がひとりいるわ」

「そうか」

「ブランデー、もう一杯飲む？」

「もらおう。ジェーン・ハニーのために乾杯だ」

「あら。会いに行かないつもりなの」

「ご亭主がいたんじゃ、まずいだろ」おれはブランデーを飲みほし、大声で話題を変えた。

「ところで、ロボットのマーティ、万力マーティはどうしてる。元気か」

「それがねえ」彼女は額を曇らせた。「最近、調子がおかしくなってきたの。無理ないわ。だって、五十年近くも働き続けたんだもの。ロボットだって、おじいさんになるわよ。今は鍛冶屋の倉庫で、休養させてあるわ」

「そうか。あいつはおれの餓鬼の頃から、おれの世話をしてくれたんだからなあ」

「故障しても、今はもうマーティのタイプの部品なんて、どこにも売ってないし、エネルギーにしたって、彼のボディには旧式のベルトーネ・カプセルしか入らないの。ベルトーネ・カプセルは、今はもうどこの工場も作っていないから、ストックだけで彼を長生きさせるためには、できるだけ休ませてやった方がいいの」

「会えるか」

「もちろんよ。マーティ、きっと喜ぶわ」

おれとルー・ラビットは酒場を出て、大通りを横切った。

最近は昔のように自給自足の生活をする人間が少なくなり、いろんな器材も定期便で運ばれてくるため、鍛冶屋はさびれていた。それでも親爺はあいかわらず元気で、おれの顔を見るなり酒焼けした赤ら顔をぱっと輝かせた。

「キッド！ ルピナス・キッド……」大声で叫び、おれに抱きついてきた。「このぐうたらの青二才め。今まで、どこにどうしていやがった」

「もう青二才じゃねえ」おれは笑った。「おれがこの町にいた頃のあんたと、同じくらいの歳だぜ」

「なあに、おれから見りゃ、いつまでたっても青二才よ」彼は涙を浮かべてげらげら笑いながら、おれの両肩を拳固でどやしつづけた。「この表六玉め。親不孝野郎め」

「マーティが、世話になったそうだな」と、おれはいった。「燃料や油に、だいぶ金がかかったろう。あいつの面倒は、おれが見てやらなきゃいけなかったんだ。すまねえ」

「金のことなんぞ、どうでもいいが、二十年間もほったらかしにしとくなんて、よくねえ野郎だ。さあ、会ってやれ。こっちだ。淋しがってるぞ」

鉄錆《さ》びの匂いのする倉庫に入ると、採掘用の機械が並んでいるなかに、マーティが直立不動の姿勢で立っていた。眼球は点燈していず、額のパイロット・ランプも消えていた。

「今は休養させてあるんだ。たまに運動させてやると部品のどれかが壊れちまうんでね。しかし、運動させてやらねえことにゃ、ボディ全体が駄目になっちまう。今、こいつの部品の半分がたは、おれの手造りの部品だよ。いちど観光客のやつが、このマーティを見てスクラップだとぬかしやがった。おれはそいつの頬げたを張りとばして、中耳炎にしてやったがね」親爺はマーティの胸部のパネルをはずし、なかを覗きこんだ。「新しいベルトーネ・カプセルを入れてやらにゃあ」

「ストックは、あるのか」と、おれは訊ねた。

「あと十二、三本ある。だけど、故障するようになってからとくに、燃料や油をよく食うようになったよ。これというのもあの町長のせいだ。おれの倅があんな本を書いたものだから、たちまちわっと観光客が押し寄せやがった。町長のやつ、このマーティに力業をやらせて、いい見せ物にしやがったんだ。両腕に観光客を何人も乗っけて持ちあげさせたり、観光客の餓鬼を車に乗せて十台以上も引っ張らせたり、さんざん無茶なアトラクションをやらせやがった。その無理が崇って、とうとうボディにガタが来ちまったんだ。可哀想に。おれたちが見るに見かねて、もうやめさせてくれって町長に頼みに行ったからよかったものの、あのまましゃ壊れるまでこき使われたに違えねえよ。それでも町長のやつ、まだ渋っていやがったよ。観光客が減るもんだからよ。しかもマーティがこんなになってからは、燃料費ひとつよこしやがらねえ。薄情なもんよ」

「燃料費を、少しだが置いていこう」

「いいのよ」と、ルー・ラビットがいった。「マーティの面倒は、あたしと彼とで見るから。あなたは心配しなくていいの」

「そうとも。ここまで面倒見てきたんだ」親爺はマーティの胸にカプセルを入れながらうなずいた。「おれたちだけで、ずっと面倒見てやるつもりだよ」

「すまねえなあ。おれは甲斐性なしだ」

「そいつは今に始まったことじゃねえだろうぜ」親爺がくすくす笑って、おれの胸を拳固でどんと一撃した。「ふん。あいかわらず固い、いい骨してやがる」

マーティは、なかなか動き出さなかった。

「まだ、ボディが温まらねえんだ。少し時間がかかるよ」と親爺がいった。

「息子は、よく帰ってくるのか」

「いいや」親爺は吐き捨てるようにいった。「あの本を書いてからはすっかり人気作者になっちまやがって、地球へ行ったきりだ。注文に追いまくられているらしい。もっとも、その後に書いた本はどれもこれも『ルピナス・キッド・シリーズ』の足もとにも及ばねえ駄作ばかりだそうだがね。あのシリーズにしたって、あんたたちというモデルがいたからこそ、あれだけうまく書けたんだ。それを自分ひとりの手柄のように思いこみやがって、親爺なんかにゃ洟もひっかけやがらねえ」

「そうでもないだろう」と、おれはいった。「第一作の『ルピナスの旋風』など、すごくよかったぜ」

「そうかね」親爺は嬉しそうに頬を掻いた。「そういやあ、あれだけはまあまあの出来だったな」

「あたしは、あれ、嫌いよ」と、ルー・ラビットがいった。「あたしがすごいやきもち焼きに書いてあるわ。あれは嘘よ」

「ほう。そうかね」親爺はにやりと笑った。「宇宙艇の中でキッドとジェーン・ハニーがキスしているのを見て、あんたがどんなやきもちのヒステリーを起こしたか、このマーティが知ってるだろうぜ。眼を醒ましたら訊いてみよう」

「モウ、メヲサマシテ、イル、ヨ」呻《うめ》き声のような、ぎくしゃくした低い声でマーティがいった。「ソコニ、タッテイル、ノ、ハ、キッド、デハ、ナイノカ」

「マーティ。おれだよ。キッドだよ」おれはマーティの頑丈な二の腕をぐいと握った。「わかるか」

「マーティ。キッドよ」そばからルー・ラビットが大声でいった。「あなたの待っていたキッドが、帰ってきたのよ」

親爺がおれの背後から小声でいった。「大声で話しかけてやんなよ。集音機の調節がうまくいかねえんだ」

「キッド……。ヤッパリ、キッド、カ。ホントウカ、ホント、ニ、カエッテキタ……カエッテキタノカ」油が切れているらしく、ところどころでかすれる声が泣いているかのように聞こえた。

「ああ。帰ってきたんだよ。マーティ」

「イマ、マデ、マッタ。ナガイナガイ、ナガイジカン、マッタ。ヤット、カエッテキタ。ヤット、カエッテキタ。モウ、ドコヘモ、イカナイ……イカナイノカ」

「もう、どこへもいかないよ。マーティ」ルー・ラビットが目くばせするので、おれはしかたなしにそう答えた。

「ズット、コノマチニ、イル、ノカ」

「ああ、ずっといる」

マーティは、ぎくしゃくした動きでおれの方へ進み出てきた。ゆっくりと両腕を前へ出し、のろのろといった。「キッド。サワラセテクレ」

「いいとも。さわってくれ。万力マーティ。お前の持つかぎりの馬力で、おれを締めつけてくれ」おれはマーティの両腕の間へ自分のからだを入れた。「さあ、やってくれ。今までお前をほったらかしにしといて、ほんとに悪かったな。お仕置きしてくれ。おれが子どものころ、いたずらするたびにお前はお仕置きをしてくれた。さあ、また、やってくれ」

「キッド。キッド。ムカシト、オナジ……」

「そうとも、昔と同じだ」

「マタ、ウチュウヲ、トビマワルノカ。ワタシヤ、ルー・ラビットヤ、ジェーン・ハニートイッショニ、カイソクテイニノッテ、ウチュウヲ……」

「そうとも、宇宙を駈けまわり、あばれまわるんだよ」

マーティは、笑い声のような軋音を立てた。「スバラシイナ、キッド。ソレハ……スバラシイナ。ソシテ、マタ、アノ、ワルイ、ウルフヲ、オイカケマワスノカ」

「そうだよ。マーティ」

マーティは眼球を点滅させ、さらに高く軋音をあげた。

「マーティが笑ってるわ」ルー・ラビットがおれの背後で、涙に鼻をつまらせた。「マーティが笑っているのを見たの、二十年ぶりよ」

「苦労したんだなあ。マーティ」おれは彼の顔を撫でまわした。「ほっといて、すまなかったなあ」

「キッド。マタ、カタメヲ、トジテ、ワラッテイルネ。キッドノ、クセダ」

「そうかね」おれは苦笑した。

「視覚レンズが壊れていたはずなのに」と、ルー・ラビットがつぶやいた。

「なあに。勘でわかるんだろうよ」

「キン、コ……アラシノ、アカ、ネ……コ……ガ……」低い、調子はずれの声で、マーティは歌い出した。メロディも、リズムも、無茶苦茶に狂っていた。だが彼は、けんめいに首を振り、少しでも正確に歌おうと努めながら、時どき痙攣《けいれん》するようにぴくん、ぴくんと片腕を上へあげたり、眼球を点滅させたりして歌い続けた。「ハガネ……ノウデニ、ハ、サ、マ……レ……タ……」

「そうとも。よくおぼえているな」おれはうなずいた。「おれだって、おぼえているよ」

おれたちは、マーティの声にあわせ、彼の狂ったリズムの通り、彼について歌った。

「ネズミトル、ヨリ、アッ、ケ、ナ……ク……」

歌い終り、さらに別の歌を歌い、また昔話をした。

「さあ。今日はもうその辺でやめた方がいいわ」ルー・ラビットが気をきかせ、マーティにいった。

「少しはあたしにもキッドを貸して頂戴。また明日も来るんだから」

「イイヨ。キッド、ホント、ニ、アスモ、キテクレルノカ」

おれはしかたなしに、うなずいた。「ああ、明日も来てやるよ」

「アサッテモカ。キッド。マイニチ、カ」

「ああ。毎日だ」

「マッテルヨ。キッド。マッテルヨ」

「だいじに使わなきゃあな」親爺がマーティの胸部パネルをはずし、カプセルを抜いた。

マーティは、動かなくなった。

親爺がおれを振り返り、疑わしげに訊ねた。「本当に、ずっといるつもりかね。そうじゃなさそうだな」

「行かなきゃならないんだ」おれはうなだれた。「正直の話、二度ともどってこれるかどうかもわからない」

親爺はおれの肩を叩いた。「いいさ。ときどきはマーティや、わしのことを思い出してくれるだろう」

「忘れるもんか」

おれとルー・ラビットは、鍛冶屋を出た。大通りへ出て、おれは立ちどまり、少しためらった。ルー・ラビットがじっとおれの顔を眺め、淋しげに笑った。

「わかってるわ」彼女はゆっくりといった。「会いたいんでしょう。ジェーン・ハニーに」

おれは自分の靴さきに眼を落した。「教えてくれるか。彼女の家を」

「いいわ。今行けばスミザーズはまだ銀行から帰ってないだろうから」彼女は町はずれの方へ、裏道をえらんで歩きはじめた。「町はずれまで送って行くわ。こっちよ」

「すまないな」

おれたちは、黙ったまま並んで歩いた。

町はずれに近づくと、住宅がしだいに多くなり、樹木や草花が眼についた。空気まで、なんとなく澄んでいるような気がした。実際は、ドーム内のどこへ行っても空気の質に変わりはないのだが。

「この道をまっすぐ行って右側の、白い屋根の家よ」ルー・ラビットが立ち停った。「あたし、ここからもどるわ」

おれはしばらく、彼女の顔を眺めた。「すまなかった」

彼女は苦笑した。「愁嘆場を演じたくないの。だからお別れの、やさしいことばは、いってほしくないわ。泣いてしまいそうだから」彼女はゆっくりと、うなずいた。「それから、あたしが町の方へもどって行くのを見送ってほしくないの。あなたのうしろ姿だって、見送りたくないわ」涙声になり、彼女はあわてて咳《せき》ばらいした。「右と左に別れましょう」

「じゃあ、握手だけだ」

おれは彼女と握手して別れた。

しばらく歩いてから、そっと振り返った。町かどを曲ろうとしている彼女の、背を丸めたうしろ姿がちらっと見えた。おや——と、おれは思った。それから、少し悲しくなった。あきらかにそれは、老婆の姿勢だったからである。

中流と思える住宅地のなかの道を、おれはさらに、しばらく歩いた。やがて右手に屋根を白く塗った家があらわれた。おれは生け籬の門を通り、芝生の前庭を通ってポーチに立ち、ドア・チャイムを鳴らした。

ドアを開いた時のジェーン・ハニーの表情は複雑だった。最初は、世の中には似た顔もあるものだという口もとをし、どきりとした顔つきをして見せ、やがてはっきりおれだとわかると、信じられないといった眼つきをした。それから、相好を崩した。

「キッド……」

「ハニー……」

おれたちは抱きあった。そしておれは、彼女の頰にキスした。

「どうしたのよ。手紙もくれないで。さあ、お入りなさいよ」

「あいかわらず綺麗だな。ちっとも変わってないよ」リビング・ルームへ通され、おれはソファに腰をおろしながら彼女を観察した。「君は綺麗だ。昔はおれも若く、だから初心《うぶ》だった。そのため、まともに君を讃美するのが照れ臭かった。だから黙っていた。今、その分もいっしょにいおう。ハニー、君は美しいよ。すばらしい」

「いやねえ。でも、ありがとう。あなたも変わってないわ。あいかわらず頑丈そうで……。だけど、少し貫禄がついたかしら」

「少し腹が出てきた。中年だ」

「壮年とおっしゃい。でも、わたしだって皺ができたわ」彼女はキチンとリビング・ルームをあわただしく往復しながら、浮きうきして茶の用意をした。

「皺なんか。見えないよ。ああ、構ってくれなくていい。すぐ帰るからね。ご主人がもどる前に」

　彼女は立ち止った。「スミザーズと結婚したこと、知ってるのね」

「知ってる。ルー・ラビットにきいたよ」

　彼女はおれと向かいあわせに腰をかけた。

「ハニー」おれは身をかがめ、手をこすりあわせ、咳ばらいをしてから訊ねた。「幸福なんだろうね」

　彼女は俯向いた。それから眼を見ひらいたままで笑った。「幸福よ」美しかった。少女時代とはくらべものにならぬ美しさだった。

「スミザーズは、幸運なやつだなあ」おれは心から、そういった。「だが、君が幸福でよかった。おめでとう」

「あなたはいったい、どこで何をしてたの」

「どこで何をしていようと」おれは立ちあがり、部屋のなかを眺めまわしてぐるぐる歩きまわった。「君さえ幸福なら、ぼくも幸福だ」

「ごまかさないで話して頂戴」

「話すようなことは、ほんとに何もないんだ。ほんとだ。ところで」おれはまたソファにもどった。「あのシリーズを読んだかい」

彼女は苦笑した。「読んだわ」

「どうだった」

「そうねえ」彼女は少し考えた。その表情は、少女時代の彼女しか知らぬおれには、すごく知的に見えた。「つまらなかったわ」

「ううん。そうかねえ」おれは首を傾げた。「おれにはおもしろかったが……。ま、たしかにあれは、ご婦人向きの本じゃないな」

「それもあるけど……でも、娘時代のことが書いてあるからいやなのよ。あんなにいやな小娘だったなんて、思いたくないわ。実際、そうに違いなかったんでしょうけど」

「可愛ければ、それで何もかもご破算だ。どんなわがままぶりを発揮しようと、美しければすべて許される」

「それが厭なの。だから家には、あの本は置いてないわ。もっとも」少し、いい澱んだ。

「スミザーズがいい顔をしないからってこともあるわ」

「なるほど」おれはうなずいた。「いいご亭主ぶりだ」

「いや味なのね？　じゃあ、わたしは？」

「もちろん、君もいい家庭の主婦だ。そういえば、男の子がいるそうじゃないか」

「二階にいるわ。会ってやってくれる」

「会いたいな」

「あなたのことはテレビで見て知ってるわ」彼女は立ちあがり、階段の下へ行って叫んだ。「ジュン。降りてらっしゃい。すごいお客様よ」

こましゃくれた、いやな子どもでないようにと、おれは願った。五、六歳の男の子が、ゆっくりと階段を降りてきた。こましゃくれた子ではなかった。おっとりとした、どちらかといえば鈍重なくらい動作の少ない子だった。だが、顔はハニーそっくりだった。彼は階段の下に立ち、黙っておれを眺めた。

「さあ、お客様にごあいさつなさい」

「誰なの。この人」相手がはっきりしない限り、挨拶してやらないぞという口調だった。

「この人を知らないの。あなた、ずっとテレビを見てたんでしょ。キッド。ルピナス・キッドなのよ」

「この人が！」ジュンは眼を丸くした。

「そうよ。ほら、ママが、昔お友だちだったって話してあげたことがあるでしょ。帰ってらしたのよ。さあ、ごあいさつは」

「でも」彼はややおろおろ声でいった。「この人、テレビみたいじゃないよ」

「あら。あれは役者がやってるのよ。この人が本ものなの」

「でも、でも、胸に星のマークもないし、マントも着ていないし……」

「あれは昔の話なんだよ。坊や」と、おれはいった。「今は星のマークも、マントもないんだ」

「じゃ、ほんとなの」彼はゆっくりとこちらへ近づいてきた。おれの前に立ち、しばらくしげしげとおれを眺め、やがてうなずいた。「こんにちは」

「やっと認めてくれたね」おれは笑った。

「ぼく、テレビでずっと見てたんだよ。今はもう、やってないけど。それから、まんがでも読んだよ」

「この子ったら」

「まんが読んでるとパパが怒るから、友だちのを見せて貰ったんだ。ぜんぶ読んだよ」

「それは、ありがとう」

「やっぱり読んでたのね」ジェーン・ハニーが苦笑しながら、ちらと眉をひそめた。

「まんがぐらい、いいだろう」と、おれは彼女にいった。

「少しくらいなら、いいけど」

「ねえ、今でもやっぱり、あんな冒険をしているの」ジュンがおれのからだつきを眺めまわしながら訊ねた。

「今か。今はもう、していない」

「ふうん。悪いやつを、ぜんぶ、やっつけちゃったからかい」

「そうじゃないよ。悪いやつはいくらでもいるさ。たしかに、この町には、悪いやつはひとりもいなくなった。おじさんが全部やっつけたからね。でも、遠いところにはまだまだ悪いやつがいっぱいいるよ」

「じゃ、どうしてそいつらを、やっつけにいかないの」ジュンの眼が、だんだん輝きはじめた。

　おれは、にやりと笑った。「ジュン。君は悪漢退治に行きたいんだろう」

　ジュンはうなずいた。

「おじさんが悪漢を全部やっつけちゃったら、君の退治する分がなくなるんだぜ。わかるだろ」

「じゃ、ウルフみたいな悪漢は、まだまだいるんだね」

「いるとも。いっぱいいるぜ」

「その悪漢をやっつけるには、どうしたらいいの。おじさんみたいに――キッドみたいに強くなるには……」

「勉強するんだな。それから」おれはジュンを抱き寄せ、からだのあちこちを叩き、肩の肉を握った。「肉が柔らかすぎる。この辺の肉、それから、この辺の肉を、もっと固くするんだ。運動しなさい、もっと」おれはジェーン・ハニーに訊ねた。「運動させてるか」

彼女はいい渋った。「まだ子どもだもの。肉が柔らかいのは、あたりまえよ」

「友だちと遊ぶだけじゃ、運動にならないの」心配そうにジュンが訊ねた。

「友だちは何人いるんだ」

「この近所には、女の子がふたり、男の子がひとり、いるだけだよ」

おれは舌打ちしながら、かぶりを振った。

「遠い星へ行けば、悪漢はいるんだね」

「そうだよ」

「エレストロだとか、フルーとかいう星だね」

「よく知ってるね。そうだよ。あのへんの星は荒れ果てているが、ダイヤモンドの鉱山などがある。悪い奴らはそれを狙ってやってくるんだ。今もどこかで、鉱山の連中と熱線銃の撃ちあいをやってるかもしれないよ」

「すごいなあ」ジュンが眼を見ひらいた。

「あらあら。もうそろそろテレビの授業がはじまるわ」ジェーン・ハニーが、あわてた様子で立ちあがった。「さあジュン、お二階で勉強してらっしゃい」

「もっとお話を聞きたいよ」ジュンがびっくりしたような表情で彼女を振り返り、泣き声を出した。「お客さまなんだから、今日はいいでしょ、ママ」

「だめ。さ、早く」彼女は冷たい顔つきで、階段を顎で示した。

ジュンはおれを見た。

おれは少しもじもじした。それからジュンの顔にうなずきかけた。「ママのいう通りにするんだな」

ジュンはちょっとしょげて見せながら母親の顔色をうかがい、彼女の意外に固い表情に気がつくと、あきらめて階段を登りはじめた。なかほどで、おれを見おろしていった。「また、きてくれるんだね。キッド」

「ああ。またくるよ」おれはジュンに笑いかけた。

ジュンは笑い返した。片眼を閉じて笑っていた。

彼がいなくなると、おれとジェーン・ハニーの間には会話のきっかけがなくなってしまっていた。しばらく、気まずい沈黙があった。おれは腕時計を眺めた。もうすぐ三十六時だった。

おれは立ちあがった。「そろそろ帰る」

「もう」彼女もぎごちなく立ちあがった。

別れのことばも出てこず、おれと彼女は玄関さきで向かいあい、佇《たたず》んだまま、ふた言み言、わけのわからぬ問答を交した。しまいにはお互いにしどろもどろになってきたので、おれはあわてて笑おうとした。

「じゃあ、まあ、達者で」

「あなたもね、昔の仲間には、ひと通り会ったの」

「滅多にないわ」

「ああ。ひと通り会った。君はあの連中とは会う機会はないのかい」

おれは彼女の、よきハウスキーパーぶりを誇示している小ざっぱりした服装を眺め、うなずいた。

「そうだろうな」

「だって、しかたがないのよ」彼女は弁解がましくいった。「会ったって、話すことは何もないし、つまり、共通の話題が何もないし、なぜかっていうと、やはりあの、生活範囲が違うし、つきあっている人種が……」

弁解すればするほど本音が出てきそうな様子だった。

「それに、たとえばあのウルフなんかは……」

「ウルフだと」おれは聞き咎《とが》め、眼を丸くした。「ウルフが、まだいたのか。この町に」

「いるわ。あら、知らなかったの」

「どこだ」おれはいきごんで、彼女を睨んだ。「どこにいる」

「町はずれよ。あの隔壁のトンネルの、出口のそばにひとりで……。ねえ。また喧嘩するつもりなの」彼女はしまったという表情を見せ、唇を嚙んだ。

「奴に貸しがあるんだ」おれはさらに、詰問に近い口調で彼女に訊ねた。「そこに、住んでいるのか。今でも」

「そうよ。でも……ねえ。お願い。行かないで。またこの町を、昔みたいに乱暴者の天国にする気なの」

おれは苦笑した。「そうはならないだろうさ。ただ、ちょっといってやりたいことがあるんだ」

「きっと喧嘩になるわ」ジェーン・ハニーは、ほとんど泣き出しそうな様子だった。

「いや。喧嘩したって、どうせたいしたことにはならないよ」おれは改まって、彼女に向き直った。「じゃ、失礼する」

彼女はうなずいた。「さようなら」

気をつけてね、喧嘩しないでねと背後で叫びつづけるジェーン・ハニーの声に、おれは振り返らず、片手をあげるだけで答え、もとの道を引き返した。彼女が心配しているのは、おれの身ではなかった。おれとウルフの争いがまた昔のように町ぐるみの騒ぎになれば、ふたたびあのベストセラー・シリーズの世界に逆もどりするのではないかと思い、平和な彼女の家庭が乱されるのを恐れているのだ。しかし、そのジェーン・ハニーの現在の平和な、そして幸福そうな姿を見てしまった今となっては、ウルフにだけは、どうしても会わずにはいられなかった。しかも彼が生きていることを知った今となっては、なおさら会わなければならなかった。なぜなら、おれがこのルピナスを去り、放浪の旅に出た原因はウルフにあったからだ。もちろん、ジェーン・ハニーの幸福のことを考え、自分のようなならず者といつまでもいっしょにいては彼女のためにならないと結論し、姿を消したという解釈、つまり鍛冶屋の息子があのシリーズの最後の巻に書いた解釈も間違いではない。だが、いちばんの原因はやはり、それまでいがみ合い、ジェーン・ハニーを奪いあっていた仇敵のウルフが、おれに追いつめられてクセリュスの北の崖から谷底へ転落してしまったためである。おれはその時、ウルフが死んだと思って疑わなかった。そしてそう思った時以来、おれの胸の中には空洞ができた。生き甲斐をなくしたように感じる一方、そんなことに生き甲斐を感じていたそれまでの自分がたまらなく情けないと思え、侘しくなったのである。何もかも無意味に思え、それ以上ルピナスにいて過去の栄光にしがみつきながら余生を送る気にはとうていなれなかった。おれは誰にも別れを告げず旅に出た。そのことがなおさら、おれをルピナスの伝統的人物に仕立てあげてしまったらしい。

自分がウルフに会って、いったいなんと話しかけるつもりなのか、おれにはわからなかった。何もいうことはないように思えた。用もなかった。だが、会いたかった。

三十六時少し前に約束の場所へ来てみると、黄金虫に乗ったジョニー・フロッグがもうおれを待っていた。

「待たせたか」

「いや。そんなことはないよ。皆に会ってきたかね」

「ああ。会った」

「ルー・ラビットにも、マーティにも、それからジェーン・ハニーにも会ってきたかね」

「ああ。みんな会ってきたよ。さあ、急いでくれ」

「どうしてだい」後部シートへ乗りこんだおれを、ジョニー・フロッグは怪訝そうにふり返った。「まだ、たっぷり時間はあるよ」

「会いたい奴が、もうひとりいるんだ」

「誰だい。それは」訊ねてから、彼は息をのんだ。「キッド。まさかウルフに会うんじゃなかろうね」

「ウルフに会うんだ」おれは腕組みした。「さあ。急いでくれ。時間がない」

しぶしぶ黄金虫を発車させながら、ジョニー・フロッグは泣き声でいった。「会わねえ方がいい。あんたはきっと、いやな気分でこの町を出て行かなきゃならなくなるよ。あいつは昔とちっとも変わっちゃいねえ。あいかわらず町中の憎まれ者、嫌われ者なんだ。きっとあんたに、また喧嘩を吹っかけるよ」

「ほう。するとあいつだけが昔のままというわけか」

「あいつだけだって」ジョニー・フロッグは聞き咎めた。「他の連中だって、昔のままだっただろ」

「う、うん。そりゃそうだ」おれはあわてて咳ばらいした。それから、比較的無難なルー・ラビットだけを話題にすることにした。

「誰も変わっちゃいない。昔のままだった。しかし、ルー・ラビットは、昔の勝気なところがなくなって、涙もろくなっていたな」

「そうかねえ。おれには昔のままのように思えるんだが」彼はまた、思い出したようにおれにいった。「ウルフなんかにゃ、会わねえ方がいいと思うんだがねえ……」

そういっている間にも黄金虫はハイウェイを走りつづけ、やがてかなたに隔壁のトンネルが見えてきた。トンネルの入口近くの道を、黄金虫はハイウェイから下り、ごみごみした下町の裏側で停車した。そこは板塀に二方を囲われた広場で、隅は塵芥場になっているらしかった。

「ウルフは、あそこだよ」

ジョニー・フロッグが指さした場所を見て、おれは首をかしげながら黄金虫を降り、広場を数歩進んだ。そこには十数人の子どもが群がり集まっていて、何ごとか口ぐちにはやしたてていた。

「この餓鬼めら、ぶち殺してやるぞ」懐しいウルフのだみ声が、広場の片隅で響いた。

子どもたちは、わっと叫んでこっちへ逃げてきた。

「やあい。老いぼれウルフのいざり野郎」

「悪漢ウルフ。盗っ人ウルフ。キッドに撃たれて死にやがれ」

そんな悪たれ口をききながら、子どもたちはおれの傍を駈け抜けて板塀の彼方に姿を消した。

「小僧っ子ども、やい、餓鬼めら、どこへ失せおった」あいかわらずわめき散らしながら、ウルフは毛むくじゃらの腕を振りあげ、振りまわしていた。

彼は、いざり車に乗っていた。服はぼろぼろだった。それでも、牙を剝き出し、耳まで裂けた口を開いて怒鳴る声の大きさだけは昔のままだった。

「悪漢ウルフ。どうしたそのざまは」おれは大股に彼の方へ進みながら叫んだ。「今じゃ餓鬼ども相手に戦争ごっこかね」

「キッド！」ウルフは黒い両耳をぴんと立て、吠えるように叫んだ。「そ、その声はキッド！」

「そうとも。キッドだ。ルピナス・キッドさまだ。お前、おれを忘れたのか。おれの顔を憶えていないっていうのか」そこまで喋ってから、おれは、はっと息をのんだ。ウルフの両眼の白濁が見え、彼が失明していることを知ったからである。

「わ、わ、忘れるもんけえ。こ、こん畜生めが」ウルフは口汚く罵りながら、杖をとりあげていざり車を前進させようとあせった。「やい。青二才。ちんぴらめ。この低能め。おれさまはな、貴様の舞いもどってくるのをここでずっと待ってたんだぞ。今までずっと、二十年間というもの、ずっとな。こ、こ、この若僧めが。やいやい。今までどこへ逃げていやがった。さあ。さあ。帰ってきやがったからにゃ、もうただじゃおかねえ。た、叩っ殺してくれるぞ。こっちへ来やがれ」

「ほう。えれえ勢いだな」おれは立ち止り、彼の変わりきった姿をつくづくと観察しながらいい返した。「だがウルフ。お前。よく生きてたなあ。おれはお前がクセリュスの北の崖から足ふみはずして落ちたもんだから、てっきり死んじまったもんだとばかり思ってたんだぜ」

「冗談じゃねえや。この嘴の黄色いひよっ子めが何吐かしやがる。そういうのを下司の勘ぐりというんだ。ざま見やがれ。赤ん坊め。おっちょこちょいのあわて者め。うすのろめ。おれさまのような大悪人はな、そんな、なまやさしいことでくたばりゃあしねえんだ。わかったか。この出しゃばりめ。のろまめ」

「ふうん。威張る割にゃ怪我の仕方がひどいようだな。見りゃ足腰が立たねえようだが、三度の飯は満足に食ってるのか」

「黙れ密偵。ええいこのスパイめ。まわし者め。お前みてえな小役人に心配して貰うような筋合いはねえや。岡っ引の丁稚野郎め。足腰が立たねえくらいで、このウルフ様が参ると思うのか三下奴の下まわり役人め。やい足軽。嘘だと思うならさあ、とっとと向かってきやがれ」彼は位置を移りつづけるおれを追いまわし、いざり車をがらがらと杖で漕ぎながら、広場中に響き渡る荒あらしい銅鑼声をはりあげつづけた。

「懐かしいなあウルフ。お前のその悪口雑言。昔を想い出すぜ」おれは広場の中をゆっくりと逃げまわりながら叫んだ。「だが、残念ながら眼も見えねえようだな。それじゃあおれを捕まえられまい。どうだウルフ。昔のように口喧嘩しながら一杯やらねえか。おれのおごりだが、どうだね」

「うるさい、どんぐり眼。お前みてえなモヤシに有難く酒を飲ませていただくようなウルフさまだと思うのか。ふざけるな。この、のぼせあがった細腕野郎。眼なぞ見えなくてもな、貴様の居所ぐらい、ちゃんとわかるんだ。そらっ。これを受けてみろ」

彼はだしぬけに、杖を投げつけてきた。一瞬、昔のウルフにもどったかのようなすす早い動きだった。おれは杖を避けることができず、うっと呻いて腹を押えた。しばらく、声も出なかった。

「さあどうだ。よだれくりの餓鬼め。水っ洟野郎。なんとかいってみろ」そう叫び、おれの返事を待ち構えてぴんと両耳を立てたウルフの顔つきが、しだいに不安を示しはじめた。

「おい。どうしたキッド。返事しろ。返事しねえか」

ひどい痛みだった。おれは声を出さずに身をよじりつづけた。だが、その苦痛はウルフの元気よさを確かに認めた嬉しさのため、むしろ快感に近いものだった。

ウルフはあわてて手で地面を搔き、おれに近づこうとしはじめた。「お、おい。キッド。どうした。まさか今の杖が命中したんじゃあるまいな」

「命中したよ。ウルフ。お見事だった。眼の見えねえお前にしちゃあな」おれはまた、ゆっくりと彼から離れながらいった。「だが、残念ながら、かすり傷だった」

ウルフはおれの声を聞き、あきらかに安堵の表情を浮かべた。「ふん、だがその声の様子じゃ、相当痛いめにあったらしいな。どうだ。くやしかったら、こい」

「ウルフ。お前だけは昔のままだったよ。お前はやっぱり、すばらしい悪党野郎だ」おれは涙を手の甲で拭いながら叫んだ。「畜生。お前みてえな悪党野郎は、他にいねえな」

「うるせえ。うるせえ。何吐かしやがる」ウルフは口惜しげに、握りこぶしで地面を叩きながら叫び返した。「やいキッド。おれはな、おれ様はな、貴様みてえな餓鬼ひとりを待って、二十年以上もここにいたんだぞ。わかるか。二十年だぞ。長えなげえ時間よ。それなのにお前は、おれに向かってこねえというのか。やいキッド。かかってこい」彼は泣きながら叫んだ。「それとも、おれ様がこわいというのか。ウルフ様が恐ろしいのか」

「ウルフ、おれはもう、行かなきゃならねえんだ」ウルフは、静かにそういった。

「何？　何？　何だと」ウルフは頬を引き吊らせ、おれの頭上あたりの宙を白く濁った眼でうつろに睨んだ。「き、貴様。逃げる気か。逃げる気だな。いいやもう、そうに違えねえ。この臆病野郎。もう行っちまうってのか。今きたばかりなのによ」彼の声はしだいにおろおろと顫《ふる》えはじめた。「まだふたことみこと、いいあったばかりなのによ。あんなのは口喧嘩のうちにも入りゃしねえぞ」

「ウルフ、お別れだ。もう会えねえだろうが、達者でな」

「もう会えねえだと！　キッド。お前本当に行っちまうのか」

「あばよ。ウルフ」

いつの間にか時間が経ち、あと少しで三十七時になろうとしていた。おれは急ぎ足で、黄金虫の方へ歩いた。

「ふん」背後でウルフが不貞腐れたような声をはりあげていった。「勝手にしろ、いかさま師野郎め。やい。わかったぞ。貴様も寄る年波で中年肥り、とてもおれ様にゃ勝てねえと尻《しっ》尾《ぽ》を巻いて逃げ出そうってんだろ。ははあ。ざま見やがれ」

黄金虫に乗りこみ、車窓から見ると、ウルフは遠くで胸をはり、宙を見あげてうそぶいていた。

おれは車窓を開き、大声で叫んだ。「ようし。吐かしたなウルフ。またもどってきてやる。貴様を叩きのめし、このルピナスから追い出してやる。今日はこのまま帰るが、いつかきっと、もどってくるぞ。待ってろよ」

黄金虫が動き出し、ハイウェイへの上り坂にさしかかった時、ウルフは突然、弾かれたように身をふるわせ、力まかせに両手で地面を掻きながらこちらへ車を走らせはじめた。

「キッド！」

そう叫ぶウルフの毛むくじゃらの頰いちめんに、白く涙が光っているのを、おれは、はっきりと見た。叫びつづけ、けんめいに両手で車をあやつるウルフの姿を窓越しに見ながら、おれは口のなかに塩の味を感じていた。やがてその姿が涙の彼方ににじみ、消えていった時、黄金虫はふたたびトンネルに入った。

フル・ネルソン

「先生。あの、これでいいすか」

「ははあ。こうなるか。一八五〇九二四……おかしいな。度数分布表から計算しましたか。たしかに、こうなりますか。これ、中位数でしょう」

「はい。中位数です」

「こうなりますか。おかしいじゃないですか。こうはならないでしょう。ね」

「はあ」

「いやいや、だってね、これだと階級の幅がheになってないでしょ。この、この階級より小さいぜんぶの合計、度数の合計がね、heになるんですよ」

「あの、そうしたんすけど……」

「累積度数図を見せてごらん。これじゃないでしょ。そう、これこれ。これ見たらわかりますよ。ね。縦座標が$\frac{1}{2}n$になる点の、この、こっちの方、横座標ですよ。これが中央値ですよ。ね」

「あの、中央値って、何すか」

「中央値ったら、中位数のことですよ。メジアンのことですよ」

「ああそうか」

「えと、じゃ、も一度やってごらん。度数分布表からね。*he*はそれじゃないよ。これだから
ね。度数が*fe*だからね。それは、わかるでしょ」

「はい、わかります。そしたら、ええと、はいはい。わかりました」

「君、中位数求めるのは初めてなの」

「いえ」

「君はええと、この教室、前からいましたか」

「はい。前から」

「ああそう……。あんな子、いたかな……。ねえ、布原君」

「はあ」

「あんな子、ここにいたっけ、前から」

「ここにって」

「この教室にいたかね。あんな子」

「あら。いたんじゃなかったかしら」

「そっちの具合はどう」

「おかしいわ、これ。あの、これ先生、先生がいってらしたみたいに分子内転位しないんですけど」

「おかしいな。どうなったの」

「でも、見かけだけは転位反応しましたわ」

「見かけだけ。見かけだけっていうと、分子間転位したの」

「ええ、ええ、それよ。分子間転位」

「どっちの形で」

「どっちっていいますと……」

「形ですよ、形。いったん分子から離れた時の形」

「イオンの形かラジカルの形かってことですか。それならラジカルの形よ」

「おっかしいなああ。中間にカルボニウムイオンを生じて分子内転位するはずなんだけどね」

「でも、そんなこと滅多にないんでしょ」

「ま、比較的少ないけどね。少ないけど、その、あれですよ。その場合は、なるはずなんだよ」

「でも、ならないわ」

「そうかなあ。機構としては、なると思ったんだがな」

「電話鳴ってますわ」

「うんうん。あ、もしもし。はいそうです。え、いやいや、そりゃ困るよ。持ってきてよ今日中に。いや、そりゃ困るよ……」

「あら。あなた、何」

「あの、これ、やってみたんすけど」

「そう。わたしが見たげるわ。これね。あら、これ何」

「放射線量す」

「放射線量、そのまま書いちゃったの。それじゃ駄目よ。電流に変換して計測しなきゃあね。それやらないとね。だからアンペアになるわけよ」

「えと、そしたら、ここ、どうしますか。コンデンサーの、ここんところ」

「どうするのかなあ。だから極板間隔を変えるのね、きっと。そうでしょ」

「はあ」

「ちがうかしら」

「こっちは、こうしてあるんすけどねえ」

「これ、誰が書いたの」

「先生す」

「ああ、先生ねえ。これ、ほんとに、あってるのかしらねえ。これ、コイルの中の磁心を動かさなかったんじゃないかしら。あとで聞いたげるけど。今、先生電話してるから」

「これ、これでもう、いいんじゃないかな」

「駄目と思うわよ。じゃね、これ、このままにしておいて、こっちでやってごらんなさい。わたしのいう通りにして。ね。女のいう通りにするの厭だろうけどね。これやらないとね、やっぱり駄目よね」

「いやいや、そりゃやっぱり困るよ。あ、もしもし。今日中に……そりゃ、実験は明日だけどね。だけど、いろいろテストしとかなきゃいけないでしょ。スイープジェネレーターにしても、一応は、一定振幅のあれ、やっとかないとあれでしょ。わかるでしょ。そうだよ、だから持ってきてよ今日。いくら遅くなってもいいよ。待ってるよ」

「先生。これ、一致しないんですけど」

「一致しないとは、なにがですか。ああ、これですか。これとこれですか。両方やってみたんですか。これ、こっちのこれはなにですか」

「行列積のあれです」

「ああ、行列ABCを対角形に……」

「それから、こっちはですね、状態がこの時に、物理量のこれが、これになる確率を……」

「ああ、そうですか」

「これ、どっちが間違ってるんですか」

「いや。これは、どっちも合ってるんです」

「だって、どっちの式も正しいってこと、ないんじゃないですか」

「いやいや。こっちは行列でしょ。行列ですね。行列Cをとって、ユニタリー行列の間に成立する式でしょう。だから、どっちの式も正しいんです。わたしのいった通りです」

「いや、あの、あのね、これが正しくてね、こっちが正しいとしたらですね、あのですね、両方正しくてですね、それなら答が一致するはずでしょう。それが一致しないから」

「これは一致しないんですよ」

「だってね、どっちの式も正しいとしたら、答は一致するんじゃないんですか」

「だってね、そりゃあね君、この矛盾はね、ある状態において各物理量がね、どの値をとるかはですよ、個個の場合は未知だし偶然だしするにしてもですよ、とにかくこの、確定値をとるとする限りね、避けられないみたいに思うわけですよ。そう思うでしょう。ね。そりゃ確かにね、ある状態である量を測ればね、確定値が得られますよね。だけどね、測定ができますよ、実際に行われればこそ確定値が確認されるのであってね、測定にかかわりなくある物理量がある値を確定的に持つはずだとはいえないわけでしょう。ね。まあ、そんなこと、どうでもいいんですけどね。これはもう、いいんですよ。それよりも、あの、ええと、柴田君いますか」

「さあ。知りませんが」

「あの、そっちの方に柴田君いますか」

「ああ。柴田君ですか。さっき帰りました」

「えっ、帰った。困るなあ。何もいわないで帰ったら。わからないじゃないですか。そんなことしたら」

「あの、実験が終ったからとかいって、帰ったんですけど」

「えっ、実験。彼なんか実験してたんですか。何の実験してたの」

「えと、ちょっと、わかりませんけど」

「わかりませんか。何の実験してたか。ちょっと、その辺に何か置いてないですか。ちょっと見てくれませんか。君、わからないか。わたしもわからないんだけどね。大きな音ですね。何ですか今の音」

「先生、やっぱりこれ、駄目でしたわ」

「これですか。こりゃひどいことになったな。どうして破れたのかな」

「最初っからいやだったの。この型の連続鋳造設備、まだ完全に分塊を省けないんでしょ。誰だったっけなあ、いってたわ。まだ技術的には、その、大いに不安があるって」

「あっ。今の音これですか。ひでえな」

「わあ。こりゃひでえな」

「君たち、見てないで手を貸しなさい。君、バーナー持ってきなさい」

「あっ。出てきたわ。あら、あら、あら、あら、あら」

「あっ。そっちもか。こんなこと、なるわけないんだけどな。これはね、鋳型が半円弧形になっていてね。そこへ溶鉱入れる式のやつですからね。中にはまだ凝固していない金属が残ってるけど、最初の鋳入《いにゅう》のレベル以上には溶解金属はのぼってこないはずなんだよ」

「早く。早く。あらあらあら。三木君。そっち早く」

「早くしなさい。早く」

「これ、スラグでしょう」

「いや。溶銑です」

「また出てきました。あっ、また出てきました」

「酸化燃料のその、吹込口の栓、締めませんか。それ締めないといけませんよ。とめなさい。全部とめなさい」

「おうい。これ何だ。こっちまで流れてきたぞ」

「熱い。早くしなさい。早くしないと床が抜けます」

「この下、どこだっけ。この下の部屋」

「まあ、たいしたことないけどね。万能割出台とか、そんなものいっぱい置いてあるだけでね」

「そっち行きましたよ。気をつけなさい」

「今度はそっち行った。そっち行った」

「そっち逃げたぞ」

「つかまえろ」

「こっち来た。来た」

「注意しなさい。それ倒しちゃいけないよ」

「もう時間ないし、今日はもう、これ、できませんわね先生」

「いや。やりましょう。いそぐから」

「ひとりじゃ、できないわ」

「三木君と、それから君ね。そこから中へ入ってください。いや大丈夫、そこはもう冷えてるから。三木君ちょっと、双極子の回転を見なさい。あ、それから君ね、このパイプそこへつないでください。で、先は外へ出して……それは外じゃないよ。こっち向けて。そうそう。イオンを移動させますからね」

「そんなこと、できますの先生」

「できます。だけど、あれはもうできてますか。誘電体は」

「あれ、先生がやられてたんじゃなかったんですか。わたしそう思ってたから……」

「ぼくですか。ぼくはしてないですよ。誰に頼んだかな。ええと、あれはたしか、結晶になるかなんかだったんだけどな。その結晶構造、早く見とかないといけないんですよ。おそらくね、そうなると思うんだよね。結晶にね。だけど等軸結晶になっても困るんだよね。結晶にならないとね。ガチッとね」

「誘電体は誰がやりましたかあ」

「まだですう」

「この中にいる人よ。三木君よ」

「じゃ、ぼくがやりましょう。しかたがないから。えと、航海用六分儀どうしたかな」

「先生。あのう、これなんすけど」

「ああ。これですか。えっ、君。まだこんなことしてたんですか。これ、もういいんですよ。すんでるんですよ。あっ、どうしてそんなもの持ってるんですか。それ、どこからはずしてきたの。それ、あれでしょう。坩堝《るつぼ》でしょう。霊菌の入ってる……。それ、はずしてきちゃいけないですよ。困りますよ」

「でも、いちど鱗木につけてテストしてみようかと思って」

「そんなこと、しなくていいよ。いやいや、したら大変だよ。誰がしなさいと言いましたか。ぼく、いわないでしょう」

「はい。もしもし。そうです。え、布原さんですか。はい。布原さん、お電話です」

「はいどうも。もしもし。布原です。ああ、こんにちは。ううん、まだ終らないわ。そうねえ。だいぶ遅くなるわ。そうね。ええ。じゃ、そうしてちょうだい。え、何。ふふ。馬鹿ねえ。いやね。はいはい。じゃあね」

「布原君。君ね、あのふたり、見て教えてやってくださいね。あ、それから今の電話、誰」

「清水さん。三科の」

「ああ。緑肥作物やってる人ね」

「先生。できました」

「え。できましたか。ああ。できましたね。すぐ使いましょう。いそぐからね。これが一般多様体ですね」

「はい。それからこれが、自分自身への連続写像。これが、それに対する不動点の代数的個数です。同位相の方は……」

「いや。わかってます。わかってます。じゃあ君ね、さっきあの中へ、三木君と、それからもうひとり入っていったでしょう。あの子を呼んでください」

「三木君ですか」

「いや、三木君と違う方の、もひとりの方」

「はい」

「きゃっ」

「どうしたっ」

「ネズミ、ネズミ、ネズミ、ネズミ」

「叩き殺せ、くそ」

「あっ、出てきたわ。あら、あら、あら、あら、あら」

「そっち行きましたよ。気をつけなさい」

「今度はそっち行った。そっち行った」

「そっち逃げたぞ」

「つかまえろ」

「こっち来た。来た」

「あの先生、この中に、三木君しかいませんけど」

「えっ。だってさっき、三木君といっしょにもうひとり入ったでしょう。君、入っていくの、見てたでしょう」

「さあ、ちょっと……」

「おぼえてないですか。そうですか。あの、三木君はそれじゃ、まだ中にいますか」

「はあ」

「三木君、三木君」

「はあ」

「さっきね、君といっしょに入ったでしょ、中へ。あの子、どうしましたか」

「出たんじゃないんすか」

「出ていくとこ、見ましたか三木君は」

「いえ、ぼくは……。いませんか、その辺に。帰ったかなあ。帰るわけないけどな」

「帰るわけないですよ。帰ったら困りますよ。彼、なんて人ですか」

「ぼく、知らないんす」

「君はまだ、それ、終りませんか」

「まだ、パラメトリック回路の具合が」

「あ、そうですか。まだ修繕できませんか。終り次第いってくださいね。すぐ受信しますからね。布原君、あんた、そんな、窓から入ってきてはいけないよ。あれ。君、いつ外へ出かけたの。さっき、そこにいたでしょう」

「ネズミ捕り借りてきましたの。協同組合で」

「窓から入っちゃいけないよ。女性ですよ」

「ここへ置いとこうかしら。先生。わたし、これ、するんですけど、お願いできますか」

「ああ。やりましょう。じゃ、そっち、片方あげて。球状液体がにじみ出てきた時はね、一般には、その、くぼんでいる内側の方が、外側にくらべて圧力が大きいんですよ。だから気をつけないとね。片方、あげましたか」

「ええ」

「じゃ、毛管を入れますからね。ゆっくりやりますからね、最初は」

「早くしたほうがいいんじゃないかしら」

「いや。これはね、管の中の水柱のね、上端AEのところでね、表面が縮まろうとするでしょう。だからその結果……」

「ああ。先生っ。痛い。痛い」

「我慢して。我慢して」

「早くして。早くして先生。そんなゆっくりしないで。早く。痛くて我慢できないから」

「うん。うん。我慢して」

「セッケン膜、破れたみたいよ」

「表面張力ですよ。縮まろうとしてね、ABを引っぱるわけでね。ああ。これで具合よくなってきたね。どう、具合よくなってきたでしょう」

「ええ、ほんと。とても。ああ、とてもいいわ」

「つまりこの、二点間の距離がね。ああ、いいね」

「ええ、いいわ」

「先生。ちょっと」

「何ですか。今、手がはなせないんだけどね。いそぐの」

「アンテナ立てようと思うんすけどね。これでいいんすか」

「アンテナですか。それ、アンテナですか。それ、アンテナじゃないでしょう。それ、ネズミ捕りでしょう。中に、ネズミ入ってるじゃないですか」

「他に、あの、ないもんすから」

「あ、そう。まあ、他になけりゃ使ってもいいけどね。三木君と相談してやってください。三木君、あの中に入ってるからね」

「はい」

「ぼくちょっと、ズボンはき換えてくるからね。濡れちゃったから」

「あれっ。あの、布原さん」

「なあに」

「三木君、この中にいませんけど」

「えっ。三木君もいなくなっちゃったの。困るわねえ。あなたそれじゃ、その中へ入って……。ううん。いいわ、いいわ。あなたまでいなくなると困るから」

「先生、どこですか」

「先生ちょっとおトイレ。なあに」

「これなんですけどね。この増幅器、おかしいんです」

「これ、パラメトリック増幅器でしょ。それ、買ったばかりよ。どこもおかしくないでしょ。どこがおかしいの」

「信号周波数が違うんですけどね。入力と出力と」

「あったり前じゃないの。いやねえ。パラメトリックはリアクタンスなのよ。入力と出力じゃ、信号周波数は違うわよ、そりゃあ。だから可変リアクタンスの変調増幅器って意味で、メーバー、メーバーっていってるじゃないの」

「アメーバですか」

「アメーバじゃないわ。パラメトリックはメーバー」

「じゃ、ぞうり虫に近いわけですね」

「どうして」

「パラメキウム属のパラメシウムでしょう」

「そういえばそうね」

「じゃ、変調にはパラメーターを使えばいいわけですね。入力を変数x、出力を変数tとして、その関数があるとき……」

「ああ。媒介変数ね。それでいいのよ、きっと」

「どこですか。ここは」

「あら、先生。いつそんな中へ入ったんですか」

「ぼく、便所にいたんだけどね。こんな中へ入った憶え、ちっともないんですよ」

「出てきてくださいな。ちょっと、わからないことがあって……」

「どれですか。ああ、これですか。これは、ルリモンハナバチですね。本州の西の暖かいところ、それから朝鮮とか、沖縄とか、中国……。あっ。君、どこへ行ってたの。今までどこにいたの」

「アンテナ立ててきたんすけど」

「アンテナね、それ、どこへ立てましたか」

「あの、屋上のね、西の端にあの、D51とかなんとかって機関車置いてありますね。あの上に立てたんすけど」

「ははあ。それ、ネズミ中へ入れたまま立てませんでしたか」

「はいはい」

「入れたままですか」

「はいはい」

「原因はそれだよ。あのね、そんなことしちゃいけないよ。困るんですよ、そんなことするとね。ほんとにもう、むちゃくちゃよ。非常にね、ぼくね、その、困るんだよ。おかしなことが起ったら、どうしますか。知りませんよ、ぼくは」

「先生。用意できました」

「よろしい。全部揃いましたね。用意全部いいのね。ああ。あれだけまだ持ってこないけど、ま、いいでしょう。やりましょう。布原君、頼みます」

「はい。これでいいですか」

「はい結構。みんな、集りましたね。それでは説明します。この機械にはですね、作動させるための、その、いろいろな技術困難があります。この機械はですね、機体が地面に近づくにつれて推力が減るわけです。つまり接地が非常にむずかしい。だから当然、地面の損傷や原動機排気の再吸引など、いろんな問題が起ってくるんです。では、ちょっとカバーをはずして、原動機を見てみましょう。ドライバー」

「はい」

「あっ先生。何か虫が」

「ああ。この虫は、原動機によくつく虫ですよ。正確には虫じゃないんですがね。ネジ属のメメクラゲというんですがね。なに、燃料を食うようなことはしません。ただ、ついてるだけですから。はい次。バーナー」

「ガスですか、オイルですか」

「ガスにきまってるでしょう君。さあ。配線の具合、よく見ましょうね。この部分だけは一見花模様のプリント配線になってますね。それからこの繊維は、ポリアクリルニトリルです。これ、弱くないですよ。非常に強い繊維です。本当ですよ。引張試験機でテストすればわかります。センメーターで強さと伸びを測定すればわかります。ハンドルをまわしながらねじ棒で引っぱり、荷重は振子の変位で計ればいいんです。それから、こっちのこれが神経繊維ですね。この繊維の先端は、ネフロンの結合組織に達しています。この間質の結合組織を溶かしてしまいますと、ネフロンは、ばらばらになります。このネフロンが、腎臓の構造上、機能上の単位です。それは知っていますね。腎臓脈を見ましょう。も少し上です。はい、メス。ああ、布原君、もう少しスカートをあげてください。そうそう。ほら、出てきました。これが腎静脈、こっちへのびてるのが腎盂です。これ。腎門」

「腎虚はどれですか」

「そんなもの、ありません。馬鹿だね君は。布原さんは女だよ。ああ、布原さん。いっそのこと、ぜんぶ脱いでくれますか。何ですか。何がおかしいの」

「だって、恥かしいわ。わたし最近、でんでこでんでこ肥ってきてるんですもの」

「かまいません。脱いでください。次。鉗子《かんし》」

「はい」

「腎内のですね。ええ、血管形についてお話ししますとね、両棲類の腎内血管形は、哺乳類とはだいぶちがうのです。たとえばですね、ええと、桎梏」

「はい」

「磁針」

「はい」

「指貫き」

「はい」

「たとえばですね、これは腎門脈です。これは下肢の血液を集めるもので、両棲類に特有のものですね。で、この両棲類はブランキオサウルスといって、二畳紀にいた……」

「卒爾《そつじ》ながら、ちとものをお訊《たず》ね申す」

「君は誰ですか。ここへ入ってきちゃいけませんよ。今、講義中なんだから。で、二畳紀に生存していた……」

「卒爾ながら……」

「ちょっと。先生がいけないっておっしゃってるでしょ。ふざけちゃ駄目。ね。文化祭の練習、あっちでやって頂戴。あら。そこはトイレよ。出口はあっち」

「見ればわかるでしょうが、この部分と、この部分と、この部分という具合に、中は三つに区切られています。この、円錐形の尖《とが》ったところがあるでしょう。ここが前部機械室です。ああ、ちょっと、君、君。君のからだ、裏返ってますよ」

「はい」

「注意しなさい」

「じゃあ、乗れないんすか」

「いや、乗れます。全員乗れるかもしれない。乗ってみましょう。ひとりずつ、ひとりずつ」

「ちょっと。もう少し詰《つ》まらないかしら。わたし、乗れないわ」

「いっときますけど、これはほんのテストですからね。ほんのテスト」

「ここに、先生がもひとりいますけど」

「それは修辞的残像ですな。えと、全部乗りましたか」

「なんとか乗れましたわ」

「じゃ、そのボタン押してください。その始動ボタン――Without a mishap と書いてあるボタンです」

「故障す。押しても動きません」

「いや。これで、動いてるんです。ちゃんと」

「ローターは、まわってますわ」

「そうでしょう」

「もう、いいすか」

「ええ、ええ。停《と》めてください」

「停めました」

「では、降りましょう。テストは成功です」

「先生。乗ってるという感じがあの、全然あの、なかったんすけど、あれ、なぜですか」

「振動がなかったからだね。それだけ機械が精密だというわけで、これはやはり、ぼくの設計がまちがってなかったという……何、なんですか、なんですか。何かいいたいことあるんですか」

「いえ」

「何かあるんでしょう。いいたいことがあったら堂堂といったらどうですか。なんですか。だってそう思うじゃないですか。そんな眼つきを……」

「あの、じゃ、いいますけど、教授会の方では、われわれの処分を、どう決定したんすか。それ、はっきりおっしゃってください」

「それは、まだ決定していません。団交の時までには決めますけどね」

「しかし」

「ま、まあまあ。まあ、ぼくにまかせておきたまえ。悪いようにはしないから。部長にも社長にも、うまくとりなしてやるから」

「はっ、お願いします」

「そのかわり、新車の設計、早くやっときなさいよ。富士のレースまで、あと二カ月しかないんだからね。どこの社も極秘で設計を進めてる。頑張ってください」

「はあ。だけど先生。あのレースでマシンの交替を認めるかどうか、それから、ドライバーが一人か二人か、それによっても設計が違ってくるんすけど」

「そんなことでどうします。どっちに転んでもいいように設計すりゃいいんじゃないですか。そうでしょうが」

「あの、いちど、エンジン見ていただけますか」

「見ましょう。これですね。ボンネットあけてごらん」

「はい。重いな。先生ちょっと、そっちあげてもらえますか」

「ボンネットをこんなに重くしちゃいけないね。よし。一、二の」

「三」

「ははあ。砂が入ってる」

「一面、砂ですね。この砂、どこまで続いてるのかな。先生、この砂は何すか」

「これ、月面らしいですね。さわっちゃいけませんよ。そっとしておきましょう。しめておきなさい」

「あのう、先生、わたし」

「はい。何ですか」

「テストも終ったし、あの、今日ちょっと、早く帰らせてほしいんですけど」

「ああそう。そうねえ、ええと。どこか行くんですか。いそぎますか。何か用あるの」

「はあ。それほどいそぎませんけど」

「あ。さっきの電話の人ですね。あの人と……。誰からだったっけ」

「あの、清水さん。三科の……」

「ああ、ボーリングやってる人ね」

「ええ。だから彼と、今度建てるマンションの工事現場へ見に行こうと思って……」

「ああ、あれね。だいぶ掘りましたか。今のところ、どのくらいですか」

「今の所で、さあ、アベレージ百六十くらいかしら」

「すごいですね。プロですね」

「卒爾ながら……」

「また来ましたね。君、どこから入ってきたんですか。そんなおかしな恰好して。出ていきなさい」

「先生。だめでしょうか。あのう……」

「ああ。帰ってもいいですよ。だけどねえ。あの、研究生、まだ帰ってないでしょ。研究生より先に助手が帰ると、また、いろいろとね、その、うるさいからね」

「はあ」

「大丈夫です。研究生たち、すぐ帰らせますからね。あっ、あれは誰ですか。今、向こうへ行ったの。シュトラウスみたいな恰好してそっち行った人。そっちへ行きましたか」

「はあい、何すか」

「今、そっちへ誰か行きませんでしたか」

「誰も来ませんが」

「いや、今ね、そっちの方へね、何かあの、シュトラウスみたいな人が行ったんですがね。見ませんでしたか」

「いいえ」

「変な人が入ってくると、困りますからね。君たち、窓を締めてください。厳重にね。まだ、実験前のものがいっぱいあるんだからね。その辺のもの、壊されるとね、困るんですよね」

「こっちの方の窓は、一応全部ロックしてありますけど」

「じゃ、こっちの窓を締めなさい。いそいで。さあ。それからドアも。ドアも全部締めなさい。早く、早く。ぐずぐずしないで。全部ロックして。それからハッチも」

「ハッチ、締めました」

「バラストタンク、注水」

「バラストタンク、注水」

「速度10ノット」

「速度10ノット」

「潜航」

「潜航」

「魚雷発射管、前扉開放」

「魚雷発射管、前扉開放」

「第1、第2発射管、ポラリス発射」

「第1、第2発射管、ポラリス発射」

「第3、第4発射管、ポラリス発射」

「第3、第……あっ。発射のショックで、原子炉室へ浸水してきました」

「あら、あら、あら、あら」

「早くみんな、潜水服着なさい。早く」

「全員、潜水服着用」

「みんな、着ましたね。酸素ボンベ、みんなに行き渡りましたね」

「水、だんだんふえてくるわ」

「先生。もう準備も全部できたし、もう、あの、そろそろ帰ってもいいすか」

「いいでしょう。あと片付けして、順に帰りなさい。ハッチから出る時は、エア・ロックに注意して。船内の空気が洩れ出ないように、ぴったり閉めるんですよ」

「はい。じゃ、先生」

「あの。先生。それじゃぼくも」

「ああ、君ももう終ったのね。よかったですね。さよなら。さよなら」

「みんな、出て行ったわ。先生はまだ、残って何かなさるんですか」

「あと、手を洗うだけだな」

「あら。わたしも手を洗わなくちゃ。いっしょに行きませんか。手を洗いに」

「そうですね。だけど君、お金持ってるんですか」

「五十メートルくらいしか残ってませんけど」

「それじゃ食えないなあ」

「エッチねえ。先生」

「いいポスターだね」

「明日のですわ」

「泳げるの」
「死んだわ」
「血だ」

たぬきの方程式

「よし。そこにいる」おれは船艙のドアをさらに大きく開きながら叫んだ。「今、そこに隠れるのが見えた。知っている。さあ、出てこい」

　奴は積荷のうしろで、ごとりと物音を立てた。

「お前がもし荒くれ男ならもちろんのこと」おれはガス銃を構えたままでいった。「たとえどんなに可愛い若い娘であっても、人間の形をとってあらわれる限り、密航者と見なしてこの宇宙艇から外の空間へおっぽり出す。おれは血も涙もないパイロットなのだ」

　奴は積荷のうしろでごとごとと物音を立てた。やがて、あわてきった様子で立ちあがり、積荷の向こうに上半身をさらけ出しておれを見た。「それは、どういうことなの」

「どうとは」

「人間の形をとってあらわれる限りって」

「密航者なら人間に決っているといいたいのか」

いっそ目がえない」

「どういう風に見えるか、いってやろうか。

「もちろん、見えるさ」おれはうなずき返した。「どういう風に見えるか、いってやろうか。髪は金髪だ。背は高くて、おれとさほど違わない。瞳はブルーで色は白い。頬は、この汚れを拭いたらもっと美人だろうなと男性に想像させてわくわくさせる程度に煤で汚れている。もちろん、汚れていても美人だ。少し厚手の半袖のブラウスを着ていて、その色は趣味の悪いピンクだ。そしてその中身が、突拍子もないグラマーであることがはっきりわかるような仕掛けになっている。つまり乳房の上のところが大きく鉤裂《かぎざ》きになっている」

「今、あなたに見つかって、あわてて隠れようとした時に破れたのよ」

「そうだろうともさ。そして君は、おれがそういってもその鉤裂きをあわてて隠そうとしない。なぜか。それは、すれっからしを装っているからだ。すれっからしを装った方が、おれが手を出しやすく、つまりそっちにして見れば誘惑しやすいからだ」

彼女は、かぶりを振った。「最初から見つかるつもりで乗ったんじゃないわ。ミスティ・ジャンクションへ着くまで隠れおおせる気でいたのよ。それなら誘惑する必要はないわけでしょ」

「今できた」おれはガス銃の銃口を水平に振った。「出てこい。全身を見せろ」

「そんなことは、しないでしょうね」

「どんなことだ」

「外へ抛《ほう》り出すなんてこと」彼女は積み荷のうしろから出てきて、おれの前に立った。

「そしてスカートは黒だ。これも破れている。白い太腿がのぞいているという寸法だ」おれは苦笑して、ゆっくりとかぶりを振った。「よく化けた」

彼女は眼を見ひらいた。「人間じゃないと思っているのね」

「だからいっただろ。人間の形をとってあらわれたのが悪い。おれが悪いんじゃない。そっちが悪い。おれは警告した。そっちが警告を無視した。そっちが悪い」

「どんな警告なのよ」

「人間の形をとってあらわれてはいけなかった。タヌキはタヌキの姿であらわれればよかった」

「タヌキって、地球で絶滅しかかってる哺乳類のこと」

「なぜタヌキが生物学を知っている」

「学校で習ったわ」

「タヌキの学校か」

「わたし、人間よ」

「論争点が明確になってきた」おれは銃口をドアに向けた。「操縦室へ行こう。そこで話そう」

「賛成ね。ここは寒いわ」

「そんな恰好に化けたからだ。毛皮のままなら寒くなかった筈《はず》だ」

「わたしは人間よ。失礼ね。わたしは人間よ」

おれはゆっくり前進しはじめた彼女の脊椎骨に銃口を押しあてて、暖房のきいた船室《キャビン》に戻った。

「よし。その椅子にかけろ」

彼女を副操縦席にかけさせてから自分の席に腰をおろし、両方の椅子を回転させて向きあった。彼女は足を組んだ。

おれは眼をそらさずにいった。「そんなにスカートをまくりあがらせると、尻尾が見えちまうぞ」

「そんなにタヌキの姿であらわれた方がよかったのなら、そうしてあげたらよかったわね。でも、わたしはタヌキに化けられないの」

「ごまかすな。おれだってタヌキよりは人間の女の方がいい。損をするのは君なのだ」

「どう損をするの」

「命を失う」

「おっぽり出すっていうのは本気なのね。じゃ、わたしがタヌキなら、おっぽり出さないの」

「あたり前だ。貴重な輸出品だからな。積荷を捨てるようなことはしないよ」おれは船室の隅の木箱を指していった。「さあ。もとのタヌキの姿になって、おとなしくあそこへ入るんだ。お前が食い破ったあの金網の破れ目から中へ入って、ミスティ・ジャンクションへ着くまでは二度と出ちゃいけない」

彼女はのろのろと木箱を眺め、ふたたび視線をおれに向けた。しばらく考えてから、彼女はおれにいった。「そうだったの。じゃ、わたし、タヌキよ。わたしはタヌキの化けた女よ。それでいいでしょ」

「よくはない。タヌキの姿に戻れ。そして檻《おり》に入れ」

「どうしてなの。だってあなた、タヌキよりは人間の女の方がいいっていったじゃないの。わたしがこのままの姿でいる方が、あなた楽しいでしょ」

「そしてミスティ・ジャンクションまでそのままの姿でいて、到着したとたんに逃げ出そうというわけか。そっちは逃げ出そうとして必死だろうが、こっちだって必死だ。積荷に逃げられたのじゃ首がとぶ」

「逃げません」

「逃げる逃げる」

「いったい、そのタヌキが檻を破って逃げ出したのは」

「タヌキは君だ」

「ええ。それならわたしでもいいわ。わたしが檻の金網を食い破って脱走したのは、いったい、いつのことなの」

「四十五時間も前だから、もう二日になるな。そうだろ」

「そうね」

「じゃ、腹が減っただろ」

「無理ないな。すると、腹が減ったもんで、しかたなく、わざと発見されるように仕向けたわけか。グラマーに化けて、

「どうして、タヌキが化けるなんてこと考えたの」

「荷を積むとき、動物商人からいわれたんだ。こいつは、化けますよってな」

「タヌキが化けるなんて、地球の伝説よ」

「伝説だという証拠はないだろ」

「化けるって証拠もないでしょ」

「化ける動物はたくさんいるからな。ヘリンドンの砂漠にいるシンキロウダマシはアタマワレサボテンそっくりに化ける」

「あれは擬態よ」

「こっちに催眠術をかけるのだっているぞ。ピチカートスーダラのロッポウカバは人間が近づくと毒ガスを吹きかけて、こちらが心の中で思っているものに変身する。スタコラのニタリスッポンは人間がくると甲羅をぐるぐる回転させて、その模様で催眠術をかけ、変身する。おれはワープ船で相当遠くまで行ってるから、その他にも奇妙な動物にはたくさん出くわしている。おれは、タヌキは化けると思うね。その方が信じやすい。化けもしないのに、そんな伝説が残る筈はないじゃないか」

「ねえ。こうは考えられないの」彼女は身をのり出して説得しはじめた。「この宇宙艇の中

には、最初からわたしが隠れていた。それから積み荷のタヌキが逃げ出した。わたしが捕まった。だからタヌキは、まだ艇内のどこかに隠れている」

「それだと、最悪の状態ってことになるんだぜ。君にとってはな」

「どうして」

「密航者、つまり君の質量だけ、この宇宙艇にとっては余分なんだ。この宇宙艇は、積荷とパイロット、つまりタヌキとおれの質量だけでぎりぎりいっぱいなんだ」

「だって、ちゃんと飛んでるじゃないの」

「今はな。しかしそのために余分の燃料を使ってる。そのうち、目的地へ着く前に使い切ってしまう」

「するとどうなるの」

「墜落——つまり自由落下だな。どかん。おれも君も。この宇宙艇は爆発だ」

「だって、わたしの腰かけてるこの椅子、これ、操縦席でしょう。操縦士ふたりまでは大丈夫なんでしょ」

「短距離の時は副操縦士がつく。しかしこれは長距離輸送だ。そのため」おれは部屋の片側を指した。「この万能コンピューターがセットされた。副操縦士よりも有能な機械だ。こいつがいるから、自動操縦も可能だ。そのかわり、余分なものを乗せる余地もなくなってしまった」

「いや」彼女は絶叫した。「だからといって、おっぽり出されて死ぬのはいや」はげしく身をゆすり、乳房をふるわせた。

「いやなら、早くタヌキの姿に戻れ」

「わたし人間よ」

「タヌキといったり、人間といったり、いったいどちらが本当だ」

「人間よ。いいえ。タヌキよ」彼女は急に何かを思いついた様子でそう叫んだ。「もし、わたしがタヌキの化けた女なら、質量は変らない筈でしょ」

「それもそうだな。しかし君のグラマーぶりは、どう見てもあの小さなタヌキと同じ質量の物体とは思えない」おれは彼女の乳房を指した。「こいつの片方だけで、タヌキ一匹分は充分あるぜ」

「それはもちろん、そういうヴォリュームに見せかけているのよ。あなたを化かしてるのよ」

「そうだろうな。しかし念のため、コンピューターに訊いてみよう」

規定の質量をどれくらい超過しているかという質問をパンチし、そのカードをコンピューターにかけた。コンピューターは「重量超過六十三・五キロ。あと一時間十八分以内で規定の重量に戻さぬ限り、目的地到着以前に燃料が尽きる」と答えた。

「タヌキが六十三・五キロもある筈はないな。いくら女に化けたとはいえ」

「わたしがタヌキじゃないってこと、わかってきたらしいわね」彼女はせいいっぱいの努力で笑ってみせた。

「君はいったい、どっちに見せかけたいんだ。タヌキか。女か」

「タヌキにされたのでは誇りが傷つくわ。だからといって、女にされたのでは死なきゃならないし、それはいやだし」

「だが、しかたがない。タヌキにしろ女にしろ、重量超過じゃ、死んでもらわなきゃ」

「わたしが、タヌキの化けた女であってもなの」

「質量不変の法則に反してるんだ。いくら女の恰好をしていても、君がタヌキの化けた女である限り、タヌキ並みの質量しかない筈なんだ」

「化けかたにもよるわ。うまく化ければ質量だって変えられるんじゃないかしら」

「こんどは、タヌキになりたくなったのか」

「死にたくないもの」

「質量は変えられないよ」

「催眠術をかければ、どんなことだって可能じゃないの」

「コンピューターは、催眠術にはかからないよ」

「あなただけにかければいいのよ」

「もし君がタヌキだったとして、そして女に化けたとしてだな、タヌキでなきゃ殺すといわれた場合、君は当然タヌキの姿に戻るだろ。ところが君は戻らない。なぜだ」

「そうねえ。タヌキのプライドかしら」

「タヌキの姿を恥じてるのか。タヌキの癖に」

　彼女は少し、もじもじした。それはいかにも、若い女性としての誇りを傷つけられたことを、そして彼女自身がそう仕向けたことを恥じているようだった。だが、すぐに顔をあげて答えた。

「タヌキには、タヌキの倫理があるのよ」

「しかし君がタヌキ並みの質量をとり戻さない限り、いくらタヌキだと言い張っても、やっぱり外へ抛り出されるんだぜ。それもタヌキのプライドか。タヌキは、タヌキの誇りのために死ぬのか」

　彼女は黙りこんだ。

「君はさっき、死ぬのはいやだといったな。若い女性としては死にたくなくて、タヌキとしては死にたいのか」

「あなたはどうなの。私のこと、どう思ってるの。タヌキと思ってる。それとも、若い女性だと思ってるの」

「おれにはわからない」本心から、おれはそう答えた。「君次第だ」

「じゃ、あなたはわたしが、どっちだったらいいと思ってるの」

「その前に聞かせてくれ。君の望みはなんだ。いや、君にとってはどういう結果が最も望ましいんだ」

「このまま若い女性として、外に抛り出されることもなく、無事にミスティ・ジャンクションに到着することが最も望ましいわ。しかもあなたに、若い女性であると信じてもらえた上でね」

「またこんどは、女だと思われたくなったのか」

「そうよ。だってわたし、女ですもの」

「しかし、君の望むような結果に終わらせることは不可能だ」

「それを知ってる上で、いってるのよ。どう。わたしがタヌキじゃないこと、はっきりわかったでしょう」

「いや。まだ、どうだかわからないよ」

「どうして。わたし、自分が外におっぽり出されてもいいから、あなたに、わたしが女であることを信じてほしいっていってるのよ。どうせ死ぬのなら、タヌキと思われたままで死ぬのはいやだわ」

「そしてまた、君がタヌキなら、ぼくが君を若い女だと信じ続けた場合、ぼくを化かしおおせたことになるわけだ。たとえ君は死んでもね。タヌキとしてのプライドは保てるわけだろ」

「でもそれだと、あなたは死ぬまでわたしを若い女性だと信じることになるわ。もしわたしがタヌキだったとしたら、それはいやね。だってタヌキは人間に、あとで化かされたと知ってほしいわけでしょ。それでなきゃ、化かした値打ちはないってわけでしょ」

「だからどうなんだ」

「だからわたしがタヌキであるわけないわ」

「じゃ。女であることを証明しろ」

「わたし、人並み以上に女っぽいつもりだけど、まだ不足かしら」

「それ以上女っぽく化けられなかったというわけだな。無理ないよ。君は最高に女っぽい。女らし過ぎる」おれはガス銃を構えなおした。「だからよけい、信用できないんだ」

「女としての機能だって持ってるわよ。証明はできないけど」

「なぜ証明できないんだ」

「あら。わたしを抱くつもりなの」

「抱いてみてもいいな」

「すると、ここで、この固い冷たい床の上でやっちゃうつもりなの」

「やっちゃってもいい」

「女としてなの。それとも、タヌキの化けた女としてなの」

「それを知るためにだよ」

「それだったら、おことわりよ。若い女性として、本気でそう思ってしてくれるんでなくちゃねえ」

「それは、どっちのプライドだ」

「もちろん、若い女性としての誇りよ」

「そうだろうか。タヌキとしての誇りだって、満足するんじゃないだろうか。終ったあとで、タヌキの姿に戻っておれを嘲笑することができるんだからな」

「もしそうなら、真相がはっきりするじゃないの」そういってしまってから、彼女はあわてかぶりを振った。「だめ。実験的にされるのはいやよ。もしわたしを無理やり犯そうとするなら、終ってからでなく、やってる最中にわたし、顔だけタヌキになって舌を出してやるわ」

「それだってやっぱり、真相がはっきりするわけだぜ」おれは椅子から立ちあがった。

「いやだってば。実験はいや」彼女はおどろいて立ちあがり、部屋の隅まで逃げていってこちらを振り返った。「それならわたし、やってる最中にずっと、あなたに、タヌキとやってるのかもしれないってこと、思い出させてやるわ。のべつ言い続けてやるわ。『あなた今、タヌキを犯してるのよ』『あなた今、獣姦してるのよ』って」

「それをやられちゃ、参るな」おれはまた椅子に腰をおろした。

彼女は遠くからおれの様子をうかがっていたが、やがて安心して椅子に戻り、しばらくしてから、そっとおれの顔をのぞきこんでいった。「ねえ。わたし、おなかがすいてるんだけど」

「タヌキの餌《えさ》ならやるよ」

「タヌキの餌なんか、食べたくないわ」

「食べものは、おれの分《ぶん》かっきりしかないんだ」

「半分頂戴よ」

「タヌキに食われたとしたらいやだからな」

「わたしが人間だってこと、はっきりわかればいいのね」

「そうさ。でもその場合、死んでもらわなきゃならないよ。もちろん、死ぬ前に腹いっぱい食わせてはやるがね」

「この宇宙艇の中から、ミスティ・ジャンクションへ顔テレをかけることはできるの」

「できるよ。ミスティ・ジャンクションには、君の実在を証明できる人物がいるのか」

「いるわ」

「信用できる人物でなきゃ、だめだぞ」

「信用できるわよ。だってあなたの直属上長だもの」

おれはじろじろと彼女を眺めた。「ガーランド宙尉のことをいってるんじゃないだろうな。まさか」

「ガーランド宙尉のことよ」

「ガーランド宙尉は、君の何にあたるんだ」

「私はダディって呼んでるわ。パパという時もあるし」

「ほんとの父親か」

「うその父親よ」

「まあいい。どっちにしろおれには関係のないことだからな」おれはミスティ・ジャンクションに顔テレをかけた。

スクリーンに、交換台が出た。「ミスティ・ジャンクション基地です」

「輸送部のガーランド宙尉を呼んでくれ」

ガーランド宙尉の丸顔が、小さなスクリーンにあらわれ、せいいっぱいの威厳をたたえておれを眺めた。「ビーバー、何ごとだ」

「密航者を発見しました」と、おれはいった。タヌキのことも話そうかと思ったが、この単細胞の上官を混乱させるだけだと思ったので、話を密航者だけにしぼることにした。「宙尉どのは、この女をご存じですか」

宙尉は女を見て眼を丸くし、たちまちぐしゃりと相好を崩し、作りものの威厳をかなぐり捨てて口を大きくあけた。「おう、キャロル」

「ダディ。助けて。このパイロット、わたしを外へ抛り出すっていうのよ」キャロルがスクリーンに訴えかけた。

「なぜ密航なんかした。キャロル」

「あなたに会いたかったからよ。ダディ」

「そんなにわしに会いたかったのか」

「そうなのよ。ダディ」

「おう、よしよし。泣くな泣くな」

「ダディ」

「キャロル」

「宙尉どの」おれは横からいった。「規則では、この女を艇外へ遺棄しなければなりませんが」

「まあ待て。ビーバー」と、宙尉はいった。「規則は破るためにある」

「それは諺です」

「諺は常に正しい」

「では、どうしろとおっしゃるのですか」

「どうすればいいか、わしにはわかっている。しかし、お前にも考えはあろう。こういう場合どうすればよいか、他にどんな方法があるか。いや。もちろん、わしにはわかっている。お前にいわせてやるのだ。いってみろ」

「はい。この場合、方法は四つあります」

「その通りだ」

「第一は、この女性を遺棄することです」

「うん。第二は」

「第二は、わたし自身が艇外に出ることです」

キャロルがおどろいていった。「じゃ誰が操縦するの」

「自動操縦だから、操縦士は要らないんだよ」と、おれはキャロルにいった。

「そうしろ」と、ガーランド宙尉が面白がって叫んだ。「お前がおん出ろ」

「宙尉どの。面白がっては困ります」

「面白がってなんか、いないよ」例によって子供っぽい意地悪さを見せ、にやにや笑いながら彼はくり返した。「お前が出ろ。お前が出ろ」

「第三の方法は」

「お前が出ろ」

「宙尉どの。とにかく、ひと通り聞いてください」

「お前が出ろ」

「これじゃ、話が進みません」

「お前が出ろ」

おれがあきれて黙りこんでしまってからも、彼は田舎者の無神経さでまだくり返し続けた。

「お前が出ろ」

おれはきっぱりといった。「その命令を拒否します」

おれの怒気を感じて、やっと彼は納得した。「ま、そう怒るな。ひひひ。第三の方法は何だ」

「第三の方法は、重量を減らせるため、私の両腕と両足、この女の両腕と両足を、根もとから切断することです」

宙尉は喜んでおどりあがった。「それをやれ」

「いやよ」キャロルが叫んだ。「そんなことをされるのなら、死んだ方がましだわ。だいいち、誰が手術するのよ」

「手術なら、この万能コンピューターがやる」と、おれはいった。「このコンピューターのマジック・ハンドは外科医より確かだ。麻酔をかけられて眠っているうちにすべて終ってしまう」

「そうだそうだ。シリツならコンピューターができる」宙尉はわくわくして肩をゆすりながらいった。「傷痕も残らないぞ。つるんつるんだ。いやあ、面白い面白い」

キャロルが憎しみをこめて宙尉を睨み、静かにいった。「やめて」

「タマゴだ、タマゴになる。タマゴに頭がくっついているだけだ」女に通じない冗談というものの存在を知らない宙尉は、夢中で喋り続けた。「いやあ、面白いなあ。頭のついている反対側に、ぽつんと生殖器が開いているだけだ。そのうしろは尻の形に割れている。わははははは。やれ。それをやれ」

「この人のいうことを聞かないで」キャロルが悲鳴まじりにおれに叫んだ。

「いや。この男はおれの部下だ」宙尉は鼻たかだかで大きくうなずきながらいった。「おれのいうことは、何でもきくんだ。なあ。そうだな」彼はおれに巨大な鼻孔と鼻毛を見せた。

「その通りです」と、おれは答えた。

おれの思惑通り、キャロルは宙尉を怒鳴りはじめた。「おぼえてらっしゃい。この顔テレで、あんたの自宅へ電話をかけてやるわ。そしてあんたの奥さんとお話しするわ。あんたとわたしの間にあった今までのこと、全部話してやるわ。もともとわたしの密航は、わたしから逃げ出したあんたをとっつかまえて金をふんだくってやる気でしたことなんだからね。もしそんなこと、あたしにする気なら、あんたの家庭を滅茶苦茶にしてやるわ」

「その女を艇外に遺棄しろ」宙尉は急に威厳を見せておれに命じた。

おれはほくそえんだ。「最初は、そうするなとおっしゃいましたが」

「規則だ」

「規則は破るためにあるという諺があります。諺は常に正しいのです」

「その顔テレ、もうお切りなさいよ」と、キャロルがおれにいった。「もういちどかけなおして、ドップス宙佐に話しましょう。この人の上長よ。わたし、宙佐もよく知ってるのよ。この人よりは、話のわかる人よ」

宙尉があわてて叫んだ。「待て」

「どうします」おれは宙尉に訊《たず》ねた。

「お前はわしに、まだ第四の方法を説明していないぞ」

「第四の方法。重力による加速度はすべての物体に共通です。だから質量は重さに比例します」

「それがどうした」彼はむっとした表情を崩さずに訊ねた。

「この宇宙艇の噴射を停止、慣性飛行に切り換えます。自転も停りますから遠心力がなくなります。するとわれわれは、無重力状態になります」

「こっちへ着くのに、時間がかかるぞ」

「さいわい、先を急ぐ旅ではありません」

「食料はどうする」

「そちらの引力圏内へ入る前に眼を醒ますようにセットしておいてから、冬眠します」

「ふたりで寝るのか」彼は嫉妬に眼を光らせた。

「寝るんじゃありません。眠るのです」

「それがいいわ」キャロルは嬉しそうにいった。「あなたって、いい人ね」

「宙尉。この方法をとることを、許可してください」

「ふん」彼は何かいいたそうに、しばらくもじもじしていたが、不機嫌に吐き捨てた。「許可する」通話スイッチを切ってしまった。

キャロルが、待ちかねたようにおれに向きなおった。「さあ。お食事しましょう」

「そうはいかん」

「どうして。問題は解決したわけでしょ」

「君がタヌキかどうかの解決はついていない」

「ひどいわ。そうじゃないってこと、すでに証明されたんじゃないの」

「催眠術をかけたのかもしれない」

「わたしがあの宙尉に、スクリーン越しにかけたっていうの」

「いや。その必要はなかろう。おれにさえかければいいんだ」

「おなかがすいたわ」泣き出した。「死にそうよ」

「おれだって、すいている。さっきから、おれひとりで食べようと思ってるんだが、君が見てると食べにくいんだ。たとえ君がタヌキであってもだぜ」

「あなたは、無理やりわたしをタヌキだと思いこもうとしてるみたいね。なぜかしら。わたしが女だと、具合の悪いことでもあるの。あなた、インポなの」

「君が相手だと本当にインポになるかもしれないから、インポだという証明はできないかもしれないな」

「じゃ、短小なの」

「短小ではない。それなら証明できるよ」

「出さないで」

「眼をそむけるほど、ねんねじゃあるまい。ほら見ろ。短小か」

「そう。わりと大きいわね。でも、大きいのだって、いざって時はどうだかわからないわ。ねえ。そんなことどうでもいいわ。食べさせてよ。どうせ冬眠するのなら、到着するまでの何日分かの食料を、今、全部食べたっていいわけでしょ」

「もちろんだ。しかしタヌキに、おれ用の食料を食われるのはいやだ。もし君がタヌキなら、おれを、つまり人間を化かして食べものをだましとったことになる」

「もしわたしがタヌキでも、そうは思わないわ。あなたに感謝するわ」

「しかたがない」おれは冷蔵庫から食べものをとり出した。「これで全部だ」

おれたちは食事をした。キャロルはけもののように、下品にのどを鳴らしていつまでも食べ続けた。

「タヌキは腹鼓じゃなかったのか」

「舌鼓をうつのがわたしの癖なの」

おれはコンピューターに、艇の噴射停止と冷凍睡眠機構のオペレーションを命じた。

パイロット・ランプが点灯し、準備完了を告げたので、おれはものもいわずに食べ続けているキャロルをコンピューターの前につれていった。「さあ。冷凍睡眠用の注射だ。この穴へ腕を入れろ」

彼女に注射をさせ、次いで自分の右腕にも注射をした。

艇の噴射が停止し、やがて自転も停りはじめた。艇内は次第に無重力状態となり、おれと彼女は室内の宙を漂いはじめた。

「あなたって、最初思っていたほどいやな人じゃないのね」通常の状態ではできない面白い恰好で宙を漂いながら、キャロルが、とろんとした眼でおれを眺め、そういった。

「やさしい人なのね」

「注射がきいてきたな」

「どう、きいてきたっていうの。わたしのこの、とろんとした眼のことなの」

「それもある。だが眠くなると同時に、気分がなごやかになるだろ。みんないい人だと思いたくなるだろ」

「あら。これは注射のせいなの。でも、本当にあなたは、いい人よ」

漂いながら、おれは彼女に手をさし出した。「それはどうも」

静かに握手した。激しく握手すると、宙で激突することになる。

「あなたは、無理やりわたしをタヌキだと思いこもうとしてるみたいね。なぜかしら。わたしが女だと、具合の悪いことでもあるの。あなた、インポなの」

「君が相手だと本当にインポになるかもしれないから、インポだという証明はできないかもしれないな」

「じゃ、短小なの」

「短小ではない。それなら証明できるよ」

「出さないで」

「眼をそむけるほど、ねんねじゃあるまい。ほら見ろ。短小か」

「そう。わりと大きいわね。でも、大きいのだって、いざって時はどうだかわからないわ。ねえ。そんなことどうでもいいわ。食べさせてよ。どうせ冬眠するのなら、到着するまでの何日分かの食料を、今、全部食べたっていいわけでしょ」

「もちろんだ。しかしタヌキに、おれ用の食料を食われるのはいやだ。もし君がタヌキなら、おれを、つまり人間を化かして食べものをだましとったことになる」

「もしわたしがタヌキでも、そうは思わないわ。あなたに感謝するわ」

「しかたがない」おれは冷蔵庫から食べものをとり出した。「これで全部だ」

　おれたちは食事をした。キャロルはけもののように、下品にのどを鳴らしていつまでも食べ続けた。

「タヌキは腹鼓じゃなかったのか」

「舌鼓をうつのがわたしの癖なの」

おれはコンピューターに、艇の噴射停止と冷凍睡眠機構のオペレーションを命じた。

パイロット・ランプが点灯し、準備完了を告げたので、おれはものもいわずに食べ続けているキャロルをコンピューターの前につれていった。「さあ。冷凍睡眠用の注射だ。この穴へ腕を入れろ」

彼女に注射をさせ、次いで自分の右腕にも注射をした。

艇の噴射が停止し、やがて自転も停りはじめた。艇内は次第に無重力状態となり、おれと彼女は室内の宙を漂いはじめた。

「あなたって、最初思っていたほどいやな人じゃないのね」通常の状態ではできない面白い恰好で宙を漂いながら、キャロルが、とろんとした眼でおれを眺め、そういった。

「やさしい人なのね」

「注射がきいてきたな」

「どう、きいてきたっていうの。わたしのこの、とろんとした眼のことなの」

「それもある。だが眠くなると同時に、気分がなごやかになるだろ。みんないい人だと思いたくなるだろ」

「あら。これは注射のせいなの。でも、本当にあなたは、いい人よ」

漂いながら、おれは彼女に手をさし出した。「それはどうも」

静かに握手した。激しく握手すると、宙で激突することになる。

室内が次第に寒くなってきた。

「空気が透明になってきたみたいな感じがするわ。ねえ。あなた、そう思わない」

「空気は最初から透明だよ」

「なぜあなたがわたしを、そんなにじっと見ているか、いいましょうか。あなたは、わたしが眠さのあまり、タヌキの姿に戻らないかどうか、観察してるんでしょう」

「いいや」おれも眠くなってきた。「君が綺麗だからだよ」

「タヌキは、どうでもよくなってきたの」

「どうでも、よくなってきたよ」おれは無理やり眼をこじあけようとした。「いや。どうでもよくはない。えらいことを忘れていたぞ」眼を見ひらいた。「えらいことを忘れていた」

「どうしたの」

「もしも君がタヌキでなかった場合、本もののタヌキはまだ艇内のどこかに隠れているわけだ」

「そうよ。それがどうしたの」

「そのタヌキは、餓え死にする」

「餌を出しといてやればいいのよ」

「ところが」おれは、気だるく頭を振った。「あの注射がきいてきた。もう、からだが動かない」

「わたしもよ」キャロルも溜息まじりにいった。「手足がしびれてるわ。指さきを動かすこともできないわ」

「あの薬は、脳睡眠作用よりは、体睡眠作用を促すんだ。だいたい冬眠というのがそうだからね」

「よく知ってるのね。タヌキは冬眠しないのかしら」

「思い出せないな。君は知らないのか」

「わ、わたひはタヌキでないから、ひらないの」

「ほうか。寒くなってきたな」

「餓え死にする前に、こごえてひぬんじゃないかひら」

「タヌキがか」

「タヌキがよ」

「眠くてたまらない。おやすみ」

「おやすみなひゃい」

部屋の宙に漂っていたおれは、その時、眼の隅で、コンピューターのうしろから宙へ浮かびあがってきたタヌキの姿を捕えた。タヌキは餓えに眼をぎらぎら光らせ、ゆっくりとおれたちの方へ漂い流れてきた。

タヌキが食肉目だったことを思い出したのは、その時である。

ビタミン

485　ビ タ ミ ン

ビタミンA

$$CH_3\ CH_3$$

$$H_2C \quad C$$

$$H_2C - C \qquad C - CH$$

$$C \quad\quad C = C - CH = CH - C = CH - CH = CH - C$$

$$H_2 \quad C - CH_3 \qquad\qquad CH_3 \qquad\qquad\qquad\qquad CH_3$$

$$= CH - CH_2OH$$

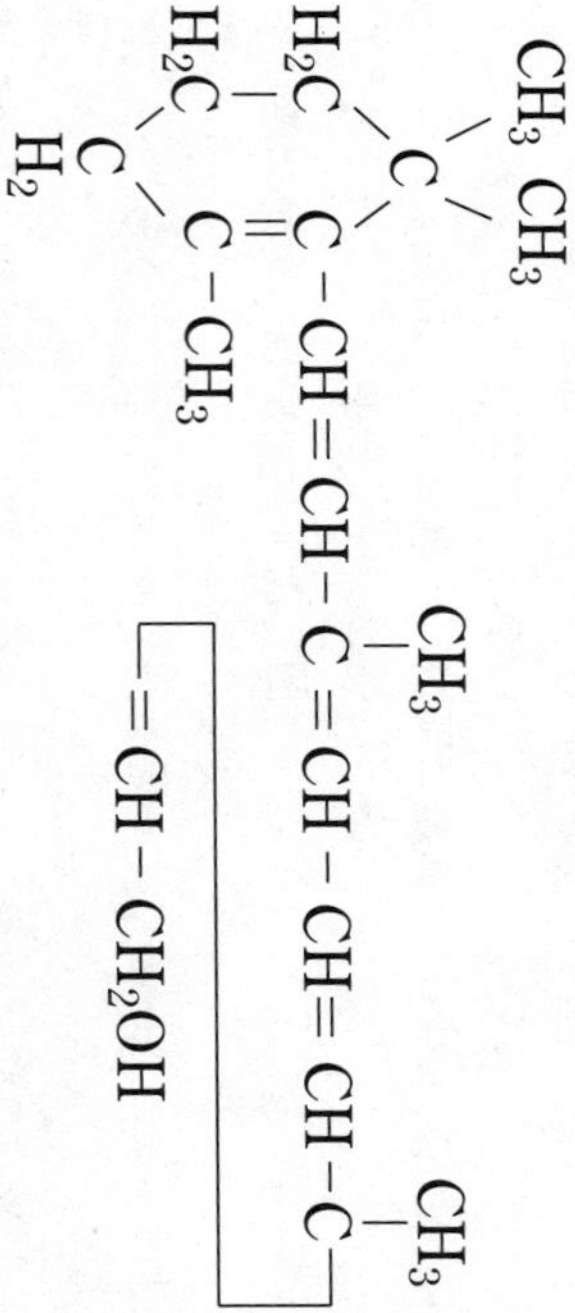

「お前南京(ナンキン)からいつ帰ってきたあるか」

「今戻ったばかりある。絶望落胆白髪三千丈あるな。わたしたち病気ぽこぺん治らないあるぞ。譚富春いう偉い先生、わたし診《み》てもらったある。この病気、うまいもの食う、すぐ治るいったある」

「それ、ないある。この村もう食いもの何もないある。もうこの村の者みんな、夜、眼が見えないあるよ」

「みんな鳥眼あるぞ。夜、働けない困るよ。わたし畠、遠い。日が暮れぬうち戻らなければならない。ぽこぺん仕事ちっともはかどらないよ」

「村の者ぜんぶ夜だけメクラある。夜匪賊《ひぞく》襲撃してくる。馬乗ってダバダバ襲ってくる。みんな、眼が見えなくて逃げられないよ」

「わたし、夜、便所行けなくて困るのことよ」

「わたし昨夜、手さぐりで便所行ったある。戻ってから、まちがえて弟の妻抱いたある。非常に困ったある」

「わたしなんか、もうそろそろ昼間でも眼が見えないあるよ」

「わたしも昼間、太陽黄色に見えるある」

「それ、眼が悪いのと違うある」

「このまま病気進む。村の者みんないっせいにメクラになる。えらいことになるある」

「お前、もっと詳しく、先生のいったこと話すよろし」

「譚先生、この病気ネズミ使って研究していたある。この病気、豚の肝、卵、鰻など、たくさん食う、すぐ治る、だからたくさん食うよろし、譚先生そう教えたあるよ」

「そんなご馳走、何もないあるぞ。去年の不作で今年は飢饉あるから、豚みんな叩き殺して食べたある。鶏も一羽も残っていないから卵もないある」

「川へ行っても、鰻どころか泥鰌《どじょう》一匹いないあるよ」

「動物、このあたり全部食べて、何もいないある。いるのは人間だけある」

「その人間も、もうすぐいなくなるある」

「わたし譚先生に、そういったある。そしたら先生、動物食わなくても、人参、菠薐草《ほうれんそう》、枇《び》杷《わ》など、たくさん食えばよい、そういったある。蜜柑、南瓜《かぼちゃ》もよいといったよ」

「それもないあるな」

「何もないある」

「お前、南京《ナンキン》で何か食ってきたあるか」

「あっちも飢饉で、何もなかったある。南京に南瓜がなかったあるよ」

「わたしもう、眼が見えなくてもよいある。とにかく何か食べたいあるよ」

「畠のもの、食べるあるか」

「それ、よくないあるな。せっかくできかけたばかりのものとって食う、また飢饉になるあるぞ。ほっとけば、今年は豊作あるな」

「大変ある大変ある」

「やかましいあるな。どうしたことあるか」

「蝗《いなご》の大群、こっち押し寄せてくるあるぞ。畠のもの、みんな食べられてしまうある。何も残らないよ。噯呀《アイヤ》」

「噯呀。えらいこと起ったあるな」

「今、お前の畠の作物、食べているあるよ」

「今更それ、ないのことある。わたし何も聞こえないのことよ」

「噯呀。どうするあるか」

「みんな蝗を追っ払うある。家へ戻ってすぐ箒《ほうき》持ってくるよろし」

「わたしの家、箒ないある。このあいだ妻と子供、ひもじさのあまり、わたしに黙って箒食べたあるよ」

「箒なければ棒でも何でも蝗ぶち殺す道具持ってくるのことある」

「蝗やって来たあるぞ」

「それ殺すある。叩くある。潰《つぶ》すある。ほっとけば畠に何も残らないあるよ」

「禍不単行」

「噯呀。わたし頭の毛全部食われたある」

「噯呀。畠のもの全部食われた。何も残っていないあるよ」

「没法子《メーファーズ》。死ぬほかないあるね」

「しかたないある。この殺した蝗食べるあるか」

「あたり前ある。これより他に食うものないあるよ」

「やけくそある。むさぼり食うよろし」

「餓えた妻や子供、みんな呼んで食わせるある。老人にも食わせるよろし」

「不思議ある不思議ある。蝗食べてから、わたし、夜、眼が見えるようになったあるぞ」

「わたしもある。烏《からす》カアと鳴いて霜天に満ちている見えるのことよ」

「やけどキリギリス夜のツルツルぜんぶ見えるのことよ」

「そのかわり蝗の亡霊とりついて、やたらに跳ぶある」

「三度の食事蝗だから、蝗臭いげっぷや痰が出るある」

「わたし頭髪食われて髭はえてきた」

「白髪三千丈へちまの水もままならないあるな」


（譚富春「営養不良病例子集」）

アメリカの医学者C・B・ヒューム博士は、一八九六年五月、毛孔性角化症と魚鱗癬に関する研究を発表した。博士はこの論文を書きあげるのに二晩徹夜し、そのために多量のフケが出た。

（「シカゴ栄養学会報」）

一九一一年から一三年にかけて、アメリカでは家畜飼料の研究が盛んだった。特にスティーンボック、マッカラム、オズボーン、メンデル（作者註・これは例の遺伝のメンデルではなく、L・B・メンデルという人である）などは、ネズミの成長に関し、無蛋白脱脂乳、粗製乳糖、バター脂、肝油、卵黄脂などの中に不可欠因子のあることを認め、これを発表した。

（「家畜飼料研究」第一〇四号）

W・ステップ博士「過日アメリカで発表されましたネズミの成長に対する不可欠因子の研究のことでありますが、脂肪の中に発育促進因子があるなどということは、わがドイツ帝国に於《お》きましても、かく申すわたくしが一九〇九年から一二年にかけてハツカネズミで研究した結果、すでに立証していたことなのであります。アメリカ科学界が、わがドイツ帝国科学界の研究成果をないがしろにすること、かくの通りであります。ドイツ帝国万歳」

（「ディー・ウェルト・テレグラフ」紙）

一九一四年七月　第一次世界大戦勃発。

（「西洋史年表」）

前記の研究結果からわたしは、未所属養素に〈脂溶性A〉と〈水溶性B〉のふたつが存在すると結論した。

（E・V・マッカラム「養素論」）

イギリスの医学者ピーター・ハーバード博士は、網膜細胞の感光色素（視紅）の成分の研究をしていたが、戦争のため政府からの助成金がなくなったことに腹を立て、狂気の如く、飼っていた実験用ダイコクネズミ（ラッテ）約四百匹をことごとくぶち殺した。助手があわててとめようとしたが、「狂気の沙汰も金次第」といって、ますます荒れ狂った。

（「英国名士言行録」）

座頭市「するってえと何かい。お前さんがた、あっしを斬りなさるとでも……」

（大映「座頭市血笑旅」）

義眼《いれめ》の始《はじまり》

天保二年本庄普一の眼科錦嚢に既に記載あり、義眼は、本来玉匠工冶の手に出て、医門の任に非ざる也、其製硝子《ガラス》を用ひ、内形の眼面を作る云々など見ゆ。現時、西洋の硝子義眼に倣《なら》ひ、特に我が日本人的黒瞳《くろめ》にしたる義眼は、大阪の眼科医高橋江春に由り、盛に稍々《やや》完全に製出さる。

（石井研堂「明治事物起原」）

昨三日夜、順天堂のアイ・バンクに盗賊が入り、保管中の眼球百六十二コを床に叩きつけ、ことごとく踏みつぶしてしまった。

犯人は片眼の少年で、ガードマンに捕まったが、家が貧しいため眼の手術ができないことに腹を立ててやったといっている。

（「警視庁夜勤報告」）

ビタミンB_1

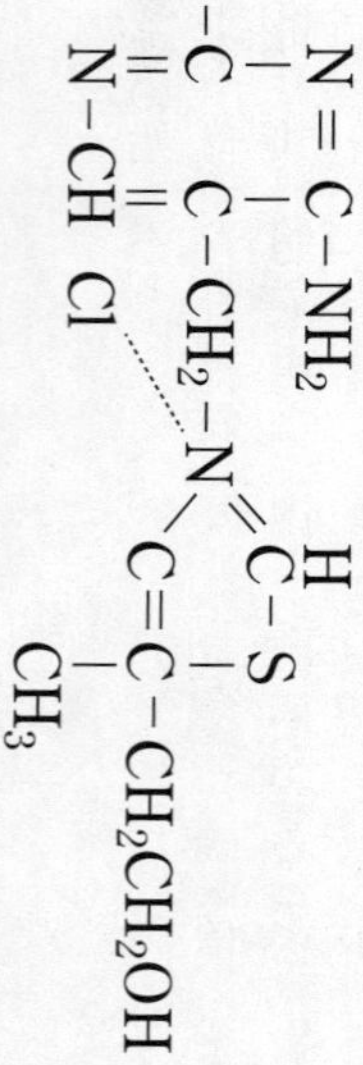

司厨長「軍医大監殿。困りました」

高木兼寛「どうした」

司厨長「水兵たちが、米の飯を食わせろといって騒いでいます。パンや牛乳では、ぜんぜん力が出ないというのです。食べてもすぐ腹が減ってきて、眼がまわってくるというのです。ほっとくと厨房に押し寄せてきて、暴力を振るい、食いものを掠奪し兼ねまじき勢いであります」

高木兼寛「困った連中だ。パンや牛乳、それに野菜、こういうものを食わぬことには、脚《かっ》気《け》になるんだ。それを言ってやったのか」
司厨長「はい。それは言ったのでありますが、何ぶん連中は空腹で気が立っておりまして、わたしのいうことなど耳に入らぬ様子です。あっ。この軍医室まで、連中が押しかけてきましたっ」
水兵甲「やっ。司厨長。やっぱりここにいたなっ」
水兵乙「やい司厨長。米の飯を食わせないのなら、簀《す》巻《ま》きにして海へ投げこんでやるぞっ」
水兵丙「軍医大監殿。こ、米の飯を食わせるよう、司厨長にご命令下さい。われわれはもう、腹が減って倒れそうであります」
高木兼寛「馬鹿者。お前たちには何度教えてやったらわかるのだ。白米ばかり食べていたのでは、栄養上の障害を起すのである。現に明治十五年、つまり一昨年の十二月、東京湾を出てニュージーランドに向かった軍艦龍驤は、航海中に百六十九名の脚気患者、二十五名に及ぶ脚気による死者を出した。これすべて、白米ばかり食べておったため栄養障害を起したことが原因じゃ。このたび、同一航程のこの軍艦筑波にわしが乗り込んだのも、二度とふたたび同じ過ちをくり返さぬためではないか。だから見ろ。現在脚気患者はただの十四名、もちろん死者も出ておらぬ」
水兵甲「しかし、これでは毎日の激しい作業や訓練には、耐えられません」
水兵乙「わ、わたくしは、脚気で死んでもよいから、米の飯をく、食いたいでありますっ」

高木兼寛「馬鹿者。お前たちのからだは、お前たち自身のからだではないっ。おそれおおくも、天皇陛下からおあずかりしたからだなのだぞっ。いいか。わしは、お前たちが憎いからこんなことを言っとるんじゃない。可愛いからこそ言っとるんじゃ。お前たちが可愛いからこそ……」

（「帝国海軍正史」海軍省編）

中「エ、、、離せ其処を離せ可愛い部下を見殺しに出来るものか儂《わし》はもう一度捜して来るぞと止める部下の手を振り払いまして是より中佐は三度艦に戻りましたがこの時既に艦は雨霰の如く降り注ぎます敵弾の為浸水甚だしくこうグヽーッと傾いておりましてドンドンと波間に沈んで参りますその傾きましたる甲板をば歩き乍《なが》ら声を張りあげ中佐は 中「杉野ーッ杉野兵曹長は居らぬかーッと広い艦内をば隈《くま》無く訊《たず》ね回りますが呼べど答えず姿も見えません」

（神田伯山口演「軍神広瀬中佐」）

ドイツの生物学者C・F・バックハウス博士は一八八七年五月、飼育していたニワトリ、ハト、ジュウシマツなど数十羽が、いっせいに麻痺症状を呈したため、日射病にかかったものだと思いこんで全部食べてしまった。

（W・ウィナー「発明発見前史」）

一八九〇年から九七年にかけて、オランダのCh・エイクマンはバタヴィア（ジャカルタ）の病理研究所長として脚気の病因を研究していた。ある日、研究所で飼っているニワトリが脚気に似た麻痺状態になり、多発性神経炎を起していることを発見し、これを飼料の白米中にある毒物のためと考えた。だが彼の助手であるG・グリーンスは、一九〇一年、米糠《こめぬか》が未知の必須栄養素を含んでいると主張し、師に反対した。師弟の論争は五年間続いたが、グリーンスのそれまでのいろいろな主張がことごとく当っていたことを思い返し、一九〇六年、エイクマンはついにグリーンスの主張に同意した。案の定、グリーンスの主張は当っていたので、エイクマンは面目を保つことができた。

（福田宗堂「脚気の研究」）

飼育係「島村様あ。またハトが死んだだよ。それからネズミも、どんどん死んでいくだ」

島村虎猪「ふうん。大嶽君、いったいこの原因は何だろうねえ」

大嶽了「うむ。これはやはり鈴木梅太郎先生のおっしゃるように、米糠の中に発育に必要な成分があり、それをあたえなかったことが原因ではないかな」

飼育係「なあんのこった。先生さまあ、そんなつまらねえこと研究していなさっただか。白米ばかり食わしてりゃあ鳥は死ぬだ。こんなこたあ、百姓はみんな知ってるだよ。『鳥の白米病』ちうもんを、先生さまあ、ご存じなかっただか」
島村虎猪「だだ、黙れっ。生意気なことを申すな。鈴木梅太郎大先生をば愚弄いたすのかっ」
大嶽了「使用人の分際で大口叩くとは不届き千万。抜く手は見せぬぞ」
飼育係「ひええっ」
（星治「オリザニン発見由来」）

一九一〇（明治四十三年）五月二十五日大逆事件の検挙はじまる。
一九一一（明治四十四年）一月十八日大逆事件に大審院判決（幸徳秋水ら二十四人死刑）
（加藤秀俊他「明治大正昭和世相史」）

ビタミンの命名

一九一一年C・フンク博士は、鳥の白米病に対する有効物質を、米糠のエキスを分離することによって得た。博士はこれにビタミンVitamineと名づけた。有効物質は一種のアミンと思われたため、生命vitaに必要なアミンamineという意味をこめて、こう命名したのである。
（「ポーランド科学史」）

ビタミンの命名

マッカラムの唱えた〈脂溶性A〉〈水溶性B〉の他に、〈水溶性C〉なるものがあると判明したため、一九一九年イギリスのJ・C・ドラモンドは、これらの微量必須養素がたくさんあると判断し、一九二〇年これらをビタミンVitaminと総称し、それにA、B、C……という符号をつけることを提案した。

（「イギリス栄養学史」）

C・フンク博士「ビタミンの命名は、わたしが先であります」

（「ポーランド生物学会報」）

J・C・ドラモンド博士「そんなことは、わかっています」

（「イギリス栄養学会報」）

C・フンク博士「ビタミンの命名は、わたしが先である。イギリス科学界は、ポーランド科学界にもっと敬意を払うべきであろう」

（「ポーランド生物学会報」）

J・C・ドラモンド博士「わたしよりも先にビタミンと命名したのはポーランドのC・フ

ンク博士である。そのことはわたしも認めているし、当会報前号でそう書いた。しかし、フンク博士のVitamineの、語尾のeは、こちらには、ない」

（「イギリス栄養学会報」）

C・フンク博士「イギリス科学界は、語尾の違いだけで科学的業績を独占している」

（「ポーランド生物学会報」）

J・C・ドラモンド博士「ビタミンには、アミンamineでない化合物も含めなければならない。だからVitamineではなくVitaminにしなければならない。ゆえにわたしは語尾のeを除いたのである。わたしの言うことにはいちいち理由があるのである。C・フンク博士の命名したVitamineなる語は、したがって無意味なのである」

（「イギリス栄養学会報」）

C・フンク博士「戦勝を祝す。ポーランドは今度の戦争で白ロシヤとウクライナを手に入れた。また重要な鉄工業地帯であるシレジアも手に入れた。ポーランドは東欧一の大国となった。科学産業も発展するであろう。もう、無能なるイギリス科学界などから馬鹿にされずにすむであろう」

（「ポーランド生物学会報」）

J・C・ドラモンド博士「わたしがビタミンの命名者であるということが、ほぼ、世界的に定説となったその理由は、なにもフンクのVitamineをVitaminにしたからではない。より大きな功績は、何よりもA、B、C……の符号をつけたことにあるのである。これを考えず単にビタミンの名称を考案したことの早い遅いを論ずるのは本末転倒である」

（「イギリス栄養学会特報」）

C・フンク博士「イギリス科学界は無能である上、不まじめである」

（「ポーランド生物学会報」）

まじめ＝本気であること。たわむれでないこと。性質や行ないが誠実であること。本気。誠で虚飾のないこと。まごころのこもった態度。精神をこめること。ほんとう。うそいつわりがない。真剣。

（山野浩一『まじめ』について」）

司厨長「軍医殿っ。日本人の宇宙兵士八名が米の飯を食わせろと……」

軍医「また騒いどるのか。これ以上騒ぐようなら奴らを射殺せい。われら地球連合軍には、銀河系を襲ってくる外敵を迎え撃つという重要な使命がある。相手は狂戦士だ。内ゲバどころの騒ぎではない」
司厨長「ああっ。奴らがこの部屋に……」
日本人宇宙兵「こらあ軍医。今年は米が豊作だというのに、どうして米の飯を食わさねえんだっ。宇宙食には食い飽きた」
司厨長「こ、こいつら、この前冥王星まで運んだノーキョーみたいなことばかり言いやがる」
軍医「お前ら、それでも軍人かっ。このイエロー・ピッグめ。プア・エコノミック・アニマルめ。熱線銃で焼きはらい、この宇宙船の荷を軽くしてやる」
熱線銃「パチパチパチパチ」

（ワイ・キモデングリ「星間文明史」）

ビタミンB_2

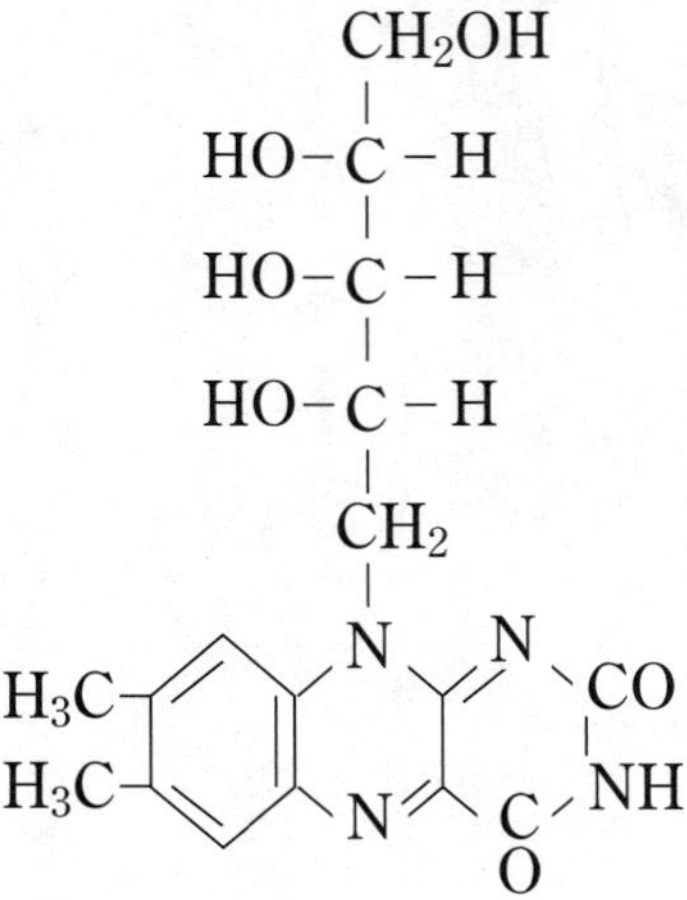

議長　ではアメリカのH・C・シャーマン博士どうぞ。何か重大な発表がおありだそうで。

シャーマン　私は諸種の食品のエキスについて調査いたしました。その結果、成長促進作用と神経炎（白米病や脚気）治療作用とは必ずしも並行せず、加熱した場合は神経炎治療作用の方が消失しやすいことを知りました。そこで私は、ビタミンBをふたつに分類し、熱に対して不安定な抗神経炎因子をビタミンF、熱に安定な成長促進因子をビタミンGと命名するものであります。

議長　すると、ビタミンBに相当するものはなくなるのですか。

シャーマン　そうです。

ドラモンド　そんな馬鹿な。ビタミンBの命名者は私だが、AやCやFやGがあって、Bがないというのはおかしい。最近新しい化合物がどんどん発見され命名されるため、シャーマン氏は功を焦《あせ》っておられるのではないですか。

シャーマン　功を焦っているとは、何という失礼なおっしゃりかたです。あなたはイギリス人でしょう。

ドラモンド　そうです。そしてあなたはアメリカ人です。だからそう申しあげた。あなたは功を焦っています。ここはひとつ、あなたの分類の功を認め、ビタ、、、ミンB_1、ビタ、、、ミンB_2と分類するのが適当でしょう。

シャーマン　わた、わたしはビタミンF、ビタミンGという命名を、しゅ、しゅ、主張するも、も、ものである。

議長　落ちついてください。

ヤンセン　待ってください。私はかつてエイクマン博士がニワトリ白米病を発見したバタヴィアの研究所のヤンセンですが、つい先ごろ、脚気の予防治療に有効な水溶性の成分を、結晶として単離しました。で、その残りの方が成長促進作用の著名なものであるわけですが、動物にこの因子が不足しますと皮膚炎が起り、よく調べると単一のものではなく、いくつかの化合物の集まりであることがわかりました。でありますから、この因子をビタミンB_2、あるいは、ビタミンGと呼ぶことは、どちらも不適当でありましょう。

議長　では、どう命名するのが適当とお考えですか。

ヤンセン　ビタミンB_1の命名には異存はありません。ですからこちらの方は、ビ、タ、ミ、ン、B_2、群と呼ぶのが正しいと思われます。

ドナート　待ちたまえ、ヤンセン君。それは君ひとりの発見ではない。わたしも君と共同研究し、発見したのだ。わたしにも命名する権利はある。議長。わたしはこれを、ビ、タ、ミ、ン、B_2、複合体と呼ぶべきだと思います。

ドラモンド　そんなややこしいことをせず、ビタミンB_1も含め、ビタミンB群とすればよろしいのです。

ドナート　では、ビタミンB複合体とすればよろしいのです。

ヤンセン　（狂気の如く）反対。反対。反対。

シャーマン　わ、わ、わたしも反対。ビタミンF、ビタミンGという命名をしゅ、しゅ、主張する。

議長　落ちついてください。静かにし……。

（議場騒然。記録不能）

議長　……であります。正式な命名はビタミンB_1、ビタミンB_2とし、ビタミンB_2の場合はB_2群と呼んでも差しつかえないことに……（議場騒然。採録不能）……痛いいたい痛い。

（一九二七年度イギリス医学研究会議議事録）

連合国側の科学界では、分離不能なためにビタミンB_2群などと称していたが、今回わがドイツでは、R・J・クーン博士が、乳漿より純粋のビタミンB_2をとり出すことに成功した。これはネズミに対し、強い成長促進作用があるそうである。

（「ディー・ウェルト・テレグラフ」紙）

ト大鼠を踏んまえて見得。

「アーラ怪しやなァ。汝《うぬ》はただの鼠じゃあるめえ」

（歌舞伎「先代萩」床下の場）

昨夜、銀座二丁目の宇宙カクテル専門バー「テレラン」の炊事場で、体長五十二センチにもなるネズミの死骸が見つかった。発見者のバー経営者米沢ハルナさん（24）は卒倒し、打ちどころが悪くて死亡した。

（「夕刊ポスト」）

ビタミンB_6

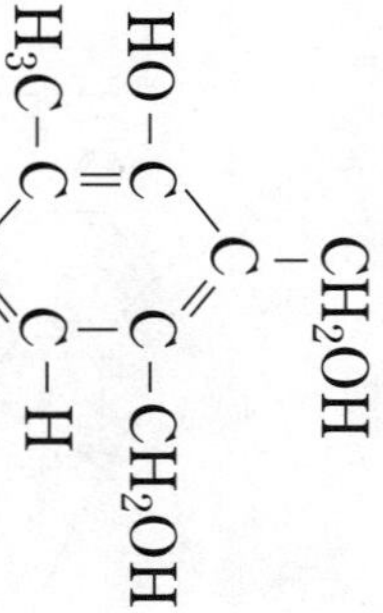

ニャロメ「このビタミンB_6はニャー、ネズミの皮膚病と、イヌ、ブタ、キツネのテンカンにきくだけで、人間やネコにはニャんの役にも立たニャーい。つまらニャーい、つまらニャーいクスリだ」

ベシ蛙「ベシ」

（少年サンデー「図解・ビタミン」）

ビタミンB_{12}

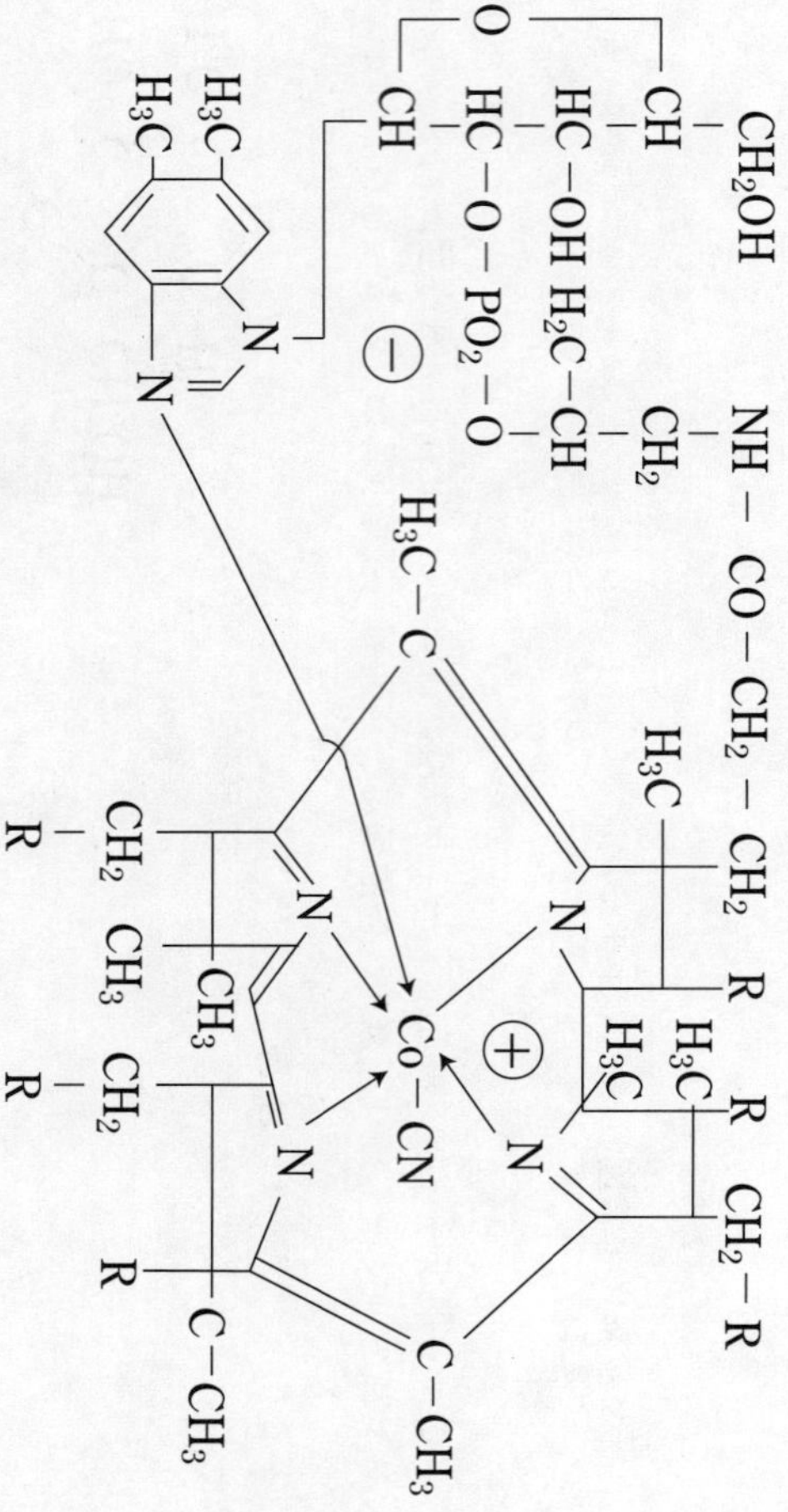

ああ疲れた。

（筒井康隆）

ビタミンC

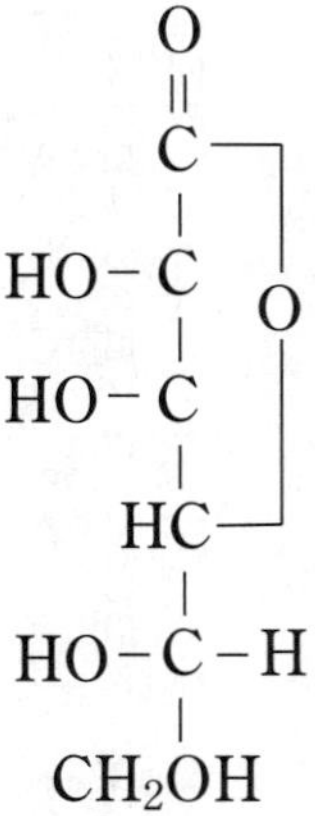

レモン水の発売

〔年表〕近き頃（明治六年）世に行はるるものを挙げし洋酒中にレモン水を挙げおけり、万事万物、舶来と言はざれば幅の利かざるは、明治を通じての我国人の思想なり、されば、『暑中に流行するレモン砂糖も、中の正味は日本出来なれども、側の張紙は舶来に贋《に》せて、横文字の標記を附るものあり、或は、舶来品の明き殻に詰め込むものあり云々。明治九年十月二十六日〔家庭〕』と言へるも、普通のことなりし。

（石井研堂「明治事物起原」）

一九一八年、アメリカのコーエン、メンデル（作者註・これは例の遺伝のメンデルではなく、L・B・メンデルという人である）は、飼料中に脂溶性A、水溶性Bを十分含んでいてもモルモットの壊血病が起ることを観察し、同年アメリカのヘスとアンガーは、オレンジの酸性水溶性エキスが抗壊血病性であることを発見している。そこでわが国のドラモンド博士は、これを〈水溶性C〉と呼ぶことにした。

（「イギリス栄養学史」）

ビタミンCが錠剤となり、このたび発売された。このため歯の丈夫な人が多くなり、歯科医の収入は大きく減少するのではないだろうか。

（「ニューヨーク・ヘラルド」紙）

ビタミンA、B、Cが発見されたため、これに次ぐ栄養素ビタミンD、E、F……等を発見せんとして、科学者の間に今や今世紀最大の激しい功名争いが演じられている。

（「サイエンス・ジャーナル」）

ビタミンA、B、Cは、現在シカゴで流行語となり、特に栄養、美容に気を使っている、上、中流家庭夫人の間では、一分間に一度はこのビタミンの名が出るといわれている。また、これは何故《なぜ》か、ギャング達の間でも流行している。

（「シカゴ・トリビューン」紙）

アーサー・キット「恋のビタミンABC」は全米で大ヒット。レコードの売上げはここ一カ月、ベスト5に入ったままである。

（「トップ・ミュージック」）

現在市販されている「レモン」と名づけた調味料には、レモンそのものは一滴も入っておらず、すべて工業的に合成されたものであることが判明しました。なんたることでありましょうか。わたくしたちはかくの如きニセ食品を断固追放いたしましょう。また、ひと騒ぎいたしましょう。そうすれば、またテレビに出られるというものです。

（「日本婦人食生活改善委員会報」）

「ビタミンCは、ミカン、レモン、オレンジなどのミカン類のほか、ダイコン、トマト、トウガラシ、ジャガイモ、ノリ、コンブ、緑茶にも多く含まれております」

（教育テレビ「美容と料理」）

サンキスト (sunkist) オレンジの一種。太陽の接吻を受けるという意味。

（黒田初子「食生活用語の解説」）

「太陽にチューされるのは光栄だが、こう暑くっちゃ、やりきれねえな」

「艇長。もう駄目です。太陽の引力でどんどん引き寄せられて行きます。もう操縦の自由がききません」

「艇長。宇宙艇の耐熱絶縁体の外鈑が熔《と》けはじめました」

「いよいよお陀仏か」

かくて第一回太陽一周飛行は失敗に終った。

（ワイ・キモデングリ「星間文明史」）

ビタミンD

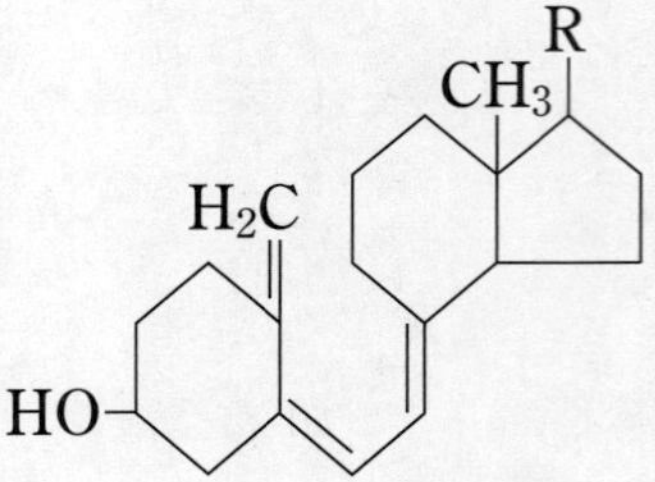

カジモド「むひ、むひ、むひひひひひひひ」

（ユゴー「ノートルダムの傴僂男《せむし》」）

山陰、北陸、東北といいますところは、暗いくらいところでございます。特に冬などは、まったく日光には恵まれませぬ。子供が生まれましてだいたい一〜二ヵ月、または三〜四年ぐらいの間に、佝僂病《くるびょう》にかかる場合が多うございます。はい。骨ができませんもので首のすわりも遅うございましてな。はい。はい出すのも、歯のはえるのも遅うございますで。はい。頭の骨も、いつまでも柔《やわ》らこうございまして、指で押すとセルロイドの人形のようにぺこぺこ音を立ててへこんだりいたします。はい。背骨もすぐ曲りましてなあ。はあい。わたしでございますか。五十三歳でございます。はあい。ところであのう、これは何の……。ああ。テレビでございますか。結構なことでございます。はあい。

（テレビ観光案内「山陰」）

一九一七年、E・メランビー博士はユゴーの「ノートルダムの傴僂男《せむし》」を読んでいる最中に、新しい脂溶性因子、即ちビタミンDは、もしかすると佝僂病の予防治療に有効な成分ではないかと思いつき、さまざまな実験の結果、子イヌに佝僂病を起すことに成功した。メランビー博士はこの後、子イヌを傴僂にする面白さにとり憑《つ》かれ、本来の研究を忘れて手あたり次第に子イヌを捕え、百数十四の傴僂のイヌを作った。

ある日掃除婦が、うっかりして実験室のドアを開いたとたん、傴僂のイヌの大群がわっと外へとび出した。掃除婦は驚いて卒倒し、打ちどころが悪くて死亡した。百数十四の佝僂病のイヌは、そのまま町の中へあばれこんだ。町は大騒ぎになり、最後の審判の日が近づいたというので、大勢の人が教会へやってきて祈りを捧げた。

（「英国名士言行録」）

ウォルト・ディズニィ氏は、このたび新しいマンガ映画「101匹わんちゃん大行進」の製作を決定したと発表した。これは百一匹の小イヌのまき起す騒ぎと冒険を描いたものであるが、この物語のヒントになったものといっては、特になにもないそうである。

（「フォトプレイ」）

多羅尾伴内「またある時は、傴僂《せむし》の男……」

（大映「七つの顔」）

「紫外線を浴びたいよ」

（ソ連漫画映画「せむしの子馬」）

二〇八六年、タコ足形をした人工衛星都市テトラポリスに於て内乱が起った。この頃、テトラポリスの人間のほとんどが傴僂《せむし》であったため、少数の正常人が不具者と罵《ののし》られ、差別された結果、この騒ぎとなったものである。この争いは四カ月以上続き、六十数人の正常人と、百数十人の傴僂が死んだ。

（ワイ・キモデングリ「星間文明史」）

ビタミンE

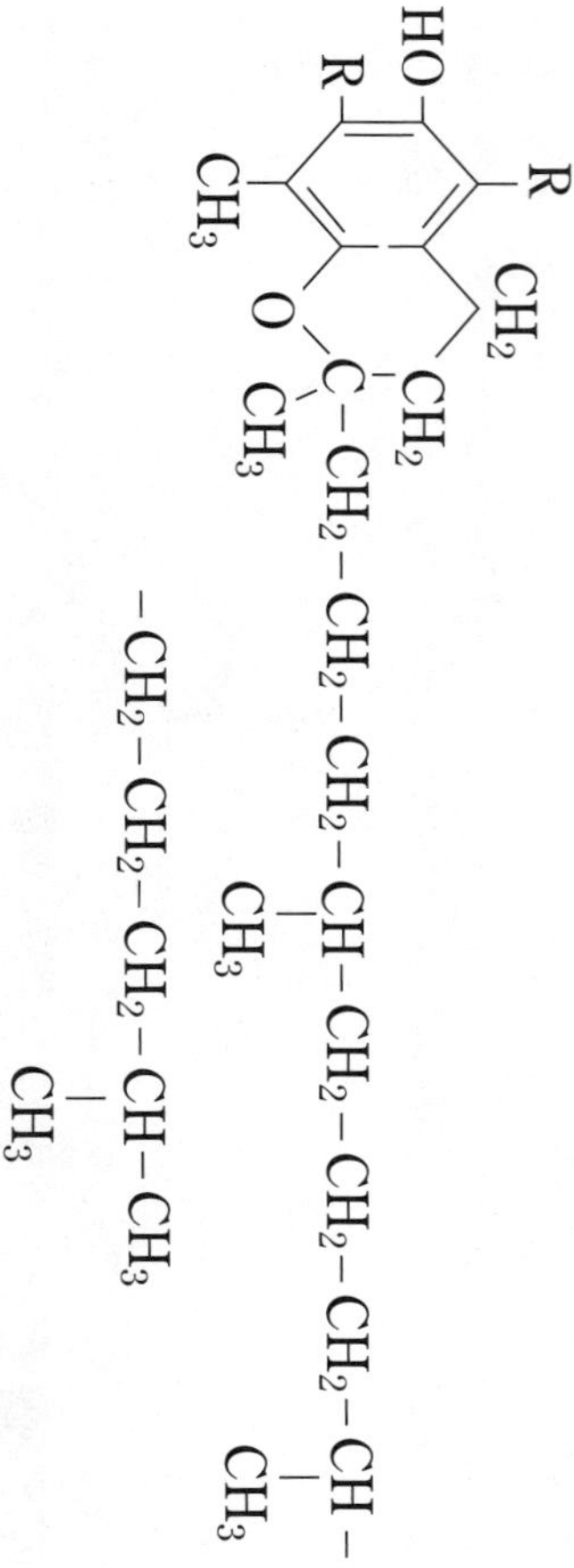

ビタミンA、B、C、Dが発見されたため、次のビタミンをば、われこそ発見せんものと、しろうと科学者までがビタミンEの命名者たらんとして功を競い、中には薬草の粉末まがい

のものを持ってきたりして、これは即ち精神活力剤ビタミンEなどと言う気ちがいが増加し、科学者会議、医学会は困り抜いている。
この際いっておくが、ビタミンとは、脂肪、含水炭素、蛋白質およびその構成分であるアミノ酸以外の、有機化合物であり、人間はじめ動物の食物中に不可欠のものなのである。これ以外のものは、いかなる薬物といえどビタミンではないのである。

（「サイエンティフィック・リサーチ」）

H・M・エヴァンズ「ぼくの飼っている実験用ダイコクネズミ（ラッテ）が、ぜんぜん繁殖しないんだがね。どうも不思議だ」
B・シューア「ビタミンA、B、C、Dすべてあたえているかね」
H・M・エヴァンズ「もちろんだ」
B・シューア「しめたっ」
H・M・エヴァンズ「どうしたっ」
B・シューア「ビタミンEというのは、もしかすると繁殖に必要なビタミンかもしれんぞ」
H・M・エヴァンズ「なるほど。しかし、見つけ出すのが大変だなあ」
B・シューア「がんばりたまえ。なんとかして見つけたまえ」
H・M・エヴァンズ「よし。なんとかして見つけよう」

H・M・エヴァンズ「でけたっ。これだ。この脂溶性ビタミンが、精子の生産、胎児の発育に不可欠のものだったのだ。ああ。ついに発見したぞ」

＊

B・シューア「このビタミン、H・M・エヴァンズ君の発見したビタミンを、私はビタミンEと命名するものであります」

＊

H・M・エヴァンズ「こらっ。君はなんたる人でなしだっ。ぼくの発見したビタミンEに、なぜ君が名前をつけた。ひとの功績を横どりする気かっ」

B・シューア「ふん。そう怒るなよ。発見者が君だってことは皆が認めているんだから、いいじゃないか」

H・M・エヴァンズ「そ、そ、それにしても……」

B・シューア「まあまあ。だいたい最初、ぼくがヒントをあたえてやったからこそ発見できたんだろ。命名者としての名誉ぐらい、ぼくにくれたっていいじゃないか。ははははは。さよなら」

H・M・エヴァンズ「く、くそっ。ようし、こうなったら、次のビタミンFを、必ず見つけてやるぞ」

（W・ウィナー「発明発見前史」）

ビタミンF

議長　では、アメリカのH・M・エヴァンズ博士どうぞ。何か重大な発表がおありだそうで。

エヴァンズ　私は一九二二年、ビタミンEを発見したエヴァンズであります。あれから十二年、私はビタミンFを発見せんものとして、必死の努力を続けてまいりました。そしてこの度、ついに発見したのであります。

チェンバーズ　お待ちなさい。ビタミンF、及びビタミンGの名称は、一九二七年の本会議のドタバタ騒ぎ以来、使わなくなった筈です。また私はエヴァンズ博士を信用いたしません。この人が前に発見したビタミンEにしたところで、ネズミの不妊症にきくだけで、人間の不妊症がビタミンE欠乏の結果かどうかは、いまだにわかっていないではありませんか。

議長　まあまあ、落ちついてください。エヴァンズ博士の説明を、ひと通りは伺って見ようじゃありませんか。

エヴァンズ　脂肪のない飼料でネズミを飼いますと、成長不良になり、乳汁分泌障害が起り、排卵が不規則になります。そこで、これらの治療及び発育促進因子を、私はビタミンFと呼ぼうと思います。

チェンバーズ　その因子というのは、もしかしたら不飽和脂肪酸のことではないですか。

エヴァンズ　その通りです。

チェンバーズ　冗談ではない。あなたは不飽和脂肪酸のことをビタミンFと呼び変えるだけのことで、命名者の名誉を受けるつもりですか。

エヴァンズ　しかしこれは、不可欠不飽和脂肪酸であったのです。それを発見したのはわたしです。だからビタミンFと呼んで当然です。

議長　ま、ま、お待ちなさい。エヴァンズ博士は以前、ビタミンE命名の名誉をシューア博士にとられています。気の毒ですから、今後不可欠不飽和脂肪酸のことを、ビタミンFと呼んでもいいことにしようではありませんか。まあ、お待ちなさい。お待ち……。（議場騒然、採録不能）

（一九三四年度イギリス医学研究会議議事録）

ビタミンG

ビタミンB_2の章を参照の事。

ビタミンH

エッチなインチキ行商人

「エッチな新薬! 新発明の性欲増進剤ビタミンH!」という文句を墨でくろぐろと大書した幟をかつぎ、人を集めて薬らしきものを売っている男が、昨十四日、渋谷ハチ公前にいた。この男の口上は、自分は性欲増進のもとであるビタミンHを発明した、特許を取る前に、皆様方にそっと安くでお頒《わ》けするというのである。

人が大勢集ったころ、群衆の中からひとりの医学生らしい大学生が進み出て、おおよそ次のようなことを喋りはじめた。

ビタミンHとは、ビオチンという化合物の別称であり、これが不足すればネズミやニワトリが皮膚炎を起したりするのであるが、人間でこのビオチン欠乏症というのは、まだ発見されていない。ましてビタミンHは、人間の性欲とは何の関係もないのである。

これを聞いた群衆はあきれて男を眺めていると、男は幟を巻いてこそこそと立ち去った。どうやらこの男、ビタミンHというものはないと思っていたらしい。

あとで、男から薬を買わされたある人が、その薬を分析してみると、なんのことはないただのイモリの黒焼き粉であった。しかし一応惚れ薬を売っていただけ良心的であるということはいえよう。

(「夕刊ポスト」)

ビタミンK

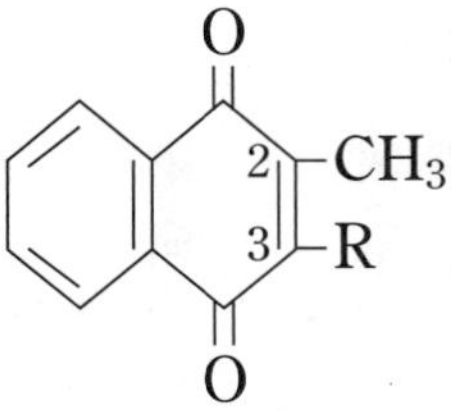

明治三年、京都府下京区に住む左官業の梅田弥助という男が、次第に小便の量が少くなり、ついには完全に出なくなってしまった。無尿症というのは例がなく、医者も困っているうち、無尿のままで三ヵ月後に死亡した。

患者はもともと肝臓を患っていたため、肝臓におけるプロトロンビンの製造能力が低下し、このような症状になったのではないだろうか。現在ならばビタミンKにより、尿量を増加させ得た筈である。

（林紫青「珍病奇病診断」）

薬学博士吉田海八郎（36）は、さる二日夜、マリワナ及びハッシッシ密造密売の疑いで逮

捕された。吉田宅の周囲の家の人たちが、毎夜吉田の家から気ちがいじみた笑い声がすると
ころから、警察に連絡したため、係官が捜査したところ、吉田は自宅の庭で大麻を栽培し、
マリワナ、ハッシッシを作り、友人とパーティを開いていることがわかった。ただし本人は
犯行を否認し、大麻はビタミンKを作るために栽培していたのだと主張している。

（「夕刊ポスト」）

ビタミンL

一九三三（昭和8）年
〔事件〕小林多喜二が検挙虐殺さる。
東北三陸地方大地震。死者一五三五人。
エノケン一座結成。
有楽町の日劇開場。
〔流行〕小唄勝太郎「島の娘」。
ヨーヨー大人にも流行。
膝下十五センチのロングスカート。
〔科学〕東京——京城間電話開通。
中原和郎ら、ビタミンL発見。

（当用日記付録「日本略史」）

ビタミンM

葉酸のことを、昔ビタミンMといった。現在はビタミンMというものはない。

（宮木高明「薬学用語の解説」）

ビタミンP

油「さ、ささいな傷を捨てとくに……当たらない……。あー、ガマの油を、ちょうどこのくらいひと付け付けて、ふきとるときにおいては……痛みが去って、血が……止まらないネ。ひと付けでダメなときには、二付けする……ふきとるときには、痛みが去って、血が……ドンドン出るね、こりゃあ……止まらないときはァ……ドンドン付ける」

甲「おう、先生。ひと付けひと付けって、みんな付けちまったじゃないかよォ。どうやったら、血が止まるんだい」

油「ウハハハハ、お立ち合いのうちに、血止め薬の持ち合わせはないか」

（三遊亭金馬「蟇の油」）

エンジュのつぼみをカイカ（槐花）と申しまして、これは止血薬です。これにはいわゆるビタミンPが入っております。もっともお医者様、学者先生方の中にはビタミンPという名前について反対の人が多くて、これをビタミンの中に加えない専門家が大部分です。

（芝浦達玄「漢方薬研究」）

ビタミンU

キャベツなど新鮮な野菜汁が胃十二指腸潰瘍の治療時間を短縮することが一九五〇年ごろから研究され、この汁の中の成分にビタミンUなるものが存在すると考えられた。

（宮木高明「薬学用語の解説」）

ビタミンV

ビタミンW

ビタミンX

ビタミンY

ビタミンZ

これはたしか、まだ発見されていない筈である。残りはあと五つしかないぞ！

（筒井康隆）

リュウ博士は、二二一七年、それまでのビタミンの命名のしかたが、あまりに出たらめで不統一、かつ、ややこしいことに驚き、これらを整理し、ついでにビタミンの名称をやめ、リュウ1、リュウ2、リュウ3の如く、たいへん簡潔なものに変えてしまった。これは銀河系薬学会で認められたが、認められるまでは大変な騒ぎであった。薬学会議の席上リュウ博士はビタミンすべてに己れの名をつけて我が名を後世に残そうとしたというので、これに反対する学者たちから袋叩きにされた。

（ワイ・キモデングリ「星間文明史」）

郵性省

美女の大便はでかい、という記事を読んで益夫は猛烈な衝撃を受けた。記事、といっても二流週刊誌のカラー・ページの記事であるから、嘘か本当かよくわからない。たいてい嘘であろう。

だが、それにしてもその記事はよくできていた。つまり、読者をなるほどと思わせる説得力を持っていたのである。

書いているのは医学博士、心理学教授の肩書きを持つ大心地《おこころち》伝三郎という人で、益夫は高校三年生ながらも肩書きや地位にはまどわされない常識を持っているから、最初は話半分に読んでいたのだが、だんだん夢中になってその理屈にひきずりこまれてしまった。

その理屈というのは、こうである。

なぜ美女の大便がでかいかというと、それは、その女が美人であればあるほど肛門の括約筋の伸び率が大きいからである。では、なぜ美女の肛門が大きく開くか。それは美女におけるナルチシズムと自己顕示欲というふたつの心理が肛門に及んだ結果である。

ナルチシズムはリビドーを肛門愛の段階にとどめる。だから「あなたは美人ね」と人から言われたり、「わたしって、なんて綺麗なんでしょう」と思ったりするたびに、彼女の尻の穴はだらりと大きく開いてしまうのである。

また、美女は、美女であればあるほど他人の眼を気にし、体面を重んじる。表情や行動に自己規制をあたえねばならないわけであるが、そのため緊張が続く。表情や行動に緊張があたえられた場合、その皺寄《しわよ》せは他人の眼に触れぬ場所へあらわれる。すなわち肛門括約筋が弛緩する。つまり尻の穴が開くのである。

尻の穴が開きっぱなしであれば、これは少しの圧力で当然驚くべき大きさの大便が出るのである。したがって美女の大便はでかいのである。

これが大心地博士の理論だった。

読み終り、益夫は考えこんでしまった。

益夫にはすばらしい美人のガール・フレンドがいる。高校の同級生で、しのぶちゃんという可愛い女の子なのである。してみると、あのつぶらな瞳にえくぼの愛らしい白百合の如きしのぶちゃんも、あっと驚く巨大大便の生産者なのであろうか。

この考えは益夫に、はげしい性的刺戟をあたえた。今までしのぶちゃんに関して想像したいかなるエロチックな事柄よりも、二倍も三倍もエロチックであった。肌理《きめ》こまかな純白のお尻の割れ目から、馬の陰茎にも似た太い黄褐色の大便を、もりもりと排出して盛りあげ白く湯気を立てているしのぶちゃんの姿を考えると、益夫は気も狂わんばかりの悩ましさに、とてもそれ以上じっとしていることができなくなってしまった。

じっとしていることができなくなったからといって、まさかしのぶちゃんの家へ駈けつけ、彼女を抱きしめて性的願望を満たすというわけにはいかない。益夫はまだ高校三年生なのである。してみると益夫にできることはひとつしかない。いわずと知れたせんずり、オナニー、手淫、マスターベーション、いろいろと呼びかたがあるが、結局はあの手首から先の上下運動である。

大学受験をひかえているため、益夫は鍵のかかる勉強部屋をあたえられていて、これは家族に発見されぬようオナニーするにはまことに都合がよい。益夫は立ちあがって窓のカーテンをしめ、ベルトはずす手ももどかしく、ズボンとパンツを脱いで下半身をまる出しにし、スプリング軋ませてベッドにひっくりかえった。猥想の対象は、もちろんしのぶちゃんである。

益夫は一度だけ、しのぶちゃんの家へ行ったことがある。その時は家の人がみんな留守で、家の中にはしのぶちゃんと益夫のたったふたりだけ、応接室のソファに並んで腰をおろし、二、三時間話しあった。話の内容は、学友のこと、大学のこと、旅行のこと、将来のこと、その他である。

ふたりが初心《うぶ》でなければ、想い思われの若い男女が二人きり、当然何ごとかが起る筈《はず》の時間だった。しかしふたりは高校三年生、互いに相手が異性であることを意識しすぎるほどに意識しているから、キスはおろかほんの少しの指さきの触れあいにさえ、どぎまぎ、おどおど、とても青春小説を地で行くようなあけっぴろげのセックス・シーンなどを展開できるわけがなかったのである。

しかし、手首の運動次第に早めながらの、益夫の空想の中では、ふたりはもっと大胆である。益夫はしのぶちゃんを抱きすくめ、ソファに押し倒すのである。しのぶちゃんは、「やめて」などと言いながらも、眼をうるませ益夫を強く抱き返すのである。とにかく空想のことだから、どんないやらしいことだってできるし、相手のしのぶちゃんにどんな振舞いを演じさせることだってできる。

好き放題の空想にふけった末、ついに益夫は恍惚状態に達した。

その時である。

ベッドの上の益夫の姿が、忽然として消失した。つまり、ぱっと消えた。

と、同時に益夫は、今まで空想していたその場所、すなわちしのぶちゃんの家の応接間の、床上一メートルほどの宙にあらわれ、ソファの上にずしんと落下した。

一瞬のうちに益夫は、自分の部屋のベッドの上から、一キロ以上離れているしのぶちゃんの家の応接室へと移動したのである。そんな馬鹿な、と言ったところで、ほんとなのだからしかたがない。

折も折、その応接室では、しのぶちゃんの家族全員が、食後のコーヒーでくつろいでいた。つまり一家団欒の最中だった。

家族というのは、しのぶちゃんのパパとママ、それに結婚適齢期でしのぶちゃん級の美人の姉さんである。これにしのぶちゃんが加わって、家族四人でコーヒーを飲んでいるところへ、ソファの上の宙を突き破って、下半身をまる出しにし、勃起した陰茎をしっかり握りしめ、オルガスムスのため瞳孔を拡げ、うつろな表情をした益夫が落下してきたのである。しかも悪いことには、益夫が落ちたのはソファに腰かけていた美人の姉さんの膝の上だった。

「げっ」

「わあっ」

「きゃあっ」

家族全員が驚いて大きな悲鳴をあげたが、これは驚くのがあたり前、もし驚かなかったらどうかしている。膝の上へ生殖器丸出しの若い男に落ちてこられたショックのため、美人の姉さんなどはぎゃっと叫んで身をのけぞらせ、たちまち気絶してしまった。

落下した瞬間に射出された益夫の精液は、テーブルの上空に弾道軌跡を描き、しのぶちゃんの父親、造船会社重役の襞地《ひだち》氏が持っていたブラック・コーヒーのカップの中へ白い波頭を立ててぼちゃん、と、とびこんだ。

「き、君は、いやお前は、いや貴様は、だいたい、な、な、な」驚愕のあまり口もきけず、襞地氏は眼を丸く見ひらいたまま、スプーンでコーヒーをかきまわすばかりである。

「益夫君」しのぶちゃんは、手で口を押えたまま、押し出すようにそう叫んだ。「益夫君じゃないの」

「まあっ。ではあなたは、娘のボーイ・フレンド」ヒステリー気味らしい母親がすっくと立ちあがり、怒りに唇をわなわなと顫わせながら叫んだ。「なんて、いやらしい。高校生ともあろうものが。しのぶと絶交してください。不良です。これはPTAの総会にかけます。だいたい何ですか。ま、ま、まる出しにして。そ、そんな下品な。けだもの。けだものみたいなものをむき出しに。げ、げ、げ、下劣な。きい」

もはや何を口走っているか自分でもわからず、彼女は興奮のあまり、砂糖壺をつかんで益夫に投げつけた。

驚いた、という点では、益夫とて同様だった。射精の寸前、身がふんわり宙に浮くような感じがしたかと思うと、だしぬけに、今の今まで空想していたしのぶちゃんの家の応接室の、まさにそのソファの上へ落下したのである。しかも周囲には、愛するしのぶちゃんをはじめ、その家族たちが、自分の下半身を眼を見ひらいて見つめている。

しばらくは、何が起ったのかのみこめないで茫然としていた益夫も、砂糖壺を投げつけられて、やっとわれにかえり、肝をつぶして立ちあがった。

「ひいっ、あわ、わ、わ」

驚きと同時に、彼はすぐ顔から火の出そうな恥かしさに襲われた。襞地夫人が彼に投げつけた砂糖壺からは、粒のこまかいグラニュー糖がとび出し、それは汗にまみれた益夫の下半身一面に、白くべったりとくっついている。

まだ完全に萎縮しきっていない砂糖まみれの陰茎を手で押え、益夫は大声で悲鳴をあげた。

「ち、ちり紙をくださいっ」

全員が混乱しているから、誰かが何か言うたびに事態は収拾がつかなくなる。

「軽蔑するわ。軽蔑するわ」気が顚倒したしのぶちゃんは、可愛い口をまっ赤に大きくあけ、泣きながら地だんだふんでわめき散らしている。

「この、こ、こそ泥め」襞地氏が立ちあがり、怒りに顔を赤褐色に変えてどなりはじめた。「不法家宅侵入だ。平和な家庭の平穏を乱す、ふ、ふ、不届き者」

「泥棒じゃありません」益夫はまた、大声で悲鳴をあげた。大恥をかいた上、泥棒にされたのでは浮かばれない。

「じゃあ、何だ。出歯亀か」と、襞地氏がわめき返した。「怪しからん。他人の家の天井にへばりつき、自慰にふけるとはもってのほか」そんな蝙蝠《こうもり》みたいなことが、できるわけはない。

「ち、ちがいます。ちがいます」益夫がいくら弁解したところで、現に下半身まる出しで出現したのだから、どう思われてもしかたがない。

やっと正気に戻った姉さんが、ふたたび益夫の姿を見て、ひきつけを起さんばかりに泣きはじめた。「わたし、もう、一生結婚しません」

「警察へ電話しろ」襞地氏は夫人に叫んだ。「猥褻《わいせつ》物陳列罪だ。警官にひきわたす」

「わあん」あまりのことに、とうとう益夫は大声で泣きはじめた。「助けてください」

「いつも、こんなことしてたのね」しのぶちゃんは、まだ叫び続けている。「不潔だわ。いやらしいわ」

「ちがうよ。誤解だよ。誤解だよ」益夫は涙と汗と、よだれと洟《はな》で一面びかびか光る顔をしのぶちゃんに向け、べったりと床に尻を落し、そのままの恰好で彼女の方へいざり寄った。

「誤解だよ。助けてえ」

「よ、寄らないで。そばへ寄らないで」しのぶちゃんは顔色を変え、今にも腰を抜かしそうな歩きかたで部屋の隅へ逃れ、壁にべったり背をつけて、はげしくかぶりを振った。「ああっ。こっちへ来ないで」

「まだ、狼藉に及ぼうとするかっ」益夫がしのぶちゃんに襲いかかるつもりと誤解した襲地氏は、怒り心頭に発して、壁にかけてあったウィンチェスター散弾銃の水平二連をとり、銃口を益夫に向けた。「撃ち殺してやる」

部屋の隅では襲地夫人が、受話器をとりあげ早口に何か喋《しゃべ》っている。

「ああん」もはや絶体絶命、体裁プライドすべて投げ捨てた益夫は、黄色いしぶきをあげて勢いよく床のカーペットに排尿しながら、合掌し、お辞儀をくり返した。「こ、こ、殺さないで」

壁に背をつけたままのしのぶちゃんは、なかば放心状態、天井の一角を眺めながら、うつろに呟《つぶや》き続けている。「不潔だわ。不潔だわ」

「はい。そうです。ええ、未成年者ですとも。こういう精神異常者を野放しにしておくなんて、警察はいったい、何をしているんですか。すぐ逮捕にきてください」

「わたし、もう、結婚しません」

「撃ち殺してやる」

「殺さないで。殺さないで。ぼくは死にたくない。花も実もある命です。ぼくを殺すと、あなたは後悔する」

「わたし、お嫁に行けないわ」

パトカーがやってくるまでの数十分、混乱はますますはげしくなって、ついには上を下への大騒ぎ、悲鳴泣き声怒鳴る声、近所の家の人たちが何ごとかと出てくるほどのやかましさである。

やってきた警官に手錠をかけられた益夫は、泣きじゃくりながら襞地氏に懇願した。「お願いです、ズボンを、ズボンを貸してください」

「いったい君は、ズボンをどうしたのだ」襞地氏がいった。「どこへ脱いだのだ」

「ぼくの家です」

「じゃあ、下半身まる出しのまま、家からここまで走ってきたのか」警官はあきれて、そう訊《たず》ねた。「狂気の沙汰だ」

益夫がいくら真実を話したところで、誰も信用するものはいない。それは彼が警察へ連行され、呼び出された益夫の両親も加え取調室で刑事たちに、自分の異常な体験を逐一説明した時も同じだった。

「夢遊病じゃないのか」

「虚言症じゃないのか」

「精神鑑定の必要がある」

「分裂症かもしれん」

とうとう精神病にされてしまった。

「自決しろ」思いもかけぬわが子の猥褻罪で呼び出された頑固者の父が、逆上して怒鳴った。

「腹を切って恥をそそげ」

「ああ」病弱の母が貧血を起して、取調室の床へぶっ倒れた。

「ぼくはオナニーをしていただけだ」ついに益夫も、ほんとに半狂乱となり、咽喉も裂けよと叫びはじめた。「ひとりで、自分の部屋でオナニーして何が悪い。オナニーは健康にいいんだ。ぼくは食前食後にやるのです」

だが結局は、未成年である上、ふだんは成績優秀でまじめな学生であるとわかり、一時的な錯乱であろうというので、夜遅くになってからやっと許され、益夫は両親とともに家に戻ってきた。

戻ってからもなお、死ね死ねとわめき散らす父親に、受験勉強の疲れで乱心したのでしょうと母親が泣いてとりなしてくれ、そのおかげで益夫はやっと自室に戻ることができたが、ひとりベッドの中で考えれば考えるほど、どうにも腹が立ってしかたがない。

世の中のたいていの男は、ひと眼を避けてひとりこっそりオナニーをしている。そもそもオナニーというものは、もともとひと眼を避けてこっそりやるものであって、これを公開の席上で堂堂とやったりすれば猥褻物陳列罪に問われる。そんなことぐらいは、いくら高校生とはいえ、益夫だってよく知っている。だからこそ、ひと眼を避けてやっているつもりだった。それなのに、なぜ自分だけがこんなひどい、極限状況的な、不条理な仕打ちを受けなければならなかったのか。なぜ自分にだけ、オルガスムスの瞬間に空間を移動するなどという超自然的SF的な現象が起ったのか。

いくら考えても、わからなかった。わからないのが当然で、わかるような前例がないからこそ気ちがい扱いにされたのだ。

そもそもあの二流週刊誌がいかん、と、益夫は思った。あれが自分を興奮させ、衝動的にオナニーをやらせたのである。さらにいうならば、あんな記事を書いた大心地とかいう学者が、自分をこんなひどい目にあわせたのだ。

よし、明日になればあの教授に電話して、ひとこと文句を言ってやろう、と、さらに益夫はそう思った。そういえばあの学者は、医学博士で心理学教授だから、もしかするとこの不合理な超物理現象の謎を、解いてくれるかもしれんぞ。明日、登校しなければならないと考えると、益夫は気が重かったが、なんとか自分の気持をなだめすかして、やっと眠ることができた。

さいわいにも、しのぶちゃんの家族は、益夫の将来のことを考えてか、あれ以上騒ぎ立てるのをやめ、学校にも黙っていてくれたようであった。次の日益夫が登校しても、学友たちは、前夜の事件を誰ひとり知らぬ様子だったので、益夫はほっとした。

しかし、しのぶちゃんの軽蔑の眼だけは、胸にこたえた。失恋の傷手などという、なまやさしいものではない。初恋の相手から人格を疑われていて、もしかすると精神異常者と思われているかもしれないのである。もう彼女からは、声もかけてはもらえないだろう、そう思うと益夫の胸は、はり裂けそうに痛むのであった。

放課後、益夫はあの週刊誌を発行している出版社に電話して、大心地博士の住所を訊ねた。さほど遠方でもなかったので、益夫はさっそく、博士の家を訪問することにした。

あんな気ちがいじみた学説を発表するだけあって、大心地博士はやや常識はずれの学者だった。博士は予告もなしに訪れた益夫を何の疑いもなく書斎に通し、常識はずれの益夫の体験を面白がって終りまで聞いてくれたのである。

「それは、テレポーテーションの一種だ」聞き終ると博士は、益夫にそう説明した。「エクストラ・センソリイ・パーセプションの能力、つまりESP能力のひとつだ」

「日本語で言ってもらわないと、ぜんぜんわかりません」

「わたしゃずっと以前から、人間にはすべて超物理的な能力が潜在的にある筈だという意見を持っとった。特に身体移動すなわちテレポートの能力は、必ずあるじゃろと確信しておった。君のやったことは、もしかすると人間の潜在能力を開発するきっかけになるかもしれん。うん。こいつは面白くなってきおったぞ。わしは今日からさっそく、ほかの仕事はもとより、地位も財産もなげうって、君の能力の研究と開発に打ち込むことにする。君も協力してくれたまえ。すぐにやろう。今からやろう。おおそうじゃ」博士は興奮して、鎮静剤をむさぼり食いながら、踊るように書斎を歩きまわった。「君のその能力を、これからはオナポート能力と名付けよう」

「ははあ。オナポートですか」

「オナニー・テレポートすなわちオナポートじゃ。そうか。オルガスムスとは即ちこれ、自我の崩壊、自我が崩壊すれば、その底にある潜在意識やイドから、潜在能力が出てくるのは理の当然、わたしゃ今まで何故これに気がつかなかったのか」博士はますます興奮して、書斎中をぴょんぴょんとびまわりながら喋り続けた。「自我の確立していなかった大昔の人類は、きっとオナポート能力を持っておったに違いないぞ。だから今でも、絶頂時に口走る、あの『行く、行く』という表現が伝わっとるのじゃ。そうに違いない」

かくして、この日から大心地博士と益夫の共同研究、オナポート能力開発実験がはじまったのである。

父や母は、実験の内容を知らないものだから、益夫を助手にしたいという、博士からの直接の頼みにあっさり応じて、毎放課後、益夫が博士の家へ通うことを、快く許してくれた。

共同研究とはいえ、益夫のやることといえば、博士の指示した場所から他の場所へオナポートする訓練だけ。とにかく若いから、一日数回のオナニーぐらいは何でもない。かえってすっきりして、邪念も浮かばなくなり、学校の成績も、よくなったくらいである。

最初はなかなか、うまくいかなかったが、十数日経つうちに、益夫のオナポート能力は飛躍的に高まった。つまり、射精の寸前、ぱっとある場所を思い浮かべると、必ずその場所へ移動できるようになったのである。

馴《な》れるにつれて移動距離、移動範囲は拡がり、また、写真で見ただけの場所にまで移動できるようにもなった。

ついには、博士が雇った十三人の助手を使い、彼らに場所さえ確保させておけば、東京—鹿児島—札幌などという、とんでもない長距離移動さえ可能になったので、いよいよ今度は益夫が、大心地博士やその十三人の助手に、オナポート教育を施すことになった。

このころから、博士の研究を洩れ聞いた早耳のマスコミが騒ぎはじめ、益夫のこと、オナポート能力のことが記事になって、新聞や週刊誌にでかでかと載りはじめた。

「博士の奇妙な研究！　または私はいかにして大学教授をやめオナニーを愛するようになったか」

「衝撃の告白！　超能力オナニスト千益夫その肉体の秘密！」

「マスター・オブ・ベーション大心地博士はこう語る！」

この記事を読んで、いちばん仰天したのは益夫の両親である。息子の健康を案じ、あわてて研究をやめさせようとしたものの、ここまでくるともう、世間がほっておかない。博士も益夫も、連日連夜の取材攻めである。その上、訓練次第では誰でも持てる能力だというので、われもわれもとオナポート志願者が押し寄せた。

それだけではない。日本はもとより海外からも大勢の学者がやってくるわ、CIA、KG《カーゲー》B《ベー》をはじめとする各国諜報機関の連中は日ごと夜ごと博士邸の周囲をうろちょろするわ、札束は乱れとぶわ、撃ちあいはおっ始まるわ、鉄道運輸関係の株は暴落するわ、PTAや主婦連は団結して反対運動を起すわ、オナポートを独習しようとして腎虚で死ぬ奴は一日数十人単位で続出するわ、たった数日のうちに、いやもう日本国中上を下への大騒ぎになってしまった。

そしてマスコミは、そもそも自分たちが火をつけておきながら、これらの騒ぎを新しい公害と称し、マス・オナニーゼーションなどと呼んで、さらに騒ぎを煽り立てたのである。

そのころになってやっと、ことの重大性に気づいた政府が、あわててのり出してきた。とりたてて言うまでもないが、政府のやることは、だいたいにおいてタイミングがはずれている。

まず、オナポートが普及した際の混乱を取り締るために郵性省というのが設置され、有無をいわさず大心地博士がこの大臣に任命された。次いで、郵性省附属のオナポート研究所が建設され、この建物というのが、秘密漏洩を防ぐため、二メートルの厚さの鉄筋コンクリートで囲んだ窓のない大きなビル。ドアはすべて厚さ一メートルの鉛でできていて、あまり重すぎて動かないため、人間はみな、横の木のくぐり戸から出入りし、さらに建物のいたるところへ、平均十センチ置きぐらいの間隔で防盗聴装置や防犯ベルが取りつけられているというものものしさである。ここの所長ももちろん、郵性大臣兼任の大心地博士。

また、自衛隊の軍事力を強化するため、防衛庁内に自慰隊が編成され、隊長はもとより千益夫、さらに益夫からオナポート教育を受けた十三人の助手が教官になって、隊員の養成にあたることになった。

大心地博士や益夫を教授に迎えて、民間人用の国立オナポート学院は千葉県増尾に設立され、この学校の中には日本郵性学会の事務局も作られたが、政府の圧力で、ここに入学しようとする者には厳しい資格審査が設けられることになった上、第一回の募集で合格したのが、すべて政府要員や体制に貢献する大実業家連中であったため、かんかんに怒った国民が、「オナポートの自由」「裏口入学絶対反対」「手淫は平等、教育も平等」「せんずり独占粉砕」「自慰をわれらに」などと叫んで、連日デモをくり返した。

だが、このころになるとすでにオナポート習得術は、曲りなりにも一般にかなり広く伝わっていて、半死半生けんめいの独学で能力を体得したスーパー・オナニスト連中が、あちこちで個人レッスンをはじめていたし、ほとんどの週刊誌では「オナポート講座」「郵性道場」などを連載し、また「基礎オナポート入門」「郵性術総ざらえ五週間」などの入門書、手引書が書店に並んでいた。

オナポート人口は急激に増加した。そして尚《なお》も、ふえ続ける筈だった。今や、オルガスムスに達することのできる男女すべてに、オナポートが可能であることは、大心地博士の研究であきらかだったからである。

つまり、行く先の情景を脳裡に焼きつけ、一瞬、自我を崩壊させることによって、肉体そのものを超時空間的なエネルギーに変え、そのエネルギーによって別の場所に同一の肉体を再構成するのである。だから、オナポートすること自体は、原理的にはいたって簡単なことなのだ。嘘だと思ったら、やって見たらいい。

しかし、オナポート人口がふえるにつれ、必然的に、これに関連するさまざまな弊害や事故も多くなってきた。特に、いちばん危険で、最も多い事故とされているものに、ジョウント爆発というのがあった。

オナポートによって別の場所に移動した場合、もしその場に他の物体があったり、ほかの人間がいたりしたとき、これは即ち、同一空間にふたつの物体が同時に存在することはできないという物理学の大前提によって、大爆発が起る。そのため、行く先の状態をよく確かめないでオナポートして死んだり、巻きぞえを食って爆死したりする人間が続出し、時には、ひとつのビルが吹っとぶぐらいの大爆発も起った。

もっとも、原則としては、行った先に空気があってもいけないことになるが、これは考えないことにする。なぜかというと、そこまで科学に忠実であっては、話が面白くならない上、そもそもこの話が成立しないからである。

行った場所に他の物体があっても、稀には爆発しないこともある。即ちこれは何かの加減で、原子融合が起った場合である。行った先に壁があれば、オナポートした人間は、たとえば下半身だけを壁から突き出したり、背中の部分だけ壁にめり込ませた状態のままで動けなくなってしまう。こうなるとその人間は、一生壁にくっついたまま、壁の花として暮さなければならない。なぜなら、壁を壊そうとすれば、壁と原子融合しているその人間の肉体まで壊すことになるからである。

こういった、クイミング融合と呼ばれる事件は、たとえば、オナポートした美女のからだの一部分へ男がめりこんだり、同様に、オナポートした小学生が、カンガルーみたいに母親の腹の中へ、首だけ出してすっぽり納まってしまうという具合に、あちこちでたびたび起って大騒ぎになり、町ではしばしば、首がふたつに手足が八本とか、表側が男で裏側が女とか、表も裏も両面とも背中で、ただ大便を両側の尻から排泄しているだけなどというおかしな人間さえ見かけられるようになった。

科学の成果には必ず公害がついてまわる。マスコミがマス・オナニーゼーションと名づけたこの大騒ぎ、特に、頻発するこれらの弊害や事故の対策に、政府は頭をかかえた。そのあげく、国立オナポート学院の卒業証書のないものには、オナポートを禁止しようではないかという、いわゆる「オナポート規制法案」が国会に提出されることになったのである。

これは結局、野党と大衆の猛反対で通過しなかったが、この時の国会は大騒ぎだった。法案を無理やり承認しようとした議長の席へ、怒った野党の代議士がどっと押し寄せたため、揉みくちゃにされた議長はたまりかね、椅子の上に乳白色のひと雫《しずく》を残し、ぱっと消え失せた。

ふつう、射精はオナポート直後にする筈である。それなのに、なぜ議長は精液を残して消えたか。それは議長が早漏だったからである。このことはたちまち世間に知れわたり、皆からさんざ笑いものにされ軽蔑された議長は、とうとう恥かしさのあまり辞任してしまった。

かくてオナポートは公認となり、オフィスやデパート、官公庁やホテルなど、人の出入りのはげしい場所には必ずオナポート専用発着場が作られ、以後はポートといえばここを意味するようになった。

　さすがにこれは、学校には設置されなかったものの、それでも遅刻しそうになった学生たちが、精液を砂にぶちまけながら校庭のどまん中にあらわれ、絶頂感自制しきれず、はっ、ふん、と鼻を鳴らしてぶっ倒れる姿は日常の光景となった。

　ここまでオナポートが日常茶飯事になってしまえば、もはや益夫も、しのぶちゃんに対して何らひけ目を感じることはない。事実益夫は、遅刻しそうになったしのぶちゃんが、頬をまっ赤にして髪ふり乱し、お嬢さんにはあられもない恰好で校庭へ出現した姿さえ目撃している。益夫は大威張りでしのぶちゃんに、もと通りの交際を申し込んだ。益夫は今や現代の英雄である。多忙を極める時の人である。しのぶちゃんの方に否やのあろう筈はない。かくてふたりは今度こそ誰はばかることない幸福な恋人同士になった。

　人間なんてものは、まことに勝手なものである。昨日まではセックスをタブー視し、若者たちにオナニーの害を説いたりして余計な罪悪感植えつけておきながら、いざそれが社会生活に必要となってくると、とたんにあっちでもこっちでも猥褻罪などあってなきが如き状態となり、老若男女なりふりかまわずオナポートの便利さ追求してやまないのだから、出たらめといおうか、いい加減といおうか、まったく文明なんて虚構の法律の上に作られたご都合社会だ。

　街頭やデパートの売場で、時をかせごうとする若い女性が、だしぬけにスカートをまくりあげて、立ったままオナニーしはじめても、もはや誰も奇異好色の眼を向けようとはせず、やる方も羞恥心など持たなくなってしまっていた。

　新しい発明発見の蔭には、いつの世にも犠牲者がいるもので、亭主のオナニー頻度がふえたため夫婦生活がうまくいかなくなり、女房族がいっせいに欲求不満に陥った。主婦連のオナポート反対運動はずっと続いていたが、これだけはどこにも圧力のかけようがないので、ヒステリーは嵩《こう》じるばかり。中には女房と愛しあっている最中、絶頂寸前に浮気の相手のことを思い浮かべたため突如消え失せる亭主もいたりして、上昇中の快感曲線中断させられた女房の怒りが爆発し、このため離婚件数がうなぎ昇り、一時は深刻な社会問題になった。

　哀れをとどめたのは、一日十数回ものオナポートを強制されることになった多忙な人間たち、特に売れっ子のタレント連中である。テレビ・スクリーンに映し出されるのは、どれもこれも幽霊みたいな蒼白い顔ばかり。ある時などは、出番に遅れたなおき・ちあみと奥林チヨが下半身まる出しでオナニーしながらスタジオに出現し、それが全国のテレビ受像機に映し出されたこともあった。

　オナポート能力の海外流出を、外交政策上政府が極力防止したため、日本人はどこへ行っても引っぱり凧になった。オナポート法伝授と引き替えに商談を成立させてくる商社マンが多く、このため日本人は欧米でセンズリック・アニマルと呼ばれることになった。

　たとえ射精はしなくても、オルガスムスに達するだけなら四、五歳の子供にも可能である。オナポートのために、子供たちがますます早熟になったが、これもしかたのないことだった。

そのかわり、中、老年の死亡率がぐんと高くなった。特に多いのは往診をやる開業医や中年以上の敏腕刑事、地方での講演が多い文化人などである。特に開業医などは、正規の往診料以外に、一回数千円から数万円のオナポート往診料をとり、名の知れた医者などは老齢を口実に一回五十万円ものオナポート往診料をとって、医は迅術とばかり、急患が出るたびに、がめつく稼ぎまくったため、腎虚でくたばる医者が続出、しまいにはとうとう医者の数が減ってきた。

外国へのオナポートも、理論的には可能な筈だったが、実際上、技術はそこまで進んでいなかった。だから航空会社、汽船会社は当分安泰の様子だった。しかし国鉄はじめ私鉄やタクシー会社は大打撃、猛烈な赤字が続いて、タクシー会社などはほとんど倒産してしまった。

郵性省には諸外国からオナポート技術導入の問合せや依頼が殺到し、特に軍事力の増強を必要としている国国からは、教官を派遣してくれという懇願が毎日のようにあった。政府は日本に有利な通商条約や貿易協定を交換条件として、これらのほとんどに応じ、各国に教官を派遣した。益夫の教え子である例の十三人の使徒は、世界中に出かけてオナポートの教えをひろめた。

かくて、オナポートのため、日本はますます繁栄した。益夫は国威発揚の功労者として勲一等旭日菊花正一位稲荷大綬章を下賜された。また、益夫の銅像が大量生産され、全国の公園に立てられた。下半身まる出しの益夫が、勃起した陰茎握りしめ、うつろに眼を見ひらいている銅像であって、これはオナニー小僧と呼ばれ、のちのちまで国民に親しまれることになった。

ついに中華人民共和国から、訪日憂交使節団が、オナポート技術導入の申入れにやってきて首相と会談した。

「我国即是交通機関未発達」

「ふん。なるほど」

「若是、導入的郵性法技術、即鉄道不要、道路不要」

「その通りです」

「加是能合理的避妊。爆発的人口増加、唯一郵性法能解決」

「まったくです」

「紅衛兵不知道手淫。中華人民共和国一生懸命請求、導入的郵性法技術」

「わかりました。そのかわりこちらとしては、国交正常化、貿易再開を交換条件としたいのですが」

「哦。知道。我們、欣喜雀躍神社仏閣的水道完備瓦斯見込的当方未亡人。多謝多謝」

かくして日本と中国の国交は回復し、日本からはオナポートの教官が派遣されることになった。重要な任務であったため、郵性技術団の団長には自慰隊隊長、千益夫がえらばれた。

軍楽隊が演奏する自慰隊の隊歌「センズリース・ブルース・マーチ」に送られ、益夫たち技術団の乗った船は舞鶴から出航した。のんびりした遊覧コースがえらばれたのは、多忙だった千益夫に少しでも休養をあたえてやろうではないかという、これは珍しくも政府の心づかい。船は一路上海へと向かったのである。
この船は『御手淫船』と呼ばれ、歴史に残った。

おれに関する噂

ＮＨＫテレビのニュースを見ていると、だしぬけにアナウンサーがおれのことを喋《しゃべ》りはじめたのでびっくりした。

「ベトナム関係のニュースを終りまして、次は国内トピックス。森下《もりした》ツトムさんは今日、会社のタイピスト美川明子《みかわあきこ》さんをお茶に誘いましたが、ことわられてしまいました。森下さんが美川さんをお茶に誘ったのは今日で五回めですが、一緒にお茶を飲みに行ったのは最初の一回だけで、あとはずっとことわられ続けています」

「ん。なんだ何だなんだ」おれは茶碗を卓袱台《ちゃぶだい》へたたきつけるように置き、眼を丸くした。

「なんだ。これはいったい、なんだ」

画面には、おれの顔写真が大きく映し出されている。

「美川さんが森下さんからのデイトの誘いをことわった理由は、まだ明らかにされてはおりませんが」アナウンサーは喋り続けた。「美川さんの友人で会社の同僚、坂本ひるまさんによりますと、美川さんは必ずしも森下さんを嫌っているわけではなく、ただ、それほど好きではないという理由からことわったのだろうということであります」

美川明子の顔写真が、大きく映し出された。

「このことから考えますと、美川さんは最初一緒にお茶を飲んだ時森下さんから、何ら特別な印象を受けなかったのではないかと思われます。なお、消息筋の伝えるところによりますと、森下さんは今夜、会社が終ってからどこへも行かずに下宿へ帰り、現在ひとりで晩ご飯を作って食べているということです。森下さん関係のニュースを終ります。ところで今夜は神戸市瑞《みず》ケ丘《おか》にある厄除け八幡の夜祭りですが、夜店で賑《にぎ》わうその模様を現地からお伝えしましょう。ええ、現地で取材中の水野さん」

「はいはい水野です」

テレビが次のニュースを流している間もおれはただ茫然と、うつろな眼で画面を眺め続けていた。

「ああ、びっくりした」やがて、おれはそうつぶやいた。

幻覚だ。そうに決っている。幻視と、そして幻聴だ。そうとしか考えられないではないか。だいたいおれが美川明子にデイトを申し込み、いつものようにみごとに振られたことを報道して何になるというのだ。ニュース・バリューは何もない。

だが幻覚にしては、映し出されたおれと美川明子の顔写真、写真の下に書かれた名前の字体、アナウンサーの喋りかた、すべてがあまりにもなまなましく記憶に残っている。

おれははげしくかぶりを振った。「そんな馬鹿な」

ニュースが終った。

決然と、おれはうなずいた。そして断固としていった。「幻覚だ。うん。幻覚だ」つぶやいた。「こんなはっきりした幻覚も、世の中にはあるのだなあ」

はははははは、と、おれは笑った。四畳半の部屋に、おれの笑い声が低く響いた。

もし今のニュースがほんとに放送されたのだとしたら、と、おれは想像した。そしてそれを美川明子が見ていたとしたら、会社の連中が見ていたとしたら、いったい何だと思うだろう、そう考え、おれは吹き出した。

笑いがとまらなくなってしまった。「わはは。わはははははは。ひー、ひー、あははははは」

布団へもぐりこんでからも、しばらくは笑いがおさまらなかった。

翌朝、新聞の社会面におれのことが出ていた。

美川さん、森下さんの誘いを拒否

十八日午後四時四十分ごろ、東京都新宿区三光町にある霞山電機工業株式会社の社員森下ツトムさん（二八）が同社員でタイピストの美川明子さん（二三）に、退勤後お茶を飲みに行きませんかと誘いかけたところ、今日は早く家へ帰らなければならないからとことわられてしまった。美川さんを会社の廊下で誘った時、森下さんは昨日新宿のスーパー・マーケットで買った、赤地にグリーンの水玉模様のネクタイをしていた。森下さんはしかたなく吉祥寺東町の下宿に帰り、ひとりで夕食を作って食べた。夕食後はいつもの通り、すぐ寝てしまったものとみられている。なお、美川さんが森下さんの誘いをことわったのは四度めである。

おれの顔写真が出ていた。昨夜テレビで見たのと同じ写真である。美川明子の写真が出ていないところを見ると、このニュースの主役はどうやらおれの方らしい。

おれは牛乳を飲みながらその記事を四、五回読み返し、それから新聞をずたずたに引き裂いて屑籠《くずかご》に捨てた。

「陰謀だ」おれはそうつぶやいた。「誰かの陰謀だ。くそ。こんな凝った細工をしやがって」

たとえ一部だけにしろ、新聞を印刷するには金がかかる筈《はず》だ。そんな金をかけてまでおれの理性を狂わせようとたくらむ人間は、いったいどこの誰だろうか。

おれは他人から恨みを買うような覚えはまったくない。強いていえば美川明子を愛しているおれ以外の誰かと考えられぬこともなかった。だがそれにしても、今のところはまだ、おれは彼女から振られ続けているのだ。

これほど大がかりないやがらせをするやつは、よほど偏執的な人間に違いない、と、おれは思った。しかしそんな人間がおれの周囲にはいないことも事実だった。

「ああ、あの新聞を破らないでおけばよかった」

駅へ向いながら、おれは自分の短気に舌打ちした。犯人を見つけるのに役立つかもしれなかったし、見つけた時の証拠になるかもしれなかったのだ。

混雑した通勤電車に乗り、車輛の中ほどの通路に立って、あれこれと心あたりの人物を考えているうち、おれは隣に立っている男が読んでいる新聞にふと眼をやった。新聞は違っていたが、そこにもちゃんとおれの記事が出ていた。しかも二段組みである。

「あ」と、おれは小さく叫んだ。

読んでいた男がおれの顔を見て、また新聞に眼を落し、おれの写真を見てからまた顔をあげ、おれをじろじろと見つめた。おれはいそいでその男に背を向けた。

なんてひどいやつだ。おれは、はらわたが煮えくり返るような怒りに襲われた。犯人はこの沿線一帯の朝刊をにせものとすり替えたのだ。おれだけでなく、おれと同じ通勤電車に乗る連中にまでおれの記事を読ませ、おれを笑いものにし、おれの悪評をひろめようとしているのである。そして言うまでもなく、おれを錯乱状態に陥れようとしているのだ。おれは満員電車の濁った空気を肺一杯に吸いこんだ。くそ。その手には乗らんぞ。発狂なんかしてやるものか。

「わはははははは」おれは高笑いをした。そして怒鳴った。「誰が、だれが発狂なんかするものか。おれは正気だ。わははははははははは」

新宿駅ではいつも通りにスピーカーがかなり立てていた。

「新宿。新宿。山手線にお乗りかえのかたは、山手線の電車が入ってくるホームにおまわりください。この電車は四谷、神田、東京方面行きです。なお、この電車の六輛目には森下ツトムさんが乗っていました。森下さんは今朝、牛乳を一本飲んだだけです。皆さま。今日も一日元気で仕事におはげみください」

会社の雰囲気《ふんいき》は、特にいつもと変ったところはなかった。ただ、おれが部屋へ入っていくと、集まっていた七、八人の同僚が脇腹を小突きあい、おれを横目で見てふたこと三こと何かこそこそとささやきあっただけである。おれの悪口を言っているな、と、おれは思った。

自分のデスクで伝票を二、三処理し終えてから、おれはタイピスト用の小部屋へ入っていった。美川明子を含めた四人のタイピストが、おれを見るなり顔をこわばらせ、急に熱心にキーを叩きはじめた。あきらかに今まで仕事そっちのけで、おれの噂をしていたのだ。

おれは美川明子には眼もくれず、坂本ひるまを廊下へ呼び出した。

「昨日、誰かがおれのことを君に訊《たず》ねなかったかい」

坂本ひるまは泣きそうな顔になり、おどおどしながら答えた。「ごめんなさい。あの人たちが新聞記者だとは知らなかったの。あんな記事が新聞に出るなんて、思いもよらなかったわ」

「あの人たちって、どんな連中だい」

「男の人が四、五人いたわ。もちろん、みんなわたしの知らない人ばかりよ。帰り道でわたしのまわりへやってきて、あなたに関するいろんなことを訊ねたの」

「ふうん」おれは考えこんだ。陰謀は、おれが思っていたよりもずっと大がかりだったのだ。

昼過ぎ、課長に呼ばれた。

課長はおれに新しい仕事をあたえてから、声をひそめて言った。「朝刊、読んだよ」

「はあ」おれは、なんと答えていいかわからなかった。

課長はにやりと笑い、おれに顔を近づけた。「ま、マスコミは無責任だからね。気にするなよ。わたしだって、なんとも思っちゃいないよ」そのくせ、面白がっていることはあきらかだった。

課長に命じられた用を果たすため、おれは会社を出てタクシーを拾った。若い運転手はカー・ラジオを最大のヴォリュームでかけていた。

「銀座二丁目まで行ってください」

「え。どこだって」

音楽がやかましすぎて、おれの声が聞えないのである。

「銀座二丁目」

「銀座何丁目」

「二丁目。二丁目」

運転手はやっとうなずいて車を走らせはじめた。

音楽が終り、アナウンサーが喋り出した。

「二時のニュースです。政府は今朝、全国で発売されている笑い袋を、いっせいに没収し、密造、密売を厳重に取締るよう、各都道府県の警察へ通告しました。この笑い袋というのは、げらげら笑い続けているおもちゃの袋のことで、最近この笑い袋を使ったいたずら電話が急激に増加し、迷惑する人が多いため今回のこの通告となったものです。深夜の二時、三時といった時間に電話をしてきて、電話口でこの笑い袋を笑わせるわけですが、これはかけられた人にとって非常に腹の立つ場合が多いということであります。次のニュースです。森下ツトムさんは今日、定刻に出勤しました。出社してすぐタイピストの部屋へ行き、坂本ひるまさんを廊下へ呼び出して、しばらく何ごとか話していた模様ですが、会話の内容についてはまだ何もわかっておりません。わかり次第、ニュースでお伝えすることになっております。なお森下さんはその後、会社の用でタクシーに乗り、現在銀座方面へ向っています。次のニュースです。厚生省は今日、全国のパチンコ・プロと釘師《くぎし》を対象に行なった調査の結果を発表しました。これによりますと、パチンコは鰻《うなぎ》を食べたあとでやった場合、からだには非常によくないということであります。これについて、全国釘師連合会会長、茜村正《あかねむらまさ》氏は」

運転手が、カー・ラジオのスイッチを切った。ニュースが面白くないからであろう、とおれは思った。

おれはほんとに、それほど皆によく知られている存在なのだろうか。おれは眼を閉じて考えた。肩書きなしのおれの名前が、世の中にそれほど知れ渡っているのだろうか。

肩書きはあるにはあるがおれは単なる会社員だ。霞山電機工業株式会社社員などという、そんな肩書きなど、マスコミの世界ではないも同然である。これは当然である。ではおれの名前は、あるいはおれの顔は、いったいどの程度知られているのだろうか。たとえばこの運転手である。彼は今のニュースを聞いて、その本人が自分のタクシーの後部座席に坐っている人物に他ならないということを知っただろうか。それともおれのことを、おれがこのタクシーに乗った時から知っているのだろうか。あるいはおれのことなど、まったく知らないのだろうか。

おれは訊ねてみた。「ねえねえ、運転手さん。あんた、ぼくのこと知ってるかい」

運転手はバック・ミラーを覗《のぞ》いておれの顔を観察した。「どこかで会ったかい」

「いや。会わないよ」

「それなら、知ってるわけないじゃないか」

しばらくしてから、彼は訊ね返してきた。「あんた、タレントさんかい」

「いや、タレントじゃないよ。ただの会社員だ」

「テレビによく出るのかい」

「いいや。テレビに出たことは一度もないよ」

運転手は苦笑した。「そんな人をおれが知ってるわけ、ないじゃないか」

「そうだね」おれはうなずいた。「その通りだ」

おれはさっきのラジオ・ニュースを、もういちど思い返してみた。アナウンサーは、おれが現在タクシーで銀座方面へ向っていることを知っていた。してみると、誰かがおれを尾行し、おれの行動を見張っているということになる。おれはうしろを振り返った。車の数は多く、どれがおれを尾《つ》けている車なのかさっぱりわからない。疑い出せばどの車もすべて怪しかった。

「尾行されている可能性が多いんだがね」と、おれは運転手にいった。「まいてくれないか」

「弱るなあ。そういうのは」運転手は渋い顔をした。「相手がどの車かわからないんじゃねえ。だいいちこの混雑だ。とてもまけないよ」

「おそらく、あの黒いセドリックだ。ほら、新聞社の旗を立てているだろう」

「じゃ、まあ、なんとかやってみよう。だけどおれは、おそらくあんたの被害妄想だと思うぜ」

「おれは正気だよ」おれはあわてて運転手にいった。「精神病院なんかへは、つれて行かないでくれ」

夢遊病者が運転しているみたいに、タクシーはふらふらとさんざあちこちをさまよった末、銀座二丁目に着いた。

「少なくとも、黒いセドリックだけはまいたぜ」運転手がにやにや笑いながらそういった。「チップをはずんでほしいね」

おれはしかたなく、表示されている料金に五百円だけ足して払った。

銀座二丁目にある得意先の会社へ入って行くと、顔見知りの受付嬢がいつになく丁寧な態度でおれを貴賓用の応接室へ案内した。いつもだと担当の係長のデスクへ呼ばれ、あっちは椅子に腰かけたまま、こっちは立ったままで話すのである。

だだっ広い応接室のソファに腰をおろし、居心地の悪さにもじもじしていると、どうした加減か先方の部長と課長が入ってきて、礼儀正しくおれに挨拶しはじめた。

「うちの鈴木が、いつもいろいろとお世話になっております」部長がそういって、深ぶかと頭を下げた。

鈴木というのが、先方の担当係長の名である。

「いいえ。どういたしまして」

おれがどぎまぎしていると、部長と課長は仕事の話そっちのけでおれのネクタイを褒《ほ》めちぎり、おれのセンスの良さをもちあげ、しまいにはおれの容貌までを讃美しはじめた。おれは辟易《へきえき》して、課長からことづかった書類を渡すなり、伝言もそこそこに席を立った。

得意先の会社を出ると、歩道ぎわにはさっきのタクシーがまだ停っていた。

「お客さん」と、あの若い運転手が車の窓から顔を出しておれに呼びかけた。

「やあ。まだいたのか。ちょうどよかった。新宿まで戻ってくれ」

運転手は、後部座席へ乗りこんだおれに、五百円札をつきつけた。「これ、返すよ。冗談じゃねえや。まったく」

「どうかしたのかい」

「あれからあと、ラジオのスイッチを入れたら、さっそくニュースであんたのことを喋りはじめたんだよ。アナウンサーの言うことにゃ、あんたは暴力タクシーにつかまってさんざあちこち、ぐるぐると遠まわりさせられた上、無理やりチップを五百円もとられたんだそうだ。おれの名前まで出しやがった」

得意先の会社で丁重に扱われた理由が、おれにはやっとのみこめた。

「だから言っただろ。尾けられているって」

「とにかく、この五百円は返すよ」

「いいよ。とっといてくれ」

「いやだ。返すよ」

「そうか。じゃ、しかたがない。貰っとこう。ところで、ぼくを新宿まで乗せてってくれるのかい」

「いやというわけにはいかんだろ。またニュースで、乗車拒否だなんて言われるものな」

タクシーは新宿へ向って走り出した。

おれを混乱させようという陰謀の規模が、はかり知れぬほど大がかりなものであるらしいことが次第にわかってきた。何しろ敵は全マスコミを買収したらしいのだ。いったいその正体は何者で、目的は何だ。なんのためにこんなことをするのだ。

成り行きにまかせるしかなかった。黒幕の正体を突きとめるのは不可能に近い。たとえおれが尾行者のひとりをひっとらえたとしても、全マスコミが買収されている以上、そんな三下が黒幕の名を知る筈はない。

「弁解するわけじゃないがねえ、お客さん」運転手が話しかけてきた。「おれはあの黒いセドリックだけは、確実にまいたんだよ。本当だ」

「わかってるよ」おれは答えた。「車で尾行している、などといった、なまやさしい監視じゃなさそうだ。この車のどこかにだって、きっと盗聴器がついてるよ」

そういってからおれは、あっと思った。疑い出せばこの運転手だって充分疑えることを知ったためである。もしそうでなければ、チップが五百円であったことを尾行者がどうやって知ったのか。

ばらばらばらばらばらばら。

ふと気がつくと、タクシーの上空を二人乗りのヘリコプターが旋回していた。ビルの屋上すれすれに高度を保っている。

「あのヘリコプターはたしか、行きがけにも見かけたよ」運転手が空を白眼《にら》んでそういった。

「尾行してるのは、あいつじゃないかね」

轟音とともに、血のような色の閃光《せんこう》が空の一角を走った。見あげると、火花が八方へ足をのばしていた。ヘリコプターが十数階建のビルの屋上近くへ衝突したのである。地上に気をとられていて、操縦をあやまったのだろう。

「ざま見やがれ。けけけけけけ」

猛烈なスピードで事故現場から遠ざかりながら運転手は笑い続けた。彼もすでに、正気の眼をしてはいなかった。

これ以上、この車に乗っているのは危険だ、と、おれは思った。「用を思い出した。ここでおろしてくれ」この近くに精神・神経科の個人病院があることを思い出したのだ。

「どこへ行くのかね」と、運転手が訊ねた。

おれは答えた。「どこでもいいだろう」

「おれはこれから、家へ帰って寝るんだ」運転手はそういいながら蒼い顔でおれから料金を受けとった。彼も被害者だったのだ。

「うん。そうすればいいよ」おれは車をおりた。ひどく暑かった。

病院の待合室では約二十分待たされた。ヒステリーらしい中年女と癲癇《てんかん》らしい若い男が帰っていき、次がおれの番だった。診察室へ入ると、窓ぎわの机で医者が卓上テレビを見ていた。テレビはさっきのヘリコプターの事故を報じていた。

「空まで混雑しはじめたんだな」そうつぶやきながら、医者はおれを振り返った。「患者がふえるのもあたり前だ。それなのに、よほどの重症にならなきゃ病院へこない。日本人の悪い癖です」

「ええ。そうですね」おれはうなずいた。少しせっかち過ぎるかとも思ったが、それからすぐ事情を話しはじめた。勤務時間中で、あまり暇がなかったからである。「昨夜だしぬけに、テレビがぼくのことを喋りはじめたのです。今朝の新聞にも、ぼくのことが記事になって載っていました。駅のプラットホームでも、スピーカーがぼくのことを放送しました。ラジオでも放送しました。会社では皆が、ぼくの噂をしてこそこそとささやきあっているのです。ぼくの家やぼくの乗ったタクシーには、どうやら盗聴器がつけられている様子です。実をいうと、ぼくには尾行がついています。大規模な尾行です。さっきニュースに出たヘリコプターは、ぼくの乗ったタクシーを追いかけている途中でビルに衝突したのです」

医者は世にも悲しげな顔つきで喋り続けるおれをじっと睨《にら》んでいたが、やがて、我慢できないといった身ぶりをしてわめきはじめた。「どうしてもっと早く病院へこなかったのですか。そんな重症になってしまってからやってこられたのでは、わたしとしてはもう強制してでも入院させるしか他に方法がないではないですか。はっきりしています。追跡妄想、被害妄想、つまり関係妄想です。典型的な精神分裂病です。さいわいまだ人格の荒廃は起っていない。すぐ大学病院へ入院なさい。手続きをとります」

「待ってください」おれはあわてて叫んだ。「いそいでいたために、うまく話せませんでした。いや、そりゃあたしかに、喋りながら少しまずいなとは思っていたのですが、口下手なものですから筋道立てて説明できなかったのです。じつは今申しあげたことは妄想ではなく、事実なのです。しかしわたしは平凡な会社員ですから、マスコミで噂されるほど有名でないことは確かなのです。こんな平凡なわたしを尾けまわし、取材して報道しようとする今のマスコミは、どう考えてもちょっと狂っています。先生のところへうかがったのは、こういった際わたしはこれにどう対処すればよいかというご指示を仰ぐためだったのです。先生は社会の病的傾向、マスコミの異常性について本を書いておられます。テレビでそれをお話しになったことも知っています。だからこそぼくはこの病院へきたのです。異常な環境にも正気を失わず適応できる方法を教わるために」

医者はかぶりを振り、受話器をとりあげながらいった。「あなたが今いったこと、それはあなたがより重症であることを示す証拠にしかならないのです」

ダイヤルをまわしかけた医者の手の動きがぴたりと停《とま》った。彼の眼は卓上テレビの画面に釘づけになった。そこにはおれの顔写真が映し出されていた。医者は眼を大きく見開いた。

「森下さん関係の、その後のニュースです」アナウンサーが喋っていた。「霞山電機工業株式会社の社員森下ツトムさんは、その後銀座二丁目にある得意先の会社を出てからふたたびタクシーを拾い、帰社するため新宿方面に向っていましたが、急に気を変えた様子で車をおり、四谷にある精神・神経科の竹原医院へ入りました」

医院の玄関を正面から撮った写真が画面にあらわれた。

「森下さんが竹原医院に立ち寄った理由は、まだあきらかではありません」

医者はうるんだ眼で、あこがれるかのようにおれの顔を眺め、口を半開きにして赤い舌をへらへらと踊らせた。「それではあなたは有名な人だったのですね」

「いいえ。違います」おれはテレビを指さした。「今、言ったでしょう。会社員だと。ぼくは平凡な人間です。それなのにぼくの行動は監視され、全国に報道されているのです。これが異常でなくてなんでしょう」

「あなたはさっき、異常な環境にも正気を失わず適応できる方法を教えてくれとおっしゃいましたね」医者はゆっくりと立ちあがり、薬品の並んだガラス戸棚に近づきながらいった。

「その質問には矛盾があります。環境とはそこに住む人間すべてが作り出しているものであって、あなただってその異常な環境を作っているひとりなのです。したがって、あなたの環境が異常であればそれは即ち、あなた自身が異常であるということなのです」医者は『鎮静剤』と書かれた茶色いガラス瓶《びん》の中から大量の白い錠剤を出し、むさぼり食いながら話し続けた。「ですから逆に、あなたがどこまでもご自分の正気を主張なさるのなら、それは環境が正常であり、あなただけが異常であることを証明する結果になります。環境が異常であるとお思いなら、あなたも、さあ気ちがいにおなりなさい」彼は机の上のインク瓶をとり、ブルー・ブラックの液体をごくごくと飲み乾《ほ》し、横の寝椅子にぶっ倒れて眠ってしまった。

「狂った朝、ふたりは、青いインク、飲み乾し」鼻歌をうたいながら全裸の看護婦が診察室へ入ってきた。片手にインクの大瓶をぶらさげ、ときおりラッパ飲みをしながら、彼女は医者の上へ覆《おお》い被《かぶ》さっていった。

解答が得られぬまま、おれは医院を出た。日は傾きかけているが、まだまだ蒸し暑かった。社へ戻ってすぐ、美川明子がタイピスト室からおれの席へ電話をかけてきた。「昨日はせっかくのお誘いだったのに、ことわっちゃってご免なさい」

「いや。いいんですよ」おれは他人行儀にそう答えた。

明子はしばらく無言だった。おれが誘いかけるのを待っているらしい。あきらかに、世論がおれへの同情に傾いたことを気にし、マスコミの非難が彼女に集まるのではないかと心配しているのである。だから今日は、おれの誘いを受けるつもりで電話してきたのだ。

おれはしばらく黙っていた。彼女も黙っている。

溜息をつき、おれは誘った。「ところで、今日はいかがですか」

「喜んで」

「じゃ、退勤後『サン・ホセ』で」

彼女とおれの待ちあわせのことが、すぐニュースになって報道されたらしい。おれが『サン・ホセ』へ入っていった時、店内はひどく混雑していた。いつも、そんなに混むような店ではないのだ。どの客もみなアベックを装っており、どれが報道関係者でどれが野次馬なのか、おれにはさっぱりわからなかった。しかし彼らが、どちらにせよおれと明子のデイトを観察するつもりで来ていることは、そ知らぬ顔をしながらも時おりおれたちの方をちらちらとうかがうことで充分察知できた。

当然、おれと明子は『サン・ホセ』にいた一時間ほどの間、お茶とお菓子を前にしてただだまっていただけだった。何か変な会話を交わしたりしようものなら、たちまち三段抜きの大見出しで記事になるに決っているからだ。

彼女と新宿駅で別れ、おれは下宿に帰ってきた。ながいあいだためらった末、おれはテレビのスイッチをひねった。

緊急特別番組として、座談会が開かれていた。

「それでですね、これは非常にむずかしい問題だと思うのですが、このままの速度で事態が進展した場合、森下さんが明子さんとホテルへ行くのは、いつごろになるとお思いですか。あるいはそういった事態にはならないのでしょうか。大川先生、いかがでしょう」と司会者が訊ねた。

「明子という女性は、いわば逃げ馬的性格を持っていますから」と、競馬の評論家がいった。

「問題は森下さんの粘りと押しにかかっていますね」

「わたしの占いでは」カードを見せながら、女性占星術師がいった。「今月の末ごろになるでしょう」

誰がホテルへ行ったりするものか、と、おれは思った。そんなことしようものなら、声は録音され体位は撮影され、それが全国的に報道されて恥を満天下にさらすことになる。

さて、万事がそういった調子で二、三日経過した。

その朝、出勤途中の満員電車の中で、おれは女性週刊誌の車内吊《つ》りポスターを見あげ、ぎゃっと叫んだ。


あの森下ツトムさん（28歳・平凡な会社員）が美川明子さん（23歳・タイピスト）と喫茶店でデイトしたんですって!!

おれの大きな顔写真の下に、いちばんでかいゴチック活字でそう組んであり、その横には少しちいさな活字でこう記されていた。

その夜森下さんはオナニーを二回した

か」

おれは怒髪天をつき、歯がみして叫んだ。

「人権蹂躙《じんけんじゅうりん》だ。訴えてやる。せんずりを二回しようが三回しようが、お前らの知ったこと

か」

出勤してすぐ、おれは課長の机の前に立ち、駅の構内で買った例の女性週刊誌をつきつけた。「私用外出の許可をあたえてください。ご存じでしょう、この記事。この週刊誌を出している出版社へ怒鳴りこみたいのです」

「君の気持はよくわかるがね」課長はおろおろ声でおれをなだめはじめた。「短気は起さない方がいいんじゃないか。マスコミはこわいよ、君。いやいや、私用外出ぐらい、いつでも許可してあげるさ。君も知っての通り、そこいら辺のことに関してはわたしは温情主義だからね。それは君にもわかっているだろう。うん。わかっているとは思うがね。ただわたしは、君の身を案じていっているのです。そりゃあ、たしかにひどい。この記事はひどいですよ。うん。君の立場には同情します」

「まったく、ひどいよなあ」

「ほんとよ。ひどいわ」

いつのまにかおれと課長の周囲に集まってきていた同僚たちが、口ぐちにそういっておれに同情しはじめた。女事務員の中には泣いている者もいた。

だがおれは誤魔化《ごまか》されなかった。彼らは陰でこそこそとおれの悪口をいい、マスコミの取

材に協力しているのである。有名人の周囲にいる人間たちが必然的に持たざるを得ない双面性だ。

　社長までが出てきて説得したため、出版社へ怒鳴りこむことだけは思いとどまった。だが、おかしなことにはおれがあれだけ怒り狂い、騒ぎ立てたというのに、そのことはテレビのニュースでも報道せず、その日の夕刊にも載らなかった。そこでおれはもう一度、数日前からのマスコミの、おれに関するニュースの選びかたについて考えてみた。

　連中は、おれがマスコミを意識してやった行為すべてを、ニュースから省いていた。たとえば尾行をまこうとしたことや、テレビのニュースや新聞記事に腹を立てて怒鳴ったことなどは、まったく無視するか、他の原因にすり替えて報道していたのである。それどころか、おれを尾行したためにビルに激突したあのヘリコプターの事故なども、おれとはまったく関係のない事件として報道していたのだ。そのあたりが、他の有名人を取材し、報道する場合とは大きく異なっていた。つまりマスコミはおれを、まるでおれがマスコミなどというもののない世界に住んでいる人間でもあるかのように扱っていたのである。

　しかし、逆に考えてみれば、おれに関するニュースが次第に大きく報道されるようになり、人びとがそのニュースに大きな関心を持ちはじめ、おれが誰知らぬ者のない平凡人になってしまった理由は、そこにこそあったのだ。たとえばある日の朝刊などは、第一面のトップに六段抜きの見出しででかでかとこう報じていたのである。

森下ツトム氏ウナギを食う！
一年四カ月ぶりのぜいたく

時にはおれに隠れておれを取材している連中と、ばったり出会《でくわ》すこともあった。会社の便所で大便をし、出てきてから傍らに並んでいるドアを片っぱしから開けてやると、そこにはたいてい録音機やカメラをぶら下げた連中がぎっしり詰っていた。帰途、空地の前の灌木《かんぼく》の繁みなどを、だしぬけに傘の先などでがさがさひっかきまわしてやると、中からはマイクを手にした女性アナウンサーなどがとび出してきて駆け去って行く。

一度、下宿の自分の部屋でテレビを見ている時、突然立ちあがって畳をあげ、根太板《ねだいた》をひっぺがし、押入れの襖《ふすま》をあけ、箒《ほうき》の柄で天井板《てんじょういた》を突きあげてやったことがあった。床下にぎっしりだったアナウンサーや野次馬が悲鳴をあげて逃げまどい、押入れからは女性を混えた四、五人の記者が畳の上へころがり出てきて、天井からは、あわてふためいて逃げようとしたカメラマンが天井板を踏み抜いて墜落してきた。

もちろん、こういったことはすべて、まったくニュースにはならなかった。おれに関する日常茶飯事だけがとりあげられ、政治、外交、経済等の重要ニュースを越すビッグ・ニュースとして大大的に報じられた。

いわく「森下さん、月賦で背広新調！」

いわく「森下ツトム氏またデイト」

いわく「全調査！　森下さん一週間の食生活！」
いわく「森下さんの意中の人は？　本当に明子さん？　それとも……」
いわく「森下ツトムさん、伝票操作のミスをめぐって同僚の藤田さん（25歳）と口論」
いわく「衝撃！　森下さんの性生活」
いわく「森下さん今日、月給日！」
いわく「森下さんは月給をどう使うか？」
いわく「森下ツトムさん、また三百五十円の靴下（ブルー・グレイ）を購入！」
しまいにはおれ専門の評論家まであらわれた。これには驚いた。
ついにおれの写真が、新聞社系の週刊誌の表紙を飾った。カラー写真だった。もちろん、いつ撮られたのかわからない。おれが通勤のサラリーマンたちに混ってオフィス街を会社へ向っているところだ。よく撮れていたのでおれはいささか嬉しかった。
記事にしたならともかく、表紙のモデルに使ったのだから、新聞社から当然何らかの形で挨拶があっていい筈である。だが、週刊誌発売後三日たっても四日たっても、新聞社からはなんの連絡もなかった。おれはたまりかね、ある日得意先からの帰途、その新聞社へ寄ってみた。
町を歩けばすれ違う人間はみなおれを振り返るのに、新聞社の社屋へ入ると受付嬢も担当の編集者も、いやによそよそしかった。まるでおれなんか知らないとでも言いたそうな態度である。来ない方がよかったのかな、などと考えながら通された応接室で待っていると、しぶい顔をして週刊誌の副編集長だという男があらわれた。

「森下さん。あなたねえ、こんなところへ来ちゃ困るじゃないですか」

「やっぱりそうでしたか。ぼくがマスコミとは関係のない平凡人だからですね」

「あなたはタレントでもないし時の人でもない。有名人でさえないのです。だからこんなところへきてはいけなかったのです」

「でもぼくは事実有名じゃありませんか」

「有名でない人がマスコミで噂されているだけだったのです。顔を知られてからも、ずっと無名のままでいてほしかった。あなたには充分おわかりだろうと思っていたんですが」

「それなら、無名のぼくをどうしてニュースにする必要があったのですか」

副編集長は溜息をついた。「そんなこと、わたしにはわかりませんよ。ニュースになり得ると判断したからじゃないですか」

「マスコミがですか。そんな馬鹿なことを言い出した張本人は誰です」

「張本人ですと。張本人なんかがいた場合、こんなに各社足並み揃えてあなたを追いまわすことにはならんでしょう。誰が号令をかけずとも、マスコミは報道価値のあるものをしか追いません」

「あんな日常茶飯事に報道価値があるんですか」

「では、どんな記事をあなたはビッグ・ニュースだとおっしゃるのです」

「そうですね。たとえば天気予報があたらなかったとか、どこそこで戦争があったとか、何丁目が十分間停電したとか、航空機が墜落して千人死んだとか、リンゴが値上りしたとか、犬がひとを噛《か》んだとか、犬がスーパー・マーケットで万引したとか、米大統領が万引したとか、人類が火星に着陸したとか、女優が離婚したとか、最終戦争が起りそうだとか、公害企業が儲《もう》けているとか、よその新聞社が儲けているとか」

副編集長はぼんやりとおれの顔を眺めていたが、やがて悲しげにかぶりを振った。「そういうことがビッグ・ニュースであると、あなたは思うわけですね、つまり」

おれは茫然とした。「違いますか」

彼は苛立《いらだ》たしげに手を振った。「いやいや。もちろんそういったものもビッグ・ニュースになり得ます。だからちゃんと報道してるじゃないですか。そしてそれと同時に、ひとりの平凡な会社員のことも記事にしているのです。マスコミが報道すれば、なんだってビッグ・ニュースになるのです」彼はうなずいた。「報道価値なんて、報道したあとからいくらでも出てくるんです。ところがあなたは今日ここへやって来たことでその報道価値を自ら叩き潰《つぶ》した」

「しかし、ぼくは困りませんが」

「なるほど」副編集長は膝《ひざ》を叩いた。「そういえば、こっちも困らないのだ」

おれはいそいで会社へ戻った。戻ってすぐ、自分の席からタイピスト室へ電話をした。

「明子さん」と、おれは大声でいった。「今夜、ぼくと一緒にホテルへ行きませんか」

電話の彼方《かなた》で、明子が息をのんでいた。

部屋中が一瞬、しんとした。同僚や課長が眼を丸くしておれを眺めている。

やがて明子が、泣きそうな声で答えた。「ご一緒させていただきますわ」

そしておれはその夜、明子とホテルに一泊した。毒どくしいネオンの灯にあふれたホテル街の、いちばん下品な感じの連れこみホテルだった。

案の定、そのことは新聞に載らなかった。テレビのニュースで放送されることもなかった。その日以来、おれに関するニュースはマスコミから姿を消した。おれにかわって、その日からはどこにでもいる中年のサラリーマンが登場していた。痩《や》せて、背が低くて、子供が二人いて、郊外の団地に住んでいる、造船会社の庶務係長だ。

おれはふたたび、実質的にも無名人となった。

その後一度だけ、おれはためしに明子を誘ってみた。退勤後、喫茶店で会わないかといったのだ。だが明子はことわった。明子という女がよくわかったため、おれは満足した。

一ヵ月経つと、もうおれの顔を記憶している者は、おれの知人以外にいなくなってしまった。それでも時おり、おれの顔を見て、おや、という表情を見せる人間はいた。ある日、下宿へ帰る途中の電車の中で、おれの前の席に腰かけた二人づれの娘の片方が、やはりそんな顔をしてつぶやいた。

「あら。あの人、どこかで見たわ」彼女は隣の娘を肱《ひじ》で小突いた。「ねえ、あの人、何をする人だったかしら」

もう片方の娘が面倒臭げにおれを見て、やがて興味なさそうな口ぶりで答えた。「ああ、あの人は別に、なんでもない人なのよ」

デマ

〔前提〕厳重な言論統制が行われていた。国際情勢が一触即発の状態にあったからである。だがこの状況下に於《お》いても、各種の伝達手段によって、さまざまな情報は乱れとんでいた。本報告は、あるひとつの事実から発生した情報が、姿をさまざまに変えて各地に拡がり、派生して行く様を追跡調査したものである。

（二〇四六年八月）

〔事実・*1*〕

連合政府徴兵担当官カラマチャンドラ・アメンホテップ及びハンス・ミュンスターバーグ両名は、二〇四六年六月二十日の深夜、ジャポリス大阪区ドートンボリB十二階四〇三号のマモル・ウラシマ（四十八歳）を訪問、長男サダム・ウラシマ（二十三歳）次男タダム・ウラシマ（二十歳）の思想調査と身体検査を行った。その際、アメンホテップとミュンスターバーグはウラシマ家の家族全員に、その調査と検査が、サダム、タダム両名に対する非常時徴兵の適性検査であること、この徴兵検査が政府の方針で極秘のうちに行われていることなどを話し、他言を慎むよう命じた。翌朝、五年

間の兵役のため強
制入隊させられた
のは長男サダムの
みであった。

次男タダムは、六月二十一日から二十八日までの間に〔事実・*1*〕を、ドートンボリB十二階の住民の十二、三人に、およそ左記の如く語った。

〔情報・*1*〕
けったいなイン
ド人と、白人のお
っさんが、だしぬ

けに入ってきよったんや。びっくりしたで。兵隊にとる言いよってな。兄貴とわいに、いろいろ質問しよったわ。それから身体検査をしよった。わい、口こじあけられてな。歯、調べよったわ。兄貴だけ、つれて行きよってん。あ、これ、ひとに言うたらあかんで。絶対に秘密やねんて。ひとに言うたら死刑やねんて。絶対に、ひとに言うたらあかんで。そやけど、ぼつぼつ戦争あるんと違《ちゃ》うか。え。そや。兄貴だけ引っぱられよったんや。なんでわい、つれて行かなんだんかわからへん。ふん。なんでも、わいはその、精神的ヨクセイとかいうもんがない性格や言うとったけど、なんの意味やら、わいは知らん。

タダムから〈情報・

タダムから〈情報・

1〕を得たタダムの友人は、これをさらに自分の友人に伝え、その友人はさらに別の友人や自分の家族に伝えた。伝わるにつれ、情報内容は変化していった。

〔情報・*2*〕

タダムの兄貴が兵隊に引っぱられたそうだ。どうやら戦争が近づいているらしい。乱暴な身体検査をされるらしい。口をこじあけられるそうだ。政府が秘密に

1〕を得たマヨ・クレタ夫人は、この日虫歯が痛んだために歯科医院へ行き、待合室にいた数人の女性にこう語った。

〔情報・*3*〕

ウラシマさんのお宅にインド人がやってきて、無理やり息子さんたちの口を乱暴にこじあけて、歯を調べて行ったんですって。政府の人なんですって。ずいぶん痛かったそうよ。

やっている徴兵だから、ひとには言うなよ。言ったら死刑だぜ。え。タダムか。あいつは精神安定剤のために、つれて行かれずにすんだらしい。さあ。なぜか知らないがね。

〔情報・4〕

大変だ。政府が秘密に徴兵をやっているらしい。滅茶苦茶に乱暴な検査をされたあげく、無理やりつれて行

近く、戦争がどこかであるそうね。喋《しゃべ》ったら死刑よ。

マヨ・クレタ夫人から〔情報・3〕を得たフコ・ハバノ夫人は、歯科医院で新しい義歯を注文し、その後自宅に戻ってきてから夫のランチロー・ハバノ氏にこう語っている。

〔情報・5〕

政府からインド人がやってきて、ウラシマの息子さんの歯を乱暴に引

かれるんだってさ。戦争になるらしい。兵隊になるのを拒否したら死刑だってさ。だけど、精神安定剤をのんでいたら助かるそうだ。

〔情報・6〕

おい。どこで戦争やっとるのんか、お前知らんけ。そやかて、徴兵やっとるんやで。秘密に。そやかて、つれて行かれたやつ、実際におるんやも

っこ抜いて行ったんですってさ。大統領が自分用の入れ歯にするためなのよ。息子さんは歯を抜かれたあげく、死刑になったそうよ。

情報消滅

附記・〔情報・5〕消滅の理由は、ランチロー氏が数年前より老齢のため耳が遠くなっていたのと、何十年も前から夫人のお喋りを

ん。行くのんいや
や言うたら、死刑
やて。そやけどな、
ええこと教えたろ
か。あのな、精神
安定剤のんでたら
助かるらしいで。
え。なんでやて、
そんなん知らんが
な。

〔情報・7〕

精神安定剤くだ
さい。え。売り切
れ。困ったなあ。
なにかありません
か。ふうん。そん
なに売れてるんで

聞き流す癖がついてい
たからである。

〔事実・2〕

二〇四六年七月、

すか。そうだろうなあ。兵隊に行かなくてすむんだものね。え。あれ、おじさん知らなかったの。精神安定剤のんでれば、兵役免除になるんだそうだよ。それ知ってるから、みんな買いにくるんだよ。徴兵かい。もうやってるよ。ぼくの友だちで、つれて行かれたやつがいるんだもん。そりゃそうさ。政府が秘密にやってるんだもん。そう

地球上各地のメトロポリス、メガロポリスにおいて精神安定剤が爆発的に売れた。このため薬剤が品不足となり、常用者からの問いあわせが製造元へ殺到した。製造元の各製薬会社では、大いそぎで精神安定剤を大量生産することに決め、大がかりな投資をして量産態勢に入った。

だよ。戦争、やってるよ。さあ、どこでだか知らない。遠くだろ。火星あたりじゃないか。そりゃ、そんなことリーダー・テレビに出るわけないよ。大騒ぎになるもんね。本当さ。徴兵忌避なんかしたら、死刑だよ。されたやつ、いるんだもん。

精神安定剤を買いにきた若者数人から、〔情報・7〕あるいは

スイスのエルゾーグ製薬会社研究所員のロンパー・ローパ氏は、自社の精神安定剤量産の事実を、数人の友人にこう語った。〔情報・9〕

今、わたしの会社では精神安定剤を大量生産しています。急激に、需要がふえたからです。いつ戦争が起るかわからないという昨今の状態では、皆が不安に陥るのも無理はない

これに類似する情報を得た東京区ニッポリB18階五十号の精神・神経系ドラッグ専門店の主人ハダマ・ラリタ氏（五十二歳）は、近所に住む顔見知りの客キクモ・ナマカマト氏に次の如く話した。

〔情報・8〕

とうとう、火星と戦争になったそうですなあ。政府が秘密にしているんですよ。徴兵も、秘密にやってるそうですね。

〔情報・10〕

製薬会社では精神安定剤を大量生産している。戦争に使うんだそうだ。

うです。徴兵忌避して死刑になった若者が大勢いるそうですよ。いえ、デマじゃなさそうです。なぜかといいますとね、精神安定剤のんでいれば兵役免除になるとかいって、若い連中がたくさん買いにくるからですよ。なあに、あんなものをのんだぐらいで兵役が逃がれられるわけがありゃしません。きっと、恐怖を忘れようとしてのむんでしょうなあ。

〔情報・*8*〕をハダマ・ラリタ氏から、また〔情報・*11*〕を別の友人から得たキクモ・ナマカマト氏は、ヨロポリスにある秘密出版社が発行しているアングラ雑誌「B・一〇〇」に、次のような原稿を寄稿した。

〔情報・*14*〕

地球防衛軍と火星植民地自衛軍が宇宙のどこかの最

〔情報・*11*〕

どこかで戦争をやっていて、そこでは兵隊の不安をなくすため、精神安定剤をのませているそうだ。

友人から〔情報・*11*〕を、別の友人から〔情報・*13*〕を得たガンジスメガロポリスのプトラトチトナ氏は乗馬クラブの友人テトラポトラ氏にこう語った。

〔情報・*12*〕

戦争にそなえて精神錯乱剤が大量生産されている。

〔情報・*13*〕

今度の戦争では精神錯乱剤がばら撒かれるそうだ。

〔情報・*15*〕

宇宙のどこかの戦争で、精神錯乱剤が大量に撒布されているそうだが、

前線ですでに戦争状態に突入していることは、もはやまぎれもない事実である。政府は非常時徴兵を内密で実施し、忌避した者を処刑しているのである。われわれの耳と眼は、またもや塞《ふさ》がれてしまったのだ。政府は事実を覆いかくすことによって、われわれに不安を持たせまいとしているのだろうか。だが、これでは逆効果である。戦争

〔情報・*16*〕

今、火星の近くのどこかで戦争をやっていてね。敵に向かって精神錯乱光線を放射しているんだそうだ。味方の兵士は全部精神安定剤をのんでいるから大丈夫なんだ。わたしの祖先も兵士でね。騎兵だったんだが、その頃も、敵に向かって毒ガスを撒いた時は、前もって解毒剤をのんでおいたそうだよ。

われわれのからだや精神に影響はないだろうか。

友人から〔情報・*15*〕を得たL・ナボコフィエフ氏は、別の友人数人に次の如く語った。なお、ナボコフィエフ氏は、幼女を強姦した罪で刑に服した前歴がある。

〔情報・*17*〕

地球のすぐ近くの宇宙で、精神錯乱剤が三トンもこぼれたそうだ。も

の様子がわからぬ上、徴兵が秘密裡に実施されているという事実は、現に若者たちに大変な不安をあたえているのである。彼らのほとんどは、精神安定剤の常用者となってしまっている。このことは、わたしがたまたま精神・神経系ドラッグ専門店へ精神安定剤を買いに行った時、その種の薬剤がすでに品切れであったことからも証明でき

もちろん、馬にものませたそうだ。

〔情報・*16*〕を得たテトラポトラ氏は、さらに別の乗馬クラブの友人たちにこう語った。

〔情報・*18*〕

今、宇宙のどこかでやっている戦争では、馬に精神錯乱を起させて、敵を攻めているそうだ。さあ。どうやって攻めているのかはらんがね。

うすぐ地球の人間は全員、色情狂とかサディストになってしまうんだってさ。

情報消滅

附記・〔情報・*17*〕

消滅の原因は、ナボコフィエフ氏が〔情報・*17*〕を数人に語った翌日、九歳の童女の膣内へ、両刃の短刀を両側へくくりつけた陰茎を無理やり挿入して逮捕され、精神病院へ強制収容されるという事件

るのである。わたしは薬が買えなかったわけであるが、その恨みでこれを書いているのではない。わたしは興奮しやすい性質なので、そのため精神安定剤を必要とするわけであって、不安に襲われるためではない。だいいち、今となっては精神安定剤など、のむ気がしない。大企業の製薬会社は、今やこの精神安定剤の大量生産で儲《もう》けているので

〔情報・*19*〕

宇宙のどこかで気のくるった馬が戦争をしている。

が起ったために、友人たちがいずれも彼のことばを信じず、さらに他へ拡めようとはしなかったからである。

〔情報・*20*〕

気のくるった馬が宇宙を駈けている。

情報消滅

〔情報・*21*〕

気のくるった馬同士が戦争している。

情報消滅

附記・〔情報*20*〕及び〔情報・*21*〕消滅の原因は不明であるが、情報伝達の過程でよく起

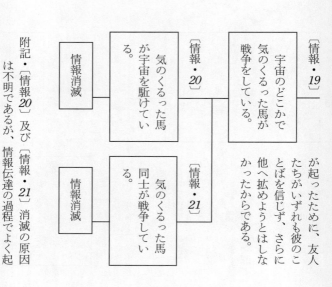

ある。大量生産された精神安定剤はどこへ売り捌《さば》かれているか。軍へ売られているのである。兵士たちが不安を忘れるために必要とするからである。兵士たちは精神安定剤の大量服用によって今や中毒者となり果てているのであろう。宇宙戦は人間に、大真空の中にいるための孤独感から起る不安と、敵の攻撃に対する不安の両方を同時にも

る内容の単純化のため、意味があいまいになったからであろうと想像できる。

たらす。その不安の大きさは地球上の戦闘の比ではないであろう。だからこそ薬を必要とするわけである。若者たちが兵役を恐れるのは当然である。だからこそ争って精神安定剤をのむのである。そこでわれわれのような、以前からの常用者の手に入らないという事態が起る。するとわたしは眠れない。これを政府や軍関係者やそれから軍の情報担当官やら何やらそれらは皆どう思うかまったくけしからん話である。もういちどことわっておくが、わたしは薬を買えなかった恨みでこれを書いているのではないのである。今、もういちどよく整理してみると、わたしは薬が買えないその原因に対して怒っていたのである。もういちどはじめから、気を静めて筋道立てて述べるならば、

つまりわたしの言いたいことは（以下略）

〈情報・22〉

戦争が始まったの、知ってるか。本当だ。「B・一〇〇」っていう地下新聞で読んだんだから。

〈情報・23〉

「地下百階」という新聞に、戦争が起ったと書かれて

アングラ雑誌「B・一〇〇」所載のキクモ・ナマカマト氏の論説を読んだ厚生省医薬局調査部次官補エグベルト・フォン・アルスタイン氏は、実情を調査して青少年が精神安定剤を濫用している事実をつきとめ、報告書を書いた。

〈情報・24〉

最近、世界的に、

いた。

〔情報・25〕

地下百階で戦争が起こったそうだ。あの辺に住んでいる連中はどん底の下層階級だから、欲求不満から暴動でも起したんだろう。いや、地上十階に住んでいるわれわれには関係のない話さ。

〔情報・26〕

地下百階で暴動

特に中、下層階級における青少年の間に、精神安定剤が濫用されている事実があり、本官はそれをつきとめた。（二、三の証拠書類を提出できる用意がある）これによって当該薬品が小売商店で品不足となり、各製薬会社では現在当該薬品の大量生産をいそいでいる事実もある。（二、三の証拠書類を提出できる用意がある）なお、当該薬

が起きた。だんだん、このあたりまで拡がってくるんじゃないかな。

〔情報・27〕

地下百階で革命ののろしがあがった。次第に地上へ拡がってくるそうだ。

〔情報・27〕の受け手は、植民地交易センター荷受課長のポール・ポーター氏で、この人物は〔情報・25〕を同

品の不足のため、当該薬品は現在どこかで起っている戦争で、兵士によって用いられているのであるという説が流布されている事実もある。（二、三の関連調書を提出できる用意がある）また、そういう事実があるのかどうかは本官の察知するところではないが、当該薬品を青年が濫用する根拠は、現在一般に噂として流布されている、

僚、友人に喋ってまわったと同一人物であった。彼は自らが撒いた種とは知らず、〔情報・27〕におどろいて、こうふれ歩いた。

〔情報・28〕

大変だたいへんだ。もうすぐ地下から革命軍が攻めのぼってくるぞ。女は強姦されて慰安婦にされ、男は皆殺しだ。逃げろ。逃げろ。早く逃げろ。

連合政府による秘密裡の徴兵から逃れようとしているためである。早急に適当な処置を講ずる必要ありと本官は考える。右、ご報告申しあげる。

この報告書はエグベルト・フォン・アルスタイン氏の四人の上役を経て厚生省長官ドリック・エルフィ氏の手に渡り、長官はただちに全製薬会社に対し精神安定剤の製造中止を命じた。このため大が

厚生省で部下のこの報告書を読んだ厚生省医薬局長クレジオ・メンゼス氏は、その日帰宅してから夫人にこう語った。

〔情報・30〕

厚生省内で部下のこの報告書を読んだ厚生省医薬局調査部長ジョロス・カルビン氏は、その日の夜、友人にこう語った。

〔情報・31〕

情報消滅

附記・〔情報・28〕消滅の原因は、こののち、新聞でも報道された如く「革命デマ騒動」がミシシッポリス地上十階以上十二階にわたって起り、住民約百六十万人がわれ勝ちに、さらに上階へ、あるいは宇宙空港区へ押し寄せたが、連合軍及び連合警察の出動と説得によって、革命がデマであることを知り、鎮まったため。

かりな投資をし、量産態勢にあった多くの製薬会社が倒産した。

こののちドリック・エルフィ長官は閣議の席上、右の厚生省命令の事後報告かたがた、大統領タッポイ・マイナー氏にこう語っている。

〔情報・29〕

ところで、わたしの方の調査によりますと、わが軍がすでに戦争をはじめているというデマを、民衆が信

どこかで戦争をやっているというデマがとんでいるそうだ。しかしお前はそんなデマにまどわされるんじゃないよ。

クレジオ・メンゼス氏からそう聞かされた時、メンゼス夫人はうわの空であった。なぜなら夫人はこの時、地球人と土星植民地人の悲恋を描いた「視聴者の意見によってストーリイが展開するテレビ

どこかで戦争をやっているという噂が拡まっているそうだがね、案外本当かも知れんよ。上層部が、われわれ下っ端にも秘密にしているのかもしれん。だって徴兵をやっているのは、すでに公然の事実だものな。

〔情報・32〕

どこかで戦争をやっているらしいよ。あれ。君、知

じはじめているようでして。今のうちに何らかの手をうっておかなければ。

情報消滅

附記・〔情報・*29*〕消滅の原因は、大統領が厚生省長官より得たこの情報を、それ以上誰にも流さなかったからである。「情報は上から下へ流れ、下から上へは流れにくい。なぜなら上の者ほど情報量が豊富だから」という

・ドラマ」を夢中で見ていたからである。そのドラマの中では、ヒロインがこう叫んでいた。

〔情報・*33*〕

いいえ。地球人と土星植民地人が結婚できないなんて、嘘よ。体格や体質が違うから、子供ができないなんて嘘よ。わたしたちに混血児を生ませまいとして、皆が拡めたデマよ。

らなかったのか。そんなこと、公然の事実じゃないか。

友人からこう聞かされたケニー・バッセル氏は大変負けん気の強い人物であった。彼はすぐ、その友人にこう言い返した。

〔情報・*34*〕

なあに、ちょっと知らんふりをして見せただけさ。そんなことぐらい知らないでどうす

心理学者の説は、この極端な例にもあてはめることができよう。

メンゼス夫人は翌日、植民地人慈善バザーの会場で、友人の夫人たちにこう語った。〔情報・*35*〕

地球と土星植民地の間に戦争が起っていますよ。原因はね、地球人が、土星植民地人と結婚すると子供が生まれないという根も葉もないデマをとばしたからです。皆さん。そんなデマにまどわされてはいけませんよ。

る。そんなら君は相手が月植民地人だってこと知ってるか。知らなかっただろう。

ケニー・バッセル氏から〔情報・*34*〕を聞かされたジョー・ジョー・ジョーンズ氏（〔情報・*32*〕の送り手と同一人物）は大いに驚き、すぐに宇宙空港区内の月植民地貿易センター出張所へ駆けつけてこういった。〔情報・*36*〕

昨夜発送を依頼

〔事実・3〕

二〇四六年七月二十二日の正午過ぎ、火星沐浴宇宙港発第一一〇六便が、グリーンランド第三宇宙空港に到着した。この宇宙船で密航していた三人の青年（氏名・年齢不詳）は、空港員に発見されるや否や空港ロビー内に逃げこみ、バララックス銃を乱射して搭乗客五人を殺害、十三人に重軽傷を負わせ、

〔情報・37〕

土星と戦争になったそうよ。原因はね。土星植民地人の女に子供ができなくなったためですってさ。

〔情報・39〕

土星の人が攻めてくるのよ。土星植民地の女が子供を生まなくなったため、地球人の女を掠奪するためですってさ。

した月第七港行きのわが社の酸素、ストップしてくれ。戦争になったそうじゃないか。どうして教えてくれなかったんだ。

〔情報・38〕

管制官。すぐ通達を出してくれ。月植民地各港行きの積荷を一時ストップだ。月と戦争になったらしい。真偽がわかるまでストップの理由は

自らもホチキス・ガンを心臓部に向けて撃ち、三人ともその場で死亡した。三人は火星植民地より密航してきたものと考えられるが、植民地独立運動の気運があちこちに高まっている折でもあり、連合政府は、人心を刺戟し、不安や動揺を起すことを避けるため、この事件を公表せぬよう情報局はじめ民間の各通信報道関係者に通達し、厳

〔情報・40〕

大変よ。土星の男たちが攻めてくるわ。地球の女性は、美人だけ掠奪して子供を生ませるんだって。

〔情報・40〕の送り手デルモンテ嬢は美人であり、受け手の鹿児目夫人は不美人であった。鹿児目夫人は数人の友人に、次のように語った。—

伏せとけ。

〔情報・41〕

管制塔より通達。管制塔より月植民地行き各船の積荷作業中の全ポーター及び積荷関係者は、作業を一時中止せよ。

右の〔情報・41〕をマイクで二度くり返し放送した管制官は、マイクのスイッチを切るのを忘れたまま、隣席の友人の「何かあった

重な緘口令《かんこうれい》を敷いた。

当日現場に居あわせた搭乗客のブーブ・デルーベック氏は、その夜帰宅後、夫人に次のように語った。尚《なお》、デルーベック氏は空港で係官から、目撃した事件を口外せぬよう、言い含められていた。また、デルーベック夫人は数年前より軽度のヒステリー神経症であった。

〔情報・42〕

〔情報・43〕

大変よ。土星の男たちが攻めてきたわ。女と見れば美醜はもちろん、老若を問わず強姦してるそうよ。

のか」という質問に、大声でこう答えた。

〔情報・44〕

大変だ。月植民地と戦争になったらしい。

おい。人には言うなよ。今日宇宙空港でえらい騒ぎがあった。火星からやってきた十人ほどの男が、空港で銃を乱射したんだ。四、五十人は死んでいるに違いない。あの分では火星と戦争になるぞ。

翌朝すぐ、デルーベック夫人は病いのからだをおして起きあがり、近隣数十軒へ左記の如く触れてあるいた。

〔情報・45〕

大変ですたいへんです。火星と戦争になりましたよ。昨日宇宙空港へ火星の兵隊が一個師団降りてきて、ミサイルを撃ったんですって。うちの主人が見てきたんですから、間違いありません。

〔情報・48〕

地球地下組織の

〔情報・47〕

前哨地点E—8より本部へ。当地では土星軍が攻撃してきたという流言がとんでいる。真偽を調査したところ、事実、二、三の宇宙空港に於てそれらしい事件があったこと、緘

〔情報・46〕

報告。月第七港行き当宇宙船は、地球人管制官の命により酸素その他必需品の積載を禁じられ、発進できぬ状態です。理由は地球と月植民地との戦争開始にあるそうです。指令を仰ぐとともに、右、ご報告します。

一員から伝えてきたところによれば、わが独立運動の急進的分子約一個宇宙軍団が、地球宇宙空港を破壊したそうである。地球からの報復攻撃が考えられる。全軍、戦闘準備態勢をとれ。

情報消滅

口令が敷かれていることなどが判明した。詳細はさらに調査した上で報告する。土星本部の指示を待つ。

情報消滅

〔情報・*49*〕

長官。運輸担当官の話によれば、連合政府は月への生活必需品の輸出をすべて禁止したそうだ。宣戦以前にできるだけこちらの戦闘力を弱めておこうとするつもりらしい。ただちに戦闘準備にかかれ。

情報消滅

〔結論〕本調査官は、連合政府が太陽系内各植民地との戦争を開始するきっかけとなった、以上の如き流言、デマの追跡調査を行った結果、左の結論に達した。
一　情報が歪曲《わいきょく》されて伝達される条件や形態のほとんどすべての場合が、右調査中に含まれている。
二　したがって、本調査書を参考として意図的に人間社会へ流言・デマを発生させることは、きわめて容易である。
三　時期的には、言論統制、緘口令下、戦時中といった状態の場合に流言・デマはより早く拡がる。
四　したがって、太陽系内各惑星を攻撃するに先立ち、人類の戦闘意欲をなくさせるため流言・デマを発生させるには、現在が最高の状態にある。
報告を終る。

佇《たたず》むひと

徹夜をして、やっと四十枚ほどの短篇小説をひとつ書きあげた。毒にも薬にもならぬ、つまらない娯楽小説である。毒や薬になるものが書けない時勢なのだからしかたがない、わたしはそう自分に言い聞かせながら原稿用紙をクリップでとめ、封筒に入れた。毒や薬になる小説が自分に書けるかどうかは、なるべく考えないことにした。考えたりすると、そういうものを書きたくなるかもしれないからだ。

封筒を持ち、下駄をつっかけて家を出ると、朝の日ざしが眼に痛かった。一番の郵便集配車がくるまでにはまだ時間があるので、わたしは公園の方へ足を向けた。せせこましい住宅地の中にあるほんの二十坪ほどのその小公園は、午前中は子供もやってこず静かなので、わたしは朝の散歩コースに入れている。公園の中のわずか十数本の木の緑も、今やこの小都市には貴重な存在だ。

歩きながらわたしは、ああ、パンでも持ってきてやればよかったな、と思った。公園には、わたしの好きな犬柱《いぬばしら》が立っているのだ。ベンチの傍《そば》に立っていて、毛がバフ色をしていて、雑種だがとても大きく、人なつっこい犬柱なのである。

公園へ行く途中の、小さな煙草屋の横にも一匹の犬柱が立っている。スピッツの血が混った白い雑種で、これは犬柱にされてからまだ日が浅く、ちょっと怪しげな風態をした人間が前を通りかかるときゃんきゃん吠えたりする。わたしも下駄穿《ば》きのせいでつい一週間ほど前まではよく吠えられたものだ。そのため、一時はいつも買いに行く煙草屋をかえたぐらいである。今ではもうこの犬柱は、わたしの顔を見ても吠えたりはしない。今朝もわたしが前を通ると、地面から生えた四肢を今にも引っこ抜きそうな様子をし、くーん、くーんと鼻を鳴らした。一度パンをやっただけなのにもうこの有様である。まことに節操がない。

公園へ行くと、今しがた液体肥料の撒布車《さんぷしゃ》が来たばかりらしく、地面が濡れていて、塩素の匂いがかすかにした。犬柱の横のベンチには、この公園でよく見かける上品な初老の男が腰をおろしていて、あのバフ色の犬柱に肉団子らしいものを食わせていた。犬柱はたいてい食欲旺盛だ。地中に深くおろした根から四肢を通して吸収する液体肥料だけでは物足りないのであろう。何をやってもよく食べる。

「やあ。食いものを持ってきてやってくださったのですか。わたしはうっかりして、いつものパンを忘れてきましてね」と、わたしは初老の男に話しかけた。

初老の男はわたしに柔和な眼を向け、にっこり笑った。「そうですか。あなたもこいつがお好きですか」

「ええ」わたしは彼の隣に腰をおろした。「わたしが以前飼っていた犬に似てるものですから」

犬柱は黒い大きな眼でわたしを見あげ、尻尾《しっぽ》を振った。

「じつはわたしも、こいつに似た犬を飼っていましてね」と、初老の男が犬柱の首筋を掻《か》いてやりながらいった。「その犬は生後三年で犬柱にされてしまいました。ご存じではありませんかな。海岸通りの洋品店とD・P屋の間に、こいつに似た犬柱が立っていましたろう」

「ええ、ええ」わたしはうなずいた。「それじゃ、あれはあなたの」

「ええ。飼犬でした。ハチという名でしたがね。今じゃ完全に植物化して、みごとな枳《けん》の木になっています」

「ああ。あれはいい灌木《かんぼく》になりましたね」わたしは何度もうなずいた。「そういえば、あれはこいつに似ていましたな。血がつながってるのかもしれない」

「で、あなたのお飼いになっていた犬は、どこに植わってますかな」と、初老の男が訊《たず》ねた。

「うちの犬はバフという名でして、これは四年めに町はずれの墓地公園の入口に植えられたんですが」わたしはかぶりを振りながらいった。「可哀想に、植えられてすぐ死んでしまいましたよ。だいたいあの辺へは肥料撒布車があまり行かない。遠いので、わたしも毎日は食いものを運んでやれなかった。植えかたも悪かったんでしょうな。枳《けん》の木になる前に死んでしまったんです」

「ほう。すると、撤去されたんですか」

「いいえ。さいわい腐臭が漂っても差支えない場所だったもので、そのまま抛《ほう》っとかれましてね。今じゃ、もとの場所に立ったままで骨柱《ほねばしら》になってしまって、近所にある小学校の理科のいい教材になっていますよ」

「ほう。そうですか」初老の男は犬柱の頭を撫《な》でた。「こいつは、犬柱になる前には、なんて呼ばれていたんでしょうな」

「犬柱になった犬に、もとの名前で呼びかけてはいけないなんて、変な規則ですね」

そういったわたしに、ちら、と視線を走らせてから、初老の男はさりげなく答えた。

「人間に対する法律を犬にまで及ぼしたわけでしょう。だから犬柱になれば、名前がなくなるわけですよ」犬柱の顎《あご》を掻いてやりながら彼はうなずいた。「もとの名前だけでなく、新しい名前をつけてもいけない。植物には固有名詞がありませんからな」

なるほど、と、わたしは思った。

「原稿在中」と書いてあるわたしの封筒に眼をとめ、彼は訊ねた。「失礼ですが、文章をお書きになるお仕事ですか」

わたしは少しどぎまぎした。「え。はあ、つまらぬものを」

「そうでしたか」初老の男はしげしげとわたしを見てから、また犬柱の頭を撫でた。「わたしも以前はものを書いておりましたが」彼は含み笑いをした。「書くのをやめて、もう何年になりますかなあ。ずいぶん経ったような気がします」

わたしは初老の男の横顔を見つめた。そう言われてみればどこかで見たことがあるような顔だった。名前を聞こうとしてためらい、わたしはそのまま黙りこんだ。

初老の男が、ぽつりと言った。「ものを書きにくい世の中になりましたね」

そんな世の中でまだものを書き続けている自分を恥じ、わたしは俯《うつむ》向いた。「まったくです」

「あ。これは失礼」初老の男はわたしのしょげ返りかたに、少しあわてた様子で弁解した。「別にあなたを非難したわけではありません。むしろ、恥じるべきはわたしの方でしょう」

わたしはちょっと周囲を見まわしてから彼にいった。「いいえ。わたしは勇気がないから筆を折れないのです。だって、筆を折るということは、やはり社会に対する意思表示なのですからね」

初老の男は犬柱の頭を撫で続けた。

やがて、彼はいった。「ものを書くのを急にやめるというのは、つらいことです。これなら堂堂と社会批判をして逮捕されていた方がましだった、そう思う時だってあります。だけどわたしは、貧困を知らずに泰平の夢をむさぼり続けてきた趣味的な人間ですから、安楽な人生を送りたかった。自尊心の強い人間ですから、ひと眼にさらされ嘲《ちょうしょう》笑されることにも耐えられない。そこで筆を折った。なさけない話です」彼は笑ってかぶりを振った。「いやいや。こんな話はやめましょう。どこに誰の耳があるかわからない」

「そうですね」わたしは話題を変えた。「お住いはこの近くですか」

「ええ。二丁目の、大通りに面して美容院があるでしょう。あそこを入ったところです。檜《ひ》山《やま》といいます」彼はわたしにうなずきかけた。「どうぞお遊びにおいでください。家には妻がいるだけです」

「ありがとうございます」わたしも自分の名を名乗った。

檜山という作家の名は記憶になかった。きっとペンネームで書いていたのだろう。彼の家へ遊びに行くつもりもなかった。作家が二、三人集っているだけで違法集会と見なされてしまう世の中なのである。

「郵便車がくる頃だ」ことさらに腕時計を眺め、わたしは立ちあがった。「これで失礼します」

彼は淋しげな笑顔をわたしに向けて会釈した。わたしは犬柱の頭をちょっと撫でてやってから公園を出た。

大通りへ出たが、通り過ぎていく車の数だけがやたらに多く、人通りは少なかった。歩道ぎわには高さ三十センチから四十センチくらいの猫《びょう》が植わっている。植えられたばかりでまだ猫《びょう》になっていない猫柱《ねこばしら》も見かける。新しい猫柱はわたしの顔を見てにゃあにゃあ鳴いたりもするが、地面から生えている四肢が四本とも植物化したものは、うす緑色になった顔を固くこわばらせ、眼を閉じてしまっていて、ときどき耳をぴくり、ぴくりと動かすだけである。四肢や胴体から枝を生やし、少量の葉を繁らせている猫柱もいて、こういうのは精神状態もほとんど植物的になってしまっているのであろう、耳さえ動かさない。たとえ猫の顔がそこにあっても、こういうものはむしろ猫《びょう》といった方がいいのかもしれない。

犬の場合は、食いものがなくなってきて兇暴になり、人に危害を及ぼしたりするから犬柱にした方がいいのだろうが、どうして猫まで猫柱にしてしまうのかな、と、わたしは思った。野良猫がふえすぎるためだろうか、食糧事情を少しでもよくするためだろうか、それとも、都市を緑化するためだろうか。

車道が交叉している街かどの大きな病院の横には二本の杁《にん》の木があり、その木と並んで人《ひと》柱《ばしら》がひとり立っている。郵便局員の制服を着た人柱で、ズボンを穿いているため、地面から生えている足がどのあたりまで植物化しているのかはわからない。この人柱は三十五、六歳と思える男で、背が高く、やや猫背である。

わたしは彼に近づき、いつものように封筒をさし出した。「書留速達にしてください」

人柱は無言でうなずきながら封筒を受け取り、制服のポケットから切手や書留伝票などを出した。

郵送料を支払ってから、わたしはちょっとあたりを見まわした。人かげはなかった。わたしは彼に話しかけてみることにした。三日に一度は郵便物を頼んでいるのに、まだ、ゆっくりと話したことがなかったからだ。

「あんたは、何をしたんだい」低い声で、わたしはそう訊ねた。

人柱はぎょっとしたようにわたしを見、周囲に眼を走らせてから、仏頂面をして答えた。

「必要なこと以外は、おれに話しかけちゃいけないんだぜ。おれだって返事をしちゃいけないことになってる」

「そんなことは、わかってるよ」わたしはじっと彼の眼を見つめてそういった。

わたしがなかなか立ち去らないので、彼は溜息をつきながら返事をした。「給料が安いと言っただけだよ。それを上役に聞かれちまったんだ。実際、郵便局員の給料は安いからね」

眼をしょぼしょぼさせながら、傍の二本の杁《にん》の木を顎でさした。「この人たちもそうだよ。やっぱり給料が安いという不満を洩らしたために」彼はわたしに訊ねた。「あんたは、このひとたちを知ってるかね」

わたしは片方の杁《にん》の木を指さした。「こっち側の人には郵便物をよく頼んだから、憶えているよ。もう一本の方は知らないな。この近くへ引っ越してきた時から、すでに杁《にん》の木になっていた」

「そっちの人は、おれの友達だったんだ」と彼はいった。

「こっち側の木は、上品な、とてもいいひとだったな。あのひとは係長さんか課長さんじゃなかったのかい」

わたしの問いに、彼はうなずいた。「そう。係長だ」

「腹が減ったり、寒くなったりしないかね」

「さほど感じないな」彼は無表情なままで答えた。人柱になってしまうと、誰でもすぐ、無表情になる。「もう、だいぶ植物的になってきたんだろうと自分でも思うよ。感じ方だけじゃなく、考え方もな。最初の頃は腹を立てたり悲しんだりもしたが、今じゃどうでもよくなっちまった。ずいぶん腹を減らしもしたが、あまり食わない方が、植物化が早く進むんだってね」彼は光のない眼でわたしを見つめながらそういった。早く杁《にん》の木になれることを望んでいるのだろう。「過激な考え方をするやつには、人柱にする前にロボトミーの手術をするという話だが、おれはそれもされなかった。それでも、ここへ植えられて一ヵ月経つか経たないかで、もう腹も立たないし、だいたい人間社会のことなんかどうでもよくなってしまったね。なんていうのかな、傍観者っていうのかな、その程度の興味しか持てなくなってしまったね」彼はわたしの腕時計をちらと見た。「さあ。もう行った方がいいぜ。そろそろ郵便集配車のやってくる時間だ」

「うん。そうだな」それでもわたしは、まだ立ち去りかねてちょっともじもじした。

「もしかすると」彼はわたしをちらと横眼で見た。「あんた、最近、知りあいの誰かが人柱にされたんじゃないのかい」

一瞬ぎくりとし、彼の顔をじっと見つめてから、わたしはゆっくりとうなずいた。「うん。じつは、妻が」

「ほう。奥さんが、かい」彼はしばらく興味深げにわたしを観察した。「そんなことじゃないかと思ったよ。さもなければ誰だって、おれなんかには話しかけようとしないものな」うなずいた。「で、何をやったんだね。奥さんは」

「婦人の集りの席で、物価が高いとこぼしたんだ。それだけならよかったんだが、政府の批判をした。ま、わたしは売り出しかけている作家で、その作家の妻だという気負いがそんなことを言わせたんだろうと思うが」

「あんたが作家だってことは、おれ、知ってるよ」

わたしはかぶりを振った。「そこにいた女のひとりが密告したんだ。ま、誰が密告したか、妻にはだいたいの見当はついてるらしいけど」

「こいつはおれの想像だがね」と、彼はいった。「あんたの奥さん、美人じゃなかったのかい」

「うん。まあね」

「だろうと思った。嫉妬されたんだよ。女ってやつはよく、平気でそういうことをするからなあ」彼は嘆息した。

「三日前に、駅から県民会館へ行く道の左側の、あの金物屋の横へ植えられたんだ」

「ああ。あそこか」彼はそのあたりのビルや商店のたたずまいを思い出そうとするかのように、ちょっと眼を閉じた。「わりあい静かな通りで、よかったじゃないか」眼を開き、じろりとわたしを見た。「あんた、会いに行ってるんじゃないだろうね。あまり会いに行かない方がいいぜ。奥さんのためにも、あんたのためにもな。その方が、お互いに早く忘れられるし」

「わかってる」わたしはうなだれた。

「何かやらされてるのかい。奥さんは」いささか気の毒そうな口調になり、彼はそう訊ねた。

「いや。今のところ何もやらされてない。ただ立ってるだけだが、それでも」

「おい」郵便ポスト代りの人柱は顎をあげ、わたしの注意を促した。「来たぜ。郵便集配車が。早く行った方がいい」

「あ。うん。そうだな」わたしは彼の声に押されるようにふらふらと二、三歩あるいてから、立ち止り、振り返った。「何か、してほしいことはないか」

彼は頰に固い笑いを浮かべ、小さくかぶりを振った。

赤い郵便集配車が彼の傍に停った。

わたしは肩を落し、病院の前を立ち去った。

行きつけの本屋を覗《のぞ》こうとして、わたしは人通りの多い商店街に入った。本屋には今日あたりわたしの新刊書が出ている筈《はず》だったが、そんなことはもう、ちっとも嬉しくなかった。

本屋の少し手前の同じ並びには小さな駄菓子屋があり、その前の道路ぎわには杁《にん》になりかけた人柱が一本立っている。植えられてからそろそろ一年近くになる若い男の人柱である。顔は、もはや緑がかった褐色になっていて、眼も固く閉じてしまっている。高い背を少し折り、やや前屈《まえかが》みになった姿勢のままである。風雨にさらされてほとんどぼろ布に近くなった衣服の間から見える両足も、胴体も、そして両腕も、すでに植物化していて、ところどころからは枝が生え、まるで羽ばたいているかのように肩の上まで大きくさしあげた両腕の先からは、ぽつぽつと緑の若芽がふき出していた。木になってしまったからだはもちろんのこと、表情さえ、もうぴくりとも動かさない。もはや心は、静かな植物の世界へ完全に沈みこんでしまっているのであろう。妻がこんな状態になった時のことを想い、わたしの胸はまたひりひりと痛み出した。忘れよう、忘れようとしている痛みである。

この駄菓子屋のかどを折れてまっすぐ行けば、妻が立っているところへ行けるのだ、妻に会えるのだ、彼女の姿を見ることができるのだ、わたしはそう思った。だが、行ってはいけない、誰に見られるかわからないのだぞ、もし妻を密告したあの主婦たちにでも見咎《みとが》められたら大変なことになる、そう自分に言い聞かせた。わたしは駄菓子屋の前で立ち止り、通りの奥をすかし見た。人通りはいつもと同じか、あるいはいつもより少なかった。大丈夫だ、少しぐらいの立ち話なら、誰しも大目に見てくれる筈なのだ、ほんのひと言ふた言話すだけなのだ、わたしは行くなと叫ぶ自分の声にさからって、いそぎ足に通りへ入っていった。

金物屋の前の道路ぎわに、妻は白い顔をして立っていた。まだ両足ともものままだから、足首から先を地面に埋めただけのように見える。何も見まい、何も感じまいと努めているかのように、彼女は無表情のままで、じっと前方を見つめていた。二日前にくらべ、少し頰がこけていた。通りかかった工員風の男ふたりが妻を指さし、何か下品な冗談を言いあってげらげら笑いながら去っていった。

わたしは彼女に近づいていき、声をかけた。「路子」

妻はわたしを見て白い頰にぽっと血の色を浮かべた。「あなた」乱れた髪を片手でかきあげた。「また来てくれたの。でも、来ちゃいけないのに」

「来ずにいられなかった」

店番をしていた金物屋の主婦がわたしの姿を見、そ知らぬ顔で眼をそむけ、店の奥へひっこんでいった。

金物屋の主婦の心遣いに感謝しながら、わたしはもう二、三歩妻に近づき、向かいあった。

「だいぶ、馴《な》れたかい」

彼女はこわばった顔の上へせいいっぱい明るい微笑を作った。「ええ。馴れたわ」

「昨夜、ちょっと雨が降っただろう」

黒い大きな瞳《ひとみ》でわたしを見つめたまま、妻は軽くうなずいた。「心配しないでいいの。あまり何も感じないから」

「お前のことを考えたら、寝られない」わたしは俯《うつむ》いてそういった。「お前が、この通りでじっと立っているんだ、そう思ったら、とても眠れない。昨夜も、傘を持ってきてやろうかと思ったぐらいだ」

「そんなこと、しないで」妻はほんの少し、眉をひそめた。「そんなことしたら、大変なのよ」

わたしの背後を大型トラックが走っていった。白い砂埃《すなぼこり》が妻の髪や肩をうすく覆ったが、妻はそれをさほど気にしないようだった。

「それに、立っているのはそれほどつらいことじゃないの」わたしを心配させまいとしてかけんめいに、妻は明るく見せかけてそういった。

わたしは妻の表情や喋《しゃべ》りかたに二日前からの微妙な変化を認めていた。以前と比べてことばのはしばしからはやや繊細さがなくなり、感情の起伏も少し乏しくなっているようだった。反応が鋭く、明るく陽気で、表情の豊かだった以前の妻をよく知っているだけに、次第に無表情になっていく妻をこうやってずっと傍で見ているのは、さぞ淋《さび》しいことだろうな、わたしはそう思った。そして、心臓が凍《こお》りつきそうなほど悲しかった。

「ここの人たちは」わたしは金物屋に視線を走らせてから妻に訊ねた。「親切にしてくれるかい」

「やっぱり、人の眼があるから、できるだけわたしを無視しようとしてるみたい。でも根は親切なのよ。いちどだけ、何かしてほしいことがあったら言いなさいって言ってくれたわ。まだ何もしてもらってないけど」

「腹は減らないのか」

かぶりを振った。「食べない方がいいの」やはり人柱の状態がいつまでも続くことには耐えられず、一日も早く木になってしまいたいと望んでいるに違いなかった。「だから、食べものを持ってきたりしないで」わたしを見つめた。「もう、わたしのことは忘れて頂戴。お願いだから。わたしも、きっと、特に努力しなくても、あなたのことをだんだん忘れていくんだと思うわ。会いに来てくださるのは嬉しいけど、それだけ苦しみがながびくのよ。お互いに」

「うん。そうだな。でも」妻に何もしてやれなかった自分を恥じ、わたしはまた俯いた。「でも、ぼくは君を忘れないよ」うなずいた。涙が出た。「忘れないからね。絶対に」

顔をあげて妻を見ると、彼女は満面に仏像のような微笑をうかべ、やや光の失せた眼でじっとわたしを見つめていた。こんな笑いかたをしている妻を見るのははじめてだった。もうこれは、すでに妻ではないのだろうか、と、わたしはなかば悪夢を見ているような気持でそう思った。

妻の、逮捕された時に着ていたままのスーツは、ひどく汚れ、皺《しわ》だらけになっていた。だが、着替えを持ってきてやったりすることは、もちろん許されないことなのだ。

わたしは彼女のスカートについたどす黒いしみに眼をとめ、彼女に訊ねた。「それは、血じゃないか。どうかしたのか」

「ああ。これ」妻はややとまどった様子で自分のスカートを見おろし、口ごもりながらいった。「昨夜おそく、酔っぱらいがふたり、わたしに、いたずらしていったの」

「ひどいやつらだ」わたしは彼らの非人間的な行為に、激しい憤りを覚えた。もちろん彼らに言わせれば、妻はすでに人間ではないのだからどんなことをしようとかまうものかというに違いなかった。「だけど、そういうことをしてはいけないんだろ。法律違反なんだろ」

「ええ。そうよ。でも、わたしから訴えるわけにはいかないわ」

むろん、わたしが警察へ行って訴えることもできない。そんなことをすれば今以上に要注意人物と見なされてしまうからだ。

「ひどいやつらだ。なんてことを」わたしは唇を嚙んだ。はり裂けそうなほど、胸が痛んだ。

「だいぶ、出血したのか」

「ええ。少しね」

「痛くないか」

あれだけ誇りの高かった妻が、今はほんの少し悲しそうな顔をして見せるだけだった。彼女の心の変化に、わたしは驚いた。

数人の若い男女が、わたしと妻をじろじろ見比べながらわたしの背後を通り過ぎていった。

「人に見られるわ」気遣わしげに妻がいった。「お願いよ。あなた、やけくそになったりしないでね」

「その心配はない」わたしは自嘲的にうす笑いをして見せた。「ぼくにはとても、そんな勇気はないよ」

「もう、行った方がいいわ」

「君が杁《にん》の木になってしまったら」と、わたしは最後にいった。「申請して、うちの庭へ植え替えてもらってやるよ」

「そんなこと、できるかしら」

「それは、できる筈だ」わたしは大きくうなずいた。「それはできる筈だよ」

「そうなれば嬉しいんだけど」妻は無表情にそういった。

「じゃ、またな」

「もう、来ない方がいいわ」俯向いて、つぶやくように妻がいった。

「わかっている。そのつもりだ」わたしは力なく答えた。「もう、絶対に来ないつもりだ。しかし、恐らく、来てしまうだろうよ」

わたしたちは、しばらく黙った。

妻が、ぽつりと言った。「さようなら」

「ああ」わたしは歩き出した。

街かどを折れる時、振り返ると、妻は例の仏像のような笑みを浮かべたまま、じっとわたしを見送っていた。

はり裂けそうな胸をかかえて、わたしは歩いた。ふと気がつくと駅前に出ていた。無意識的にいつもの散歩コースへ戻っていたのである。

駅前には小さな喫茶店がある。わたしの行きつけの『パンチ』という喫茶店だ。わたしは店に入り、片隅のボックス席に腰をおろした。コーヒーを注文し、ブラックで飲むことにした。これまでは砂糖を入れて飲んでいたのだ。砂糖もクリームも入れないコーヒーの苦さが身にしみて、わたしはそれを自虐的に味わった。これからはずっとブラックで飲んでやるぞ、わたしはそう決心した。

三人の学生が隣のボックスで、つい最近逮捕され、人柱にされてしまった、ある進歩的な評論家のことを喋っていた。

「銀座のど真ん中に植えられたそうだ」

「あのひと、田舎が好きで、ずっと田舎にいただろ。だからよけい、そんな場所へ立たされたんだよ」

「ロボトミーをやられたらしいな」

「あのひとの逮捕に抗議して、国会へゲバルトをかけようとした学生たちがいるだろ。あいつらも全部逮捕されて、人柱にされるそうだね」

「三十人ほどいただろ。どこへ植えられるんだ」

「あいつらの大学の前の、ふつう学生通りって呼ばれている道の両側へ、並木みたいに植えられるそうだ」

「通りの名前を変えなきゃあな。ゲバルト並木とか、なんとか」

三人がくすくす笑った。

「よそうや、こういう話。聞かれるとまずいぜ」

「そうだな」

三人は黙ってしまった。

喫茶店を出て家へ向かいながら、わたしは、すでに自分が人柱にされてしまっているような気分になっているのに気がついた。

「枯れすすき」という歌の歌詞だけを変えた、最近流行《はや》っている替え歌を、わたしは小声で口ずさみながら歩き続けた。「おれは街道の人柱。同じお前も人柱。どうせふたりはこの世では」

バブリング創世記

第一章

ドンドンはドンドコの父なり。ドンドンの子ドンドコ、ドンドコドンを生み、ドンドコドン、ドコドンドンとドンタカタを生む。ドンタカタ、ドカタンタンを生めり。ドンタカタ、ドカタンタンを生みしのち四百六年生きながらえて多くの子を生めり。ドカタンタン、ドカドカとドカシャバを生み、ドカシャバ、シャバドスを生み、シャバドス、シャバドビとシャバドビアを生む。シャバドビア、シャバダを生み、シャバダ、シャバラとシュビラを生む。シュビラ、シュビダを生み、シュビダ、シュビドゥバを生み、シュビドゥバ、シュビドゥンドゥンドゥンを生めり。シュビドゥバの子シュビドゥンドゥンドゥン、ズビドゥンドゥンドゥンを生みしのち二百五十二年生きながらえて多くの子を生めり。ズビドゥンドゥン、ズビダを生み、ズビダ、ズビズバとズビズバズーを生む。ズビズバ、ズバダを生み、ズバダ、ズバラとズバダンダンを生む。ズバダンダン、ズバダバダを生み、ズバダバダ、ダバダバとダバダバダを生む。ダバダバダ、ウバダとウバダバダを生み、ウバダバダ、ウンダバダを生み、ウンダバダ、ウンタパタを生み、ウンタパタ、ウンパパとウンパパパパを生めり。タンパパパパはウンパパパの子なり。タンパパパ、タントパトとタイヤパタを生めり。タンパパパの子タイヤパタ、タイヤとタイヤパタパを生み、タイヤ、クギをふめり。タンパパパの子タントパト、タンパトパを生み、タンパトパ、タパトントを生み、タパトント、タパタを生み、タパタ、タパトトンとグガンを生む。タパタの子タパトトン、トンタパを生み、トンタパ、トンパパを生み、トンパパ、トンガガを生み、トンガガ、トンガとトンガトンガを生めり。トンガガの子トンガトンガ、ガンガガンガを生み、ガンガガンガ、ガラガッチャとバンガバンガを生めり。ガンガガンガの子バンガバンガ、バンバンを生み、バンバン、バンババを生み、バンバ、バンババを生み、バンババ、バズンとバズンバズンを生み、バズンバズン、バラバとバラバラを生めり。バズンバズンの子バラバラ、バラバラバラバラとバタバタを生み、バタバタ、バタンバタンを生み、バタンバタン、パダンパダンとバタンキュを生めり。パダンパダン、パラパラとパンパンとパンパカパンを生み、パラパラ、ペラペラを生み、ペラペラ、ペケペケとペロペロを生み、ペケペケ、ペンペケペンを生み、ペンペケペン、ペケペンペンを生み、ペケペンペン、ペンペンとポコポンポンを生めり。ペケペンペンの子ポコポンポン、ポンポコを生み、ポンポコ、ボンボコとブンブクとブクブクとブブブンブンを生めり。ポンポコの子ブブブンブン、ブブブンを生み、ブブブン、ブンブンを生み、ブンブン、ブブンを生み、ブブン、ブンとフンを生めり。ブブンの子ブン、プンを生み、プン、プリンとペルリンプリンを生み、ペルリンプリン、プルンとプルプルを生めり。ペルリンプリンの子プルプル、ピラピラを生み、ピラピラ、ビラビラを生み、ビラビラ、ビリビリを生み、ビリビリ、ピリピリを生み、ピリピリ、ピョロピョロを生み、ピョロピョロ、ピーヒャラとピーヒョロヒョロを生む。ピョロピョロの子ピーヒョロヒョロ、トンビを生み、トンビ、タカを生み、タカ、ハゲタカとクマタカとヨシタカを生めり。ヨシタカ、ヤスタカを生み、ヤスタカ、シンスケを生めり。

第二章

ドンタカタはドンドコドンの子なり。ドンタカタ、ドカタンタンを生みしのちドンタッタを生めり。ドンタッタ、ドンチャカチャとドンチャカチャカを生み、ドンチャカチャ、ドゥンチャカチャを生み、ドゥンチャャカチャ、ズンチャカチャとウンチャャッチャとブンチャッチャを生む。ブンチャッチャ、ブンチャカチャカを生む。ブンチャッチャ、ブンチャカチャカを生みしのち三百八十二年生きながらえて多くの子を生めり。ドゥンチャカチャの子ズンチャカチャ、ズンチキチを生み、ズンチキチ、コンチキチを生み、コンチキチ、コンチキチキとコンコンチキチキを生めり。コンチキチの子コンコンチキチキ、コンコンチキチコンチキチを生み、コンコンチキチコンチキチ、コンを生み、コン、コンコンとココンコンを生む。コンコンの子ココンコン、カンカンとカカンカンを生めり。ココンコンの子カカンカン、カンカカを生み、カンカカ、カンカカカを生み、カンカカカ、カンカカカカとカカカカを生めり。カンカカカの子カカカ、フカカカを生み、フカフカカとフカカフカカを生めり。フカフカの子フカフカフカ、フクフクとフクフクフクを生む。フクフク、ブクブクブクを生み、ブクブク、ズクズクを生み、スクスク、ヌクヌクを生み、ヌクヌク、ムクムクを生み、モクモク、ゴクゴクを生み、ゴクゴク、ゾクゾク、ザクザクを生み、ザクザク、ダクダクとスキヤキを生めり。ザクザクの子ダクダク、パクパク、プクプクを生み、プクプク、クプクプとポクポクを生む。ボクボク、ボキボキを生み、ボキボキ、ポキポキを生み、ポンキッキ、ポンキポンキを生み、タンキポンキ、タンコロリンを生み、タンコロリン、トンコロリとイボコロリを生めり。タンコロリンの子トンコロリ、コロリを生み、コロリ、コロコロ、コンコロンコロを生み、カンコロ、カランコロンを生み、カンゴロン、ガランガランとゴロンゴロンを生む。ガランゴロンの子ガランガラン、ガラカランを生み、カランカラン、ウランとスランとソランとチャランポランを生めり。カランカランの子チャランポラン、チャランチャランチャラン、チャンチャンを生み、チャンチャラ、アチャラカ、スチャラカを生み、アチャラカの子スチャラカ、スチャラカチャ、スチャラカチャンチャンを生み、スチャラカチャン、スチャラカチャンチャンを生み、スチャラカチャンチャン、チャンバラを生み、チャンバラ、チャンチャンバラバラを生み、チャンチャンバラバラ、スナホコリを生み、スナホコリ、死体を生む。

第三章

シュビドゥンドゥンドゥンはシュビドゥバの子なり。シュビドゥンドゥンドゥン、ズビドゥンドゥンを生みしのちシュビドゥンパとウンシュビドゥンを生めり。シュビドゥンドゥンドゥンの子シュビドゥンパ、ドゥンパラドゥンドゥンを生み、ドゥンパラドゥンドゥン、ドゥンパラドゥンパラを生み、ドゥンパラドゥンパラ、パラドゥンパラドゥンを生み、パラドゥンパラドゥン、パラドゥンパを生み、パラドゥンパ、パラドゥンヤを生み、パラドゥンヤ、パラドゥヤを生み、パラドゥヤ、パドゥヤを生み、パドゥヤ、ドゥヤーを生み、ドゥヤー、ドゥーアーを生み、ドゥーアー、ドゥーワーを生み、ドゥーワー、ドゥッドゥワーを生み、ドゥッドゥワー、ドッドッドッドッドッとワーを生めり。ドゥッドゥワーの子ワー、シュワーを生み、シュワー、ショワーを生み、ショワー、ジョワーを生み、ジョワー、ジョワジョワを生み、ジョワジョワ、ジョロジョロを生み、ジョロジョロ、ジョンジョロリンを生み、ジョンジョロリン、ギョンギョロリンを生む。ギョンギョロリン、ギョロギョロンを生みしのち百二十一年生きながらえて多くの子を生めり。ギョンギョロリンの子ギョロギョロン、ギャロギャロンを生み、ギャロギャロン、ギャロギャロリンカリコレラを生み、ギャロギャロリンカリコレラ、ギャロギャロリンカリカリコレラ、カリカリコレラカリコレラカリコレラを生み、カリコレカリコカリコレラカリコレラを生み、カリコキョリキョリ、キョリキョリとキョリキョリの子キョリキョリ、ギョリギョリカリコを生み、ギョリを生み、ギョリギョリギョリ、グリギョリギョリを生み、グリグリギョリ、グリグリギョリグリグリの子ガリグリグリ、ガリグリグリを生み、ガリグリグリ、ガリグリグレギャラギャラギャラを生み、グリギャラ、グリギャラ、グリギャバを生め。ギャバギャバはグリギャバの子なり。ギャバギャバ、グギャバグギャバ、グギャグギャを生み、ギャ、ギャートルズとギャンを生む。ギャの子ギャゴン、ギャゴン、ギャゴンを生み、ギャゴンギャゴン、ギャゴンを生み、ギャゴンギャゴン、ギャゴンゴンギャゴンを生み、ギャゴンゴンギャゴン、ギャゴンゴンギャゴ、ギャギャゴゴとギャゴゴギャゴゴの子ギャギャゴゴとギャゴゴギャゴゴのギョとギョギョギョノギョとギャギョギョギョギョを生み、ギョとギョギョとギョとギャギョギョギョギョを生む。ギャギョギョギョギャギョギョ、ギャギョギョジョジョジャジョジョを生み、ギャギョギョジョジョジャジョジョジャガジャガを生み、ジャガジャガジャガジャガを生み、ジョジャラジャガ、ジャガジャガジャラを生み、ジャラジャラ、ジャラジャラジャラジャラを生み、ジャラジャラ、チンジャラジャラとジャラメシャを生めり。ジャラジャラの子ジャラメシャ、ハラメシャとウラメシャとイチゼンメシャとゲイシャを生め、ハラメシャ、ドシャメシャ、ドシャメシャ、ドンシャラメシャを生み、ドシャメシャ、ドンシャラメシャ、シャラメシャラ、ドンシャラメシャを生み、シャラメシャラ、メシャメシャメチャメチャを生み、メシャメシャ、メチャクチャ、メチャクチャチャラ、メッチャクチャを生み、メチャクチャ、ヒッチャカメッチャカを生み、ヒッチャカメッチャカ、ハチャメチャとハチャメチャとハチャカバを生めり。ハチャメチャの子ハチャハチャ、ハチャラホチャラを生み、ハチャラホチャラ、ハチャラホチャラ、ハチャラホチャテを生み、ハチャラホチャテ、ハラホテ、ハラホテタを生み、ハラホテタ、ハラホリホレホタを生み、ハラホリホレホタとハラホテタを生む。ハラホテタ、ハラホレホタを生み、ハラホレホタ、ハラホレホタとホラリホラテタを生み、ハラホレホタ、ハロヘトタを生み、ハロヘトタ、ヘロヘトへを生み、ヘロヘトへとヘロヘトへを生み、ヘロヘトへ、ヘロヘロを生み、ヘロヘロ、ヘロホヘロホを生み、ヘロホ、ヘロホヘロホ、ヘロホイニトハを生み、ヘロホイニトハ、ヘロホヘニトハとヘロイイホノヘハを生めり。ヘロホヘニトハの子ヘロイイホノヘハ、ヘニイホロヘハを生み、ヘニイホロヘハ、トニイホロヘハを生み、トニイホロヘハ、ニトホロヘハを生み、ニトホロヘハ、ニホロヘハを生み、ニホロヘハ、ホロヘハを生み、ホロヘハ、ホヘハを生み、ホヘハ、ヘハを生み、ヘハ、ヘモハを生み、ヘモハ、ヘモハモハを生み、ヘモハモハ、ヘモハハモハハを生み、ヘモハハモハハ、モハハモハハを生み、モハハモハハ、モカハモハを生み、モカハモハ、モケハモハを生み、モケハモハ、モケモケハモハモケハモハを生み、モケモケハモハモケハモハ、モケを生み、モケ、モケモケを生み、モケモケ、モケモケモケを生み、モケモケモケ、モケケモケケとオケケモケケを生めり。モケモケモケの子モケケモケケ、モケカモケカを生み、モケカモケカ、モケカモカを生み、モケカモカ、コケカモカを生み、コケカモカ、コケカを生み、コケカ、コケコとコケカキイキイを生む。コケカの子コケコ、コケコッコとコッコッコッを生み、コケコッコ、オンドリを生み、オンドリ、メンドリとヨリドリミドリとイケドリとワタシャウキヨノワタリドリを生み、メンドリ、タマゴを生み、タマゴ、メンドリを生む。そのメンドリ、タマゴを生み、タマゴ、メンドリを生み、メンドリ、タマゴを生む。そのタマゴ、メンドリを生み、メンドリ、タマゴを生み……。

第四章

ブンチャッチャはドゥンチャカチャの子なり。ブンチャッチャ、ブンチャカチャカを生みしのち、ブンタッタとブンタカタを生めり。ブンタッタ、ブンタを生み、ブンタ、ブンタブンタを生み、ブンタブンタ、ブンタタタを生み、ブンタタタ、ブンタタタタを生み、ブンタタタタ、タタタタタを生み、タタタタタ、タテタタタを生み、タテタタタ、タテトタテを生み、タテトタテ、タテトタテタタを生み、タテトタテタタ、タテチトタを生み、タテチトタ、タテチツテを生み、タテチツテ、タテチツトテを生み、タテチツトテ、トテチツタを生み、トテチツタ、トテチテタを生み、トテチテタ、トテタを生み、トテタ、トパタを生み、トパタ、トパタパタを生み、トパタパタ、トパラパラを生み、トパラパラ、パラパラを生み、パラパラ、パラリパラリを生み、パラリパラリ、パラリロレを生み、パラリロレ、ラリリロレを生み、ラリリロレ、ロレリラリリラとラリリロレリラとリロリラレリラを生む。ロレリラリリラはラリリロレの子なり。ロレリラリリラ、ラリリラとロレリラリリララロトベリビッチョレコチャハベラダカンジョレギリヤンドを生めり。ロレリラリリラの子ラリリラ、ラリリラリとラリリを生み、ラリリ、ラリを生み、ラリ、バラリを生み、バラリ、スラリとヒラリとノラリクラリを生めり。バラリの子スラリ、スラリリを生み、スラリリ、スラリコスラリリを生み、スラリコスラリリ、スリコスリコを生み、スリコスリコ、スコスコを生み、スコスコ、シコシコとスカスカを生めり、スコスコの子スカスカ、ドスカスカを生み、ドスカスカ、ドスカドスカを生み、ドスカドスカ、ドダスカドダスカを生み、ドダスカドダスカ、ドダフカドダフカを生み、ドダフカドダフカ、ドダフカドダフカフカフカドダフカを生み、ドダフカドダフカフカフカドダフカ、ドカフカドカを生み、ドカフカドカ、ドカカドカカを生み、ドカカドカカ、ドデカドデカを生み、ドデカドデカ、ドデカデカとデカドデカを生めり。デカドデカはドデカドデカの子なり。デカドデカ、デカデカを生み、デカデカ、デケデケを生み、デケデケ、デゲデゲデゲデゲを生み、デゲデゲデゲデゲ、デゴデゴデゴデゴを生み、デゴデゴデゴデゴ、デオデオデオデオを生み、デオデオデオデオ、レオレオレオレオを生み、レオレオレオレオ、レオを生み、レオ、レロとジャングルを生み、レロ、レロレロを生み、レロレロ、テロテロとツーツーレロレロツーレーロを生めり。テロテロはレロレロの子なり。テロテロ、テロテロ、ケロケロとヘロヘロとメロメロとコロコロとシロシロとシロクロとクロクロとゲロゲロとガロとソノタモロモロを生めり。ケロケロはテロテロの子なり。ケロケロ、ケロンパとケロヨンを生み、ケロンパ、クビチョンパを生み、ケロヨン、カエルを生めり。カエルの子はカエルなり。カエル、カエルを生み、カエル、カエルを生む。そのカエル、カエルを生み、カエル、カエルを生み……。

第五章

ジョンジョロリンはギョンギョロリンの父なり。ジョンジョロリンの子ギョンギョロリン、ギョロギョロンを生みしのちギョロリとジャンジャラリを生めり。ジャンジャラリ、ジンジロリを生み、ジンジロリ、チンチロリとジロリンタンとジンジロゲヤジンジロゲドンガラガッタを生み、ジンジロゲヤジンジロゲドレドンガラガッタ、トンガラガッタを生み、トンガラガッタ、ツンガラガッタを生み、ツンガラガッタ、ツンパラダッタを生み、ツンパラダッタ、スーパラダッタを生み、スーパラダッタ、スーダラダッタを生み、スーダラダッタ、スーダラダを生み、スーダラダ、スーダラを生み、スーダラ、グータラとピチカートスーダラを生めり。スーダラの子グータラ、ブータラを生み、ブータラ、チータラを生み、チータラ、ノタラを生み、ノタラ、ノタラノタラを生み、ノタラノタラ、ノッタラベッタラを生み、ノッタラベッタラ、ノッタラベンチャラベンチャラを生み、ノッタラベンチャラ、ベンチャラベンチャラを生み、ベンチャラベンチャラ、ベントラベントラを生み、ベントラベントラ、UFOとトラトラトラを生めり。ベントラベントラの子トラトラトラ、トララトララを生み、トララトララ、トララとトラジとトラウマとトライアングルとトランキライザーとトラブルを生めり。トララはトララトララの子なり。トララ、トラララを生み、トラララ、トラタラタを生み、トラタラタ、トラビアタとトラタトラタを生み、トラタトラタ、トランタを生み、トランタ、トレラタを生み、トレラタ、トレラタトラタを生み、トレラタトラタ、トレトレトラタとトレタを生めり。トレトレトラタ、トレトレトレタを生み、トレトレトレタ、トレトレトレを生み、トレトレトレ、トレトレを生み、トレトレ、トレを生み、トレ、トレチンを生み、トレチン、トレチンテンを生み、トレチンテン、トテチンテンを生み、トテチンテン、トテチントテチンとトテチンツンテンを生めり。トテチンテンの子トテチンツンテン、トテツンテンシャンを生み、トテツンテンシャン、トテツンテンシャンコロリとチツンテントシャンを生み、チツンテントシャン、チンを生み、チン、チンチンを生み、チンチン、デンシャを生み、デンシャ、ストを生み、スト、ストナとヤトナとヨイトマケとヨイヨイヨイトナを生めり。ストの子ストナ、ストラを生み、ストラ、テトラを生み、テトラ、テトラポトラを生み、テトラポトラ、テトラトポトラとポトラトテトラを生み、ポトラトテトラ、プトラトチトナを生み、プトラトチトナ、プラチナを生み、プラチナ、メッキを生み、メッキ、メッカを生み、メッカ、マホメッドを生み、マホメッド、フイフイを生み、フイフイ、ブイブイとホイホイを生めり。フイフイの子ホイホイ、ゴキブリとホホイホイホイを生み、ホホイホイホイ、ホーイホイホイを生み、ホーイホイホイ、ホイサッサを生み、ホイサッサ、ホイサカホイサカを生み、ホイサカホイサカ、サカホイサカホイを生み、サカホイサカホイ、チャカホイチャカホイを生み、チャカホイチャカホイ、チンカラホイを生み、チンカラホイ、ドンジャラホイを生み、ドンジャラホイ、コビトとドンガラホイを生めり。ドンジャラホイの子ドンガラホイ、ジョンガラとホーイホーイを生み、ホーイホーイ、ポーイポーイを生み、ポーイポーイ、ポイポイを生み、ポイポイ、ポエポエとポピーポピーを生み、ポピーポピー、ポペプピパとプピープピーを生み、プピープピー、パピーパピーを生み、パピーパピー、ハヒーハヒーを生み、ハヒーハヒー、ホヒーホヒーを生み、ホヒーホヒー、フヒーフヒーを生み、フヒーフヒー、ワヒーワヒーを生み、ワヒーワヒー、アヒーアヒーを生み、アヒーアヒー、アヘーアヘーを生み、アヘーアヘー、アヘアヘを生み、アヘアヘ、ワヘワヘを生み、ワヘワヘ、ワハワハを生み、ワハワハ、ウハウハを生み、ウハウハ、ウハイを生み、ウハイ、ウハを生み、ウハ、ムハを生み、ムハ、ドハを生み、ドハ、ギャハを生み、ギャハ、ギャハギャハを生み、ギャハギャハ、ギャバギャバを生み、ギャバギャバ、キャパキャパを生み、キャパキャパ、カパカパを生み、カパカパ、スパスパを生み、スパスパ、スパを生み、スパ、スパイを生み、スパイ、マタハリを生み、マタハリ、マタハリノツンダラハヌシャマヨを生み、マタハリノツンダラハヌシャマヨ、オシャマを生み、オシャマ、オシャマンベを生み、オシャマンベ、シシャモを生み、シシャモ、シャモを生み、シャモ、喧嘩を生み、喧嘩、怪我人を生み、怪我人、薬と包帯と絆創膏と医者を生み、医者、病院を生み、病院、看護婦を生み、看護婦、医者の子と注射ミスを生み、注射ミス、ハイミスを生み、ハイミス、ミズとオールドミスを生み、ミズ、ミミズを生み、ミミズ、ミミズクを生み、ミミズク、覚醒剤を生み、覚醒剤、徹夜を生み、徹夜、疲労を生み、疲労、事故を生み、事故、野次馬を生み、野次馬、つけ馬を生み、つけ馬、貧困を生み、貧困、信仰を生み、信仰、神を生めり。神、光あれと言いたまいければサバ、イワシ、コハダ、キス、その他森羅万象有象無象すべて地に充ちたり。

蟹_{かに}甲_{こう}癬_{せん}

クレール蟹《がに》の祟《たた》りに違いない、と、最初は誰もがそう思った。そう思ったのも無理はなく、とにかくクレール植民地における人間たちのクレール蟹に対する態度というものは「外惑星植民地に於《お》ける現地生物との接触に関する条例」などおよそ無視したひどいもので、この十二本足の大型蟹を殺して殺して殺しまくったのだ。もっともクレールへやってきた植民地人、以下はクレール人と呼ぶが、そのクレール人たちにしてみればクレールで他に目ぼしい動物性蛋白質《たんぱくしつ》はなかったのだから、個体数の少ないクレール蟹を他の誰かに食べられてしまわないうちにと競争でむさぼり食ったのであり、これは少しでも地球から持ってきた食糧をながく食いのばし、いつ来るかよくわからない次の便を待つ間の不安をちょっとでもなくそうとしたのだから、人間よりも他惑星の下等生物の方が大事と考える臍《へそ》まがりでない限り彼らを責めることは誰にもできるまい。責めるとすれば、クレールにおけるたったひとりの環境調査官たるおれの役目であろうが、おれだってクレール蟹はずいぶん食い、あまりの旨《うま》さに自制しかねて絶滅寸前であることを知りながらまだ食ったのだからひどいものだ。

クレール蟹の旨さ、特にその甲羅の裏の、俗に蟹の味噌とか蟹の脳味噌とかいわれているあのペースト状の白い脂肪の、頰が落ちそうな美味等に関してはくだくだしい説明を省略し、さっそく、のちに蟹甲癬症と名づけられたあの皮膚疾患がクレール人の間に蔓延《まんえん》しはじめた頃の騒ぎにまで話をとばすことにしよう。蔓延はまたたく間であった。まず皮膚が乾燥している老人、特に五十歳以上の男性の中から、左右どちらかの頰の皮膚の角質化とそれに伴う痒《かゆ》みを自覚し、訴える者が出はじめた。痒いものだから頰をばりばり掻《か》きむしると、角質化した白い表皮がぼろぼろと剝落《はくらく》し、さらに掻き続けると真皮が破れて血がにじみはじめる。この真皮の壊死《えし》した組織がまた角質化し、それは以前のものよりもさらに硬《かた》くなって、次第に赤褐色を呈しはじめ、やがて硬さといい色といい、また形といい、ちょうどクレール蟹の甲羅を頰へ張りつけたようになる。これこそが症名の由来なのである。症状がここまで進んでしまうともう痒みはなくなる。そしてしばらくはそのままの状態が続くのである。

原因不明で治療法も見つからぬまま、患者はどんどんふえていった。医師の水戸辺先生は最初老人性の皮膚疾患であろうと考え、患者に栄養剤や栄養クリームをあたえているだけだったが、それによって病状の進行を食いとめることができないことはすぐにわかり、これは風土病であろうと考えなおし、あわてて細菌学者の承博士やおれの協力を求めてきた。

おれたちは患者を片っぱしから調べ、壊死した頰の組織を観察した。患者の大きく開いた口腔《こうこう》を覗《のぞ》きこんで頰の患部の裏側を見るとそこも角質化していることが認められ、外科的に患部を除去することが不可能であることをおれたちは知った。じつは比較的裕福な老人の患者が疾患初期に水戸辺先生のところへやってきて、手術によってこのいまいましい皮膚を剝《は》ぎとってくれと頼んだことが二、三度あったらしい。水戸辺先生は拒んだらしいが、もしやっていたら大変、頰にぽっかりと大きな黒い穴があくところだったのだ。角質化は頰の薄く柔らかい筋肉にまで及んでいたのである。

承博士は切りとった患部の組織から、このクレールの海水中に多く見かける連鎖球菌を発見した。これはもともとクレール蟹に寄生している細菌だったのだ。しかし、クレール蟹を食べたためにこの細菌が人間へ移ったのか、あるいはクレール蟹がいなくなって宿主に困ったこの細菌が人間を新しい宿主に選んだのか、そこまでは承博士にもわからなかったようだ。

承博士が疾患の原因をほぼこの細菌と考え、仮に蟹甲癬菌と名づけたこの連鎖球菌が嫌う物質を発見しようとして研究している最中、患者の一部の者が自分の頰の甲羅を自由自在に取りはずしたりもとへ嵌《は》めこんだりしていることが判明し、またもや大騒ぎになった。これをいちばん最初にやりはじめたのは市のはずれにひとりで住んでいて日中は他の連中とウラニウム鉱山で働き、日没後は海へ出て残り少ないクレール蟹を漁《と》るという日課をくり返していたロドリゲス爺さん。ある夜頰の蟹甲癬をいじりまわしているうちにぱっくりと甲羅がはずれ、頰に楕円《だえん》形の穴があいて奥歯と歯茎がまる出しになってしまった。びっくり仰天した爺さんが大あわてで鏡を見ながらなんとかもと通り頰に甲羅を嵌めこもうとして周囲の皮膚をつまんだり引っぱったり苦心していると、今度はぴったりともとに納まった。コツさえわかれば簡単に取りはずしできることを知った爺さんが、近所の子供たちの人気を得ようとして腕白連中を集めこれをやって見せているうち、母親たちが騒ぎ出した。

「やめてください」

「グロテスクです」

「子供たちにあんなものを見せるなんて、悪趣味だわ」

噂《うわさ》が市内に拡まると、もしかしたらおれにもできるかもしれんと考えて患部の取りはずしを試みる老人たちや、また、隣りのお爺ちゃんにできるのならうちのお爺ちゃんにもできる筈《はず》というので孫にやって見せろとせがまれ、しかたなくはずして見せる老人もいて、そのうち、どうやら患者がすべて甲羅を自由自在に取りつけ取りはずしができるらしいということは明確になってきた。

「ずいぶん変な病気ですなあ」

おれと承博士と水戸辺先生は、承博士の研究室に集まって善後策を相談した。クレール植民地市民二千八百名の生命はおれたち三人が預っているといってもいいのだから、責任は重大である。

「あの、甲羅の取りはずしの頬べたぱっくりこ、禁止するよろし」と、承博士はいった。

「症状これから先、どう進行するか、わたしたちまったく予想できとらんのことよ。あの黴《ばい》菌《きん》、何食べているかもよくわかっていないある」

「頬の筋肉に寄生しているんじゃないんですか」

「ところが頬べたの筋肉壊死しても他のところに症状あらわれない。もう片方の頬べた、不可思議のことに、なんともない。どこに潜伏しているかもわからないのでたいへん困るのことな。手の打ちようないよ」

「患者の誰かが死ねば解剖できるんですがね」五十六歳の水戸辺先生が、頬をばりばり掻きむしりながらいった。どうやら彼も蟹甲癬菌にとりつかれたらしい。

「クレール蟹の捕獲は全面禁止しました」と、おれはいった。「もとの個体数に戻って安定するまで、だいぶかかるでしょうが」

甲羅の取りはずしは見る者に不快感をあたえるので、ひと前では慎しむようにとの警告が全市に行きわたり、大っぴらにこれをやって見せる老人の姿は滅多に見かけなくなった。症状の進行も停まった様子で、これ以上悪くはならないのかと思っておれや先生や博士がややほっとしかけた時、またまた変な噂を耳にした。

噂の主は七十二歳ですでに隠居している前クレール市事務官のマックス氏である。このマックス氏がある夜自分の部屋で、ひとりこっそり頬から取りはずした甲羅をつくづく観察しているうち、たまたま、いつの間にか甲羅の裏側に、ちょうどクレール蟹の甲羅の中にある例の白いペースト状の「脳味噌」のような物質が多量に付着していることに気がついた。そこでさっそく、ためしに指さきでこそげ取って食べてみたというのであるが、ここが老人の無神経なところで、よくぞまあ、自分の皮膚病の患部を食う気になったものだ。しかし勇気をふるって食べてみただけのことは充分あったらしい。なんとそれは、あの美味なクレール蟹の「脳味噌」そっくりの味だったというのだ。この話を聞き、さっそく自分の頬の患部から「脳味噌」をこそげ落して食べはじめた老人もいるらしい。味がひとによって違うということもなく、いずれもクレール蟹の甲殻内の脂肪そっくりの旨さであるという。そんな不潔なものをよく平気で食えたと思うが、他人のものならともかく、自分の肉体の一部に発生したものであるから、ちょうど子供が自分の瘡蓋《かさぶた》をひっぺがして食うようなもので、わりあい汚さを感じないのであろう。

この話を聞いておれたちはまた心配になり、そんなものを食って生命に別条はないのかと、さっそく患者の患部から少し採取してきた「脳味噌」を分析してみた。しかし承博士の分析によれば成分は高分子の蛋白化合物であったらしく、これはどうやら患部の組織と崩壊した蟹甲癬菌が混りあってできた物質であろうということになり、食べてもたいした害はないことがわかったので、特に食うなという警告は出さぬことにした。あまりさまざまな警告を矢継ぎ早に出しても効果はない。

クレール蟹の「脳味噌」があんなに旨かった理由は、寄生していた連鎖球菌のためであったようだ。ではあの連鎖球菌を研究すればすばらしい調味料が発見できるのではないか、と、おれはそんなことを思った。しかしそのような呑気《のんき》なことを考えている場合ではなかった。患者はどんどん増加し、爺さんだけに限らず婆さんや中年の男性にまで疾患は拡がりつつあったのだ。水戸辺先生も承博士も、そろそろ取りはずしができると思える大きさの甲羅を片頬に張りつけていた。

蟹甲癬のことは地球にも伝わったらしく、ぱったりと貨物の便が来なくなった。見捨てるつもりはないのだが、伝染を恐れて行く者がいない、もう少し待ってくれという連絡が多くの中継衛星経由で二、三度あり、その連絡さえすぐに途絶えた。見捨てるつもりなのである。たちまち食糧事情が悪化した。栽培しているクロレラだけが頼みの綱となり、なんとかこのクロレラ以外に現地で栽培できるものはないかと皆が食いもの捜しや菜園作りにけんめいとなったため、またたく間に鉱山《やま》は荒れ、採掘機械は錆《さ》びはじめた。ウラニウム鉱を採掘したって、取りにくる船はどうせ一隻もないのだ。

動物性蛋白質が不足してくると、蟹甲癬症患者にとっては自分の患部の「脳味噌」が貴重な栄養源になってくる。なぜかこの「脳味噌」、全部残らず舐《な》めてしまっても、頬に嵌《は》めこんでさえおけば次の日にはちゃんと甲羅の裏に何十グラムかが付着していて、なくなるということがない。孫や近所の幼い子供たちにせびられ、甲羅の裏を舐めさせてやる老人もいて、最初のうち母親はじめ家族の者はこれを汚いと思って厭《いや》がったが、老人に食わせてくれるなと頼むと、旨いものはよく知っていて不潔さなどなんとも思わぬ子供たちが、あの「頬が落ちる」ぐらいおいしいお爺ちゃんの頬っぺのお味噌が食べたいと泣きわめき、老人も「脳味噌」を子供たちに舐めさせていると自分の肉体の一部を彼らに頒《わか》ちあたえているような気がし、これにはなんとなしに動物的本能に通じる快感があるので食わせたがる。そのうちいよいよ食いものが欠乏し、患者が自分の「脳味噌」を食うことが常識となり、誰もおかしいと思わなくなってくると、家族の者も子供のおやつを提供してくれる老人に感謝さえするようになった。

患者数の方はどんどんふえて低年齢層へと拡がっていき、中年女性からついには青年男女にまで及んだ。比較的初期に感染した若い娘の中からは自殺者さえ出たが、やがて、ちょっと町を歩けば子供を除くとその辺にいる人間みんな頬に蟹の甲羅をひとつずつへばりつけているという有様になったため、苦痛がないせいもあってさほど気にする者もいなくなってきたようであった。むしろまだ罹患《りかん》していない者が甲羅の中の珍味を食いたがり、寝ている間に甲羅を盗まれたという頬べた盗難事件さえ起った。

おれ自身もある晩夢うつつで痒い頬を掻きむしったため、朝にはくっきりと右頬に暗赤色の蟹の亡霊が浮かびあがっていて、ついに蟹甲癬症患者の仲間入りをすることになった。こうなってくるともうやけくそ、一日も早く自分の頬の「脳味噌」を食いたいものだと居直って、症状の進行を待ち望む気になり、今さらあわてふためくこともない。

とうとう患者の中から死者が出た。といっても蟹甲癬のためではなく、心臓病によるものであることははっきりしていたから、誰もあわてたり恐れたりする者はいなかった。死んだのは六十九歳のモハンダス爺さん。ながらく採掘場の監督をしていたのだが最近急に惚《ぼ》けてきて人の名前がわからなくなったため隠居していたのだ。心臓は中年以後の持病で水戸辺先生が診療していた。われわれはこのモハンダス爺さんを解剖し、蟹甲癬菌の人体寄生ぶりを徹底的に追求することにした。

その連鎖球菌は内臓からも四肢からも発見できず、最後に頭蓋をとり除いてみるとやっと脳の中から出てきた。驚いたことにこの細菌、脳を食い荒していたのである。モハンダス爺さんは大脳皮質の厚い灰白色の部分を侵され、そこはぼろぼろになっていて、量も減っていた。

「あれは脳味噌だったのだ」と、水戸辺先生は叫んだ。「われわれはたまたま『脳味噌』などと呼んでいたが、あの珍味はなんと、本当にわれわれ自身の脳味噌が細菌によって物質代謝されたものだったのだ」

「曖呀《アイヤ》。わたしなぜ早くそれ気がつかなかったのことよ」承博士が嘆声をあげた。「頬べたの壊死した組織と黴菌の死骸だけで、あんな高分子の蛋白化合物できる筈なかったある。あれ、黴菌が脳から運んできて自分たちの力で分解やら結合やらしておいしくした脳味噌だたのだよ」

「なぜ脳味噌を甲羅の裏へ。いったい、どうやって」

おれの質問に水戸辺先生は、いつもの彼には似合わずゆっくりと考えながら、なぜかひどくのろのろと答えた。「食って運んできて、甲羅の裏で死ぬんだろうね。分裂増殖は、あきらかに脳内で行っている。なぜ甲羅の裏で死ぬのかよくわからんが、そうすればそこがクレール蟹の甲羅の中と同じようになることは確かだ」

「それでわかった」おれは言った。「最近あちこちで老人たちが急に惚けはじめました。惚けるだけでなくいろんな身体的障害を起しています。しかもその老人の職業にいちばん必要な能力が駄目になるという形でね。たとえばこのモハンダス爺さんは、坑夫たちを監督する立場にありながら彼らの名前を全部忘れてしまった。酒場をやっているグレゴリイさんは、まずシェーカーが振れなくなり、次に味がわからなくなりました」

「それはおそらく小脳と、それから間脳の視床の、腹側核あたりを食われているんだ」

おれたちは顔を見あわせた。

突然、水戸辺先生が泣きはじめた。「わたしはこの間から、患者の症状を総合的に見て病名を判断するという能力の衰えをつくづく感じとります。これは医師にとっての致命的な結論の批判力を大脳の知能的前頭葉であって」彼は頭を掻きむしった。「ああっ。ついに言葉も喋《しゃべ》れなくなった」血走った眼で、彼はおれと承博士を見た。「しかしわたしは、自分の脳のどの辺がやられているかはよく知っとりますぞ」

承博士が、はっとした様子で眼を丸くした。「この細菌、その人間の脳の、いちばん発達した部分食うあるか。あなたそう言いたいあるか」

水戸辺先生はうなずいた。「そうあります」

「なぜです」おれは叫んだ。「そこがいちばん発達した部分なのかどうかが、細菌ごときになぜわかるのです」

水戸辺先生は悲しげにおれを見た。「うまいからじゃろ」

老人たちに脳味噌を貰って食べている子供たちの中から一人も感染する者が出ないのを不思議に思っていたのだが、やっとその理由がわかった。子供の脳はあまり発達していないので、細菌としては食べてもうまくないのであろう。

ついには十七、八歳以下の子供を除き、すべての人間が蟹甲癬になった。それぞれの職業への適性は、老人から順にどんどんなくしていき、仕事をやめさせられる者、自ら抛棄《ほうき》する者が日毎に増加した。水戸辺先生も完全に惚けてしまい、病人に毒を注射したりするので、おれたちは彼から医師の免許をとりあげた。承博士は視力が衰えて顕微鏡を扱えなくなり、自ら研究所を閉鎖した。

地球からはその後、近くの惑星都市より食糧を積みこんだ無人宇宙船を打ちあげ、そちらに向かわせる、今その準備中なのでもう少し待ってくれという連絡が一度だけあり、その後はまたもやふっつりと通信してこなくなった。おれはたいして希望を抱かなかった。もしそれをやる気があったとしても、この近所の星からの無人宇宙船の打ちあげが大変な作業であることを知っていたからだ。

市内には失業者があふれ、それが全市民の九十パーセントを突破した直後、ついにおれからも職務能力は失われた。役所にある自分のオフィスへ出勤しても、何をやればいいのかわからないのだ。伝染病のため就業不能という届けを出し、おれは町の中を毎日ほっつき歩いた。人口はさほど多くないから暴動めいたものもなく、みんなそれぞれ自分の家で配給の食料品を食いのばしているらしく、大通りはひっそりとしていた。

役所へ出なくなってから何日か、何週間か、あるいは何カ月か経ったある日、おれが公園のベンチに腰をかけてぼんやりしていると、傍《そば》へ六、七歳の女の子がやってきて佇《たたず》んだ。最初おれは、彼女がおれの頬の甲羅をじっと物欲しげに見つめていることを知りながら、いったい彼女がなんのつもりでおれの横に立っているかがよくわからなかった。この娘のような感じのいい女の子のことをなんていうんだろう、ああそうだ、「可愛い」っていうんだっけ、などと考えていると、彼女はおずおずとおれに訊《たず》ねた。

「ねえ、おじさん。お味噌ある」

「お味噌かあ」おれは自分の頬の甲羅をひっぺがそうとしながらうなずいた。「そうか。おじさんのお味噌が欲しかったんだね。あげるよ。だけど、あまりたくさんはないかもしれないよ。ええと。食べたのが今朝方だったか、ついさっきだったのか、よく思い出せないんだけど」

この子が成人するまでに、あいつが海いっぱいになるだろうか。

おれの甲羅を両の掌でしっかりと握り、裏側をぺろぺろと舐めている娘に、おれは訊ねた。

「おいしいかい」

「うん。おいしい」

娘はおれをうわ眼遣いに見てうなずいた。

そうだ。この子が大人になるまでに、あいつが海いっぱいになってくれたら間にあうのだ。

ああ。間にあってくれ。

だが、いったい何に間にあうのか、海いっぱいになるのがどんなものなのか、そこまでは、もはやおれには思い出せなかった。ただ、間にあってくれという祈りだけが切実に、おれの胸を大きく満たしているだけだった。

こぶ天才

虫である。

　虫といっても地球でいう昆虫《こんちゅう》とはだいぶ違う。第一に大きさが違う。形は地球でブイブイと呼ばれているコガネムシ科の昆虫に似ているけど、大きさはそのブイブイの何百倍ぐらいになるのだろうか。とにかく体長が、小さいやつで約二十センチ、大きくなると三十センチくらいになるから、むしろ甲殻類といった方がいいかもしれない。その名はランプティ・バンプティ。

「ランプティ・バンプティがほしいんだがね」

　その日も中年の男が店にやってきて、おれにそういった。服装を見るとうだつのあがらぬサラリーマン風である。

　おれはかぶりを振った。「駄目だだめだ。あんたが自分で背負うっていうんだろ。中年になってからランプティ・バンプティを背負っても効果はまったくないんだ。少なくとも十歳以下の子供じゃないとね」

「しかし、あいつはそのう」男は悲しげな眼でおれを見ながら、うろ憶《おぼ》えの知識を並べ立てはじめた。「蛋白質《たんぱくしつ》やRNAを合成するんだろ。だとするとその、脳の発達そのものはないとしても、少なくとも頭の回転は早くなるだろうし」

「それぐらいのことなら熟睡すればいいんだ。何も傴僂《せむし》みたいに不細工なスタイルをしてまでランプティ・バンプティを背負うことはない」おれはにやにや笑いながら普段喋《しゃべ》り馴《な》れた科白《せりふ》を早口でまくし立てた。「あんたみたいな人は始終やってくるから、おれはよく知ってるんだ。なんなら、あんたがなぜここへ来たか言ってやろうか。あんたの会社にもランプティ・バンプティを背負った社員がいる。あんたよりも若い社員だ。ランプティ・バンプティの機能が発見されたのは十五年ほど前だからね。しかもそういう若い社員は天才的な頭脳を持っている。学歴もいいし、仕事はあんたなどより二倍も三倍もよくできる。そいつらがどんどんあんたを追い越していく。あんたの将来の地位を横から奪っていく。あんたは先の望みを絶たれそうになっている。ランプティ・バンプティを背負っているやつが羨《うらや》ましい。たとえ眼で見ただけで頭の良さが示されるものではないというものの、背中がヘルメット型に盛りあがっているやつを見るだけで威圧感を覚えてしまう。そこであんたは今から背負っても手遅れだとは知りながら、恰好だけでもそいつら天才と同じスタイルになって他人を威圧したいと思いはじめた。たとえ頭の中身は今までと変らなくても背中に瘤《こぶ》があるだけで人はみな尊敬してくれるはずだ、信頼も得られるはずだと考えはじめた。奥さんも早くそうしろ、すぐにそうしろと急き立てる。それでここへ来た。そうじゃないのかね」

男の顔に血がのぼりはじめた。だがおれは構わずに喋り続けた。

「で、そういった連中がランプティ・バンプティを背負《せ》ったのちにどういう運命をたどったかも教えてやろうかね。なるほど背負った当座は皆から注目される。初対面の取引相手からは信頼され、社内でもこいつは前より多少は頭がよくなったに違いないと勘違いされていい仕事が貰える時もある。ところがいい仕事というものは、しばしば凡人の手に負えぬ難しい仕事であることが多い。仕事の量もふえる。そこで失敗する。なんだあいつは、ということになる。天才瘤《てんさいりゅう》を背負っていて凡庸であれば背負わぬ前は馬鹿であったに違いないと思われ、以前よりも見下げた眼で見られる。これはしくじったと思いランプティ・バンプティを背からおろそうとしても、どっこいランプティ・バンプティは背負った数時間後から背中の組織と有機的に癒着《ゆちゃく》してしまい、触手の一本は脊椎《せきつい》骨に食いこんで脊髄の一部となり、それは脳の延髄にまでつながっているからもはや離れない。すでに人体の一部分になってしまっているんだ。外科的に切断しようとすれば本人まで死んでしまう。人間に寄生している限りランプティ・バンプティが死ぬことはないし、そいつは宿主が死ぬまで宿主の老廃物、つまりそいつにとっての栄養を吸収して生き続けるんだ」

「そういうことぐらい知っている」眉をしかめ、男は吐き捨てるように言った。「よく考えた末に来たんだ。動物学者でもないお前ら商人から、なぜおれがそんな説教をされなきゃならんのだ」腹を立て、次第に大声になって男は怒鳴りはじめた。「お前ら商人は金さえ出せばなんでも売るんだろうが。おれは金を持ってきた。ランプティ・バンプティを売れと言ってる。お前は黙って売ればいいんだ。そうだろうが」

「おれも最初のうちはそう思ってたんだよ」溜息《ためいき》とともに、おれは言った。「そう思って黙って売っていた。ところが、それがいけなかった。どいつもこいつも、自分たちが望んで買っておきながら、あとになってさもおれたちから強制的に売りつけられたかのごときおれたちに対する悪口をぶう垂れはじめたんだ。役に立たないものを売りつけたといって新聞に投書したり、果てはこの差別社会を生み出した元兇《げんきょう》はあいつらだといってテレビで演説をぶったりね。おれにだって社会生活があり職業上の誇りがある。自衛しなきゃならない。そこで最近では、あんたみたいな人たちだけに限らずどんな客にでも一応は売りしぶってみせる。自分たちが望んで買ったのだということを客の頭の中へ叩きこんでおく必要に迫られてのことさ。さらにまた、あとになって悔みはじめた時におれの言ったことを思い出し、自分に恥じてでない限りおれの悪口を投書したり演説したりできないようにするためさ」

男はやや気が鎮まった顔つきでおれをじっと見つめ、やがてぼそりと言った。「信用しないかも知れないが、わしはあとであんたの悪口を言ったりはしないよ」

「そうかい。わかってくれたのならいいよ。じゃ、こっちへ来てくれ」おれは事務室の応用肱掛椅子《ひじかけいす》から立ちあがり、細ながい通路の両側の金網を張った檻《おり》の中に数十匹のランプティ・バンプティがうずくまっている奥の部屋へ男を案内した。「どうだい。不細工なものだろう。見るのは初めてかね」

「初めてだ」男は興味深げにハンプランド産の大型寄生虫を眺めまわした。「どれが上等かね」

「上等も下等もないよ。しいて言えば全部下等だ。こいつら下等動物は寄生してでないと生きていけない連中だけあって、宿主を見つけるまでは一年でも二年でも飲まず食わずでじっとしていることができる。ま、おれたちにしてみりゃ飼料の心配をしなくてすむからありがたいわけだ」

突然床にうずくまっていた背中の赤黒い一匹が大きな音を立てて金網にとびつき、うす汚ない触手だらけの腹面をこちらに向けた。

「ほら。宿主にできそうな大型動物が近寄ると、こんな具合にしてとびかかってくるんだよ。ところで、今のところはまだ大きさにたいした変りはないが、できるだけ大きなやつにするかね」

男は少し考えた。「役に立たなかった場合のことを考えれば小さい方がいいようだが、でも、どうせ同じくらいの大きさに成長するんだろ。だったら最初っから大きい方がいいな」

おれはうなずいた。「色は」

「色だって。そんなもの、何色でもいいよ。どうせ上からワイシャツと背広を着るんだ」

「そんなら、今とびかかってきたこいつにしよう」おれは吸いつかれないように注意しながらそのランプティ・バンプティを檻から出した。

「いくらだね」

おれが値を言い、男が値切った。

「こいつはこの惑星のどこにでもいるってもんじゃない。ハンプランド地方の、それも限られた二、三の地域にしかいないし、そこでしか繁殖しないんだ。濫獲されて数も最近は少なくなっている。まあ、少しは安くしてもいいが」商談が成立した。

「背負わせてやろう」と、おれはいった。「まっすぐくっつけないと、横にずらせてつけた場合死ぬまでずっとそのままになるから不恰好でもあるし、服を誂《あつら》える時に仕立屋が往生する」

「痛いかい」服を脱ぎながら男が訊《たず》ねた。

「二、三日、ちくちくするだけだ」

男はランプティ・バンプティを背負い、おれに代金を支払って帰っていった。

この惑星唯一の植民地都市のはずれにあるおれの店へは、一日平均二、三人の客がやってくる。その日はもうひと組、母親につきそわれた五歳の男の子がやってきた。少年を引っぱって母親がやって来たと言うべきかもしれない。子供は泣きわめいていた。

「やだ。やだ。わあ。背中に瘤ができるなんていやだ。堪忍して。堪忍して。もっと勉強するからさあ。片輪になりたくないよ」

「天才になるんです。片輪になるんじゃありません。馬鹿だねこの子は。どうして片輪になることが、いえ、天才になるのが厭《いや》なの。泣かないって約束だったでしょ」

「泣いたらぶん殴るっていうからさ。泣こうがわめこうがどうせ瘤をつけるんだから同じだって言うからさあ」

「その通りです」と、大声で母親がいった。「お前のためなんだからね。フォードさんのお家のマックス君も山口さんちのツトムくんもみんな背中に瘤がついてあんなに勉強がよく出来るようになったんじゃありませんか」

「やだ。いくら勉強がよく出来ても、あんな恰好になるのはやだ。あれは傴僂だあ」

「まだわからないのか」ぴしゃり、ぴしゃりと母親の掌が子供の頰で鳴った。「なぜそんなに聞きわけがないんです。これからはね、瘤つきでないと大学へ入れないのよ」

だが、子供は泣き叫び続けた。

「まあまあ。奥さん」おれは見かねて横から口を出した。「見りゃあ賢《かしこ》そうな坊っちゃんだし、別に瘤をつけなくったって充分勉強はできるんじゃないのかねえ。そんなに小さいのに、可哀想だよ」

「あなたはまた、わたしと一緒になってこの子を説得してくださるのかと思っていたら、それはいったい何を言い出すのです」母親が何かに憑《つ》かれたような眼でおれを睨《にら》みつけた。「できるだけ小さいうちにあの虫をくっつけた方が効果があるってこと、あなただってご存じでしょうが。早い方があきらめも早くつくんです。大きくなってからじゃ、よけい言うことを聞きやしませんよ」

「それそれ。それがいかんよ奥さん。やっぱり子供さんの意志だって尊重してやらなきゃあ」

「子供に何がわかるんです。わたしはこの子の母親ですよ。わたしがこの子の悪いようにするはず、ないでしょうが」彼女はまくし立てはじめた。「いずれは背中に瘤のある天才ばかりの社会になります。何もこの子が恥ずかしい思いをするようなことにはなりません。だって、誰だって瘤をつけているんですからね。何ですって。瘤をつけなくても充分勉強できるだろうですって。まああきれた。まああきれた。今の学校のことを何もご存じないのね。ほほほほほほ。瘤がないと完全に落ちこぼれるんですよ。天才瘤をつけてＩＱが二倍になった子供たちの中に混って、どこまでついて行けると思ってるんです。大学なんか、絶対入れやしないんだから」次第に眼が吊《つ》りあがり、声は限りなく悲鳴に近づいていった。「天才瘤をつけてさえ油断できないんですよ。あの子たちの間でもまた、激しい競争があるんですからね。やっぱり猛勉強しなきゃならないんです。こうしている間にも、もっと小さい時から瘤をつけた子供たちにどんどん差をつけられているんです。ええええええ。九九のできない子なんて小学校に入っても皆について行けないんですから。ああああああっ。近所の子はもうみいんな九九ができるのよっ。どうするのっ」ヒステリックにそう叫び、彼女は子供の頬をつねりあげた。

「ぎゃあああああ」子供がまた泣き出した。

「とにかく子供さんがそういう状態では、ランプティ・バンプティをつけてあげるわけにはいかんね」と、おれは言った。「無理やりくっつけたとしたら、息子さんは大きくなってからおれを恨《うら》むだろう。今だってもう、だいぶ大勢から恨まれてるんだから」

「いいえ」母親は胸をはった。「あなたを恨んだりはさせません。むしろ、偉くなれたのはランプティ・バンプティのお蔭だといって感謝することでしょう。あの時のっけておいてよかったと思い、あなたやわたしに感謝するんですわ。そうに決ってます」

「ところが、ちっともそうに決ってないんだよな」おれは苦笑した。「たとえ偉くなったって、ランプティ・バンプティのお蔭だなんて思やしないんだよ。自分にはもともと偉くなれる能力があったと思うんだ。そして邪魔っけな瘤を憎み、自分の不恰好な姿を呪《のろ》う。たいていは自分をそんな姿にした両親と喧嘩《けんか》して家をとび出し、次はおれたち業者への攻撃を始めるってわけだ。それにまた、大勢の人間がランプティ・バンプティを背負ったためいっせいにIQが二倍になったとしようか。するともともと頭の悪い子はもともと頭が良かった子にくらべてその差も二倍にふえるって勘定だ。IQ百と百十の差は十だけれど二百と二百二十の差は二十だもんね」

「何わけのわかんないこと言ってるんです。瘤がなきゃ差は百二十も開くんです。頭の悪い人ね」

「いやいや。まあ待ちなさいよ。母親のあんたにそういう考え方をしろという方が無理かもしれんが、これは何もこの坊やのことだけを言ってるんじゃない。ランプティ・バンプティを背負ったからといって必ずしも大学でいい成績をとり社会で成功するわけのもんじゃないってことを言いたかっただけさ。こういう連中はなおさらおれたちを恨むわけでね。その憎しみがどれだけ激しいものか、矢おもてに立たされたことのないあんたにゃわからんだろう。

都心の老舗《しにせ》など、若い連中から爆弾を投げ込まれている。おれはそんな目にあうのはまっぴらだ。まあ、いったん帰っても一度子供さんとよく話しあってもらうことだね。二、三年もすりゃ子供さんだって自分なりの判断ができるようになり、あるいはその気になるかもしれないよ」おれは喋り終えて肱掛椅子を立ち、自分の事務机に戻って伝票を調べるふりをした。

しばらくは唇を嚙《か》み、肩を顫《ふる》わせながらおれの方をじっと見ていた母親が、鋭い眼を息子に向けてぎゅっと睨《にら》みつけた。

呻《うめ》くように、彼女はいった。「この馬鹿が」立ちあがった。「こ、こ、この馬鹿。この馬鹿が。せっかくつれてきてやったというのに。ううう」きいっ、と怪鳥のような叫び声とともに両手の指さきをまむしに折り曲げて彼女はわが子にとびかかった。「お前が泣くから売ってもらえないんじゃないか。ええええええええ。この馬鹿。この馬鹿」子供の胸ぐらをとり、怒りにまかせて力いっぱい殴りはじめた。縁なし眼鏡が落ちそうになるほど眼球をとび出させていた。

「痛あい。痛あい」子供が泣き叫んだ。「助けて。助けて。おじさん。助けて」

母親は一瞬打擲《ちょうちゃく》する手をとめ、息をのんだ。「おじさん助けてだって。まああああ、この子は」きいと叫び、狂ったように息子を殴打しはじめた。「わたしはお前の母親なんだよ。何と思ってるの。えええええ。この子は。この子は」

「ひい」あまりの痛さにたまりかね、ついにひと声大きく悲鳴をあげて子供が逃げ出し、ドアをあけてランプティ・バンプティのいる奥の部屋へとびこんだ。

「待て。待たないか」母親はスカートの裾《すそ》をひるがえして子供を追った。

「わ。そこへ入っちゃいかん」おれもあわてて二人を追った。

がしゃん、がしゃん、と、ランプティ・バンプティたちがいっせいに金網へとびついていた。母親は息子を奥の壁ぎわへ追いつめ、さらに殴りつけている。

「やめなさい」おれは振りあげた母親の手をつかみ、彼女の背中へねじりあげた。「坊やが死んじまうよ」

「痛い痛い。何するんです」母親がもう一方の腕をふりまわし、おれの頬をいやというほどぶん殴った。

「何するんだ」おれはかっとして母親をつきとばした。

彼女はふっとび、檻《おり》の金網を破ってランプティ・バンプティたちの上へ倒れこんだ。破れた金網で彼女の服が鉤《かぎ》裂きになり、露出したその背中を狙って赤黒だんだらのランプティ・バンプティがとびついた。

「きゃあ。とって。とって」仰天して立ちあがり、彼女はあたりを踊り狂った。「早くとって頂戴」

「檻の修繕が先だ」おれは破れめからとび出してきたランプティ・バンプティどもを檻に戻し、金網の補修をはじめた。

「くっついてしまう。くっついてしまう」母親は床にぶっ倒れ、背中のランプティ・バンプティをとろうとし、なま白い太腿《ふともも》を見せてのたうちまわった。「早くとって」

「なあに。あとしばらくは大丈夫だよ」釘《くぎ》を打ちながら、おれはわざとのんびりそう言った。

「いっそのこと、あんたもつけたらどうかね」

「いや。いや」彼女はわめいた。「わたし女よ。女は馬鹿でいいの」

「あきれたね。そんなことをいう女がいる限り、女の社会的地位は向上しないよ」おれはゆっくりと母親に近寄り、彼女の背中へここを先途《せんど》としがみついているランプティ・バンプティに手をかけながら厭がらせに念を押した。「ほんとにとっていいのかね。せっかくだ。坊やと一緒につけたらどうかね。あんたもつけるというのなら、坊やだってあるいは一緒につけると言い出すかも知れんよ」

「いや。いや。絶対にいや」

「自分がそんなにいやなものを、なぜ子供にくっつけるんだい」

ランプティ・バンプティを背中からひっぺがしてやった途端、彼女は立ちあがっておれに向きなおり、鼻息荒く宣言した。「わたしはあなたに暴行されました。訴えてあげますからね。まず、主人に電話をします。電話はどこにありますか」

毎度のことでこのての騒動には馴れている。おれは落ちつきはらって彼女に電話のあり場所を教えた。彼女は亭主の勤務先へ電話した。

騒ぎはさらに小一時間続いた。すぐに亭主がとんでくる。女房のひどい様子を見て血相を変え、訴えるといきまく。おれは平気である。訴えるなら訴えろ。そのかわり同業者全部に電話してあんたたちにはランプティ・バンプティを一匹も売るなと言ってやるがそれでもいいかというと敵は急に気弱になり、訴えないからランプティ・バンプティを売ってくれと哀願しはじめる。ついに母親がいろいろな書類を机の上に並べはじめた。

「これが内科の先生の健康診断書。これは幼児知能教育研究所の試験結果による意見書です。この子には天才瘤が必要であるという偉い先生がたのご意見です。それからこれはランプティ・バンプティをくっつけてもらったことに対し、あとでいっさい文句はいわないという、主人と私の誓約書です。ほら。息子もここに拇印《ぼいん》を押しています」

どうせだますか押えつけるかして無理やり捺印《なついん》させたにきまっている。

「まあ、こういった書類は本来、おれたち商人に対してはなんの効力もないんだがね」そう言っておれは笑った。「よくわかったよ。そっちにも、おれが押し売りしたのでないことをよく記憶に刻みこんでもらえたはずだから、もう売ってあげてもいい。ただし、おれが力ずくで坊やの背中にくっつけることだけはお断りだ。そんなことをしたら、それこそ坊やの記憶に悪徳商人としてのおれの姿があとあとまで刻みこまれることになる。死ぬまで恨み続けられるのはご免だからね。ま、家へ持って帰って、坊やが眠っている間にでもやっちまってくれないか。おととい、この場ですぐに子供の背中へくっつけようとした両親が、泣きわめく子供をとり押えようとして大乱闘の末、子供に五針も縫う大怪我をさせたばかりなんだ」

父親が大きな虫籠をぶら下げ、母親がまだしくしく泣き続けている息子の手を引いて帰っていったあと、おれは事務机の引き出しからウィスキーの大瓶《おおびん》を出し、いつものように飲んだくれた。

それからさらに二十年、ランプティ・バンプティは売れ続けた。濫獲による個体数の減少で値はどんどんあがり、ついにはひと財産なければ買えないほどの高値を呼んだ。しかしこうしたなんとなく不自然な種類の物ごとというものはだいたいにおいて限りなくエスカレートし続けるものではない。二十年めのある日を境に突然ランプティ・バンプティを買う人間がひとりもいなくなってしまった。値あがりを見越して大量に買いこんでしまっていたおれはたちまち破産し、酒と女に入れあげていたお蔭で商売替えをする資本もなく、店を人手に渡してルンペン生活をはじめることになった。

そんなある日、市内の公園でベンチに腰かけ、安ウィスキーの小瓶を片手にちびちびやっていると、まだ二十歳をいくつも出ていないと思える若いルンペンがやってきておれの隣りに腰をおろし、話しかけてきた。

「爺さん。おれ、あんたを知ってるぜ」

「ほんとうは爺さんと呼ばれる歳じゃないがね」おれは若いルンペンの背中を見てうなずいた。「あんたのことは憶えていないが、しかしなるほどランプティ・バンプティを背負っているな。おれが売ったやつかね」

「そうだよ」

「では、おれを恨んでいるだろうな」

若いルンペンは陽気に笑った。「商人を恨んでいるやつはあまりいないと思うよ。親を恨んでいるやつならたくさんいるだろうがね。じつはおれもそうだったんだ。十五歳の時に母親と大喧嘩して、そのあげく、とうとうぶち殺してしまった。刑務所行きさ。特赦で四日前に出てきたばかりだ。それより、あんたのその様子はいったいどうしたんだい。店はあれからあとも、ずいぶん景気よくやっているみたいだったけど」

「景気がいいのでいい気になっていたんだな。その報いで、ランプティ・バンプティが売れなくなったとたんにこの通りのざまだ」

「ランプティ・バンプティが売れなくなったということは知らなかった」若いルンペンが大声を出した。「いずれそうなるだろうと思ってはいたけどね。で、やっぱりあれかい、売れなくなった理由というのは、どこかに無理が出てきたからかい」

「うん。それもある」おれはうなずいた。「こぶ天才がふえすぎて、そのこぶ天才の中から社会的脱落者が出はじめたのもそのひとつだ。エリート教育を受けたやつはちょっとしたつまずきで自殺したり身を持ち崩《くず》したりする。また、あんたのように自分の姿を醜くした親や社会に対して反抗し、犯罪に走るやつも前以上にふえた。さらに、こぶ天才のほとんどが結婚不適格者であることもわかってきた。これはあんたにだって容易に想像できることだろうが、結婚相手のたいていの女性はむろん容姿を美しく保つためにランプティ・バンプティなど背負わなかった平凡な若い娘だ。一方こぶ天才たちは、これは職場でもそうなのだが、性格的に、自分より知能が下で能力が劣る人間を容赦できないという非寛容なところがある。ま、うまく行くわけないな。そこで離婚騒ぎがあい次いだ末、もともと容姿がよくないせいもあって女性から嫌われはじめたんだ」

「思っていた通りだ」若いルンペンが大きくうなずいた。「で、多少頭は悪くても瘤のない男性に稀少《きしょう》価値が出てきて、もてはやされはじめたわけかい」

「そうだ。それは職場でもそうだった。こぶ天才ときたら、同僚とは喧嘩する得意先の人間は怒らせる、上役の無能は糾弾する泣くわめく暴れる。そこで経営者たちは、これくらいなら天才でない方がましだと考えはじめた」

「しかし、仕事はよくできたんだろ」

「さあ。それが問題だ。仕事ができすぎたというのかやりすぎたというのか、連中ときたらこの惑星植民地のそれまでの文化の進行速度というものをまったく勘定に入れず、次つぎと新発明の新製品を大量生産して市民の経済感覚を麻痺《まひ》させるわ、他の植民地や地球本土と馬鹿でかい取引をして経済侵略だと非難され評判を落すわ、ついには政界財界に贈収賄《ぞうしゅうわい》など日常茶飯事というよくない傾向を作り出した。ま、それは一時的に経済の繁栄を生んだわけだがそれも歪《ゆが》んだ繁栄で、やがて社会のひずみがあらわになり、失業者やインフレや倒産や疑獄事件を生み出した。いちばん決定的だったのは、政財界の中心人物である老人たちがこぶ天才どものやりかたに恐れをなし、いずれは自分たちの地位を奪われるのではないかという不安を抱いて、重要な地位にまでのしあがってきたこぶ天才たちを片っぱしから見捨て、冷遇し、左遷し、馘首《かくしゅ》しはじめた。つまり働かせるだけ働かせておいてお払い箱にしたわけだね」

「なるほどなあ」若いルンペンが笑いながら溜息をついた。「ではなおさら、おれなんかの行くところはなくなってしまったということだな。で、そのこぶ天才たちは今、どうしてるんだい」

「もともと頭はいいんだから医者になったやつは成功しているよ。高い診療費をとるために、こぶ医者などと呼ばれていてたいへんな悪評だがね。芸術家になったやつもいる。他にもこぶ弁護士、こぶ税理士など、自由業のやつはだいたいうまくやっているようだな。それからまた、大天才になろうとしてランプティ・バンプティを背中へ縦に二匹もくっつけたいわゆるフタこぶ天才のほとんどは、孤独な科学者になってマッド・サイエンティスト的な狂気の沙汰としか思えない実験や発明をくり返している。しかし何しろこの惑星植民地の五歳ぐらいから四十歳ぐらいまでの男性の約半数、人数にして一千万人強がこぶ天才だ。おまけに協調の精神皆無という連中だから集まって何かやるということもできない。子供を除けばルンペンになったやつがほとんどだね。酔っぱらったりあばれたりして市民に迷惑をかけている。こぶ公害ということばもできた」

「弱ったなあ。あははは」あまり弱った様子も見せず、天才瘤を背負った若いルンペンが苦笑しながら頭を搔いてみせた。「おれ、どうすりゃいいんだい」

「あんたは、やけに陽気だね」と、おれは訊ねた。「どうしてだい」

「まあね」と、彼はいった。「おれは刑務所の中で悟りを開いたんだ。くよくよしたってしかたがないさ。さいわい知能は常人の二倍だから、生そのものを享受できる感覚も二倍になっていて、だから楽天的でいられるのかもしれない。ま、今のところはまだ、自分にそう思いこませようとしてる段階だけどね。そうだ」彼は何か思いついた様子で、おれに向きなおった。「こぶ天才の中にはおれみたいに楽天的なルンペンもいるはずだぜ。そういう連中はどこにいるんだい」

「ヒッピーになった」と、おれはいった。「そうだ。あんた、あそこへ行きゃいいよ。そういうヒッピーが多くなってきたので、政府は寺院を作って連中をそこへひとまとめにして入れた。あの寺院の中ではあんたみたいな連中が好き勝手なことをしていて、観光名所にもなっている」

「ほう。それはいいな」若いルンペンは顔を輝かせた。「では、そこへ行こう。で、それはなんという寺院だい」

「ノートルダム寺院とかいうそうだ」そう答えてから、おれは首を傾《かし》げた。「なぜそんな名前をつけたのか、おれは知らないがね」

顔面崩壊

シャラク星に行かれるそうじゃな。気をつけなされ。あの星では時折この非常に奇妙なことが起る。奈落笑い、などという現象が起ったり、へたをすると奪骨換胎《だっこつかんたい》などという事態に陥ったりもする。あそこへやらされる人間はたいてい縁の下の力持ちなどとおだてられ使命感に満ちて就任するのが普通じゃが、役割としては実のところ縁の下のもぐらもちに過ぎんので、まあからだを大事に仕事はほどほどにして任期を終え、何ごともなく戻ってくるのが一番じゃよ。

いろいろと教えてあげたいことは多いのじゃが、とりあえずひとつだけ、いちばん気をつけねばならぬことを教えて進ぜよう。ご存じとは思うがあの星はひどく気圧が低い。登山はお好きかな。では高い山の頂きに立った時の状態は経験なさっておられよう。ま丁度あのようなものでな。馴《な》れてしまえばどうということはない。だがここで要心せねばならぬのはあの星で当然お前さまが主食になさることになるじゃろうドド豆の料理の仕方じゃ。あの星で栽培できるのはこのドド豆ぐらいのものでな。こいつはただでさえたいへん固い豆で、ましてあの星の気圧ではまともに煮《に》ようとしてもなかなか煮えんわい。山頂で米を炊《た》くようなもんじゃ。まわりは柔らかくなっても芯《しん》は固いままじゃ。そんなものを食べては下痢をしてしまう。シャラク星で下痢をした時の恐ろしさ、その危険性、これについてもいろいろと話はあるが、まあ省《はぶ》かにゃなるまいな。

シャラク星でドド豆を煮る時は圧力釜《がま》を使って煮る。なに圧力釜はあっちの基地に備品として置いてあるからお前さまがわざわざ持って行く必要はない。それよりも問題はこの圧力釜の使いかたじゃ。一歩間違うとえらい目にあわにゃあならぬ。高温で、しかも水分の発散なしに煮ることができるので短時間ですみ、しかも燃料をさほど使わなくてよいという点は便利じゃが、そのかわり釜の中は高圧じゃから危険きわまりない。安全弁をよく調節せずに、蓋《ふた》を固定してあるボルトをゆるめたりすれば、たちまち蓋がはじけとぶ。蓋だけではないぞ。中で煮えくりかえっていたドド豆が四方八方へいっせいにとび出す。爆発と思えばよろしい。熱くて柔らかい弾丸の一斉射撃を受けたようなもので、これを顔一面に浴びるとどういうことになるとお思いかな。

ドド豆というのは地球産の豆と同じで蛋白質《たんぱくしつ》や脂肪を主成分としておるから、これが芯まで柔らかくなるくらいに煮えた時というのはご存じのように摂氏百何十度という高温にまで達するわけで、これが猛烈な勢いではじけとんできたらせいぜい一ミリほどの厚さしかない薄い顔面の皮膚などひとたまりもなく破れてしまう。皮膚どころではなくその下の脂肪の多い皮下組織さえ通り抜け、ふつうは顔面筋肉と呼ばれておる表情筋の中にまでめり込みおるのじゃ。それというのもドド豆が地球でいうグリーン・ピースつまりえんどう豆のようにほぼ完全な球体で、しかもあれよりもやや小さいから、そのため散弾に近い効果でもって顔全体にくまなく拡がり、しかもそのひとつひとつがたいへん強く深く食いこむことになり、実にはなはだ厄介なことになってしまう。たとえば爆発の際、釜から約四十センチ離れたところに顔があったとすれば、だいたい二センチ平方に一粒の割合いで命中する。したがって顔全体でいえば直径約五ミリか六ミリの丸い穴が三十から四十、点点とあくことになるな。で、どういう顔になるかというと、痘痕《あばた》とも違うし吹き出物でもなく、地球上にちょっと比較できるものがないので形容に困るのだが、とにかくたいへん気持の悪い顔になることは確かじゃ。しかし気持が良いとか悪いとかいうことを感じるのはもっとあとの話であって、その時は熱いものだからたいていの者はあっとかわっとか叫んで両手で顔面を覆う。ドド豆の一斉射撃を受けてしまってから顔を覆ってももう遅いのだが何しろ人間のやることであってそこまで考えている余裕はない。だがな、せめてこの時、力いっぱい顔面を押さえつけぬよう気をつけることじゃ。ドド豆が表情筋のさらに奥まで食いこむことになるし、特に眼瞼《がんけん》部《ぶ》つまり閉じた瞼《まぶた》の上を押さえたりすると人間のここの部分は耳介《じかい》、亀頭、陰嚢《いんのう》などと同じくいちばん皮膚の薄いところなので、煮え豆を眼球に押しあててすり潰《つぶ》し、失明してしまうことになる。まあ顔面を押さえつけないのが一番であろうがなにしろ反射的行動なので咄嗟《とっさ》には理性が働かぬ。ま仕方あるまいな。

さて顔面筋肉つまり表情筋の中にめり込んだドド豆をどうやって取り出すかが問題になるのだが、これはたとえばピンセットなどでひとつひとつつまみ出そうとしても、何しろ相手は芯まで煮えているのですぐにぐずぐずと崩れて粉になってしまうからたいへん始末が悪い。当分の間そっとして抛《ほう》っておかねばならぬ。いかに煮豆といえど長く抛っておけば干涸《ひから》びてかちかちになり、取り出しやすくなるからな。ただし全体を外気に当て、陽あたりのいい場所に抛っておくのとは違い、人間の肉体をば穿《うが》って食いこんでおるから、人体の湿度と体温のため固くなるのにはだいぶ日数がかかる。根気が必要だが、まあ地球と違いあの惑星にはほかに誰も居らんので、ひと前に出るのにその顔では恥ずかしいということもなく、さほど治療を急ぐこともない。

ドド豆が顔にめり込んだ直後、早く冷やそうとして冷たい水を顔へぶっかけるという手もあるが、ご想像の通りこれにはとてつもない苦痛が伴う。ま、やれたらやって見なさい。ぎゃっと叫んでとびあがって、おそらく七転八倒じゃろう。うんといって悶絶《もんぜつ》してしまうかもしれん。また、勢いよく水の出ている蛇口の下へ顔を持っていったりすればその勢いでドド豆が潰れてしまう。何もせず、そっとしておくに越したことはないぞ。布か繃帯《ほうたい》でぐるぐる巻きにし、といっても、顔をそのまま剝《む》き出しにしておいてはいかん。この場合特に恐ろしいのは顔にあいた穴の中へ虫や微生物がとびこんでくるのを防がねばならぬ。この場合特に恐ろしいのはタイコタイコ原虫という原生動物で、こいつは人間その他高等動物の皮下脂肪が大好きという厄介な単細胞動物なのじゃ。ご存知とは思うが人間の皮膚は三つの層に分かれていてな。いちばん外側が表皮、その下が真皮、そのさらに下にこの皮下脂肪の層がある。タイコタイコ原虫がドド豆によって穿たれた穴の中へとびこんできたとしようか。おお。なんと穴の内壁には彼の大好物の皮下脂肪が、なかば焼け爛れながらも輪のように丸く露出しておるではないか。タイコタイコ原虫は大喜びでこれを食いはじめおる。食うといっても原虫のこととて口ではなく、皮下脂肪を少しずつ偽足でかかえこみ、これを体の表面から吸収するわけだが、栄養をとるにつれて分裂をくり返し、新たにできた多くのタイコタイコ原虫が偽足をからみあわせて巨大な集合体となり、どんどん真皮の裏側、つまり真皮と筋肉の間へもぐり込んで行きおるのじゃわい。

たとえ顔全体を布または繃帯で覆ったとしても、このタイコタイコ原虫の侵入はある程度覚悟しておかねばならぬ。なにしろこの原生動物はシャラク星の代表的な単細胞動物で、地球でいうならばミドリムシに相当するといわれるほど個体数が多く、勢いよく繁殖する。したがってどっちみちなにがしかは布や繃帯の隙間からもぐりこんで顔の穴に入りこみおるのじゃ。

このタイコタイコ原虫、ただ闇雲にもぐりこみ、食い進んで行きおるのではない。単細胞動物なりにいずれはどこかから這い出さねばならんと考えておるらしく、皮下脂肪を食いながらもいちばん近くの穴めがけて突き進んで行きおる。なにしろ表皮と真皮とは両方合わせても顔の部分でせいぜい〇・四ミリから〇・八ミリぐらいの厚さしかないので、その下の部分に穴を穿たれたらその穴は皮膚の上から透けて見え、赤い条痕としてくっきりと顔面に浮かびあがる。その結果どういう顔になるかというと、顔に点点と散在する黒い穴のひとつひとつから周囲の黒い穴へかけて赤い筋が放射状に走るわけなので、つまりは顔全体に網の目のような赤い紋様が浮かびあがるのじゃ。

そうなってしまった時にはすでにこのタイコタイコ原虫、皮膚の下で猛烈に繁殖してしまっておるわけなので、もはや網の目だけにとどまらず今度はそれぞれの条痕の途中から支線をば枝わかれさせて穿ちはじめ、やがては顔いっぱい隙間なしに食い拡げて行きおる。つまり網の目が次第にこまかくなっていき、最後には顔全体がまっ赤になるわけで、この時期において感覚的にはどうかというと、ご想像の通り夜も眠れぬほどの痛痒感《つうようかん》に悩まされることになる。

痒《かゆ》いからといってここで顔を掻きむしったりすればどえらいことになるぞ。なにしろ皮下脂肪の層が完全になくなり、皮膚は表情筋から遊離してぺこぺこと浮いておるわけだし、さっき言ったような薄さしかないので、爪を立てたりすればたちまち皮膚はぺろりと捲《めく》れ、ぼろぼろになり、ばらばらと剝げ落ちてしまう。まあ皮膚そのものはすでに筋肉から浮いておるので、かえって剝《は》がれてしまった方が早く新しい皮膚ができることになり、むしろその方がよいのかもしれんのだが、具合の悪いことは新しい皮膚ができるまでの間、表情筋が赤く露出したままであるという点なのじゃ。皮下脂肪はタイコタイコ原虫に食われてなくなっているので、新しい皮膚ができるまでにはずいぶん時間がかかる。それまでの間はその見っともない顔のままでおらねばならぬ。

どのような見っともない顔になるかというと、これはすべては表情筋が剝き出しになったが為に見っともない顔になるわけなので、どんな人間といえども皮膚を一枚剝げばこれと同じような顔になるのだが、ただまあふだんは見馴れないものであるが故《ゆえ》に見っともないと感じるのじゃ。まず額はというと、ここには前頭筋という筋肉があり、この筋は額一面にこまかく縦に入っておる。で、この前頭筋は皺眉筋《しゅうびきん》、鼻根筋といったものにつながり、眉間《みけん》の方へ寄ってきておるため、常に眉間に皺《しわ》を寄せているように見え、この上なく不愉快な表情に映る。眼の周囲には眼輪筋というのがあり、細い筋が眼をぐるりと取り巻いておって、これがまるで顔全体をめがねざるという下等な猿の顔のように見せる不気味な効果をあたえておる。鼻の両側には鼻筋という帯状の筋肉が縦に下がっていて、これは口の両端を吊《つ》っているように見え、まことに醜怪なものじゃ。口のまわりは眼輪筋と同じような口輪筋という筋肉によってぐるりと取り巻かれていて、生蕃《せいばん》の口の周囲の刺青《いれずみ》のような奇怪至極のものに見える。口輪筋の両端からは頰へかけて口角挙筋、小頰骨筋《しょうきょうこつ》、大頰骨筋などがななめにはねあがっていて、これは口の端っこを上に吊りあげる時の筋でな、口で言っただけではわかるまいがまことにいやらしい感じがする。

まあそういう具合で、露出した表情筋は顔全体に渦巻き、走り、流れ、隈《くま》どりをしておるからこれはもう一種異様な表情の顔面となり、鏡などを見たら本人自身がひきつけを起してひっくり返るという物凄《ものすご》さでな。この赤い表情筋のところどころからは、さらに顔面動脈や顔面静脈などの血管、耳下腺などの内外分泌器官、表情筋を支配している顔面神経などが、あるものは白くあるものは茶色く、またあるものはピンク色とか紫色とか、そうしたさまざまな色彩でもってちょろりちょろりと顔をのぞかせていて、顔全体にお祭りめいた賑《にぎ》やかさをあたえておる。おまけにそれら表情筋には点点とドド豆によって穿たれた黒い穴があき、奥には白っぽくふやけたドド豆が居すわっておるので、尚《なお》さらもってまがまがしくもおぞましい顔になるという寸法じゃ。

　そのまま何ごともなければ表情筋の外層部は皮膚組織の機能を果たそうとして赤黒く固まり、調節変化しはじめる。ところがあいにくそうはならぬ。タイコタイコ原虫こそいなくなるものの、シャラク星にはまだデロレン蠅《ばえ》という厄介な昆虫がいて、こいつが筋肉の襞《ひだ》の間だの、またはタイコタイコ原虫が食い残した脂肪細胞に生じておるマーガリン結晶だのに黄色い卵をぶちゅらぶちゅらと生みつけおる。いろんな塗り薬を顔面にこすりこんでおけば大丈夫と思うかもしれんが、筋肉の襞の一本一本にまでまんべんなくこすりこむことは不可能だし、デロレン蠅やその卵によくきく薬というのはまだ発明されておらんのでな。さてこのデロレン蠅の卵は生みつけられて四時間後に孵化《ふか》する。体長〇・一ミリにもみたぬ孵化したばかりのこの微細なデロレン蛆《うじ》は、筋肉の襞のさらに奥までもぐりこみ、顔面静脈めざして筋肉中を食い進んで行くのだが、この時どのような感覚が襲ってくるかというと、意外にもそれは非常に強烈な快感を伴った幻覚なのじゃよ。

　この幻覚はどうやらデロレン蛆がでろれんでろれんと筋肉を食い進む途中、表情筋を支配しておる顔面神経にでろれんでろれんと接触するがため生じるものらしい。つまりデロレン蛆は末梢神経に刺戟《しげき》をあたえ特殊な活動電流を起させる機能を持っておるらしいのだが、その辺のところの機微はまだよくわかっておらんようじゃ。

どういう幻覚が起るかというとそれは身も心も浮き立つ華やかなお祭りの幻想でな。突如として叢《むらが》り立つ赤や白さらには金銀だんだら綾錦《あやにしき》の幟《のぼり》や旗や吹きながし。と同時に大太鼓や小太鼓、笛や拍子木《ひょうしぎ》による狂躁的なエイト・ビートの音楽が地の底から湧きあがってきたかのようにまき起り、高鳴る。祭りだ。祭りだ。歌い、叫び、わめき、手を打ち、踊り、足踏み鳴らす群衆。そりゃあもう、だしぬけにその騒ぎのまっただ中へ抛《ほう》り込まれたように感じるなまなましい幻覚じゃ。ここで興奮のあまり自分も踊り出すわけだが、さて幻覚の中で踊っているのか実際にからだを動かして踊っているのかとなると、これはあとから考えてもどちらだかわからぬ。それぐらい迫真的な幻覚でな。ま、手足のあちこちに怪我をしているところから考えれば、おそらくは実際に踊って手足をどこかへぶつけたのであろうが。しかも踊れば踊るほど全身に官能的な快感がつっ走り、しばしば射精もする。この場合はむろん、本当に射精しとるよ。

で、そうした幻覚症状は四、五日続くのだが、のべつ続いておるわけではなくたまにはお祭りから解放されて正気に戻る時がある。この時に食事や何やかや、生命を維持するのに必要な日常のことをいそいで済ませておかんと衰弱して死ぬことになるぞ。またできるだけ正気でいる時間を長びかせようとするなら、この期間中には絶対に鏡をのぞきこまぬよう注意せねばならぬ。自分の顔を見るや否やたちまち、またしても幻覚に襲われるからじゃ。

このころ、顔の方はだいたいどういう具合のものになってきているかというと、以前にも増して凄《すさ》まじいものになっておってな。デロレン蛆に食い荒らされた筋肉がぼろぼろになっており、こちらでもだらり、あちらでもだらりと、繊維束が食いちぎられた部分を顎《あご》の下まで垂れ下がらせておる。血管や神経繊維も同じで、あるものは垂直に、あるものは弧を描いてぶら下がっておって、ところどころには今や肉眼で見えるまでに成長した黄色いデロレン蛆が群をなして蠢《うごめ》いておるわ。この顔面の賑やかに崩れた様子とその派手な色彩、さらには腐りかけた肉が発する不飽和脂肪酸の一種独特の臭気が、たちまちにしてお祭りを思い起させおるのじゃ。叢り立つ赤白金銀だんだら綾錦の幟や旗や吹きながし。大太鼓小太鼓笛拍子木の狂躁的なエイト・ビート。祭りだ。祭りだ。歌い、叫び、わめき、手を打ち、踊り、足踏み鳴らす群衆。そらきたというのでまた踊り出してしまう。

こうなってしまえばもうドド豆などわざわざほじくり出そうとする必要もなく、ドド豆ども、筋肉がぼろぼろになったため、めりこんでいた穴がなくなったことに気がついて、勝手にぱらりぱらりとこぼれ落ちて行きおるわ。幻覚がおさまった頃にはすでに筋肉そのものもあちこちで骨が露呈するほどにまで食われてしまっておってな。頬骨や鼻骨は剝き出しになっておって、顔の中央では鼻腔《びこう》がぽっかりと黒い穴をあけておる。唇もなくなっていて歯が丸見えになり、にたにた笑っておるわい。しかしまあ、それ以上筋肉がなくなって、顔面の骨が丸ごと剝き出しになるといったことはない。これはつまりデロレン蛆が、目標とするところの顔面静脈にたどりつき、血管をばでろれんでろれんと食い破ってもぐりこんで行ってしまいおったからなのじゃ。

デロレン蛆どもは自分がもぐり込んで行けそうな太さの顔面静脈あるいは眼角静脈を発見すると、さっそく血管に穴をあけ、その中に這いこんでいく。したがって顔のあちこちから出血することになるが、この出血量はたいしたことはない。ずたずたになった筋肉の繊維が常に血を含み、顔全体がじゅくじゅくしていて、時おりぽたり、ぽたりと血がしたたり落ちる程度でな。貧血を起す、といったようなことはなく、もし貧血を起したとすればそれは手前の顔を見て貧血を起したのじゃ。

顔面静脈にもぐりこんだデロレン蛆は、そのまま血液の流れに身をまかせ、血管の細い部分から次第に太い部分へと移動して行く。そのままどんどん進めばやがては内頸《ないけい》静脈にたどりつき、上大静脈へなだれこんでしまうことになるのだが、ここで急に、流れに身をまかせることをやめ、九十度方向転換し、流れにさからって舌静脈の方へ入っていきおる。なぜそういうことをするのかというと、わしはデロレン蛆ではないのでその気持まではわからんが、考えるに、顔面静脈の流れに乗っているうち、より細い血管が合流してきてだんだん血管が太くなり流れも強くなるので、デロレン蛆にしてみればそのままではどこまで運ばれてしまうやら、どこへたどりつくやらわからんわけだから、幼虫ながらもやや身の危険を感じ、不安になるのではないか、そこであわてて流れにさからい、脇道の舌静脈へもぐりこんで行きおるのではないかと、こう思うのだがどうじゃろ。というのはこのころになるとこのデロレン蛆、そろそろ蛹《さなぎ》にならねばならんので、その為には蛹になっている間落ちついていられる安全な場所を見つけねばならぬ。それには流れの強い太い血管よりは細い血管の方がよいわけなので、それでまあ比較的速やかに毛細血管にまでたどりつけそうな舌静脈へ入りこんで行きおるのではないかと、わしはそう思うのじゃ。

舌静脈を逆にたどったデロレン蛆は、もはや相当からだも大きくなっているので血管が細くなってくるとある場所から先へは進めなくなる。そこで舌根のあたりで舌静脈を内側から食い破り、上下縦横に横紋筋が走っている舌の中へと出てきて、さらに舌の先へ先へと筋肉の中を食い進むのだが、この時どう感じるかというと意外にも痛みは少ない。そしてあのお祭りの幻覚を見るのと同じような理由で味覚が混乱する。つまり甘いコーヒーを飲めばこれがカシミール・カレーの如き辛さに感じられて思わずとびあがったり、熱いコンソメ・スープを飲むならばひどく酸っぱい冷やした果実酒のように感じられる。具合がいいのは生野菜を食べると上等のステーキ肉のような味がすることで、あそこには肉などないからこれをいい機会にたっぷりと味わっておけばよろしい。野菜はいくらでもあるし、ふだん野菜が嫌いでビタミンCが不足しとる人は多いから、そういう人にとっては栄養のバランスをとるためのまたとない機会かも知れんぞ。言っとくがドド豆だけは食ってはいかん。食うのはいいが嚙み砕いてはいかん。大便の味がする。と言ってわしもまだ大便は食ったことがないが、まあ、大便を思わせる味じゃからな。

行きどまりの舌の先で、デロレン蛆は蛹になってしまう。一匹や二匹ではなく二十四も三十四もがここへ寄り集まってきて蛹になるので、舌の先はふくれあがってしまう。指でつまんでみると中の蛹どもはみな石のように固くなってしまっておる。これを抛っておいてはならんぞ。蛹からかえったデロレン蠅が舌の先を食い破ってとび立とうとする時、行きがけの駄賃に舌の筋肉をたっぷり食い荒して行きおるからな。ではどうするかというと、こやつらが蛹でおる間に舌の先を切り捨ててしまうのじゃ。

　それはもちろん痛い。しかし蛹どもがいる部分の舌端の組織はどうせ壊死《えし》してしまっているので切り捨ててしまっても生命に別条はない。まず蛹どものいる舌端を指で強くぐいとつかみ、できるだけ長く口から引っぱり出す。次に剃刀《かみそり》の刃を舌の先から二センチほど手前の、舌体の側面に当て、横にすうっと切断するのじゃ。

　舌はもちろん短くなる。少し喋《しゃべ》りにくくはなるが、訓練さえすればほれ、わしのようにちゃんと人にわかることばで喋れるようになる。なんじゃと。ああそうか。つまりわしの顔がそれほどの災難に会ったようには見えぬと言いたいわけじゃな。それは今わしが人工顔面をかぶっておるからじゃ。取って見せようかの。ほらこの通り。近頃は扮装用に開発されたこの人工顔面もえらく精巧になってきて表情まで変えることが。顔色が悪いようだが、気分でもすぐれんのかな。おや。どうなされた。これ。しっかりなされ。これ。しっかりなされい。

最悪の接触《ワースト・コンタクト》

「呼び出したのは他でもない」局長が、すでに不吉な予感にふるえているおれの顔をじろりと見てからそっぽを向き、話しはじめた。「マグ・マグ人というのが接触《コンタクト》したいと言ってきた。地球の人間はまだ誰ひとりマグ・マグ人に会っていない。で、地球とマグ・マグが本格的な交際を始める前に、例によって試験的に、代表的地球人ひとりと代表的マグ・マグ人ひとりを一週間だけ、この基地のドームのひとつで共同生活させることになった」

案の定ぞっとしない。いや、ぞっとする仕事である。「それにわたしが選ばれたわけですか」

局長は大きくうなずいた。「その通りだ。この基地がマグ・マグにいちばん近いそうだ」

「共同生活させる場合は平均的な、常識ゆたかな代表者であることが望ましいわけでしょう」

「自分はそうではない、と言いたいわけだな」にやりと笑ってから局長は急にデスクの彼方《かなた》でおどりあがり、おれに指をつきつけてわめきはじめた。「その通りだ。お前は酔っぱらいで、怠けもので、喧嘩《けんか》早くて、しかも非常識だ。くそ。なぜおれの部下たるや、どいつもこいつも」気を静めようとしてか局長は局長室の中をぐるぐると歩きまわりはじめた。「しかし、他に誰がいる。チャンは完全な慢性アルコール中毒で、いつもピンクの象を供にひきつれている。ストーンフェイスは自閉症だ。誰とも話をしないし仕事もしない。サンチョは酒は一滴も飲まないが怒りっぽくて、相手も場所もわきまえずにナイフを抜く。バクシは真面目でよく働くが、することなすことヘマだらけ、あいつの居た場所へあとから行ったら、今までああいつがそこにいて一生けんめい働いていたことはひと眼でわかる。ものが滅茶苦茶に壊れていなかったことは一度もない。だが、その点お前は」椅子に腰をおろし、ゆっくりとおれにうなずきかけた。「酒は飲むがまだアル中ではない。怠けものだが自閉症ではない。喧嘩はするものの殺人鬼ではない。非常識ではあるが完全な馬鹿ではない」

「ひどすぎる」さすがにむっとして、おれは口を尖《とが》らせた。「いくらなんでも、それほどのことはありませんん」

何か言い返そうとした局長が、思いなおしておれに笑いかけた。「そう。その通り。いくらなんでもそれほどのことはない。お前は基地内で一番の平均的常識人だ」真顔に戻り、命令口調になった。「お前がマグ・マグ人と共同生活をするのだ」

異種族は大嫌いだったがしかたがない。どうやら一週間だけ我慢するほかなさそうである。

「で、そのマグ・マグというのはどういう連中なのです」

局長はちょっといらいらし、指さきで机を叩《たた》いた。「それがわからんからお前に共同生活をさせるのだ。風俗習慣、生活態度、ものの考えかた、性格、そうしたことすべてを観察し、相手から学びとってこなければならん。相手もお前からそれを学ぼうとするだろうから、教えてやれる事柄はすべて教えてやらねばならん」

「学べなければどうなります。たとえばその、相手がテレパシイ種族であればこっちにその能力はないし、もしジェスチュアだけしかできない唖《おし》の種族であれば」

「そういうことなら交信ですでにわかっている。マグ・マグ人はお前が学校で学んできた筈のヒューマノイド共通語を喋《しゃべ》ることができる」

おれはほっとした。「ヒューマノイドですか。つまりナメクジ型やクモ・タコ型ではないわけですね」

「うむ安心しろ人間型だ。さらに彼らの呼吸しているのは弗素《ふっそ》でも塩素でも硫化水素でもない。酸素だ。ヒューマノイドだから当然のことだが彼らの望む気圧も温度も重力も地球人のそれとたいして違わない」

「問題はわたしの相手として選ばれてくるやつです」と、おれは言った。「いくら善良な種族でもわたしの相手が兇暴《きょうぼう》ではかないません」

「それも安心しろ」あてつけがましく局長はおれをじろじろ見ながら答えた。「こっちと違ってあっちは本拠のマグ・マグからやってくるんだ。厳選された優秀なマグ・マグ人に決まっとるよ。くれぐれも粗相があってはならんぞ」

マグ・マグとの数十度の交信、地球本部との百回を越す打ちあわせの結果、試験結婚、などと呼ばれてもいるらしいその異星人との共同生活の日どりが決定し、新しいドームが基地のはずれに建設され、マグ・マグから送ってきた什器《じゅうき》備品を含め、世帯道具など一式が運び込まれた。

その日、おれがドームへ出発するため身のまわりの品を袋へ詰めこんでいると、バクシがやってきて報告した。「マグ・マグからの船、さっき来て、マグ・マグ人ひとり、ドームに入って行ったよ。あなたも早く行く、いいよ」

「どんなやつだ」

「男だよ」

「そりゃまあ、そうだろうさ」男と女に共同生活なんぞさせて宇宙混血でも生まれた日には大騒ぎである。

「髪は白みたいなうす茶色。背はあなたより少し低いよ。遠くから見ただけだけど、ちらりとこちら振り向いたの一度だけ見たら眼が真っ赤だったよ」

「それがちょっと、気にくわんな」イエウサギのようにアルビノの種族なのだろう、と、おれは思った。眼球の真っ赤なアルビノには地球でも二、三度会ったことがある。むろん、あまり気持のいいものではない。

小型の気密車でサンチョにドームの前まで送ってもらい、おれは減圧室兼用のエア・ロックに入った。ここで気密服を脱ぎ、いよいよマグ・マグ人のいる部屋に入る。

おれはもともと無愛想な方である。いつも通りの態度で押し通した方が不自然でなくていいのではないか、とも思ったが、平均的常識人というふれこみで会うのだから少しは愛想よくした方がよかろうと考えなおし、多少芯《しん》が疲れるが平均的常識人の振舞いをできるだけ思い出しながら真似ることにした。

ドアが開くと、マグ・マグ人はにこにこ笑いながらこちらを向いて立っていた。知的な顔をしていて、われわれ日本人であれば眼球の、黒眼の筈の部分が真っ赤であるほかは、地球人と特に変わったところはない。おれも笑顔を作り、荷物をフロアーに置くとすぐ、両掌を拡げてななめ前方に差し出した。たいていのヒューマノイド型異星人に悪意がないところを見せるにはこの方法が一番だと教わっていたからである。

「よろしく。タケモトです」

ところがマグ・マグ人は両手を背中の方へまわしたまま、おれにうなずき返した。「よろしく。ケララです」

両手をうしろへまわすことによって恭順の意を示す種族も二、三ある。おれもあわてて両手を背中にまわした。

その途端、ケララというそのマグ・マグ人は、背後に握っていた棍棒《こんぼう》を振りかざし、おれの脳天を一撃した。

眼がくらんだ。「いてててててて」

おれはいったんぶっ倒れ、怒りでなかば逆上し、すぐとび起きて叫んだ。「何をする」相手が地球人なら殴りかかっているところだ。おれはけんめいに自制しながらケララを睨《にら》みつけた。

ケララはにこにこしていた。「よかった。死ななかったね」

怒りを忘れ、おれは一瞬唖然《あぜん》とした。相手の意図を悟ろうとしながら、おれはゆっくりと椅子に腰をおろした。「死ぬところだったぞ」

「あなたを殺して何になりますか」ケララは笑いながら、テーブルをはさんでおれと向かいあい、腰をかけた。「死なないように殴ったよ」

またもや怒りがぶり返し、おれはテーブルを叩いてわめいた。「だから、なぜ殴ったと訊《き》いているんだ」

ケララは真顔になり、ちょっと怪訝《けげん》そうな表情をした。「だから言ったでしょ。わたしはあなたを、殺さなかった」

おれは憤然として立ちあがり、わめいた。「殺されてたまるか」

「なぜ、そんなに怒る」ケララもあわてた様子で立ちあがり、心から不思議がっている顔つきでおれを見つめた。「あなたはわたしに殺されなかったのだから、しあわせではないか」

「馬鹿」おれはわめき散らした。「それが好意のしるしだとでもいうのか」

「落ち着きなさい。そこ、掛けなさい。ゆっくり説明するよ」ケララがおれに椅子を示し、自分も掛けた。

「マグ・マグでは挨拶がわりに殴るのか」瘤《こぶ》を調べながら呻《うめ》くようにおれはそう訊《たず》ねた。

ケララは眼を丸くした。「殴るなんてとんでもない。そんな挨拶がどこの世界にありますか。殴る痛いよ」ポケットから紙箱を出し、おれに突き出した。「煙草、吸うか」

「ほう。マグ・マグにも煙草があるのか」おれは手をのばした。「一本貰おう」

「もちろん、マグ・マグにも煙草はある」ケララは煙草をひっこめてしまった。「しかし、わたしは吸わない」紙箱を破り、中に入っていた十本ほどの煙草を全部ばらばらに千切りほぐして屑籠《くずかご》に捨ててしまった。

あっけにとられていると、ケララはテーブルの上に散らばった煙草の屑をふっ、ふっと吹きはらいながら喋りはじめた。「常識と常識とぶつかるところに、新しい文明生まれるね。相反する習慣の交じりあいで新しい文化できる。それ、あなた認めるか」

よくわからぬなりに、おれはうなずいた。「そこまでは認めよう」

突然、ケララが泣きはじめた。「なぜ、そんなものを認める必要があるか」おれを見つめながら涙を流し、おろおろ声で彼は言った。「なぜあなたがそれを認める必要ありますか。わたしならともかく」

泣くとは思っていなかったので、おれはちょっとどぎまぎした。「悪いことを言ってしまったようだな」

ケララは立ちあがった。「いや。あなたはいいことを言ったのだ」涙を拭いながら彼は部屋の中を歩きまわり、さっきおれを殴りつけたあの棍棒を床から拾いあげた。

またやる気かと思っておれは腰を浮かせ、身構えた。

「あなたはとてもいい人だ」ケララはおれを見つめてそう言うと、棍棒を力まかせに自分の後頭部へ叩きつけ、ぶっ倒れた。

あわてて駈け寄ると気を失っていた。こいつを理解するにはだいぶ時間がかかりそうだと思いながら、おれはケララを抱き起し、部屋の隅にあるベッドへ運んだ。

次に棍棒を拾いあげ、焼却炉を作動させて投げ込んだ。なんの為《ため》に持ちこんできた棍棒かは知らないが、まさかマグ・マグ人の生活必需品ではあるまい、百害あって一利なしと判断したのだ。

ケララを寝かせたベッドとは反対側の隅にあるベッドを自分用のものと勝手に決めてごろりと横たわり、おれはマグ・マグ人の基本的なものの考え方を、今までのケララの言動から想像してみようとした。しかし、もちろんそんなもの想像できるわけがなかった。混乱するばかりである。あきらめて起きあがると、いつの間にかケララも起きあがり、ベッドに腰かけてこちらを見ていた。

「腹、へった」とケララは言った。「あなた、飯、作れ」

夕食の時間ではあったが、いやに横柄《おうへい》な言いかたなので、おれにはこのケララが本当にマグ・マグの平均的常識人なのかどうか疑わしく思えはじめてきた。「いやだね。それにおれは命令されるのも厭《いや》だ。お前作れ」

ケララは嬉しそうににたにた笑いながら立ちあがり、おれの方へ近づいてきた。

気持が悪い上に少し恐ろしくもあり、おれはまた身構えた。「最初はお前が作るんだ。な。

次はおれが作る。交代で作ろう。な。そうすれば互いの食生活の違いがわかるだろう。いや。嗜好《しこう》の違いというべきかな。そうだろ。な」

な、な、と言い続けるおれの方へますます近寄ってきたケララは、今にもよだれを流しそうに口もとをゆるめ、嬉しげに両手をこすりあわせた。「本当に、飯、わたし、作っていいか」

「ああ。頼むよ」

いそいそとキッチン・ブースへ入って行くケララのうしろ姿を眼で追いながらおれはいささか不安になった。どんなものを作るつもりだろう。おれが食えないようなものを作るのではないだろうか。しかしまあ、さほど心配することはあるまい。もし万が一食えないようなものなら、おれが自分の分だけもう一度作りなおせばいいのだ。

ケララは鼻歌をうたいながら料理を作っていた。マグ・マグのポピュラー・ソングででもあるのだろう。変な曲である。YOU，D BE SO NICE TO COME HOME TOに似ていて、いささかバレた曲だ。

あいつったい、マグ・マグではどんな仕事をしていたのだろう、とおれは思った。職業を訊けばあいつのものの考え方をつかむきっかけになるかもしれない。

キッチン・ブースの前まで行き、スクリーン越しに声をかけた。「あんたの商売はなんだね」

ケララは鼻歌をやめた。「わたしの商売かい。それは聞き洩《も》らした」

「なんだって」

「聞き洩らしたんだ」

「何を」

「あんたが今訊ねただろう。わたしの商売だよ」

どうも何か勘違いをしているらしい。

「じゃ、あんた、どの程度の学校教育を受けたんだね」とんでもない馬鹿ではないか、とおれは疑ったのだ。

「わたし、まずまずまずまともな教育を受けたね」

まずまずまずまともな答えが、はじめて返ってきた。

「専門は」

「専門かね。ずいぶん長かったよ。ちょうど区画整理があってね。みじめなものさ。いやもう、二度とあんなおこぼれにはありつけないだろうよ。あんたやわたし以外にはね。しかしまあ、それがいわゆる、専門の、専門らしいところだろうけどね。あははは」

何が何やらさっぱりわからない。

会話をあきらめ、部屋の中央に戻り、テーブルについて待つうち、ケララがにたにた笑いながら料理の皿をふたつ持ってキッチン・ブースからあらわれた。「でけた」

「肉じゃないか」テーブルに置かれた皿をのぞきこみ、おれは眼を丸くした。「この基地に来て以来肉なんてものにはとんとお目にかかっていない。マグ・マグから持ってきた肉だな」

「マグ・マグ人、肉が好きだよ。自分以上に好きだ。なぜかというと自分も肉だからだ」ケララはナイフやフォークを並べた。すべて地球製のものとよく似ているが材質は金属ではなさそうだった。「だから利害関係のある者と一緒に肉食わないね」

「それはまた、どういう意味だい」

「あなたとなら、わたし肉食うという意味だよ。さあ食べるね」柔らかそうな肉のひと切れを、ケララは口に抛りこんだ。

それを見て安心し、おれもたっぷりと白っぽいソースのかかった肉をひと切れ切り、口に入れようとした。

その時、ケララが立ちあがり、眼を輝かせてにたにた笑いながらテーブルを迂回《うかい》し、おれの傍《そば》へ走り寄ってくると耳もとで吠えるように叫んだ。「その肉食う。あなたの命それ限りね。わたしその料理に毒入れたよ」

しばらく茫然としていたおれは、ケララのことばの意味を理解し終えるなりナイフとフォークをテーブルに叩きつけて立ちあがった。「くそ。おれを殺そうとしたな」

「なぜ怒る」ケララは驚いた様子で眼を丸くし、おれを見つめた。「殺す気なんかじゃなかったことはわかるだろう。毒が入っていることを教えたんだから」

おれはケララの胸ぐらをつかんだ。「料理に毒を入れた。それは認めるな」

ケララはおれの手を振りはらい、ヒステリックに叫んだ。「なぜわたしがそんなこと認めなければならない。あなたならともかくとして」泣きはじめた。「ひどい誤解だ」

「どう誤解したっていうんだ」おれはわめいた。「これじゃおちおち飯も食えない。いつ殺されるかわからん」

ケララは泣きやんでおれを不安そうに見た。「そうなのかい」

「何がそうなのかいだ。おれはお前のことを言ってるんだぞ。お前はおれに毒入りの料理を食わせようとした」

ケララは嬉しげに両手をこすりあわせた。「そうそう。そしてそれをあなたに教えてあげた」

「だから感謝しろとでもいうのか。馬鹿な」あきれ果て、おれはまた椅子に腰をかけた。

「なぜそんなことを。だいいち料理が無駄じゃないか」

「ちっとも無駄でないよ。料理を作らなければわたしそれに毒入れられない」

「あ」おれはのけぞった。「おれに、毒が入っていることを教えるためにこの料理に毒を入れ、毒を入れるためにこの料理を作ったと、そう言うのか」

ケララはおどりあがった。「ついにあなた、わたしを理解した」おれの両手を握り、ぴょんぴょん跳んだ。「わたしたち友達。わたしたち友達」

おれもなかばつりこまれて立ちあがり、やけくそになって一緒に跳んだ。「おれたち友達」

「わたしたち友達」

馬鹿ばかしくなっておれは跳ぶのをやめ、ケララの手をはなした。「ちょっと待てよ。まだおかしいところがあるんだ」

ケララもうなずき、考えこんだ。「そう。あなた、まだちょっとおかしい」

「何言やがる。おかしいのはそっちなんだ」気が狂いそうになってきたのでおれは自分のベッドに戻り、横たわって頭をかかえこんだ。

ケララが傍へやってきて、おれを覗《のぞ》きこんだ。「どうかしたのか」

「頭が痛い」

「そうか」ケララはうなずいた。「わたしは痛くない」また鼻うたでさっきの曲を歌いながら、彼は部屋を歩きまわりはじめた。

むかむかと腹を立てながらケララを横眼でうかがうと、彼は何かを捜している様子で床の上を見まわしながらうろうろしていた。

「あの棍棒なら、焼却炉に投げこんだぜ」

ケララはおれを見て、首を傾《かし》げた。「棍棒って、カレブラッティのことかい」

「あれはカレブラッティって言うのか」おれは少し不安になった。「あれはマグ・マグ人の生活必需品だったのかい」

「そうだよ」

「そいつは悪いことをしたな。燃やしちまった」

だが、ケララは平然としていた。

おれは訊ねた。「あれは、何に使う道具だったんだね」

「頭を殴る道具だよ」

おれはあきれた。「では、生活必需品なんかじゃ、ないじゃないか」

ケララは床に眼を落し、呟《つぶや》くように言った。「でも、まだ毒薬があるから」

おれはとびあがった。「まだ何かに毒を入れる気か」ケララに近づき、おれは手をさし出して唸《うな》るように言った。「さあ。毒薬を渡せ」

ケララはじっとおれを見つめていたが、やがて悲しげにかぶりを振った。「駄目だ。あれだけは渡せない。地球人は毒を手に入れるなりすぐ服《の》んでしまうと聞いている。渡したりしたら大変だ」

「何を言ってるんだ。自分で毒を服んだりはしないよ」

ケララは、今度は決然としてかぶりを振った。「むろん最初はそう言うだろうがね。しかし渡せない。わたしが管理するよ」

おれはさし出していた手をおろし、ケララを睨みつけた。「管理が聞いてあきれるぜ。また料理に入れるつもりだろう」おれもかぶりを振った。「そうはさせない。おれは今後、自分の料理を自分で作る」おれは急に空腹を覚え、キッチン・ブースへ歩きはじめた。「やれやれ。もう一度作りなおしか」

その時、きえええええええっという悲鳴とも怒号ともつかぬ奇妙な叫び声をあげてケララがおれの背後へ駈け寄ってきた。驚いて振り返ったおれの胸板に、ケララが勢いよくとび蹴《げ》りをかけてきた。おれはぶっ倒れた。

「あなた、二度と料理を作るなど言ってはいけない」激しい怒りに頬を引攣《ひきつ》らせながら、ケララは倒れているおれの横にしゃがみこんで胸ぐらをつかみ、強く揺さぶった。「あなた、なんという不謹慎なこと言うか。今夜の料理、あの毒の入った食えない料理よ」

おれは怒鳴り返した。「だから食える料理を作るんだ」

ケララがわめいた。「何度言ったらあなたわかるか。あなた料理する。わたしの作った料理、無駄になるよ。わたし、なんの為にあの料理、毒入れた思うか。明日の朝の料理まで、あなた待ちなさい」

「待てないよ」ケララの手を振りほどいて立ちあがった。「おれは腹が減ってるんだ」

「だが、わたしは減っていない」

おれは、どんと床を踏み鳴らした。「おれは料理を作るぞ」

キッチン・ブースへ行こうとするおれの前に立ちふさがり、怒りに唇を顫《ふる》わせてケララはポケットから小型の光線銃らしいものを出した。

「銃を出したな」おれは立ちすくんだ。

「そうか。これ、銃のように見えるか」ケララはうなずいた。「なるほど誰が見てもこれは銃に見える。おそらくあなたにもこれが銃のように見えるだろう。しかし、だまされてはいけない。実はこれは銃だ」

「ふざけるな」おれは吠えた。「おれに飯を食わさぬつもりか」

「わたしがどんなつもりでいるかはどうでもいいことではないか。問題はあなただ」

「そうとも問題はおれだ。おれは腹が減っている」

「わたしは減っていない」

おれは議論をあきらめ、ふらふらと自分のベッドに戻り、崩れるように腰をおろした。どうやら明日の朝まで空腹に耐えなければならぬようだ。どうしても耐えられなくなれば、この気の狂ったマグ・マグ人が寝ているうちに起き出して、こっそり何か作って食えばいい、とおれは考えた。

ケララはテーブルにつき、じっとおれを見つめた。「あなた寝ないのか」

何をされるかわかったものではないから、おちおち寝てもいられない。「お前が寝たらおれも寝る。寝ないのなら寝ない」

「では、どちらもするな」と、ケララは言った。「わたしこれから、この料理食べる」毒の入っていない、自分用の料理を食べはじめた。

むしゃくしゃし、おれは腹立ち半分に厭味を言った。「腹が減ってないんじゃなかったのか」

「空腹時には食べないことにしている」ケララは食べ続けた。

ケララに背を向け、ドームの壁に鼻をつきつけて考えごとをしようとしたが、空腹の為かだんだんうすら寒くなってきたので、おれはまた起きあがり、毛布を捜して荷物をほどいた。

だが、地球側からの荷物の中に毛布はなかった。

「毛布はないか」と、おれはケララに訊ねた。

「どっちの毛布だ」ケララが言った。「寝るための毛布か。起きるための毛布か」

真顔で訊ね返しているので、冗談を言っているのではないと思い、おれは説明した。「地球の毛布は両方兼用だ」

「ああ。それなら」ケララはうなずいた。「どちらもない」

ないのなら訊き返すな、と言い返してやりたかったが、口論したらまた混乱するだけだ。室温は地球人にやや低く、マグ・マグ人にはやや高くドーム外で調節されているので、おれはありあわせの服を二着ほど着こんでまた横になった。

ものを考えるのが苦手なおれだが、そのおれに難題が押しつけられた。ケララに代表されるマグ・マグ人のものの考えかたの原理をつきとめよという難題である。冗談ではないのだ。ものを考えるのが苦手な人間に異星人のものの考えかたなどわかるわけはない。それでも考えなければならぬ立場に追いこまれてしまった。しかたなく、おれは考えはじめた。

ケララはおれをぶん殴ったり、おれの料理に毒を入れたり、まかり間違えば死ぬようなことばかり仕掛けてくるが、これはもしかするとマグ・マグ人というのが死を弄《もてあそ》ぶことに喜びを感じる種族だからではないだろうか。そういう二元論が本当に成立するのかどうかは知らないが、たとえば地球人にだってエロスとタナトスという二大衝動があるというではないか。それによれば生への衝動は愛だの食欲だので大っぴらに表面にあらわれるが、死への衝動というのは無意識内に閉じこめられ、滅多に噴出することがないそうだ。マグ・マグ人はこれがあべこべで、相手が自分の死への衝動を触発させてくれることを喜ぶ傾向があり、したがって逆に今にも殺しそうなことをして見せるのが相手に対する礼儀であり、相手を喜ばせる最良の方法ということになっているのではあるまいか。

どう考えてもそれ以外にケララの行動を解釈できる理屈は見出《みいだ》せなかった。それが正しいか間違っているかを試みる方法はひとつだけある。ケララを殺そうとして見ればいいのだ。

眠ったふりをしてゆっくりと寝返りをうち、うす眼をあけて見るとケララは食事を終えて食器をキッチン・ブースへ運んでいた。何か兇器はないかと考え、キッチン・ブースにある包丁以外何もないという結論に達した。相手は光線銃らしき銃を持っている。下手に襲えば逆襲されて射たれてしまうだろう。ケララが銃を入れた上着を脱いでベッドに入るまで待ち、寝こみを襲わなければならない。

二時間後、おれはケララの寝息を確かめてから起きあがり、キッチン・ブースへ入っていって包丁を手にとった。常夜灯だけのうす暗い部屋に戻るとケララは暑いためか上半身裸になり、自分のベッドで仰向《あおむ》けに寝ていた。

「いやあごう」包丁を逆手に持って振りかざし、おれはわけのわからぬことをわめきながらケララのベッドへ突進した。

眼を醒《さ》ましたケララは寝ぼけ眼《まなこ》でおれを見てさすがに驚いたらしく、ふにゃと叫んでベッドから転がり落ちた。わざとひと呼吸遅らせ、おれはベッドの上へ深ぶかと包丁を突き立てた。

上着のポケットから銃をとり出そうとして焦りながら、ケララは悲鳴まじりに叫んだ。

「あなたなぜわたし殺すか」

「びっくりしたかい」おれはにやにや笑いながらうなずきかけた。「嘘だよ。本当に殺す気なんかなかったんだ」

室内灯を明るくしてから、ケララはつくづく不思議だという表情でおれの前に歩み寄り、おれの顔を覗きこんだ。

「あなた、なぜそんな馬鹿げたことするか」手に銃を握っていた。

おれはちょっとおろおろした。「だって、殺されかけるのが好きなんだろう」

ケララは哀れみをこめておれの顔を見まわした。「殺されかけることが好きだなんてやつはいないよ。あなた、そんなやつがいると思うか」

おれは口を尖《とが》らせた。「しかし、あんただっておれを二度も殺しかけたじゃないか」

「そうだよ。でもわたし今、あなたがなぜこんなことやったか訊いている」

「だからそれはその」おれはどぎまぎした。「あんたがやったのと同じ理由だ」

「あなた、わたしがやった理由、知っているのか」

「いや。それはまあ、想像しただけだが」

「あなた胡麻化《ごまか》している」銃口をあげた。怒りで唇を顫わせていた。「どんな想像したか言えないだろう」

「ま、待ってくれ。言う。言う」おれはへどもどし、気を落ちつかせるため椅子に掛けた。

ケララも銃口をこちらに向けたまま、机をはさんでおれと向きあった。

おれは説明しようとした。「どう言っていいかわからないんだが」

「だったら黙れ」

「ま、ま、待ってくれ。話しかたを考えているんだ。つまりこうだ。おれはあんたたちの精神構造を考えた」

「精神構造は考えるものではない。精神構造が考えを生み出すのだ」

「あんたがたの心理を想像した」

「嘘だ」ケララは叫んだ。「本人が前にいるのだから訊けばよい筈《はず》だ。できることなぜしない」

「訊いてもわからないと思って想像した。頼むから最後まで黙って聞いてくれ。どう想像したかというと、つまり人間にはエロスとタナトスへ向かう相反する衝動が」約一時間、おれは汗びっしょりになって自分の考えたことを彼に説明した。「これでわかっただろう」

「わかった。あなたが何を喋《しゃべ》っているか以外は」

大声で泣き叫ぼうとしておれは大きく口をあけた。だが、最初の遠吠えが咽喉《のど》を通過するより早く、ケララの持った銃の先から赤い線が射出され、それはおれの口の中へとびこんだ。

ケララがにやりとした。「マグ・マグでいちばん強烈な香辛料だ」

転がりながらキッチン・ブースへ行き、水を三リットル飲み、まだげえげえ言いながらおれは部屋にとって返した。「今度こそ承知しない。貴様を一度だけ殴る」

笑顔を消し、ケララはまた首を傾げた。「あなた、わたしが何か悪いことするたびに必ず怒る。どうしてだ」

おれは啞然とした。「悪いこととわかっていながらやっているのか」

当然、と言いたげにケララは頷《うなず》いた。「そうだよ。この絶壁辛子《からし》油を飲ませる。誰でも死にかける。これ悪いことだよ。わたしが良いことと悪いこと区別できないとでも、あなた思うか」

「悪いことと知りながらなぜやる」

「人間が悪いことする時、たいてい悪いことと知っていてやるよ」

おれはわめいた。「そんなこと訊いてはいない」

「では何を訊くか。なんでも訊きなさい。あなたの知らないことなんでも答えてあげるよ」

おれは床にべったりと膝《ひざ》をついた。「おれにはなんにもわからない」涙が出てきた。「もう、まったく、なんにもわからない。おれは馬鹿なんだ」わあわあ泣いた。「あんたたちのことが、ひとつも理解できない」

「それならひとつだけ理解できたのではないか」ケララもおれの前に膝をついた。「わたしたちのことが理解できないことを理解したのはたいしたものだよ」

「ありがとう。ありがとう」

泣きわめくおれをケララは立たせ、腕をとってベッドへ導いた。「心配はいらない。われわれは結構うまくやっていけるよ。最初の数世代は他愛ない喧嘩ばかりしていてどちらかが滅亡するかもしれないけど、なに、そういうこと、よくあることよ」

くたくたに疲れていたので、おれはすぐ眠ってしまった。

翌朝早く、おれは空腹に責め苛《さいな》まれて眼醒めた。昨日からのおれに対するケララの影響力はたいしたもので、おれの頭には空腹感で腹がいっぱいなどというケララ式の変な表現が浮かんだ。ケララはまだ寝ていた。ふらふらしながらキッチン・ブースに入り、おれはスープ、トースト、コーヒーという簡単な朝食を作った。

食器を盆にのせて部屋に戻ると、ケララが自分のベッドに腰かけて何ごとか考えこんでいた。

「もう起きたのか」おれは声をかけた。「そこで何をしている」

「わたしここで、いつものように困っている」

「力を貸すぜ」トーストにかぶりつきながらおれは言った。

突然、ケララはおれを睨みつけた。「あなた、悪いやつとつきあっているな。そいつと手を切るなら、むしろわたしがあなたに手を貸してあげてもいい」

おれは眼を白黒させた。「悪いやつって誰だ」

「あなた自身だ」ケララはおれに駈け寄ってきて耳もとで叫んだ。「あなたわたしのものを盗んだ」

コーヒーにむせ、おれは咳《せ》きこんだ。「何を盗んだっていうんだ」

ケララはコーヒーの香りに鼻をひくひくさせた。「嗜好品だな。これはものを盗みたくなる嗜好品の匂いだ」

「そんな嗜好品など地球にはない。これはコーヒーっていうんだ」おれは立ちあがった。

「ひとを泥棒扱いするのはよせ」

「あなたが泥棒か泥棒でないか、調べるのに手を貸してあげるよ。まず第一にわたしが何を盗まれたかわかるか」

「知るもんか」

「それがあやしい。あなた、わたしの盗まれたものの値打ちを知ろうとしているな」

馬鹿ばかしくなり、おれはまた食事を続けた。「疑うならおれの荷物をひっくり返して調べたらどうだ」

「ないに決まっている」ケララはおれと向きあってテーブルにつき、おれを見つめた。「わたし昨夜夢を見たが、それはわたしの見るべき夢ではなかった。わたし、自分の夢見られなかった」

おれはケララを見つめ返した。「盗まれたものというのは夢か」

「あなたが自分の夢ととりかえた」

「そんなことできるものか」おれは吐き捨てるように言った。「寝ごとをいうな」

「それならあなた、昨夜どんな夢見たか」

「変な女の夢を見たな」

「その女が盗んだのかもしれない」ケララは言った。「その女、どっちへ行った」

「どっちへ行ったか、そんなこと知りたくもないよ」おれはわめいた。「あのての女はおれの好みじゃない」

「わたし、あなたの過去の女の遍歴話せと言っているのではない」

「誰が話すと言った。いったいあんたは何が知りたいんだ」

「それを聞いてどうする」

「知るもんか」

「知らないこと訊きなさい。なんでも教えてあげるよ」

わお、と叫んでおれは立ちあがった。いくら種族が違うとはいえヒューマノイド型知的生命体同士の会話がここまで食い違える筈はない。これは故意の食い違いだ。おれはそう確信した。

「どっきりカメラに違いない」おれは隠しカメラを捜してまわった。「これはおれを笑いものにしようとして、みんなが共謀《ぐる》になってひと芝居打っているのだ。局長も共謀《ぐる》だ。あんただってマグ・マグ人じゃあるまい。あまり売れていない地球人の役者だ。眼球に赤いコンタクト・レンズをはめているんだ。今ごろ地球じゃ、テレビでおれを見て笑いものにしているんだ」

茫然とおれを見つめていたケララが首を傾げて訊ねた。「あなた、何を捜しているか」

「隠しカメラだ」そう答えてから、おれはケララを振り返った。「そうか。隠しカメラなど捜さなくても、貴様の赤い目玉が本当かどうかを確かめればいいんだ」懐中電灯を出し、おれはケララに近づいた。

「何するか」

「じっとしていろ」おれはケララの眼球に明りをあてて観察した。

赤い瞳《ひとみ》は本ものだった。おれは唸った。「アルビノの役者か」

「どっきりカメラとは何か」と、ケララが訊ねた。どう見ても演技とは思えなかった。

考えてみればあの真面目な局長がそんなふざけたテレビ番組などにひと役買う筈がない。

おれはしかたなくケララにどっきりカメラの説明をした。「と、まあ、そういう具合にして人をだまし、驚くのを見て面白がるテレビ番組だ。たとえばレストランに入る。食事をする場所だ。そこでたとえばステーキを注文する。焼肉だ。ところが給仕はヤキソバを持ってくる。これではないというと今度はカレーライスを持ってくる」

ケララはじっとおれを見ながら訊ねた。「それの、どこが面白い」

「だって、注文したのではない料理ばかりが出てくるんだぜ」

「それは当然だ」と、ケララは言った。「わたしが給仕であってもそうするよ」

おれは訊ね返した。「マグ・マグの食堂では、注文したのではない料理が出てくるのか」

「今は地球の食堂の話をしているんだろう」

「いやいや。地球のテレビ番組の話をしているんだ。たとえばマグ・マグにだってテレビに相当するものはある筈だ。そのテレビに食堂が出てくることだってあるだろう」

「それはもはや映像化されていて、本当の食堂ではない」

「そりゃそうだ。しかし」

「そこで何が起ろうと驚くべきではない。なぜならそれは映像だからだ。映像を見てたとえ驚いてもそれは本当の驚きではない。驚かせようという意図にしたがって驚く驚きは本当の驚きではないし、人生の大部分の驚きはそういう驚きなので、むしろそういう場合は驚くべきではなく困らなければならない。なぜ困るかというと人生のほとんどがそうした驚きでない驚きによって困らされているからだ。そう考えてみると人生は困りもので、われわれが困りの人生行動と呼んでいるその困り困りが、たまたま人生の目的の困り困り困りに一致していることになる」

非常に本質的なことを喋り出したと思うものだからけんめいに聞いているうちにまたわけがわからなくなり、おれはあわててケララを遮《さえぎ》った。「飛躍があるぞ」

ケララはかぶりを振った。「飛躍していない。困りが困り困りになり、困り困り困りになるのだから、順を追って話している。むしろ飛躍というのは、飛躍がある、とか、冗談ではない、とか、無意味だ、とか、そういったことばの中にこそある」ケララは突然立ちあがり、真紅の眼球がとび出しそうなほど眼を剝《む》いて怒鳴った。「あなた、なぜ飛躍したことばでわたしの話を中断させたか」

おれはあわてて詫《わ》びた。「すまなかった。じゃ、黙って聞くよ」

「いや。別に黙って聞かなくていい。わたしだって黙っては喋れない」ケララはしばらく黙ったままおれを見つめた。「聞こえるか」

おれはとびあがった。「何も聞こえない」

「そうだろうな。まだ何も喋っていない」

おれは汗を拭った。「道理で何も聞こえなかった筈だ」

ケララは溜息《ためいき》をつき、あたりを歩きまわった。「やっぱりそうか。そう思ったからわたしも喋らなかったのだ」

おれは思わず悲鳴まじりの声で叫んだ。「あと一週間、こんな馬鹿げたことを続けるつもりか」

そして気が狂いそうな一週間が過ぎた。発狂しなかったのが奇蹟といってもいい一週間だった。ケララの言動はすべてにわたって常軌を逸していて、だが完全に常軌を逸しているかというと必ずしもそうとは言えず、変におれの知性に訴えかけてくるかと思うと時には文学的になったりもし、また、あまり驚かされてばかりいるのが癪《しゃく》なのでたまにはおれの方から非常識な振舞いに出たりするとそういう時に限って極めて常識的になり、なぜそんな馬鹿げたことをするのかと訊ね返してこちらを自己嫌悪に陥らせたりするのだった。殴りあい寸前になったこと十七回、ケララが自殺しかけたこと四回、おれが泣きわめいたこと二十六回、最後の二、三日などは双方とも情動失禁に近い状態となり、泣いたり笑ったりの連続だった。

最終日、迎えに来た船でケララがマグ・マグに戻ったあと、おれもサンチョの運転する気密車で基地内の居住ドームに戻り、首尾を局長に報告する元気もなくまっすぐ自分の部屋に行ってベッドに倒れ伏した。

翌日、局長から呼び出され、おれはしかたなく報告に出向いた。

「なぜ、すぐ報告に来なかった」局長が不機嫌そうにそっぽを向いたまま訊ねた。

「どう報告してよいかわかりませんでしたので」と、おれは答えた。「考える時間が必要だったのです」

「お前がしなければならんのは報告であって、考えることではなかった」と、局長は言った。

「お前が眠っている間に、マグ・マグと地球の間には国交を開始する約束ができてしまったぞ」

あっ、と、おれはのけぞった。「わたしの報告も待たずにですか」

「マグ・マグ代表からの報告だけで充分だろうと地球側が判断したためだ」

どんな騒ぎが起るかを考えておれはぞっとした。「ケララは、いや、マグ・マグ代表はどのような報告をしたのです」

「地球人はまことに交際しやすい善良な種族だ。常識もあり、時には知的でもあり、しかも情緒的には安定している。われわれとは必ずやうまくやっていくことができるであろう」

「そんなことを言ったのですか」おれは呻《うめ》いた。「地球ではそれを信じたわけですね」

「信じぬ理由は何もない」局長はおれを睨んだ。「たとえお前が正反対の報告をしていたって、わたしはお前よりもマグ・マグ人を信じただろうよ」

「どうなっても知りませんよ」おれはむかっ腹を立てた。「そうですか。ま、異星人崇拝という悪い傾向にひや水をぶっかけることになって、かえっていいかもしれません。も、えらい騒ぎになるに決まってるんですもんね。も、わたし知りませんからね。そうだ。おれだけがあんな目にあったんじゃ不公平だ。地球の奴ら、みんな半狂乱になればいいんだ。発狂しちまえばいいんだ。わし、知らんもんね。け。けけ。けけけ。けけけけけけ」

「気を静めんか。部屋に戻れ」と、局長が叫んだ。「落ちついてからでいいから報告書を書くんだ。業務なんだからていねいに書くんだぞ」

「はい。それはもう、ね」おれは出来得る限りの皮肉をこめて答えた。「一言一句をそのまま、ちょっとした仕草の端ばしまで、詳細に書きますよ。ええ。忘れようったって忘れられるようなもんじゃないんだから。もう」

自分の部屋で音声タイプに向かって五日め、タイプ用紙は三百枚を突破していた。書かねばならぬことはまだ百枚分もあった。

局長がとびこんできた。「なぜすぐ報告に来なかった」

顔色が変っていた。おいでなすったなと思い、おれは内心ほくそ笑んだ。地球から何か言ってきたに違いなかった。

「以前わたしが、どう報告していいかわからなかったと言った理由がやっとおわかりになったようですな。地球からなんと言ってきましたか」

局長はおれの部屋を歩きまわりながら喋りはじめた。「えらい騒ぎになっている。マグ・マグの代表団が地球へやってきた。代表団長が議会で演説をやった。議員の中から四人の発狂者が出た。代表団長は演説を終えるなり壇上で服毒自殺した。代表団員約三百名があちこちで滅茶苦茶をやりはじめた。小学校へ行って教壇へ立たせろと言い、支離滅裂な授業をして子供を半狂乱にしてしまうわ、ホテルの窓からベッドを落し、飛ばないといってフロントへねじこむわ、レストランで一万匹の蠅《はえ》をとばすわ、美術館の中で焚火《たきび》はするわ、往来で寝るわ、動物園のけもの全員にLSDを服ませるわ、宝石店をまるごと買って金を払わないわ、列車に乗せれば走行中に客車のど真ん中を前後に切断するわ、女性の尻に辣油《ラーユ》を注射してまわるわ、プールの中にミズヘビをうようよさせるわ、カーテンは燃やすわ皿は投げるわ、犬は殺すわ金は撒《ま》くわ、おまけにこのマグ・マグ人の言動に感化されて地球の若い連中までが面白がって滅茶苦茶を真似しはじめて、上を下への大混乱だ。マグ・マグ人の出たらめさをお前がすぐ報告に来ていればこんなことにはならなかったんだぞ。どうする気だ」

「でも、報告を待たずに勝手に国交を開始したのは地球なんだから、局長にはなんの責任もないんじゃありませんか。それとも局長は地球に、わたしの報告などなんの役にも立たんとでもおっしゃったんですか」

局長はことばに詰まり、じろりとおれを横眼で睨んで鼻を鳴らした。「まあいい。とにかくその報告書を早く仕上げてしまえ。基地の仕事が山ほどある」

局長がぷりぷりして部屋を出て行き、おれはまた報告書にとりかかった。

結局おれの書いた報告書は、地球本土に届けられはしたものの事態解決のなんの役にも立たなかった。ただ、どういうルートで流れ出たものか報告書の写しが外部の人間の手に入り、これがたまたまマグ・マグ語に翻訳されてしまった。さらにこれはマグ・マグ本土で単行本になり、マグ・マグ人の間で評判になってベスト・セラーにまでなったという。どういう意味かよくわからないが「人間がよく描けて」いたのだそうである。

付録

中央公論社ハードカバー版『東海道戦争』あとがき

この「東海道戦争」はぼくの処女短篇集である。ここに収録した作品よりも前に書いたものは、ショート・ショートばかりで、それはショート・ショート集の方へ収録した。「やぶれかぶれのオロ氏」は三十七年に書いたもので、ぼくがまだ大阪にいてデザイン・スタジオをやっている頃の作品。SF同人誌『NULL』に掲載した。商業誌には載らなかった。

その次が三十八年の「群猫」。これは旧『宝石』の別冊、SF特集号に載った。たしか一度、書きなおしを命じられた筈である。

「いじめないで」は、三十九年に『NULL』へ発表し、その後『サスペンス・マガジン』に転載された。「いじめないで」というタイトルは、編集長が考えたもので、最初のタイトルは「ジョプ」であった。

「お紺昇天」がぼくの『SFマガジン』の本格的初登場作品である。これが発表された三十九年の十二月に、ぼくは正式に日本SF作家クラブへ入会させてもらった。

四十年には「しゃっくり」「うるさがた」を次つぎに『SFマガジン』へ載せてもらい、野心作である「東海道戦争」の『SFマガジン』誌掲載が決定したのをきっかけに、結婚し、デザイン・スタジオをたたみ、上京している。春のことである。

夏に書いた「堕地獄仏法」が、原宿のアパートではじめて書いた作品で、これも『SFマガジン』に載った。

早川書房から処女短篇集を出してもらうことになり、ページ数が少なくなるというので短篇集掲載用に「チューリップ・チューリップ」を書きおろした。したがってこの作品は雑誌には載らなかった。

早川書房から「東海道戦争」が出たのは四十年の秋である。ポケット版のペーパー・バックで、装幀は真鍋博。はじめて自分の本を手にしたのは、銀座の近藤書店であった。ずいぶん嬉しかった。十年前のことである。

この本はもう、手もとに一冊しかない。表紙が破れている。しかも初版本ではない。綺麗な初版本を保存しておくべきであった。

このたび中央公論社からこうしてハードカヴァーの「東海道戦争」を出してもらうことになった。長男が少し出世したようなものである。このあと第二短篇集「ベトナム観光公社」と第三短篇集「アルファルファ作戦」も出していただくことになっている。ありがたいことである。


（昭和五十一年一月）

付録

中央公論社ハードカバー版『ベトナム観光公社』あとがき

処女短篇集「東海道戦争」を出版してから一年と四ヵ月後、この第二短篇集「ベトナム観光公社」を同じ早川書房から出版した。

「東海道戦争」が出た昭和四十年九月から、ぼくは処女長篇「四十八億の妄想」の書き下しにとりかかっていて、これが早川から出たのが十二月の末だから、結局三、四ヵ月で長篇を一本書いたことになる。他に原稿依頼がなかったからでもあろうが、今ならとてもこんな芸当はできない。書き下し長篇というのも、あとにも先にもぼくにはこれ一作である。

この「ベトナム観光公社」に収録した短篇は、「四十八億の妄想」を書いたのち、主に昭和四十一年になってから書いたものである。つまり「マグロマル」は『SFマガジン』四十一年二月号に、「カメロイド文部省」は同年四月号に、といった具合で、ほとんど隔月ぐらいに発表している。しかも同誌の九月号からは、第二長篇「馬の首風雲録」の連載をはじめているから、憑かれたように書き続けていたといっていい。妻を伴って東京へ出てきたという不安もあったのだろう。

「馬の首風雲録」を書きはじめるまで、『SFマガジン』には「トラブル」を七月号に、「火星のツァラトゥストラ」を八月号に掲載している。

原稿依頼は少なかったが、この年に学研の学習誌に「時をかける少女」を連載した。また『話の特集』誌からも註文があり、ここには「お玉熱演」「時越半四郎」「最高級有機質肥料」を書いている。また、『メンズ・クラブ』誌にも隔月でショート・ショートを書き、これに掲載したものはたいていショート・ショート集に収めたが、この本には「血と肉の愛情」だけを入れてある。これは中篇「幻想の未来」の一部を独立した短篇として書きなおしたものである。

と、いうわけで、SF専門誌以外からの収入も、ささやかながらあったようだ。はじめて中間小説誌からの註文があるのは翌四十二年、「ベトナム観光公社」が評判になってからである。「ベトナム観光公社」は「馬の首風雲録」の連載が終ったのち、『SFマガジン』四十二年五月号に掲載されたもので、これが読売新聞の書評欄でとりあげられ、たいへん褒められた。この時の書評欄の筆者が誰なのか、いまだにわからない。

じつは第二短篇集は、早川書房で「ベトナム観光公社」執筆以前から企画され、タイトルも「火星のツァラトゥストラ」と決められていた。ところが「ベトナム観光公社」が評判になったため、編集者の提案でこれをタイトル・ストーリイとして収録することにしたのである。そのため発行がいささか遅れたりした。

これには石川喬司氏の「筒井康隆論」が巻末についている。しかしこの原本ももはやどこの書店にも版元にもなく、ぼくもぼろぼろになった本を二冊持っているだけだ。

（昭和五十一年二月）

中央公論社ハードカバー版『アルファルファ作戦』あとがき

昭和四十二年六月に「ベトナム観光公社」が出て、表題作が一部で好評を得たため、中間小説誌にも書く機会ができた。

この年、「公共伏魔殿」を『SFマガジン』六月号に書き、「東京諜報地図」を『小説現代』七月号に書き、「アルファルファ作戦」を『SFマガジン』八月号に書き、といった具合で、専門誌、中間小説誌を交互にこなしている。

『SFマガジン』十月号に書いた「慶安大変記」は、学研の学習誌に書いたものを書きなおした作品である。さすがにちょっと疲れていたらしい。この月には「露出症文明」を『別冊小説新潮』に、また「近所迷惑」を『SFマガジン』十月増刊号に載せているからだ。

原宿のアパートはとてもせまく、妻の両親が「これでは娘が可哀想」と少し出資してくれたため、ぼくたち夫婦は青山通りに近い建売り住宅に引越した。引越すなり『オール讀物』の編集者が訪ねてきて、ずいぶん嬉しかったことを憶えている。この『オール讀物』には「台所にいたスパイ」を十一月号に、「脱出」を翌四十三年一月号に掲載している。

当時の日記を見ると、「ベトナム観光公社」が直木賞候補になったという通知は十二月二十一日に受け取っているから、ちょうど「旅」の掲載された『SFマガジン』二月号が発売された頃である。

「一万二千粒の錠剤」というのは、この前後にたしか『プレイボーイ』の依頼で書いたものだ。読むなり編集長が顔色を変えて怒っていた、ということを編集者から聞かされた憶えがある。なぜ怒ったのかはわからない。

「アフリカの爆弾」を『オール讀物』三月号に発表したのと時を同じくして「人口九千九百億」を『ＳＦマガジン』三月号に掲載しているが、この「人口九千九百億」は、じつは一度『小説現代』から没にされた作品だ。突っ返されたのがずいぶん不満で、『ＳＦマガジン』に渡す時も、書き直しはしていない。

早川書房と文藝春秋の両方から、短篇集出版の話があり、この時期の中間小説誌に書いたものだけを集め、「アフリカの爆弾」として三月に文藝春秋から出版した。そのため早川書房から出す短篇集の方は収録すべき作品数が不足し、出版がちょっと遅れている。「色眼鏡の狂詩曲《ラプソディ》」と「懲戒の部屋」は『小説現代』のそれぞれ四月号、六月号に掲載されたもの。この二作品でやっと一冊分にまとまった。ぼくとしては「アルファルファ作戦」が第三短篇集、「アフリカの爆弾」が第四短篇集のつもりでいる。「アルファルファ作戦」が早川書房から出版されたのは、四十三年の五月であった。

「東海道戦争」「ベトナム観光公社」「アルファルファ作戦」の初期三短篇集が、それぞれ新しくハードカバーに出世して刊行されることになったのは、中央公論社の宮脇俊三氏、横山恵一氏のおかげである。あらためて、厚くお礼申しあげる。

（昭和五十一年四月）

あとがき

　このアンソロジイにはわが初期の作品、それも多くは「SFマガジン」に掲載されたものが収録されている。ざっとタイトルを眺め渡して思うのは、この時代からの傾向としての実験精神であろう。いずれの作品もその頃の海外や国内の純文学作品、またSFにおけるイギリスのニューウェーヴ作品から強く影響を受けていて、特にそれは「フル・ネルソン」や「ビタミン」や「デマ」や「バブリング創世記」に濃くあらわれている。こんな作品をよく載せてくれたものだと思うが、この頃はまだ純文学雑誌とはつきあいがなかったため、こういう破天荒なものを掲載してくれるのは「SFマガジン」しかなかったのである。言語実験などもSFのうち、として寛容してくれたのだったろうか。「バブリング創世記」だけは中間小説誌「問題小説」の掲載だが、この雑誌は「弁天さま」という伏字だらけの作品を渡したところ新聞などで話題になり評判もよく、編集者が大喜びしてくれたので、調子に乗ってこんなものを書いたのだと思う。

最新短篇「漸然山脈」では、現代音楽や現代絵画の前衛性に比較して遅れていると思えた小説を、徹底的に脱構築しようと志向しているが、篇中のさまざまな試みはほとんどこの頃の作品のあちこちですでに試みられてしまっている。ここに収められた短篇のタイトルを眺めていて、つくづくそう思うのだ。進歩がありませんなあ。

編者解説

日下三蔵

日本SFが何時から始まったかについては、さまざまな意見があるだろうが、現在のSFジャンルに直結するエポックとして、一九五七（昭和三十二）年のSF同人誌〈宇宙塵〉創刊と、同年に同誌から星新一が作家デビューしたことをあげたい。つまり、今年二〇一七年は、星新一の登場から、即ち現代SFの誕生から六十年目に当たることになる。

およそ前半の三十年、昭和末期までにSFを読んでいた人は、第一世代作家の初期作品から第三世代作家の最新作品までを、ほぼ新刊書店で買うことが出来た。例えば、星新一、筒井康隆、小松左京の初めての文庫本が出たのは、三人とも七一年であり、その後、ほとんどの作品が文庫に入ってロングセラーとなっていたからである。

しかし、平成に入ると様子は変わってくる。刊行点数の増加に伴って出版のサイクルはどんどん早くなり、旧作の在庫が維持できなくなるのだ。多くの作品が絶版となり、古書店を利用しなければ読めない本も増えてきた。昭和のSFが「リアルタイム」の小説ジャンルだったのに対して、平成以降は「歴史」を持ったジャンルになってきた、といってもいいだろう。

歴史を現在の読者に伝えるためには、傑作選や全集といった形で名作をパッケージングする必要がある。六八年から七一年にかけて早川書房が刊行した《世界SF全集》には全三十五巻のうち日本作家の巻が六冊あるが、単独で収録されたのは、安部公房、星新一、小松左京の三人のみ。筒井康隆、眉村卓、光瀬龍は三人で一巻、他の作家は二冊のアンソロジー「古典篇」「現代篇」に入っているだけだ。そもそも第二世代作家の田中光二のデビューが七一年なのだから、収録作品も「第一世代作家の初期作品」に限定されていて、現在の目から見ると物足りない。

国産SFの歴史を総括するような企画が必要だという考えで書いたのが、架空の全集の解説という体裁のガイドブック『日本SF全集・総解説』（早川書房）であり、編集したのが刊行中のアンソロジー《日本SF全集》（出版芸術社）であった。

今回、ハヤカワ文庫から第一世代作家六人の傑作選を出すことになったのも、その一環である。各巻七〇〇〜八〇〇ページと、普通の本の二倍の作品を収めているので、著者によっては短篇だけでなく、長篇を入れた巻もある。初めてこれらの作品に触れる若い読者には新鮮な驚きを、かつて夢中でSFを読んでいた古参のファンには懐かしい感動を、それぞれお届けしたいと思っている。

なお、筆者の考えでは、この企画の一冊目は星新一の巻から始めるべきだと思うが、あいにく新潮社との独占契約のため、新編集の文庫版作品集を作ることは出来ないのだ。幸い二〇一七年現在、星新一の小説作品は絶版になっているものがひとつもないので、もしお読みでない方がいたら、新潮文庫版『ボッコちゃん』『ようこそ地球さん』『悪魔のいる天国』などを、ぜひ手にとっていただきたい。

という訳で、日本SF第一世代作家傑作選は、筒井康隆からスタートである。長篇および連作短篇集については、インプリントで途切れずに書店で買えるものが、もともと多かった。新潮文庫の『家族八景』『七瀬ふたたび』『エディプスの恋人』『富豪刑事』『虚航船団』『夢の木坂分岐点』『ロートレック荘事件』『旅のラゴス』『パプリカ』、中公文庫の『虚人たち』『残像に口紅を』、角川文庫の『時をかける少女』などである。

品切れになっていた作品についても、現在、出版芸術社から刊行中の《筒井康隆コレクション》（全7巻／既刊6巻）で大半を再刊することが出来た。そのラインナップは順に、『48億の妄想』『幻想の未来』『霊長類 南へ』『脱走と追跡のサンバ』『欠陥大百科』『発作的作品群』『おれの血は他人の血』『男たちのかいた絵』『フェミニズム殺人事件』『新日本探偵社報告書控』『美藝公』『歌と饒舌の戦記』『朝のガスパール』『イリヤ・ムウロメッツ』など。

オリジナル短篇集は解体されて、徳間文庫から六冊、新潮文庫から六冊、角川文庫から七冊のテーマ別再編集本が出ている（巻末の著作リスト参照）が、角川文庫の『にぎやかな未来』『農協 月へ行く』、新潮文庫の『笑うな』『おれに関する噂』『くたばれPTA』のように、初刊の形のまま復刊されるケースも増えてきた。そうなると本書の対象とすべきは、初期から中期にかけてのSF短篇ということになるだろう。

筒井康隆の活動期間は、大きく三つに分けられる。家族でSF同人誌〈NULL〉を発行し、江戸川乱歩に認められてデビューを果たした六〇年から、〈SFマガジン〉を経て中間小説誌に進出し、人気作家となる七〇年代末までが第一期。本書は、この時期の作品を対象とした。

八〇年代に入ると純文学誌にも発表舞台を広げる一方、一作ごとに新たな小説上の実験を行うようになる。作中で進行する時間とページ数が一致する『虚人たち』、文房具とイタチの宇宙戦争を描く『虚航船団』、小説世界から一文字ずつ音が消えていく『残像に口紅を』、大学の講義を小説化した『文学部唯野教授』、究極の叙述トリックミステリ『ロートレック荘事件』、読者の投稿を取り入れてストーリーが変化する新聞連載小説『朝のガスパール』等々。

九三年、旧作「無人警察」が教科書に採用されたことがきっかけで、安易な用語規制の風潮に一石を投じるために断筆宣言を行い話題となる。ここまでを第二期としよう。

俳優としても活躍しつつ、九六年に断筆を解除して作品発表を再開。老人たちの殺し合いを描いて高齢化社会を風刺する『銀齢の果て』、文壇テーマの『巨船ベラス・レトラス』、同じシーンが繰り返し反復される驚異の実験作『ダンシング・ヴァニティ』、ライトノベルに挑んだ『ビアンカ・オーバースタディ』、法廷で神とは何かを解き明かす最新作『モナドの領域』と、一期、二期で提示したテーマや技法をさらに深化させた作品が多く、円熟期と呼ぶにふさわしい。

七〇年代には、ファッションから言動まで、あえて「流行作家」を演じていたというが、近年は、それが「老大家」に変わったようだ。ブログのタイトル「偽文士日碌」も、文士のパロディを意図したものだという。

本書に収めた二十五篇の初出は、以下のとおり。

お紺昇天　〈SFマガジン〉64年12月号
東海道戦争　〈SFマガジン〉65年7月号
マグロマル　〈SFマガジン〉66年2月号
カメロイド文部省　〈SFマガジン〉66年4月号
トラブル　〈SFマガジン〉66年7月号
火星のツァラトゥストラ　〈SFマガジン〉66年8月号
最高級有機質肥料　〈話の特集〉66年10月号
ベトナム観光公社　〈SFマガジン〉67年5月号

アルファルファ作戦　〈ＳＦマガジン〉67年8月号
近所迷惑　〈ＳＦマガジン〉67年10月増刊号
腸はどこへいった　〈高2コース〉68年3月号
人口九千九百億　〈ＳＦマガジン〉68年3月号
わが良き狼《ウルフ》　〈ＳＦマガジン〉69年2月号
フル・ネルソン　〈ＳＦマガジン〉69年10月増刊号
たぬきの方程式　〈ＳＦマガジン〉70年2月号
ビタミン　〈ＳＦマガジン〉70年6月号
郵性省　〈オール讀物〉71年6月号
おれに関する噂　〈小説新潮〉72年8月号
デマ　〈ＳＦマガジン〉73年2月号
佇《たたず》むひと　〈小説現代〉74年5月号
バブリング創世記　〈問題小説〉76年2月号
蟹甲癬《かにこうせん》　〈問題小説〉76年4月号
こぶ天才　〈カッパまがじん〉77年1月号
顔面崩壊　〈小説現代〉78年3月号
最悪の接触《ワースト・コンタクト》　〈小説新潮〉78年9月号

初収録単行本は、「お紺昇天」「東海道戦争」が『東海道戦争』（65年／ハヤカワ・SF・シリーズ）、「マグロマル」「カメロイド文部省」「トラブル」「火星のツァラトゥストラ」「最高級有機質肥料」「ベトナム観光公社」が『ベトナム観光公社』（67年／ハヤカワ・SF・シリーズ）、「アルファルファ作戦」「近所迷惑」「人口九千九百億」が『アルファルファ作戦』（68年／ハヤカワ・SF・シリーズ）、「腸はどこへいった」が『にぎやかな未来』（68年／三一書房）、「わが良き狼」が『わが良き狼』（69年／三一書房）、「フル・ネルソン」「たぬきの方程式」「ビタミン」が『馬は土曜に蒼ざめる』（70年／ハヤカワ・SF・シリーズ）、「郵性省」が『日本列島七曲り』（71年／徳間書店）、「おれに関する噂」が『おれに関する噂』（74年／新潮社）、「デマ」が『農協月へ行く』（73年／角川書店）、「佇むひと」が『ウィークエンド・シャッフル』（74年／講談社）、「バブリング創世記」が『バブリング創世記』（78年／徳間書店）、「蟹甲癬」「こぶ天才」「顔面崩壊」「最悪の接触《ワースト・コンタクト》」が『宇宙衛生博覧會』（79年／新潮社）である。

《ハヤカワ・SF・シリーズ》の初期短篇集『東海道戦争』『ベトナム観光公社』『アルファルファ作戦』の三冊は、ハヤカワ文庫を経て中央公論社からハードカバーの単行本として刊行され、中公文庫に収められた。中公のハードカバー版には各篇ごとに思い出を書いた「あとがき」が付されていたが、これはその後、どこにも再録されていないので、重複する作品が多い本書に付録として収めた。

「お紺昇天」は筒井康隆の〈SFマガジン〉初登場作。それ以前に「ブルドッグ」が六三年八月増刊号に掲載されているが、これは〈宇宙塵〉からの転載であり、新作での登場は「お紺昇天」が初めてということになる。この作品は好評で、その年のうちにラジオ大阪の番組「サイエンス・フィクション」でドラマ化されている。

当時、〈ヒッチコック・マガジン〉の編集長で、デビュー直後から筒井康隆と交流のあった小林信彦は、『馬は土曜に蒼ざめる』集英社文庫版の解説で、こう指摘している。

筒井康隆の『SFマガジン』(当時唯一のSF商業誌)への登場はきわめて遅かった。筒井一家の同人誌『NULL』が江戸川乱歩によって世間に紹介されてから四年後、昭和三九年である。

現在の読者には、のみこみにくいことかも知れないが、同世代者としての感覚でいえば、『SFマガジン』にはじめて原稿をのせたのが三十歳というのは、おどろくほど遅い。これは私の推測だが、なにか『SFマガジン』と合わぬ事情があったのではないかと思われる。

乱歩の編集する探偵小説専門誌〈宝石〉に「お助け」が転載されてデビューは果たしたものの、すぐさま専業作家として活躍できるほどSFの需要は多くなかった。六一年に〈毎日新聞関西版夕刊〉、六二年に〈科学朝日〉、六三年に小松左京の紹介で〈団地ジャーナル〉に、それぞれ作品を発表しているが、いずれもショート・ショートであり、それほど大きな収入にはならなかっただろう。

〈宝石〉には作品を送ってもなかなか掲載されず、東都書房に持ち込んだ長篇『意識の牙』は没となり、この時期の作品リストを見るだけで苦闘の跡が分かる。「お紺昇天」までに発表した約五十篇のうち、実に三十篇までが〈NULL〉と〈宇宙塵〉、つまり原稿料の出ない同人誌に載っているのだ。

六四年に「お紺昇天」を発表し、その年の十二月に日本SF作家クラブに入会。六五年一月から放映が始まったテレビアニメ「スーパージェッター」に参加して五本のシナリオを担当したことで、多額の商品化権料が入ることになり、ようやく専業作家になる目処がついたという。

六五年の四月に結婚し、生まれ育った大阪から東京原宿に転居。〈SFマガジン〉七月号に発表した「東海道戦争」が話題となる。この作品で、事態が果てしなくエスカレートしていく様子をドタバタ喜劇として描く、という筒井康隆得意のスタイルが確立した。同年十月、初の著書となる短篇集『東海道戦争』（ハヤカワ・SF・シリーズ）、さらに十二月には「東海道戦争」の手法を発展させた書下しの第一長篇『48億の妄想』（日本SFシリーズ）を立て続けに刊行。プロ作家としてスタートを切る。

六六年から翌年にかけて〈SFマガジン〉に第二長篇『馬の首風雲録』を連載するが、当時は〈SFマガジン〉以外にあまりSFを載せてくれる雑誌はなく、〈ボーイズライフ〉

〈まんが王〉〈鉄腕アトムクラブ〉〈ぼくら〉〈中三コース〉〈週刊少年サンデー〉と少年向けの媒体に多くの作品を発表している。その中に後に代表作とされる「時をかける少女」もあった。

一般向けの作品は〈メンズクラブ〉〈漫画読本〉〈話の特集〉などに発表されていたが、六七年から中間小説誌にも進出、〈小説現代〉〈オール讀物〉〈別冊文藝春秋〉〈小説新潮〉〈問題小説〉〈小説宝石〉〈小説セブン〉〈小説CLUB〉〈小説エース〉と、ほとんどの小説誌に書くようになる。この時期、宇宙やロボットなどSFのガジェットを用いた作品は歓迎されなかったというが、筒井康隆はシチュエーションをエスカレートさせていく手法で、特にSF的な事件の起こらない作品も抱腹絶倒のドタバタに仕上げていくようになる。

SF傑作選なので本書に採るのは諦めたが、例えば、浴槽の排水口に睾丸が嵌まり込んでしまう「陰悩録」や、一つの敷地に二軒の家を建てることになった夫婦が互いを無視して生活する「融合家族」などは、よく考えるとSF的な事態は何も起こっていない。星新一のショート・ショートが、必ずしもSFばかりではないのと一緒で、設定や小道具よりも発想法やスタイルを重視しているのだ。

六八年には「ベトナム観光公社」と「アフリカの爆弾」で二期続けて直木賞候補になるが、選考委員にはまったく理解されなかった。六九年の短篇集『ホンキイ・トンク』あたりから若い読者に支持されるようになり、前述のように七一年から旧作が順次文庫化されるようになると、どの本も版を重ね、人気作家としての地位は不動のものとなる。

昔の文庫解説でよく引用されていた石川喬司氏によるSFランド案内記では、「星新一がルートを拓き、福島正実が青写真を引き、小松左京がブルドーザーで地ならしをし、光瀬龍がヘリコプターで測量し、眉村卓が貨物列車で資材を運び、最後に筒井康隆が口笛を吹きながらスポーツカーを飛ばしてやってきた」と書かれている。第一世代の各作家の特徴をうまく捉えているし、筒井康隆が六〇年代後半にさっそうと流行作家になったのも事実なのだが、六〇年代を通して「不遇の時期」が長かったことも見逃してはならないだろう。

この時期、筒井康隆は荒巻義雄との対談「オレがSFなのだ」の中で、こんな発言をしている。

SF作家はみんな、まだ何か書かれてないことはないか、書かれてないアイディアはないかとか、ぼくの場合は書き方のアイディアですけど、そういう風にウの目タカの目で探している。（〈奇想天外〉77年7月号）

この「書き方のアイディア」というのが二期で開花する実験小説への志向を指していることは明らかだが、その萌芽は七〇年代半ばの作品に既に現れている。例えば本書に収めたチャート小説「デマ」は七三年一月にCBSソニーから発売された同題のLPレコードのために書かれたもの。ほぼ同時に〈SFマガジン〉にも掲載されているため、本書ではそちらを初出とした。ジャズの技法で聖書をパロディ化した「バブリング創世記」、全ページが図版の「上下左右」（『筒井康隆コレクションⅥ　美藝公』所収）なども、この系統の作品といえるだろう。

長篇作品では七瀬三部作の最終作となる『エディプスの恋人』（77年／新潮社）には二色刷のイラストが挿入されているページがある。これは印刷部数が少ないとかけられないコストであり、作品が万単位で刷られることが確定している人気作家、という自らの立場を織り込んだ実験作と捉えることができる。

短篇集も『バブリング創世記』（78年／徳間書店）、『エロチック街道』（81年／新潮社）と実験作の濃度がどんどん上がっていく中で、初期の人間パイ投げ「トラブル」などに見られたグロテスク路線に針を振り切った作品集が『宇宙衞生博覽會』（79年／新潮社）である。筒井ＳＦ短篇集のベストを選べと言われたら、『ベトナム観光公社』と迷ったうえで『宇宙衞生博覽會』に軍配を上げたい。本書のラスト「蟹甲癬」から「最悪の接触《ワースト・コンタクト》」までの四篇は、この本から採った。

六〇年代半ばから七〇年代末と対象期間を思い切って絞ったが、その分、初期筒井ＳＦの進化の過程は、この一冊でおよそ感じ取っていただけるのではないかと思っている。もちろんＳＦ、非ＳＦを問わず面白い作品はまだまだあるし、特にタイトルを挙げた二期の実験作群を読んでいない方がいたら、ぜひ手にとって欲しい。見たこともない小説を読むという興奮が貴方を待っています。

出版芸術社　2015年10月30日

204 モナドの領域

新潮社　2015年12月5日

205 筒井康隆コレクションⅣ　おれの血は他人の血

出版芸術社　2016年2月5日

206 筒井康隆コレクションⅤ　フェミニズム殺人事件

出版芸術社　2016年5月25日

207 筒井康隆全戯曲 1 12人の浮かれる男

復刊ドットコム　2016年5月30日

208 筒井康隆全戯曲 2 ジーザス・クライスト・トリックスター

復刊ドットコム　2016年7月30日

209 筒井康隆全戯曲 3 スイート・ホームズ探偵

復刊ドットコム　2016年10月30日

210 筒井康隆全戯曲 4 大魔神

復刊ドットコム　2017年2月25日

211 筒井康隆コレクション Ⅵ　美藝公

出版芸術社　2017年4月27日

212 日本ＳＦ傑作選 1　筒井康隆　マグロマル／トラブル

早川書房（ハヤカワ文庫ＪＡ）2017年8月15日

※本書

※ 再編集本、奥付に発行日の記載なし

191 W世界の少年

金の星社（筒井康隆ＳＦジュブナイルセレクション5） 2010年3月

※ 再編集本、奥付に発行日の記載なし

192 現代語裏辞典

文藝春秋　2010年7月30日

文藝春秋（文春文庫） 2016年5月10日

※ 文庫版は追加項目あり

193 漂流　本から本へ

朝日新聞出版　2011年1月30日

194 ビアンカ・オーバースタディ

星海社（星海社 FICTIONS） 2012年8月16日

KADOKAWA（角川文庫） 2016年5月25日

195 聖痕

新潮社　2013年5月30日

新潮社（新潮文庫） 2015年12月1日

196 偽文士日碌

角川書店　2013年6月25日

KADOKAWA（角川文庫） 2016年8月25日

197 創作の極意と掟

講談社　2014年2月28日

講談社（講談社文庫） 2017年7月14日

198 繁栄の昭和

文藝春秋　2014年9月30日

文藝春秋（文春文庫） 2017年8月10日

199 筒井康隆コレクションⅠ　48億の妄想

出版芸術社　2014年11月30日

200 筒井康隆コレクションⅡ　霊長類 南へ

出版芸術社　2015年2月20日

201 世界はゴ冗談

新潮社　2015年4月25日

202 駝鳥

六耀社　2015年9月8日

※ 絵本

203 筒井康隆コレクションⅢ　欠陥大百科

※ 再編集本、「人類よさらば」を初収録

179 佇むひと　リリカル短篇集

角川書店（角川文庫） 2006 年 10 月 25 日

※ 再編集本

180 くさり　ホラー短篇集

角川書店（角川文庫） 2006 年 11 月 25 日

※ 再編集本、「大怪獣ギョトス」を初収録

181 巨船ベラス・レトラス

文藝春秋　2007 年 3 月 15 日

文藝春秋（文春文庫） 2013 年 11 月 10 日

182 出世の首　バーチャル短篇集

角川書店（角川文庫） 2007 年 3 月 25 日

※ 再編集本、「傍観者」（NULL 版）を初収録

183 ダンシング・ヴァニティ

新潮社　2008 年 1 月 30 日

新潮社（新潮文庫） 2011 年 1 月 1 日

184 秒読み　筒井康隆コレクション

福音館書店（ボクラノＳＦ 02） 2009 年 2 月 25 日

※ 再編集本

185 時をかける少女

角川書店（角川つばさ文庫） 2009 年 3 月 3 日

※ 再編集本

186 アホの壁

新潮社（新潮新書 350） 2010 年 2 月 20 日

187 ミラーマンの時間

金の星社（筒井康隆ＳＦジュブナイルセレクション３） 2010 年 2 月

※ 再編集本、奥付に発行日の記載なし

188 地球はおおさわぎ

金の星社（筒井康隆ＳＦジュブナイルセレクション１） 2010 年 3 月

※ 再編集本、奥付に発行日の記載なし

189 デラックス狂詩曲

金の星社（筒井康隆ＳＦジュブナイルセレクション２） 2010 年 3 月

※ 再編集本、奥付に発行日の記載なし

190 細菌人間

金の星社（筒井康隆ＳＦジュブナイルセレクション４） 2010 年 3 月

167 ヘル
文藝春秋　2003年11月15日
文藝春秋（文春文庫）　2007年2月10日
168 筒井康隆の現代語裏辞典「き〜こ」
文源庫　2004年4月
※奥付に発行日の記載なし、192に全篇収録
169 筒井康隆漫画全集
実業之日本社　2004年6月4日
※漫画集、47の増補版
170 笑犬樓の逆襲
新潮社　2004年12月5日
新潮社（新潮文庫）　2007年8月1日
171 ポルノ惑星のサルモネラ人間　自選グロテスク傑作集
新潮社（新潮文庫）　2005年8月1日
※再編集本
172 ヨッパ谷への降下　自選ファンタジー傑作集
新潮社（新潮文庫）　2006年1月1日
※再編集本
173 銀齢の果て
新潮社　2006年1月20日
新潮社（新潮文庫）　2008年8月1日
174 壊れかた指南
文藝春秋　2006年4月30日
文藝春秋（文春文庫）　2012年4月10日
175 日本以外全部沈没　パニック短篇集
角川書店（角川文庫）　2006年6月25日
※再編集本、「黄金の家」を初収録
176 陰悩録　リビドー短篇集
角川書店（角川文庫）　2006年7月25日
※再編集本、「睡魔の夏」を初収録
177 如菩薩団　ピカレスク短篇集
角川書店（角川文庫）　2006年8月25日
※再編集本、「傍観者」（毎日新聞版）を初収録
178 夜を走る　トラブル短篇集
角川書店（角川文庫）　2006年9月25日

※ 再編集本

156 筒井版 悪魔の辞典

講談社　2002 年 10 月 8 日

講談社＋α文庫　2009 年 1 月 20 日

※ アンブローズ・ビアス『悪魔の辞典』の翻訳、講談社＋α文庫版は二分冊

157 懲戒の部屋　自選ホラー傑作集 1

新潮社（新潮文庫）　2002 年 11 月 1 日

※ 再編集本

158 驚愕の曠野　自選ホラー傑作集 2

新潮社（新潮文庫）　2002 年 11 月 1 日

※ 再編集本

159 最後の喫煙者　自選ドタバタ傑作集 1

新潮社（新潮文庫）　2002 年 11 月 1 日

※ 再編集本

160 傾いた世界　自選ドタバタ傑作集 2

新潮社（新潮文庫）　2002 年 11 月 1 日

※ 再編集本

161 睡魔のいる夏　自選短篇集 4

徳間書店（徳間文庫）　2002 年 11 月 15 日

※ 再編集本

162 カメロイド文部省　自選短篇集 5

徳間書店（徳間文庫）　2003 年 1 月 15 日

※ 再編集本

163 わが愛の税務署　自選短篇集 6

徳間書店（徳間文庫）　2003 年 3 月 15 日

※ 再編集本

164 小説のゆくえ

中央公論新社　2003 年 4 月 10 日

中央公論新社（中公文庫）　2006 年 3 月 25 日

165 筒井康隆の現代語裏辞典「あ〜き」

文源庫　2003 年 4 月

※ 奥付に発行日の記載なし、192 に全篇収録

166 三丁目が戦争です

講談社（講談社青い鳥文庫 f シリーズ）　2003 年 8 月 15 日

※ 再編集本

文藝春秋（文春文庫） 2003年4月10日

144 細菌人間

出版芸術社 2000年9月20日

145 魚籃観音記

新潮社 2000年9月30日

新潮社（新潮文庫） 2003年6月1日

146 恐怖

文藝春秋 2001年1月10日

文藝春秋（文春文庫） 2004年2月10日

147 大魔神

徳間書店 2001年5月31日

※長篇シナリオ、210に収録

148 天狗の落し文

新潮社 2001年7月30日

新潮社（新潮文庫） 2004年8月1日

149 わかもとの知恵

金の星社 2001年8月

※奥付に発行日の記載なし

150 文学外への飛翔

小学館 2001年11月1日

小学館（小学館文庫） 2005年1月1日

151 愛のひだりがわ

岩波書店 2002年1月24日

新潮社（新潮文庫） 2006年8月1日

152 近所迷惑 自選短篇集1

徳間書店（徳間文庫） 2002年5月15日

※再編集本

153 笑犬楼の知恵 筒井康隆トークエッセー

金の星社 2002年6月

※奥付に発行日の記載なし

154 怪物たちの夜 自選短篇集2

徳間書店（徳間文庫） 2002年7月15日

※再編集本

155 日本以外全部沈没 自選短篇集3

徳間書店（徳間文庫） 2002年9月15日

新潮社（新潮文庫）　1997年11月1日
※新潮文庫版は「天狗の落し文」を割愛

132 悪と異端者
中央公論社　1995年10月7日
中央公論社（中公文庫）　1998年10月18日

133 脳ミソを哲学する
講談社　1995年12月6日
講談社（講談社＋α文庫）　2000年6月20日

134 筒井康隆スピーキング　対談・インタビュー集成
出帆新社　1996年2月18日

135 写真小説 男たちのかいた絵
徳間書店　1996年4月1日
※花田秀次郎名義による自作原作映画のノベライズ、205にも収録

136 ジャズ小説
文藝春秋　1996年6月10日
文藝春秋（文春文庫）　1999年12月10日

137 笑うな　くたばれＰＴＡ
新潮社（新潮pico文庫）　1996年8月15日
※再編集本

138 邪眼鳥
新潮社　1997年4月25日
新潮社（新潮文庫）　1999年11月1日

139 筒井康隆かく語りき
文芸社　1997年6月25日

140 敵
新潮社（純文学書下ろし特別作品）　1998年1月30日
新潮社（新潮文庫）　2000年12月1日

141 満腹亭へようこそ
北宋社　1998年5月30日
※再編集本、著者の許諾を得ずに出版されたもの

142 わたしのグランパ
文藝春秋　1999年8月30日
文藝春秋（文春文庫）　2002年6月10日

143 エンガッツィオ司令塔
文藝春秋　2000年3月10日

中央公論社（中公文庫） 1997年10月18日

120 文学部唯野教授の女性問答

中央公論社 1992年2月20日

中央公論社（中公文庫） 1997年7月18日

121 朝のガスパール

朝日新聞社 1992年8月1日

新潮社（新潮文庫） 1995年8月1日

122 最後の伝令

新潮社 1993年1月25日

新潮社（新潮文庫） 1996年1月1日

123 本の森の狩人

岩波書店（岩波新書） 1993年4月20日

124 パプリカ

中央公論社 1993年9月20日

中央公論社（中公文庫） 1997年4月18日

新潮社（新潮文庫） 2002年11月1日

125 断筆宣言への軌跡

光文社（カッパ・ホームス） 1993年10月25日

126 筒井康隆の文藝時評 → 筒井康隆の文芸時評

河出書房新社 1994年2月25日

河出書房新社（河出文庫） 1996年5月2日

127 座敷ぼっこ

出版芸術社（ふしぎ文学館） 1994年4月20日

※ 再編集本

128 笑犬樓よりの眺望

新潮社 1994年5月20日

新潮社（新潮文庫） 1996年8月1日

129 鍵

角川書店（角川ホラー文庫） 1994年7月10日

※ 再編集本

130 時代小説 自選短篇集

中央公論社 1994年11月10日

※ 再編集本、「家族場面」を初収録

131 家族場面

新潮社 1995年2月25日

中央公論社　1988年5月25日
中央公論社（中公文庫）　1992年11月10日

109 薬菜飯店

新潮社　1988年6月15日
新潮社（新潮文庫）　1992年8月25日

110 スイート・ホームズ探偵

新潮社　1989年1月25日
新潮社（新潮文庫）　1993年11月25日
※戯曲集、209にも収録

111 残像に口紅を

中央公論社　1989年4月20日
中央公論社（中公文庫）　1995年4月18日

112 ダンヌンツィオに夢中

中央公論社　1989年7月20日
中央公論社（中公文庫）　1996年4月18日

113 フェミニズム殺人事件

集英社　1989年10月20日
集英社（集英社文庫）　1993年2月25日

114 文学部唯野教授

岩波書店　1990年1月26日
岩波書店（同時代ライブラリー97）　1992年3月16日
岩波書店（岩波現代文庫）　2000年1月14日

115 夜のコント・冬のコント

新潮社　1990年4月20日
新潮社（新潮文庫）　1994年11月1日

116 短篇小説講義

岩波書店（岩波新書）　1990年6月20日

117 文学部唯野教授のサブ・テキスト

文藝春秋　1990年7月15日
文藝春秋（文春文庫）　1993年7月10日

118 ロートレック荘事件

新潮社　1990年9月25日
新潮社（新潮文庫）　1995年2月1日

119 幾たびもＤＩＡＲＹ

中央公論社　1991年9月20日

※ 再編集本、奥付に発行日の記載なし

98 **影武者騒動　筒井歌舞伎**

角川書店　1986年7月10日

新潮社（新潮文庫）　1991年6月25日

※ 歌舞伎台本集、210に全篇収録

99 **イチ、ニのサン！**

河出書房新社（メルヘンの森）　1986年9月10日

※ 絵本

100 **旅のラゴス**

徳間書店　1986年9月30日

徳間書店（徳間文庫）　1989年7月15日

新潮社（新潮文庫）　1994年3月25日

101 **くたばれＰＴＡ**

新潮社（新潮文庫）　1986年10月25日

102 **夢の木坂分岐点**

新潮社　1987年1月25日

新潮社（新潮文庫）　1990年4月25日

103 **歌と饒舌の戦記**

新潮社　1987年4月25日

新潮社（新潮文庫）　1990年11月25日

104 **原始人**

文藝春秋　1987年9月20日

文藝春秋（文春文庫）　1990年9月10日

105 **日日不穏**

中央公論社　1987年11月25日

中央公論社（中公文庫）　1991年6月10日

106 **驚愕の曠野**

河出書房新社　1988年2月25日

河出書房新社（河出文庫）　1991年10月4日

河出書房新社（河出文庫）　1997年8月5日

※158にも収録

107 **新日本探偵社報告書控**

集英社　1988年4月25日

集英社（集英社文庫）　1991年4月25日

108 **ベティ・ブープ伝　女優としての象徴 象徴としての女優**

新潮社（筒井康隆全集 14）　1984 年 5 月 25 日
83　おれの血は他人の血　スタア
新潮社（筒井康隆全集 15）　1984 年 6 月 25 日
84　男たちのかいた絵　熊の木本線
新潮社（筒井康隆全集 16）　1984 年 7 月 25 日
85　七瀬ふたたび　メタモルフォセス群島
新潮社（筒井康隆全集 17）　1984 年 8 月 25 日
86　私説博物誌　やつあたり文化論
新潮社（筒井康隆全集 18）　1984 年 9 月 25 日
87　12 人の浮かれる男　エディプスの恋人
新潮社（筒井康隆全集 19）　1984 年 10 月 25 日
88　虚航船団の逆襲
中央公論社　1984 年 11 月 25 日
中央公論社（中公文庫）　1988 年 3 月 10 日
89　富豪刑事　関節話法
新潮社（筒井康隆全集 20）　1984 年 11 月 25 日
90　大いなる助走　みだれ撃ち瀆書ノート
新潮社（筒井康隆全集 21）　1984 年 12 月 25 日
91　美藝公　腹立半分日記
新潮社（筒井康隆全集 22）　1985 年 1 月 25 日
92　虚人たち　エロチック街道
新潮社（筒井康隆全集 23）　1985 年 2 月 25 日
93　ジーザス・クライスト・トリックスター　点景論
新潮社（筒井康隆全集 24）　1985 年 3 月 25 日
94　玄笑地帯
新潮社　1985 年 8 月 10 日
新潮社（新潮文庫）　1988 年 5 月 25 日
95　串刺し教授
新潮社　1985 年 12 月 10 日
新潮社（新潮文庫）　1988 年 12 月 5 日
96　イリヤ・ムウロメツ
講談社　1985 年 12 月 20 日
講談社（講談社文庫）　1989 年 2 月 15 日
97　お助け・三丁目が戦争です
金の星社（日本の文学 32）　1986 年 2 月

新潮社　1983年1月25日
新潮社（新潮文庫）　1989年9月25日

67　**言語姦覚**
中央公論社　1983年3月25日
中央公論社（中公文庫）　1986年5月10日

68　**東海道戦争　幻想の未来**
新潮社（筒井康隆全集1）　1983年4月15日

69　**48億の妄想　マグロマル**
新潮社（筒井康隆全集2）　1983年5月25日

70　**馬の首風雲録　ベトナム観光公社**
新潮社（筒井康隆全集3）　1983年6月25日

71　**時をかける少女　緑魔の町**
新潮社（筒井康隆全集4）　1983年7月25日

72　**アルファルファ作戦　アフリカの爆弾**
新潮社（筒井康隆全集5）　1983年8月25日

73　**筒井順慶　わが良き狼《ウルフ》**
新潮社（筒井康隆全集6）　1983年9月25日

74　**ホンキイ・トンク　霊長類 南へ**
新潮社（筒井康隆全集7）　1983年10月25日

75　**心狸学・社怪学　国境線は遠かった**
新潮社（筒井康隆全集8）　1983年11月25日

76　**ビタミン　日本列島七曲り**
新潮社（筒井康隆全集9）　1983年12月25日

77　**家　脱走と追跡のサンバ**
新潮社（筒井康隆全集10）　1984年1月25日

78　**乱調文学大辞典　家族八景**
新潮社（筒井康隆全集11）　1984年2月25日

79　**俗物図鑑**
新潮社（筒井康隆全集12）　1984年3月25日

80　**おれに関する噂　デマ**
新潮社（筒井康隆全集13）　1984年4月25日

81　**虚航船団**
新潮社（純文学書下ろし特別作品）　1984年5月15日
新潮社（新潮文庫）　1992年8月25日

82　**農協月へ行く　狂気の沙汰も金次第**

文藝春秋（文春文庫）　1985年10月25日
※ 文春文庫版は64との合本で『不良少年の映画史（全)』

58　腹立半分日記
実業之日本社　1979年12月25日
角川書店（角川文庫）　1982年6月10日
文藝春秋（文春文庫）　1991年5月10日

59　みだれ撃ち瀆書ノート
集英社　1979年12月25日
集英社（集英社文庫）　1982年6月25日

60　トーク8　筒井康隆対談集
徳間書店　1980年6月30日
徳間書店（徳間文庫）　1984年9月15日

61　美藝公
文藝春秋　1981年2月20日
文藝春秋（文春文庫）　1985年5月25日
ミリオン出版　1995年11月20日
※ 文春文庫板は横尾忠則の作中作ポスタアを割愛、211にも収録

62　虚人たち
中央公論社　1981年4月15日
中央公論社（中公文庫）　1984年3月10日
中央公論社（中公文庫）　1998年2月18日

63　エロチック街道
新潮社　1981年10月15日
新潮社（新潮文庫）　1984年10月25日
※ 新潮文庫版は映画化に合わせてカバーのみ『ジャズ大名』に改題された時期あり

64　不良少年の映画史 PART2
文藝春秋　1981年12月25日
文藝春秋（文春文庫）　1985年10月25日
※ 文春文庫版は57との合本『不良少年の映画史（全)』

65　ジーザス・クライスト・トリックスター
新潮社　1982年9月20日
新潮社（新潮文庫）　1987年7月25日
※ 戯曲集、208に全篇収録

66　着想の技術

奇想天外社（奇想天外文庫）　1976年11月1日
※ 漫画集、34の新潮文庫版に全篇収録

48　エディプスの恋人
新潮社　1977年10月20日
新潮社（新潮文庫）　1981年9月25日

49　あるいは酒でいっぱいの海
集英社　1977年11月25日
集英社（集英社文庫）　1979年4月25日

50　ジャングルめがね
小学館（小学館の創作童話シリーズ39）　1977年12月30日
小学館（すきすきレインボー7）　2010年1月20日

51　バブリング創世記
徳間書店　1978年2月10日
徳間書店（徳間文庫）　1982年11月15日
※ 徳間文庫版は「上下左右」を割愛

52　富豪刑事
新潮社　1978年5月15日
新潮社（新潮文庫）　1984年1月10日

53　12人の浮かれる男
新潮社　1979年2月10日
新潮社（新潮文庫）　1985年10月25日
※ 戯曲集、207に全篇収録、新潮文庫版は映画化に合わせてカバーのみ『スタア』に改題された時期あり

54　脱走と追跡のサンバ　おれに関する噂
新潮社（新潮現代文学78）　1979年2月15日
※ 再編集本、「旦那さま留守」を初収録

55　大いなる助走
文藝春秋　1979年3月15日
文藝春秋（文春文庫）　1982年9月25日
文藝春秋（文春文庫）　2005年10月10日

56　宇宙衛生博覧會
新潮社　1979年10月15日
新潮社（新潮文庫）　1982年8月25日

57　不良少年の映画史 PARTI
文藝春秋　1979年11月25日

37　ウィークエンド・シャッフル
講談社　1974年9月24日
講談社（講談社文庫）　1978年3月15日
角川書店（角川文庫）　1985年12月10日
講談社（講談社文庫）　2006年9月15日

38　デマ　実験小説集
番町書房　1974年10月15日
※ 再編集本

39　ミラーマンの時間
いんなあとりっぷ社　1975年2月20日
角川書店（角川文庫）　1977年10月20日

40　七瀬ふたたび
新潮社　1975年5月10日
新潮社（新潮文庫）　1978年12月20日

41　村井長庵　歴史・時代小説集
番町書房　1975年5月10日
※ 再編集本

42　やつあたり文化論
河出書房新社　1975年8月29日
新潮社（新潮文庫）　1979年10月25日
※ 新潮文庫版は、「ＳＦ周辺映画散策」「幼年期の中ごろ」を割愛

43　笑うな
徳間書店　1975年9月10日
新潮社（新潮文庫）　1980年10月25日
※ 再編集本

44　メタモルフォセス群島
新潮社　1976年2月20日
新潮社（新潮文庫）　1981年5月25日

45　私説博物誌
毎日新聞社　1976年5月30日
新潮社（新潮文庫）　1980年5月25日

46　筒井康隆全童話
角川書店（角川文庫）　1976年10月30日
※ 5、12、21の合本

47　筒井康隆全漫画

立風書房　1972年7月15日
立風書房　1975年3月10日
※ 再編集本

28　将軍が目醒めた時
河出書房新社　1972年9月30日
新潮社（新潮文庫）　1976年12月5日

29　俗物図鑑
新潮社　1972年12月5日
新潮社（新潮文庫）　1976年3月30日

30　狂気の沙汰も金次第
サンケイ新聞社出版局　1973年9月30日
新潮社（新潮文庫）　1976年10月30日

31　スタア
新潮社（書下ろし新潮劇場）　1973年10月15日
※ 長篇戯曲、53に収録

32　農協 月へ行く
角川書店　1973年11月30日
角川書店（角川文庫）　1979年5月30日
角川書店（角川文庫）　2017年7月25日
※ 角川文庫版は、「デマ」を割愛

33　おれの血は他人の血
河出書房新社　1974年2月20日
新潮社（新潮文庫）　1979年5月25日

34　暗黒世界のオデッセイ
晶文社　1974年2月20日
新潮社（新潮文庫）　1982年5月25日
※ 新潮文庫版は、短篇「モケケ・バラリバラ戦記」、エッセイ28篇、対談4篇を割愛し、マンガ「筒井順慶」「90年安保の全学連」「第7類危険物取扱心得」の3篇を追加

35　おれに関する噂
新潮社　1974年6月15日
新潮社（新潮文庫）　1978年5月25日

36　男たちのかいた絵
徳間書店　1974年6月30日
新潮社（新潮文庫）　1978年10月27日

集英社（集英社文庫）　1978年10月30日
※ 文庫版は「笑うな」を割愛して二分冊、集英社78年単行本版は「笑うな」を収録せず

20　緑魔の町
毎日新聞社（毎日新聞ＳＦシリーズジュニアー版11）　1970年7月20日
角川書店（角川文庫）　1976年6月10日
角川書店（角川つばさ文庫）　2009年11月15日
※ 角川つばさ文庫版は「デラックス狂詩曲」を追加

21　三丁目が戦争です
講談社（講談社の創作童話5）1971年4月20日
双葉社（ダイナミックボックス）　2000年11月7日
洋泉社　2004年3月17日
※46に収録、双葉社版と洋泉社版は講談社版の復刻

22　発作的作品群
徳間書店　1971年7月10日
※43および101に収録された作品以外は　203に全篇収録

23　脱走と追跡のサンバ
早川書房（日本ＳＦノヴェルズ）　1971年10月31日
角川書店（角川文庫）　1974年6月10日
角川書店（角川文庫リバイバル・コレクション）1996年12月25日

24　日本列島七曲り
徳間書店　1971年11月15日
徳間書店　1974年6月30日
角川書店（角川文庫）　1975年6月30日
※ 徳間書店74年版以降、「社長秘書忍法帖」を割愛

25　乱調文学大辞典
講談社　1972年1月28日
講談社（講談社文庫）　1975年12月15日
角川書店（角川文庫）　1986年2月10日

26　家族八景
新潮社　1972年2月20日
新潮社（新潮文庫）　1975年2月27日
新潮社（新潮文庫）　1987年3月15日

27　新宿祭　初期作品集

講談社　1969年4月15日
角川書店（角川文庫）　1973年9月30日
新潮社（新潮文庫）　1993年6月25日

12　地球は おおさわぎ
盛光社（創作ＳＦえほん）　1969年5月10日
※46に収録

13　ホンキイ・トンク
講談社　1969年7月20日
角川書店（角川文庫）　1973年11月30日

14　わが良き狼《ウルフ》
三一書房（現代作家シリーズ）1969年7月31日
角川書店（角川文庫）　1973年2月20日
※ 角川文庫版は「下の世界」を追加

15　霊長類 南へ
講談社　1969年10月15日
講談社（講談社文庫）　1974年8月15日
角川書店（角川文庫）　1986年4月10日

16　心狸学・社怪学
講談社　1969年12月20日
講談社（講談社文庫）　1975年6月15日
角川書店（角川文庫）　1986年3月10日

17　欠陥大百科
河出書房新社　1970年5月10日
※203に全篇収録

18　母子像　→　革命のふたつの夜
講談社　1970年7月12日
角川書店（角川文庫）　1974年3月10日

19　馬は土曜に蒼ざめる
早川書房（ハヤカワ・ＳＦ・シリーズ3254）1970年7月15日
集英社　1978年8月25日
　Ａ　馬は土曜に蒼ざめる
　　早川書房（ハヤカワ文庫ＪＡ46）　1975年1月15日
　　集英社（集英社文庫）　1978年8月30日
　Ｂ　国境線は遠かった
　　早川書房（ハヤカワ文庫ＪＡ61）　1975年7月31日

盛光社（創作Ｓ・Ｆどうわ）　1967年8月20日
すばる書房（すばるのファンタジー）　1977年2月10日
※46に全篇収録

6　馬の首風雲録
早川書房（日本ＳＦシリーズ13）　1967年12月31日
早川書房（ハヤカワ文庫ＳＦ52）　1972年3月31日
文藝春秋　1977年9月15日
文藝春秋（文春文庫）　1980年4月25日
扶桑社（扶桑社文庫）　2009年4月30日

7　アフリカの爆弾
文藝春秋　1968年3月1日
角川書店（角川文庫）　1971年12月30日

8　アルファルファ作戦
早川書房（ハヤカワ・ＳＦ・シリーズ3183）1968年5月31日
早川書房（ハヤカワ文庫ＪＡ30）　1974年5月15日
中央公論社　1976年6月25日
中央公論社（中公文庫）　1978年7月10日
中央公論社（中公文庫）　1996年1月18日
中央公論新社（中公文庫）　2016年5月25日
※ハヤカワ文庫ＪＡ版以降、「最後のクリスマス」「ほほにかかる涙」「かゆみの限界」「ある罪悪感」「セクション」を割愛、中公文庫96年版は改版1刷、16年版は改版2刷

9　にぎやかな未来
三一書房　1968年8月1日
角川書店（角川文庫）　1972年6月30日
徳間書店　1976年11月5日
KADOKAWA（角川文庫）　2016年6月25日
※角川文庫版以降、「姉弟」「ラッパを吹く弟」「衛星一号」「ミスター・サンドマン」「時の女神」「模倣空間」「白き異邦人」を割愛

10　幻想の未来・アフリカの血　→　幻想の未来
南北社　1968年8月30日
角川書店（角川文庫）　1971年8月10日
※角川文庫版は、「姉弟」「ラッパを吹く弟」「衛星一号」「ミスター・サンドマン」「時の女神」「模倣空間」「白き異邦人」を追加

11　筒井順慶

筒井康隆 著作リスト　日下三蔵編

1　東海道戦争

早川書房（ハヤカワ・ＳＦ・シリーズ3099）　1965年10月15日
早川書房（ハヤカワ文庫ＪＡ14）　1973年8月15日
中央公論社　1976年2月25日
中央公論社（中公文庫）　1978年12月10日
中央公論社（中公文庫）　1994年12月18日
※ハヤカワ文庫ＪＡ版以降、「トーチカ」「ブルドッグ」「座敷ぼっこ」「廃墟」を割愛

2　48億の妄想

早川書房（日本ＳＦシリーズ８）　1965年12月31日
早川書房（日本ＳＦノヴェルズ）　1972年11月30日
文藝春秋（文春文庫）　1976年12月25日

3　時をかける少女

盛光社（ジュニアＳＦ５）　1967年3月20日
鶴書房盛光社（ＳＦベストセラーズ）　1972年
角川書店（角川文庫）　1976年2月28日
角川春樹事務所（ハルキ文庫）　1997年4月18日
角川書店（角川文庫）　2006年5月25日
ジュンク堂書店　2013年2月10日
※鶴書房版は奥付に発行日の記載なし、ハルキ文庫版は表題作単体での刊行、ジュンク堂版は盛光社版の限定復刻

4　ベトナム観光公社

早川書房（ハヤカワ・ＳＦ・シリーズ3145）1967年6月15日
早川書房（ハヤカワ文庫ＪＡ20）　1973年12月15日
中央公論社　1976年4月20日
中央公論社（中公文庫）　1979年3月10日
中央公論社（中公文庫）　1997年12月18日
※ハヤカワ文庫ＪＡ版以降、「ベムたちの消えた夜」「くたばれＰＴＡ」「末世法華経」「ハリウッド・ハリウッド」「タック健在なりや」「猫と真珠湾」「産気」「会いたい」「赤いライオン」を割愛

5　かいじゅうゴミイ

本書には、今日では差別表現として好ましくない用語が使用されています。

しかし作品が書かれた時代背景、著者が差別助長を意図していないことを考慮し、当時の表現のまま収録いたしました。その点をご理解いただけますよう、お願い申し上げます。

（編集部）

楽園追放 rewired
サイバーパンクSF傑作選

虚淵 玄（ニトロプラス）・大森 望編

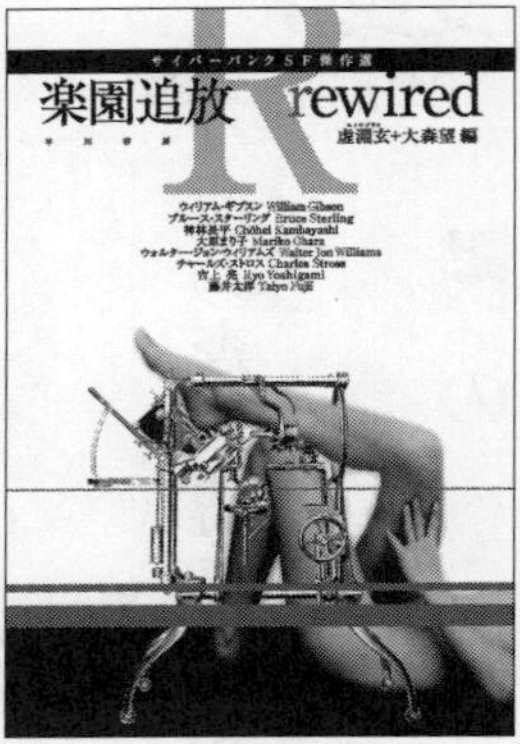

劇場アニメ「楽園追放-Expelled from Paradise-」の世界を構築するにあたり、脚本の虚淵玄（ニトロプラス）が影響を受けた傑作SFの数々――W・ギブスン「クローム襲撃」、B・スターリング「間諜」などサイバーパンクの初期名作から、藤井太洋、吉上亮の最先端作品まで、八篇を厳選して収録する。「楽園追放」の原点を探りつつ、サイバーパンク三十年の歴史に再接続する画期的アンソロジー。

ハヤカワ文庫

編者略歴　ミステリ・ＳＦ評論家，フリー編集者　著書『日本ＳＦ全集・総解説』『ミステリ交差点』，編著『天城一の密室犯罪学教程』《山田風太郎ミステリー傑作選》《都筑道夫少年小説コレクション》《大坪砂男全集》《筒井康隆コレクション》など

HM=Hayakawa Mystery
SF=Science Fiction
JA=Japanese Author
NV=Novel
NF=Nonfiction
FT=Fantasy

日本《にほん》ＳＦ傑作選《けっさくせん》１　筒井康隆《つついやすたか》
マグロマル／トラブル

〈JA1289〉

二〇一七年八月十五日　発行
二〇二二年十一月十五日　二刷
（定価はカバーに表示してあります）

著者　筒《つつ》井《い》康《やす》隆《たか》
編者　日《く》下《か》三《さん》蔵《ぞう》
発行者　早川浩
発行所　株式会社早川書房
郵便番号　一〇一 - 〇〇四六
東京都千代田区神田多町二ノ二
電話　〇三 - 三二五二 - 三一一一
振替　〇〇一六〇 - 三 - 四七七九九
https://www.hayakawa-online.co.jp

乱丁・落丁本は小社制作部宛お送り下さい。
送料小社負担にてお取りかえいたします。

印刷・中央精版印刷株式会社　製本・株式会社川島製本所

ISBN978-4-15-031289-3 C0193

本書は活字が大きく読みやすい〈トールサイズ〉です。